第七届茅盾文学奖

秦腔

贾平凹／著

作家出版社

贾平凹简历

一九五二年古历二月二十一日出生于陕西南部的丹凤县棣花村。父亲是乡村教师，母亲是农民。文化大革命中，家庭遭受毁灭性摧残，沦为“可教子女”。一九七二年以偶然的机遇，进入西北大学学习汉语言文学。此后，一直生活在西安，从事文学编辑兼写作。

出版的主要作品：《商州初录》《浮躁》《废都》《白夜》《土门》《高老庄》《天狗》《黑氏》《美穴地》《五魁》《妊娠》《怀念狼》《病相报告》《秦腔》《高兴》等。曾获得全国文学奖多次，及美国美孚飞马文学奖，法国费米那文学奖和法兰西文学艺术荣誉奖。以英、法、德、俄、日、韩、越等文字翻译出版了二十种版本。

摄影 / 陆青

代序一

贾平凹小说的叙事伦理

谢有顺

一　背负精神重担

《废都》之后，贾平凹已经成了一个写作和商业的神话，一个有着特殊含义的文学符号。这个神话持续了十几年时间，到现在，它越发显露出了复杂的面貌：一方面，贾平凹在这个神话效应中获得了盛大的声名；另一方面，文学界对他也产生了一些不满和批评——尤其是他的《怀念狼》和《病相报告》这两个长篇小说出版以来，批评的声音就多了起来。一些人认为，贾平凹这些年的写作转型并不成功，甚至还出现了衰退的迹象。

我的看法倒并不这么悲观。尤其是当我读到贾平凹的长篇小说《秦腔》之后，对他的写作又一次充满期待，因为我在他身上依然看到了创造的精神，以及试图超越自己的努力——这在他那一代作家中是不多见的。一个作家，最需要警惕的是思想滞后和重复自己。当大部分当年领过风骚的作家都停止了写作，或者以一些无关痛痒的文字在那里自娱自乐时，贾平凹还能继续一种探索性的写作，并且时有令人瞩目的新作问世，这种姿态本身就值得肯定。

我曾经在一篇文章中说，文坛上活跃的作家是有不同类别的，有些人，一眼就让人洞穿了自己隐秘的写作身份，往往以一句"先锋派"或"传统派"就可为他盖棺论定了，可见他的文字中有着某种过深的烙印，少有让人揣摩回旋的余地。这样的作家并非少数，他们是在一条路上把文字给写死了。而我更看重的是另外一些作家，他们一直以自己的作品在文坛坚定地存在着，你却很难给他归类，他们的写作努力，好像仅仅是为了制服自己躁动的灵魂，为了平息自己内心的不安；他们是在与写作的斗争中赋予文字坚韧的美、力量和精神。我承认，自己的内心更靠近这种文学——比如史铁生的《我与地坛》《病隙碎笔》，就是这方面的典范。

贾平凹也属于这类作家。他的写作意义还远没有被穷尽。

令我讶异的是，贾平凹一直想在自己的写作中将一个悖论统一起来：他是被人公认的当代最具有传统文人意识的作家之一，可他作品内部的精神指向却不但不传统，而且还深具现代意识；他的作品都有很写实的面貌，都有很丰富的事实、经验和细节，但同时，他又没有停留在事实和经验的层面上，而是由此构筑起了一个广阔的意蕴空间，来伸张自己的写作理想。

我之所以说这些是一个悖论，是因为中国当代文学从二十世纪八十年代开始，作家与作家之间，写作与写作之间，就已经有了难以弥合的裂痕。那些传统型的作家，身上有着中国文化的底子，但由于他们的写作方式缺乏现代叙事艺术的必要训练，而受到了年轻作家们的嘲笑；那些现代派的作家，虽然及时地吸收了现代艺术的成果，但由于他们没有能力将西方的艺术经验有效地中国化，同样显露出贫血的面貌，并面临着严厉的质疑。这种矛盾，就好比二十世纪八十年代中后期的文学革命，似乎总是在两个极端之间摇摆：要么是极端抽象（如一些只玩赏形式主义法则的先锋小说，或者那些充满玄想的诗歌），要么是极端写实（如一些过日子小说，或者过于泛滥的口语诗歌），匮乏的恰恰是将物质写实与精神抽象相平衡、相综合的大气象。

没有这种气象，就绝难产生真正意义上的大作家。但贾平凹却给了我意外的想象。他是有这种平衡和综合能力的。所以，他从来不甘于自己的现状，而总是在寻找变化和前进的可能，总是为自己建立新的写作难度，并愿意为克服新的写作难度而付出卓绝的努力。无论是他的小说还是散文，他应用的都是中国化的思维和语言，但探查的却是很有现代感的精神真相——他是真正写出了中国人的感觉和味道的现代作家，仅凭这一点，你就不得不承认，贾平凹身上有着不同凡响的东西。

我尤其欣赏贾平凹身上那种独特的写实才能。在他的小说中，我们往往能读到一种深邃的、像大地一样坚实的真实感。我想，它是来源于贾平凹对当下的生活细节、精神线条的敏感，以及他那出色的对事实和场面的描绘能力。他对古白话小说遗产的娴熟运用，使他的小说语言获得了很好的表现力。凝练的，及物的，活泼的，口语化的，民间的，渴望触及事物本身和人物的内心，这是贾平凹一贯的语言风格。他早在《废都》中便有了这样的探索，只是《废都》有太重的《金瓶梅》的痕迹，加上过于沉重的悲凉，大大阻碍了对人自身的想象——但我们依然不能否认《废都》之于中国当代文学的重要意义。到《高老庄》，就基本克服了这些缺陷，在语言的运用上，在结构的严谨上，在对人的精神想象上，贾平凹的独创性显得更加突出。我记得《高老庄》中有一个重要的场面，那就是在主人公子路父亲祭日的宴席上，几乎所有的重要人物都登场了，那个窄小的范围，可谓是乡村文明及其冲突的一次集中展示——贾平凹的语言能力就在这么窄小的空间里表现得淋漓尽致。西夏与菊娃的关系，子路的应酬，亲朋好友的闲谈，狗锁的死要面子，迷胡叔的神里神气，蔡老黑、苏红、王厂长等人的与众不同，往往经由寥寥数笔或是几句简短的对话就跃然纸上，从而达到传统的白描手法也难以达到的生动效果。[①]

就贾平凹这种对现实事象的表现力而言，我认为，在当今文坛是少有人可以与之相比的。但我担心的是，喜欢贾平凹的读者，可能一进入他的小说就被他细致有趣、生机盎然的叙事所吸引，从而流连于故事的表面，忘却了故事背后作者的精神跋涉。确实，贾平凹以深厚的写实功底为基础的叙事魅力是特别的，他本也可以像另外一些作家那样，用纯粹的故事美学逍遥于历史风情或者欲望故事之中，但他的大部分作品，都自觉接受了灵魂内部的某种自我折磨，似乎一直在苦待自己。他那么尽力地去描绘中国现实中他所熟悉和关注的部分，恰好表明贾平凹是一个时刻都背负着精神重担的作家。他的写作，常常充满痛楚感，好像写作的目的就是为了如何卸下这一精神的重担。

哲学家唐君毅说："人自觉地要有担负，无论是哪一面，总是痛苦的。"[②]这话用在贾平凹身上，非常合适。他的写作，总是想自觉地有所担负，同时又深陷于担负的痛苦之中。也正是这一点，成功地把贾平凹与那些拒绝背负精神重担、流于轻松自娱的作家区别了开来。这令我想起王国维之所以极为推崇李煜的词，认为李后主的词比宋道君皇帝写得好，原因也是在于"道君不过自道身世之戚，后主则俨有释迦、基督担荷人类罪恶之意，其大小固不同矣"。[③]——可见担负（担荷）与否之于写作至关重要。而写作的担负、精神的重担，最重要的是来源于作家必须对自身所处的境遇有自我觉悟。正如鲁迅，他的悲愤，他的批判力量的展开，都是源于他对自身为奴的境遇有深刻的自知。不理解鲁迅所处的环境和他对精神黑暗的洞察，也就永远无法理解鲁迅为何会那么沉重和激愤。因此，比起那些直接从西方现代派作家那里复制痛苦、焦虑、恐惧、绝望等精神经验的写作者来说，我更欣赏与细节中的中国人相结盟、并在具体的中国生活中有所担负的作家，因为只有这样的人，才是活在真实的中国经验里，才有可能对当下中国人的精神境遇发言。

二　重获文学整体观

贾平凹的多数作品，都有着非常结实的中国化的现实面貌，他的确写出

---

① 参见贾平凹:《高老庄》，87—88 页，太白文艺出版社，1998。

② 转引自牟宗三:《生命的学问》，5 页，广西师范大学出版社，2005。

③ 王国维:《人间词话》，22 页，安徽文艺出版社，2003。

了商州、西安（包括整个西北）的生活精髓；尤其是他那强大的写实才能，以及出色的语言及物能力，使他的写作在表现当代生活方面自成一路。仅凭这一点，贾平凹已经可以在文学史上留下重重的一笔。但我觉得贾平凹的写作意义决不仅限于此——贾平凹其实是一个自觉追求文学整体观的作家，也就是说，他是当代不多的具有整体性精神关怀向度的作家。他的作品，不仅关注现实，还关注存在的境遇、死亡和神秘的体验、自然和生态的状况、人性的细微变化等命题，不管贾平凹做得好不好，他毕竟是有这个意识的作家，他那开阔的精神视野值得研究。——当代文学这些年来是越写越轻，已经很少有人自觉地进入这些命题，并使自己的作品保持这种整体性的精神品格了。因此，就当下的写作处境而言，中国确实太需要有文学整体观的作家了。

什么是文学的整体观？按我的理解，就是一个作家的写作不仅要有丰富的维度，它还必须和世界上最伟大的文学传统有着相通的脉搏和表情。过去，中国文学的维度基本上是单一的，大多只是关涉国家、民族、社会和人伦，我把它称之为“现世文学”。这种单维度文学是很容易被不同时期的意识形态所利用的——二十世纪的中国文学史就不乏这样的惨痛记忆。它描绘的只是中间价值系统（关于国家、民族和社会人伦的话语，只能在现世展开，它在天、地、人的宇宙架构中，居于中间状态），匮乏的恰恰是对终极价值的不懈追求。而在那些优秀的西方文学中，正是因为有了终极价值系统的存在或缺席这一参照，才使它们真正走向了深刻、超越和博大。这点，是非常值得中国作家学习的。

因此，所谓的“文学整体观”，就是要从简单的现世文学的模式中超越出来，以一种整体的眼光来重新打量这个世界。实现文学整体观的关键，就是要把文学从单维度向多维度推进，使之具有丰富的精神向度和意义空间。刘再复在答颜纯钩、舒非问时，曾精辟地谈到文学的四个维度，他说，中国的现代文学只有“国家·社会·历史”的维度，变成单维文学，从审美内涵讲只有这种维度，但缺少另外三种维度：一个是叩问存在意义的维度；第二个是缺乏超验的维度，就是和神对话的维度，和“无限”对话的维度；第三个是自然的维度，一种是外向自然，也就是大自然，一种是内向自然，就是生命自然。这些，我们都还写得不够。[①]

——只有这四种维度都健全的作家，才是具有文学整体观的作家。以此

① 刘再复：《答〈文学世纪〉颜纯钩、舒非问》，载香港《文学世纪》第八期（2000年11月）。

观察，我觉得当代很多作家的文学观都是不健全的，残缺的。从这种不健全的文学观出发，他们的作品气象自然也是有限的，很难获得可进入伟大文学行列的博大品格。更让人遗憾的是，许多作家甚至连这方面的想象都没有，更别说朝这个方向进发了。正因为如此，我才看重贾平凹在这方面的努力，看得出，在他的内心，是有这种文学整体观的，他一直都在文学的多维度建构上竭力前行。他的写实才能，使他的作品在描绘国家、民族、社会和人伦这些现世事象方面，达到了一般人很难达到的真实和生动，另外，在其他三个维度上，贾平凹也具有这种自觉的精神意识。

在叩问存在意义的维度上，《废都》是最典型和深刻的作品。它通过对虚无、颓废、无聊等精神废墟景象的书写，反证了一个时代在理想上的崩溃，在信念上的荒凉——它在当时的精神预见性，至今读起来还触目惊心。虽然，《废都》曾因性描写等因素而备受批评，但事隔十几年之后回过头来看，我们不得不承认，它对于知识分子精神命运和存在境遇的探查，的确是达到了一个非常重要的高度。在此之前，中国当代文学中还真的没有多少作品能如此执着而准确地叩问人之为人的存在意义。

在神秘感和死亡体验等超验的维度上，贾平凹也是有意识地在追求的。他是一个有理想追问的作家，即便是批评声四起的《废都》，里面的颓靡之气，在我看来，也是理想丧失之后的自我挣扎，比起那些空无一物、只是轻松自娱的作家，显然更有灵魂力度。而在《高老庄》里，贾平凹对神秘感和死亡体验等超验事物的追索，则体现在他那些务虚的笔法中。他自己曾说，这个虚，是为了从整体上张扬他的意象，比如说，小说里写到的石头的画、飞碟、白云湫等等，都属于务虚的意象，虽说它还远没有达到大虚的境界[①]，但比起《废都》中那头牛的运用，还是成功了许多。我倒不特别看重贾平凹在《高老庄》的虚里所张扬出来的深意，只是我从他对石头的怪画、飞碟的出现、白云湫的神秘等事物的欲言又止中，感觉到贾平凹的内心保存着许多作家所没有的品质：对世界、死亡、大自然以及神秘事物的敬畏。包括《秦腔》，贾平凹称自己一直是在惊恐中写作，这种“惊恐”，也是一种敬畏——对故土、故人、未知的前方道路的敬畏。这是令人动容的。在当下写作界，多少人都挂着私人化写作的标签，只满足于那种单一的欲望、有限的自我意识的绵延，内心对任何事物都不再敬畏，这种浅薄最终使他们无一例外地都成了颓废现

① 我认为，《高老庄》的遗憾，就在于贾平凹进入了大实的境界，而在虚的方面，他还没有跳脱用意象来象征的思路，只是把虚符号化，没有从作品的深处生长出大虚来。

实和欲望自我的奴仆。要知道，个人是多么地渺小，世界又是多么地无边无际、神秘莫测，那些内心没有任何敬畏，而轻易就把自我中那点微小的经验当作终极的作家，其实是对人的简化，也是对人世的无知。可以想象，如果人物的命运后面空无一物，如果没有了超越的精神维度，这样的文学便只能在现世里打转，而写不出更为深邃的存在真相。

在自然和生态的维度上，贾平凹更是自觉的践行者。从他早期作品开始，自然的人化和人与自然的协调就一直是他写作的基本母题。无论是小说，还是散文，贾平凹都大量地写到了山石、月亮、流水，狐狸、狼、牛等事物，并将自然生态和人文生态紧密相连。这方面典型的作品是《怀念狼》。他写到当狼这种野性的生物消失之后，人的命运和人性也会随之变得可怕而疯狂，原来，人和狼的敌对关系中，也是存在着相互依存的关系的，这就是贾平凹的自然辨证法。他就这部作品接受廖增湖访问时说："人是在与狼的斗争中成为人的，狼的消失使人陷入了慌恐、孤独、衰弱和卑鄙，乃至于死亡的境地。怀念狼是怀念着勃发的生命，怀念英雄，怀念着世界的平衡。"[①]这样的写作方式，虽然不无生硬之处，但贾平凹在人的自然生态和人文生态如何结合的探索上所给出的思考路径，还是有独特价值的。它甚至成了贾平凹写作中最为恒久的命题。此外，在内向自然（生命自然、人性）上，贾平凹也是有深刻发现的。像《黑氏》《龙卷风》《五魁》《美穴地》《油月亮》《小楚》等作品，在人性的刻画上，都是独树一帜的。

——指出贾平凹在文学整体观上的探索和成就，显然能为中国文学的发展提供一些有益的启示。同时，它也能帮助我们更理性而清晰地认识一个作家，特别是像贾平凹这样的具有神话色彩的作家，对他的褒贬，都很容易走向极端，而失之客观。如果我们能以更冷静的心态来看，就能发现，贾平凹身上其实一直还有一股劲，还有一股渴望创造的冲动，所以，他的作品总能带给读者一些新的话题。

三　灵魂的挂空与安怀

《秦腔》依然贯彻着贾平凹的文学整体观，同时，贾平凹在这部作品中还建构起了一种新的叙事伦理。阅读《秦腔》是需要耐心的，它人物众多，叙事细密，但不像《废都》《高老庄》那样，有一条明晰的故事线索，《秦腔》"写

---

① 廖增湖:《贾平凹访谈录》，载《当代作家评论》2000年第4期。

的是一堆鸡零狗碎的泼烦日子”[①]。因此，就着叙事本身来说，《秦腔》是一个大胆的尝试。在四十几万字的篇幅里，放弃故事主线，转而用不乏琐碎的细节、对话和场面来结构整部小说，这需要作者有很好的雕刻细节的能力，也需要作者能很好地控制叙事节奏。毕竟，在当代中国，像《秦腔》这种反“宏大叙事”、张扬日常生活精神的作品，是相当罕见的。

我首先注意到的是，在贾平凹几部重要的长篇里，对于时间的处理有着其他作家所没有的自觉。《秦腔》里写的生活时间是一年左右，《高老庄》大概写了一个月，《废都》里的时间差不多也是一年左右。一部大篇幅的长篇小说，只写一年左右的现实生活，而且写得如此生机勃勃、真实有趣，这在中国作家中是不多见的才能。中国作家写长篇，大多数都喜欢写一个非常长的时间跨度，动不动就是百年历史的变迁，或者几代家族史的演变，但贾平凹可以在非常短的时间、非常狭窄的空间里，建立起恢弘、庞大的文学景象，这种写作难度要比前者大得多。像《高老庄》，贾平凹只写了一次回乡之行，前后一个月左右，《秦腔》所写的清风街的故事，前后时间也不长，但他能写得这么细密，这么本真，这么有耐心，所创造的现实景观又是如此庞大，这就正如作家王彪所说，贾平凹写作《秦腔》是“有野心的”，它“以细枝末节和鸡毛蒜皮的人事，从最细微的角落一页页翻开，细流蔓延、泥沙俱下，从而聚沙成塔，汇流入海，浑然天成中抵达本质的真实”。[②]

其次，《秦腔》写的是极为琐碎、密实、日常化的当代生活，这种生活是近距离的，要写好它很不容易。许多作家能写好虚构的历史场景，但一面对当下的日常生活，就手足无措了，这表明在许多时候，日常生活更能考验作家。书写日常生活，本是中国小说的伟大传统，中国历史上最伟大的小说，像《金瓶梅》《红楼梦》，写的都是那个时代的日常生活，从而生动地为我们保存了那个时代的“肉身”——日常生活是一个时代真正的“肉身”。在当代，虽然也有不少作家在写当下的日常生活，但这些人笔下的当代生活，多数是观念性的，或者是被简化过的，它可以被概括，分析，陈述；贾平凹笔下的当代生活不同，它的日常生活如同流水，看起来肆意流淌，其实是有它们自己的河道的，你很难用现成的结论来概括它，它更多的是一种状态，就挺立、呈现在那里，贾平凹将它写出来了，这就是创造——我一直认为，能否在最日常化、最生活化的地方，写出真情，写出人性的疑难，写出生存的根本处

---

① 贾平凹:《秦腔·后记》,《秦腔》, 518页，作家出版社，2008。

② 贾平凹和王彪的对话:《一次寻根，一曲挽歌》, 载《南方都市报》2005年1月17日。

境，这是衡量一个作家写作才能的重要标准。

胡兰成在《中国文学史话》中记载了一件事，他说一个日本陶工对他说："只做观赏用的陶器，会渐渐的窄小，贫薄，至于怪癖，我自己感觉到要多做日常使用的陶器。"[①]一个陶艺家要经常烧一些日用的产品，比如平常吃饭的碗，喝茶的杯，装菜的碟，由此来平衡自己的艺术感受，以免使自己的感觉走向窄小，贫薄，怪癖，这是一个很大的艺术创见。因此，胡兰成说，"人世是可以日用的东西"，也正因为它的日用性，"所以都是贵气的，所以可以平民亦是贵人"。[②]《秦腔》就是这样的思路，它写的是日常的事，最简单、最普通的事，但在这些事上能建立起当代生活的内在真实，能写出中国人、中国文化、中国社会里富有意味的东西，它所写的人世正是"可以日用的"，它所传承的也是《金瓶梅》《红楼梦》式的写实传统。

或许中国人对这一小说传统已经相当陌生，所以，《秦腔》引发争议是必然的。就连贾平凹自己，也在"后记"中发出如是感叹：

> 我写的是一堆鸡零狗碎的泼烦日子，它只能是这一种写法，这如同马腿的矫健是马为觅食跑出来的，鸟声的悦耳是鸟为求爱唱出来的。……如果慢慢去读，能理解我的迷惘和辛酸，可很多人习惯了翻着读，是否说"没意思"就撂到尘埃里去了呢？[③]

"它只能是这一种写法"，贾平凹说得很自信，但在这话的后面，也蕴藏着许多困惑和悲凉。我想，要真正理解《秦腔》，最重要的是要把它当作一种新型的小说来读，那些猎奇的、"翻着读"的读者，是很难进入这种细密、琐碎、日常化的文字的。正如米兰·昆德拉在论到卡夫卡的小说时所说："要理解卡夫卡的小说，只有一种方法。像读小说那样地读它们。不要在K这个人物身上寻找作者的画像，不要在K的话语中寻找神秘的信息代码，相反，认认真真地追随人物的行为举止，他们的言语、他们的思想，想象他们在眼前的模样。"[④]读《秦腔》时也应如此。虽然贾平凹明言这部小说是要"为故乡树起一块碑子"，但它首先是一部小说，惟有理解了小说的基本品质，才能进一

---

① 胡兰成：《中国文学史话》，13页，上海社会科学院出版社，2004。

② 同上。

③ 贾平凹：《秦腔·后记》，《秦腔》，518页，作家出版社，2008。

④ 米兰·昆德拉：《被背叛的遗嘱》，217页，余中先译，上海译文出版社，2003。

步了悟贾平凹在这部小说中所寄寓的写作用心和故土感情。

细心的读者不难发现，从写整个“商州”到写“清风街”的故事，这前后二十几年间，贾平凹尽管也写了像《废都》这样的都市小说，但他的根还是在故乡，在那片土地上，他的精神从那里生长出来，最终也要回到那里去，这是一个心里有爱的作家必然的宿命。诚如贾平凹自己所说，“做起城里人了，我才发现，我的本性依旧是农民，如乌鸡一样，那是乌在了骨头上的。”①因此，我能理解贾平凹在《秦腔》中所投注的对故土那复杂的感情：他爱这片土地，但又对这片土地的现状和未来充满迷茫；他试图写出故乡的灵魂，但心里明显感到故乡的灵魂已经破碎。

在这样一个精神被拔根、心灵被挂空的时代里，人活着都是游离的，受伤的，任何想回到故土记忆、回到精神本根的努力，都显得异常艰难而渺茫。《秦腔》也不例外。《秦腔》写了夏天智、夏天义、引生、白雪、夏风等众多人物，也写了那么多细碎、严实的日常生活，按理说，故乡的真实应该触手可及了，然而，我在《秦腔》所出示的巨大的“实”中，却触摸到了贾平凹心里那同样巨大的失落和空洞。他说出的是那些具体、真实的生活细节，未曾说出的是精神无处扎根的伤感和茫然。所以，有人说贾平凹写作《秦腔》是为了寻根，是一次写作的回乡之旅，这些都是确实的，但寻根的结果未必就是扎根，回乡也不一定能找到家乡，从精神意义上说，寻根的背后，很可能要面对更大的漂泊和游离。因此，在《秦腔》“后记”的结尾处，贾平凹喊出了“故乡啊，从此失去记忆”的悲音，我读起来是惊心动魄的。它所说出的，何尝不是当代中国最为真切、严峻的精神处境？

确实，大多数现代人的生存都已被连根拔起，生存状态几乎都是挂空的。故乡是回不去了，城市又缺乏扎根的地方，甚至大多数的城市人连思想一种精神生活的闲暇都没有了，活着普遍成了沉重的负累。孔子说“老者安之，少者怀之，朋友信之”，这本是人生大道，然而，在灵魂挂空的现代社会，不仅老者需要安怀，一切人都需要安怀。哲学家牟宗三在《说“怀乡”》一文中说，自己已无乡可怀，因为他对现实的乡国人类没有具体的怀念，而只有对于“人之为人”的本质之怀念，他表达的也正是这个意思。“现在的人太苦了。人人都拔了根，挂了空。这点，一般来说，人人都剥掉了我所说的陪衬，人人都在游离中。”②

---

① 贾平凹：《秦腔·后记》，《秦腔》，514页，作家出版社，2008。

② 牟宗三：《说“怀乡”》，《生命的学问》，2页，广西师范大学出版社，2005。

读《秦腔》，也同样能体会到这种“拔了根”、“挂了空”、“游离”的感受。贾平凹越是想走近家乡，融入故土，就越是发现故乡在远离自己。这并非他一个人的困境，而是说出现代人与土地之间的关系正在面临破裂和毁灭。《秦腔》以夏天智和夏天义的死来结尾，就富有这样的象征意味。秦腔痴迷者夏天智的死，既可以看作是民间精神、民间文化的一种衰败，也可看作是中国乡村最有生命力的部分正在面临消失——这种衰败和消失，并非一夜之间完成的，而是一点一点地进行的，到夏天智死的时候，达到了一个顶峰。那时，秦腔已经沦落到只是用来给喜事丧事唱曲的境地，而农村的劳动力呢，“三十五席都是老人、妇女和娃娃们，精壮小伙子没有几个，这抬棺的、启墓道的人手不够啊！”[①]——人死了，没有足够的劳力将死人抬到墓地安葬，这是何等真实、又何等凄凉的中国乡土现实，你让身处其中的人怎能安怀？夏天义是想改变这种处境的，但最后他死在了一次山体滑坡中（这次山体滑坡把夏天智的坟也埋没了），清风街的人想把他从土石里刨出来，仍然没有主要劳力，来的都是些老人、小孩和妇女，刨了一夜，也只刨了一点点，无奈，只好不刨了，就让夏天义安息在土石堆里——这或许正是夏天义自己的心愿：和这一块自己热爱的土地融为一体。随着夏天智和夏天义的死，清风街的故事也该落下帷幕了，而那些远离故土出外找生活的人，那些站在埋没夏天义的那片崖坡前的清风街的人，包括“疯子”引生，似乎都成了心灵无处落实的游离的孤魂，正如夏天义早前所预言的，他们“农不农，工不工，乡不乡，城不城，一生就没根没底地像池塘里的浮萍”，一片茫然。

四　以爱，以温暖

司马迁说，人在穷困之时，“未尝不呼天也，未尝不呼父母也”，其实，人在穷困之时，精神在贫瘠之时，又何止“呼天”、“呼父母”？他必然地还会想皈依大地和故土。中国人、中国文化自古以来都注重生命，而生命最核心的就是要扎根，要落到实处。张横渠说“为天地立心，为生民立命”，可见，天地之“心”和生民之“命”本是一。因此，我认为，最好的文学，都是找“心”的文学、寻“命”的文学，也就是使灵魂扎根、落实的文学。“人类有了命，生了根，不挂空，然后才有日常的人生生活。离别，有黯然销魂之苦；团聚，有游子归根之乐。侨民有怀念之思，家居有天年之养。这时，人易有

① 贾平凹:《秦腔》，494 页，作家出版社，2008。

具体的怀念，而民德亦归厚。”[①]《秦腔》所盼望和怀想的，正是这种“有了命，生了根，不挂空”的人生实现。它以故土为背景，既写出了作者找“心”、寻“命”的复杂感受，也写出了人与土地的关系破裂之后，生命无处扎根、灵魂无处落实、心无处皈依的那种巨大的空旷和寂寞。由《秦腔》可以想见，贾平凹一直存着一颗温润的赤子之心，因为他一刻也没有放弃追索自身的“心”与“命”之归宿和根本。

为此，我把《秦腔》看作是一种尊灵魂的写作。所谓尊灵魂，即不忘在作品中找天地之“心”、寻人类之“命”。——这样的意识，在当代写作界，正变得越来越稀薄，此是当代文学之主要危机。由尊灵魂，而有生命叙事；由生命叙事，才得见一部作品的生机和情理。读《秦腔》，若不能深入到这个层面，是断难在众多沉实的段落里看出作者的苦心经营的。

> 我清楚，故乡将出现另一种形状，我将越来越陌生，它以后或许像有了疤的苹果，苹果腐烂，如一泡脓水，或许它会淤地里生出了荷花，愈开愈艳，但那都再不属于我，而目前的态势与我相宜，我有责任和感情写下它。……现在我为故乡写这本书，却是为了忘却的回忆。[②]

——这就是灵魂的伤怀，生命的喟叹。《秦腔》从这样的体验出来，以爱，以温暖，以赤子之心，写了一批正在老去的人，一片行将消失的土地。包括贾平凹选择“秦腔”做书名，也寄寓着这样的念想。秦腔是秦人的声音，而秦人自古以来就是大苦大乐的民众，他们的喜怒哀乐，都可以借由秦腔来表达。然而，在《秦腔》里，秦腔作为一种地方戏曲、一种传统文化的象征，无可挽回地在走向衰败，如同白雪（她也是秦腔艺人）的命运，一片凄凉。或许，在内心里，贾平凹并不愿意让秦腔成为故土上的挽歌和绝唱，但现实如此残酷，生存如此严峻，那股生命的凉气终究还是在《秦腔》的字里行间透了出来。

因此，《秦腔》的叙事，从表面看来，是喧嚣的，热闹的，但这种喧嚣和热闹的背后，一直透着这股生命的凉气——这股凉气里，有心灵的寂寞，有生命的迷茫，有凭吊和悲伤，也有矛盾和痛苦。这是贾平凹在《秦腔》中

---

① 牟宗三:《说“怀乡”》,《生命的学问》, 5 页，广西师范大学出版社，2005。

② 贾平凹:《秦腔·后记》,《秦腔》, 517 页，作家出版社，2008。

所没有完全说出的部分，它是整部作品的暗流，也是一种沉默的声音。《秦腔》的矛盾、冲突及其复杂性，正是体现于此。在当代中国，少有人能像贾平凹这样明晰、准确地理解农村这一独特、复杂的现实的："以往许多写农村的作品，写得太干净，如一种说法，把树拔起来，根须上的土都在水里涮净了。建立在血缘、伦理根基上的土性文化，它是黏糊的，混沌的。……往往这个时候我们难以把握，更多的是迷惘、矛盾。"[①] 面对这种黏糊、混沌的状态，贾平凹所着力的是呈现——在最具体、最细节处呈现，在那些躁动而混茫的心灵中呈现。所以，贾平凹看重日常生活，看重在生活的细节中所建构起来的那个活泼、生机的世界。这个世界还在扩展，还没有完成，但日夜都在遭受时代潮流的磨碾，它会被时代的强力意志吞食吗？它能在时代的喧嚣中重新找到自己的方向和边界吗？贾平凹无意回答这个问题，他只愿意在迷惘、矛盾中做真实的呈现。他在《秦腔·后记》中也说："我的写作充满了矛盾和痛苦，我不知道该赞颂现实还是诅咒现实，是为棣花街的父老乡亲庆幸还是为他们悲哀。……古人讲：文章惊恐成，这部书稿真的一直在惊恐中写作……"[②]——在"赞颂"和"诅咒"、"庆幸"和"悲哀"之间，贾平凹再一次坦言自己"充满矛盾和痛苦"，他无法选择，也不愿意作出选择，所以，他只有"在惊恐中写作"。在我看来，正是在这种矛盾、痛苦和惊恐中，贾平凹为自己的写作建立起了一种新的叙事伦理。

《秦腔》之所以会被认为是当代中国乡土写作的重要界碑，与贾平凹所建立起来的这种新的写作伦理是密切相关的。假如贾平凹在写作中选择了"赞颂现实"或者"诅咒现实"，选择了为父老乡亲"庆幸"或者为他们"悲哀"，这部作品的精神格局将会小得多，因为价值选择一清晰，作品的想象空间就会受到很大的限制。但贾平凹在面对这种选择时，他说"我不知道"，这个"不知道"，才是一个作家面对现实时的诚实体会——世道人心本是宽广、复杂、蕴藏着无穷可能性的，谁能保证自己对它们都是"知道"的呢？遗憾的是，中国当代活跃着太多"知道"的作家，他们对自己笔下的现实和人世，"知道"该赞颂还是诅咒；他们对自己笔下的人物，也"知道"该为他庆幸还是悲哀。其实这样的"知道"，不过是以作者自己单一的想法，代替现实和人物本身的丰富感受而已。这令我想起胡兰成对林语堂的《苏东坡传》的批评。苏轼与王安石是政敌，而两人相见时的风度都很好。但是，"林语堂文中帮苏东坡本

① 贾平凹和王彪的对话：《一次寻根，一曲挽歌》，载《南方都市报》2005年1月17日。
② 贾平凹：《秦腔·后记》，《秦腔》，517—518页，作家出版社，2008。

人憎恨王安石，比当事人更甚。苏与王二人有互相敬重处，而林语堂把王安石写得那样无趣……”[①] 胡兰成的批评不无道理。相比之下，当代文学界的很多作家在帮人物“憎恨”（或者帮人物喜欢）这事上，往往做得比林语堂还积极。

但贾平凹没有在《秦腔》中“帮苏东坡本人憎恨王安石”，没有帮乡亲恨时代、恨干部，因为他深知，真正的文学精神不该纠缠在是非得失上，而应是一种更高的对生活的仁慈。

五　饶恕一切，超越一切

仁慈就是一种宽容和饶恕。饶恕生活，宽容别人，以慈悲看人世，这何尝不是一种更深广、更超越的文学观？写作最怕的是被俗常道德所累，被是非之心所左右，深陷于此，写作的精神格局就会变得狭小、平庸。然而，面对这样一个价值颠倒、欲望沉浮的时代，又有几个作家愿意在作品中放弃道德抉择的快意？惟有那些沉入时代内部、心存慈悲的人，才能看出在生活的表象下还隐藏着一个更高的生存秘密。胡兰成在论到张爱玲的小说时，就敏锐地发现了张爱玲身上那种宽容和慈悲。他说，张爱玲的小说也写人生的恐怖与罪恶，残酷与委屈，但我们在读她作品的时候，有一种悲哀，同时又是欢喜的，因为你和作者一同饶恕了他们，并且抚爱着那受委屈的。饶恕，是因为恐怖、罪恶与残酷者其实是悲惨的失败者；张爱玲悲悯人世的强者的软弱，而给予人世的弱者以康健与喜悦。人世的恐怖与柔和，罪恶与善良，残酷与委屈，一被作者提高到顶点，就结合为一。[②]胡兰成这个人，我是一点都不喜欢的，但必须承认，在当时，除了胡兰成，还很少人能在张爱玲的小说中看到“饶恕”，看到“悲悯”，看到“恐怖与柔和，罪恶与善良，残酷与委屈”被提高到顶点时能“结合为一”，看到生之悲哀与生之喜悦——因此，张爱玲的小说虽然苍凉，却也不乏柔和与温暖，这或许正是伟大的文学所特有的品质。

《秦腔》在处理现实时，同样潜藏着丰富的精神维度。贾平凹无意出示任何单一的答案，他重在呈现，重在以慈悲的眼光面对现实，并以一种宽广的心来理解那些微妙而复杂的世事沉浮。由此，我们就不难理解，贾平凹为何要选择引生这个“疯子”来充当《秦腔》一书的叙述者。疯子，狂人，白

---

① 胡兰成：《中国文学史话》，119 页，上海社会科学院出版社，2004。

② 同上，171—172 页。

痴，对于常人而言，他们是残缺的，但也是神秘的，这些特殊的视角如果应用得好，它可以为文学打开一个巨大、隐秘的世界。鲁迅的《狂人日记》和福克纳的《喧哗与骚动》，都堪称是这方面的经典。《秦腔》以引生作为叙述者，显然是想让这个“疯子”扮演一个复杂的角色——他既知道一切，又什么也不知道；他既可以随意说话，也可以说了白说；他善于记住，也善于遗忘；他无道德、无是非，但也并非全然混沌一片。王船山说庶民是“至愚”，又是“至神”，这表明二者间的分际并不明显，而引生因为有着疯病，正好成了一个集“至愚”和“至神”于一身的人，由他来做叙述者，恰好最能体现作者的宽容、饶恕、仁慈和同情心，同时，他也是能将生之悲哀与生之喜悦结合为一的人。他的“至愚”，使他能得以成为客观的、“不知道”的生活观察者；他的“至神”，则使他能超越众人之上，想别人所未想、做别人所不敢做的事。因此，引生既是“至愚”、“至神”的叙述者，也是整部《秦腔》中最仁慈又最宽容、最悲哀又最快乐的人物：

> 我连续三天再没去七里沟，夏天义以为我患了病，寻到了我家，他看见我好好地在屋门口，说：“你在家干啥哩？”我拿眼瞧着土炕，我没说，只是笑。夏天义就走过去揭土炕上的被子，被子揭开了什么也没有。我却是扑过去抱住了夏天义，我不让他揭被子，甚至不让他靠近土炕。夏天义说：“你又犯疯病啦？！”我叫道：“你不要撵她！”夏天义说：“撵谁？”啪啪扇我两个耳光，我坐在那里是不动弹了，半天清醒过来，我才明白白雪压根儿就没有在我的土炕上。我说：“天义叔！”呜呜地哭。[①]

引生爱白雪，这种爱当然是不对等的：白雪是出名的美女、文化人；引生只是一个被大家当笑物的“疯子”。但引生愿意为白雪做一切，甚至愿意为她去死。他听赵宏声说，只要拿个小手帕在白雪面前晃一晃，白雪就会跟他走，他果然照着做了，结果，自然只能换来夏天义的“扇我两个耳光”，“又踢我一脚”，换来白雪对他的鄙夷和漠然，而“我”除了“呜呜地哭”，又能怎样呢？有意思的是，被人打骂和鄙视的“我”，虽然把这件事看作是“在我的一生中……最丢人的事”，“但我没有恨白雪，也没有恨夏天义”[②]——这，就是对生

① 贾平凹：《秦腔》，357页，作家出版社，2008。

② 同上。

活的仁慈，它虽然出自引生之口，却也不妨理解为是作者对世界的基本态度。

由“我没有恨……也没有恨……”这一独特句式所体现出来的写作伦理，和“我不知道”一样，都是超越是非、善恶、对错、得失的，它试图通达的是一个“通而为一”、超越道德的大境界。如果用米兰·昆德拉的话说，就是使小说留在“道德审判被悬置的疆域”，“悬置道德审判并非小说的不道德，而是它的道德。”[①]确实，小说只是对世界的呈现，对人生的同情，对存在的领悟，它在人间道德上的无力，恰恰是为了建构起一个更为有力的世界——这个世界说出爱，说出仁慈，说出同情，说出生之喜悦和生之悲哀，说出更高的平等和超然。《秦腔》正是这样，所以它的叙事伦理是超越善恶的，作者拒绝在小说中进行任何道德审判，因为“艺术中的道德美……是极其容易消失的。”[②]你在《秦腔》里很难找到绝对的对与错、是与非，里面的人物之间即便一时有隔阂和冲突，这个冲突也很快就会被化解。正是有了这种超然和仁慈，贾平凹在《秦腔》中才能书写出一种和解的力量：人与人的和解，人与历史的和解，人与土地的和解。这中间，虽然也发生了许多冲突和矛盾，但你在《秦腔》里找不到怨恨。

了解历史的人都知道，中国的乡村（甚至包括整个中国）在这几十年来，各个层面都积怨太深了，任何一个上了点年纪的中国人，因为历史的造化，都会在这几十年间不断地和人、和历史、和体制产生冲突，轻则闹得灰头土脸，重则闹得家破人亡，等到事过境迁之后，每个人才发现，自己和历史（时间）、和别人的世界（空间）之间已经结下了种种的积怨，这种积怨甚至到了难以化解的地步。这个时候，大地的力量就显示出来了，她以她的宽广、沉静和坚韧，日夜平息着人类的愤怒和不安，并用她的博大不断地教育人类：无论是谁，无论你带着何种记忆和仇恨生活，最终，都要在她面前归于无有——这是真正的平等，因为一切都本于尘土，又归于尘土。

正因为如此，“赞颂现实”或“诅咒现实”都无济于事，它并不能为我们敞开现实的真实面貌。为此，贾平凹在《秦腔》中选择了一种仁慈、平等、超越善恶的立场，以此来重新表达中国当代的乡土现实。就文学而言，这是一种巨大的革命。读《秦腔》，我们很容易就能读到慈悲和谦逊，原因也正在于此。比如，贾平凹看到了故乡、土地正在衰败、行将消失的命运，但他承认，他不知道该是谁、也不知道该是哪种力量来为这样一种消失和衰败承

---

① 米兰·昆德拉：《被背叛的遗嘱》，7页，余中先译，上海译文出版社，2003。

② 苏珊·桑塔格：《反对阐释》，63页，程巍译，上海译文出版社，2003。

担责任。“我站在街巷的石碌子碾盘前，想，难道棣花街上我的亲人、熟人就这么很快地要消失吗？这条老街很快就要消失吗？土地也从此要消失吗？真的是在城市化，而农村能真正地消失吗？如果消失不了，那又该怎么办呢？”[①]——这样的茫然和无奈，有时比任何现实的答案都更有力量。如果贾平凹在《秦腔》里具体指出是哪一种力量该为大地的消失、乡土生活的衰败承担责任的话，他这部作品的格局就要小得多了。

《秦腔》最为出色的地方，就在于它所呈现的现实是无解的，作家在写作态度上是两难的。这暗合了王国维在《〈红楼梦〉评论》中所阐释的思想。王国维认为悲剧有三种：一种是蛇蝎之人造成的；一种是由人物盲目的命运造成的；还有一种是没有原因的，是时代和人的错位，用王国维的话说，是因“通常之道德、通常之人情、通常之境遇”造成的[②]。《红楼梦》的悲剧就属于第三种。像林黛玉和贾宝玉之间的悲剧是谁造成的？是贾母还是贾宝玉？都不是，因为贾母相信金玉良缘，要贾宝玉跟薛宝钗结成婚配，这并没有什么错，也合乎情理——宝钗也有她的可爱之处。因此，在《红楼梦》里，所有的人都没有错，但这些无错之人却共同制造了一个伟大的悲剧；这种无错之错反而说出每个人都得为这个悲剧承担一份责任。关于这一点，牟宗三也有过精彩的论述，他说：“人们必得以林黛玉之不得与宝玉成婚为大恨，因而必深恶痛绝于宝钗。我以为此皆不免流俗之酸腐气。试想若真叫黛玉结婚生子，则黛玉还成为黛玉乎？此乃天定的悲剧，开始时已经铸定了。人们必得于此恨天骂地，实在是一种自私的喜剧心理。人们必得超越这一关，方能了悟人生之严肃。……必须饶恕一切，乃能承认一切，必须超越一切，乃能洒脱一切。”[③]——贾平凹的《秦腔》正是朝着这个方向走的，它虽然是乡土的挽歌，但它里面没有怨气和仇恨，也没有过度的道德审判，这是一个很高的写作境界。“必须饶恕一切，乃能承认一切，必须超越一切，乃能洒脱一切”，牟宗三这话说出了一种新的写作伦理，它和“帮苏东坡本人憎恨王安石”式的写作伦理正好相对。贾平凹在《秦腔》中，以其赤子之心的温润，在写作上回应和展开了这种全新的叙事伦理，我以为，这无论对于他本人，还是对于中国当代文学，都值得特别重视。

---

① 贾平凹：《秦腔·后记》，《秦腔》，516页，作家出版社，2008。

② 王国维：《〈红楼梦〉评论》，《王国维、蔡元培、鲁迅点评红楼梦》，19页，团结出版社，2004。

③ 牟宗三：《水浒世界》，《生命的学问》，192—193页，广西师范大学出版社，2005。

代序二

庄之蝶论

李敬泽

庄之蝶在古都火车站上即将远行而心脏病或脑溢血发作，至今十七年矣。

十七年后，再见庄之蝶，他依然活着。

在此期间，《废都》遭遇了严峻的批评，上世纪九十年代初，知识分子对《废都》的批评成为了重建知识分子身份的一个重要契机：偶然的遭遇战迅速演变为全力以赴的大战，他们终于找到了一架风车：这个叫庄之蝶的人，这个“颓废”、“空虚”、“堕落”的人。十多年后重读对庄之蝶连篇累牍的判词，我能够感到当日诸生诚挚的人文关切，但我也注意到这其中有一件事不曾明言：作为文学人物的庄之蝶成为了知识分子的镜鉴——也不知是不是风月宝鉴，反正，揽镜自照的知识分子们感到大受冒犯。

我当然能够体会受到冒犯的情感反应——为了避免很可能发生的误解，我还是首先表明我在一个敏感问题上的观点：我依然认为《废都》中的“□□□”是一种精心为之的败笔。当贾平凹在稿纸上画下一个个“□”时，他或许受到了弗洛伊德《文明与禁忌》的影响，那本书上世纪八十年代的文学人几乎人手一册，通过画出来的空缺，他彰显了禁忌，同时冒犯了被彰显的禁忌，他也的确因此受到了并且活该受到责难。

但是，在我看来，那些空缺并不能将人引向欲望——我坚信这也并非贾平凹的意图，那么他的意图是什么呢？难道仅仅是和我们心中横亘着的庄重道德感开一种“躲猫猫”式的狭邪玩笑？

在上世纪九十年代，我读过了《废都》，然后读到了福柯，现在，在福柯式的知识背景下，我以为或许可以更准确地了解贾平凹的意图及这个意图在《废都》中的功能。那些“□□□”形成了一种精心制作的“废文本”，贾平凹在此破去了书写的假定性，在那些特定场合，我们对文本的“真实”幻觉被击破：眼前的一切被删减和缺省，因而也是被“写”出来的，那么，是谁写了它呢？我们当然知道书写和删节皆是贾平凹所为，但就文本的直接效果而言，却是无名之手在书写，另一只无名之手在删节。

任何一个训练有素的读者都会明白，这些“□□□”是当代出版对于明清艳情小说的通行的处理规则，我认为贾平凹并没有特别的兴趣对这种规则本身作出评论，他只是意识到对这种规则的刻意模仿能够达成他的特定意图。

——在此时此刻，我们的目光从人物身上移开，被引向了对照的文本序列：简体横排的、被删节的艳情小说和原初的明清艳情小说，贾平凹的意图正在此间，他在整部《废都》中明确地模仿从《金瓶梅》到《红楼梦》的明清小说传统，在此处，他自废文本是要凸显这种模仿的当代语境，庄之蝶这个人的根本境遇由此呈现：他或许竟是一个明清文人，但同时他也是一个被删节的、简体横排的明清文人。

——的确非常机巧，在这样的地方我能够领会贾平凹在《废都》中那种错综复杂的才能。但就这件事而言，它或许复杂得失去了控制，且不说它确实很容易被读成一种低级噱头，更重要的是，它使庄之蝶这个人物陷入了真正的道德困境。

注视着眼前这些空缺，我意识到，此时此刻原是古老声音的回响，尽管是喑哑断续的回响，就好比，在这个地方一系列镜子在互相映照、繁衍和歪曲，但镜子之间空无一人。

是的，这正是我的感觉：庄之蝶这个人在此时恰恰是不在场的，他从那些“□□”中溜走了。

这才是问题所在。似乎底本已经写定，似乎眼前发生的一切都不在他的身体和心灵边界之内，似乎他不过是被动地扮演一个“山寨版”的社会和文化角色，似乎他自己对此无能为力不能负责。

我认为，那些“□□□”之根本的不道德就在于庄之蝶的这种溜走，这种不负责。贾平凹强烈地感觉到在这个人物的身心之中有些事物是他无力触摸、想象和言说的，他无法让庄之蝶为自己的所作所为承担明确的个人责任，包括道德和伦理责任，于是，他机巧地使出腾挪大法，招来昔日幽魂，让这个人变成了不在。

所以，必须注视庄之蝶这个人。他是谁？他如何看待他的世界和他自己，他如何行动如何自我倾诉和倾听？上世纪九十年代初，当人们把庄之蝶作为一个知识分子展开争论和批评时，批评者们实际上是借此确认自身的知识分子身份，那么，对庄之蝶来说，他的问题是因为他和我们不像吗？我们又凭什么认为他应该像我们？也许他的问题恰恰在于他太像过于像呢？——这不也是人们感到遭受冒犯的一种理由吗？也许情况更为复杂：庄之蝶是像我们的，但这种“像”不符合我们的自我期许和自我描述，这个人在我们的话语系统中无法顺畅运行。

但无论如何，贾平凹不应埋怨别人误读了《废都》和庄之蝶，庄之蝶这个人无疑有所指涉：贾平凹给他起个名字叫“庄之蝶”——庄生的蝴蝶，是蝶梦庄生还是庄生梦蝶？谁是蝴蝶谁又是庄生？最直接的答案是，庄之蝶是贾生梦中之蝶，但每个阅读者也有权自认为蝶或自认为生，在这个开放的绵延的镜像系统中，误读是必然之事，也是被作者充分纵容之事。

庄之蝶是既实又虚的，他既是此身此世，也有一种恍兮忽兮，浮生若梦。这种调子直接源于《红楼梦》，在《红楼梦》中，贾宝玉是大观园中一公子吗？是一块遗落的顽石吗？还是一个浇溉灵草的仙人？他都是，都曾是，那么甄宝玉又是谁呢？这个人似是而非，在亦不在。——关于“这一个”如何同时又是广大的无数个，曹雪芹有一种远不同于欧洲现实主义的思路，《红楼梦》的天才和魅力就在这虚实相生之间，不能洞晓此际者皆非《红楼》解人；贾平凹是《红楼》解人，他在《废都》中的艺术雄心就是达到那种《红楼梦》式的境界：无限地实，也无限地虚，越实越虚，愈虚愈实。

但想到了和做得到是两码事。二十世纪至今，“红学”蔚为显学，端的是开言不谈红楼梦，虽读诗书也枉然，但相形之下，《红楼梦》对于中国现代以来的小说艺术其实甚少影响——曹雪芹那种眼光几乎是后无来者，大概只有一个张爱玲，但张爱玲的语境、她的上下文与曹雪芹是若有重合的，而其他作家和红学家皆是以自己的上下文去强解《红楼梦》，不学也罢，一学便丑。

然后就是贾平凹，他的上下文和曹雪芹同样不重合，但他做了一件惊人之事，就是创造一种语境，与曹雪芹仍有不同，但在这种语境中《红楼梦》式的眼光竟有了着落。我相信贾平凹是认真地决心要写一部《红楼梦》那样的小说的，评论家的滥调是力戒模仿，但你模仿一个《战争与和平》试试看！一个有才华的作家深刻地感受着他与伟大前辈之间的竞争关系，当他暗自对自己说，我要写一部《战争与和平》、写一部《红楼梦》时，他是认真的，他尽知其中的巨大难度。对二十世纪的中国读者来说，任何当代作品中《红楼梦》式的虚至少在叙事层面上都难免装神弄鬼的不诚挚，就《废都》而言，那个口唱段子的拾垃圾的老人就已是勉强的符号，更不用说广受诟病的奶牛思想家和庄之蝶老丈母娘的满天鬼魂；《废都》之虚在艺术上极为冒险，即使是张爱玲也主要是发展了《红楼》遗产中实的一面——顺便说一句，张爱玲的人情洞晓其实近于阴毒刻薄的姑嫂勃豁，一面是贵族，一面是小市民，所谓精致的俗骨。——而贾平凹的虚，也只是在庄之蝶这里令人信服：这个人同时具有此岸和彼岸。

庄之蝶是一位作家——他后来被一群治文学的学者痛加修理不是没道理的——而且他享有巨大的名声，至少在他生活的那个城市，从父母官到贩夫走卒，几乎无人不识庄之蝶。人们熟知、关注、溺爱着他，虽然很少有人搞得清他究竟是干什么的。

除了一些应酬文字，我们不曾见过庄之蝶写什么，也不知道他曾经写过什么，我们只知道他一直力图写一部作品，他一直在为此焦虑，最后他终于要去写了，但这部作品将是什么样子，我们无从想象，或许也就是这部《废都》。他几乎从未谈论过文学或他的写作，尽管他为此以可疑的方式从公家弄到了一套房子，但那房子里的事后来被证明皆是胡扯和胡混。

也就是说，这个人基本上是有名无实的，红火热闹立于浮名之上。如果我们断定庄之蝶就是生活在上世纪九十年代之初，那么，他这一笔巨大的象征性资本应该是来自八十年代，那时的文学声名是有可能达到如此地步的。但是，尽管所有关于《废都》的评论都在八十年代和九十年代的分际上下手，但在《废都》内部，庄之蝶其实从未流露对这个问题的兴趣，他并无八十年代之乡愁；有太多的论者在他身上搜寻九十年代知识分子身份和精神变化的征兆，并在一种集体建构的历史论述中以时代的变迁解释他的命运，但庄之蝶本人对此似乎毫无领会。他通常是在另一个层面上领会自身：一种浩大难逃的宿命。似乎《废都》如《红楼梦》一般是非历史的，它仅仅是一个世间故事，并不属于特定年代——这是一种非历史的历史化，也就是说，贾平凹寻求的不是以历史解释人，而是以人的恒常的命运和故事应对变化的历史。

结果就是，十七年后重读，我感觉这位庄先生很像一个现在的人——也许比九十年代初更像，他是一个“百家讲坛”上的说书人，一个“名人”，他戴着他的光环游走于世间，精于象征性资本的运作和增值。他也很像一个传统生态下的“文人”：结交达官，诗酒酬唱，访僧问卜，寻香猎艳，开设书肆，等等，就差开坛讲学了。

如任何名人一样，在他周围聚集了一批“食客”——一条社会生物链，在这个链条上，各个环节相互依存，有“食客”在，庄之蝶才成其为“名人”，但庄之蝶反过来必须提供和分配“食物”，他像个小朝廷的君主或小帮会的大哥，他当然不能去打人，但他显然有义务“罩”着兄弟们，带领兄弟们参与更大范围的社会交换。

一部《废都》是一张关系之网。人是社会关系的总合，人在社会关系中获得他的本质，马克思的教诲贾平凹是深刻地领会了。《废都》一个隐蔽的成就，是让广义的、日常生活层面的社会结构进入了中国当代小说，这个结构不是狭义的政治性的，但却是一种广义的政治，一种日常生活的政治经济学：中国人的生活世界如何在利益、情感、能量、权力的交换中实现自组织，并且生成着价值，这些价值未必指引着我们的言说，但却指引着我们的行动和生活。

——这种结构或许就是生活的本质和常态，它并非应然，但确是实然，而认识实然应该是任何思考和批判的出发点。

但很少有人注意到贾平凹在呈现生活结构时的这份洞见，我们可能都把这视为自然之事，以至它无法有效地进入我们的意识；更可能的是，在一套对生活的现成论述中，这种结构被忽略了被径自超越。比如，对《废都》的另一种诟病恰恰就是，贾平凹并不了解城市生活，他笔下的城市更近于一个巨大的农村。

对此，贾平凹也算是自食其果——他大概是中国作家中最长于动员误解的一个——他反反复复地强调自己是个农民，时刻准备退守到农民的堑壕中自我保护——谁能欺负一个自称农民的人呢？但是，让我们放过城市生活中那些浮云般的符号、时尚和经验表象，直接回到最基本的层面：这里不正是声名、利益、财富、雄心、欲望的集散之地吗？那么，有谁能说贾平凹不曾透彻地领会和理解这一切呢？

乡村无故事——不要忘记，在整个中国古代文学史上，从三言二拍到《红楼梦》，没有一部是“农村题材”，乡村中人走出去，进入现代境遇，或者现代性降临乡村，乡村才能够成为小说想象力的对象——贾平凹在《秦腔》中证明，他比任何人都清楚这一点。

在这座大城之中，复杂的社会生物链活跃地蠕动着——那是红火热闹，是兴致勃勃的俗世，是请客吃饭：如同《金瓶梅》《红楼梦》，《废都》中一些最见功力的大场面几乎都是请客吃饭——请汪希眠老婆吃饭的那一场，是第一个大场面，楼台重重，小处腾挪，人情入微如画。

吃饭是热闹，是烈火烹油，但烈火烹油中也必是有一份冷清荒凉。庄之蝶的牢骚，他的寂寞与疼痛，在热闹散尽时席卷而来。

——这是中国人特有的普遍情感：看古人诗文，你觉得没有人比我们更爱热闹，更溺于人群和浮世，但也没有人比我们更深切地从热处闹处领会虚无；有时你甚至觉得，我们是喜欢这一份虚无的，人生因此而丰盈。当我说贾平凹有志于《红楼》，并且为此重建语境时，我所指的正是此等处：贾平凹复活了传统中一系列基本的人生情景，基本的情感模式，复活了传统中人感受世界与人生的眼光和修辞，它们不再仅仅属于古人，我们忽然意识到，这些其实一直在我们心里，我们的基因里就睡着古人，我们无名的酸楚与喜乐与牢骚在《废都》中有名了，却原来是古今同慨。

比如乐与哀、闹与静、入世与超脱、红火与冷清、浮名与浮名之累，比如我们根深蒂固的趣味偏好如何带着我们走向“小沈阳”式的俚俗与段子式的狭邪，这一切是构成传统中国生活世界的基本的精神框架，它们即是中国之心，其实一直都在，但现代以来被历史和生活抑制着，被现代性的文化过程排抑于“人”的文学之外——甚至，“颓废”和“空虚”这两个词，它们的现代意义和前现代意义其实也判然不同，在传统语境中，颓然自废和空寂虚无是本体性的、审美的人生境界，它们作为对热衷、上进的儒家伦理的平衡性向度，使中国人不至于变成彻底的僵硬实利之徒，只是到了现代语境下，它们才变成了一种反现代的、道德上可疑之事。

而庄之蝶的问题岂止是“颓废”，他还上进得很呢，他的身上具有相反而相成的双重性：他依存于他的生活世界，深以为苦也深以为乐，他无疑厌倦，他也无疑沉溺，烦极了时，庄之蝶痛切言之：“人人都有难念的经，可我的经比谁都难念”[①]，何以他的经就比别人难念？因为他确实另有难处，但也因为他不是“别人”，此人深陷于自哀自怜，他真的认为自己是世上最累最苦之人，他对得起所有人而世间人都亏负了他。

他是累的烦的，因为他的“上帝”就是他周围的人们，他有义务让他们满意，他也因此获得肯定，他被需要也被裹挟，他在生活中的重要性必然与他的自怜同步增长。

贾平凹的巨大影响很大程度上建立于这种对中国人基本生活感觉的重新确认和命名——他在这个意义上的确是“反现代”的，《废都》在中国当代文学中重建了经过现代以来的启蒙洗礼、在现代话语中几乎失去意义的中国人的人生感，无数的贾平凹爱好者所爱的恰恰就是这个。

这样一种人生感的重建与上世纪九十年代的时代与社会变迁有确凿的关系，而且我也不认为这种关系是纯然负面的。重获日常而恒常的中国式人生，未必符合五四与启蒙与八十年代的知识分子规划，但对于所有的中国人来说，可能都是一份难得的馈赠。生活的意义并非如知识分子所规划的那样判然分

① 贾平凹：《废都》，230页，作家出版社，2009。

明，在那场作为根本情节的官司中，一群当事者几乎不曾思考过其中的是非曲直，这里只有一件不言自明之事：“我们”必须维护“我们”，但反过来，有谁能轻易说清庄之蝶的对错？他应该被裹挟着参与这样一场严重而无聊的风波吗？官司的这一方所表现的正义感不是很可笑吗？但设身处地地像任何一个中国人一样替庄之蝶想想，他能怎么办呢？他能够背叛他的朋友，背叛那些向他求助的人而置身事外吗？

这个生活世界的价值图景之复杂远超出我们的论述和知识，这里有利益的交换，也有人情的温暖，也有一个人对生活、对他的世界的承诺，当然，利益可能变成欲望和无原则，温暖可能变成酱缸，承诺可能变成对承诺之外的人们的冷酷……庄之蝶这个人与九十年代初的知识分子们所持的话语系统和生活想象有重大的差异，《废都》之备受批评，原因正在于此。

九十年代初的那场争论，知识分子们大获全胜，但那很大程度上是因为知识分子们掌握着论辩的话语，那是一场在他们自己选定的场地上进行的论辩；但是，十七年后再看，或许庄之蝶没有失败，或许贾平凹比他的任何批评者更具现实感。或许知识分子们终于意识到，他们本人有可能就是庄之蝶，当时就是，现在更是。

庄之蝶肯定不是我们想象和规划之中的一个现代知识分子，但他的出现和存在对于所有的认同知识分子身份的人提出了一个真正具有知识分子气质的问题：认识你自己，穿越幻觉，请回答庄之蝶究竟是我们梦见的蝶还是我们是庄之蝶的梦？“知识分子”在庄之蝶的面前必须论证自身的可能性和现实性，而贾平凹以尖锐的力度展现了真正的批判精神：当我们幻想自己是一个现代人时，我们可能并不知道我们在幻想。

如果庄之蝶一直保持着他的相反相成的平衡，他会和我们一样，在话语和身心的二元运作中“成功”至今，一切都会过去，庄之蝶继续生活，当然也就不会有《废都》了。

但是，贾平凹终究是放不过他，不能让他在一个恒常生活世界里安居，他还是逼迫他回答一个现代问题：我是谁？我如何在？于是，贾平凹证明了自己是个反现代的现代作家，而庄之蝶则不得不苦苦证明自己具有一个现代灵魂。

这个过程中，贾平凹和庄之蝶都面临巨大的困难——没有语言，或者说，没有可信服的内心生活的语言。庄之蝶很少独白，在最痛苦的时候，他也无法做到哈姆莱特式的自我倾诉和自我倾听，他缺乏用以自我分析的话语，他当然也可以手捧《圣经》像个知识分子一样忏悔，但在他的生活语境中、在整部《废都》所操持的语言中，这倒是唐突了虚假了。

至此，我不得不谈到那些女人，她们成为了庄之蝶通往另一个“上帝”的途径。庄之蝶与唐宛儿的关系中有一种令人悚然的恐怖：不仅是欲望的深度，还有不可遏制的自毁冲动，一种绝对的承诺和绝对的背叛：从一开始我们就知道——我们和庄之蝶分享着一样的生活智慧——这件事是没有下文的，这件事里包含着毁灭性的危险，庄之蝶对得起唐宛儿就对不起所有人，甚至就对不起自己，他兑现了对唐宛儿的承诺也就意味着他背弃了他对自己全部生活世界的承诺，反过来，他对不起唐宛儿同样也是绝对地对不起自己背弃自己。

唐宛儿最终也果真孤绝地悬在那里，清晰地标出了庄之蝶生命中的深渊。

但庄之蝶在抵达深渊之前竟是一往无前的，这当然证明了他的苟且，但同时驱使着他的，还有一种无以名状的焦虑：自我的焦虑和悲哀，他沉痛地迷恋着唐宛儿：在一次疯狂性事之后，他“把妇人的头窝在怀里”，说：“我现在是坏了，我真的是坏了！”“也不知道这是在怨恨着身下的这个女人，还是在痛恨自己和另外的两个女人”……此时，“深沉低缓的哀乐还在继续地流泻。”[①]

——他并非不知自己是“伪得不能再伪，丑得不能再丑的小人”[②]，他也并非不知，最终向他证明自己之罪的恰恰就将是怀抱中的这个女人，但是，他不能停止不能改过，这不仅仅因为道德意义上的“堕落”，更因为，这个人，他终究不仅是一只因为苟且于世间而被贾平凹梦见的蝴蝶，他是一个自知在他的生活世界中存在深渊的人，他甚至在寻找那处深渊，他向着它走去，满怀恐惧，满怀悲哀，他自知有罪但他却不知这罪何以论定、谁来审判和如何惩罚，他的身上有一种认识自我的强大冲动，他终究是个作家。

于是，在古老的城墙下，庄之蝶最后一次问宛儿：“宛儿，你真实地说说，我是个坏人吗？”

是又如何，不是又如何呢？“两个人就相对跪在那里哭了。”

——这是生命中的大哀，这份哀是传统的，也是现代的。在《红楼梦》和《金瓶梅》中，世界的朽坏与人的命运之朽坏互为表里，笼罩于人物之上的是盛极而衰的天地节律，凋零的秋天和白茫茫的冬天终会来，万丈高楼会塌，不散的筵席终须散，这是红火的俗世生活自然的和命定的边界，这就是人生之哀，我们知道限度何在，知道好的必了。但在《废都》中，城墙上如泣如诉的埙声、庄之蝶家中哀乐所表达的“哀”更具内在性：这并不仅仅是浮世之哀，直到小说结束，庄之蝶的筵席在俗世的层面上也还没有散，他还

---

① 贾平凹：《废都》，230 页，作家出版社，2009。

② 同上，311 页。

没有被抄家，还可以混下去，但他的内心溃败了，他在贾平凹所归认的传统中，成为第一个自证其罪的人——古典小说中无人自证其罪——而庄之蝶之哀，或许也是哀在他竟可以不受审判，继续在这俗世行走。

庄之蝶的出走是他在整部《废都》中做出的最具个人意志的决定，他弃绝一切承诺，他为自己做出了决定，但问题是他实际上并不知道他要走向哪里。

当贾宝玉披着大红斗篷出走时，他自己和我们所有人都知道他去了哪里：他去了他的来处，一片“干净”之地；当晚年的托尔斯泰出走时，托尔斯泰至少在理念中知道自己要到哪里去，但庄之蝶不知。

《废都》的批评者常常以托尔斯泰为精神标尺，用以衡量庄之蝶的分量，这极富洞见。我猜测，当贾平凹写到火车站上的最后一幕时，他很可能想起了托尔斯泰，这个老人，在万众注目之下，走向心中应许之地，最终也是滞留在一个火车站上，这时，贾平凹或是庄之蝶必是悲从中来：他心中并无应许之地，他的出走无人注目并将被迅速遗忘，他甚至找不到一种语言，表达自己的这个决定，他在踏上放逐之路时他的内部依然携带着那个深黑的沉默的深渊。

——终究是孤魂野鬼。我猜测，《废都》中花了如许的笔墨过度渲染黑夜中无言的满天鬼魂，不过是最后要让庄之蝶加入进去。

但事情的微妙之处在于，哈罗德·布罗姆曾在《西方正典》中指出，尽管托尔斯泰对莎士比亚做出了雄辩的责难，但是，托尔斯泰自身在最后时刻的境遇却非常近于“李尔王”：一个背弃了自身的生活世界，同时被自身的生活世界所背弃的孤独无着的老人。

那么，这个庄之蝶，他是李尔王吗？或许我们根本不必向他提出知识分子式的问题，他的问题仅仅是陷溺于自我的幻觉而背弃了他的生活，他的罪和罚都仅仅在这个意义上成立，他不过是人类的虚荣——世俗的虚荣和自我的、精神的虚荣的又一个牺牲品？

对此，我并无定见。贾平凹也不能提供答案，当他让庄之蝶从那些“□□□”中溜走时，他和他的批评者们一样，是把人的责任交给了他的环境和时代，但当他在无着无落的火车站上把庄之蝶付与痛苦的无言、付与生死时，他又确认了庄之蝶的“存在”，而把存在之难局严峻地交给了我们。——勇敢地表达和肯定了我们的生活和我们的心，勇敢地质疑和批判了我们的生活和我们的灵魂。此即《废都》。

代序三

穿过本土，越过“废都”

——贾平凹创作的历史语义学

陈晓明

在当代中国作家中，贾平凹的写作，无疑是汉语文学的奇观，如此庞大的作品数量，如此卓异的文字风格，无不令人称奇。不用全盘性地梳理他的全部作品，只要从他的《浮躁》到《废都》再到《秦腔》，所喻示的路径，贾平凹几乎是中国当代文学史内在变异的见证。那样的历程，是他的心路历程，也是中国当代文学最微妙精深的一段精神传记。他身上汇集的问题、矛盾与启示是如此之多，以至于我们如果不认真对待贾平凹的这些作品，我们就没有脚踏在当代中国汉语言文学的坚实的土地上。

当然，在贾平凹的写作史中，最绕不过去的就是《废都》，它不只是理解贾平凹创作的轴心，也是理解中国当代文学的关键作品。它所汇聚的矛盾，它所引发的争论事件，实际上就是上世纪九十年代初中国文学面临的困局，也是九十年代社会转型、知识分子重新出场的标志性事件。今天重读贾平凹这“三部”作品，也是重新进入当代思想史和文学变革史的一种努力，如同是做一次历史语义学的阐释。岁月如此荒凉，只有从历史碎片里攫取微言大义，我们才能勉强保留一份历史谱系，或许可以从中看清面向未来的道路。

一　穿过本土文化的“性情”

如果说到汉语小说的本土性或民族特色，贾平凹无疑是这方面最突出的代表人物。本土性或民族性在文学价值评价方面是一把双刃剑，夸大它的作用，则把自己区隔于传统封闭的领地；完全无视它的存在，也不能显示出一个民族一种语言的文学贡献。当然，我们会说，文学就是文学，所谓的本土性或民族特色也只能是在文学性的构成的整体中去认识，也就是说，既要在西方已经形成的文学审美价值体系里去认识它，同时又在相互参照中去看到汉语文学的独特性。

大多数本土性或乡土性都经不住这样的双重解析。只有贾平凹可以经得住这样的考验，尽管也存在着这样或那样的迷惑。贾平凹素有“鬼才”之称，他的小说文章，看似平淡自然，实则诡异奇崛，鬼斧神工。其缘由大抵在于他的作品总是有着独异的文化底蕴，他的文字总是可以引领人们进入神奇怪异的地界。

梳理贾平凹的写作史是困难的，他的作品数量如此庞大，尤其是他的出色之作如此之多，当代中国作家几乎无人可与之比肩。1952年出生的贾平凹在二十一岁那年发表了可能是他的第一篇小说《一双袜子》，该作发表在一份地方刊物《群众艺术》上，手笔很是稚拙。1978年发表《满月儿》获得当年全国首届短篇小说奖，这在当时是一件颇不寻常的事。此后数年，贾平凹作品甚多，但无惊人之处。直到1983年以后，贾平凹连续发表《商州初录》《商州又录》《商州再录》《鸡窝洼的人家》《黑氏》《远山野情》《天狗》《人极》等作品，他找到自己写作的根基与路数。“寻根”给他提供了历史契机，他的古旧而无多少时代气息的“商州”地域文化突然间有了时代的依据。那些“山野风情”，以实录笔法，寻常道来，游龙走丝，下笔成形，倒是别具一格。那时的文坛，为“本土文化”所困，都竭尽全力，去寻民族的生存之根。有寻“优根”者，有寻“劣根”者，以期响应于“世界范围”内的文化认同和国内学界关于中国传统文化的种种诘难。当然，归根结蒂是对中华民族走向现代化作一番文化上的通盘考虑。八十年代中期的中国知识分子（当然包括作家）擅长作这些宏观雄伟的思虑，纵横古今，坐而论道，以天下为己任，文学当然也是经国之大业。贾平凹偏居西北，有地利之便。那时他沉下心来查录十八本商州地方志，发现商州历史悠久，出过“乌骓马”，虽是胯下之物，毕竟“追风逐日”；更有玉环客死马嵬，这又是文化丰厚之佐证。“寻根”让贾平凹有了底气，贾平凹这才看清自己的天然优势，责怪世人，何以不管商州地理内情？有这些“文化”垫底，商州地界的寻常琐事，自然浸含文化的原汁原味。他的那些“地缘文化”占据有利地形，可以出奇制胜，比人技高一筹。

实际上，现在看起来，贾平凹比那时的“寻根派”要更高明些，他并不把文化当作全部，文化只是他的一个原料，一个背景。所以，在我看来，贾平凹并不是扎根本土，而是穿过本土——本土不是他困囿其中的一方地盘，而是他任意穿行的大地。他的小说一开始就奔“性情”而去，他要在性情中流露出民俗风习，要在风土人情中展现出人性。贾平凹一开始就没有让历史断裂，没有在文化寻根与新时期的文学人性论之间划下沟壑，只有他弥合了这两个时期却没有沦为落伍者。这就是贾平凹，既聪明过人，又偏执顽强。有文化作底蕴，原来被认定为封建落后乃至迷信谶纬的那些现象，现在已经没有进步尺度作为压制，贾平凹借助地理风情，下工夫去发掘那种文化状态中的人们的心灵美德，高尚情操；同时细致刻画那些偏离道德规范的野情私恋。要强调正面道德化的意义，那就必须在强调道德的纲领下来进行，贾平凹一开始就精通写作的辩证法，这种辩证法使贾平凹的写作在“性情”中游刃有余，它在常规化的边界撕扯开一道裂罅，那里洋溢着无尽的秦地文化意味。

读读贾平凹那时的作品，都是在地域文化的氛围下充分表现男女性情。天狗（《天狗》中的人物）三十六岁尚未娶妻成家，对师母情有所钟而想入非非。不想师傅中途遇难，瘫痪在床，师傅做主让天狗和师母结合，而天狗勇敢承担起一家人的义务，却并不完成多年的宿愿。在对性的努力压制中，细致委婉地展示了性的意识和各种心理，同时道德升华也得到充分完善的表现。师傅以自杀成全了天狗和师母，又一次给性情的细致表现提示了道德高尚的背景。

《逛山》中的那个柳子言，则充分表现了性情的话语如何向着怪诞一方发展。这个年轻英俊的风水先生类似古代民间知识分子。他对四姨太一见钟情，想入非非，却没有行动，与其说他怯懦，不如说他更偏爱沉迷于性幻想。他的行动无力，愚蠢，甚至被人打断一条腿，他唯一一次挺身而出却又被下人愚弄。小说正在这样的情境中，对人物的心理展开细致而美妙的描写。他对性诱惑的逃避，恰恰给性诱惑的细致展示提供了充分的前提条件。这个柳子言期待诱惑又逃避诱惑，由此既展示了“山野风情”那些超越文明生活规范的性场景，并且蒙上了一层温馨而感伤的面纱。这些关于性情的故事，又由于地缘文化转而变成对“人性”的探索思考。

这种“性情”总是打上了风土人情的烙印，以至于贾平凹要把它们推向更具怪戾特征才能显示出它的独特意味。那个五魁从十六岁开始干背新娘的活计，这使年纪轻轻的五魁过早地陷入了性幻想的焦虑中。遭土匪抢劫却为能与新娘相拥为伴而感到庆幸，捏一双女人的小脚“浑身的血管就汩汩跳”。挺身而出救出新娘，理由是新娘是“白虎星”（这又是性话语），乃至于土匪唐景也是一次乱伦的结果。性情的话语支撑着故事的源头和各个关节。在后来的岁月里，五魁在柳家大院扛活，为的是能体味少奶奶的音容笑貌。与对女性温情脉脉的幻想相平行的虐待女人的叙事也在展开，它映衬了五魁性幻想的美好和精神之高洁。终至于五魁救出女人，在山野同居。然而，面对着性诱惑道德感却又油然而生，一个血性男子对活生生的心爱的女人退避三舍。在道德上成全五魁是必要的，这是性的话语更加详尽更加怪戾地向前推进的必要条件。果不其然，这个菩萨一般的女人却压制不住如火的性欲，偷偷在干着与狗交媾的勾当，这个不可思议的场景当然击碎了五魁的道德感，女人也以身殉情（还是殉德？）。贾平凹的性情在追寻“文化”的道路上，必然向着怪异和邪狎发展，非如此不能有文化。在现代文明的压力下，文化是什么？不就是现代之外的异端或不可理喻的他者吗？

这就不难理解，贾平凹一直在写和要写出的实际上就是“性情”二字，特别是处在秦地文化区域里的人们。这种“性情”以地方文化为依托才能表现得淋漓尽致，如果脱离了这种地域文化，贾平凹的性情必然单薄；同样，如果离开了性情，贾平凹的文化就没有血肉。而二者的融合，贾平凹把新时期关于“人性”和“人道”的叙事推向了极致，只有他不是在意识形态反思性的语境中讲述人性故事，那是扎根在西北土地上的生命存在，人性与文化获得了超出历史及现实的意义。

1987年《收获》第一期发表贾平凹的第一部长篇小说《浮躁》，同年9月，作家出版社出版单行本。《浮躁》写的还是贾平凹的商州文化，或者说是其概括和总结，只是加重了现实关怀，专注于描写贾平凹过去小说并不常见的关于当代农村经济变革的现实问题。小说取名《浮躁》，即是说，小说试图表现那个时期经济变革大潮带来的浮躁风气，人们的行为、心理和价值取向都陷入浮躁之中。就在当时，贾平凹的这部作品无疑具有非同凡响的意义，关注现实而能达到这样的艺术容量的长篇小说并不多见，贾平凹既抓住农村改革涌动的大潮，表现农民企图脱困的热切愿望，也揭示出那个时期的社会风气和心理。这在倡导现实主义的文学的时期，这是它引起关注的重要标志。然而，事过境迁，我们回过头来看一下，贴现实太紧太近，就成了这部作品局限性的问题所在。其一，用“浮躁”来概括那个时期的改革大潮的涌动，也显得过于简单片面，如果要揭示那个时期的问题，并不是“浮躁”二字可以概括的，“浮躁”充其量也只是表现形式，一些表面现象而已。中国社会在那个时期聚集着多种矛盾，举凡在制度、权力与特权腐败、农村的贫困化、改革方向不明确、政治风云变幻莫测等等，都是社会深层次的问题，作家对现实的思考，显然没有在这些更具有症结性的问题上达到深度。其二，文学对现实下诊断实在是一件力不从心的事。文学只是以作家的个人敏感去表现现实的复杂性和丰富性，文学无疑有政治的和道德的判断，然而不是那种直接的宣告，而是以文学形象说话。如果重提现实主义原则，马克思当年就说过的不应当是席勒式的概念化地表达倾向，而应当是莎士比亚式的倾向应当从场面和情节中自然而然流露出来。马克思的经典教诲，恰恰在众多的现实主义写作中被遗忘了。贾平凹这部作品，就是太想直接对现实发言，太想以最简明扼要的概念概括这个时代的典型特征，这显然悖离了贾平凹的创作本色。

《浮躁》发表后不久，熟知贾平凹创作的陕西评论家李星就发表评论（《混沌世界中的信念和艺术秩序》），李星充分肯定了《浮躁》的现实意义："它比平凹以往的作品更宏阔地反映了一个重要的历史时代，也比平凹以往的作品更突出更全面从而也更准确地表现了作家自己的思想和人格。"①李星看到这部作品存在着反映现实的创作态度与贾平凹以往的创作方法的矛盾，但李星似乎更强调面向现实的意义，他以为贾平凹既想与现实、与人民发生联系，却又感到与他的文化追求和审美理念有冲突，在强调现实性的意义上，李星也陷入了矛盾。在我看来，贾平凹小说叙述的现实关怀必然是一种沉着于他的文化追求和审美理念之中的思想意向，在《浮躁》中，这二者无法达成一致。对现实的急切表现占据了主动，那些浮躁的人和事似乎要成为叙述的主导，它们与文化及性情的描写构成相当紧张的冲突。很显然，对现实的过于直接急迫的表现，限制了贾平凹的小说叙事在文化与性情方面的从容发掘。而且正反两方面的二元对立太鲜明，金狗和田中正的斗争，像是两条路线斗争的重演。贾平凹自己似乎也并不十分满意这部作品，贾平凹承认，他写《浮躁》时，作者亦是浮躁的。"浮躁"是一个很表面、很浮浅的词，它既不能概括那个时代的社会矛盾，也不能概括贾平凹这部作品的意义。如果说贾平凹有浮躁的话，那就是他太急于表达他对现实的看法，他过于急切找到一个时代的总体性标识。而这点并不是文学作品可以做得到、做得好的。抛开这点来看，贾平凹的这部作品还是有它的独特价值所在。

不管怎么说，文学对现实的表现还是有其意义的，尤其是当变革构成中国社会的首要特征时。《浮躁》在一定程度上写出了改革开放之初中国农村发生的潜移默化的变化，写出了体制的松动，旧秩序的动摇；人心点燃的希望，不屈的挣扎与奋斗……身陷于贫困中的人们，是如何渴望脱贫致富。他们与河流搏斗，为的是获得生存下去的基本保障。也确实有一种改变生活的愿望和情绪在躁动，仙游川、两岔乡、白石寨县，乃至整个商州，都涌动着一股热潮，我们可以感受到社会各阶层都在渴望一种新生活。金狗、福运、雷大空等人，他们凭着一股野性本能去追逐时代的变迁，也创造属于自己的历史。

---

① 参见李星：《混沌世界中的信念和艺术秩序》，原载《小说评论》，1987年第6期。引文参见：《贾平凹研究资料》，郜元宝、张冉冉编，第146页，天津人民出版社，2005。

金狗的奋斗也反映了青年一代农民在变革时代的生存渴望。另一方面，小说对权力关系的揭示也相当尖锐。随着历史变革的到来，原有权力关系格局也在发生剧烈的变化，可以看到，在中国权力是怎样深地掌控着社会，权力的运作赤裸裸且蛮横无理。我们也开始看到，改革开放终究有可能瓦解原有的权力体系，至少引起权力的格局改变。

当然，对现实的表现实际只是一个构架，贾平凹真正感兴趣，或者说他得心应手的还是那些人伦性情。小说在“改革”的现实表象下，隐藏着贾平凹过去一直苦心经营的“性情”。因为这些“性情”弥漫于其中，使得小说的韵味依然十足。因为贾平凹有能力透过现实看到文化和人性，他的小说总是以超出现实、不被现实所囿而高人一筹。即使如此急着要对现实下诊断的作品，贾平凹的文化底蕴依然可以化解现实的直接羁绊，它使《浮躁》不那么“浮躁”。

《浮躁》中的人物既对应现实改革的诉求，同样浸含着文化韵味。这些人物的独异之处在于，他们总是被打上某种文化印记。金狗身世奇特，与众不同，胸前有墨针的“看山狗”图案，这就造就了他日后不安分不寻常的天性。金狗与小水青梅竹马，却迟迟不能表白，结果让英英取得了主动委身于他的机会，一桩美好姻缘就这样变了味，酿成了一系列别别扭扭的恩怨。小水嫁给一个短命鬼，年轻就守寡。写寡妇是贾平凹的拿手好戏，寡妇门前是非多，也意味着故事多。金狗直到后来福运死了才又和小水走在一起，真是既有今日，何必当初？绕了一个圈又回去了，但中间的阴差阳错又是小说叙述所必需的，贾平凹需要的“性情”就从这些缝隙间流露出来。贾平凹的性情总是有正反双重含义，它混合着圣洁 / 欲望、隐忍 / 放荡、合理 / 非法等奇怪的对立面。其正面的谱系有一系列的人物，其反面也有一系列的人物，有时可以一起混合在某个人物身上。贾平凹的小说也因此能写出人性的丰富性和复杂性，他的人物总是在文化规范体系边缘行走，他们时时处于僭越伦理道德的危险境地。金狗和英英、小水、石华几个女人的关系，没有一件是得体的和合乎伦理纲常的。似乎只有非法的反常的情欲关系，才能显现人的“性情”，才具有复杂的文学意味。恰恰依靠了这些对人伦关系的非同寻常的书写，贾平凹的小说还是能写出人生的苦涩，写出活生生的人性，写出生活不可摆脱的那种宿命。

写完《浮躁》，贾平凹认识到自己以这种方式来把握现实吃力不讨好，也失去了自己的艺术特长，所以他一再申明“我再也不可能以这种框架来构写我的作品了”，他认为这种写实的办法，对自己“并不适宜”，对自己是“一种束缚”。写《浮躁》对于他是一次修性练笔的手段[①]，似乎更明白自己的艺术道路该往哪个方向伸展了。然而，贾平凹的写作是否真的可以摆脱现实束缚还值得怀疑，他或许可以离开现实，但现实却随时裹挟着他。

二 《废都》的文化想象与批判性情境

贾平凹有相当一段时间深藏不露，既是隐忍不发，也是潜心修炼。1993年，贾平凹还是突然出现，让文坛猝不及防。贾平凹说想避开现实也许是真，但现实由不得他的意愿。他的作品来到现实中，现实中的人们就会依据现实来读解它的意义。《废都》这样的书名其实还是与《浮躁》如出一辙，还是在应对现实，还是要对现实宣判诊断。

他也确实抓住了某种历史情绪，他显然也是为九十年代初的现实所触动又一次偏离了原来的位置，他试图转过来描写城市中的“知识分子”。平心而论，他有历史的敏锐性，九十年代初的要害问题之一就是知识分子问题，这是八十年代终结的后遗症。九十年代的知识分子不仅茫然无措，也处于失语的困扰中。王朔的调侃替代了知识分子话语真空，但却替代不了知识分子的位置，知识分子还是处在那个尴尬的位置，他们对王朔进行了集体的围攻。知识分子的话语以毫无历史方向感的形式第一次获得了表达，那就是对现实强烈不满的表达，王朔不幸成为杂语喧哗的对象。失语后的复活没有别的方式，只有强烈的批判性，矫枉必须过正，下一个对象是贾平凹，他显然是一个更合适知识分子重新出场较量的对象。因为贾平凹唤起的是文化的和道德的记忆，道德话语是知识分子最熟悉的话语，是在他牙牙学语就掌握的语言。那时对贾平凹的批判集中于露骨写了性，而批判者也无法自圆其说，那么多作品都写了性，也露骨得可以，中国古代的就有《金瓶梅》，西方有劳伦斯的《查泰莱夫人的情人》，后现代的还有纳博科夫的《洛丽塔》，怎么都成了名著？而贾平凹写性就不能露骨？这不是问题实质。

当然，无庸讳言，“性”在这部作品中十分醒目突兀。“性情”本来就是贾平凹的突出之处，原来的“性情”与地域文化和山野风情结合在一起，“性情”带着自然的朴实和率真。现在，“性情”突然赤裸裸呈现出来，如此醒目，如此绝对和极端，让人猝不及防。

实际上，这里的“性情”虽然离开了乡土民俗，还是有另外的背景，那就是民间的文人传统、典籍字画以及野史笔记。这是与原来的山野风情同属

① 李星:《混沌世界中的信念和艺术秩序》，参见《贾平凹研究资料》，第145页。

一类的本土文化资源，只是比山野风情雅、比正统典籍文化俗的民间文人传统。在精神气质上，它属于有别于儒家正统的道家邪狎一类；在文本形态上，它属于野史笔记禁书一类。贾平凹实际上带着文化想象，带着他对当代文化现实和文化传承的评判来写作《废都》，他要找到超越当代文化溃败的另一种更为本真的“性情”文化，并且在文化的传承脉络中，在九十年代浮出地表的传统文化复兴运动中找到根基。这种文化即使在历史传统也是非主流的，被压抑的；正因为此，贾平凹可以设想它更具有人性的本真性。因而它与性情，或者与纯粹的性可以完全重叠在一起。说白了，它就是八十年代后期开始兴盛的“性文化”的集大成。这又是对“文化之根”的重新想象，这是他独树一帜另辟蹊径的文化想象。他不仅超越自己的“山野风情”，还有可能超越莫言的“红高粱”燃起的关于生命热力的浮夸想象。相比较而言，贾平凹的文化想象，是扎根于生命本体，扎根于每一个萎顿的人们的肉体中，它不需要对自身的狂野有多少要求，只要期待贤淑温柔的女人出现就可以重振雄风。在这全部关于身体的想象中，都通向文化和审美的想象，它仿佛是从身体出发、要抵达重建文化与审美的一项庞大事业。然而，这种民间的非主流的文化，却不是深陷现代性之中的知识分子所熟知的文化背景。知识分子还是要基于时代的精神重建，要在现代性的语境中来读解贾平凹和庄之蝶，这就出现了严重的错位。

庄之蝶在九十年代初出现，全然是一个文化上的另类。人们看清了他来自那些古籍，但却并不打算了解和认真对待贾平凹的意图。在“废都”背景上出现的庄之蝶确实难以辨认。他作为西京城里的名人，他的暧昧的知识分子身份，他的深厚的传统文化素养，与中国当代小说中惯常的知识分子形象相去甚远。庄之蝶有一种专注与沉迷的气质，这就有转向自我内心的潜能。而进入内心要事先克服身体的某个器官，不想这个器官出了问题，这就使进入自我的内心要长久地停留于身体的这个器官上。因而贾平凹要通过身体进入灵魂，这才能触动他所理解的“精神废墟”问题。而身体与贾平凹所擅长的性情自然是一枚硬币的两个面，于是，贾平凹就可以倾注笔墨去表现庄之蝶的“性”。

贾平凹本来是要对这个时期的知识分子精神状况作出描写，这种状况总是要在知识分子的历史中来书写。但这种状况实在不是久居秦地的贾平凹所熟悉的——他熟悉的是山野风情、传统典籍和民间文化。贾平凹显然是把“现代知识分子”这个命题做了置换，他要写出的或许并不是当代的“精神废都”，而是传统至今的那种文化精神的颓败。贾平凹把知识分子的颓败史，把对一个时代的精神“废都”的描写，还是改变成对传统文人的性情的描写。庄之蝶并不是一个现代意义上的知识分子，他更像是一个传统文人。然而，这样的文人在当代文化中如何有真实存在的语境呢？这就是贾平凹的难题，这样的难题却不是身处现代性困境中的九十年代中国知识分子所理解的。贾平凹笔下的庄之蝶并不是直接回应现实的文化/精神颓败问题，而是绕了一个大圈，这么大的圈，就像是一次没有归期的放逐了。庄之蝶唤起了古典时代的文化记忆，这是古典时代的文化英雄，贾平凹力图让我们去回想古典时代的文化，也试图让我们去思考当下文化颓败的根源——古典时代的文化已经颓败，庄之蝶无法成为挽救文化的英雄，相反，他的失败本身表明传统拯救现代的失败。

就这样，贾平凹把一个本来是指向当代现实及其精神的叙事，其实是转向了古典传统在当代的命运的主题上——他当然是试图以此来回答当代颓败的病根所在。这样的诊断当然有贾平凹的独特性，但也未尝不是偏激与片面（片面的深刻？）。这样的主题，其实是贾平凹在九十年代初的感悟，一直处于西学潮流中的当代知识分子并没有这样的经验，不管是沉迷于传统，还是逃离传统；不管是肯定还是拒绝，这仿佛都是八十年代的仓促紧迫的任务，九十年代其实只有实用主义，并没有深远的追思和未来的构想。贾平凹到底是太落后还是太激进？这二者在贾平凹身上达成一个奇怪的统一，这就造就了庄之蝶这样奇异的人物，他无法在当代文化语境中被识别，他是一个整全的“他者”。于是，庄之蝶的身体和精神只能在独特的语境中释放，那就是在性欲的放纵中与对文化典籍的尊崇中来展现庄之蝶的“废都”世界。

也只有在这种逻辑上，才能理解唐宛儿何以可以把“性交”当成是文化奉献，当成接近文化的一种方式。她说道：

> 我看得出来，我也感觉到了，你和一般人不一样，你是作家，你需要不停地寻找什么刺激，来激活你的艺术灵感。……但你为什么阴郁，即使笑着那阴郁我也看得出来，以至于又为什么能和我走到这一步呢？我猜想这其中有许多原因，但起码暴露了一点，就是你平日的一种性压抑。……人都有追求美好的天性，作为一个搞创作的人，喜新厌旧是一种创造欲的表现！……我也会来调整了我来适应你，使你常看常新。适应了你也并不是没有了我，却反倒使我也活得有滋有味。反过来说，就是我为我活得有滋有味了，你也就常看常新不会厌烦。女人的作用是来贡献美的，贡

献出来，也便使你更有强烈的力量去发展你的天才……[1]

唐宛儿如此表白，似乎她不是潘金莲式的妇人，而是献身文学事业、拯救文学天才的纯情少女，他们的交欢因而具有了历史的和文化的意义。现在，文学存在的源泉动力都来自女人，唐宛儿让庄之蝶重新感觉到他又是一个男人了，心里有了涌动不已的激情，“我觉得我并没有完，将有好的文章叫我写出来！”[2]唐宛儿的肯定是个双重肯定，她肯定了庄之蝶作为男性的健全的性功能，并且肯定了庄之蝶文化名人的现实地位——原来这二者是沟通的。性情中如何有文化流露出来，这是贾平凹的困局，现在似乎被轻而易举地解决了。

庄之蝶实际上并不存在于现实语境中，他没有现实的对应的所指，他不是现实的存在者。庄之蝶是古典时代的破落士大夫与秦西乡间文人奇怪的混合物，他完全疏离于八九十年代之交的历史，那样的历史断裂实际与他无关，他未曾经历过当代知识分子的精神冲突。庄之蝶的记忆只有古典的和乡间的记忆，而八十年代在中国知识分子心灵上的震撼，未曾在庄之蝶身上留下印记。他存在于唐宛儿们和典籍中，这就可以理解庄之蝶形象的真实意义，他所勾连起来的乃是传统文化在当代的命运这一主题。“废都”，并不是现代精神的废都——对此贾平凹历来没有兴趣。在九十年代初，一个正在勃发的弘扬传统文化的时代，贾平凹或许感觉到，那个传统文化已经颓败，庄之蝶本来是要承担重建“性情”文化的重任的，但庄之蝶这样的人物已然是一个失败者，或者边缘人物。他的出场就是一个阳萎患者，他在唐宛儿的肉体上霍然痊愈，而且愈战愈勇。拯救文化，拯救庄之蝶式的人物，有什么途径呢？只有性和典籍。或者，它们二者是一回事，本质上是一种颓败的肉体如何重新焕发生命力的问题。

很显然，贾平凹并不愿意简单平面地描写性爱，他要把性爱作为肯定文化的一种形式。这不只是女人的语言/誓言的肯定，还有那些文化典籍作为铺垫或背景，它们构成了一种意境，依赖古典记忆超越当下的困局。在那些寻欢做爱的时刻，那些女人经常手持《红楼梦》之类的书籍阅读[3]，诸如《浮生六记》《影梅庵忆语》《闲情偶寄》之类的古籍读本使唐宛儿获益匪浅。

---

① 贾平凹《废都》，作家出版社，2009 年，第 109 页。

② 同上，第 111 页。

③ 同上，第 275 页。

这些女人也自觉跨越时代界线，等同于古典时代的淑女妇人甚至秦淮名妓（如董小宛）。这些女人的错觉显然是贾平凹要跨越历史界线的想象——抹去古典时代与当代的时间标记，重新恢复文化的历史记忆，在性/情中历史可以消解，文化更为深层的意蕴可以绵延而至。当代知识分子的精神颓败史就这样不知不觉地转向古典时代，这是贾平凹没有办法的办法。因为他无法真正书写这个时代知识分子的精神荒凉，或许当代知识分子始终是他所不认同的一种族群，或许他认为与他无关，他是生活在古典时代的人，他所痛心的是古典时代的颓败，是庄之蝶这样的人物的颓败。他的错误或许在于，庄之蝶这样的"牛鬼蛇神"，已经被当代文化驱魔了，已经逐出了当代文化的中心地位，庄之蝶设想他的存在价值，要恢复他的神圣地位。在贾平凹的写作谱系中，庄之蝶实际上可以偶然从那乡间文人或术士那里找到雏形，他们可以与乡野风情构成一致的语境；他们往前伸展就成了庄之蝶，而庄之蝶则要与古籍野史相适应。总而言之，贾平凹并不是在当代主流文化的背景或语境中来书写当代精神荒凉的主题，他的文化记忆主要还是那些富有地方乡土韵味的东西。这些东西的延伸可以沟通中国传统古籍，那些野史笔记，那些禁书另册，与山野风情还能异曲同工。贾平凹进一步设想，这些女人本来就从那些古典读本中脱胎而来，甚至连阿灿都谙熟"所有古典书籍中描写的那些语言"，他们在造爱中"把那些语言说出来"，所有曾在《素女经》中读过的古代人的动作"都试过了"。这是一次次贯穿着文化记忆的交媾，对古籍的重温成为"性情"的动力和快乐的源泉。

性情再一次从典籍那里获得了内涵，它们在"本真性"这一意义上达成了统一，并获得提升，那就是它们都是源于"内心真挚"的祈求。从身体终于抵达心灵，性情也就超越了"性欲"，根源在于内心真实，它们不只是文化理想，而且是美学理想——关于美文的理想。本真的性爱、本真的文化、本真的美文，终于三位一体。作为本真的性情文化的英雄庄之蝶倒下去了，但美学还可以站立起来。这不是简单的填补，更重要的是要有审美追求。那些古典文本的存在要与性情融为一体，它们共同创造着新的美学理想。那些古典文本让他感悟到重大的价值。他在"后记"中写道：

……中国的《西厢记》《红楼梦》，读它的时候，哪里会觉它是作家的杜撰呢，恍惚如所经历，如在梦境。好的文章，囫囵囵是一脉山，山不需要雕琢……这种觉悟使我陷于了尴尬，我看不起了我以前的作品，也失却了对世上很多作品的敬畏，虽然清清楚楚这样的文章究竟还是人用笔写出来的，但为什么天下有了这样的文章而我却不能呢?!

贾平凹在这里表达了对古籍的尊崇，庄之蝶这个形象表现的性爱与文化典籍，虽然无不回旋着一种失败的意味，但其中却有一种悲剧感，这种悲剧从远古时代一直贯穿下来，一直在“天行健，君子自强不息”的主流文化的另一侧面游荡，它在古典时代就是孤魂野鬼，在现代依然是幽灵。在这个“废都”的时代，一切可以重新上演。九十年代是个文化重建的时代，贾平凹想象着一个有着中国民间还带着乡土气息的本真性的文化绵延不断，这是中国本真性的文化的复活。庄之蝶倒下去了，生死不明，下落不明，但那种文化理想，那种美文可以在“废都”里复活。在这里他要重建九十年代的美学理想，找到一条古典禁书在当代复活的道路。《废都》甚至以一种自残的写作形式，那么多的省略方框框，强行把自己和禁书等同一体，来发掘一种压抑的死亡的美学。这是一次祭悼，更是一次出发的宣誓。确实，在九十年代初期，中国文化处于困难的茫然无措时期，贾平凹试图越过当代所有的文学既成阶段，这是一次胆大妄为的写作，一次关于文化和美学重建的梦想，这样的梦想远离了现代性的事业，也悖离了知识分子在九十年代重新出发的立场和方向。但是贾平凹顽强地开辟自己的道路，他几乎一夜之间就逃逸出当代知识分子的视野。

《废都》抓住了时代潜意识，又远离了时代，如此之当下，实际又如此超出时代。那仿佛是一部放逐和逃离之作。或许贾平凹过于大胆，他在庄之蝶身上注入的很可能是反现代的思想；庄之蝶只有沉迷于性欲，那是他逃离现代而无可作为的苦闷，那是因为他断了传统却又与现实无缘。贾平凹对一个时期的诊断不可谓不尖刻，但他根本上是超出和疏离这个时代，他写的不是这个时代的知识分子的心灵史，而是古典时代在当代的没落史。这就不是九十年代初的“儒教经典”所能担当的道义，只能是野史笔记或“美文”才能扛起的重任。然而，他最终还是失败，他沦落为被拯救者。就此而言，贾平凹还是看清了真相。他寄希望于庄之蝶，他在肉体上可以重振雄风，但在文化上却只颓败。只有在这一个意义上，才能真正理解《废都》的真实意图。

确实，在今天，我们评价贾平凹这样的文化意图和美学追求，或许还有些困难，它不是在肯定和否定的意义上可以作明确决断的选择。在九十年代初，贾平凹的文化企图太没落，又太超前。现代知识分子精神颓败的悲歌，实际上是古典文化及其美学复活的挽歌。它就站立在当下文化“废都”上，眺望古典时代的废墟。庄之蝶唱的仿佛是另一曲《牡丹亭》:原来数风流人物，似这般早已付于断井残垣。未来多少年之后，谁能说贾平凹的想象不是神奇的预言呢?

因此，整个九十年代上半期，人们对贾平凹的兴趣和攻击都有一定程度的错位，其主导势力是道德主义话语在起支配作用，那些批判试图恢复知识分子话语立场，而贾平凹的复古与怀旧的悲情，则是反现代性的另一种文化立场，直到今天我们才会开始认真对待。

三　从《废都》到《秦腔》: 阉割的必要

九十年代上半期，对贾平凹的批判曾经一度构成知识分子出场的话语，众声喧哗，但饱含着道德主义激情，它构成了知识分子随即展开的对市场经济和文化商业主义批判的序曲，随后还有时代的最强音弘扬“人文主义精神”。到这里，知识分子在九十年代的出场就算是完成了亮相。放在历史语境中来看，对《废都》的批判不管有多么严重的错位和过激之处，它都是必要的，而且它也造就了《废都》作为一个时代情绪和话语的聚焦目标。对于贾平凹本人来说，他也是咎由自取，他试图对历史发言，给时代提供一个精神镜像和解决的答案。这使他的《废都》充斥了太多观念性的东西，那是关于一个时代的精神困境问题；那是知识分子的存在状况问题；那是一个人存在的真实性情和颓败的问题；那是文学写作与传统典籍的关系问题……这些问题都不是贾平凹可以在庄之蝶这样的人物身上能解决的。而庄之蝶周围的那些女人，除了肉体，并无更多的现实内涵。《废都》试图与时代结合得紧密，但真正起作用的人物只有庄之蝶一人。在历史语境中，本来空灵的庄之蝶被做实了——他不得不被看成是这个特殊时期的产物。贾平凹一直要写出一种“有”，一种期待解决的精神焦虑，让它在场，让它在文学话语中显现出来，这就成为一个时代的把柄，人们都可以看到的把柄，它必然要成为那个失语时期的话语之靶。所以贾平凹也并不冤，《废都》作为那个时期的牺牲品，是知识分子重新出发的祭品，这是一个难得的有分量的祭品，这就是贾平凹才能做出的特殊供奉。作为一次声势如此浩大的重新出发，这个祭悼是必要的和值得的。

而在今天看来，《废都》的文学水准显然并不低，何以要遭致如此严厉的批判，会让人们大惑不解。平心而论，《废都》比当时乃至现在的大多数小说，在文学性上，或者在叙述形式上，或者在艺术语言上，都可属于上乘之作，但毫无办法，谁也拯救不了《废都》。《废都》就像一张招贴画，被牢固地张贴在历史之墙上，谁也揭不下来，无法还其纯粹的文学之身，只要揭下来，它就破碎不堪。它已经与那段历史紧紧地粘附在一起，那是它的葬身之地，它是它（历史）的碑文，只有在铭刻着自己的死亡时它的意义才能全部显现。

《废都》在很多方面都表示着终结与开始，它以“有”开始，这个“有”被历史狙击，被历史俘获，恰恰说明历史是多么需要它的给予，它的无私赠予。贾平凹经历过九十年代的磨练，那是炼狱般的磨练，他要逃离《废都》的记忆和阴影，他甚至不敢正视它。《白夜》《高老庄》《狼的故事》，这些作品不能说写得不好，但都没有切中文学的和时代的要害。它们是贾平凹退避三舍虚与委蛇的掩饰，作为“纯文学”最后的大师，贾平凹在这一个阶段没有看清自己的方向，他没有成为自己的主心骨，他没有正视《废都》之死，在《废都》里死去这个事实。而《废都》之死是一场意外伤亡，从历史来看虽然并不冤枉，但从贾平凹来看，他难道没有冤屈？他不想鸣冤？他不想报复？他内心的仇恨怎么才能公之于世？看看那个老李尔王是怎么刺瞎自己的双眼，在旷野里呼叫？他为什么不呼叫？他要把怨恨全部转化为一个怪诞的动作，大师，真正的大师只要一个动作就行了，这个动作看似不经意，看似无所谓，然而，一个动作就可以表露全部的内心隐忧，表露全部的怨气和仇恨。点到为止啊，这就是高人一筹的动作。这个动作我们在等待贾平凹做出，这不是什么高难度的动作，但是一个出人意料的动作。

直到2005年，贾平凹才做出这个动作，就一个动作就化解了自己心中的冤仇，就把一个过往的不可解开的历史死结打开了，就能够轻松自在地向前看。这段历史怨恨只有自己能够解开，只有自己才能超越。其超越的方式只有在文本中，在真正具有破解性的文本建制中，在有贯穿自己历史的美学创生中才有意义。这就是《秦腔》的出现，那个阉割动作的出现，那是怀恨在心的阉割，那是解开历史的阉割，那是重新展开的美学追寻的阉割。

小说在引生偷了白雪的胸衣被饱打一顿后，引生痛不欲生，小说这样写道：

> 我的一生，最悲惨的事件就是从被饱打之后发生的。我记得我跑回了家，非常地后悔，后悔我怎么就干了那样的事呢？……我掏出裤裆里的东西，它耷拉着，一言不发，我的心思，它给暴

露了，一世的名声，它给毁了，我就拿巴掌扇它，给猫说："你把它吃了去！"猫不吃，猫都不肯吃，我说："我杀你！"拿了把剃头刀子就去杀，一下子杀下来了。血流下来，染红了我的裤子，我不觉得疼，走到了院门外，院门外竟然站了那么多人，他们用指头戳我，用口水吐我。我对他们说："我杀了！"染坊的白恩杰说："你把啥杀了？"我说："我把 × 杀了！"……白恩杰第一个跑进我的家，他果然看见 × 在地上还蹦着，像只青蛙，他一抓没抓住，再一抓还没抓住，后来是用脚踩住了，大声喊："疯子把 × 割了！割了 × 了！"①

引生是个半疯半癫的少年，他疯狂地爱上白雪，有人劝他说："引生，……不该你吃的饭，人家就是白倒了，也不让你吃的。"但引生对白雪的爱，那是一个疯子的爱，是疯狂之爱，无法用理性加以解释。为了这个爱，引生把自己给残了。这个疯癫的叙述人本来没有什么稀奇，早在现代主义时期的福克纳就用过，后来中国的阿来又仿着用了一回，都获得奇妙的效果。贾平凹用就算不上什么独创，不过贾平凹用这样的叙述人还是有着显著的区别。在福克纳，那个白痴的视点是为了表现理性不能看穿的真相，为了进入潜意识的深度，揭示人性和心理的复杂性。阿来的那个白痴，几乎从来就不痴，头脑比正常人还清醒。贾平凹的这个疯癫的引生却是看到生活散乱，看到那些毫无历史感也没有深度的生活碎片。

这个阉割的动作阉割的不只是引生的器官，那些欲望并没有完全割去，它还是经常冒出来，而且对白雪的思念和欲望还是始终如一，这个没有器官的欲望是对贾平凹写作史的一次割断，对过去历史的阉割。说更明确些，是对《废都》的唤醒和逃离。这个去除欲望之根的动作是对庄之蝶的欲望历史的割裂，他不再书写欲望的器官历史，这是一个无根的欲望，无论如何，贾平凹再也不可能施展那个器官的威力。它在《废都》里也是起死回生，是唐宛儿唤起了它的超凡功能，但唤起后就不可收拾，它闯下了祸，它闹下了事。现在贾平凹干脆把那个根去除掉，他不再会书写它的作为。无根的欲望无论如何是值得同情的，是可以放开来表达的。这个割舍是把《废都》作了彻底的了结，在了结的同时，也把《废都》的冤屈作了了结，"现在割掉了它，还有什么可说的呢？"这是终结，也是开始，它们带着复仇式的快意纠缠在一

① 贾平凹《秦腔》，作家出版社，2008 年，第 42 页。

起，就像引生一样，他几乎是自豪地宣称：我把×杀了！我真的把×杀了！现在《废都》的恩怨可以一笔勾销了吧？

这是一个全新的开始吗？这部书写乡村在改革时代现状的作品，回到了贾平凹最熟悉的乡土叙事中，看上去和过去的那些写乡土风情的小说没有不同，一样的深情，一样的责任，一样要为民做主鸣冤。按贾平凹自己的阐释那是凝聚了他对当代乡土中国的全部血泪般的理解。书的封底有这样的句子："当代乡村变革的脉象，传统民间文化的挽歌"，还有："魔幻笔触出入三界，畸形情恋动魄惊心；四稿增删倾毕生心血，一朝成书慰半世乡情"。乡土中国的历史与文化发展到今天正在经受着深刻的裂变。在中国社会全面走向脱贫致富的历史进程中，乡土中国也在遭受着种种困境。三农问题比任何时候都变得突出，因为乡土中国与"新新中国"的高速发展很不相称，与城市的繁华盛世场景更不相称。年轻一代的农民拥向城市，土地荒芜，偏远的农村只剩下老弱病残无人料理……中国几千年文明建立在农业的基础上，即使是毛泽东时代，也是以农业为基础，社会主义的总路线也离不开农民积极参与和新农村的繁荣昌盛。但这一切现在变改了，在中国参与全球化的资本和技术角逐的伟大的历史现场，农民和农村被边缘化了，农村在萎缩——主要的是在精神上的萎缩。这意味着中国几千年的社会性质、文化传统价值发生了根本改变，也意味着中国曾经进行的社会主义农村改造运动的遗产也无法继承。现在，贾平凹以小说叙事的方式，要彻底地回答这些问题。更重要的是，他是否以文学的方式，以他的独特的文学表达方式表现了当代——也就是"后改革"时代中国农村的存在状况。《废都》是九十年代初中国城市的废都，而《秦腔》则是二十一世纪初中国乡村的废墟场景。前者是精神与文化，后者还是文化与精神。

文学作品不是对历史的解释，也无法解决现实难题，作家一思考，上帝就要发笑。作家的思想和对现实理解基本上都是片面的，我相信贾平凹对中国农村，包括对他乡村的表现会遭到不少经济学家和别的什么家的质疑。我们只能就文学的书写来看。他是如何来写作这个时代的乡村废墟的呢？

用疯子的视点来看废墟是颇为恰当的，疯子能看到什么真实？能看到最本真最原生态的真实。这就足够了。这个疯子引生看到了当今中国乡村杂乱的日常生活，粗俗的生活原状，那是没有意义、再也没有历史感的生活状态。这里阉割掉的已经不只是引生的生殖器，而是一种对历史的冲动，一种历史化的欲望。这个疯癫的视点不再是在巨大的历史理性引导下来思考历史之有，思考内在之充盈性，而是随心所欲，毫无章法，四处窥探，呈现出乡土中国的生活碎片。这个视点，既可以控制，又全面抛撒出去。引生的自我阉割，也阉割了历史叙事的动机、深度和总体性。引生所言是疯人之语，所见是不可归纳之象。贾平凹这次就试着用理性支配力最低的一种视点来展现生活，展现那种破碎的、颓败的如同废墟一样的乡土生活世界。这又不得不看成是对中国占主流地位的乡土叙事的彻底反动，这不只是那种宏大乡土叙事所讲述的历史愿景的破灭，在美学上的意义是，那种宏大的乡土叙事再也没有聚集的逻各斯中心，再也没有自我生成的历史理性。

四　越过废都之后：历史与美学的终结

中国的社会主义文学经历了八十年代漫长而艰难的与西方现代主义的交融历程，几乎都要生长出后现代主义，但在八九十年代之交，这种历史意向被打断。九十年代以来中国确实有一个城市化的高潮，但是这样的城市化在精神上被认为西方资本主义文化入侵。而人们也从中看到物质主义欲望、金钱欲望肆意涌动。正如我们前面论述的那样，贾平凹的《废都》就试图表达这种历史意识，他显然处在错位之中。中国文学的主流是乡土文化，那也是贾平凹所擅长的方向，但他要写作城市，城市中的知识分子。这种城市中的有自我意识的人们是一种奇怪的族类，无论如何表达，他们都只能是被驱魔的对象。无法书写的城市，可能也是贾平凹《废都》遭遇集体围堵驱魔的缘由之一。到了二十一世纪初，中国的城市化已经发展到一个相当热烈的阶段，然而，文学却再次顽强坚韧地回到乡土叙事，回到革命文学一直赖以寄生的文化大地和美学氛围中，这确实存在蹊跷之处。

很显然，熟悉乡土中国的贾平凹不再去关注城市，那座墓地一样的“废都”。那正是他的文学写作的墓地，他要更加本分地回到乡村，回到他的故土。他有什么新的作为呢？有什么绝活呢？要知道乡间的手艺人都有绝活，每一次做活都有绝活。

贾平凹会有的，这个纯文学“最后的大师”，也是乡土文学“最后的大师”，却要以阉割手法来展开乡土叙事，依然一如既往地回到乡土风情中。这部作品的主要内容之一就是讲述“秦腔”衰落的故事，地域性的民俗文化是贾平凹的拿手好戏。但在这部作品中，这些文化标识只是其自在的文化符码，并没有化解成文本中的叙事风格，这部作品再也没有贾平凹原来的那些清雅俊朗，明媚通透，而是更多呈现为奇谲怪诞，粗砺放纵。虽然不失原有的自在，但这种自在却更倾向于生活的原初状态。没有必要把贾平凹这部作品中透示出的风格与过去作一个断裂式的对比，也没有必要在二者中作出优劣之分。而是指出贾平凹在这部作品领悟到的一种表达方式，那就是去除乡土叙事所笼罩的规范性形式，那种在主导的美学霸权底下的和谐的美学风格。贾平凹现在则是逃离了规范化的乡土叙事，不再具有历史的深度关怀，不再有一种文化的自在沉静，而是一种“无”的态度，阉割了那个历史理性的欲望目标，把它转化为一个疯子的视点，一个随意看到的乡村自然景观。原来的那个宏大的乡土叙事，具有历史发展方向和愿景的乡土中国正走向终结，并且携带着它的更久远的文化传统。在乡村这一切正在终结，乡村的废墟正在蔓延。

历史与文化的终结在小说中一点一点透露出来。

清风镇是当今中国农村的一个缩影，小说描写了清风镇在后改革时期面临的境遇。随着改革的深入，中国城市建设步伐加快，大量需求农村劳动力，而农村和农业遭遇冷落，农民工大量拥向城市。小说当然不是报告文学作品，贾平凹是从清风镇的日常生活入手，一点点呈现出生活的变化，揭示出乡村中国传统的生活形式的改变，乡村生产和生产关系的改变，人们的行为方式和心态的改变。当然，小说一直是跟踪那个疯子引生的视点，从他的眼睛看到清风街的历史是衰败的历史，一如他的命运遭遇，是被阉割的，是无望的自我阉割的历史。这样的视点本身表达了对历史的无望之情。小说多处借君亭的口说出清风街，也是当下中国农村的困境：土地荒芜，农民工拥向城市，农民丢掉了家园，也失去了做人的尊严。当年的社会主义新农村并没有迎来农业现代化，几十年过去了，中国农村更加贫穷落后。清风街的颓败，是革命文学关于乡土叙事的宏大历史解体的象喻。

这种变化是惊人的，不只是农村的生产方式，生产关系，还有一套体制和人们的伦理道德和价值观念。最鲜明的变化体现在夏天义为代表的老一辈的农村干部向年轻一代的君亭和上善这样的干部的变化。夏天智为代表的尊崇传统秦腔戏和传统文化的这代人也逐渐老去和死去。夏天义和夏天智以及夏家的四兄弟都死去了，现在年轻一代的农民以及农村干部，他们以完全不同的方式在推进农村的历史。但这种历史与传统中国乡村，甚至与社会主义总路线时期的中国乡村都很不相同。历史在改革中断裂了，或者可以说终结了。农业政策一年一变，弄得农民无所适从。到处都是一刀切，没有人体谅农民的苦衷，各种税赋，加上各种罚款，搞得农民痛不欲生。

中国农村在应对市场经济上显得力不从心，新一代的村干部君亭做的一套完全是市场化的方式，也是媚上的工作作风。但小说并没谴责和批判君亭这样的年轻一代干部的意思，只是写出他们的生活方式，他们在官场的表现，他们领导农村扩大再生产的方式。他要办市场，在为乡村致富找到道路，他要在干旱季节找来水，找来电。他采取的方式都很独特，他有办法摆平他们。他也偶尔吃喝玩乐，但并不过分。他也有权力斗争的诡计，但却不露声色。传统中国乡村和社会主义总路线的乡村都终结了，君亭们开启的是什么样的乡村的未来？贾平凹显然表达了迷惘和疑虑。

这部被命名为《秦腔》的小说，更为内在的是表现乡土中国文化想象的终结。“秦腔”是传统文化及其价值的象征。清风镇民风纯朴，本来安居乐业，热爱秦腔，民间艺术应有尽有，这里的人虽然生活于贫苦之中，但有厚实的文化底蕴，他们坚韧而乐观。当然，“秦腔”在某种意义上表达了贾平凹对他描写的生活对象和他的作品的命名，那是一种原汁原味的秦地生活，那是具有文化意味的秦汉大地，那是中国历史传统在当代中国乡村的全部遗产的象征。然而，现代性的进向使秦腔难以维持下去。白雪这个美丽的女子作为秦腔表演的代表，她的遭遇本身是传统中国的文化价值的失败写照。新一代的农民陈星已经不会唱秦腔却会弹吉他，秦腔迷夏天智的孙女翠翠却迷上弹吉他的陈星。夏风这个从清风街出来的知识分子，他最大的理想就是要把妻子白雪调到省城妇联去。依然在艰难地坚持唱秦腔的白雪，只是到四邻八乡的红白喜事上去唱咏，更多的情况下是到丧事上去歌唱。这是个绝望的讽刺。后来白雪生下一个残疾儿，它隐喻式地表达了白雪的历史已经终结，民间艺术的纯美只能产生怪胎，不会再有美好的历史在延续。最后，白雪与夏风也离婚，回到娘家，她在夏天智丧葬时唱着秦腔。夏天智一辈子热爱秦腔，是秦腔最执着和纯粹的传人。白雪唱的是《藏舟》，引生这个疯子就在白雪身边，引生的眼里都是白雪凄楚的样子[①]。引生这个疯子在小说的开头就是看着白雪唱秦腔爱上白雪，现在小说结尾处，白雪唱的是挽歌，她为夏天智去世而唱，也是为自己的命运而唱，也是为乡村和秦腔的衰败命运而唱。只有引生对这一切是那么理解，理解其中全部的悲剧蕴含。一种死亡的气息在小说的结尾处弥漫，也是在乡村弥漫，在传统民间文化的末日弥漫，如吼如哭的秦腔作为哀歌倒也恰如其分。

这部小说在艺术上显示出了一种独特性，在不少人看来，这是杂乱无序的乡土生活的拼盘，是无法忍受的语言大杂货。然而，如果从乡土中国叙事的历史及其未来的面向来看，这部作品的力量也是独到的。它的叙事方式本

---

① 参见《秦腔》第502页。

身表达了乡土美学的终结。

这部小说采用的引生这个半疯子的视点，不只看出乡土中国历史的破碎和衰败，同样重要的是，这个视点表达了对中国主流的乡土叙事的拒绝和逃离，甚至非常尖锐地表达了乡土美学想象的终结。秦腔的失去就像美的失去，就像是白雪这样一个乡村美人不能再生产的，只能生产畸形儿，这是个终结的美丽的传统的观世音。贾平凹也一定在设想，文学写作本身，文学乡土中国的书写，也不再有美的存在，正如他对秦腔的叙述构成自我博弈一样，他的写是对自己的书写的书写，这样的书写是对乡土的绝望，如同秦腔，这是对中国乡土文学的挽歌。

小说的阉割是一个象喻，引生作为一个叙述人过早地自我阉割，他不只是阉割了自己对白雪的欲望，也阉割了对历史倾诉的欲望。他只是看到乡村的日常生活，这里只有平凡的琐碎的生活。贾平凹不再虚构历史，不再叙述宏大的合乎历史目的论的故事。这里没有剧烈的历史矛盾，也没有真正的深仇大恨，只有人们在吃喝拉撒。小说的叙事主要由对话构成，这是对宏大叙事最坚决的拒绝。这里到处都是人，并没有主要的人物，没有戏剧性冲突。这是对资产阶级现代小说的彻底背叛，资产阶级现代小说是以情爱为主导，以人物性格发展和命运变异为线索，小说经常是在独处的空间，如客厅和卧室，或者大自然的野外，那种小说的空间总是有一种整洁和安静的气氛。但在贾平凹这里，到处乱哄哄的，到处都是人，众声喧哗，杂语纷呈。一会儿是说陕南土语方言，一会儿又是唱秦腔。引生这个孤独的视点却从来不会透视人的内心，现代主义的小说则是以叙述人进入内心为自豪。但引生的视点看不到历史的连续性，看不到生存的意义，也看不清真相和人的内心。只有生活在流动，只有人们在活着和说话。与其说引生躲在一边在看，不如说他躲在一边在听。这么多的对话，几乎全是对话，这是反叙事的小说叙述，是没有叙述的叙述。这是听的小说，就像生活本身在场一样，生活以其存在在表演，生活就是戏剧本身。就是“秦腔”，这是唱出的小说。

因为引生的半疯癫状态，他经常陷入迷狂，在迷狂中他最经常看到的是两个人，一个是他父亲，另一个是白雪。在一次实际中也可能是迷狂中，引生又见到白雪。这是一个精彩且惊人的细节，引生与白雪在水塘边遭遇，引生掉到水塘里，而白雪给引生放下一个南瓜。引生抱起南瓜飞快地跑回家里，把南瓜放在中堂的柜盖上，对着父亲的遗像说：“爹，我把南瓜抱回来了！”他想，爹一定会听到的是：“我把媳妇娶回来了！”引生开始坐在柜前唱秦腔。这些叙述，把日常生活的琐碎片断与魔幻的片断结合在一起，使小说在日常生活的场景中，也有飞扬跳跃的场景。这个叙述人引生不再能建构一个完全的历史，也不可能指向历史的目的论，它只能是一些无足轻重的贱民的生活与一个疯子的迷狂想象。

乡土美学想象的终结也就是乡土历史的终结，乡土历史说到底是乡土叙事的历史，是乡土的叙事历史。贾平凹并不是一个有政治情结或对宏大历史特别反感的人，对于他来说，回到乡土生活本身可能是他写作的一种本真状态。如果说有一种乡土叙事，那么就是非贾平凹的这种叙事莫属了。乡土中国在整个现代性的历史中，是边缘的、被陌生化的、被反复篡改的、被颠覆的存在，它只有碎片，只有片断和场景，只有它的无法被虚构的生活。乡土中国的生活现实已经无法被虚构，像贾平凹这样的“乡土文学最后的大师”也已经没有能力加以虚构，那就是乡土文学的终结，就是它的尽头了。《秦腔》表达的就是它的挽歌，就是它的最后一次的虔敬。从此之后，人们当然还能以各种方式来书写乡土中国，但我说的那种最极致的、最令人畏惧的写作已经被贾平凹献祭般地献上了，其他的就只能写和重复地写。

我们在贾平凹的《秦腔》这里，看到乡土叙事预示的最初的也是最后的景象：那是一种回到生活直接性的乡土叙事。这种叙事不再带着既定的意识形态主导观念，它不再是在漫长的中国现代性中完成的革命文学对乡土叙事的想象，而是回到纯粹的乡土生活本身，回到那些生活的直接性，那些最原始的风土人性，最本真的生活事相。对于主体来说，那就是还原个人的直接经验。尽管贾平凹也不可能超出时代的种种思潮（甚至“新左派”）的影响，他本人也带有相当鲜明的要对时代发言的意愿，但贾平凹的文学写作相比较而言具有比较单纯的经验纯朴性特征，他是少数以经验、体验和文学语言来推动小说叙事的人，恰恰是他这种写作所表现出的美学特征，可以说是最具有自在性的乡土叙事。它在文学上的根本意义在于，贾平凹的叙事再也不可能建构一个完整性的新世纪的乡土叙事，在回到生活原生态中去的写作中，革命文学在漫长的历史中建构起来的那种美学规范解构了，只剩下引生那个半痴半疯的人在“后改革”时代叙述。在这样的历史场合，乡土中国找不到它真正的代言人，贾平凹其实也没有把握，他只能选择那个自我阉割的引生，他的自我阉割可以读解成是对他具有的历史冲动的阉割，那个宏大的历史眷恋现在只能变成一个巨大的精神幻象，如白雪一样也日益香消玉殒。他永远不能及物，不能切入新世纪的历史场域中，只能看着那个历史客体以他不能理喻的方式转身离他而去。这样的文学叙事或美学风格不能弥合深刻的历史创伤，不能给出历史存在的理由和对未来的预言，相反，这是一个破碎的寓言。

这个破碎的寓言却使当代小说具有了对这样的全球化进行质疑、穿透和对话的可能性，破碎性的叙事本身，是乡土自在的本真性生活的自我呈现，它是一种杂乱的呈现，一种对新世纪历史精神无须深刻洞悉的呈现。乡土文化崩溃了，消失于杂乱发展的时代，但对其消失的书写本身又构成另一种存在，那是一种文化以文字的形式的还魂和还乡。这种书写困难而勉强，但却倔强。就像叙述人引生那样，没有巨大的视野，只有侧耳倾听，只有勉强去充当一个配角时才能观看。但那样的内心却有着怎样的虔诚，在破败的乡土中始终不懈地追求单纯性和质朴性，它始终说不出真相，它只是在听，它引导我们在听那曲挽歌。这肯定是我们不能理喻的乡土，也是新世纪中国文学更具有本土性力量的乡土，贾平凹终于轻松自如地穿过本土——更加自在本真地对待本土性。这显然是在越过《废都》之后，他可以如此随心所欲，如此老实巴交地唱起“秦腔”，真正是长歌当哭，回肠荡气又令人不可忍受，在全球化时代使汉语写作具有不被现代性驯服的力量。

2009年3月20日

改定于北京万柳庄

秦腔

要我说，我最喜欢的女人还是白雪。

喜欢白雪的男人在清风街很多，都是些狼，眼珠子发绿，我就一直在暗中监视着。谁一旦给白雪送了发卡，一个梨子，说太多的奉承，或者背过了白雪又说她的不是，我就会用刀子割掉他家柿树上的一圈儿皮，让树慢慢枯死。这些白雪都不知道。她还在村里的时候，常去包谷地里给猪剜草，她一走，我光了脚就踩进她的脚窝子里，脚窝子一直到包谷地深处，在那里有一泡尿，我会呆呆地站上多久，回头能发现脚窝子里都长满了蒲公英。她家屋后的茅厕边有棵桑树，我每在黄昏天爬上去瞧院里动静，她的娘以为我偷桑葚，用屎涂了树身，但我还是能爬上去的。我就是为了能见到她，有一次从树上掉下来跌破了头。清风街的人都说我是为吃嘴摔疯了，我没疯，他们只知道吃嘴，哪里晓得我有我的惦记。窑场的三踅端了碗蹴在碌碡上吃面，一边吃一边说：清风街上的女人数白雪长得稀，要是还在旧社会，我当了土匪会抢她的！他这话我不爱听，走过去，抓一把土撒在他的碗里，我们就打起来。我打不过三踅，他把我的饭吃了，还要砸我的碗，旁边人劝架，说甭打引生啦，明日让引生赔你个锅盔，拿手还比划了一个大圆。三踅收了拳脚，骂骂咧咧回去了，他一走，我倒埋怨劝架人：为啥给他比划那么大个锅盔？他吃他娘的 × 去！旁边人说：你这引生，真个是疯子！

我不是疯子。我用一撮鸡毛粘了颧骨上的血口子在街上走，赵宏声在大清堂药铺里对我喊：“引生，急啥哩？”我说：“急屁哩。”赵宏声说：“信封上插鸡毛是急信，你脸上粘鸡毛没急事？进来照照镜子看你那熊模样！”赵宏声帽盔柿子大个脑袋，却是清风街上的能人，研制出了名药大清膏。药铺里那个穿衣镜就是白雪她娘用膏药贴好了偏头痛后谢赠的。我进了药铺照镜子，镜子里就有了一个我。再照，里边又有了白雪。我能在这块镜子里看见白雪，已经不是一次两次了，这秘密我不给任何人说。天很热，天再热我有祛热的办法，就是把唾沫蘸在乳头上，我也不告诉他赵宏声。赵宏声赤着上身给慢结巴武林用瓷片放眉心的血，武林害头疼，眉心被推得一片红，瓷片割了一下，血流出来，黑得像是酱油。赵宏声说："你汗手不要摸镜！"一只苍蝇就落在镜上，赶也赶不走。我说："宏声你把你家的苍蝇领走么！"赵宏声说："引生，你能认出那苍蝇是公的还是母的？"我说："女的。"赵宏声说："为啥？"我说："女的爱漂亮才来照镜哩。"武林高兴了，说："啊都，都，都说引生是疯子，引生不，不，不疯，疯么！"我懒得和武林说话，我瞧不起他，才要呸他一口，夏天智夹着红纸上了药铺门的台阶，我就坐到屋角不动了。

夏天智还是端着那个白铜水烟袋，进来坐下，呼噜呼噜先吸了一锅儿，才让赵宏声给他写门联。赵宏声立即取笔拿墨给他写了，说："我是听说夏风在省城结婚了，还想着几时上门给你老贺喜呀！明日待客着好，应该在老家待客，平日都是你给大家行情，这回该轮到给你热闹热闹了！"夏天智说："这就算我来请过你喽！"赵宏声说："这联写得怎样？"夏天智说："墨好！给戏楼上也写一副。"赵宏声说："还要唱大戏呀？！"夏天智说："县剧团来助兴的。"武林手舞足蹈起来。武林手舞足蹈了才能把话说出来，但说了上半句，下半句又口吃了，夏天智就让他不急，慢慢说。武林的意思终于说明白了，他是要勒措着夏天智出水，夏天智爽快地掏了二十元，武林就跑去街上买酒了。赵宏声写完了对联，拿过水烟袋也要吸，吸一口，竟把烟水吸到嘴里，苦得就吐，乐得夏天智笑了几声。赵宏声就开始说奉承话，说清风街过去现在的大户就只有夏家和白家，夏家和白家再成了亲家，大鹏展翅，把半个天光要罩啦！夏天智说："胡说的，家窝子大就吃人呀？！"赵宏声便嘿嘿地笑，说："靠德望，四叔的德望高。我就说啦，君亭之所以当了村主任，他凭的还不是夏家老辈人的德望？"夏天智说："这我得告诉你，君亭一上来，用的可都是外姓人啊！"我咳嗽了一下。夏天智没有看我。他不理会我就不理会吧，我咳出一口痰往门外唾。武林提了一瓶酒来，笑呵呵地说："四叔，叔，县剧团演戏，戏哩，白雪演演，不演？"夏天智说："她不演。"赵宏声说："清风街上还没谁家过事演大戏的。"夏天智说："这是村上定的，待客也只是趁机挑了这个日子。"就站起身，跺了跺脚面上的土，出了铺门往街上去了。

夏天智一走，武林拿牙把酒瓶盖咬开了，招呼我也过去喝。我不喝。赵宏声说："四叔一来你咋撮口了？"我说："我舌头短。"武林却问赵宏声："明日我，我，我去呀，不去？"赵宏声说："你们是一个村里的，你能不去？"武林说："啊我没，没没，钱上，上礼呀！"赵宏声说："你也没力气啦？！"他们喝他们的酒，我啃我的指甲，我说："夏风伴了哪里的女人，从省城带回来的？"赵宏声说："你装糊涂！"我说："我真不知道？"赵宏声说："人是归类的，清风街上除了白雪，夏风还能看上谁？"我脑子里嗡的一下，满空里都是火星子在闪。我说："白雪结了婚？白雪和谁结婚啦？"药铺门外的街道往起翘，翘得像一堵墙，鸡呀猫呀的在墙上跑，赵宏声捏着酒盅喝酒，嘴突然大得像个盆子，他说："你咋啦，引生，你咋啦？"我死狼声地喊："这不可能！不可能！"哇地就哭起来。清风街人都怕我哭的，我一哭嘴脸要乌青，牙关紧咬，倒在地上就得气死了。我当时就倒在地上，闭住了气，赵宏声忙过来掐我人中，说："爷，小爷，我胆小，你别吓我！"武林却说："啊咱们没没，没打，打他，是他他，他，死的！"拉了我的腿往药铺门外拖。我哽了哽气，缓醒了，一脚踹在武林的卵子上，他一个趔趄，我便夺过酒瓶，哐嚓摔在地上。武林扑过来要打我，我说："你过来，你狗日的过来！"武林就没敢过来，举着的手落下去，捡了那个瓶子底，瓶子底里还有一点酒，他咂一口，说："啊，啊，我惹你？你，你，你是疯子，不，不惹，啊惹！"又咂一口。

我回到家里使劲地哭，哭得咯了血。院子里有一个捶布石，提了拳头就打，打得捶布石都软了，像是棉花包，一疙瘩面。我说：老天！咋不来一场地震哩？震得山摇地动了，谁救白雪哩，夏风是不会救的，救白雪的只有我！如果大家都是乞丐那多好，成乞丐了，夏风还会爱待白雪吗？我会爱的，讨来一个馍馍了，我不吃，全让白雪吃！哎嗨，白雪呀白雪，你为啥脸上不突然生出个疤呢？瘸了一条腿呢？那就能看出夏风是真心待你好呀还是我真心待你好？！一股风咚地把门吹开，一片子烂报纸就飞进来贴在墙上。这是我爹的灵魂又回来了。我一有事，我爹的灵魂就回来了。但我这阵恨我爹，他当村干部当得好好的偏就短命死了，他要是还活着，肯定有媒人撺掇我和白雪的姻缘的。恨过了爹我就恨夏风，多大的人物，既然已经走出了清风街，在省城里有事业，哪里寻不下个女人，一碗红烧肉端着吃了，还再把馍馍揣走？我的心刀剜着疼，张嘴一吐吐出一节东西来，我以为我的肠子断了，低头一看，是一条蛔虫。我又恨起白雪了，我说，白雪白雪，这不公平么，人家夏风什么样的衣服没有，你仍然要给袍子，我引生是光膀子冷得打颤哩，你就不肯给我件褂子？！

那天下午，我见谁恨谁，一颗牙就掉了下来。牙掉在尘土里，我说：牙呢，我的牙呢？捡起来种到院墙角。种一颗麦粒能长出一株麦苗，我发誓这颗牙种下了一定要长出一株带着刺的树的，也毒咒了他夏风的婚姻不得到头。

※　※

第二天的上午，我去了一趟戏楼。戏台上有人爬高上低地还在装灯摆布景，台子下已经很多婆娘们拿着条凳占地方了，吵吵嚷嚷，听不清谁和谁都在说啥，有小儿就尿下了，尿水像蛇一样突然从条凳窜出来。书正的媳妇把柴火炉子搬在场边要卖炒粉，火一时吹不起，黑烟冒着。赵宏声猴一样爬梯子往戏楼两边的柱子上贴对联，对联纸褪色，染得他颧骨都是红的。把稳着梯子的是哑巴，还有文成站在远处瞅对联的高低，念道：名场利场无非戏场做得出泼天富贵，冷药热药总是妙药医不尽遍地炎凉。说：“宏声叔，你这是贺婚喜哩还是给你做广告哩？”赵宏声说：“话多！”

屋檐里飞出个蝙蝠，赵宏声一惊，梯子晃动，人没跌下来，糨糊罐里的糨糊淋了哑巴一头。哑巴仍扶着梯子，哇哇地叫，示意我过去帮忙。我才不帮忙的，手痒得还想打哩！场北头的麦秸堆下一头猪瞪我，我就向猪走去踢它一脚。没想这呆货是个图舒服的，脚一踢在它的奶上，它就以为我逗它而趴下了。我呸了一口，不再理它，一股风就架着我往麦秸堆上去，又落下来，轻得像飘了一张叶子。

我现在给你说清风街。我们清风街是州河边上最出名的老街。这戏楼是老楼，楼上有三个字：秦镜楼。戏楼东挨着的魁星阁，鎏金的圆顶是已经坏了，但翘檐和阁窗还完整。我爹曾说过，就是有这个魁星阁，清风街出了两个大学生。一个是白雪同父异母的大哥，如今在新疆工作，几年前回来过一次，给人说新疆冷，冬天在野外不能小便，一小便尿就成了冰棍，能把身子撑住了。另一个就是夏风。夏风毕业后留在省城，有一笔好写，常有文章在报纸上登着。夏天智还在清风街小学当校长的时候，隔三岔五，穿得整整齐齐的，端着个白铜水烟袋去乡政府翻报纸，查看有没有儿子的文章。如果有了，他就对着太阳耀，这张报纸要装到身上好多天。后来是别人一经发现什么报上有了夏风的文章，就会拿来找夏天智，勒索着酒喝。夏天智是有钱的，但他从来身上只带五十元，一张币放在鞋垫子下，就买了酒招呼人在家里喝。收拾桌子去，切几个碟子啊！他这话是给夏风他娘说的，四婶就在八仙桌上摆出一碟凉调的豆腐，一碟油泼的酸菜，还有一碟辣子和盐。辣子和盐也算是菜，四碟菜。夏天智说："鸡呢，鸡呢吗？！"四婶再摆上一碟。一般人家吃喝是不上桌子，是四碟菜；夏天智讲究，要多一碟蒸全鸡。但这鸡是木头刻的，可以看，不能吃。

魁星阁底层是大畅屋，没垒隔墙，很多年月都圈着中街组的牛。现在没牛了，门口挂了个文化站的牌子，其实是除了几本如何养貂、如何种花椒和退耕还林的有关政策的小册子外，只有一盒象棋，再就是麻将，时常有人在里边打牌。

赵宏声从梯子上下来，想和我说话，风绕着他起旋儿，他说这是邪气，使劲地扑朔头发。我说扶着这风刚才我上到了麦秸堆上。赵宏声说：“上去了？啊，你好好养病。”我说我真的上去了，麦秸堆上有个鸟窝。文成搭了梯子就爬上麦秸堆，果然从上面扔下来个鸟窝。众人说：“咦？！”赵宏声还是推着我到了文化站门口，问我要不要在后心处贴一张膏药。他说：“不收钱。”我说我真的上去了，他不再理我，探头往文化站屋里看。里边有人说：“是不是幺饼，我眼睛不行啦。”赵宏声说：“你再打一天看啥全是黑的！”牌桌上有夏雨和会计李上善，两人为一个幺饼吵闹。原来夏雨单钓幺饼，将手中的幺饼压在额头上，额头上就显出一个幺饼图案，上善暗示大家都不打出幺饼，等黄了局摊牌，三个人手里却多余着一个幺饼，夏雨就躁了。赵宏声说：“你家正忙着，你也打牌？”夏雨说：“我来借桌子板凳的，刁空摸两圈。”起身要走。一人说：“急啥的？你哥娶媳妇你积极！”一个说：“嫂子的沟蛋子，小叔子一半子么！”

这时候，门口有人说话：“来时我还说这一身衣服脏哩，到这儿了倒觉得干净！”我一回头，是几个剧团人。其中一个老女演员说：“你一到乡下都英俊了！”那人是齿齿牙，微笑了一下，嘴没有多咧，说：“这还有文化站？”老女演员说：“清风街出了个夏风，能没文化站？”一直站在牌桌后头看热闹的狗剩往门口看了看，弯着腰就出来。狗剩是五十多岁的人，黑瘦得像个鬼，他把头伸到老女演员面前，突然说：“你是《拾玉镯》？”老女演员愣了一下，就明白了，笑着点了点头。狗剩说：“我的𡱝呀，你咋老成这熊样啦？！”老女演员变了脸。狗剩要和她握手，她把手塞到口袋里。

事后我听说啦，三十年前县剧团来清风街演了一场《拾玉镯》，拾玉镯的那个姑娘就是这老女人演的，狗剩爱上了那姑娘，晚上行房就让媳妇说她是那姑娘，惹得媳妇差点和他闹离婚。狗剩让名角生了气，上善出来忙解释狗剩没有恶意，只是不会说话，抬脚把狗剩踢走了。

名角是演《拾玉镯》成名角的，她也就一辈子只演《拾玉镯》。她的情绪没有缓过来，中午吃饭前的时候说胃疼，要回去。清风街之所以同意包场戏，就是冲着几个名角，这下要砸锅呀，夏天智就让赵宏声针灸治胃病，老女演员说不用，还要回去。白雪就老师长老师短地恳求，还将夏天智画的秦腔脸谱拿出来，其中一张就是专门画她的装扮的，老女演员才说：“我真的老了？”白雪说：“你没老！”老女演员说：“人咋能不老呢，我是老了。”白雪说：“人老了艺术不老啊！”老女演员说：“那好吧，我不走了，但晚上取消《拾玉镯》，我只来段清唱。”

我本来是不去夏家凑热闹的，上善硬拉着我去，我才去的。白雪穿了双瘦皮鞋，把脚收得紧紧的，真好看。中星他爹信佛，给我说过菩萨走路是一步一生莲的，我看见白雪走过来走过去，也是一溜儿一溜儿的花。赵宏声问我看啥哩，头老不抬，发痴眼儿？他鬼得很，知道我的心思，可我不敢瞅白雪的脸，我还不能瞅她的脚吗？我转了身，对着院子里的花坛，花坛上种着月季，花红艳艳的。赵宏声说：“你今日可别多喝酒！”我拿手去掐月季叶，叶子颤了一下，我知道叶子疼哩，就松了手。

院子里噼噼啪啪响过鞭炮，上善就主持了宴会。夏家待客虽然没有太多地请人，人还是来了许多。武林是最后到的院门口，他来训斥他老婆，他老婆黑娥来得早，他说：“你，你回呀不不回，一，一，一会儿上礼，啊你是有钱，钱，钱哩？”正好四婶出来，让武林快进去坐席，武林说：“我，我，我，没钱呀婶子！”四婶说：“谁要你上礼呀？！”武林就说：“啊过一个月，是，是，是我娘的三三三周年，你也，也来，啥都不，不，不要带噢，噢。”村主任君亭和支书秦安是相跟着来的，秦安先站在院门口念门联：不破坏焉能进步，大冲突才有感情。就锐声说：“是宏声写的吧，写得好！”上善就拥他们在主桌上坐了，开始讲话。上善能讲话，说得很长，意思是夏风是个才子，白雪是个佳人，自古才子配佳人，那是天设地造的。虽然在省城已办了婚礼，但在老家还得招呼老戚旧亲，三朋四友，左邻右舍，老规矩还是老规矩！那么，东街的本家，中街的他姨，西街的亲家，南沟来的他舅，西山湾来的同学，还有在座的所有人，都把酒杯端起来，先贺咱老校长福喜临门，再祝一对新人白头偕老！都端起酒杯了吧？众人说：早都端起了，你说得太长！上善说：那就干杯，都得喝净！干过了，众人都要坐下，上善又说：“先不急坐，再把酒倒上，让秦支书讲话！”秦安就让君亭讲，君亭说我是本家子哥，你讲。秦安说：“我不会说话，要我说呀，对这一对新人哇，我只说一个字，只一个字：很好！”众人都笑了，说：“明明两个字，怎么是一个字？”秦安愣了愣，也笑了，就坐下来。众人也就坐下来。席间，有人给夏天智脸上抹红，夏天智说婚结了给我抹啥子红？众人便起哄：今日不要新郎新娘了，就要你，你得来个节目！夏天智也不擦脸上的红，喃喃道：我出啥节目呀？就叫喊四婶把他画的那些秦腔脸谱拿出来让大家看看。四婶说：“你咋恁逞能的，拿那些脸谱有啥看的？”夏天智说：“你不懂！”四婶就从柜里搬出一大堆马勺，马勺背上竟都画着秦腔脸谱。我知道夏天智能画秦腔脸谱，但没见过能在马勺上画，画出了这么多，一件一件竟摆得满台阶上都是。众人便围进去瞧稀罕，你拿一个，他拿一个，掖在怀里，别在裤带上，也有拿了要出院门。夏雨急着喊：“哎！哎！”夏天智却说：“谁要爱上的，就拿上！”众人说：“四叔比夏雨舍得！”马勺立时就被抢光了。夏天智脸上放光，说：“热闹，热闹！我再给大伙放段戏！”又从卧屋取了个台式收音机，拧了半会儿，正巧播放着秦腔曲牌。音乐一起，满院子都是刮来的风和漫来的水，我真不知道那阵我是怎么啦，喉咙痒得就想唱，也不知道怎么就唱：眼看着你起高楼，眼看着你酬宾宴，眼看着楼塌了……我唱着，大家就看我，说：“这疯子，这疯子！”上善就过来拿了一只大海碗，满满地盛了米饭，又夹了许多肉在上面，给我说：“引生，你那烂锣嗓能唱个屁！把这碗端上，好好坐到花坛沿上吃，吃饱！”然后他高声说：“要唱我来上一板！”众人都起哄：“唱！唱！”上善真的就唱啦：为王的坐椅子脊背朝后，为的是把肚子放在前头，走一步退两步只当没走，他大舅他二舅都是他舅。唱着唱着，一只苍蝇站到了他鼻尖上，他拍苍蝇，就不唱了。音乐还在放着，哑巴牵着的那只狗，叫来运的，却坐在院门口伸长了脖子呜叫起来，它的呜叫和着音乐高低急缓，十分搭调，院子里的人都呆了，没想到狗竟会唱秦腔，就叫道：“上善上善，你唱得不如狗！”来运在这场合出了风头，喜得哑巴拿了一根排骨去喂它。但来运叼着排骨不吃，却拿眼睛看我。我也看着来运，我叫："来运，来运！"来运就卧到我腿前，我看出了来运前世是个唱戏的，但这话我不说破。花坛边的痒痒树下，夏风和赵宏声说话，他们是小学同学，夏风说："瞧我爹，啥事都让他弄成秦腔会了！"赵宏声笑着说："四叔就好这个么。也真是，不是一家人不进一家门，白雪活该就是给你爹当儿媳的。"夏风说："我就烦秦腔。"赵宏声说："你不爱秦腔，那白雪……"夏风说："我准备调她去省城，就改行呀。"米饭里边吃出了一粒沙子，硌了我的牙，我呸了一口米饭，又呸了一口米饭。起身要走时，秦安过来问起夏风："新生没来？"夏风说："没见来么。"秦安就给夏天智招手，夏天智端着白铜水烟袋走来，两人叽叽咕咕了一阵，我逮听着他们在商量着晚上给剧团演员披红的事，秦安说："五条呀，一人还得十斤鸡蛋，一袋苹果，这笔账不好报哇？"夏天智吸了一阵烟，就把白雪叫来。白雪就站在我的旁边，她的身上有一股香，她的裤管上粘着一个棉花球儿，我想给她取下来，但我没敢。白雪说："那就只给王老师一个披红吧，她称得上是表演艺术家了，到哪儿演出都披红哩。"秦安说："这得和君亭研究一下。"就叫了君亭过来，君亭听了，口气很硬地说："剧团是村上请来的，当然应该负担人家！"秦安看我，我把脸埋下吃我的饭。秦安低声说："毕竟是给夏风白雪贺喜来的……"君亭说："屎，那又咋啦？演戏还不是全村人看，如果没有夏风的婚事，你就是出钱人家肯来？庄稼一季一收的，人才是几百年才出一个，夏风是清风街的一张名片了！咱可以宣布，如果以后谁的事弄到像夏风这么大，家里的红白喜事村上就一揽子包了！咱明事明干，用不着偷偷摸摸的。"夏天智说："这……"秦安说："君亭说的也是，那咱班子就算决定啦。包场费一千元，红绸被面一条，还有鸡蛋、苹果都让新生那边办，款项从他的承包费里抵就是。"当下，秦安让夏雨去找新生，夏雨打了一个口哨，来运就厮跟了他，夏雨还说："引生你和我去！"我看了一下白雪，白雪给各个席上敬酒哩，我说我不去，夏雨恨了恨，从饭桌上拿了一包纸烟才走了。

※　※

差不多是鸡都上架打盹了，天还没漫下黑，亮着一疙瘩一疙瘩火云。我在门口啪啦啪啦抖被单，隔壁来顺说："今日有戏，这天也出祥瑞，怪怪的？"这有啥怪的，秃子，来顺是秃子，天也发了烧么！来顺说："你才发烧哩！"我就是发烧哩，吃毕宴席回来我睡了一觉，睡着睡着身子发烫，我之所以抖被单，就是看把被单烧着窟窿了没有，没有烧着，只抖下几个屁弹。一只猫从树阴里跑过来，白的跑成了红的，钻进厨房的烟囱中去了，再出来，是个黑猫。来顺硬着脖子往戏楼下去了，我一直等到锣鼓吵起，喝下半勺浆水才赶了去。

清风街的人差不多都在戏楼下，中间有条凳的坐了条凳，四边的人都站着，站着的越站越多，就向里挤，挤得中间的人坐不住，也全站在了条凳上。人脚动弹不了，身子一会儿往左侧，一会儿往右侧，像是五月的麦田，刮了风。那些娃娃们从戏台的墙头爬上去，坐在台上两边，被撵下来，又爬上去，赖成了苍蝇。我就听谁在喊："引生呢，让引生维持秩序！"我近去从台口拉那些娃娃腿，三下两下全拉得掉下来。人窝里有骂声："疯子，你要出人命啊？！"但我很得意，凡是群众集会只有我才能维持了秩序。

文成一伙跑到戏楼后面，趴在后门缝看演员化妆。我也跑去看了，我要看白雪在没在后台，但没见白雪的踪影，看到的却是那个长脸男演员往头上戴花。中午吃饭的时候，庆玉和这个演员在一个桌子上，庆玉给他递纸烟，他说他要保护嗓子，不吸纸烟。庆玉就问：你是唱啥的？他说：你猜。庆玉说：净？他说：不是。庆玉说：生？他说：不是。庆玉说：那是丑角？他还是说不是。庆玉有些火了，以为他戏弄，说：那你唱屎呀！他却说：接近了。庆玉说：噢，唱旦的！一个大男人唱旦角，我就稀罕了，正看着，他也发觉了我在偷看，走过来把身子靠在门上。

我觉得没有了意思，离开了后门口，前边台下的秩序还好，就灰沓沓靠到麦秸堆上发蔫了。天上的星星一颗一颗的，数了一遍，又数了一遍，一遍和一遍的数目不同。隐约里谁在说话："你瞧你瞧，人不少嘛！""说到底也就是个农民的艺术么。""你少说这话，让人听着了骂你哩！""你要是在省城参加一次歌星演唱会，你就知道唱戏的寒碜了！""我可告诉你，王财娃演戏的时候，咱县上倒流行一句话：宁看财娃《挂画》，不坐民国天下。""那是在民国。""现在有王老师哩！""不就是一辈子演个《拾玉镯》，到哪儿能披个红被面么。""你，你……""我说的是事实。""到了后台你不许这么说！""我才不去后台，我嫌聒，我找宏声谝呀。"我听出是白雪和夏风，一拧头，他们果然就站在麦秸堆边。我往黑影里缩，不愿意让他们发觉是我，但他们却没再说话，我斜眼睛看了一下，夏风朝西头去了，而白雪端端往戏楼走，她两条腿直得很，好像就没有长膝盖。我心里说：白雪白雪，你要能和我好，你打个喷嚏吧！但白雪没有打喷嚏。

戏楼上叮叮咣咣敲打了半个时辰，红绒幕布终于被两个人用手拉开，戏就开场了。先是清唱，每一个演员出来，报幕的都介绍是著名的秦腔演员，观众还是不知道这是谁，不鼓掌，哄哄地议论谁胖谁瘦，谁的眼大谁的脸长。后来演了两个小折子，一个须生在翻跟头时把胡子掉了，台下就喝倒彩：下去，下去，要名角！表演艺术家王老师，接下来就登场了，但她是一身便装，腰很粗，腿短短的，来了一段清唱。台下一时起了蜂群，三踅一直是站在一个碌碡上的，这阵喊："日弄人哩么！"他一喊，满场子的人都给三踅叫好，王老师便住了声，要退下去，报幕的却挡住了王老师，并示意观众给名角掌声，场子上没有掌声只有笑声，突然间一哇声喊：不要清唱，要《拾玉镯》！这么一闹腾，我就来劲了，撒脚往戏楼前跑。戏楼下一时人又挤开来，有小娃被挤得哭，有人在骂，三只鞋从人窝里抛了出来，正巧砸在我的头上，我说："砸你娘的 × 哩！"日地把鞋又砸到人窝里去。秦安一把拉住我，说："引生引生，你要给咱维持秩序啊！"他先跳上台让大家安静，可没人听秦安的，秦安又跳下台问我："君亭呢，君亭没来？"我说："君亭饭后就到水库上去了，你不知道？！"秦安眉头上就挽了一个疙瘩，说："弄不好要出事呀，这得搬天义叔哩！"剧团演出队长说："天义是谁？"我说："是老主任。"秦安就说："引生你领路，让队长把天义叔请来！"

我领着队长小跑去东街，街道上有狗汪汪地咬。街北的312国道上开过了一辆车，白花花的一股子光刷地过来，照在一堵墙上，我突然说："你瞧那是啥？"队长说："啥？"我看见雷庆的女儿翠翠和陈星抱在一起，四条腿，两个头，没见了手，就说："好哇，不去看戏，在这儿吃舌头哩！"队长说："管人家事？咱急着搬救兵啊！"我不行，拾了块土疙瘩朝墙根掷过去，车灯已经闪过了，黑暗中传来跑步声。穿过一条歪歪扭扭的巷子，队长问老主任家怎么住得这么背呀？我说："背是背，那可是好地穴哩！"队长又问怎么个好地穴，我说："白天了，你站在伏牛坡就看得出来！"如果是站在北头的伏牛坡上看清风街，清风街是个"凵"状，东西两街的村子又都是蝎子形，老主任的家就盖在蝎子尾上。在过去，东街的穷人多，西街有钱的人家多，而最富豪的是白家。白家兄弟两个因家事不和，老二后来搬住到了东街，但老二后辈无人，待夫妇俩死后，老大就占了东街的房院。那老大就是白雪的爷爷，曾当过清风街的保长。到了解放初，夏天义是土改代表，一心想给白家划地主，可农会上主持人是县上派来的监督员，和白家有姑表亲，一开会就给白家传信，结果白家主动将东街的房院交了出来，只给定了个中农成分。这房院自然而然就让夏天义一家住了。他们是兄弟四人，按家谱是天字辈，以仁义礼智排行；在这房院里住过了十年，后来都发了，各盖了新的房院分开住家。先是夏天仁搬住到了北头巷口，他就是君亭的爹，拳头能打死老虎的人，只是命短，不到六十就死了。后搬住到中巷巷尾的是夏天礼，他在五十里外的天竺乡干过财务，退休已经多年。再是夏天义在蝎子尾盖了房子，五个儿子，前四个是庆字辈，庆金庆玉庆满庆堂，到了二婶怀上第五胎，一心想要个女子，生下来还是个男的，又长得难看，便不给起大名了，随便叫着"瞎瞎"。五个儿子都成了亲，又是一个一个盖房院，夏天义就一直还住在蝎子尾。这事我不愿意给队长说，说了他也弄不清。队长说："老主任是夏风的二伯？"我说："你行呀！"队长说："夏风他家的房院倒比老主任的房院好。"我拉着队长从池塘边的柳树下往过走，才要说："那当然了，夏风家的房院是原先白家的老宅子么！"话还没说出口，竹青就从对面过来了。

竹青撑着一双鹭鸶腿，叼着烟卷，立在那里斜眼看我。我说："竹青嫂子，天义叔在家没？"竹青说："我爹喝多了，可能睡了。"我就摇院门上的铁环，来运在里边说："汪！"我说："来运，是我！"来运说："汪汪！"我说："我找天义叔的！"来运说："吭哧，吭哧！"我说："天义叔睡了？睡了也得叫起来，要出事啦！"上堂屋有了躁躁的声音："谁在说话？"我说："天义叔，我是引生，你开门！"开了院门的却是来运，它用嘴拉了门闩，夏天义就站在了堂屋门口。夏天义是个大个子，黑乎乎站满了堂屋门框，屋里的灯光从身后往外射，黑脸越发黑得看不清眉眼。队长哎哟一声，忙掏了纸烟给他递，他一摆手，说："说事！"队长就说戏楼上观众如何起哄，戏演不下去，又不能不演，担心的是怕出乱子。夏天义说："就这事儿？那秦安呢？！"我说："秦安那软蛋，他镇不住阵！"夏天义说骂了一句："狗日的！"跟着我们就往院门口走，走到院中间了，却喊："哎，把褂子给我拿来，还有眼镜！"夏天义迟早叫二婶都是"哎"，二婶是瞎子，却把褂子和眼镜拿了来。眼镜是大椭块石头镜，夏天义戴上了，褂子没有穿，在脊背上披着。我说："天义叔，你眼镜一戴像个将军！"他没理我，走出院门了，才说："淡话！"

到了戏场子，台上台下都成一锅粥了，有人往台上扔东西，拥在台口两边的娃娃们为争地方又打起来，一个说：我日你娘！一个说："鱼，鱼，张鱼！"张鱼是那个娃娃的爹，相互骂仗叫对方爹的名字就是骂到恨处了，那娃娃就呜呜地哭。秦安一边把他们往下赶，一边说："叫你爹名字你哭啥哩，毛泽东全国人都叫哩！"台下便一片笑声。秦安没有笑，他满头是汗，灯光照着亮晶晶的，就请出演员给大家鞠躬，台下仍是一哇声怪叫，秦安说了些什么，没有听见。夏天义就从戏楼边的台阶上往上走，褂子还披着，手反抄在褂子后边，我大声喊：“老主任来啦！”顿时安静下来，夏天义就站在了戏台中间。

夏天义说：“请剧团的时候，我说不演啦，不是农闲，又不是年终腊月，演什么戏？可征求各组意见，你们说要演哩要演哩，现在人家来演了，又闹腾着让人家演不成，这是咋啦？都咋啦？！”叭！电灯泡上纠缠了一团蚊子，一个蚊子趴在夏天义的颧骨上咬，夏天义打了一掌，说：“日怪得很，清风街还没出过这丢人的事哩！不想看戏的，回家睡去，要看戏的就好好在这儿看！”他一回头，后脖子上壅着一疙瘩褶褶肉，对着旁边的队长说：“演！”然后就从台边的台阶上下来了。

戏果然演开了，再没人弹七嫌八。

夏天义得意地往回走，我小跑着跟他，我说：“天义叔，天义叔，你身上有股杀气哩！”夏天义摆了下手。我还是说：“秦安排夸他上学最多，是班子里的知识分子哩！知识分子顶个屁用，农村工作就得你这样的干部哩！”夏天义又是摆了一下手。不让说就不说了，我热脸碰个冷沟子，就不再撵跟他，一转身把掌砍在武林的脖项上。武林张着嘴正看戏的，被我一砍吓了一跳，就要骂我，但噎了半天没骂出一个囫囵句来。

戏是演到半夜了才结束。人散后我和哑巴、瞎瞎、夏雨帮着演员把戏箱往夏天智家抱，让书正搭个手，书正只低个头在台下转来转去。我知道他是在那里捡遗下的东西，说：“钱包肯定是捡不到的，这儿有半截砖你要不要？”他真的就把半截砖提回家去了。

演员们在夏天智家吃过了浆水面，大部分要连夜回县城，夏天智挽留没挽留住，就让夏雨去叫雷庆送人。雷庆是州运输公司的客车司机，跑的就是县城到省城这一线，每天都是从省城往返回来过夜，第二天一早再去县城载客。夏雨去叫雷庆送人的时候，在中巷见到雷庆的媳妇梅花，梅花不愿意，说你家过事哩，你雷庆哥回来得迟，连一口喜酒都没喝上，这么三更半夜了送什么人呀？！话说得不中听，夏雨就不再去见雷庆，回来给爹说了，夏天智说：“让你叫你雷庆哥，谁让你给她梅花说了？”白雪就亲自去敲雷庆家的门。敲了一阵，睡在门楼边屋里的夏天礼听到了问谁个，白雪说：“三伯，是我！”夏天礼忙高声喊雷庆，说白雪敲门哩！梅花立即开了院门，笑嘻嘻地说：“是白雪啊，晚上我特意去看你的戏哩，你咋没演？”白雪说：“我演得不好，甭在老家门口丢人。我哥睡了没？”梅花说：“你来了，他就是睡了也得起来！”白雪说：“想让我哥劳累一下送送剧团里人。”梅花说：“劳累是劳累，他不送谁送？咱夏家家大业大的，谁个红白事不是他接来送往的？！”当下把雷庆叫出来把要走的人送走了。

留下来的演员是三男两女，男的让夏雨领了去乡政府一个干事那儿打麻将，女的安顿到西街白雪的娘家。白雪带人去时给婆婆说夜里她也就不回来了，四婶不高兴，给她叽叽咕咕说了一会儿话，白雪笑了笑，才让夏风带了女演员去的西街。

我原本该和夏雨他们一块走的，可我没有走，磨磨蹭蹭直到夏天智和四婶已经坐在灯下清查礼单的时候才离开。但刚出门，庆金的媳妇淑贞拉着儿子光利来见白雪，说光利的嗓子好，整天跟了陈星唱歌，还要买收录机，让白雪听听他的歌看值不值得投资买个收录机？四婶说：“后半夜了唱啥歌呀，一个收音机值几个钱，舍不得给娃买！”淑贞说：“是收录机，不是收音机！”四婶说：“收录机贵还是收音机贵？”淑贞说：“一个是手表一个是钟表！”语气呛呛的。见四婶指头蘸着口水数钱，又说：“今日待客赚啦吧？”四婶说：“做啥哩嘛，就赚呀？！”淑贞把嘴撇了个豌豆角，光利却趁机跑掉了，她就一边骂光利一边低声问白雪：“收了多少钱？”白雪说：“不知道。”淑贞说：“四叔四娘为啥待客哩，就是回收以前送出去的礼哩。礼钱肯定不少，给你分了多少？”白雪说：“给我分啥呀？”淑贞说：“咋不分？夏风不是独子，还有个夏雨，四叔四娘把礼钱攥了还不是给小儿子攒着？即便他们不给你分，可你娘家的，你的同学同事的礼钱应当归你呀！”话说得低，四婶八成也听得见，嚷道着白雪把鸡圈门看看关好了没有，小心黄鼠狼子。白雪说：“现在哪儿有黄鼠狼子？”淑贞说：“四娘不愿意了我哩。”就要走。四婶偏过来，说：“淑贞你走呀？”拿了一沓钱交给了白雪，白雪不要，不要不行，羞得淑贞一出院门就骂光利。

※　※

年好过，月好过，日子难过，这一天就这么过去了。夏家待客的第二天早晨，夏天智照例是起来最早的。大概从前年起吧，他的瞌睡少了，无论头一夜睡得多晚，天明五点就要起床，起了床总是先到清风街南边的州河堤上散步，然后八字步走到东街，沿途摇一些人家的门环，吆喝：睡起啦！睡起啦！等回到家了，门窗大开，烧水沏茶，一边端了白铜水烟袋吸着一边看挂在中堂上的字画，看得字画上的人都能下来。白雪是听到院门响而醒来的，做了夏家的新儿媳，起床先扫罢院子，又去泉里挑水。路上见上善从斜巷里过来唱《张连卖布》，先是一句：你把咱大铁锅卖了做啥？我嫌它烧开水不着饹甲。白雪就把水担放下，眯着笑眼听。上善一抬头看见了白雪，就噤口啦。白雪说："上善哥起得早？"上善说："睡不成么！"白雪说："咋啦？"上善说："四叔啥都好，就是一点，他睡不着了也不让别人睡！"白雪还是笑。上善说："四叔讲究大，你一早给他老两口倒尿盆了？"白雪说："这还没。"上善说："好，你给他当儿媳就要破破那些规矩哩！"

白雪担水回来，夏天智已喝毕了一杯茶，把茶根儿往花坛上浇，问夏风起来了没，不等白雪答复，就嘟囔什么时候了还睡着不起，该去西街和乡政府接客人呀。白雪赶紧去卧房把夏风推醒。

客人接了回来，吃罢了饭，刘新生就进了门，夏天智一见他空手，先问给演员办的货呢，刘新生倒嚷嚷结婚待客多大的事情怎么就不给他透个风，四婶忙解释只待了族人和亲戚，西街中街的人家都没告诉。刘新生说："我还以为把我晾下了！"四婶说："晾下别人还能晾下你？让你办货还不是给你个口信儿，只说你昨儿夜里过来，没见你来么！"刘新生说："昨儿下午我去西山湾收鸡蛋了嘛！”一边叮咛着夏雨派人去果园拉货，一边却将自己写的鼓乐谱请教剧团来的乐师。

刘新生种庄稼不行，搞文艺却是个人才。我敢说，像夏风那样的人，清风街并不少，只是他们没有夏风的命强，一辈子就像个金钟埋在了土里，升不到空中也发不出声响。比如水兴他那死去的爹，大字不识几个，却能把一台戏一折一折背下来，连生净丑旦的念白都一字不落。这刘新生以前吹过龟兹乐班，甚至扮过旦角，但有一年春节放鞭炮，炸药炸了右手的中指和食指，再唱戏手伸出来做不了兰花姿，他就迷上敲鼓，逢年过节若办社火，全都是他承操。剧团来的乐师正拿了夏天智的白铜水烟袋吸，刘新生叫声“师傅”，从怀里掏出一卷纸来，上面密密麻麻记了鼓谱，求乐师指正。乐师说：“你用嘴给我哼调，我听。”刘新生就“咚咚锵，咚咚锵”哼起来。哼着哼着，脸绿了，脱了褂子，双手在肚皮上拍打。乐得大家都笑，又不敢笑出声，乐师就说：“哈，这世事真是难说，很多城里的人，当官的，当教授的，其实是农民，而有些农民其实都是些艺术家么！”

乐师说的这句话，事后是赵宏声告诉我的，这话我同意。我说：“夏风就是农民，他贪得很！”赵宏声说：“你看见夏风娶了白雪，嫉恨啦？”我说：“结就结吧，权当他是个护花人！”赵宏声说：“咦，你还能说出这话？那你也找一个，当护花人么。”我说：“要穿穿皮袄，不穿就赤身子！”赵宏声说：“那你就断子绝孙去！”我说：“我要儿子孙子干啥，生了儿子孙子还不都在农村，咱活得苦苦的，让儿子孙子也受苦呀？与其生儿得孙不如去栽棵树，树活得倒自在！”赵宏声说：“说着说着你就疯话了！”

那天早晨刘新生在夏天智家把肚皮当鼓敲的时候，我是在街上溜达的。去果园拉货的人把鸡蛋苹果搬运到东街口，却抖出了一个新闻：二分之一的果园刘新生已经不承包了！清风街就这么大个地方，谁家的鸡下丢了一颗蛋都会吵吵闹闹。刘新生将二分之一的果园退出了，人们就来了气。果园前几年挂果好，他发了财，去年霜冻，今年又旱，他就退出一半，果园是集体的果园，他想怎么就怎么啦？人是怕煽火的，一张口指责了刘新生，十张八张口就日娘捣老子地骂刘新生，待到有一个人近去拿了颗苹果吃，你也吃我也吃，不吃白不吃，都去拿了吃。

刘新生把肚皮拍得通红，拍着拍着放了一个屁，就见一个小娃拿着苹果进来吃，刘新生说："哪儿的苹果？"小娃说："街口都吃苹果哩。"刘新生便跑了去看，果真是自己筹备的苹果，两个箱子都已经空了。李三娃的娘正撩了衣襟装了四五颗，刘新生气得去夺，老婆子颠着小脚跑，把一颗扔给她孙子，刘新生就把她掀倒了。旁边人说："你打人了？"刘新生说："这是两委会让我给演员筹的货，她红口白牙吃谁的？"那人说："果园是全清风街的，你能吃，为啥别人吃不得？"刘新生说："我承包了就是我的！"那人说："承包费你交了？"刘新生说："交了！"那人说："交了多少？"刘新生说："一半。"那人说："那一半呢？"刘新生说："那一半我已经不承包了！"两个人你一句我一句争吵，我就扑上去说："哎，新生，大家都知道你承包了，怎么只成了一半？"刘新生说："咋？你想咋？"他用手指我，少了两个指头，我把他的手拨开了，说："丰收的时候你承包，不丰收了你就不承包了？你是清风街的爷？！"刘新生说："我不和疯子说！"他瞧不起我，我就从苹果箱中拿了两个苹果，啃一颗，扔一颗。一直蹴在旁边吃纸烟的三踅过来说："你说你承包的合同修改了，你拿出来看看。"刘新生一嘴白沫，说："拿就拿！"让夏雨把鸡蛋和剩下的苹果拿回夏家，自个儿气呼呼地去了果园。

苹果已经没有了多少，夏天智脸上不是个颜色，把鸡蛋一小纸盒一小纸盒装好数数儿，又不够了几盒，那个乐师说："是这吧，昨儿夜里回去的就都不给了，留下来的每人两盒正好！"夏天智说："这使不得的，大家都辛苦了嘛！"就去了卧屋和四婶商量着把收礼来的被面给留下的这些人一人一个。四婶说："村上的事，都揽着？这一个被面是多少钱啊？！"夏天智说："说是村里包场，还不是来给咱家演的？你要那么多被面干啥？！活人活得大气些，别在小头上抠掐！"四婶说："你愿意咋办就咋办吧。"脸吊得多长。夏天智拿了六七条被面，要出卧屋门了，说："是粉就搽在脸上，你往喜欢些！"出来把被面送给演员。演员推辞了半天，到底接受了，院子里一时气氛活泛，然后坐了丁霸槽开来的手扶拖拉机上了路。

手扶拖拉机开出了巷口，经过街上，又拐上了312国道，这些我都看到了。看到了，心情就不好，因为演员们一走完，我就没有理由再去夏天智的家了。一时灰了心情，懒得和三踅他们说话，拧身要走。三踅说："新生还没来哩，你走啥？"我说："我管屎他承包不承包哩！"三踅说："战争年代你狗日的是个逃兵哩！"我说："战争年代？那我就提了枪，挨家挨户要寻我的新娘哩！"我才说完，见一人牵着一只羊从巷口出来，紧接着夏天礼在后边撵，把牵羊人喊住了。夏天礼说："老哥，账不对哩！"牵羊人说："三百元一分没少啊？！"夏天礼说："羊是三百元，缰绳可是麻搓的，光那个皮项圈我就花了五元钱！是这样吧，你再给八元钱。"牵羊人说："这，这不行吧。"夏天礼说："不行那就没办法了。"动手解起羊脖子上的缰绳。牵羊人说："我服了你了，好好，我再给你五元钱，可我现在身上没钱了，过几天我来清风街赶集，把钱给你补上。"夏天礼就朝我们这儿看，我们都笑他，他就给我招手。我近去了，他说："这是引生，你认识不？"牵羊人说："疯子引生我当然知道。"他认得我，我不认得他。夏天礼说："引生作个证，三天后你把钱可得补上啊！"那人把羊牵走了。夏天礼问我："拥那么多人干啥的？"我把新生果园的事说了一遍，没想他拧身就走。我说："三叔你咋走啦？"他说："我没那闲工夫！"我说："三叔往哪儿去？"他说："茶坊赶集呀。"我这才注意到他提着那个黑塑料兜。我说："银元现在是啥价？"他回过头来，看起我，一巴掌捂了我的嘴，低声说："你胡说些啥？"我没胡说。夏天礼长久以来偷偷在做贩银元的生意，别人不知道，我可是知道的，我是在茶坊村的集市上瞧见过他和一个人蹴在墙根，用牙咬一枚银元哩。夏天礼还捂着我的嘴，说："这话你给谁说过？"夏天礼这么说，我也就乖了，我说："我……我说啥了？"夏天礼说："你说你说啥了？"我说："我说我雷庆哥孝敬你，给你买了头羊让你喝奶哩，你咋把羊卖了？"夏天礼就笑了，说："我恁奢侈的，让人骂呀？！"看见路边的水渠里有一个苹果，捡起来擦了擦，放在了提兜里。

夏天礼走了，我还站在那里，我觉得我是一个皮球，被针扎了一下，气就扑哧放了。中街刘家的那两个傻子娃从牌楼下过来，争论着天上的太阳，一个说是太阳，一个说是月亮，他们拦住了一个过路人，那人说：我不是清风街的，不太清楚。我连笑也没有笑，闷了头往伏牛梁去。伏牛梁是县上“退耕还林”示范点，那里的树苗整整齐齐的，树干上都刷了石灰，白花花一片，树林子里有我爹的坟。我是心情不好的时候就爱到我爹的坟上，给我爹说话。我就告诉爹：“爹，我爱的女人嫁给夏家了！为什么要嫁给夏家呢？我思想不通。她白雪，即便不肯嫁给我，可也该嫁得远远的呀，嫁远了我眼不见心不乱的，偏偏就嫁给了清风街的夏家！”我爹在坟里不跟我说话，一只蜂却在坟上的荆棘上嗡嗡响。我说，爹呀爹，你娃可怜！蜂却把我额颅蜇了，我擤了一下鼻，将鼻涕涂在蜇处，就到坟后的土坎下拉屎。刚提了裤子站起来，狗剩过来了。狗剩是苦人，勤快得见天都拾粪，日子却过不到人前面，听说好久连盐都吃不上了。我本来要同情他的，他竟然说：“引生，你那水田里的草都长疯了，你咋不去拔拔？”我就来气了，说：“你有空的时候你去拔拔么！”他说：“你以为你是村干部呀？！”我说：“你要不要粪？我拉了一泡。”他拿了锨过来，我端起一块石头，把那泡屎砸飞了。

夏天智在送走演员后就睡了，一直睡到中午饭后。四婶做好了饭，就收拾着去西街亲家的礼物，问白雪该去几家，白雪说，族里的户数多，出了五服的就不去了，五服内的是六家。四婶只准备了五家，糖酒还有，挂面却不够了，就把五份挂面又分成六份，重新用红纸包扎。夏天智睡起来坐在炕沿上看四婶包挂面，问夏风：“东街口还闹腾哩？”夏风说：“吵了一锅灰！君亭和秦安也去了，新生拿来了合同，合同上是秦安盖的章，君亭就发脾气啦。君亭一发脾气，秦安支吾得说不出话，浑身就起红疙瘩，病又犯了。”夏天智说：“给我点纸媒去！”夏风点了纸媒，夏天智呼噜呼噜吸了一阵水烟。夏风说：“我君亭哥像个老虎似的，脾气那么大？我看他把秦安就没在眼里拾，既然是秦安盖了章，也得维护秦安呀，当着三踅这伙人的面，让秦安下不了台。”夏天智又是呼噜呼噜吸了一阵烟，说：“你在城里，你不知道，农村这事复杂得很哩……”却不往下说了，侧着耳朵问：“啥响？是打雷吗？”

是打雷。天上豁朗朗地在响，一朵云开始罩了南沟脑的虎头崖。

※　　※

天上的雷声像推空石磨，响了一个时辰。整个夏季，干雷打过几次，落不下一场雨，飘过来的云没有给人们留下个印象。现在云又从虎头崖飘来了一朵，清风街的人差不多出了屋仰头往天上看，人给云留下了印象，它就下了一颗雨，扑沓，砸在陈星的门口。

这雨砸下来，起了一股烟尘。门面里，陈亮睡在凉席上还睡不醒，陈星喊了声要下雨啦，出来却没雨，便把修车的家什摆在门口，一边补轮胎一边唱。清风街上，陈星是第一个唱流行歌的，能唱得和电视上、收音机上唱的一样。现在他唱《流浪歌》：流浪的人在外想念你，亲爱的妈妈，流浪的脚步走遍天涯，没有一个家……巷道里的娃娃伙听见了，就都跑出来，陈星不理他们，只是唱，扭头看着街面的远处。

中街的两边都是门面房，没有门楼，却都有个长长的门道，我就坐在丁霸槽家的门道里吃茶。丁霸槽从县城回来后用凉水擦身子，他个头没有我高，肚子却像个气蛤蟆，我说：“半截子，半截子，谁给你起的大名？”丁霸槽说：“我爹起的，咋啦？我爹盼我不窝囊，在槽里能抢得下吃喝哩！”他扭头对隔壁门道的王婶说：“婶子，恁热的天还不下机子？来喝点茶么！”王婶在织布机上手忙脚乱，前心后背的衣服都汗透了。王婶说：“我要是有你这样个儿子，我也知道躺在凉椅上摇扇子哩！霸槽，听说染坊里价又高了？”丁霸槽说："可能是高了。"王婶说："咋啥都高了？！"梭子从机上掉下来，她弯腰拾，没拾起来。我说："谁说的，霸槽的个子就没事嘛！"武林挑着豆腐担子走过去，喊："豆腐！浆水豆，啊豆，豆腐！"王婶就下了机子，在口袋里掏钱要买豆腐，掏了半天掏出几张软塌塌的毛票，武林已经走远了，就骂："结巴子你是卖豆腐哩还是跑土匪呀？"

中街的街道热气腾腾，热气是生了根往上长的，往东看去看见街拐弯处的东街口牌楼，以及往西看去看见街拐弯处的西街口牌楼和牌楼下的武林，都在热气中晃，像是一点一点在融化。"狗子，狗子，来运！"我大声叫着，不叫它的大名它不理你，叫了它的大名，它站住看了看，还是追逐乡政府的黑狗赛虎。夏家的人和乡政府有关系，连狗恋爱也门当户对。街上的狗见到了赛虎都想接近，来运就和它们咬，叽吱哇呜，咬到染坊门前了，狗和狗都是一嘴毛。

清风街的染坊，从来都是西街白家人开的。白家人善于生意，中街的门面房除了东街的竹青租了一间开理发店外，轧面房，铁匠铺，裁衣店，纸扎坊都是他们的。染坊门面比先前小多了，但染出的布花样更多，颜色更亮，平日里晾布架要撑到清风寺的门前土场上去。从染坊旁的短巷往南就是清风寺，隔着土场和戏楼端对。清风寺是什么时候建的？这谁说得清楚？！寺里的前殿比后殿大，前殿的后檐和后殿的前檐仅差一尺，下雨天雨水就聚在两殿间的台阶下，然后从东西水眼道流出去。前殿隔挡了四个小房，门都是走扇子，关上了门缝里还能伸进去个手。后殿两边隔挡了单间，中间摆了一个长案，还有很长的条凳，坐着吃纸烟的时候，从窗子里就看到院子里的大白果树。

白果树上住着一家鸟。大前年一只鹞子飞来打架，鹞子和鸟夫妻打得非常激烈，白的灰的羽毛落了一地。人们想帮鸟夫妻，但掷石子掷不到那么高。战争持续了三天三夜，鸟丈夫被啄瞎了眼睛，跌下来摔死了，紧接着鸟妻子也跌下来，先还能睁眼，不到一个时辰也死了。奇怪的是鹞子并没有占巢，从此飞得没踪没影，直到连刮了七天黄风，鸟巢被刮了下来，才发现巢里还有两只雏鸟，差不多都干瘪了。

白果树上的鸟遭到灭绝，正是312国道改造的时候。312国道原规划路段要避开清风街的后塬，从屹甲岭随着州河堤走，可以是堤又是路，不糟踏耕地。可后来还是从后塬经过，这就把清风街风水坏了。风水重要得很，就是风水一坏，夏天义下台了。夏天义一辈子都是共产党的一杆枪，指到哪儿就打到哪儿。土改时他拿着丈尺分地，公社化他又砸着界石收地，“四清”中他没有倒，“文革”里眼看着不行了不行了却到底他又没了事。国家一改革，还是他再给村民分地，办砖瓦窑，示范种苹果。夏天义简直成了清风街的毛泽东了，他想干啥就要干啥，他干了啥也就成啥，已经传出县上要提拔他去乡政府工作了。这事可是真的，因为庆金给他爹买了雪花呢布，在中街的缝纫铺里做短大衣，准备着去乡政府工作时穿呀。但夏天义是太得意了，竟组织村民去挡修国道！在后塬入口架了路障，不让工人进驻清风街，当掘土机开了来时，他让一批老汉老婆们躺在掘土机前不起来。年轻的县长来现场处理问题，让他把村民撤走，他不撤，他说：“你得给农民道歉！”县长生了气：“我要为国家负责！”公安局来人把老汉老婆们架走了，也给了他处分。

312国道终了仍是贴着清风街北面直直过去，削了半个屹甲岭，毁了四十亩耕地和十多亩苹果林，再加上前几年在七里沟淤地没有成效被下马，夏天义灰了心，就撂挑子。夏天义撂挑子其实是故意给乡政府看的，因为我去看他时，他在家里用香油炮制他的烟叶，见到我了，把一片烟叶在腿面上卷成了要给我吸，我不吸，他说：“你一天到黑乱跑哩，消息多，我不干了听到没听到啥反应？”我那时巴结他，我说：“你不干了，清风街塌天啦！”夏天义笑了，满嘴黑牙，说：“你狗日的会哄人了！”我说：“真的塌天了！”夏天义说：“塌了好么！”但是，谁能想到，夏天义不干了，乡政府竟能立马决定让治保委员秦安当了支书，把君亭从农机站派回村作为主任候选人来公示，一张纸贴在街上，五天里没人反对就正式上任了。

夏天义是在第二天的早晨起来，穿衣服就显得宽了许多。二婶不让他出门，在家给他打荷包蛋吃，他不吃，偏要出门，他说：“褂子呢，把褂子拿来！”二婶取了对襟褂子，他说：“雪花呢大衣呢？！”二婶说：“你穿那干啥，你不嫌人笑话？”夏天义说：“我偷人啦？！”雪花呢短大衣披着，戴了大椭石头镜，叼着黑卷烟从街上走。经过贴着的公示纸前，许多人叫他：老主任！夏天义端端进了饭馆，他这回没赊账，付的现款，吃了一海碗凉粉。夏天义爱吃凉粉。吃了凉粉，又提了两瓶酒，砍了十斤排骨，说：“我以前的工作没完成好，年轻人应该担担重担么，我回家睡觉去！”

我这说到哪儿啦？我这脑子常常走神。丁霸槽说：“引生，引生，你发什么呆？”我说：“夏天义……”丁霸槽说：“叫二叔！”我说：“二叔的那件雪花呢短大衣好像只穿过一次？”丁霸槽说：“刚才咱说染坊哩，咋就拉扯到二叔的雪花呢短大衣上？”我说：“咋就不能拉扯上？！”拉扯得顺顺的么，每一次闲聊还不都是从狗连蛋说到了谁家的媳妇生娃，一宗事一宗事不知不觉过渡得天衣无缝！丁霸槽不理我了，自言自语道：“这么坐着不是个法儿呀，总得弄钱呀！”我不接他的话，他又翻来覆去地说，“到哪儿弄钱去？”到哪儿弄钱去？真是有一个钱就想着第二个钱？我就烦了，说：“信用社有钱，你头上套个黑丝袜子去抢么！”话一出口，我就知道失言了。丁霸槽之所以现在不是穷人，前几年银行在清风街办信用站，他在站上干过，人都说他钻了许多政策上的空子，从中挪腾了一笔钱。我说：“你瞧我这脏嘴！”丁霸槽说：“你嘴巴脏，你把牙上的韭菜擦了！”我一擦，果然有片韭菜叶子。丁霸槽却说：“君亭的裤裆里是不是湿的？”我才发现君亭从街上碎步钻进短巷去了，脸色不好。

※　※

君亭在中午发了一通火，就气呼呼到两委会办公室来。君亭像他爹，如果左眉骨没有一道疤，简直就是他爹又活过来了。但君亭比他爹性急，腿快，话头子也快，前倾着身子走路。有一次我在厕所里蹲坑，他也进来了，我说："主任亲自来尿呀？"他说："嗯。"我说："我要寻你汇报个事哩。"他说："啥事？"我说："关于我爹的事。"他说："你爹的事你寻秦安。"我说："秦安他拿不了稀稠。"他说："那就等我闲下来再说，厕所外还有三个人等着我办事哩！"他收回了东西，提了提裤子就出去了。他是忙，我怀疑尿也没来得及尿净。君亭气呼呼到了清风寺，寺门口现在挂的是两委会办公室的牌子，牌子上有人用炭画了个小王八，把他娘的，他用脚把小王八蹭了，又踢开了门，上善在庭院里喝茶。和上善喝茶的是妇女委员金莲，两人都脱了鞋，盘脚坐在石凳上，白果树阴了半院，白花花的太阳光从树叶间筛下来，两个人像两只斑点狗。今年的白果也旱得没多挂果，赵宏声在捡白果的落叶，一把小扇子，一把小扇子，他捡了一大包，要拿回去制药。君亭进来看了一眼，金莲慌忙把鞋蹬上了，君亭没有说话，径直进了他的办公室。赵宏声说："君亭不高兴了？"金莲说："你捡白果叶哩，他能高兴？这棵树可是村干部的茶钱树呀！"赵宏声说："今年白果两毛钱，又没结几颗果。"金莲说："往年可是五角价的，正因为今年是小年，叶子才值了钱，你却每天来捡。"赵宏声说："不至于这么小气吧？！"弯过头来，一边看着君亭办公室的窗子，一边低声说："哎，我听说他来办公室，一进寺门就不说话了，天大的事也得坐到办公桌前的椅子上了才开口，而且他的座位最逊谁坐了，是不是？"金莲说："这些你咋知道的？"赵宏声说："这样好，这样才有威严，不至于掌柜子当成个伙计了！"金莲如梦初醒，说："原来是这样！"君亭把办公室窗子哗啦打开，骂道："宏声，你嘴里能不能吐出颗象牙？！"赵宏声低了头，不敢做声，提了白果叶包从门口溜走了。

君亭把上善叫了屋去，上善给君亭倒了一茶缸茶水，但君亭的身子像是个筛子，喝多少水漏多少汗，就不喝了，指示上善把账做一做，看清风街现在欠别人多少，别人又欠咱多少？上善说："怎么今日提起账，上边要来检查啦？"君亭说："你也话多得很！我是村主任，我心里能不揣个明白？"上善说："清得很，账面上还有三万元，欠上边税费有八万，欠干部十一万三千，欠饭店二万二。”君亭的额颅上忽地涌了个肉疙瘩，说：“欠干部这么多？”上善说：“这积攒多少年了，常常是上边催得紧的税，下边又收不上来，干部临时用自己钱垫的，更多的是去贷款，贷款单上又落的是个人名字。还有，补贴欠半年的，一年的。引生他爹是欠了一年零三个月的补贴。引生来要过几次，把我骂得狗血淋头……”君亭一挥手，说：“没收回来的有多少？”上善说：“西街农业税还欠二万，中街的是八千五，东街的一万六千。果园承包费交了五千，还欠三千八。电费几乎三分之一没缴上来。河堤上卖出的那些树，事情还粘着呢，引生他爹在条子上写着的是六十棵，我去查看了，树桩是八十一棵，原定的一棵卖一百元，引生他爹说其中四十棵卖给了乡长的外甥，因为人家一次性买得多，大小粗细拉平是五十元。他人一死，就成糊涂账了。”君亭没言语，在口袋里掏纸烟，但口袋里没有，他说：“你带纸烟了没？”上善说：“我才吸完。”弯腰从屋角笤帚后捡扔掉的纸烟把儿，君亭把茶缸的剩茶泼过去，纸烟把儿全湿了，坐在椅子上出粗气。窗子开着，白果树上的知了没死没活地叫，来运从寺院门缝里挤进来，赛虎紧接着也跟进来，金莲把赛虎撵了出去，关了门，赛虎就在门外抓门环，在外边叫一声来运，来运在里边应一声。上善就给金莲挥手，金莲把来运就也撵了出去。上善然后说：“还有，不知该怎么说呀？”君亭说：“说。”上善说：“秦安上次去县上争取河堤的加固资金，说舍不得娃打不了狼，拿了两万元的活动费，但资金没批下来，两万元也没了下落。”君亭说：“你问问他！”上善说：“我咋问呀？！”君亭躁了：“你是会计你咋不能问？钱是清风街的钱，打了水漂了就打了水漂了？！”上善不再吱声。远处有啊哇啊哇的长声，这是染坊后院的那头驴在叫，清风街就只有了这一头驴，在染坊的后院里专门推碾子轧染料。君亭噎过上善后，口气缓下来，说：“新生的事，现在人都盯着，三踅叫喊着要告哩，你说怎么办？”上善说：“刚才我和金莲还说到这事着，修改合同的事，虽说是秦安分管的范围，他没给你打招呼？”君亭说：“我知道个屁！”上善说：“这，这事咋能这样弄呢？那就谁屙下的谁去擦吧。”金莲把一壶茶端进来，君亭不说话了，金莲知趣，放下茶壶又出去，坐到石凳上用指甲花染手上的指甲。君亭说：“谁屙的谁擦？现在屎抹勾了，他能擦净？！”上善说：“三踅不是省油的灯，他真闹起来，于秦安不好，于咱们谁都不好。这事我思谋，你得出来，一方面压压三踅，一方面要想个办法……”君亭说：“我处处护着他，他倒不领情，最近他是不是和我二叔走得勤？”上善说：“这我说不清，反正是我到老主任那儿去了三次，三次他都在那儿。”君亭说：“我二叔也是糊涂了！”撇下上善，自个儿出了办公室，到院中的水井里打水。井水不深，木钩杆吊着水桶就把水提上来了，君亭把水倒在铜脸盆里，整个头脸全塞在盆水里，哇哇哇地一阵响，水溅了一地。

君亭和上善在清风寺的办公室里提到了我爹，这令我非常恼火。李上善，世上有一种鬼名字叫日弄，你李上善就是日弄鬼！清风街的烂事那么多，他上善偏要数说我爹的不是，还不是因为我爹人死了，死口无证，猪屙的狗屙的全成了我爹屙的！我爹在世的时候，他能把我家的门槛踏烂，来了不是手里提个鸡，就是端一个老南瓜。要是下雨，他会将一双泥脚在台阶上蹭来蹭去。我爹说：你进来，进来吧！他还是用树棍把鞋上的泥刮得干干净净了才肯进来。河堤上的树要减伐，为的是要修缮小学校的危房，而乡长的外甥提出要买一些树，一是人家舅是乡长，二是乡长正准备批一笔款给学校，哪能不卖给人家吗？树伐下来帮着拉运的是谁，是你李上善嘛！向县财政局要加固河堤款是秦安最后办的，可先联系的还是我爹，谁愿意去行贿呀！但我爹背了一麻袋柿饼、花生到财政局，人家让拿到办公室去都不让去！两万元打点了人家，能指望再让人家还打个收条吗？没脑子！我爹为清风街办事落了个啥，受尽了人的黑脸白眼，磨破了脚上的一双双胶鞋，他是怀里揣了冷馍在饭店里要碗面汤泡着吃，吃坏了胃，给谁说去，反倒现在村里还欠他的干部补贴金！

君亭洗完了头脸，上善殷勤地跑到厕所边的核桃树上摘了三片叶子，要君亭夹在裤腰里生凉，君亭却说：“你给我挠挠脊背。”君亭的脊背上满是痱子。挠着挠着，上善的脊背也痒了，靠着那棵白果树蹭。金莲就进了办公室，摆弄了风扇，但风扇怎么也是不转。上善说：“你没看有电没电？！”金莲拉了灯绳，灯是灭的，就说：“又没电了！”君亭不让上善挠脊背了，说：“你这就去乡政府，把头头脑脑的都请了，到刘家饭店里咱包一桌饭。”上善说：“请乡上人呀？”君亭说：“我估摸三踅肯定要告状的，得先给乡上打个招呼。我还有个想法，给电站得增容呀，天这么旱，不说浇地用，人热得连电扇也扇不成，西街的意见大得很，几乎是起了吼声，这钱也得让乡上帮呀！”上善说：“吃饭时叫不叫秦安？”君亭说：“叫上吧。”金莲就说：“那我去通知秦安。”先出门去了。上善也要走，君亭说：“给刘老吉说，让他弄些钱钱肉。”

上善转过清风寺拐角，金莲却站在那里等着他，伸手把他额头上一撮耷拉下来的头发往谢顶处抹上去，说：“你们说什么事，我进去他就不说了？”上善说：“他嫌秦安太靠老主任。”金莲说：“连他二叔都防备呀？”上善说：“他和秦安是越来越尿不到一个壶里了，以后难做事的就是你我哩。”金莲说：“也活该秦安是软蛋，听说乡上都有意思让他们换个位的，有这事没？”上善说：“我问过他，他板着脸说：你听谁说的？我就没再问他了。”金莲说：“突然间要请客，会不会是乡上今日通知这事呀？”上善拍了谢顶，说：“对对对，极有可能，我怎么就没想到这一点？！”瞧四下没人，捏了一下金莲的屁股。

金莲一股风就往秦安家去，这女人丰乳肥臀，总觉得她在清风街要比白雪漂亮，但就是脸上有雀斑，要抹好多粉。夏天里出汗多，粉难搽匀，她口袋里便时常装了个小圆镜。一路走着照了三回，到了秦安家，秦安家的门上了锁，返回街上见秦安的老婆在染坊，叫道：“嫂子，秦支书呢？”眼里看着染坊门口的对联：进来了，我知道你的长短；出去了，你知道我的深浅。心里就说：这肯定是赵宏声写的！秦安的老婆在翻印花布，却没理睬金莲。金莲又说：“嫂子，我找秦支书哩！”秦安的老婆说：“他算什么支书呀，那是聋子的耳朵，我早就让他割了哩！”染坊的白恩杰说：“耳朵割了那成啥啦？”秦安老婆说：“成啥了？”白恩杰说：“你还解不开？”

秦安老婆说："解不开。"白恩杰说："笨得很！我说个故事吧，一个大象正走着，一条蛇挡了路，大象就说：躲开！蛇不躲，说：你张狂啥呀，不就是脸上长了个屌么！大象也骂道：你不也就是屌上长了个脸么！"秦安老婆就扑过去抓白恩杰的嘴。等秦安老婆出了染坊，却把金莲也叫出来，在没人处了，说："金莲，你找他啥事？"金莲说："两委会请乡政府人吃饭呀，四处寻不着他的人！"秦安老婆说："人在屋里哩。"金莲说："我刚去过你家了，院门锁着的。"秦安老婆说："他不想见人，叫我把他反锁在屋里的。金莲，你说说，秦安人心软，见不得谁有难处，新生守着个病老婆，照顾他让他承包了果园，果园收成不好，他又欠了一沟子烂账，秦安眼见着他艰难才同意改了合同，现在倒落得三踅要告，君亭也嚷，要把改了的合同再改过来。一盆水泼出去都收不回来，这当支书的说出的话不如放一个屁？！"金莲闭口不说是非，只是听着。到了秦家门楼，开了门，秦安果真就在堂屋台阶上坐着用瓷片儿刮芋头，刮了一盆子。金莲说了吃饭的事，秦安不去。秦安老婆说："没出息，你咋不去？"秦安说："我不想见他君亭。"秦安老婆说："你羞先人了你！他君亭是老虎？他就是欺负你，你也让乡上领导看看他怎么个欺负你，你为啥不去？"秦安说："那好，见了乡上领导，我提出不干了！"

在饭店里，三巡酒都喝了，刘老吉的儿子从西山湾买钱钱肉才回来。刘老吉训儿子：养头驴都该养大了，这个时候才买肉回来！刘老吉的儿子抱怨西山湾那里没了现货，人家冷柜里存着给县上领导送的两条，他死皮赖脸地连包纸绽也没绽就拿回来了。君亭把包纸剥开，果然里边是两条驴鞭，每条驴鞭上都贴着纸条。分别写着县长的名字，书记的名字。君亭就说："咱就吃县长的和书记的！"大家哈哈大笑，秦安却冷不沓沓地说他要辞职。乡长说："你这秦安扫兴，大家正乐着，你辞什么职？"秦安说："我不干支书啦。"大家都愣了，拿眼看秦安。秦安说："我可是把话给你们领导说明了。"起身就要走。乡长一把扯住，说："喝酒喝酒，天大的事喝了酒，吃过钱钱肉了再说！"秦安还是说："我真的不干了。"秦安是痴性人，话一出口就梗了脖子，不再喝酒。乡长说:“你要辞职就由你了?”秦安说:“我这一堆泥捏不起个佛像么!”乡长说:“清风街就在乡政府的眼窝底下,啥事我们不知道?你秦安干事好着哩!要说不是,就是开拓局面的能力软了点,当时配班子,也是考虑到这一点才把君亭从农机站调过来,我看你两个长的补短的,粗的匀细的,蛮合调的呀!清风街是乡上的大村,任何工作只能做好,不能搞砸!清风街最近是出了些事,出了些事不怕么,有什么事解决什么事么。为了大局,为了清风街的工作做得更好,我们也研究了,你们两个谁也不能给我撂挑子,可以把各自的工作对换一下……”君亭一直在喝酒,喝得脸红红的,钱钱肉端了起来,凉调的,切得一片一片,中间方孔外边圆,是古铜钱的样子,他说:“乡长,先吃菜,尝尝味道咋样?说对换就对换了?”乡长说:“我听听你们意见。”君亭说:“我觉得这不合适吧,我毕竟年轻,经验也差,还是继续给秦安做个帮手啊!”秦安说:“还是把我一抹到底着好!”乡长说:“就这么定了,趁今日这机会,先说给你们,明日就在清风街上张榜公示呀。”一说毕,酒桌上都没了声。乡长就带头吃钱钱肉,他吃饭响声大,说:“都说这东西有营养,不一定吧?”上善说:“现在市面上卖的都是小毛驴的,那不行,咱西山湾出叫驴,叫驴的东西劲还是大哩!”君亭说:“咱上善是西山湾的女婿,他丈人曾经做过这东西。”上善说:“做这东西,两岁的叫驴最好,但不能软着割,得领一头漂亮的草驴在它面前转,等到那东西一硬起来,全充了血了,刷地一刀割下来……”金莲就起身离开了桌。乡长就笑开了,说:“不说啦,不说啦。老吉,主食是些啥?”刘老吉说:“酸汤面行不行?”乡长说:“那就来面。一人一碗。”秦安说:“我不要。”君亭和金莲几个人也说吃饱了,不要面了。最后落实了两碗,刘老吉就对厨房喊:“来三两碗面!”恰好店里进来三人也要吃面,刘老吉又喊:“再来两三碗面!”金莲小声问上善:“怎么三两碗两三碗地喊?”上善说:“三两碗是把三碗面盛成两碗,两三碗是把两碗面盛成三碗,明白了吧?”金莲说:“这贼老吉!”上善踩了一下金莲的脚,端了酒杯说:“乡上都研究了,公示不公示,那就铁板钉了钉,来,我先敬乡上领导对清风街的关怀,再恭贺君亭和秦安！乡上的决定好得很，啥叫神归其位，这就叫神归其位！”秦安先是不喝，最后还是端起喝了一半，顿时脖脸通红，胳膊上起了红疹。君亭说：“这半杯我替你了！”拿过来喝了，又说，“既然是这样，那我有个要求，清风街电不足，这乡上都知道，我想增容哩，乡上得拿钱啊！”乡长说：“清风街从来是不叫不到，不给不要，你君亭倒把这作风给变了！好么，增容是急需增容的，乡上可以掏，但我把话说清楚，你们也得掏，四六摊分，你们把四成筹齐了，我给你们掏六成，怎么样？”君亭说：“凭领导这么支持，我君亭把这半瓶一口喝了！”上善忙挡，说：“你胃溃疡……”君亭说：“屎！能拿回六成，胃出了血也值！”半瓶子白酒吹了个喇叭。乡长一直看着君亭，等君亭把酒喝完了，问稻田抗旱的事，又问伏牛梁上“退耕还林”示范点的便道修得怎样，问着问着，头一歪对秦安说：“我来前三踅就在我那么，果园是怎么回事？”秦安当下脸色就变了，君亭立即给秦安添了茶水，说：“这么快三踅就告状了？没什么嘛，给刘新生改合同的事，秦安和我研究了的！当时的合同是按正常年景定的，去年受冻，今年干旱，产量减得厉害，咱不能让人家上吊么。分出来的那一部分，好多人还想承包，这你放心，很快就落实啦！”乡长说：“这就好。三踅可是说得邪乎得很，说你两个先闹开了！”君亭说：“三踅的话你敢信？谁的状他都告哩，吃谁的饭砸谁的锅，他在清风街活了个独人！”

话说罢，君亭就去了厕所。秦安也跟了去，一边尿一边说：“你说果园很快就承包，其实已经搁在那儿了，有谁肯去？要是乡长知道了咱在哄他，那咋办呢？”君亭说：“我也是刚才突然想到一个人才这么说的。”秦安说：“谁个？”君亭说：“陈星。”秦安说：“他能肯呀？”君亭说：“这事我来办，你只管着刘新生把所欠的承包费交上来就是。”又返回桌上，秦安的脸色有了活泛，给各位敬了酒，敬到君亭，说：“兄弟，哥不如你，陈星的事就全靠你了！”乡长问：“谁是陈星？”君亭说：“从外地来的小伙，原本来清风街上要开鞋店的，咱这样税那样费的太多，就没开成，我和秦安的意思是如果外来人想在咱这儿做生意，除了税收外，别的费能免就免了，却吃不准这样行不行？”乡长说：“你们看着办么，外来人能来对清风街是好事，不能捡了芝麻丢了西瓜嘛。”喜得君亭当即让金莲去叫陈星来见乡上领导。

※　　※

太阳一落，屹甲岭的乌鸦便往清风街来。我是见不得乌鸦的，嫌它丑。我一直认为，栽花要栽漂亮的，娶媳妇要娶漂亮的，就是吃鸡吃鱼，也得挑着漂亮的鸡鱼吃！这些乌鸦站满了戏楼的山墙头上，一起喊：黑哇！黑哇！天就立马着黑，黑得乌鸦和戏楼一个颜色。这个后晌，夏天义在地里挖土，把老镢头挖坏了，去铁匠铺修补完，差不多鸡都上了架，回来路过雷庆家的院墙外，听到滚雷状的划拳声，顺脚就进了院子。夏天礼端着葫芦瓢在喂猪，葫芦瓢里的红薯面给猪槽里撒一层，猪吞几口，扬头又看着他，他又撒一层，骂道：“比我都吃得好了，你还嘴奸！”抬头见夏天义进来，说：“二哥你吃了？”夏天义说：“吃了。”厦屋里有电视声，是梅花和几个孩子在看电视，梅花出来嘟囔着画面不清，让文成上到树上把天线往高处移，对夏天义说：“二伯进堂屋喝酒去！”夏天义说：“又喝上了？”夏天礼说：“一回来就喝，又花钱又伤身子，那酒有啥喝的！”夏天义说：“都谁在？”梅花说：“君亭，家富，还有那个陈星。二伯知道不，君亭现在是支书啦！”夏天义说：“那秦安呢？”梅花说：“他两个调换了一下。”夏天义说：“真能折腾。”梅花说：“折腾了也好，这刚调换，君亭就找陈星把退出来的果园承包了。”夏天义说：“是不是？”走近去推开堂屋门。屋子里烟雾腾腾，酒气熏人，都站起来让座，敬酒。夏天义就坐了，点了自己的黑卷烟，说：“你们年轻人玩，你们玩！”陈星先倒了一杯酒，单手端给夏天义，赵家富训道：“咋端酒哩，那个手呢？！”陈星一时不知所措，赵家富夺过酒杯，双手高高端了，说：“记着，在清风街敬长辈老者就得这样！”但夏天义却说天热，他不喝。赵家富说：“君亭今日是村支书了，你是老领导，又是君亭的二叔，这都是你夏家的荣耀，你应该喝一杯！”夏天义接了酒杯，却交给了陈星替他喝，说：“你把果园承包了，就好好务弄，技术上有不懂的来找我。”君亭说：“二叔也知道了？”跟着进来的梅花收拾地上的空酒瓶，嘟囔：“喝了这么多啦？”雷庆说：“再去弄一碟菜吧。”梅花听见了却装没听见，斜靠在门框上说：“二伯什么不知道？巷道里跑过一只鸡，二伯清楚这是谁家的鸡，下蛋了没有！”夏天义说：“这事算弄得好。以后承包出去的项目还得勤照看着，一大撒手，问题就出来了，清风街可是费干部的地方！”君亭说：“这一次也就是三踅在闹腾。”梅花打了个喷嚏：阿嚏！唾沫星子溅了雷庆一脖子。梅花说：“谁想我哩？！”雷庆说：“狗想你哩！”梅花踢了一脚，说：“三踅，哼，他是以攻为守哩！”雷庆说：“你就话多得很！”梅花说：“我说的是理呀，砖场这几年，他总说是亏损，可自个摩托车倒骑上了！让他承包他不承包，别人要承包他又不肯，哪儿有这么横的事？！”君亭说：“这可是二叔手里的事，二叔没解决，秦安没解决，我就是煮牛头也不能一把火两把火就煮烂了的。”夏天义说：“我要不退下来，他敢？我可告诉你，遗留的问题一时解决不了，就得月月查他的账，防备着贪污！”君亭说：“没承包前，要允许着这些人贪污哩，不贪污谁当自己事干？但贪污有个度，超过度了那不行。”夏天义说：“一个子儿都不能贪污！”君亭给大家倒酒，一边倒一边脸上笑笑的，说：“瞧我二叔说的！他在任的时候水清是清，可水清不养鱼么，清风街谁给你好好干来？”夏天义说：“我干得不好，办公室的锦旗挂了一面墙了！”话说得动了气，把手里的卷烟猛地从堂屋门口往院子一扔。他这一扔，偏不偏电灯忽地灭了。梅花说：“停电了，电又停了！”立时黑暗中一片寂静，大家都在原地不敢动。梅花在划火柴，在找煤油灯，喊：“翠翠，把厦屋墙窝子里的煤油灯拿来！”脚底下踢倒了一个空酒瓶子，玻璃碎裂着响，末了一盏灯颤颤巍巍地亮在柜台上。夏天义说：“你瞧瞧，咱这电，三天两头断！”君亭说：“你当主任的时候那能用多少电，现在谁家没个电扇电视的？明日我就去县上采购新的变压器呀！”夏天义说：“我给你说话，你总是跟我顶嘴！”

院子里，夏天礼还在喂他的猪，他拿手压压猪的脊梁，试膘的厚薄，猪的脊梁仍然像个刀刃子。翠翠过来说：“爷，我二爷和我君亭伯又吵哩，你不去挡挡？”夏天礼说：“那不是人吵哩，是两个肝吵哩，我厦屋柜上有大黄丸，给他们拿去吃吃。”翠翠把大黄丸还没拿来，堂屋门哐啷响，一片子光跌在院里，夏天义走出来了。家富和雷庆给夏天义说好话，越说夏天义的脖子越硬，拉也拉不住，把披在肩上的褂子拉下来了。梅花拿了褂子追到院门外，夏天义还是没留住。夏天礼进了堂屋说：“你两个虚火就恁大？！”君亭说：“在他眼里，啥事都是我们管得不好！我到底是村干部呢还只是他的侄子，倚老卖老！”夏天礼就不再言语，把桌上吃光了菜的一个碟子取了往柜台上放，说：“我说不要喝多了不要喝多了，火气大，天又热，喝的啥酒哩！”君亭却说：“喝酒喝酒！雷庆你还有酒没？没了我回去拿几瓶来！”雷庆又取了一瓶新酒，君亭拿牙咬瓶盖，咬不开，瓶子口塞到门闩环里一按，呼地瓶盖就蹦了。

夏天义在院门外听见君亭又嚷嚷着还要喝酒，越发生了气，路过夏天智的老宅院也没停，一脚高一脚低往蝎子尾去。几条巷子都一哇黑，许多人在骂这电是怎么啦，说断电就断电啦？电扇转不了，热得在屋待不住，拉了席到打麦场上睡，就有人朝一户院里喊：“刘叔，刘叔，到打麦场去呀不？”回应说：“不去啦。”那人说：“热成啥啦不出门，在家扒灰呀？”回应说：“扒灰也是黑灰！”哗地灯又亮了。灯一亮，夏天义就闪到墙根，他不愿意让别人看见了他，问起他为什么电总不正常。但站在墙根了，才意识到自己已经不是村干部了还怕人责问吗？又大着步子往前走。巷子里又没了人，夏天义走着走着又怨恨起了君亭：工作没做好，还听不进意见，这样下去能不出娄子吗？酒桌上提到买变压器，拿什么去买，肯定还得群众集资吧，清风街一集资就又要骂娘了，以前修街面路就是集资，差一点没塌了天啊！夏天义突然为君亭担起心来，已经走到了自家门口，并没有进去，把老镢头放在门楼角，拐脚要寻电工俊奇的。

俊奇姓周，自小就患有心脏病，一年四季嘴唇都发青，干不了重活，是夏天义在任上的时候让俊奇当了清风街的电工。有人对俊奇当电工有意见，狗剩就当着夏天义的面说：“不公平呀，你偏心俊奇哩！”夏天义没有反驳，也不回避，说：“只要你能得心脏病，我也偏心你！”狗剩说：“可惜我娘不是地主婆么！”夏天义听了，扑上去扇了狗剩一个嘴巴。从那以后没人再提说这件事。

明白了吧，夏天义和俊奇家是有故事哩！这故事已经长久了，清风街上了岁数的人知道，年轻人不知道，但我知道。土改的时候俊奇的爹被定为地主成分，当然得批斗，俊奇的爹受不了作贱，俊奇的娘就去勾引夏天义。夏天义第一回和俊奇娘是在磨坊里办了那事，俊奇娘把裤子褪了，叉着腿仰面睡在磨盘上，夏天义首先看见这么白的身子，血就轰的一下上了头。他的老婆，就是二婶，裤头都是旧棉袄拆下的布缝的，月经来时夹的是烂棉花套子，而俊奇娘的裤头竟是红绸子做的。心想：到底是地主的老婆！就狠了心干起来。已经排泄了，还用手又戳了几下。那时辰，拉磨子的牛还拴在磨坊里，夏天义使劲拍了一下俊奇娘的屁股，一侧头，看见牛眼瞪着他，瞪得比铜铃还大。但是，夏天义毕竟是夏天义，把俊奇娘睡了，该批斗俊奇爹还是批斗。俊奇娘寻到夏天义为丈夫讨饶，夏天义说：“茄子一行，豇豆一行，咱俩是咱俩的事，你掌柜子是你掌柜子的事。”俊奇娘说：“那我白让你干了？！”夏天义生了气，说：“你是给我上美人计啊？！”偏还要来，俊奇娘不，夏天义动手去拉，俊奇娘就喊，夏天义捂了她的嘴，唬道：“你这个地主婆，敢给我上套？！”俊奇娘就忍了。可是，俊奇娘的喊声毕竟被耳朵听到，一个是中星的爹，一个就是牛棚里的牛。中星的爹从水田里拔草刚上了塄，看见了夏天义和俊奇娘挽联了一疙瘩，摘片蓖麻叶挡了自己的脸就走了。中星他爹那时才学佛学道，给人预测算卦，是个碎嘴，给一些人说了，出奇的是东街的人不但不气愤，倒觉得夏天义能行，对美人计能将计就计，批斗地主还是照旧批斗。只是俊奇家的牛记仇，从此一见夏天义就拱了头来牴，牴断过夏天义的一根肋骨。

中星的爹曾经给我说过，人是轮回转世的，这一世是人，前一世可能是一棵树，下一世或许又成了一头猪，各人以各人的修行来决定托变的。所以我说来运前世是个唱戏的。所以我老觉得我和白雪在前世是有关系的，我或许是一块石头，她或许是离石头不远处的一棵树。俊奇家的牛牴断了夏天义的一根肋骨，夏天义和牛结了仇，入社后，就把那牛杀了，拿皮蒙了鼓，现在这面鼓就在刘新生家的楼上放着。十几年都过去了，夏天义一直恨俊奇爹娘的卑鄙，不肯再到周家宅院去，而随着俊奇的爹一死，自己的年纪也大了，却有了恻隐之心，夜深人静了总想起俊奇娘的模样，便暗中照顾那娘儿俩。一次在麦场上，俊奇娘收工往家走，走过了麦堆时将脚踩在麦堆里，又摇了几下。这种偷粮食的办法许多人都使用过，夏天义就看见了，他吭了一声，俊奇娘吓得浑身哆嗦，回过头来，却发现夏天义把头低了，在腿面上搓卷着烟叶。俊奇娘为这事感念过夏天义，曾托俊奇叫夏天义去她家吃茵陈蒸饭。夏天义没有去。俊奇长大了，病恹恹的像黄瓜秧子，夏天义就让他当了电工。

那个夜里，夏天义从水塘边上一个土坡，穿过两道巷，站在了东街最东的那棵柿子树下，看着周家的院门。这是六间屋的大院，曾经是青堂瓦舍，土改时院子中间垒了胡基墙，将四间分给了贫农张拴狗，两间留给了俊奇家。俊奇修了电房的保险丝回来不久，关院门要睡觉了，猛地看见柿子树下有一颗亮点，还以为是狼，吓了一跳。再看时，那亮点发红，知道有人在吸纸烟，就问："谁？"夏天义走过去，俊奇呀地叫了一声，忙不迭地招呼着让往家里坐。在俊奇居住的上房里，散发着浓重的酸菜味和尿桶臊气，夏天义又接续了另一根卷烟，问起电供应的事。俊奇乖顺得像个学生，先检讨了自己的工作，为清风街常常断电感到内疚。他说："二叔，我给你下巴底下支了砖头了。"夏天义说："我现在不是村干部了，我只问电不正常是啥原因。"俊奇说是电费难收，所以放电时间短。西街更不行，电都断了十几天了。夏天义又问变压器是不是该更换了，而更换变压器是不是又要集资。俊奇惊讶着夏天义什么事都知道，就告诉说君亭向乡上要了钱，也约他一块去县城先看货呀，但钱是四万元，可四万元怎么行呢，新换个变压器得十二万，因为必须要加增容量，要另架高压线路，这不是买一台变压器能解决了的。俊奇说：“君亭说就这些钱，先把变压器换了再说。”夏天义说：“这我心里有数了。君亭不懂电，你得把握好，钱不能乱花，还要办事！知道不？”俊奇说：“我听你的。”

说了一阵话，蚊子叮得难受，夏天义说你不买些蚊香？俊奇说天擦黑时烧草熏了熏，现在开了灯，蚊子见光又从门缝进来了。夏天义说：“那我得走呀。”就出了上房。在院子经过厦屋，厦屋倒亮着光，窗纸上印着俊奇娘的头影。俊奇娘在屋里问：“俊奇，黑漆半夜的谁来了？”俊奇说：“是老主任，我天义叔。”夏天义迟疑了一下，要说话，却又脚没打住，匆匆走出了院门。在院门外，他悄声对俊奇说：“你娘高血压病怎么样？”俊奇说：“还是头晕，不打紧的。”夏天义说：“让她睡醒了先不急着起身，起身了先不急着就走。”俊奇说：“嗯。”夏天义又说：“你娘拉扯你不容易，上年纪了，你得孝顺哩。”俊奇的眼窝就潮了。

※　　※

这个下午，我是和丁霸槽喝淡了一壶茶，他啬皮不肯再添茶叶了，我就去文化站看夏雨他们搓麻将。关于整个下午发生的一切事，都是陈亮后来告知我的。他是个大舌头，咬字含糊，和武林有一比，但武林结巴是慢结巴，陈亮结巴是快结巴。我喜欢陈亮快结巴，我说：“你说不及了你就唱！”他也是能唱的，但唱的是秦腔，就唱：“‘越思越想越可恨，洪洞县里没好人’。”我说：“你会唱秦腔了？”他一得能，又唱了一板曲子：

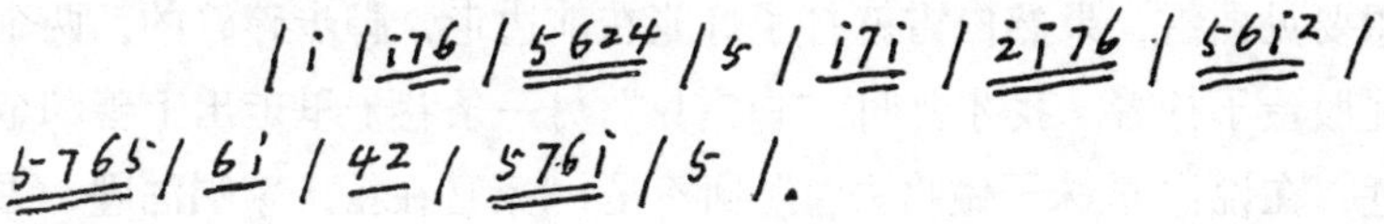

我说："陈亮，清风街让你兄弟俩承包了果园，你倒骂'洪洞县里没好人'了？！"陈亮说："一签签了合同，我哥就就是哭，哭了。"我说："他哭啥的？"陈亮说："我哥一一心想当个歌歌手的的，只是为了吃吃饭才四处跑跑着做鞋补补轮胎的，这果园一承承包就把他拴拴拴在清风街了！"我说："你哥的歌声我听了，当歌手他真的就饿死了，何况还带着你这个兄弟，你们到哪儿混去？"陈亮说："这，这也是是的。"然后我就问陈星是不是勾搭上翠翠啦？陈亮变脸失色，说："没没没。"我警告说要在清风街站住脚，就得先把自己的东西管好。陈亮说："这这知道，我们都有有手哩！"他这么一说，我就可怜起这兄弟俩了，唉，这社会，幸福的人都是一样的幸福，恓惶的人却是各有各的恓惶。但是，陈亮却又说了一句："你是不是是对我哥吃吃醋啦？"我对陈星吃醋啦？笑话！翠翠，涩苹果，没长开，她那样子，清风街多得是，我吃醋的只有夏风！我看搓麻将看到天黑，才从街上往回走，心想能不能碰上白雪呢，或许白雪去西街娘家也正巧回东街呢。但国营供销店的张顺在喊我："引生！引生！"我没有理这麻子。张顺又说："和你爹一样装聋充痴！"我说："你说啥？"张顺说："骂你就听见了？"我爹是给夏天义当了一辈子副手，每一次换届，夏天义都要留用我爹，但每一次运动来了需要拔白旗，夏天义就要批判我爹。我爹是好脾气，受批判时便装聋充痴，过后了又鞍前马后地给夏天义做副手。我抱怨过我爹，我爹说："那好么，能作活典型嘛。"我说："你当典型，他咋不当典型的？"我爹说："你不懂！"我可能不懂，但夏天义可以批判我爹，我也可以抱怨我爹，而别人要说我爹的不是，我反对哩！我摸了一块砖，走过去准备收拾张顺，张顺却是要我吸酒管子，我便不恨他了。供销社存着几大木桶的酒精，用细皮管要往小罐里导引，细皮管里有气，导引不过来，需要用嘴吸。我吸了两口就吸通了，却趁机美美喝了两口。两口酒精下肚，头稍微有些晕，半闭了眼睛在街上走，想要见白雪，果然白雪就打了灯笼在前边走，脚步碎碎的，两个屁股蛋子拧着。我才要叫："白雪！"另一条巷子里走出上善和金莲，在说："这妹子做啥去？"回答是："家富在雷庆家唱酒哩，去接呀。”我才看清前面走的不是白雪。也上前说：“咦，男人能挣钱了，也显得老婆贤惠！”家富的老婆回头骂我：“你这光棍知道老婆是个啥？！”就对上善和金莲说：“家富拿不住自己，上次喝多了，回来一头窝在渠里，多亏是干渠，要不早没命了！”上善对金莲说：“雷庆请酒不叫咱去，咱偏也去！”他们去，我就跟着去，反正回家还是睡不着。

在雷庆家，上善、金莲和家富的老婆都入了席，梅花不给我凳子，说：“你有病，喝酒会犯的，你当酒监吧。”梅花从来不把我放在眼里的。当酒监就当酒监吧，我办事可是认真的。喝了一阵，家富赖酒，雷庆压住让喝，我过去抱住了家富的双手，他把酒喝进嘴里了，我又强调：说话，说话！他一说话，酒咽下去了，就对我不满意。轮到君亭，君亭要我代酒，说：“你喝一两盅没事！”我酒精都喝过了，还怕喝一盅两盅？我喝了，家富就嫌我监酒不公，说：“你巴结君亭，君亭给你啥好处了？你嚷嚷着要承包砖场，砖场仍是三踅干着，你连陈星都不如，陈星还承包果园哩！”陈星承包果园的事那天夜里我还不知道，我就问君亭：“这是真的？”君亭说：“新生不全承包了，总得有人干呀！我也考虑过你，可你有病，你干得了？”我说：“我有啥病哩？你们村干部倒有病，欺软的怕硬的，尤其是秦安，他上台还是我爹推荐的，我爹一死，我爹的事他就不管了？！”家富说：“你爹人都死了还管他啥事？”我说：“村里还欠我爹五百元哩，是补贴费和代垫的牲畜防疫税。”君亭说：“你不要提你爹的事啦！”我说：“为啥不提？”君亭说：“那是糊涂账，你爹负责修街面，大家集资了那么多钱，可路修成了个啥？为这事我替你爹背了多少黑锅！你爹一死，死口无对，这些账是瞎是好一笔抹了，你再提五百元，谁说得清？！”我说：“你当主任不能说这话！”陈星说：“他不是主任，是支书了，支书比主任大！”我说：“你是支书哩，你们不还钱，我就告去！”君亭说：“告去！”我说大话，君亭要是口气软和，给我解释解释，事情也就过去了，但是君亭说：告去！他那神情压根就瞧不起我，我就火了。我感觉我头上起了一堆火，像鸡冠子，还在地上蹦哩，蹦得上了木梁，木梁上的灰尘全落下来，又从木梁上跳下来。我骂道："贪官污吏！"君亭忽地站起来，说："谁是贪官污吏？！"我说："秦安是，你也是！"君亭说："你嘴放干净些！"我说："贪官污吏！贪官污吏！"他一拳头把我戳倒在了地上。我是装了两颗假牙的，假牙掉在桌子底下，我捡起来又装进了嘴，爬起来往他冲过去，说："你支书打人，你打呀，你不把我牺牲了你都不是人！"众人都把君亭护住了，倒指责了我："引生，你咋啦，你病犯啦？"我撞不上君亭，气得在桌面上撞我的头，咚，咚咚，撞得桌面上的酒盅都跳起来。是家富后来抱住了我，却还是一边对君亭说："你今晚心情不好，惹这疯子干啥呀？"一边把我往门外拖。我手抓着门框，他把我掰开了，硬是把我送回了家。

我一夜没睡，睁着眼坐在土炕上，一疙瘩一疙瘩的蚊子来咬我，觉不着痒，等着蚊子趴在腿面上吸血，吸得肚子鼓鼓的了，啪地打一掌，血就染了一手。我的血竟是臭臭的。后来我头疼得厉害，像熟透了的西瓜，铮儿铮儿响，就裂开了，我能感到从裂缝里往外冒白气。我不知怎么就在清风街上走，见什么用脚踹什么，希望有人出来和我说话，但没人出来，我敲他们各家的门，他们也不理我。清风街是亏待了我，所有的人都在贱看我和算计我。赵宏声的大清堂门口有盏路灯，照出我的影子，影子有十丈长，我就身高十丈，我拿脚踩我的影子，影子不疼，我的脚疼。天亮了，我怎么还是坐在炕上？身上出了一层小红疙瘩，那是蚊子咬的，我看见院门敞开着，连堂屋门也敞开着，是不是半夜里贼来过了，忙揭开了炕席，席下的二百零八角钱还在，吊笼里的三个蒸馍还在。我再一次到了街上，街上有了游猪，大肚子着地，一摆一摆地走。中街的人家有好几户是放游猪的，狗剩就担着粪担，一头是尿桶，一头是粪笼，跟着猪走，猪的尾巴一翘，便把大粪勺伸到猪屁股下。我真看不起狗剩，别人出外打工都好好的，他出去背了一年矿，回来就得了病了，而每天早起都拾粪哩，穿的裤子黑勾蛋子都露了出来！从街上走到了312国道上，乡政府的大铁门还关着，来运却已经蹲在那里，等候着赛虎了。狗恋爱这么专注，这我没有想到。从乡政府门口再走一大圈回西街，西街人差不多都起床了，坐在门口的石头上发迷瞪，挠膀子，说："引生你视察回来了？" 我说："昨晚听到我敲你家门了？" 他们说："没呀！" 我说："门都快敲破了怎么会听不见？" 他们站起来翻我的眼皮，说："引生引生，你犯病啦！"

我怎么是犯病了呢？我引生现在有什么病？我想白雪是病吗，我爱钱是病吗，我喝茶喝酒顿顿饭没有吃厌烦是病吗，这些人真可笑！我继续往前走，水兴家门旁那一丛牡丹看见了我，很高兴，给我笑哩。我说："牡丹你好！" 太阳就出来了，夏天的太阳一出来屹甲岭都成白的，像是一岭的棉花开了。哎呀，一堆棉花堆在了一堵败坏了的院墙豁口上！豁口是用树枝编成的篱笆补着，棉花里有牵牛蔓往上爬，踩着篱笆格儿一出一进地往上爬，高高地伸着头站在了篱笆顶上，好像顺着太阳光线还要爬到天上去。我从来没有遇到过这么好的景象，隔着棉花堆往里一看，里边坐着白雪在洗衣服。这是白家的院子！我立即闭住了气，躲在那棵桑树后往过看。白雪洗的衣服真多，在篱笆上晾着了上衣，裤子，还有裤头和胸罩。白雪还在大木盆里搓一件衣服，她一搓，我一用劲，她再一搓，我再一用劲，我的拳头都握出汗了。我那时是又紧张又兴奋，可以说是糊糊涂涂的，我在心里说："白雪白雪，你要对我好的话，你拧一下头来看我。" 我这么祈祷着，望了一下天，希望神在天上，能使我的愿望实现，但是，她白雪始终头没有拧，一直低着，水溅在脸上，擦了一下，后来站起来却返回堂屋去了。白雪一返回屋，我就大了胆了，我哪里能想到我竟能跳起两米高，忽地跳过了篱笆。两米的高度我从来没有跳到过，但我跳过了，极快地将晾着的衣服偷了几件，抬头看堂屋门，门口卧着一只猫，猫说声：不妙喔！我撒脚就跑，一件衣服又掉下去，拿着的是件胸罩。

我是一口气跑到西街村外的胡基壕的。我掏出了那件胸罩，胸罩是红色的，我捧着像捧了两个桃。桃已经熟了，有一股香气。我凑近鼻子闻着，用牙轻轻地咬，舌尖一舔舌尖就发干，有一股热气就从小腹上结了一个球儿顺着肚皮往上涌，立即是浑身的难受，难受得厉害。那个时候我知道我是爱了，爱是憋得慌，出不了气，是涨，当身上的那个东西戳破了裤子出来，我身边的一棵蘑菇也从土地长出来，迅速地长大。我不愿意看我的那个东西，它样子很丑，很凶，张着一只眼瞪我。我叫唤道：“白雪白雪！”我叫唤是我害怕，叫着她的名字要让我放松却越来越紧张了，它仍是瞪我，而且嗤地吐我。

不说这些了，说了我就心跳，浑身起鸡皮疙瘩。因为我很快被人发现了，挨了重重的一脚，白家人闻讯出来，将我一顿饱打。我的一生，最悲惨的事件就是从被饱打之后发生的。我记得我跑回了家，非常地后悔，后悔我怎么就干了那样的事呢？我的邻居在他家的院子里解木板，锯声很大，我听见锯在骂我：流氓！流氓！流氓！我自言自语说：“我不是流氓，我是正直人啊！”屋子里的家具，桌子呀，笤帚呀，梁上的吊笼呀，它们突然都活了，全都羞我，羞羞羞，能羞绿，正直人么，正直得很么，正直得说不成，那正直么，正直得比竹竿还正，正直得比梧桐树还正么！我掏出裤裆里的东西，它耷拉着，一言不发，我的心思，它给暴露了，一世的名声，它给毁了，我就拿巴掌扇它，给猫说：“你把它吃了去！”猫不吃。猫都不肯吃，我说：“我杀了你！”拿了把剃头刀子就去杀，一下子杀下来了。血流下来，染红了我的裤子，我不觉得疼，走到了院门外，院门外竟然站了那么多人，他们用指头戳我，用口水吐我。我对他们说：“我杀了！”染坊的白恩杰说：“你把啥杀了？”我说：“我把 × 杀了！”白恩杰就笑，众人也都笑。我说：“我真的把 × 杀了！”白恩杰第一个跑进我的家，他果然看见 × 在地上还蹦着，像只青蛙，他一抓没抓住，再一抓还没抓住，后来是用脚踩住了，大声喊：“疯子把 × 割了！割了 × 了！”我立马被众人抱住，我以为会被乱拳打死，他们却是要拉我去大清堂。我不去，他们绊倒了腿，把我捆在门扇上抬了去。赵宏声那时正和乡政府的小王干事学唱戏，事后赵宏声告诉我，他正唱到：“看你那额颅，看你那腿胯，哪一样子称得着骑马坐轿？！”我就被抬进药铺，是他一看，伤口太大，他治不了，就让人在 312 国道上挡车送我去县医院，又让白恩杰快回我家去找割下来的 × 。

我这边一出事，白雪家的人都慌了，夏风也是在白家的，他正骂我，听到消息也跑来我家看究竟，我已经被抬到312国道上，而白恩杰刚出了我家门，手里拿着用纸包的那一吊子肉，夏风说：“现在医疗技术高，能接上的。”白恩杰说：“热热的，还活着哩。”夏风就回白家给白雪说了情况，白雪呜地就哭了。白雪一哭，我在去县城的路上就感觉到了，我心里宽展了：白雪没有恨我，以后见到了白雪她还会理我的。但白雪这么一哭，夏风生气了，说：“你哭啥的？”白雪说：“是我害了引生！”夏风狠狠地摔了一下门，自个先回了东街。这是他们第一次翻了脸。

※　　※

天继续在旱着，街道上起了蹚土，所有的狗都整晌地卧在屋檐下吐舌头。鸡开始一把一把地脱毛，露着个裸脖子和红屁眼。鱼塘里每日都漂有死鱼，伏牛梁上的“退耕还林”示范点上已经有百十棵幼树干枯了。更要命的是稻田里无法灌溉，地势略高的畦裂起了大小不一的泥板，四角翘着，像苫盖了一层瓦。低处的畦边还偶尔聚了一摊水，集中了黑乎乎的蝌蚪，中间的蝌蚪还动着，四边的全部头朝内，尾巴黏在了泥里。清风街上十多年来没有过这么旱，莫非是要死人啦！当然，这些我不管了，我躺在县医院的病床上治伤。医生说 × 拿来的时候已经颜色变黑，死了，死了的不能再缝接，我要求把 × 埋了，就埋在医院花坛的一棵牡丹下。我反复地叮咛：一定要是棵白牡丹！

还是再说清风街吧。清风街有我张引生不显得多，但一旦我离了，清风街就一下子空荡了，像是吃一碗饭，少盐没调和。在乡政府做饭的书正，晚饭后一洗完锅盆碗盏，把担着的泔水桶一放在家，就往自家的田里去等水。许多人都在田畦上坐着，相互问：“水库里今夜放不放水？”谁知道水库放不放水？大家心里没底，却谁也不敢离开，就开始骂天气。骂着骂着，有人唱开了秦腔，唱的是《拿王通》中皇帝出场："王出宫只见得滚龙抱柱，金炉中团团气罩定龙楼。腰系着蓝田带上镶北斗，足蹬着皂朝靴下扣金钉。殿角下摆的是双狮戏舞，有宫娥和彩女齐打采声……"便有人喊叫："甭唱啦！庄稼要死了，你唱的什么皇帝老儿，烦不烦呀？"回应道："庄稼死了就不种庄稼了，咱也和皇帝老儿一样了！"书正说："没庄稼了你唱风屙屁去！"一抬头，月光下夏风从河堤上走了过来，高声喊住。书正说："你来得好，你是贵人，说不定今夜能来水哩！"书正和夏风在小学是同桌，夏风每次回来，别的同学都躲着，他总是要来叙叙旧。叙过旧要走了，夏风给他一颗纸烟他不吸，用手握着，到乡政府喊住一个小干事，说："我给一个好东西！"小干事见纸烟牌子好，问哪里来的，他会说："这是我同桌夏风给我的！"小干事当然对夏风感兴趣，书正就要讲许多夏风的故事，比如夏风小小就爱写字，家里的墙上，门上，柜盖上，能写字的地方都写得满满当当，他却不爱写字，字和他有仇的，他把毛笔尖拔了，破开笔杆去编蚂蚱笼。小干事说："唉，这怎么说你呀！同样学的是一加一等于二，一个学成造宇宙飞船了，一个学得只认得人民币。"但书正不以为耻，笑着说："我是瞎农民，瞎农民。"还唱一段《双婚记》上的词："我今生活得日巴唰，在家做庄稼，一天犁了二分地，打了一十二页铧。这个庄稼不做吧，靠着老婆纺棉花。盆盆大的铁灯盏，捻子搓了丈七八，天明着了九斤油，纺了一两二钱花。"夏风在河堤上散了心过来，口袋里装了一包纸烟，撕开了，给众人散了个精光，自己倒拿过书正的旱烟锅来吸。两人又是说些闲话，不知不觉话题扯到了我。书正先是骂我，再是劝夏风不要生气，夏风说："我不生气。"书正说："生他的气不如咱给狗数毛去！"夏风说："引生是不是真疯子？"书正说："不是疯子也是个没熟的货！"夏风说："也是可怜他，一个男人没了根，那后半生的日子怎么过呢？"书正听夏风说这话，抱了夏风的头，说："夏风夏风，你可怜那牲畜了，你大人大量啊！"

书正还抱着夏风的头，三踅骑着摩托车一股烟跑来，刹闸不及，把书正的锨轧着了。三踅也不道歉，当下对夏风说："夏风，我把你君亭哥告了！”书正说：“你咋这么说话？你就是告了，你也不要给夏风说么。”三踅说：“我告了就是告了，隐瞒着干啥？”夏风说：“你是为啥？”三踅说：“这清风街真是你夏家的世事啦？一个夏天义下去，一个夏君亭又上来，我就气不顺！现在又包庇刘新生，刘新生是十亩地里一棵苗，就那么稀罕？”书正说：“你告吧，你谁不敢告？！你霸着砖场还不知足呀？”三踅说：“我也不避你夏风，我就是以攻为守，让谁也别在我头上捉虱。现在农村成这熊样子，死不死，活不活，你养不了狗去看门，你自己就得是条狗咬人哩！”书正说：“你厉害得很么，你比咱伯厉害么！”

书正说“咱伯”，指的就是三踅的爹。三踅的爹当过国民党的军需，活着的时候就爱告状，告夏天义重用了李上善，重用了秦安。状子寄到乡政府，乡政府把状子转给了夏天义，状子又寄到县政府，县政府还是把状子转给了夏天义。三踅的爹就把状子装在一个大信封里，写上县长的名字，后边再加上“伯父亲收”，县长是亲自看了状子，亲自到清风街来处理了。夏天义没有怯，对县长说：“他告状？你知道他是什么人？”县长说：“什么人？”夏天义说：“国民党的军需！”县长说：“有历史问题？”夏天义说：“我和他不是一个阶级，天要是变了，他要我的命，也会要你的命！”县长也就没再追究夏天义，在夏天义家吃了一顿包谷面搅团，坐车回去了。三踅的爹也就从那场事起，着了一口气，肚子胀，胀过了半年，新麦没吃上人就死了。

三踅说：“甭提我爹，我瞧不起他，三年了我都没给他坟上烧过纸！”夏风是不喜欢三踅的，却一直给他笑着，说：“你告谁不告谁我不管，也管不上，但你这脾性倒爽快！”三踅说：“是不？你这话我爱听！说到这脾性，我也是向你爹学的，咱们乡政府谁不怕你爹，每一任乡长上任哪个不先去看望你爹，四叔才真正是清风街的人物哩！”书正说：“你学四叔哩？四叔可不只想到自己！”三踅说：“四叔当过校长，县政府有他的学生，更有夏风这么个儿子，他当然腰粗气壮的，我三踅就凭着横哩！”说完，问起夏风：“庆玉回来了没？”夏风说：“今日不是星期天吧？”三踅说:“他哪儿论过星期天不星期天?他说今日回来要拉砖的,你见他了让来寻我,新出了一窑砖,得赶快去拉哩。”夏风这才知道庆玉要盖新房了。

夏风回到家,他娘问白雪咋没回来,夏风说她娘家有些事,搪塞过去,就说起庆玉盖房拉砖的事。夏天智提了桶在花坛上浇水,白玫瑰红玫瑰的都开了,水灵灵的,都想要说话。清风街上,种花的人家不少,尤其是夏天智,他在院子里修有花坛子,花坛子又是砖垒的台儿,那一丛牡丹竟有一筐篮大,高高的长过墙头,花繁的时候,一站在巷口就能看见,像落了一疙瘩彩云。但是,夏天智爱种花他不一定就能知道花能听话也能说话,知道的,除了蜜蜂蝴蝶就只有我。白玫瑰红玫瑰喝饱了水想要给夏天智说话,夏天智却扭转了脸,看着夏风,他说:“夏风,把水烟袋给我。”夏风把水烟袋递给他,又给他吹燃了纸媒,夏天智说:“我才要给你说房子的事哩。咱夏家这些年,差不多都盖了新庭院,只剩咱还在老宅子里。老宅子房倒还好,可你兄弟两个将来住就太窄狭了。东街原来的生产队老仓库现在听说要卖,咱把它买下来……”四婶说:“老仓库呀,那破得不像样了,能住人呀?!”夏天智一吹纸媒,训道:“你知道个啥!”四婶离开了去关鸡圈门,鸡却打鸣,她说:“这时候了打的啥鸣?小心骂你呀!”夏天智说:“咱买老仓库不是买房,是买庄基,在原庄基上盖一院子,你将来退休了可以住么。我听听你的意见?”夏风说:“我不同意。”夏天智说:“不同意?批一块新庄基难得很哩,过了这个村就没那个店了!”夏风说:“我退休早得很哩,再说真到退休了还回来住呀?到那时候清风街和我同龄的能有几个,小一辈的都不认识,和谁说话呀?再说农村医疗条件差,吃水不方便,冬天没暖气,就是有儿女,那也都在省城,谁肯来伺候?”夏天智说:“儿女随母亲户籍走的,咋能就都在省城?”夏风说:“我正想办法把白雪往省城调的。”夏天智说:“往省城调?”夏风说:“将来了也把你和我娘搬到省城去!”四婶说:“好,跟你到省城享福去!”夏天智眼睛一睁,把一句话撂在地上:“你去么，你现在就去么！”四婶说：“行啦行啦，我说啥都是个不对，我也不插嘴啦，行啦吧？”夏天智说：“叶落归根，根是啥，根就是生你养你的故乡，历史上多少大人物谁不都是梦牵魂绕的是故乡，晚年回到故乡？”夏风说：“有父母在就有故乡，没父母了就没有故乡这个概念了。”夏天智说：“没我们了，你也就不回来给先人上坟了？话咋能说得那么满，你就敢保证一辈子都住在省城？西山湾陆长守年轻时比你成的事大吧，官到教育厅长了，可怎么样，一九五七年成了右派，还不是又回来了！”四婶不想说话了，偏又憋不住，说：“你说的啥晦话！什么比不得，拿陆长守比？那老仓库买过来得多少钱，要盖新院子又得多少钱？”夏天智说：“老仓库拆下来梁能用，柱子能用，瓦也能用一半，总共得两万五千吧。”四婶说：“天！”拿眼看夏风的脸。夏风说：“不是钱多钱少的事，是盖了新庭院没用。”夏天智没再说一句话，端了水烟袋进了堂屋，坐到中堂前的藤椅上了。中堂的墙上挂了一张《卧虎图》，算不得老画，老虎又懒懒地躺在那里，耷拉着眼皮。夏天智给人排说过这张画的好处，说老虎就是这样，没有狐狸聪明，也没有兔子机灵，但一旦有猎物出现，它才是老虎，一下子扑出去没有不得手的。君亭当上村主任的时候，夏天智就把君亭叫来在中堂前说了很多话，什么“居处以恭，执事惟敬”，什么“无言先立意，未啸已生风”，指着《卧虎图》说：“你瞧这老虎，不一样就是不一样，名字前都加一个‘老’字！”君亭却说：“是吗，那老鼠名字里也有个‘老’字！”气得夏天智不再给君亭多说什么。

夏风见他爹回坐在《卧虎图》下的藤椅，他确实是有些怕他爹，但夏天智坐在藤椅上了，并没有自养自己的虎气，或许是心情闷，竟闭了眼睛睡着了，呼呼地有了鼾声。夏风就出了院门在巷道里看夜空。光利和哑巴打打闹闹地从巷口进来，哑巴刷地将一个东西掷打光利，没打着，东西落在夏风的脚下，便“啊！”了一声，慌忙都跑了。夏风低头看了，是一只死猫，一脚要踢开时，却又把它捡起来，拿回院子埋在了花坛里要做肥料。

晚饭做得迟，做好了，四婶喊夏天智吃饭，夏天智才醒过来。出来却对夏风说："你去柜里取那副老对联，把中堂上的这副换了，这副词句还可以，字写得弱。"夏天智是存有许多字画的，喜欢不停地倒换着挂在《卧虎图》旁边的，夏风就搭凳子上到柜台上从墙上取对联，四婶说："晚上了，又要吃饭呀，换什么画？"夏天智说："你换你的！"自个却先坐到八仙桌边，等待把饭端上来。饭是包谷糁稀饭，四婶端到了桌上，转身自个端了碗在院里吃。夏风挂了对联，对联上写的是"博爱从我好；宜春有此家"，笑了笑，到厨房里还要端那碟木鸡。四婶说："吃的稀饭，端木头干啥？"夏风说："我爹就好这个。"端上桌了，也自己到院里来吃。

院子里有悠悠风，蚊子少，母子俩听见堂屋里夏天智把腿面和胳膊拍得不停地响，但夏天智不肯出来，他们也不叫他。四婶说："他爱喂蚊子，让蚊子咬去！"夏风问起夏雨呢，也不见回来吃饭？四婶说："鬼知道他死到哪儿了？八成又去金家了吧。"夏风问哪个金家？四婶说："别人给提说过金莲的侄女。"夏风说："噢。"四婶说："你爹倒热火，他之所以盖院子呀，就是要成全这门亲事。我不同意！金莲她娘眼窝子浅，当初你和金莲的事，就是她不愿意，认为你是农民，她家金莲已经是民办教师了。现在她侄女又黏糊夏雨，咱是找不着人了，须金家不行？我惹气的是夏雨没脑子，整天往那儿跑，在咱家懒得啥事不做，却去人家那里挑水呀，担粪呀，勤快得很！"夏风问："金莲现在干啥着？"四婶说："和西街老郑家的老三结了婚，早不当'民办'了，在村里是妇女委员，还是那个猴精样！"夏风说："日子还过得好吧？"四婶说："你管她好不好的，还没伤够你的心？"一只蚊子趴在夏风的后脖上，四婶说："不要动！"啪地拍了一掌，她拾片树叶子把血擦了。

突然一声碗碟的破碎声。四婶朝堂屋说："咋啦？"堂屋里的夏天智没回应，又是哐啷一声，好像在隔壁院子里响。接着是脚步，是喊叫："四娘！四娘！"四婶问夏风："是不是喊我？"夏风说："是我菊娃嫂子。"四婶放下碗，说："又打架啦！"

两人出了院门，月亮光光的，果然菊娃就在她家院门口被庆玉摁在墙上，菊娃还在喊叫，庆玉捂她的嘴，菊娃手脚乱动，却软得往下溜。四婶过去拉开了庆玉，恨道："要打你往屁股蛋子上打，你是捂死她呀？！"菊娃喘不过气来，哽了半天才哭了，说："四娘救我！"四婶又恨道："你一回来不是骂就是打，你回来干啥呀！"庆玉说："我在学校里口干舌燥地讲了一天课，黑来又掮了椽回来，进门累得兮兮的了，饭也没做，水也没烧，我是养活老婆呢还是喂了头猪？四娘你到屋里看看，看是家还是个狗窝，谁家的娃娃出来不干干净净，你瞧咱的娃像个土蛆！不说给娃们洗洗，也把自己收拾些呀，可炕底下，血裤头都塞了两条了！"菊娃说："你胡说！你是嫌弃我了就作贱我！当初你寻不下老婆的时候，见我看得能吃了，把我叫娘叫婆哩，把啥地方没舔过，咋不嫌脏呢？！"庆玉扑上去扇了个耳光，骂道："你说的是你娘的×话！"菊娃一挨打，就喊："麦草麦草！"麦草是二婶的名字。四婶说："你们打架哩，骂你娘干啥？"菊娃说："我恨她哩！"四婶说："你恨她造孽哩！"菊娃说："恨她没生个好儿子！"庆玉又扑过去拳头擂了两下。四婶忙护了菊娃，往自家院子里拉，说："你嘴上也干净些。"菊娃说："他打我，我就骂她娘，麦草麦草，你生娃哩还是生了个狼虎！"四婶就生气了，说："那我就不管了，让他打死了你去！"

夏风在庆玉的家里劝庆玉，庆玉的脸上印着两道指甲印，说："兄弟，你看哥过的啥日子？！"庆玉家三间房，开间小，入深也浅，屋里是又脏又乱。庆玉原是村小学的民办教师，后来转了正，就不认真教书，被调到了白毛沟的小学校去。白毛沟离清风街十里路，几十个孩子在一起上混合课，他白天得空到学生家的山林里砍一棵两棵树，隔三岔五了晚上就掮着回来，张狂得要盖新庭院。这些，夏风不太清楚，但夏风知道他为人的德性，也不愿与他多说些话，只提醒着去拉砖的事。庆玉一下子像换了个人似的，说："出窑啦？"夏风说："三踅说要拉就快些去，好多人都等着要货哩。"庆玉说："这我倒不急了，明日去还能和他砍些价。"庆玉没了事似的，夏风倒觉得没了趣，就回自家院来。菊娃在院子里还是哭，四婶劝不下，也不劝了，任她哭去。女儿腊八过来喊："娘！娘！"菊娃说："睡去！"又哭。哭了三声，说："笼里有馍，盖好别让进了老鼠！"再哭。竹青脚步很重地进了院子，说："不哭啦，爹在我那儿发脾气啦，让我过来看看是咋回事？"四婶就对夏风说："给你嫂子发纸烟！"竹青接了纸烟，说："四叔不在？"夏风说："在堂屋里。"竹青立即不燃纸烟，装在了口袋里，说："四叔在屋里，你还敢这么哭呀？"菊娃也就住了声，说："四叔在屋里？那我得让四叔给我做主，要不有一天我会死在那土匪庆玉手里的！"堂屋里夏天智说："你哭呀，你咋不哭啦？清风街人还没听够的，怎么就住声啦？！"竹青赶紧拉菊娃就出院门，低声说："你是该打哩，你那一张嘴是谁都受不了！庆玉哥那瞎脾气躁是躁，可他是顾家的角儿，他辛辛苦苦要盖房，没吃喝好当然就上火了！"菊娃说："他盖新庭院是为了他和黑娥哩！"竹青说："又胡说了是不是？"菊娃不说了，却要竹青陪她去家里说话。竹青说："已经没事了我还陪你说什么话，我得去找丁矬子哩！"四婶听说竹青去丁霸槽家，就让夏风厮跟了去西街接白雪，一定要接回来，才结过婚的人，咋能黑来一个睡在东街，一个睡在西街？

在路上，夏风问起黑娥是谁，竹青说："你给我点上一支纸烟了我说给你。"夏风说："我庆堂哥不吃纸烟，你倒烟瘾越来越大了。"竹青说："你没看看你庆堂哥干的是不是男人的事？！"又说，"黑娥是武林的媳妇，武林那个歪瓜裂枣的，媳妇倒脸儿白净，头梳得光明，不知怎么日怪的和庆玉哥好上了，才和菊娃嫂子三天两头地吵嘴闹仗。"夏风说："活该庆玉哥娶了菊娃嫂子。"竹青说："庆玉在你们九个叔伯弟兄中，没有君亭狠，却比瞎瞎鬼，是个搅屎棍，我那一门子里就数他在里边惹是生非，没想却让菊娃制了他！世上的婚姻真是说不清，不是冤家不聚头，十全十美的就你和白雪。"

去丁霸槽家要路过金家，一排两个院子，院门楼上都是一蓬葡萄架，无数的萤火虫在飞。萤火虫不是秃子沾月亮光，它们都自带了灯笼。夏风伸手去抓一只萤火虫，抓住了，立在西边那个院门口发了呆。那一年冬里，他到金莲家，金莲给他烫酒，原本酒壶煨在火炭盆上稳稳当当的，不知怎么酒壶刚放上去，酒壶就歪了，歪了倒出些酒也还罢了，没想竟一壶酒全洒在盆中，烟灰腾起，火炭全灭。他就预感到恋爱不成，后来果然就不行了。竹青说："咋啦，想见金莲啦？"夏风笑笑，竹青拉了夏风就要进院，夏风却不肯了，摘了从门楼上扑洒下来的葡萄蔓上的一颗硬葡萄，在嘴里嚼，萤火虫便从手中飞到院门里去了。

这个晚上原本是再正常不过的晚上，水兴的孩子不好好学习挨了一顿打，李三娃的娘哮喘病又犯了，新生家的一只鸡掉到了水茅坑，后来又捞了出来。但是，有一件怪事，我得说出来，因为这怪事是我直接导致的。那就是我把夏风的腿弄坏了。我早就说过，这世上的事情，凡是你脑子里能想到的，就肯定会发生。比如我以前想过：狗有尾巴，老鼠有尾巴，人为什么就不能也长个尾巴呢？果然我在医院就发现一个小女孩来做割尾巴的手术的。就在这个晚上，我躺在医院，看着墙壁上霉黑了的一大片，形状像是夏风的侧面照，我就想：夏风的命怎么那么壮呢，为什么好事都集中在他的身上呢，他如果是个跛子多好！我这么想着，想得非常狠，那正是他站在金莲家院门口嚼硬葡萄的时候。他嚼了嚼，酸得打了个冷颤，就对竹青说他不一块去丁霸槽家了，该去西街呀，抬脚就走。但是，咔嚓，他的膝盖响了一下，闪了一个趔趄。竹青说："你咋啦？"夏风站直了，跺了跺脚，说："没事。"当时真的没事，三天后一上台阶就隐隐作痛，后来回省城拍了一个片子，竟然是左膝盖的半月板裂了，动了一回手术。

再说竹青独自到了丁霸槽家，一摆子房都黑着，丁霸槽的电视开着，风扇也吹着，丁霸槽在和夏雨说话。竹青一来，夏雨就走了，竹青说："霸槽，你灵得很，该知道我为啥来了？"丁霸槽说："这电我才用上。"竹青说："态度不错！但性质恶劣还是性质恶劣，东街群众反映你偷电，我是组长，我得来管管。你看怎么个处理？"丁霸槽说："中街组有人不自觉，电费收不上，害得大家都用不上电么。"竹青说："我听说中街之所以电费收不上来，是你在自家电表上捣鬼。"丁霸槽说："这是赖我哩！"竹青说："赖不赖你，这是中街组的事，可你现在偷用东街组的电却是事实吧？”丁霸槽说：“是事实，就是晚上用了一点照明电，一个电扇，一个电视，每个月撑死二十度，一个月也就二三十元吧，到时候我会全交的！”竹青说：“这话可是你说的？你写个保证吧！”丁霸槽说：“你不信我呀？”竹青说：“我不敢信！”丁霸槽写了保证书，竹青又让他咬破中指按个指印，丁霸槽啪地在空中拍了一下掌，手心里一摊蚊子血，涂在中指上按了，说：“我庆堂哥可怜！”竹青说：“你说啥？”丁霸槽说：“我现在知道庆堂平日遭的罪了！”

竹青回来，给夏天义说了，夏天义责怪为啥不当场让丁霸槽把偷搭的电线取了？竹青说：“他要交钱那也行么。”夏天义说：“你等着他哪年哪月把钱交给你呀？！砖场放任自流，电费收不上来，你们都这么软，清风街的工作牛年马月能搞好？”竹青见夏天义说话蹭，就说：“爹，这话你最好少说，君亭在任上，他当猫的知道怎么逮老鼠。”夏天义说：“现在老鼠都养猫了！”二婶坐在炕上，翻着白眼仁吃炒豆，舌头撬过来撬过去，炒豆咬不烂，又拿了出来，就敲起炕沿，示意夏天义声高了。夏天义没好气地吼道：“你指头疼不疼，烦死人啦！”竹青赶忙打岔，说：“娘，黑来吃的啥饭？”二婶说：“米汤煮萝卜，没把胃给喂好，就生高啦！”夏天义阴沉个脸。夏天义脸长，一阴沉像个冬瓜。竹青起身要走了，夏天义又问道：“君亭和俊奇回来了没？”竹青说：“看明日回来。”夏天义说：“你给君亭说，不管怎样，要给西街中街送电，天热成这样，没电怎么行？”竹青说：“人热还罢了，地旱得秧叶子都点上火啦。”夏天义说：“我闹心就闹心这事，水库上总得放水啊，现在是水库上不配合，乡里也不见谁着急，旱死饿死了人才有人管啊？！”竹青接不上话，就掏了纸烟吸，狠狠地一口吸进肚，呼地从鼻孔里喷出来，夏天义说：“你烟瘾这么大？”竹青就把烟头掐了。

竹青一走，鸡都叫了，夏天义还坐在炕沿上生气。二婶说：“咱夏家世世代代都有女人吸烟的，三婆在世时吸烟，五娘活着时吸烟，他三婶吸烟，现在竹青也吸烟，你管得那么多？”院门外有了什么抓门声，卧在炕边的来运一下子灵醒过来，摇了尾巴就往外走，夏天义冷不防吼了一下："往哪儿去？睡下！"来运回头看着夏天义，立即低了头，又返过来卧好。灯就熄了，院门外还有着抓门声。二婶说："赛虎这么早就来了？"夏天义没吭声，长长的腿直着伸过来，脚就在二婶的脸前，一股子臭味，二婶摸了枕巾把脚盖住了。

※　※

庆玉去砖场拉砖，三踅没有抬价，还多给装了一千块，庆玉就觉得三踅够义气。够义气的人都是恶人，他要对你好了，割身上的肉给你吃，但若得罪他了，他就是鳖嘴咬你，把鳖头剁下来了，嘴还咬着。庆玉得了便宜，把一百元往三踅的手里塞，说："不请你去饭馆了，你自己买酒喝吧！"三踅说："我这是优惠知识分子哩，你若有心，给我一样东西。"庆玉问："什么东西？"三踅说："前年你丈人去世时咱去拱墓，他家有个老瓷倒流酒壶，如今人过世，放着没用，你拿来让我温酒。"庆玉说："原本是小意思的事，我不会舍不得，巧的是我拿回来，菊娃反对我喝酒，送给了我四叔，这就不好再要了。"三踅说："你是过河沟缝子夹水的人，你能送你四叔？你不愿意也罢了，但你得给我安排一下！"庆玉说："安排啥？"三踅说："我得学你，收藏钱也收藏女人哩！"庆玉说："你别胡说！"三踅说："赵宏声给你看过性病，是不是？"庆玉说："这赵宏声狗日的给我栽赃哩，我是火结了，哪里是……"三踅说："庆玉，得性病这不是你的专利，你就不能让我也得得？！我看见黑娥的妹子到她家来了，你要让我认识认识哩！"庆玉说："这皮条我拉不了。"三踅说："行呀，庆玉，砖一拉走就不认啦？我可告诉你，你盖房还得用瓦哩！"

有了砖，庆玉就在划拨的庄基地上起土，扎墙根子。清风街的规矩，是红白喜丧事都相互换工，你这次给我家帮了工，我下次给你家帮工，只管饭，不付工钱。庆玉是请了东西中三街上几个有名的泥水匠，再请了东街几个小工，又给夏家四户都打了招呼，待中星爹拿了罗盘定了方位，掐算了日子，噼里啪啦放一通鞭炮，施工就开始了。

君亭和俊奇从县上回来后，三番五次去乡政府落实资金，又二返县城买了新的变压器来安装，人都黑瘦了一圈。听说庆玉盖房，就支使了他媳妇麻巧来帮活。麻巧门牙翘着，嘴也翘，一再解释君亭已经几天几夜没沾家了，实在来不了，菊娃说："我们就没指望他，你来了就是了。"但麻巧养了三头猪，她一天三顿都要回家去喂食，每次提一个木桶放在菊娃的厨房里，有什么泔水就盛在里边，有剩饭剩菜了趁没人注意也往里边倒。菊娃就叮咛腊八不离开厨房，防备麻巧把什么都拿回去喂猪。

夏天礼被请来经管现场的，但谁也指挥不动，只是不停地捡拾着那些被匠人们扔掉了的钉子、铁丝和半截砖头，又嫌哑巴在搅和水泥时把装水泥的袋子弄破了，嫌文成在茶壶里放的茶叶太多。太阳到了头顶，人影子在地上缩了，有人说："收工洗一洗吃饭吧！"夏天礼说："饭熟了会有人来叫的，再干一会儿！"太阳偏过了树梢，菊娃还不来叫吃饭，大工小工的都懒得再动了，听中星的爹给讲阴阳。中星的爹留着一撮山羊胡，右手的小拇指甲特别长，一边掏着耳屎，一边讲人是怎样轮回的：人要死过二十四小时了，如果头顶还温，那是灵魂上天堂了，如果胸部温热，那是投胎做人了，如果腹部温热，那是托变家畜了，如果腿上温热，那是托变飞禽走兽了，如果脚上温热，那就下地狱了。别人就问："都转世了，那鬼怎么说，还有鬼吗？"中星的爹说："当然有鬼。鬼是脱离了轮回道的，所以说游魂野鬼。人如果遭了横死，或者死时有什么气结着，那死了就变成鬼了。"别人再问："西街那李建在省城打工，从脚手架上跌下来死了，那肯定变了鬼啦？"中星的爹说："肯定变了鬼么。"别人说："果然是真的！李建他娘说每天夜里厨房里有响动，是碗筷的声音，她就说：'建儿建儿，我娃可怜得肚子饥，你走吧走吧，娘给你坟上烧些纸。'"中星的爹说："你想想，咱这一带每年有多少案子，小偷小摸的都破不了，可茶坊出了个凶杀案，一星期就破了，那不是派出所的人能行，是冤鬼追索凶手哩！”一个人就说：“那李建的鬼还在吗？”中星的爹说：“在么。”那人说：“还在？你会掐算，你掐算他在哪儿？”中星的爹说：“是不是你欠了李建的钱了？”那人变脸失色，汗哗哗地往下流。夏天礼就说：“别听他胡说！”中星的爹说：“我没胡说。”夏天礼说：“你真能掐算，你掐算啥时候收工吃饭呀？”中星的爹扳了指头，嘴里咕咕嘟嘟的，像瓶子里灌米汤，仰了头说：“还得一小时，菊娃才来叫人呢。”夏天礼说：“去你的吧，现在咱就收工，吃饭去！”众人哇的一声，不再怕鬼，肚子里装了个饿死鬼了，就收拾了工具，都往庆玉家跑去。

夏天礼给庆玉叙说了盖房现场的情况，庆玉吃过饭后就不让中星的爹再去帮活了。没了中星的爹，不热闹，但夏天智来了。夏天智来了他绝对不干活的，哑巴还要给他搬一把椅子，他坐着吸水烟。他不指挥人，但不指挥人却谁也不敢消极怠工，大工小工人人都汗流浃背，像是从河里捞上来一样，仍撅起屁股干活。西街的陆家老大在县教育局，代领了夏天智的退休金，托人捎了来，夏天智指头蘸了唾沫一张一张数，大家就都看着，说：“四叔一个月这么多钱！”夏天智说：“不多。”大家说：“还不多？！几时请我们喝酒么！”夏天智说：“喝酒，喝酒，晚上了到我家去喝酒！”大家说：“现在喝么！”夏天礼说：“现在喝的什么酒？给庆玉帮活哩，要喝收工后让庆玉买酒。”大家说：“四叔来了，三叔你就不是监工的。”夏天智就说：“我给大家听秦腔，听秦腔比喝酒来劲的，哑巴，哑巴！”哑巴在和泥，说：“哇！”夏天智说：“你到我睡屋里把收音机拿来！”收音机拿来了，却怎么也收不到秦腔，他便不停地拍打着机子。夏天礼有埋怨，却不能批评夏天智，说：“人就像这机子，不拍打着不出声的。”夏天智说：“战场上还有个宣传队哩！”再一拍，收音机里唱起来了。秦腔一放，人就来了精神，砌砖的一边跟着唱，一边砌砖，泥刀还磕得砖呱呱地响。搬砖的也跑，提泥包的也跑。提泥包的手上沾了泥，一摔，泥点子溅了夏天礼一鼻脸。

这一天，夏天智又拿了收音机给大家放秦腔，收音机里嗞啦嗞啦的杂音太多，夏天智用嘴哼曲牌，说：“天热，我唱个《荡湖船》

吧。”就唱起来。

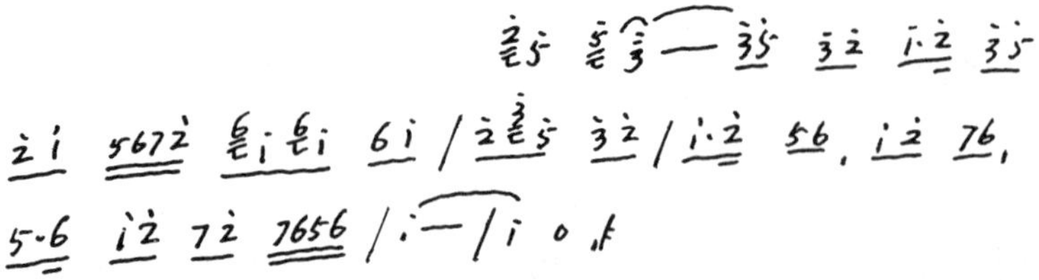

大家都拍掌，说：“好！好！”夏天智脸涨得有盆子大。大家说：“四叔唱得这好，啥时学的？”夏天智说：“文化大革命中学的。那一阵我被关在牛棚里，一天三晌被批斗，我不想活啦，半夜里把绳拴在窗脑上都绾了圈儿，谁在牛棚外的厕所里唱秦腔。唱得好得很！我就没把绳圈子往脖子上套，我想：死啥哩，这么好的戏我还没唱过的！就把绳子又解下来了。这秦腔救过我的命哩！可我唱得不好，没白雪唱得好。”大家就说：“瞧四叔说起儿媳妇的名字多亲热！让白雪来也唱一唱么，四叔不愿意啦？”夏天智说：“行么，行么。”拿眼睛就看见来顺领着一个孩子走了过来，孩子脑袋圆圆的，扎着一撮头发，像一根蒜苗，趴在面前就磕头。夏天智问：“你是谁？”孩子说：“我是张长章。”夏天智说：“名字太拗口！”来顺说：“四叔文墨深，你给娃重起个名。”夏天智说：“知道你夏风叔吧。”孩子说：“知道。”夏天智说：“就学他，叫个张学风吧，将来出人头地！”来顺说：“四叔说对了，这娃灵性得很，还能唱秦腔，让娃唱一段吧。”唱起来，果然不错。夏天智说：“还行还行，记住，能唱秦腔，更要把学习学好！”来顺说：“书念得好着哩，就是他爹不行，害得娃要休学了。”夏天智说：“他爹是谁？”来顺说：“是背锅子张八么。今夏张八背驼得头都抬不起了，挣不来一文钱，地里的活儿也做不前去，掏不起学杂费，就不让他念书了。”夏天智说：“这是张八的娃娃？再穷也不能亏了孩子么，张学风，学休不得，以后的学杂费，爷给你包了！”来顺赶紧按了张学风在地上又磕头，磕得咚咚响。待夏天智一走，大家就议论张学风来唱秦腔，完全是来顺精心策划了的。来顺也承认了，说：“救助这孩子也只有四叔嘛！怎么不寻三叔去？”夏天礼听见了，说：“我没钱，就是有钱我也不吃谁给我戴二尺五的高帽子！”

话说到这儿，我得插一段了。在清风街，差不多的人都吝啬，但最吝啬的要算夏天礼，别人吝啬那是因为穷，夏天礼应该是有钱的，他抠门得厉害我就搞不明白。他曾经和三婶吵了一次嘴，我在书正媳妇的小饭店里碰着了他，我说：“咦，三叔也下馆子啦？”他说：“不过啦，这个家要咕咚就咕咚吧，来一个烧饼！”烧饼是粘着芝麻的那种烧饼，他咬了一口，一粒芝麻就掉到了桌缝里，抠，抠不出来，再抠，还是抠不出来，我说：“三叔，我拍桌子上了你用手就接。”就猛一拍桌子，芝麻从桌缝里跳出多高，他伸手便接住了。夏家兄弟四人，夏天仁死得早，我不了解，夏天义一直在农村劳动着，自然身子骨硬朗，而夏天智和夏天礼身体却差别很大。我问过夏天义：“听夏雨说，四叔平日感冒都少见，他咋保养得恁好呢？”夏天义说：“这有个秘诀，你学不学？”我说：“啥秘诀？”夏天义说：“多做些好事！”夏天义的话或许是对的，但是，夏天礼小气自私，虽然一直病病蔫蔫，可每一回病得不行了不行了又活了过来，这又是为什么？我但凡见着夏天礼，他不是鬼鬼祟祟背个烂布兜去赶集贩银元，就是端了个药罐子到十字路口倒药渣子。我猜想，他每天早晨起来熬药，药罐子里熬的不是中药材，是把人民币剪成片片了熬着喝人民币汤的吧。

盖新房的，那些匠人和小工，也包括庆玉，最不愿意让夏天义来，但夏天义还是来了。夏天义在现场看了看，觉得不对，拿步子量庄基的宽窄。庆满说：“爹，爹，这是上善亲自用尺子量过的。”夏天义说：“你信得过上善还是信得过你爹？！”夏天义果然量出庄基东西整整宽了一步，他说：“把墙根往里重扎！”庆满说：“你让我哥生气呀？”夏天义说：“你说的屁话！我生气你就不管啦？！”墙根子已扎垒了一尺高，庆满不愿意拆，说要等庆玉来了再说，夏天义拿脚就踹一截墙根子，一截墙根子便踹倒了。他说：“你多占集体一厘地，别人就能多占一分地！”就蹲在那里吃黑卷烟，看着庆满他们把扎起的墙根推倒，重新在退回一步的地方起土挖坑。文成已跑去告诉了庆玉，庆玉走了来，心有些虚，站在不远处朝这边看。大红的日头照着，大家都戴着草帽，夏天义光着头，后脖项上的壅壅肉黑红油亮。他说：“文成，咋不给你爷拿个草帽哩？”夏天义直戳戳地说：“我让把墙根子往里扎啦！”庆玉说：“往里扎就往里扎，我得把爹的话搁住！”夏天义脸上立时活泛起来，说：“砖备齐整了？”庆玉说：“齐整了。”夏天义说：“木料呢？”庆玉说：“还欠三根柱子，已经靠实了，只是没拉回来。”夏天义背着手就要走了，却又问：“你在家盖房哩，学校里的课谁上着？”庆玉说：“就那十几个学生，我布置了作业让自学着。”夏天义说：“你说啥？学生上课的事你敢耽搁？！”庆玉说：“你听我说……”夏天义说：“听你说啥？你现在就往学校走，寻下代课老师了你再回来，寻不下代课老师了就别回来！”庆玉说：“行么行么。”看着夏天义走了。

夏天义一走，来顺就说：“庆玉你怕你爹吗？”庆玉说：“逢上这号爹是个咬透铁，我还能怎样？别人盖房谁不多占几分，咱就不行么，权当我爹是毛主席吧！”来顺说：“你庆玉别给我说这话，要是真亏了你，你能这么乖？这片地那边是个涧，你这三间房一盖，旁边地虽空着，别人再盖房盖不了，种地吧鸡狗又糟踏，终究还不是你的？”庆玉就笑了，说：“看样我得请你喝酒，先把你的嘴封住！”来顺说：“你是教师，说话得算话，现在就拿酒去！”庆玉却说：“你馋着，我现在要去学校呀！”

但庆玉并没有去白毛沟学校，直脚到西街张八家。张八土改时分住了地主的房，两年前房塌了，又住到西街早年的饲养室里，倒塌的旧房椽是不能用了，有三根柱子和四个菱花格子窗还好。庆玉早订购了三根柱子，就又讨价还钱硬是便宜着买了窗子，用背笼背了回来。回来见厨房里白雪在帮着洗菜，他娘也拄了拐杖来了，他说：“菊娃，娘来了！”菊娃说：“她来干啥呀，干不了活还碍手碍脚的！”二婶听了也不恼，坐在一旁翻白眼，一双耳朵逮着每个人说话，逮听到白雪在洗菜，就说：“白雪，你歇了，让他们干吧。”白雪见她衣服上有土，过来拍打了，二婶却抓住白雪，又摸白雪的脸，说：“哟，脸光得像玻璃片子么，二婶把你脸弄脏了没？”然后自说自念，“夏风有福，人丑丑的倒娶了个好媳妇！”竹青说：“夏家的媳妇都是花朵插在牛粪上了！”二婶说：“你几个算啥花朵？狗尾巴花！夏风丑是丑，多有本事，上的是大学，读的是砖头厚的书！白雪你高中毕业？”白雪说：“没毕业。我不配你夏风了！”二婶说：“女人念那么多的学干啥，出门能拿出手，在屋会过日子，再生几个娃娃就是了。”白雪笑了笑，问二婶的眼睛几时看不见的？二婶说：“七年了，看啥都是黑的。”白雪翻着二婶的眼皮看了看，认得是白内障，说这样的病是能治的，做个手术就好了。二婶便喊：“庆堂庆堂！”庆堂烧了火棍儿烙一颗猪头上的毛，说：“啥事？”二婶说：“白雪说我这眼睛能治的，你们给我治治！”庆堂不吱声了。庆满的媳妇帮庆堂拽猪耳朵，猪眼闭着，猪额上净是皱纹，说：“你那是老病，哪里会治得好！”白雪说：“真的能治！”庆满的媳妇说：“白雪你几时进省城呀？去时把你二婶带上，一定得给她做个手术！”白雪说：“行么。”庆满的媳妇给瞎瞎的媳妇撇了撇嘴，瞎瞎的媳妇说：“人老了总得有个病，没了病那人不就都不死啦？！”

※　※

天擦黑，家家屋里的门槛下都往出冒白烟。烟是熏蚊子烧了湿柴草起的，从门槛下涌出来，在院子里翻疙瘩，再到巷里，巷里的烟就浓得像雾。我就是在这个傍晚回到了清风街。我在烟雾里走，飘飘的，鬼抬了轿，一下子觉得街巷的房子全矮了下去，能看见了各家门窗里的男人女人，老人和小孩，还有鸡猪猫狗。烟雾很呛，吸进喉咙里有酸菜味，发酵了的屎尿味，汗味和土腥味。魁星阁上的绿字清清楚楚。大清堂门口新点了红灯笼。铁匠家的一家大小在吃饭，老碗比脑袋大。水生的娘老了，已不顾羞丑，光着膀子背了孙子，胸前的两个奶像两个空袋子吊着，孙子仍从婆的肩头上抓过来把奶头噙住。白恩杰坐在草席上，突然喊老婆，说行了行了，老婆扎煞着一双和面团的手，就解怀脱裤，但是，老婆白光光地摆在那里了，像一扇子猪肉，白恩杰却又不行了。院门是关着的，门道处站着两只麻雀，麻雀知道白恩杰的悲惨事，叽叽喳喳说是非。清风街没有一人来欢迎我，给我招手的只有树，我见着每一棵树都说：“我回来啦，我回来啦！”冷丁雾稀了，一大片黑色的瓦往下落，原来是从房上飞过来一群乌鸦，我就站在了我家的门楼前，门楼前还是那一根电线杆和电线杆下的半截子碌碡。中星的爹说过我之所以打光棍，是门口栽了根电线杆，可我找君亭，要求能把电线杆移动，君亭他不理我。院墙上掉下来一大片墙皮，没有人帮我修理，我想我那责任田里地翻了一半，恐怕也是没人帮我翻的。下水道口钻出了一只老鼠，它拿眼睛瞅我，我认出它是我家的老鼠，我说：“你也瘦了？”院门口堆着三个麻袋，里边装着糠，老鼠不往糠里钻，又从下水道口缩回去了。这是谁的麻袋，我大声说：“哪个猪的糠？”隔壁的来顺出来了，他的秃头上疮生得更严重，如同火烧的柿子揭了皮，他说：“是我的，我用你门口的地方给猪碎了些糠。你家门口光堂。”我说：“你家锅里的饭稠，我去盛一碗行不行？！”来顺搬动着麻袋，说：“这，这……才几天你就回来啦？”我说：“你让我啥时回来？”他说：“治好了？”来顺没发火，我的火也熄了，我说：“好了。”但他却说：“尿还在的？”我龇牙咧嘴地恨了一声，开了门进屋拉灯，灯竟亮了。

灯是死的，通了电就像有了魂。但灯亮着，我睡在炕上，琢磨来顺的话，就丧了许多志气：东西只剩下少半截，我成残废，以后要遭人耻笑吗？我拿手摸着，总操心着灯背影的黑处一定有老鼠在看我，有蜘蛛和爬墙的蜗牛在看我。我拉灭了灯，黑暗中脑子里却有了一团光亮，光亮里嘈嘈的有了鸡有了猫，有猪狗牛羊，鸡在对牛说，人让我多生蛋哩，自己却计划生育，太不公平了，牛说，你那点委屈算什么呀，那么多人吃我的奶，谁管我叫娘了？我脑子里咋净是这些乱七八糟的事？我就把灯又拉开了，我又想起白雪。只要白雪一来到脑子里，我就像蚂蚁钻进了麻团里，怎么也找不着头绪，便拿被单蒙了头，估摸还能不能见到白雪，见到白雪了她还能不能与我说话，就发愿：如果还能见到还能和我说话，那让我今夜梦到她吧！果然做了一夜的梦，梦里都有白雪。

天亮起来，发现桌子上有一朵花。怎么会有一朵花呢？但确确实实是有了一朵花。

白雪都能够理我，我怕谁？谁也不怕！武林碰着了我，他往地上唾一口，我把痰唾到了他脸上。一群孩子看见了我，就全拉下裤子尿尿，比试着谁能尿得高，我骂道："滚！"拿脚把他们踢散了，就自己把裤带勒了勒，空出裤带头吊在腰前，感觉它在腰里已缠了三匝，地上能拖丈八，还想在空中撵打乌鸦哩！这就遇着俊奇啦，俊奇什么话也不说，给我了个蒸馍。我感激俊奇给了我个蒸馍，我愿意陪他去挨家挨户检查谁还在偷电。

清风街更换了变压器，用电已经正常，但天还是旱着，稻田里开始扬花，水库又不给放水了。这一个晚上，庆玉把电拉到了盖房处，亮了三四个灯泡要加班砌墙，才干了一会儿，三个泥水匠就被家人叫回去稻田守着，防备夜里水能来。砌墙的仅剩下庆满一个大工，庆满的媳妇也跑来要他到地里去，庆满说："别人能走，我不能走呀！"媳妇骂庆满："你泼命哩，谁念叨你的好处啦，地里收不了稻子，你哥会给你一颗米的？"庆满说："你吱哇啥呀！"偏在脚手架上不下来。媳妇就拿了庆满挂在树上的衣服翻口袋，翻出了三元钱捏走了。庆满说："这是明日要给霸槽他娘过三年的礼钱！"从脚手架上下来夺，两口子便丁里啷啷厮打起来，结果三元钱被扯烂了三片。庆玉就生气了，说："今黑不干了！"倒给庆满了个更难看。

是谁说夜里水库要来水，人们相互询问，相互摸不着头脑，反正缺水缺急了，就像三更半夜一个小孩喊一声地震了，任何人都会从屋里跑出来一样。那个夜里差不多的人家都守在地头，水仍是始终没来，当然就骂天要灭绝人呀，又骂村干部办事不力，没能使水库放来水。这时候，他们就怀念夏天义，问文成："你爷呢？咋不见你爷呢？！"

夏天义年纪大了，入夏以来脊背老是痒，趴在炕沿上让二婶给他用指甲挠，文成跑来说今黑来水库还是没放下水，他说："往上，再往上，左边，左边！"二婶挠不到地方，他就火了："你能干了个啥？！"翻起身从门里出去了。夏天义直脚到君亭家，君亭在炕上睡觉着，连叫了三声君亭连动都没动，麻巧说："他几天几夜没合眼了，早晨一躺下就像死了一样，一整天都没吃饭哩！"夏天义又寻着了秦安问水的事，秦安说他去过水库，人家说水库水少，放不出来，他说西山湾放了一次水，雷家庄也放了一次水，为啥就不给清风街放？人家说清风街是下湿地，比别的村还强些，就是不肯放。夏天义骂道："这是放屁的话！清风街是水田，没水比别的村更要命！人家不肯放你就回来了？"秦安说："就回来了。"夏天义说："你就坐在那里，不放水就不走！"秦安媳妇做的是绿豆米汤，端了一碗让夏天义吃，夏天义不吃。秦安媳妇说："绿豆米汤败火哩。"夏天义说："我没火！"秦安媳妇说："你嘴角起了燎泡，能没火？"夏天义说："没火！"秦安媳妇说："二叔你就是犟。"夏天义不言语了，闷了一会儿，说："明日一早，我跟你们一块上水库！"

君亭昏睡了一天又一夜，起来了，头还疼着，麻巧从庆玉家回来，他问："房根子扎好了？"麻巧说："墙都砌一人高了。庆玉都盖房哩，咱讲究是村干部，还住的旧房。"君亭说："咱住得宽宽展展的盖什么房？这几日我不在，村里有些啥事？"麻巧说了白雪要给二娘看眼病，惹得二叔的几个儿媳不悦意。君亭说："二叔啥都气强，家窝事就气强不了，看看娶的几个儿媳，除了竹青，还有谁能提上串？前年瞎瞎一结了婚，闹腾着分家，为老人后事的分摊争来吵去，外人问起我，我脸都没处搁。赵宏声说二叔是龙，生下的都是些蛇蚤，一点没说错！还有啥事？"麻巧说："为电的事安宁了，浇地为水却打了几场架……"君亭说："让秦安跑水库，他没去？"麻巧说："去是去了，没顶用。二叔训秦安，说他在任时，田里啥时候缺过水？"君亭说："他在任又什么时候旱过？！"正说着，夏天义和秦安进了门，麻巧说："说龟就来蛇，正说二叔的，二叔就来了！"夏天义说："说我啥的，睡好了没有？"君亭说："头疼。"夏天义说："头疼也得起来！"要一块去水库。君亭就让麻巧给他挤眉心，眉心挤出了一条红，他说："走吧！"从柜里取了一瓶酒，揣在了怀里。

跟着俊奇又去收了一家电费，我和俊奇就坐在东街牌楼下的碌碡上卖眼。街上的人稀稀拉拉，丁霸槽骑着摩托车呼啸着驶过去了。白恩杰又牵出了那头叫驴来溜达，在不远处的土场子上驴就地打滚，尘土扑了过来。岔道上去的312国道上，也有了一头驴，是小毛驴，拉动着一辆架子车，赶车人头枕在车帮上睡着了，任着小毛驴走。三踅就在路边，捉住了小毛驴缰绳，转了个方向，小毛驴拉着车又从来路上往回走去。俊奇就哧哧地笑，说："三踅狗日的造孽。"我说："俊奇，人是不是土变的？牛羊猪鸡是不是草变的？"我看着来往的人都是一疙瘩一疙瘩土，那打滚的叫驴和拉车的小毛驴都是草堆里动。俊奇打了我一下头，说："你又胡说！"他这一打，远处的人又成了人，驴又成了驴。这就像是夏天智的收音机，不响，拍一下又响了，是不是我的脑子里也有无数条线路，哪一条接触不良啦？我摇晃着头，却看到白雪和白雪的娘并排地走过来了。我就自己拍自己头，以为我又看错了，可就是白雪和她娘么。哎哟，白雪穿了件黄衫子，亮的像个灯笼！我知道我的眼痴了，因为俊奇叫了我两声我没听见，但白雪娘猛地看到了我，她怔了怔，便拉着白雪一转身，拐进了另一条小巷。我还在发痴着，俊奇弯过头来看我的眼，又伸手在我眼前晃，我说："干啥吗？！"俊奇说："人家早都进小巷了！"我说："老妖精！"骂白雪她娘。俊奇说："你真的爱白雪？"我没有理他，给他说爱不爱的有什么用？俊奇却说："兄弟，听哥的话，这不是你爱的事！"俊奇竟然说出这话，我感到惊奇，我说："为啥？"俊奇说："人以类分哩。贵人吃贵物，崽娃子泡饸饹。"这话我不爱听，我说："去去去去！"一挥手，趴在脚下一口痰边的苍蝇轰地飞了。俊奇说："你要听我的话哩，引生，哥不日弄你，不该你吃的饭，人家就是白倒了，也不让你吃的。"我站起来，不跟他去收电费了。

我和俊奇就为这事恼了的，从此不再搭理他。我瓜呆呆地顺着街朝东走，我想哭，眼泪就一股子流出来。这时候，君亭、秦安和夏天义正好要往水库去，当然我不知道他们是要往水库去，夏天义就说："引生引生，咋啦？"我说："没咋。"夏天义说："没咋了头扬得高高地走！"君亭说："你有事没？"我说："没事。"君亭说：

"没事了跟我们到水库去！"秦安说:"要他去干啥？"君亭说:"烂套子也能塞墙窟窿。"对我说，"你去不去？"我说:"去。"君亭说:"要去，把这只公鸡逮了提上！"路边是庆金家，一只大吊冠子公鸡领了两只母鸡在刨食，大吊冠子公鸡骄傲得很，绕着左边的母鸡转一圈，再绕着右边的母鸡转一圈，然后拉长了脖子唱歌。我脱下鞋一下子砸过去，它跌趴在地上，就把它逮住了。屋里的淑贞跑出来，尖锥锥地叫:"土匪呀？土匪呀！"君亭说:"甭喊啦，过后我给你鸡钱！"

我们就这样到的水库。水库在清风街北十里地，一九七六年修建的时候，他们三人都曾在工地上干过，君亭的爹就是在排除哑炮时哑炮突然又爆炸了被炸死的。到了水库管理站，我才知道是来要求放水的，但君亭没让我和夏天义进站，说他和秦安能摆平事的。我说:"我还以为叫我来能打架哩。"君亭说:"你好好陪你二叔，就在这儿等消息。"他给我撂了一盒纸烟，把公鸡和酒拿走了。我明白，两军谈判的时候要布下重兵才谈判的。我也明白，最大的武者是不动武。毛主席活着的时候，有钱没？谁敢说没钱？！但毛主席身上从来不带一分钱！这是夏天智在去年给我说过的话。

我和夏天义坐在管理站外的土塄下，夏天义一根黑卷烟接一根黑卷烟吸，可能是吸得嘴唇发烫，撕了一片核桃树叶又嚼起来。他突然说:"引生，早上见你时，你哭啥么，眼泪吊得那么长？"夏天义是白雪的二伯，他肯定知道我对白雪的事，肯定在现在没事时要狗血淋头地骂我一顿了。但他没有，一句关于我自残和住院的话都没有，他竟然在问:"你爹的三周年是不是快到啦？"我说:"二叔还记得我爹？"夏天义说:"人一死就有了日子，怎么都三年了。你爹要是活着，清风街不会这么没水的。"我的眼泪就哗哗地流下来。夏天义说:"天不下雨，你这眼泪咋这多？！君亭叫你来，我还以为你记恨他，不肯来呢。"我说:"你和君亭也吵过，你也来了么。"夏天义说:"你行，你像你爹！这天旱得怎么得了，麦季已经减产，若再旱下去，秋里就没指望了。"我说:"大家都怀念你哩。"夏天义说:"是吗？都咋说的？"我说:"说你在任的时候，没大年馑。”夏天义说：“那是天没旱过。”我说：“为啥天没旱过？还不是你福大命大，福大命大才能压得住阵哩！”夏天义说：“不管别人怎么说，这话你不要说。”我偏要说，我说：“二叔，我给你说句实话，现在的干部不如你们以前的干部了，天气也不是以前的天气，这叫天怨人怒！”夏天义又开始吸他的黑卷烟，他的黑卷烟呛人，加上他一直把吸过的烟头保存在脱下来的鞋壳里，脱了鞋的脚散臭，熏得我都要闭了气。他说：“天是不是在怨我不敢说，人的确怒了。清风街是多好的地方，现在能穷成这样……”夏天义开始嘟囔，不知是在对我说，还是说给他自己，算起了一笔账：一亩地水稻产六百公斤，每公斤售价八角六分钱，小麦产一百五十公斤，一公斤售价一元六角钱，如果四口之家，一人三亩地，全年收入是七千元。种子三百元，化肥五百元，农药一百元，各种税费和摊派二千五百元。自留口粮一千五百公斤，全以稻价算是一千二百九十元，食油二百五十公斤，油价按每公斤一元六角又是四百元，共计二千五百元。七千元减去二千五百元，再减去二千五百元，剩下二千元。二千元得管电费，生活必需品，子女上学费用，红白事人情往来花销，还不敢谁有个病病灾灾！这样算仍还是逢着风调雨顺的年景，今年以来，一切收入都在下滑，而上边提留摊派，如村干部的补贴，民办教师的工资都提升了，化肥、农药、地膜和种子又涨了价，农民的日子就难过了。夏天义忧愁上来，额颅上涌了一个包。我说：“二叔，你算得我头疼哩，不算了，不算了，糊里糊涂往前走，不饿死就行了。”夏天义说：“你咋和你爹一个德性呢！”

我和夏天义坐到了日头偏西，肚子饿得咕噜噜响，君亭和秦安还不来叫我们。我说：“他们喝酒哩，把咱给忘了？”夏天义说：“你吃萝卜不？想吃了你给你拔去。”土塄下一片地里种有萝卜。我站起来去拔萝卜，秦安拿着一个熟鸡头一个熟鸡爪过来了。他把鸡头给了夏天义，把鸡爪子给我，我说：“你们才煮了鸡吃呀？！”秦安说：“鸡也吃了，酒也喝了，还是不行。”夏天义一扔鸡头就往管理站走。管理站是三间木房，不远处还有一排房子，几个工人在核桃树下玩棋，老远就听到君亭在吵。夏天义一站在管理站门口，里边什么也看不清，他就咚咚地拿脚踢门槛，站长就跑出来，说：“天，你老咋来了？”夏天义说：“我来了大半天了，等着你吃肉喝酒哩！”站长说：“君亭，这你就不对了，你要用你二叔来压我，也得给我说一声啊！”夏天义说：“还带了个打手哩！”我立即提了拳头，身子往上耸，并且朝地上的一块石头踢了一脚，但石头没踢动，脚疼得很，我就忍了。站长说：“要是这水库是我私人的，剩一瓢水我也给你拿去。库是国家的，我只是守库的，放水有规划地放，我乱了规划犯错误呀？”夏天义说：“修水库的时候我是清风街民工大队长，君亭他爹也就死在这里，我们现在倒用不上水了？你放就放，不放也得放！你不开闸，我这就开闸去！”站长被吓住了，说：“老主任，你可不能乱来！”夏天义说：“你甭叫我老主任，你知道我现在猫不逼鼠了，就把我没搁在眼里！”说完就往库坝上走。站长要拦夏天义，君亭和秦安却把他拉住，站长是个瘦子，脖子抽动，身子挣不脱。远处下棋的工人跑过来，似乎要打架，我从窗台拿了一把镰，秦安说：“引生，引生，你别来你的疯劲！”我不伤人，镰刀霍霍地在空里挥了几下，我把刀刃儿在我胳膊上割，割出了一个口子，血就往下滴，滴得像风中的桃花。那些工人就钉在那里不动了。夏天义回头说：“不要拉，让站长和我一搭去！”站长说：“水利是农业的命脉，你要破坏，后果自负，你让我去我才不去了呢！”夏天义说：“你也知道水利是农业的命脉？！清风街快没命了，我还怕啥？君亭秦安，你们让站长来，就得让他亲手开闸！”君亭秦安便架起了站长，一路小跑到了库坝。

闸门终究是站长亲手开启的，水流进了通往清风街的渠道。君亭长长地出了一口气，说：“让我尿尿，让我尿尿！”他从裤裆掏出了东西，美美地尿了一泡。这一泡尿是君亭入夏以来尿得最受活的一次，脸上的肉一点一点松下来，眼睛也闭上了。我也闭了眼睛，听见了大坝下的河谷里有人在说话，说着什么听不清，只是嗡嗡一片，听见了水库里的鱼扑喇喇跳出了水面，听见了一只蚂蚱从草丛里跳上了脚面。我睁开了眼，看见君亭双手还端着他那东西，我说：“你尿尿也摇啊？”君亭骂道：“你狗日的！我没说你，你倒说我了，你摇摇，你也摇摇么！”我这才意识到我是摇不成了，但他高兴，他作贱了我我也高兴。

这个时候，谁也没想到夏天义把我们吓坏了。君亭正骂了我，夏天义扑通一声，连鞋带衣服扑到了水渠里，在水渠里他没有站，手脚朝下趴在渠底，水流得很急，头久久不出水面，头发就像草一样在水上漂，接着是擦汗的手巾顺水漂走了，一包卷烟顺水漂走了。突然发生了这样的事，我们都呆了，连站长也脸色煞白，我大声喊：“二叔！二叔！”但夏天义还是身子不动弹，头不出来，我看见他是一条鱼，这鱼有着很大的吸盘，就伏在渠底。秦安已经跳进渠了，他才要拽夏天义，夏天义忽地头撅出水面，口鼻在吹着，水花四溅。站长说：“天！你把我吓死了！”夏天义站起来，说：“我喝了八口，喝了八口，你狗日的一定在库里放了糖了，水咋这么甜么？！”站长说：“我可告诉你呀，老家伙，这水一放，规划全乱了，别的村再来闹事，你这责任就大啦！”夏天义说：“你小子亲自放的水，怪我老汉？我是下台干部我怕啥的，你如果还想吃公家饭，你自己会给自己下台阶的，你精着哩！”他走上坝，很响地擤鼻子，擤鼻子的手却拍起站长的背，我是看着他把鼻涕就势抹在了站长的背上，然后嘀嘀咕咕给站长说悄悄话，站长恼着的脸硬硬地笑了一下。

事后，我问夏天义：“你说什么悄悄话了，站长就笑了？”夏天义说：“我说，清风街要给你送一面锦旗呀！”锦旗是不是在过后送了，我不知道，知道的是我们分批离开的水库。夏天义让君亭仍留在库上，监督着放水，必须放够十二个小时，他和秦安从原路急赶回去组织浇地，而安排我顺着渠道走，以防水渠被堵或者半道上被别人截流。我顺着水渠几乎是走了多半夜，我发现了水渠里始终有一条鱼，这种鱼头很大，长有牙齿，鳍直立着，又黑又硬，从来没有见过。我在渠沿上走，鱼在渠水里游，水渠在半山腰弯来拐去，月亮在空中，这一个坡湾是白的，那一个坡湾是黑的，我就有些害怕，我在问：“鱼，鱼，你是谁？”鱼说：“呀，呀，呀！”我又问：“你是二叔吗？”鱼说：“呀，呀，呀！”中星的爹说过，你遇着一个人了，一个动物，明明是陌生的，但你觉得面熟，好像在哪儿见过，觉得亲近，人们一般说这是缘，其实这人前世一定是你的亲戚或熟悉的人。这条鱼难道真是夏天义吗，或者说，夏天义前世做过鱼吗？我和鱼就这么一路招呼着出了山，经过了土塬，终于在后半夜来到了清风街的河湾地。我站在田埂上大声喊："水来了！水来了！"河湾地头的人差不多也都睡着了，听见了喊声，迷迷瞪瞪地说：水呢，水呢，竟然不知了方向，在原地打转转。站在河湾南头的武林听见我喊，他也喊，他喊起来不结巴。河湾里的人全醒了，一个接一个往下喊，就像一只狗咬起来，所有的狗都在咬。喊声传递着一直到了东街、中街、西街，回家走到半路的人折了身，已经在家的人急忙呼儿唤女，高一脚低一脚往地里跑。但是，当我一摊稀泥一样坐在了渠沿上，看渠水中的那条鱼时，鱼不见了。

关于这条鱼的故事，我只能说到这里，因为清风街所有的人都没有见过这条鱼。我问过第一个浇地的狗剩，狗剩说他没见，说如果是那么大一条鱼他能看不见吗，他让我闻他的手，看他的口，手上口里确实没有鱼腥味。最后轮到浇地的是庆满和武林，庆满告诉我，水还未到的时候，丁霸槽来给他捎了个坏消息，说312国道在西五里处要建一个过水涵洞，公路局将活儿指定给清风街，上善就安排了英民，英民开始组织人哩。他一听，就去找上善了，连地都没浇上，哪儿见什么鱼了！

那就说庆满寻上善吧。庆满寻着了上善，上善火结，几天屙不出屎，脾气躁躁的，说："公路局来人点名要英民的，我管不着呀！再说，什么好事总不能都是你们夏家呀？！"庆满说："你是会计，几任的村干部了，你怎么说这话，夏家在东街是人多，可也没有什么好事都是夏家的呀！"上善说："你扳指头数数，东街这些年谁盖房了，是不是姓夏的？"庆满说："只要能盖谁都可以盖么，又不是不准别人盖？"上善说："为啥夏家都能盖起房？从七十年代起，凡是当兵的，招工的，走的都是夏家人，夏家吃公家饭的人多，越富的就越富，越穷的就越穷。"庆满说："当兵招工要成分好的，政策你又不是不知道，你怪谁，怪共产党？你也是小姓，你怎么就是会计了？”两人吵得红脖子涨脸，旁人拉了半天才拉开。

庆玉把三根木柱从张八家拉了回来，捡了个大便宜，得意地坐在木桩前喝茶哩，瞎瞎跑来说：“二哥二哥，你得去呢！”庆玉说：“啥事？”瞎瞎说：“三哥和上善吵开了，打虎离不开亲弟兄，你不去？”庆玉说：“吵就吵呗，村里哪一天没个吵架的，又不是要出人命？就是出人命，他媳妇不是厉害得很吗，让他媳妇去！”也不请瞎瞎喝茶，披了褂子往砖场去。

三踅在砖场的席棚里睡着，他冬夏睡觉都不穿裤头，见庆玉走来，睡着不起来，那个东西像一截死长虫趴在腿上。庆玉说：“不怕猫当做老鼠给吃了？”三踅说：“我估摸你快来了！”庆玉说：“我不是来买瓦的。告诉你，见不见白娥？”三踅说：“谁是白娥？”庆玉说：“黑娥的妹子么。”三踅一下子坐起来，眼里放了光。庆玉说：“把话可说到前头，只能认识，不能动手动脚！”三踅说：“人呢？”庆玉说：“到她姐家去。”

武林家是独院，院门没关，里面是三间堂屋，两间厦房，堂屋的屋檐塌了一角，压着一张塑料纸，风吹着响，像鬼拍手。白娥黑娥在堂屋里打了一盆凉水擦澡，听到院门外有一声：“人在不？”立即吹灭了灯。黑娥问：“谁？”庆玉也不说话，把门环摇了三下，堂屋门就开了，黑娥裹了件床单出来，见有三踅，拧身又闪进屋。庆玉和三踅坐在檐下台阶上，那里晾着做豆腐的布包和木箱，三踅说：“武林呢？”黑娥出来，衣服已经穿好，端了两碗绿豆汤，说：“他到地里等水去了。你们没去？”庆玉说：“你托我给白娥寻个事干，我给三踅说了，他要来看看能不能干了砖场上的活。”黑娥说：“白娥白娥，你快出来！”白娥出来端着一盏煤油灯，灯照着脸，脸粉嘟嘟的，眼睛扑闪着亮。三踅就站起来要朝白娥跟前走了，庆玉咳嗽一声，三踅伸出的手便把灯拿住，慌口慌心地说：“家里没拉电？”白娥说：“我姐家穷么。就是穷了，我姐夫嫌我吃白饭，我得寻个事干呀！”三踅说：“到我砖场去！我只担心着砖场灰多，把你这白脸弄黑了呢！”白娥说：“黑了也是黑牡丹么！”黑娥说：“你不知羞！”白娥说：“难道我说的不是事实？”三踅说：“就是的！”庆玉见两人干柴烈火，就给黑娥示眼神，黑娥招呼了到堂屋说话，一进了堂屋便嚷道烧水煮荷包蛋呀，桶里怎么就没水了？黑娥说：“你都坐，我去泉里舀些水。”庆玉说：“我和你一块去！”出来就把堂屋门拉闭了。

庆玉和黑娥并没有去舀水，两人一进了厦房，庆玉就把黑娥按在锅台上。月亮光从窗子进来，锅台上安着做豆腐的桶子锅，锅里有一碗冷豆腐，黑娥说：“你吃呀不？”庆玉不吭声，就拉裤子。黑娥抓了一块豆腐塞在嘴里吃，裤子便被拉了下来，说：“三踅在堂屋，急急草草地能干个啥？”庆玉说：“你扶住锅台，我隔山掏火。”黑娥还在吃，说：“我那个了。”果然从腿间拉出一卷麻纸来。庆玉恨了一声，说：“那你给我弄出来！”两人抱在一起，黑娥用手在下边给庆玉逗弄，一股子稀东西射在了黑娥的鞋面上，擦没擦净，黑娥说：“你给我赔鞋！”庆玉说：“明日集上我给你买。”黑娥说：“我还要买件衣服哩！”庆玉说：“买鞋了还买什么衣服，正盖房着哪儿还有钱？”黑娥说：“啬皮！”两人整好了衣服，黑娥要到堂屋去，庆玉拉住了，说：“让人家多了解了解。”黑娥说：“三踅是个凶神恶煞，让白娥去，不会受欺负吧。”庆玉说：“谁欺负谁呀？！”黑娥说：“那你给三踅说，白娥一定得去砖场干活，吃了喝了还要钱多！”

堂屋里一阵哧哧地笑，紧接着是白娥“啊”了一声。夜静了，这“啊”声特别大，黑娥在厦房门口问：“白娥，咋啦？”堂屋却没了响动，隔了一会儿，白娥说：“姐，屋里有老鼠啦，啦，啦，啦！”庆玉把黑娥拉回厦房，说：“灯呢，给厦房也点个灯么，不吃荷包蛋了，你调些辣子醋水咱吃豆腐么。”两人点灯调辣子醋水，把豆腐端出来，庆玉说：“吃豆腐了，到院子里吃着凉快。”白娥先出来了，却急急火火跑向堂屋后的厕所，三踅出门槛时，腿软了一下，差点绊倒，说：“热死啦，你家也没个电扇？”黑娥说：“指望着你呢！”三踅说：“明日让白娥从我那儿抱一个过来！”黑娥说：“甭说我家没电，就是有电，白娥可不白拿你的东西，她去不去砖场，我还得问她哩！”白娥就在厕所里说：“我去的！”

庆玉三踅吃了豆腐，离开了武林家，那时候武林的地里还没轮到浇，他帮别人先浇，一脚踏进泥里，脚抽出来了，鞋还在泥里陷着。庆玉说："你得手啦？"三踅说："水大得很！"庆玉闷了一会儿，说："给我一根纸烟！"三踅递过了一包纸烟，庆玉点了一根，把整包纸烟却装到自己口袋，说："让你认识，你就……"三踅说："猫见了鱼不吃，那是猫？"庆玉说："我谋算了几年才和黑娥好上，你第一回就跟白娥硬下了手……"三踅说："你是知识分子么！"庆玉气得咬牙子。

※　※

君亭守在了水库三天四夜，不打不成交，倒最后和站长成了朋友，离开时还从水库里抓几只鳖带了回来。进门已是中午，让麻巧叫了夏风和赵宏声来吃饭。赵宏声来得早，给君亭说话，逗得君亭直笑，夏风一进门，倒不说了，夏风说："什么话不让我听！"赵宏声说："你听听这话有道理没？'鬼混这事，如果做得好，就叫恋爱；霸占这事，如果做得好，就叫结婚；性冷淡这事，如果做得好，就叫贞操；阳痿这事，如果做得好，就叫坐怀不乱。'"夏风说："谁说的，能说了这话？"赵宏声说："引生么，这没屎货文化不高，脑子里净想得和人不一样！"赵宏声提到了我，突然觉得不妥，就不说了，拿眼睛看夏风，夏风也是没接话茬，瞧案上几只鳖，说："噢，叫我来吃鳖的，这么好的东西，咋舍得让我和宏声来吃啊！"我告诉你，赵宏声提到了我赶忙收口，他是意识到夏风不喜欢听到我的名字，但夏风避了话题说吃鳖的事，那是他一定让我的话击中软肋。他就是霸占么，霸占了白雪！当时赵宏声见夏风说到了吃鳖，便说："我知道叫我来是要下厨房的，你嫂子觉得你这一阵出力哩，给你补身子的！"麻巧说："宏声你这张嘴要是瓦片做的，早呱呱烂啦！"赵宏声说："这又咋了，嫂子关心兄弟应该呀，常言说：嫂子勾蛋子，兄弟一半子！"麻巧正剖一只鳖，将一颗鳖蛋塞到赵宏声的嘴里。夏风说：“君亭哥，这次去水库你辛苦啦！”君亭说：“你可惜没去，要不真该写一篇好文章哩！唱白脸的唱白脸，唱红脸的唱红脸，简直逼宫一样！后来我留下，水放了一半他又不放了，我真恨不得把他脖子扭下来，可我扭不成呀，就又给人家说好话。我说，我要是个女的，我愿意让你把我糟踏了，要不，我在我腿上拿刀割开一个口子？！”麻巧正剁鳖爪子，把一个爪子掷在君亭的额颅上，说：“就恁下贱？！”君亭把额颅上的鳖血擦了，说：“朱元璋打江山，啥事没干过，咱给他当孙子，目的是要当他的爷么！那站长不是个色狼倒是个酒鬼，又买了酒陪他喝呀，他为了整我，说你能一口气把一瓶酒喝了就给你放水，我说，咱说话算话，拿起酒瓶我就喝了，当时就醉得趴在椅子下。夏风，你写写这，保证是一个好作品哩！”赵宏声说：“文学作品咋能那样写，嗨，你这君亭，你不懂！”夏风就只管笑。君亭说：“我是不懂，可我也看过夏风写的书。夏风，哥给你说，你那书写得没劲，我能欣赏的是扉页上那一首诗。”赵宏声说：“什么诗？”君亭说：“是写给牛顿的：自然和自然规律在黑暗中隐藏着，上帝说，让牛顿去搞吧，于是，一切都光明了！”赵宏声说：“咦，还知道牛顿，君亭你行呀！”君亭说：“你以为你会编个对联，看别人都是大老粗啦？！我上中学的时候就喜欢诗，毕业后回到农村，那时候夏风爱写作，我也爱写作，你问问夏风？”夏风说：“这是真的，君亭哥爱普希金的诗，还常常学着普通话给我朗诵哩。我知道我君亭哥，从来就不是地上爬的。”赵宏声说：“这我相信，他要当科长绝对干的是县长的事，要当了县长绝对干的是省长的事，就是成了林彪，也要害毛主席的！”君亭说：“你这是夸我么还是骂我？”赵宏声说：“我敢骂你，我想当秦安呀？！”君亭说：“宏声，我知道你那一张嘴有煽惑性哩，也知道清风街许多人同情秦安哩！我给你说，支书也罢，村主任也罢，说是干部，屁干部，整天和人绊了砖头，上边的压你，下边的顶你，两扇石磨你就是中间的豆子要磨出个粉浆来！当乡长、县长的还可以贪污，村支书和主任你贪污什么去？前几天乡政府开会，我在会上说，我们这些人可怜不可怜，大不了就是在谁家吃一顿饭，喝一壶酒，别人还日娘捣老子地骂你！”赵宏声说：“不至于吧，民谣里可是说你们这一级干部‘村村都有丈母娘’么！”君亭说：“说句实话哩，我现在把那事都快忘了。隔一月两月，你嫂子给我发脾气，好好的发什么脾气，一想，噢，两个月没交公粮了！”麻巧红了脸，骂道：“你还有脸说这话！宏声，鳖剖好了，你看怎么个做法。”先自个去了厨房。君亭说：“你嫂子是人来疯，一会儿她上菜要问香不香，你就说香，你越说香她越给你炒菜哩！”

果然，第一盘菜端上来，麻巧问：“菜行不行？”夏风说：“香！”麻巧说：“你天南海北好的吃遍了，你笑话我手艺哩。”夏风说：“真的是香！”麻巧说：“那就好，嫂子多给你弄几个菜！”等鳖肉端了上来，三人喝过一瓶酒，君亭脸上的那条疤就红了，说：“夏风现在是把事闹大了，我也想，夏风都能把事干大，我君亭在清风街也该干几件事呀！毛主席治一国呢，咱还弄不好一个村？”赵宏声说：“让我先念一首诗。”赵宏声就念了：“啊大海，你全是水，啊骏马，你四条腿，啊爱情，你嘴对嘴，久走夜路的人呀，你要撞鬼！”夏风拍桌大笑。君亭说：“你这是啥意思？”赵宏声说：“我看清风街是没指望，要工业没工业，要资源没资源，又人多地少，惟一的出路就是读书，可读书又有几个出息得像夏风？”君亭说：“正因为没工业没资源地又少，我才想办别的事呀，每一任村干部总得留些东西吧。”赵宏声说：“王德合手里是建了一座桥，西京是扩建了学校，引生他爹修了街道路，你二叔干得最多，筑河堤，改造河湾滩地，在北塬修梯田，挖干渠，还留下一片果园。要是兴修庙，应该给你二叔修个庙哩！”君亭说：“你说的都是过五关斩六将，没说走麦城。修桥死了三个人。修下的街道现在又成了马蜂窝。二叔留下一个果园是是非非的不说了，还留下淤了一半的七里沟，人把力出尽了，钱花了一堆，地没淤成，他也就下来了。我接手的时候，乡上还说上辈人给你把工作摆顺了，贫困村成了致富村，好像是个盛世，可谁知道，村里的资产是空的，账是乱的。二叔是在他手里把清风街的贫困帽子摘了，可一摘了帽子，国家没了救济，税费上去了，又逢着天旱，这日子又难过了。我上任要说做了什么事，一个是稳定，清风街自古民风强悍，连乡政府的人都说在这里工作最费劲的是干部，我毕竟是稳住了，比如退耕还林那么难办的工作，没让出乱子，而且伏牛梁还是示范点。二个是我争取把贫困帽子又要了回来，名声是不好听，可实惠呀，他县上乡上就不能多摊派呀，向他们要钱还能要些呀，这次买变压器就是乡上拨的款。我下来准备再搞个农贸市场，也可以夸口，要建就建个县东地区的农贸中心！”君亭站了起来，眼睛红红的。夏风说："你是不是哭呀？"君亭说："我对农贸市场的期望很高，一想起来，自己都激动得要哭！"赵宏声低了头只是笑。君亭说："你觉得不可行？"就拿了纸画起来，画的是在街道通往了312国道的那一片三角地盖大集市，有六间两层楼的旅社，有三万平方米的摊位，有大牌楼门，有三排小开间门面屋。赵宏声说："设想不错，可这么大的工程有精力完成吗？我听秦安说还要继续淤七里沟，那……"君亭说："淤什么七里沟，淤了三年，淤成了没？就是淤成，能收多少庄稼？现在不是粮的问题，清风街就是两年颗粒不收也不会饿死人；没钱，要解决村民没钱的问题。我是支书，清风街的红旗得支书来扛呀！"赵宏声说："瞧，瞧，横劲来了吧？秦安当支书时，你说秦安只能代表支部，不能代表村委会；你现在是支书了，就强调支部扛旗，话都由你说了！"君亭说："你回答我，秦安是能做大事的人吗？"赵宏声就不言语了。

院门外喊："麻巧！麻巧！"麻巧说："四娘喊哩！"出去了一会儿，又回来，说："四娘寻夏风哩。"君亭说："让四娘也来吃饭么。"麻巧说："四娘说家里有客，四叔嫌夏风不沾家，都生气了。"就问夏风："和四叔闹别扭了？"夏风说："县剧团来了人，嫌我待人家不热情。"君亭说："白雪在没？"夏风说："在的。有她在，偏叫我回去干啥？！"君亭说："我还有一个事，白雪在县上认不认识商业局的人？"夏风说："啥事？"麻巧说："四叔在家生气了，你还有啥事？！"夏风出了门，一摸口袋没了纸烟，偏不急着回去，直脚又去了中街。

在中街上，武林和陈亮打了起来。这是清风街最有意思的一次打架，而煽风点火的就是我。

武林是一大早起来拾过粪后，又要磨黄豆做豆腐，喊叫黑娥给他帮个下手，黑娥蓬头垢面地坐在台阶上发蔫。武林说："你，啊你，咋啦？"黑娥说："我不舒服。"一口一口唾唾沫，唾沫把脚旁的捶布石都唾湿了。武林说："你唾，唾这多的唾沫，沫，是有，啊有啦吗？"黑娥也不言语。武林就兴奋了，说："爷！你可可，可能是有，啊有了！"武林一直想要个孩子，但黑娥几年内不开怀。武林就让黑娥再睡去，说豆腐他一个人做，他能做的。黑娥却说她口寡。武林便不再做豆腐了，满院里逮那只黄母鸡，要给黑娥杀了炖汤喝。黑娥骂武林是猪脑子，黄母鸡正下蛋哩，杀了拿骨殖去买化肥农药呀？！武林又问吃凉粉不，黑娥不吃。黑娥说："我要吃苹果。"武林向黑娥要钱去买苹果，黑娥说你给过我钱啦？武林到屋角的墙缝掏出一只破袜子，取了里边私藏的两元钱去刘新生的果园里去买。刘新生却不在，而旁边陈星的园子里，陈星和翠翠在草庵子里亲嘴，被他撞见，陈星和翠翠不羞，他倒羞了，跑回街上，偏偏陈亮在他们店门口补鞋，他呸了一口。陈亮说："你呸呸着干啥，我得得罪你你了？！"又呸了武林一口。武林能守住秘密，他说："这，这，这下咱都拉平，平了。"还坐了下来歇脚。鞋店里坐了许多闲人，有我，还有白恩杰、刘柱子和供销社的张顺，我悄声说："武林是慢结巴，陈亮是快结巴，让他们吵架不知是个啥状况？"我就递给了武林一根纸烟。武林吸了一会儿纸烟，把草帽挂在门闩上去了厕所。其实武林去厕所并不是要拉屎掏尿，他在藏他的两元钱。别在裤带上，不行，装在口袋里还不行，就藏在了鞋壳里。出来，见草帽上沾了一大片黑鞋油，问谁弄的，我指指陈亮，武林就冲着陈亮说："你，啊你，把我的帽子，弄，弄，弄脏了？"陈亮说："我没，我我弄你那草帽我还还舍不得鞋鞋油的，你那烂帽子烂烂烂帽子！"武林说："你，你弄啊弄，弄了！"陈亮说："我没没就没！"武林说："你还，还，啊还嘴，嘴硬，硬哩，你一个外，外乡，乡人，还欺负本，本，啊本地人，咹！"陈亮说："外乡人人咋咋啦，我我有暂住证证证的！我们还承包了果果林，我们吃吃了你的还是喝喝了你，你们的？！”武林说：“你，你碎！小鸡给老，老鸡踏，踏蛋，蛋呀？！”陈亮没听懂这句话。武林就说：“我，啊我，日，日，日你，娘！”陈亮说：“我日你奶日日你娘娘日你老婆！”气得武林瞪了眼，手指着陈亮了半天，说：“一，啊一,一样，啊一样！”我们都看着他们吵，轮到谁吵了，就也张着嘴，跟着他的节奏，把他娘的，这结巴学不得，我们也都话说不连贯了。我说：“吵熊哩，该打的事吵熊哩？！”他们真的就打开了。陈亮动作快，先打了武林一拳，武林踢过去一脚，把鞋踢掉了，陈亮再把鞋踢出了一丈远。众人这才过来拉架，武林不服气，说：“我，啊我，就就是不，如他，他，会换气么！”突然想起鞋里有钱，跑去捡，鞋壳里的钱却不见了，哇哇地哭。

这当儿，夏风到了中街要买纸烟。夏风一来，我顺门就走，我不愿意见到他。说实话，可能是心虚，我恨夏风更有些怕夏风。我走到了竹青开的理发店里，让雇用的那个小伙给我理发。理发店的后门开着，后院子里栽着一丛芍药，那个小伙用小竹棍儿扶一根花茎，我让他给我理起发了他还不停地拿眼看芍药，说：“花开得艳不艳？”我说：“艳。”他又说：“花咋么就开得这般艳呢？”我说：“你好好理发，不许看花！”不许他看，我可以看，这花就是长得艳，花长得艳了吸引蜂蝶来授粉，那么花就是芍药的生殖器，它是把生殖器顶在头上的？那小伙说：“武林和陈亮打架啦？”我说：“嗯。”他说：“夏风一来就不打啦，他们也怕夏风？”我说：“谁怕谁啦？！”小伙给我剪头发，头发梢一剪我就觉得疼，他说：“这就怪了，谁剪头发都不疼，你剪头发疼？给你理个夏风那样的分头吧。”我说：“我要一边倒！”他再说：“活人就要活夏风哩，娶的白雪多漂亮，像一朵花似的。”我生了气，说：“你屁话这多！他娶了白雪咋？咋？！”他恨了我，把头发给我剪短了，我索性让剃了个光头，没有给他钱。

夏风见武林在那里哭，问是怎么啦，武林说钱丢了，丢的有两元钱哩！夏风就掏了五元钱给武林，武林不接，他说他要他的钱。就那么大个地方，就那么几个人，两元钱却没踪影，谁都怀疑谁是贼，事情就严重了，大家都分头找，没有找到，白恩杰说：“是一张两元票的还是两张一元的？”武林说：“一一一张。”白恩杰就掏自己口袋，他口袋里有二十元钱，却没一张两元票，说：“我没捡到的，这你看清了！”刘柱子和张顺也掏口袋，口袋里没有两元票。陈亮说：“你你搜搜我身，你搜出一分钱了都算算我捡了！喊引生，引生走了，是不是引生捡捡捡去了？”刘柱子跑来理发店喊我，夏风却说捡到了。其实夏风是把自己的两元钱丢在了地上，故意说捡到了，交给了武林。武林把钱放在鼻子上闻了闻，又拿起来对着太阳耀，然后把钱捏在手里，龇了牙笑。

夏风买了纸烟回来，白雪已经在门外候他，问他到哪儿去了，怎么是个大屁股，出了门就不晓得回来，饭做好了，让一家人都等着。夏风说：“你们吃你们的么。”白雪说：“你得陪陪邱老师呀！”夏风说：“他还没有走？！”白雪说：“你这是啥话！人家也想和你认识认识么，你看你不理不睬的样子，是给人家难看还是给我难看？”夏风说：“他想认识我，我不想认识他么。他那副模样我看着都别扭！”白雪说：“你欣赏人家的艺术，管人长得怎样？”夏风说：“他那艺术我欣赏不来。”白雪说：“你小看邱老师了，团里要说权威，除了你见过的那个王老师就数邱老师了，他不光戏演得好，秦腔理论也懂得多，县志上的戏剧卷就是他执笔的哩！”夏风说：“是吗，这么权威的还张罗什么草台班子？”白雪说：“什么草台班子！团要一分为二了，他有威信才组织了演出队，特意来邀我入伙的。”夏风说：“咋不一分为四为五呢，全烂摊了，你就清净地跟我进省城了。”白雪说：“我到省城干啥呀，辛辛苦苦练了十多年功，不演戏我才不去哩！”夏风说：“又犟开了不是！戏剧已经没落成啥样了，还指望什么名堂吗？本身成了泥牛，你能入江过海？我给你邱老师说去，就说你不到他的演出队了，你准备着调工作呀。”白雪就急了，说：“你敢！”白雪一急，眉额上就显出一道红印。夏风看着白雪，突然一仰头笑了。白雪说：“你笑啥的？”夏风说：“我想起书上写的一个故事了。说是有两个女人都说她是公主，可公主只有一个，谁是真公主谁是假公主，就在十八床被褥下放一颗豌豆让她们去睡，能睡着的就是假公主，真公主她睡不着，嫌豌豆硌哩。”白雪说：“我知道我是贱命，狗吃肉哩狗不下蛋，鸡吃草吃石子偏下蛋，你不让它下蛋它还憋得慌哩！”两人还捣嘴，四婶就出来了，夏风忙住了口就进院往堂屋去，白雪撵上去拍了拍他后襟上的土。

饭桌上，夏天智和邱老师说话。邱老师已经很老，光着头，鼻子大得能占半个脸，拿了大杯子喝酒。夏天智说：“你说你那抢背要转三百六十度？”邱老师说：“必须转够三百六十度才能仰面倒地，落下来时掌握臀和肩先着地，这得有童子功！”夏天智说：“顶灯是不是靠皱眉头？”邱老师说：“头皮要会动！”说着就示范，头顶上的皮果然就动起来，把一个菜碗放在额上，然后往后移，碗里的菜纹丝不动。夏天智就拍掌，他一拍掌，四婶和白雪都拍掌。夏风拿眼睛看中堂上新挂出的一排马勺上的脸谱，那是张飞的脸。白雪在桌下踩夏风的脚，夏风拿眼瞪张飞，张飞拿眼也瞪夏风。夏天智说：“去年我在县上看过你演喷火，别人是一次喷一口，你连续喷十六口，那嘴里得装多少松香，又怎么控制呀？”邱老师呷了一口酒。夏风看见那张嘴，上下全是皱纹，一只苍蝇就落在邱老师身后的墙上像一枚钉子。邱老师说：“这得拜神了！”夏天智说：“拜神？”邱老师说：“团里的小六没拜神，火喷出来，一下子烧了嘴！拜神就能神附体，干什么要干好就得神附体。你就说阴阳先生吧，哪一个有文化？没有。可他从事了阴阳职业，神就附体了，他的话你听了就安全，你不听就来灾祸。夏风，你们写文章是不是这个理儿？我见过县文化馆一个作家，他每晚让曹雪芹给他写书哩。”夏风说：“不至于吧。”用筷子去夹一颗花生豆，豆子蹦了，在桌子上打转转。邱老师把花生豆捉住了，塞到自己嘴里，说：“夏风你见过文化馆那个作家？姓陈，一口黑牙。”夏风说：“我看过他的文章，臭得像狗屎！”夏天智就瞪夏风，夏风便起身给邱老师敬酒。邱老师说：“老校长这么爱戏，夏风肯定有遗传基因。”夏风说：“你也知道基因？”看见邱老师身后探出一个狗头，来运什么时候进来的呢？邱老师说：“基因是现代词，其实古人早都说了，《三滴血》中就以滴血粘连不粘连认定父子关系的，现在说基因是把猫叫成了个咪！你给咱写个戏吧，凭你的水平，你来写，我和白雪演，一定会轰动，说不定能拿个奖的。”夏风给来运招手，来运从桌下钻过来，他把一口烟喷在狗脸上，说：“我不懂戏。”白雪说：“夏风，你把米饭给咱端上来！”夏风起身去厨房，白雪也到了厨房，说：“你咋样对人家说话的？”夏风说：“你叫我怎么说话？他说灯泡是黑的我就说是黑的？”回到堂屋，见邱老师自个给自己倒酒，酒洒在桌上了，竟低了头去吸，说：“世上啥东西都可以浪费，酒不能浪费！”夏风说：“你真是酒仙，不怕坏嗓子？”邱老师说：“这就是秦腔风格！咱秦人是吃辣子喝烧酒了才唱秦腔的，我打死都看不上南方的戏，软绵绵的没劲！为啥当年的秦国就灭了六国，你知道不？”夏风说：“不知道。”邱老师说：“秦人喝的是烧酒吃的是锅盔夹辣子，一是不冷二是耐饥，说走就走，兵贵神速，而南方的国家一扎下营了才洗菜呀，淘米呀，饭还没熟，秦国兵马已经杀到了。你写一出戏，就写秦人这种习性，怎么样？”夏风说：“我给你老倒茶！”茶没了，去厨房续开水，便再没把茶端上来。

白雪从堂屋出来，瞧见夏风和哑巴在院门外逗弄着来运，气得脸都煞白。夏风却嬉皮笑脸地说：“我问你个事哩。”白雪说：“你有啥事看得上问我？！”夏风说：“你和县商业局的人熟不熟？”白雪说：“啥事？”夏风说：“君亭哥想办农贸市场，要我问问你，如果有熟人，得求人家支持哩。”白雪说：“哼！”夏风说：“咋啦？”白雪说：“你去求邱老师吧，他儿子就是局长！”夏风呀了一声。

邱老师是喝醉了，躺在炕上呼呼地睡了一觉。夏风去把君亭叫来，君亭就坐在炕边等着邱老师醒过来，又请了去他家喝二次酒。请去的还有夏天智和白雪，当然是净说着秦腔的好话。话头转到了办农贸市场的事，邱老师拍了腔子，说：“这有啥问题吗，他就是在外做了当朝的宰相，回家还得叫我爹哩！我给他说。”君亭一高兴，说：“凭邱老师这么豪气，我得给你唱个戏哩，我不会唱戏，但我一定要给你唱！”就唱《石榴娃烧火》，“把风箱我拉一拉，想起了我娘家妈，我家妈妈，你咋不来看你娃？”君亭是烂锣嗓子，又跑调，大家就说：“妈呀，没恶你么，咋让人受这份罪哩！”君亭说：

“白雪你唱，往下唱。”白雪接着唱：“石榴我生来命不强，逢下个女婿是二架梁。石榴我生来命恁瞎，逢下个女婿是肉疙瘩。乃逢下呀女婿，实实是肉疙瘩。”

第二天早上，君亭跟了邱老师要去县上，白雪也要去剧团，希望夏风陪她，夏风黑青着脸，说他得回省城呀。

※　　※

还记得从水眼道里钻出来的那只老鼠吧，那是我养的，它经常在屋梁上给我跳舞，跳累了就拿眼睛看我，它的眼睛没有眼白，黑珠子幽幽地发射贼光。猫是不敢到我家来的。我家自爹死后没人肯再来，我在家却干了些啥没人知道，但老鼠它知道。早起，我给我爹的遗像烧了三根香，就坐下来开始写日记。清风街里，能写日记的可以说只有我。香炉里的香燃成了一股青烟，端端往上长，老鼠以为那是一根绳子，从梁上要顺着青烟往下溜。叭，就掉到香炉里了。人都说老鼠聪明，其实也笨。但这只老鼠不嫌弃我，这么久待在我家，证明着我家还有粮食，听说东街的毛蛋去年害病，为看医生卖光了家里的粮食，大小老鼠都离开了他家。我要说的是，我家的老鼠乃是一只有文化的老鼠。我在日记里写到关于白雪的部分，它曾经咬嚼过，我很惊奇，说：老鼠，你知道我想白雪了？你有本事你就给白雪说去！我家的老鼠果然便去了夏天智家，它整夜在白雪的蚊帐顶上跑来跑去，白雪说：“这贼老鼠！”用空粉盒子掷它，粉盒子里还是有一点粉涂在它的耳朵上。它是搽过白雪香粉的老鼠，可惜的是它当时吱吱地叫：“引生想你！引生想你！”白雪听不懂。我家的老鼠后来是把夏天智的字画咬吃了。夏天智家的字画是常换着挂，而挂在中堂上的字画一定是有德性的人写的或画的，夏天智在柜子里寻那副县文史馆长写的对联，发现了被老鼠咬得窟里窟窿，就关了门窗在家剿鼠，结果捉住了让哑巴去弄死。哑巴把煤油浇在老鼠身上，在戏楼前的广场上点着让老鼠跑，老鼠大声叫着，钻进了那座麦秸堆，麦秸堆就起火了。

哑巴在点燃老鼠的时候，寺院里正开两委会。新上任的君亭和秦安第一回为决策发生了矛盾。以君亭的设想，在中街和往东街拐弯处，也就是去乡政府的那一块三角地建立农贸市场，集散方圆六个乡的农特产品。君亭非常激动，把褂子都剥脱了，说这是一项让乡政府和县商业局都吃一惊的举措，完全有希望拯救清风街的衰败，甚至会从此拉动全乡的经济。他讲他如何沟通了乡政府和县商业局，获得了支持，又怎样请人画好了市场蓝图。然后，他就展示了蓝图：竖一个能在312国道上就看得见的石牌楼；建一个三层楼做旅社，三层楼盖成县城关的“福临酒家”的样式；摊位一律做水泥台，有蓝色的防雨棚。君亭说得口干了，说：“茶，沏茶么，我办公桌有好茶！”金莲把茶沏了，君亭一一给大家倒满茶杯，说要成立个市场管理委员会，他考虑过了，秦安可以来当主任，上善和金莲当副主任。他不看大家反应，拿了树棍在墙上划着算式给大家讲：以前清风街七天一集，以后日日开市，一个摊位收多少费，承包了摊位一天有多少营业额，收取多少税金和管理费，二百个摊位是多少，一年又是多少？说毕了，他坐回自己的位子，拿眼睛看大家。君亭本以为大家会鼓掌，会说：好！至少，也是每个脸都在笑着。但是，会议室里竟一时安安静静，安静得像死了人。秦安在那里低着头吸纸烟，吸得狠，烟缕一丝不漏全吸进肚里，又从口里喷出一疙瘩在桌子上，发散了，遮住他的脸。金莲一直看着烟雾中的一只蚊子，蚊子飞动，想着那是云里的鹤。上善的眼睛发了炎，用袖子粘一次，又粘一次，似乎眼里有个肛门，屙不尽的屎。但上善始终坐得稳，不像别的人一会儿出去上厕所，一会儿起来倒茶水，再是大声地擤鼻子，将一口浓痰从窗子唾出去。君亭的指头在桌面上敲，他说：“大家谈谈吧，重大决策就要发挥集体的作用嘛！”大家仍是都不说话，连交头接耳都没有，坐了一圈闷葫芦。秦安终于要发言了，他依然是他的习惯，嘴里有个大舌头，支支吾吾，含糊不清，而且声音低。上善说：“你谈了半天，我还没听出你要说的是什么意思？”秦安说："是不是，那我说高点。"这当儿院外有了尖锐锐的叫喊声："着火了，麦秸堆着火了！"金莲往外一看，一股子黑烟像龙一样腾在空中，接着是火，火苗子高出院墙，一闪一闪地舔，说："真的着火了！"大家哗地就往出跑。

麦秸堆的一角已经烧红，一群孩子变脸失色地胡叫，哑巴在那里灭火，他把褂子脱下来使劲扑打，火烧着了褂子，连他的头发都烧没了。君亭扑过去将哑巴推开，脱了衣服也扑打，急喊："提水，提水！"一桶水提来，不起效果，又拿了锨铲土盖，而火还烧得噼里啪啦响。秦安一看控制不了火势，忙招呼扒开没烧着的一半麦秸。紧张了半个时辰，一半麦秸被扒开，另一半也就不救了。人人都成了黑鬼，只有眼睛是白的。君亭问："怎么失的火？"孩子们一声喊："是哑巴点了老鼠，老鼠钻进去着的火！"君亭一脚踢在哑巴的屁股上，骂道："把你咋不烧死了哩？！"哑巴像是从炭窑里出来，头发没有了，褂子也烧剩下一半，哇哇地叫，就哭了。哑巴如果发起怒来，清风街是没人能打过他的，但哑巴理亏，他只是哭。我呢，我在哪里？麦秸堆着火的时候，我从巷子里出来才路过戏楼前，先为麦秸堆上那个鸟巢被烧着了痛心，后来知道是哑巴给老鼠浇了煤油点火导致的，我立即知道我家的老鼠它牺牲了，咬牙切齿地恨哑巴。但是，哑巴被君亭踢了一脚，我已经不再计较哑巴谋杀了我家的老鼠，去把哑巴拉开，劝他快去赵宏声那儿给头上涂紫药水。君亭还在骂："涂啥紫药水？！快回去给你爹说去，烧了谁家的麦秸堆赶紧给人家赔偿！"

两委会的干部又回到了大清寺里开会。忙乱了一场，人心还收不下来，继续在说这麦秸堆是卖醪糟的王老九家的，王老九的老婆是个黏蛋，看他庆满怎么收场。君亭说："着火的事不说了，开会开会！"上善说："火烧财门开，或许是好事，火又烧在村部门口，是不是预兆着咱们要红红火火呀？！"君亭说："你这一阵话就多了？你说吧！"上善说："刚才不是秦安正说着吗，秦安你把话往完里说。"秦安说："我刚才说到哪儿了？"上善说："刚才你嘴里像噙了个核桃，谁听得明白？你从头说。"秦安就说："从头说？咋说呀？君亭是辛苦了，是吧？想了许多问题，跑了许多地方。村干部么，就不是人当的。咱跑路出力那都没啥，求人说话看人脸却难哩。君亭么，是好支书，真正为清风街费了神，出了力，这一点，我秦安不如君亭。我比君亭大，白吃了几年盐。在座的大家，都不如君亭吧。”君亭说：“不说这些了。”秦安说：“我总得说说我的心里话呀，君亭是有魄力的，但是我想，我说得不一定正确，不对了大家再讨论么。这事肯定是好事，对于清风街是不是却有些超前了？一是清风街虽然是一星期一次集，可东边的黑龙潭乡是五天一集，北边的西山湾乡是三天一集，西边茶坊乡是七天一集，这是上百年来自然形成的，那么，咱这山区能有多少物资流通？如果咱们办集散地，除了靠近312国道这个有利条件外，还有什么优势？我是一时还没看出来。二是咱们这儿企业没基础，商业底子薄，你看咱的果园，现在刘新生只能承包了一半，砖场多年来也不见效益，乡政府的那个鱼塘，听说也是寡妇尿尿只出不入，还有咱的河堤，水磨坊，凡是村办的没一宗红火。染坊小打小闹还行，建设队也在外有名，那又是私人的。农民只有土地，也只会在土地上扒吃喝，而清风街人多地少，不解决土地就没辙。这几年盖房用地多，312国道又占了咱那么多地，如果办市场，不但解决不了土地问题，而再占去那几十亩……那几十亩可都是好地，天义叔他们曾经在那几十亩地上亩产过千斤，拿过全县的红旗的……”君亭哼了一下，秦安就不说了。君亭也没说，把一根纸烟在桌上蹾烟头，蹾了又蹾，再将过滤嘴儿往茶水里蘸蘸，用力从纸烟头吹，茶水从过滤嘴儿滴出来，咕出咕出响。上善说：“你说呀！”秦安说：“说完了。”君亭眼皮扑忽扑忽闪，说：“咱这一届班子，总得干些事情，如果仅仅‘收粮收款，刮宫流产’，维持个摊子，那我夏君亭就不愿意到村部来的。”他伸手在空中一抓，抓住了那只蚊子，捉下来拽掉了一只翅膀，又拽掉了一只翅膀，后来把蚊子拍死，闻闻手，臭臭的，把手在桌脚上揩。秦安说：“我的意思，咱既要干大事，不如把上一届的事继承下来，上一届也干的是大事。天义叔的手里没有把七里沟淤成，主要是天旱的原因，我就不信天会一直旱下去？”君亭说：“我知道你会提淤地的事，前几天我在水库，回来也特意拐到七里沟又看了看，那里确实也能淤几百亩地。可你想了没有，就是淤地，淤到啥时候见效？就是淤成了，多了几百亩地，人要只靠土地，你能收多少粮，粮又能卖多少钱？现在不是十年二十年前的社会了，光有粮食就是好日子？清风街以前在县上属富裕地方吧，如今能排全县老几？粮食价往下跌，化肥、农药、种子等所有农产资料都涨价，你就是多了那么多地，能给农民实惠多少？东街出外打工的有四人，中街有七人，西街是五人，他们家分到的地都荒了啊！我是支持出外打工的，可是也总不能清风街的农民都走了！农民为什么出外，他们离乡背井，在外看人脸，替人干人家不干的活，常常又讨不来工钱，工伤事故还那么多，我听说有的出去还在乞讨，还在卖淫，谁爱低声下气地乞讨，谁爱自己的老婆女儿去卖淫，他们缺钱啊！”君亭说得很激动，一挥手，竟然把茶杯撞倒了，茶水像蛇一样在桌面上窜，茶杯掉到地上破碎了。巨大的破碎声使大家都惊了一下，金莲去捡玻璃碎片，君亭说：“不用不用。”拿脚将玻璃碎片踢到桌底下，说：“你再说。”秦安说：“这是我的意见。”君亭说：“没了？”秦安说：“没了。”君亭说：“那大家都说说。”大家都不说。

清风街两委会历来开会都是大多数人不发言，主持会的头儿却都能讲话。算起来，夏天义讲得最好。夏天义没有夏君亭有文化，但他的记性好，鬼晓得他竟会运用排比句，所以慷慨激昂很有煽惑性，而且不断地夹杂些骂人的话，既有杀气又亲切有趣。我爹活着的时候他把我爹当反面典型，我爹也生过气，曾经在夏天义过生日的那天偏不去喝酒，夏天义在河堤上看见我爹在河滩地，破口大骂：“我过生日哩你狗日的为啥不来？你就那么恨我？！我告诉你，今黑儿你必须来跟我喝酒，酒还得你提，看我怎么灌醉你，狗日的！”我爹被骂了，却乐得颠儿颠儿地晚上提了酒到他家去。这一点，他夏君亭学不会，他只是急，说不到几分钟脸上的疤就红，嘴角就起白沫，而且爱拿手拽额角上的头发，那一撮头发都让他这么拽光了。

现在，君亭见大家都不说，他又急了，手再在额角上拽头发。治保委员说：“上善你说话呀，你再不说君亭的头发就要拽完啦！”金莲噗地笑了一下，见大家都没有笑，她也忍住，看对面墙上的裂缝，裂缝像长了一棵小树。上善还是擦着眼睛，干脆闭了眼皮，说：“君亭说的时候我觉得有道理，后来听秦安说，也觉得有道理，待君亭再一说，也有道理啊！这就难了……都是为群众谋福利的，这得好好考虑，再实际考察考察。”君亭说：“你说的等于没说！”上善说：“我不是和稀泥呀，因为这是大事，不管办市场或是淤地，一动弹就得花钱。我是会计，我知道清风街的家底，这些启动资金到哪儿弄去？天义叔为什么下台，好心没办成好事，教训得汲取么。”君亭站起来，站了一会儿，就走出房子。金莲说：“你顶得他心疼哩，他是热脸撞上了冷屁股。”上善说：“他是上厕所去了。”金莲说：“气得尿黑水吧。”秦安说：“大家都说说么，在下边说得那么坚定，会上就都撮口了？！”君亭又走回来，他是太热，在院里用水洗了个头，水淋淋的也不擦，说：“是到吃饭的时候了，但会不能散，几时说出个眉目了几时吃饭。”有几个人就说：“人是铁饭是钢，不吃饭咋行？瞌睡要从眼里过呢，那我就说吧。”依次发言，却有说办市场的好处，也有说淤地的长久利益，意见不统一。君亭说：“分歧这么大呀？听说北边的山门县开始试验村干部海选，真想不来那是怎么个选法？”金莲说：“十个人十张嘴，说到明天也说不到一块儿，民主集中制，要民主还要集中，你们领导定夺吧！”君亭将一口痰吐在地上，说：“那就散会！”

村干部在大清寺里会开了个乱咚咚，王老九的老婆不管这些，她跑到庆满家要庆满赔偿麦秸堆。庆满不了解情况，一定要找着哑巴问个清楚。王老九老婆说：“他是个哑巴，你怎么问他？”庆满说：“哑巴也知道个点头摇头吧？”庆满到处找，找不着。其实哑巴是藏在我家的。庆满没有找着哑巴，二反身回到家，王老九的老婆还坐在家里哭闹，口口声声说哑巴是反革命，反革命故意放火，而庆满找哑巴找不着也是故意包庇，包庇了反革命，反革命放了火还要杀人呀！庆满就和她吵，嘴笨又吵不过，说：“男不跟女斗！”王老九老婆气坏了，就寻绳往门框上搭，说：“我给你挂肉帘子！”庆满便把自家的麦秸堆赔给了她。

哑巴是半后晌悄悄回家的，庆满一见就把他用麻绳捆了打。文成赶紧去给夏天义报信，夏天义才从稻田里回来，两腿的青泥，用竹片儿刮着，说："打着好！"文成去了，一会儿再来说哑巴被吊在门框上，他爹把顶门杠子都打折了。夏天义熬茶，茶熬得糊糊的，说："打着好！"文成又去了，又跑了来说哑巴被打得尿了一裤子。夏天义吃黑卷烟，说："打着好！"文成一走，他把院门关了。隔了一会儿，门环摇得哐啷啷响，夏天义吼道："不要给我说了！"门外却是竹青，竹青说："是我。"竹青来说的是两委会的内容，夏天义一听就笑了。竹青说："爹笑哩？"夏天义说："秦安长进了么！"竹青说："秦安敢说话倒敢说话，恐怕君亭不会听了他的。"夏天义说："你去吧。"竹青一走，他就披了褂子，叼着黑卷烟出门了。经过了庆满家，院子里还响着哑巴的嘶叫，夏天义只咳嗽了一声，庆满住了手，哑巴嘶叫得更厉害。但哑巴失算了，他爷没进院，一阵脚步从院墙外又响过去了。

夏天义在东街、中街、西街只走了一圈，许多人就知道了两委会上的意见不统一，而老主任是不同意君亭的主张的。夏天义当年淤地没有成功，村民的意见大，但夏天义一下台，村民又都觉得有些对不起了夏天义。夏天义绝对不会给自己谋私，他走过的桥比君亭走过的路多，夏天义现在不同意君亭的主张，他们也就指责君亭是不是头脑发热啦？再者，安装了新变压器，君亭让俊奇专门看管，还增加了看管费，君亭把好事都给了对他好的人，那么办市场要建牌楼要建楼要建摊位台，不知又好过谁呀？他们说：我们也不同意办市场，与其让一部分人富，不如要穷都穷！

我也是反对建什么农特产贸易市场的。我跟在夏天义的屁股后，他到染坊我到染坊，他到大清堂和赵宏声说话，我也到大清堂和赵宏声说话。我见人说："知道不，君亭要建农贸市场呀，这不是胡闹吗，那几十亩地是插根筷子都开花的肥地，说糟踏就糟踏呀？！"旁人说："老主任你咋看？"夏天义说："土农民，土农民，没土算什么农民？"旁人说："那我听老主任的！"夏天义并不回应，背抄了手继续往前走，他后脖子上壅着肉褶褶，随着脚步颤儿颤儿颤。我小跑步撵他，我说："天义叔，天义叔，你后脖子冒油哩！”夏天义不理睬我。我又说：“袄领子都油了！”夏天义还是不理睬我。我说：“那怕把衣服油完哩！”但是，丁霸槽在一旁说我：“引生和来运是一样啦！”这话我不爱听了。和来运一样又怎么着？来运跟着夏天义走，只要赛虎一出现，它就爱情去了，我张引生比来运忠诚！我们最后走到书正媳妇在中街开的饭店门口，夏天义回过了头，说：“你吃不吃凉粉？叔请你！”我说：“你去年打过书正，他媳妇肯卖给咱凉粉？”夏天义说：“我打过书正？”我说：“伏牛梁上退耕还林的时候，书正为兑换地要死狗，你去扇过他一巴掌。”夏天义说：“这事我都忘了，你狗日的还记着？！”就站在饭店门口，噗噗地吸黑卷烟。书正的媳妇大声地说：“是老主任呀！”夏天义说：“叫二叔！”书正的媳妇就说：“二叔你吃呀不？快坐快坐！”用袖子擦板凳。夏天义说：“引生说我打过书正，你就不肯卖给我凉粉了？”书正媳妇说：“他疯子说疯话！书正是你看着长大的，你咋打不得？打着亲骂着爱，不打不骂是皮儿外！”夏天义说：“那好，你把碗洗干净，来两碗凉粉！”我和夏天义就蹴在饭店门口吃凉粉。

夏天义喝酒不行，只是爱吸黑卷烟，再就是好一碗凉粉。文化大革命中批斗他，才戴高帽子游街结束，他就在街上小吃摊上吃凉粉。从村主任位上被免职的当天，他又坐在街上的饭店里吃凉粉。他是有了重要事情的时候就吃凉粉，醋要重，辣子要汪，我想，他浑身上下最重要的器官不是头脑，应该是胃。现在，夏天义吸一口黑卷烟吃一口凉粉，凉粉中的辣子把嘴都染红了，脑袋上流着汗水。君亭骑着摩托从西街牌楼下骑过来，他没有看到夏天义，夏天义看见了却低头还在吃他的凉粉。我说：“君亭骑得这快的！”夏天义说：“他急着哩。”

※ ※

君亭确实是急着哩，他在清风街摸了摸底，支持建农特产贸易市场的人并没有预想的那么多，就骑了摩托到砖场找三踅。君亭平日里是不搭理三踅的，但三踅是清风街上的惹不起，好多人怕他又巴结他，君亭就想借三踅的邪劲去影响一批人。君亭到了砖场，三踅光着大肚皮在三间砖场办公室里的炕上躺着，靠窗边的大案上一个女子丁丁咣咣剁饺子馅儿。君亭说："日子过得好么，怪不得好多人对你三踅有意见！"三踅从炕上爬下来，一背的竹席八角纹印儿，说："风再大，你君亭的树根不动，它树梢摇着顶个屁哩！"君亭说："你咋知道我君亭的树根就不会动？"三踅说："我是农民，我最看不惯的就是农民的瞎风气，你日子过不前去他笑话你，你日子过好了他又嫉恨你！这砖场我是管了多年，是没给清风街挣多少钱，可也没有把它搞砸呀，都嚷嚷着要承包，别人不晓得你君亭心里该明白，从东街数到西街，从西街数到中街，还有谁能把这砖场搞得转？没人么！"君亭说："你倒对清风街了解得透！"三踅说："坟地里就那几个鬼么，谁不知道谁？拿你君亭来说，黑天白日为清风街谋划哩，落谁好了？办个市场还在撂凉话！"君亭说："你啥都知道呀！你说说撂了啥凉话？"三踅一下子亲热起来，递纸烟端凉茶让君亭坐下，又对那女子说："馅儿剁好了，你拿到屋外去包吧，多包些，支书要在咱这儿吃饭哩！"女子一出去，君亭问："这是谁，我怎么没见过？"三踅说："脸白吧？身上才白哩！"君亭说："你别给我闹乱子啊？！"三踅说："那咋敢？这是白娥，武林的小姨子，在咱砖场临时干些活。"接着就说些村民对办市场的不同看法，竟有一说成二，有二说成五，说得君亭垂头丧气。三踅说："我这臭嘴，是不是说得多了？"君亭说："你继续说。"三踅说："你不敢没了劲呀？"君亭说："我夏君亭是长大的不是吓大的。"白娥在屋外包饺子，门挡着看不见，只看见斜伸的一条长腿，脚上是凉鞋，大拇指比别的指头长了许多。君亭挪了挪凳子，看不见那只脚了，说："没有个主见我就不当这个支书！"三踅说："这才是你君亭！那我给你说，现在人是穷怕了，也集资怕了，群众之所以反感办市场，害怕把工程又让个别人承包了，事后只是富了个别人。而设摊位呢，摊位给谁？"君亭说："总得一部分先富么，一部分人先富了才可能带动全体富起来，我不是我二叔，也不是秦安！”三踅说：“对，谁集资谁有摊位，把政策定死，肯定支持的人多。”君亭说：“你估计支持率有多少？”三踅就从东街往西街一家一户来分析，认定西街支持的人多，因为西街村干部少而做小买卖的人家多。中街支持的人也会不少。至于东街，可能有你二叔，支持率不会太高。君亭说：“别的我不管，我只给你说，你不能坏我的事！”三踅说：“爷呀，三踅的饭碗子你说踢就踢了，我不晓得个利害？”君亭说：“你还要多宣传哩。”三踅说：“多宣传？那没问题，你只要看得上我……”君亭却说：“你把砖场的账这几天得弄出个清单，该交的款都交上，村里是急需用钱的。还有，修牌楼盖旅舍的砖你得备齐，这笔砖钱等市场赚钱后再结账还你。”三踅眼睁得多大，说：“君亭呀，你这是来征询建议的还是来收拾我的？”君亭说：“两方面都有吧。”三踅说：“要知道这样，你一来我就躲开了！”君亭说：“你躲不了，我还要吃你的饺子哩！”

吃毕了饺子，三踅送君亭出来，君亭低声说：“你把武林的小姨子留在这里，将来你媳妇来哭哭啼啼寻我了，我可没好话替你说啊！”三踅说：“你君亭我是服了，你不会只是个村支书，你还会往上走，能当县长哩！”君亭说：“那我先给你许愿，我当县长了就安排你当个局长！”就搂了三踅的肩，再说，“三踅，咱兄弟说哩骂哩，可我还真喜欢你这个坏人！”

君亭心里朗然了许多，就骑了摩托车到三角地那儿兜了一圈，又停下车，背着手用步子丈量了地的宽窄长短，然后从裤裆里掏尿，边走边摇在地上写字，他写的是他的名字。天完全地黑下来，君亭推了摩托进了东街巷子，路过夏天智家，院门开着，夏雨在院中挠痒痒树，他一挠，树浑身就抖，叶子哗哗哗的像笑。夏雨说：“才回家呀，进来坐么。”君亭说：“你哥走啦？”夏雨说：“早走啦！”君亭说：“噢。四叔没在？”夏雨说：“我爹和二伯三伯在堂屋里，你也来么。”君亭说：“他们老弟兄们说话哩，我就不去啦。”

白雪从县上回来，捎了一瓶好酒，夏天智就叫了两个哥哥来家，一个小盅儿，我给你倒了你喝，你给我倒了我喝，喝得滋滋有味。夏家老弟兄四个的友好在清风街是出了名的，但凡谁有个好吃好喝，比如一碗红烧肉，一罐罐茶，春季里新摘了一捆香椿芽子，绝对忘不了另外三个。夏天智说声：“好酒！”听见院子里响动，问夏雨谁来了？夏雨说君亭来了又走了。夏天智说：“他知道我们喝酒，来了怎么又走了？”夏天义说：“他不愿意见我。”夏天智说：“这是为啥？”夏天义说：“不说这些了，喝酒喝酒。”突然隔壁吵声顿起。夏天智说：“庆玉这两口子是一对冤家，三天两头地吵！赶快把新房盖起了搬过去，我也清静了。”就对四婶说，“过去看看，又咋啦？”

四婶过去，没有回来，吵声更大，听得出不是庆玉和他媳妇吵，是庆金的媳妇和瞎瞎在骂，骂得入不了耳。夏天礼就出去，又回来，说：“天智天智，你去。”夏天义就躁火了，说：“狗日的是一群鸡，在窝子里啄哩！越穷越吵，越吵越穷！”要扑出去，夏天礼和夏天智就拦着不让，夏天智说：“我去看看。”端了水烟袋去了隔壁院子。夏天义脸上还是挂不住颜色，对夏天礼说：“丢人呀，兄弟，我咋生下这一窝货色！”夏天礼说：“谁家不吵闹，你管屎它哩！老四去了，他谁还能吵起来！”果然吵声就降下来。

清风街的故事从来没有茄子一行豇豆一行，它老是黏糊到一起的。你收过核桃树上的核桃吗，用长竹竿打核桃，明明已经打净了，可换个地方一看，树梢上怎么还有一颗？再去打了，再换个地方，又有一颗。核桃永远是打不净的。清风街传开君亭和秦安一个要建市场一个主张淤地，好些人就再不安分，他们热衷这个，都觉得自己有责任发表意见，而自己的意见又是重要得不得了，走东家，串西家说黑道白。来了劲头的，拍桌子踢板凳地辩论，你不让他声高，他偏声高，一些人就胆小了，回到家去，四门不出，不敢有任何观点。君亭曾找过庆满，说到时让他组织一个施工队负责修旅社楼房和牌楼，条件是东街的人得支持他，尤其夏姓的族人。庆满当然高兴，但后来却知道爹支持淤地，而且秦安也来动员过他，说淤地是长久利益，又利于爹以前的政绩和声誉，兄弟五人便拿不定了主意。吃过晚饭，由庆玉牵头，叫了各户在他家商量。庆金没在，去单位办理退休和儿子顶班的事，淑贞就来了，一边坐在炕沿上纳鞋底一边听，麻绳子拉得哧溜哧溜响。商量的结果是达成一个意见：两种主张都不表态，看事态发展。如果村里决定了建市场，庆满一定要承包工程，还要争取几个摊位。如果淤地，那就要考虑迁坟的事。三年前七里沟淤地不成，爹下了台，爹心大，当天还在街上吃凉粉哩，娘却气得害了病，几乎都不行了。兄弟们当然准备后事，就具体分了工：庆金为长子，负责两位老人日后的丧事；庆玉和庆堂各负责一位老人的寿衣和棺木；庆满和瞎瞎各负责一位老人的坟墓。当时，庆满和瞎瞎就合伙拱墓，拱的是双合墓。拱墓时选了许多地方，都不理想，爹提出就在七里沟的坡根，说："让我埋在那里好，我一生过五关斩六将，就是在七里沟走了麦城，我死了再守着那条沟。"墓拱好了，娘的病却好了，只落下双目失明。现在如果真的要淤地，原先的墓地就太低了，需要迁移。说到迁移，瞎瞎就提出："我和三哥合伙拱的墓，花去了一千二百元，如果迁移的话，拆下来的旧砖还能用，但肯定要耗去不少，还得再请工匠，再买水泥白灰，我粗粗合计了一下，得六七百元。迁移可以，受累也可以，可六七百元钱让我们再掏就不公平了，这六七百元钱是不是五家分摊？"瞎瞎话一出口，淑贞就不同意，她把针往鞋底上一扎，说："这是以前定好了的事，咋能变化？比如我们家负责老人丧事，原定待五十席客，可到时客来了八十席，我待不待？一般是人倒头了三天入土，如果倒头的日子不好，阴阳师说得停放六天七天，那多出四天所耗的粮钱我能不能让你们分摊？"庆玉和庆堂说："嫂子的话在理，迁移墓的费用我们不承担。"瞎瞎说："你们不承担，那就重分工，大嫂说你吃了亏，我来负责丧事，你拱墓。"淑贞说："屙下的屎能吃吗？你是最小，爹娘什么都护你，你还不知足？"瞎瞎说："我是小，我沾谁的光了？"淑贞说："你找媳妇的时候，好的看不上你，不好的也要出重聘礼，爹一句话：当哥的要帮忙！我们虽分了家，谁没出了钱？你现在为老人的事还这样不孝顺？！"瞎瞎说："我不孝顺，你孝顺啦？你家的地都是爹替你家做的活，可你一年到头给爹扯过一寸布的衣裳吗？大哥吃公家饭，月月拿工资，你们穿的啥，爹娘又穿的啥？娘为啥病了，就是看不惯你们在家吃肉哩，爹在院门口问你们地里的麦收了没有，你吓得不开门，娘才气得害了病！”淑贞说：“呀，你给栽这么大个赃？！”拿了鞋底就啷地拍在瞎瞎的头上。瞎瞎嘴上坏，却是个胆小鬼，当时抓起笤帚打了嫂子一下，顺门就跑，庆玉庆满庆堂赶紧把淑贞挡了。淑贞扑沓坐在地上，呼天抢地哭。四婶去劝说劝说不了，夏天礼更是不行，夏天智一去，淑贞不敢哭了，瞎瞎也站在门外停止了骂。

夏天智说：“把椅子拿来！”庆堂忙搬了椅子。夏天智坐了，说：“哭么，骂么，咋不哭不骂了？赢人得很呀，我想听哩，咋不哭不骂了？！”庆玉庆满庆堂忙给四叔赔不是，庆满就说：“瞎瞎，你给大嫂认个错！”瞎瞎说：“那得说清，六七百元谁掏？”夏天智噎住了，气得手抖，四婶忙给他丢眼色，夏天智就冷笑，说：“都不愿掏钱了，你爹你娘一死就让他们臭在炕上算了么！”庆玉一看不对，踢了瞎瞎一脚，说：“咱这会不开了！以后要议咱家窝里的事，兄弟几个都要到齐，婆娘们少掺和！散了吧，都回你们家去，我给四叔消气。”来给夏天智的水烟袋点火，夏天智倒坐着不动，庆玉又倒了一杯茶递过来，夏天智仍是不喝，也不动。四婶说：“让他回，让他回。”庆玉和庆满就把椅子抬起来，一直抬到四叔的院门口。

夏天智把几个侄子和侄媳妇给镇住了，回家来再喝酒，但夏天义的情绪仍是一直缓不过来，一瓶酒没喝完，他就醉了。夏雨扶了二伯往蝎子尾走，夏天义一路紧紧拉着夏雨的手臂，脚下像拌了蒜，口里还嘟嘟囔囔说：“你三伯身体不好，我得照顾着他回去才好。”到了自家门前，突然大喊：“开门！开门！”二婶没应声，嘣地一脚踢出，声大得很，门被里边闩着，竟然踹开了，自己却躺在夏雨的怀里。进了院子，堂屋门也关着，夏雨小声说：“二伯二伯，这是格子门。”夏天义说：“好！格子门咱，咱不踢了吧。”

这件事发生以后，其实清风街知道的人并不多。此后的三天，白天还都大红着日头，一到晚上天便黑着没星光，又刮着风。中星的爹已经后跑很长时间了，后跑你懂不懂，这是土话，就是拉肚子。这个晚上他又去大清堂抓了中药回来，碰着庆玉推了架子车去砖场拉砖，庆玉便问起病的状况，说："你整天给人掐算哩，禳治哩，咋还吃药？"中星的爹说："医都不自治么！"却又问，"是不是要建个市场呀？"庆玉说："你也关心这事？"中星的爹说："要建市场，让君亭去寻中星，他在县政府么！"说完觉得肚子不对劲，提了裤子就找僻静处。庆玉说："寻中星？"中星复员了分在县政府都没个具体事，寻中星有屁用？他在黑暗里笑了笑，就去了砖场。

庆玉在装砖的时候是把家里吵闹的事说给了三踅。三踅等庆玉一走，就去给君亭汇报，分析说夏天义家这么一闹，肯定会导致反对淤地，那么，东街的问题就不大了。又提供消息，说中街西街那些支持秦安的人活动频繁哩，他是来前的路上就看到西街的连义、军生，还有刘新生、李上善和秦安去了文化活动站，十有八成是一边搓麻将一边撺掇那事了。君亭听了，问："你喝酒不？"三踅说："不喝啦。"君亭拿了一瓶酒硬塞给了他。

送三踅出来，看见白娥在巷口的碾盘上坐着嗑瓜子，君亭装作没看见。返回屋，麻巧说："三踅把武林的小姨子带来带去算啥事么！"君亭说："算啥事？"就拨起柜台上的电话。

就是这一个电话，从此改变了清风街。这话一点儿不假。君亭是在给乡公安派出所拨的电话，他并没有说他是清风街的支书夏君亭，只是有个情况反映：一批人在魁星阁楼底的文化活动站赌博哩！君亭拨完电话就睡了，睡得死气沉沉，不远处的土垴上，王老九在伐他家的一棵椿树，斧头砍得很重，他没有听见，直到椿树咔嚓倒下来，惊动得鸡飞狗咬，他也没有醒来。

事情说出来，谁也不肯相信，但相信不相信，事情却确实是真的。王老九伐倒了树后，拿手电往桩茬上一照，他就吓了一跳，桩茬布满了血，再看倒下的树的截面，血水流了一摊，还在流。王老九就惊慌了，急急忙忙拿了斧头跑回家去。

那时候，我和哑巴就藏在一堵矮墙后，我们还要制造一个恶作剧。在天落黑前，哑巴来到我家，给我比划了半天，意思是王老九的老婆在他家闹，害得他挨了他爹一顿毒打，他就要报复呀。哑巴蛮力大，做事莽撞，我担心他会打伤人家的儿子，或者毁了人家的庄稼，就给他出主意。我的主意是在一个点心盒子里拉上一泡屎，然后封好，就放在王老九家门前的路上，让王老九或他的老婆捡了去，当然最好是挑着醪糟担子。当时我俩是藏在矮墙后瞧动静的，但王家大小都没有出来，倒是上善急急地从旁边过来，看见了点心盒，愣了愣，看着四下无人就一下子把点心盒拎起来，然后快快走了几步才打开来看，立即就扔了出去。我和哑巴又遗憾又觉得可笑，但不敢笑出来，要等着上善走远了再离开，偏这当儿王老九提了斧头要回家去。王老九告诉了上善，说伐下了椿树，椿树咋流血哩？上善说："你不是引生么，你咋也说天话？！"王老九说："真的流血哩！"王老九就领了上善，还有我和哑巴，一起去看那椿树。血水是流了一摊，我说："这是棵女树，来月经的吧！"上善蘸了蘸血水尝了尝，说："都胡说八道，椿树汁本来发红，只是它红的颜色重了些！"拍了拍手，笑话我们是少见多怪。我是不同意上善的说法，要和他顶牛，秦安、刘新生、连义和军生就走过来，嚷道着去文化活动站搓几把呀。我和哑巴就也跟着他们走，说："你们去耍，我们也去！"上善说："我们还商量事的，你俩去干啥？"我说："商量啥大事呀还避人？我耳朵背听不见，哑巴听见了又说不出来。"秦安说："走走走，又不是外人。"上善就说："我要是输了，你引生得掏钱呀！"我心里说："你手臭了，肯定要输！"

在文化活动站，他们果然是一边搓麻将一边说淤地的事，只指派我和哑巴为他们服务，可以在身后看牌，但不准胡说。麻将刚刚搓了一圈，派出所的三个警察就悄悄来了。站在门口的哑巴才拿了上善的一根纸烟偷着抽，抬头看见有人过来，鬼鬼祟祟的，还好像是电影里的鬼子进了村，待到那三人经过了魁星阁，猛地又转回了身，一人守在了后窗，两人直扑到门口，知道坏事了，扔了纸烟，哇哇地叫。哑巴是不会说话的，情急了就堵在门口。警察拉他，拉不动，用力一推，门被撞开了，哑巴仰面跌了进去。

上善运气好，他是前三分钟出去上厕所，秦安、新生、连义和军生被逮了个正着，他们全呆傻了，竟都站着不动。我是一急就跳，我是跳出后窗就掉了下去，后窗外的警察就抓住了我的头发，说：“你还能行！”把我带回屋里。刘新生的脸是绿的，把桌上的钱往地上刨，一个警察说：“你刨？把钱都到这里放！”他把一个布口袋丢在桌上，又将一副手铐也丢在桌上。连义说：“谁不搓麻将？你们不搓麻将？！”警察说：“谁说我们不搓麻将？搓的。但你们搓就得抓！”新生说：“你们是哪儿的，我怎么不认识？”警察说：“不认识我们，我们所长你能认识，但不至于让所长亲自来吧？小王小吴你可能也认识，前五天调到茶坊了，我们是新来的，一回生二回就熟了。”秦安说：“同志，是这样的，我们来这里说说话，随便娱乐了一下，不带点彩玩着没意思……哎，不是平日派出所不管这三元五元的事吗？”警察说：“以前是不管，现在有任务呀，一人一年得上缴治安罚款五元，不来怎么完成任务呢？”警察完全是嬉皮笑脸逗我们，就像是猫逮住了老鼠在戏弄，这我就受不了。哑巴瞪着一双眼，眼里在喷气，突然扑上来抱住了门口的警察说：“跑！跑！”两个警察一下子抓了哑巴的胳膊扭起来，吼道：“你敢动弹？先把你铐了！”我们都不敢动弹了，我却说：“哑巴，你会说话啦？！”但哑巴一辈子就只说了那两个字，就再也不会说了。刘新生忙从地上捡钱，捡了放到布口袋里，又从身上掏，把口袋底都掏了出来，说：“就这些。”军生也从怀里掏，放钱时，却还在手中捏了一卷，警察一打胳膊，手伸开了，钱掉下来。秦安身上并没有钱，他说他没带钱，借他们的钱玩的，又输光了。连义就满脸堆了笑，说：“怎么罚我们都行，他是秦主任，清风街的主任，让他走吧。”警察说：“是主任呀，村干部带头赌博呀，那我们更不敢放他走了，这得所长发落！”就把桌布一提，连麻将一块提了，带了我们去派出所。魁星阁后的黑影地里蓦地响了一下，是一阵跑步声，我知道那是上善，他捡了装屎的点心盒还这么幸运，我简直不可理解！秦安说：“哑巴和引生没搓麻将，把他们放了吧。”警察看了看哑巴，没有言语，就不管哑巴了。他们搜我的身，上衣口袋里没钱，袖口里没钱，就盯着裤子，说：

“下边呢？”我说：“下边的没了。”我说的是我下边的那根东西没了，他们以为说下边的口袋里没钱了，也就把我推到了一边。哼，我鬼着哩，钱就装在衬裤的口袋里，有一百二十二元。秦安、连义、新生先走出屋，军生还站着不动，警察说：“快走！”军生说：“走就走。”桌下一只脚将什么东西踢给了我，他跟着出去了。我低头一看，是一沓百元票子，赶忙捡了捏在手中。

在派出所里，所长都认识，自然没拘留，也没再罚款和写书面检讨，但现场弄到的钱却以警察已没收了不好再返还为理由而没有退。秦安觉得很霉气，心想自己平日并不多搓麻将，而清风街很多人搓麻将又从来没被派出所抓过，也就觉得蹊跷。他是在所长上厕所时查看桌上的电话，电话机上显示出的竟是君亭家的号码，眼前突然一哇黑，头磕在了桌角上。

消息是在第二天传了出来，派出所抓赌抓的还有谁，大家记不住，但都知道了有秦安。有人就耻笑秦安，也有人对君亭不满。上善原本对君亭有意见，他又是最爱搓麻将的人，就在村部对金莲说：“要是干得了就干，干不了就不干，别采用这种手段！”没想君亭正好进来，当下恼羞成怒，说：“就是我举报的！从今往后，清风街谁再赌博，我就举报！”气得上善吵了几句，但上善毕竟理缺，又是软性人，被金莲打开，也就没再说什么。

秦安却一气就病倒了，数天里不理了村上的事。君亭来到办公室，上善也不肯和他多说话。君亭活成个独人。但建市场的事总得还要开个会的，君亭就在这天提了酒要和上善喝几盅。到了大清寺，办公室没一个人，上善的会计室门却关着，叫了几声，没有反应，便坐到前殿的台阶上发闷，思想和解的法儿，就死等着上善。约摸过了半个小时，会计室的门开了，出来的竟是金莲。金莲小心小心地往外走，猛地见着君亭坐在台阶上，一下子傻了。君亭脑袋轰的一下，站起来了，但又坐了下去。金莲说：“支书你没走？”君亭说：“忙完啦？”金莲说：“我帮上善对一些账。”上善闻声出来，说：“你找我吗？”君亭说：“看把你热的，去擦擦脸吧。”上善趁机到水盆子里洗脸，连头都洗了，洗了好久，慢慢走过来。君亭说：“你洗脸哩，也该把裤子那儿擦干净么。”上善低头一看，裤子拉链处有着白色的垢甲，腿就软了，坐在台阶上说：“君亭，我们就这一次……你千万要给保个密。”君亭长长地吁了一口气，却微微笑了，说：“什么事给你保密，做什么事了？金莲，你去饭店买几个凉菜来，我和上善喝几盅。”金莲忙不迭就出了寺院门，一边走一边用小镜照着理头发。

※　※

秦安的病一天两天没见好，反倒是越发地沉重，他给乡政府递了辞职报告，也再不去大清寺。乡政府并没有批准，却也同意了君亭建农贸市场的方案，甚至乡长一激动，还用毛笔题写了石牌楼上的刻字：清风街大市。此后的几天，夏天义就黑了脸，窝在家里四门不出，也不许来运出去。他说他要打草鞋呀！夏天义十多年都没打过草鞋了，从楼上取下鞋耙子和龙须草，鞋耙子勾在门槛上，一头绳子缠在腰里，把草搓得簌簌地响。二婶给他说什么话，他都不吭声。手艺实在是生疏了，打出的草鞋不是太大就是太小，他拆了又重打，整晌整晌，打不出一双鞋来。这期间，四婶摘了些南瓜花在家摊煎饼，夏天智去叫了他二哥来吃，夏天义是吃过两张就不吃了，瓷瓷地坐着发呆。夏天智说：“二哥你听秦腔呀不？”在收音机上拧来拧去寻不到戏剧频道，夏天义说：“不寻了，我不爱听秦腔。”两人都坐下，没了话，拿眼看院里花坛上的月季和芍药。月季和芍药不知怎么生出了黑蚊子，密密麻麻爬满了花茎和叶子，而且蚂蚁也特别多。夏天智说：“这花是咋啦？”夏天义说：“我给你看看。”夏天义有了事去干，夏天智也不拦他，自个坐在桌上画起秦腔脸谱。夏天义用铲子刨花根，刨出一只死猫，这死猫就是夏风埋下做肥料的死猫，猫腐烂了一半，生了蛆，招来的黑蚊子和蚂蚁。夏天义说：“谁埋这死猫？！”但夏天智没听见。夏天智一画起秦腔脸谱就成了聋子。夏天义刨出了死猫扔到了厕所，见夏天智画脸谱，立了一会儿，就又悄悄回蝎子尾了。四婶去庆玉家说了一阵话，回来没见了夏天义，却见夏天智嘴上五颜六色，他是不停地把画笔在嘴上蘸唾沫，脏得像娃娃的屁股。四婶说："二哥呢？"夏天智说："侍候花哩。"才发现夏天义人不在了，说："这二哥！"夏天智可怜起二哥没文化，也没个嗜好来泄闷，就去找了一趟上善。

上善便立马到蝎子尾去，站在夏天义的院门前，见赛虎在那里转圈圈。赛虎已经好多天没见上来运，尾巴都拖在地上，跷了腿在墙根尿尿，上善才发现赛虎是条亮鞭。他敲了很久的门，门才开了，夏天义劈头盖脸就埋怨上善不坚持原则。上善脾气好，把脸上的唾沫星子擦了，说："秦安不在，我有多大的斤两？"夏天义说："不说了，不说了！"不说了却又问起秦安的病。上善说："这几天忙，我还没来得及去看他，听金莲说，他女儿到赵宏声药铺抓了几次药。"夏天义说："是不是避嫌都不敢去啦？"上善说："怕什么呀，我不就是个会计么，我是凭技术吃饭，谁要有本事来换了我，我还落得轻省哩！"夏天义说："秦安有你这样皮实就好了，他真是没出息，打麻将不是个时候，害病也不会害。"上善说："二叔，一朝天子一朝臣，世事到了君亭这一层，是瞎是好让他弄去，是非曲直自有公道，即便一时没公道，时间会考验一切的。你当年淤地，那么多人反对，这才过了几年，大家不又都念叨你的好处吗？人活到你这份上，也就够了。现在退下来了，你别生那些闲气，站在岸上看水高浪低，你越是德望老者！"夏天义说："不管了，不管了，我也管不了了。"上善就拉着夏天义去刘新生的果园，要新生给敲敲锣鼓听。

夏天义没想到上善变化得这么快，原本鼓凸凸的一个皮球还要跳呀蹦呀，被锥子一扎，气哧地就瘪了。他张着一嘴的黑牙往天上看，天上飞过一只鸟，鸟尾巴一点，一粒粪不偏不倚地掉在他的嘴里。这真是晦气，夏天义没有声张，也没有净口，默默地望着那只鸟，心里说："我记着你！"到了果园，原先他搭建的那个庵子，新生承包了几年已改成了砖屋，去年又在砖屋上续盖了两层。一层是会客的，二层盘了炕，三层顶上有个亭子可以瞭望，他家盖成炮楼了。天很热，新生的老婆到果园南头地堰上摘花椒叶，新生和他的儿子都是光着上身和腿，仅穿着大花裤头在门前的草席上睡觉，睡觉着还给儿子教鼓点。儿子总记不住，新生说："你笨得是猪！"以腹为鼓做起示范。夏天义和上善一闪过那一堵土墙，一只狼狗呼地就两条后腿站立起来。新生一扭头，就往起爬，叫道："爷！爷！二叔咋到这儿来了？！"便急喊儿子沏茶，又拉着长嗓子喊老婆快回来，你瞧是谁来啦！

上善说："二叔这威信，一来天摇地动的！"夏天义说："我要活得连新生都待我不理不睬了，那我早就一头碰死在厕所墙上了！"新生说："我新生没啥能耐，但我不敢昧了良心。国是大村，村是小国，二叔什么时候都是清风街的毛主席么！"夏天义说："你这是啥意思？"新生说："你在任上的时候，我给你说过这话？前几天，铁旦他娘还说把三楼收拾出一间屋子，如果二叔愿意来，就孝敬你来住，这里清静，眼界也宽。这话真的是铁旦他娘说的。"就又长声喊，"哎——你死到哪儿去了？"新生老婆是驼背，驼得头都抬不起来，好像一年四季都被磨扇压着似的，当下应了声："来了来了！"夏天义精神头又起了，脖子挺着，点了黑卷烟吸，对上善说："上善呀，有两种人我可是应付不了，一是喝醉了酒的，一是给你说好话的，他们给你说好话，你拒绝着不是，接受着也不是，你就得听着，还得认真地听，还得笑。"上善见夏天义高兴了，就偏说："二叔，你知道不知道，这都是我事先给新生交代过的！"夏天义说："交代得好，我不怕你交代就怕你不交代！"果园里一阵树枝响，新生的老婆钻了出来，腰弯得眼睛几乎只能看着膝盖，手里握了一把花椒叶，说："二叔来啦！中午谁都不能走，我烙椒叶馍吃！"新生说："做啥椒叶馍？二叔爱吃凉粉，你收拾一下豌豆面，做凉粉！"夏天义说："吃凉粉吃凉粉！"当下坐下来喝茶。

喝起茶，上善对新生说："嫂子的病你没再给看过医生？"新生说："看啥哩，哪能看好？引生给我出过主意，说用两个门扇一夹驼背就直了，我说那驼背直了人却没命了，这狗东西引生！"上善说："他咋能说这话？！"新生说："他也是说着取乐么。"上善说："这是取乐的事？"新生说："该取乐还得取乐呀！我给铁旦他娘说了：咱命里有这个难，咱就要安安心心受这个难哩，如果愁，那把人愁死啦！”新生说完，对夏天义说：“二叔你说是不是？”夏天义抓了新生的肩膀，按了按，没有说什么，端起茶杯喝茶，茶水的热气哈得眼镜片子上一片白，又把眼镜摘下了。上善说：“新生是个快乐人，那就敲一阵鼓给二叔听！”新生说：“好得很！”

三人就上到楼的三层。三层上一半搭了间小屋，一半空着，建了一个亭子，站在亭子上可以看到果园的四边，那一面牛皮大鼓就挂在亭子里。夏天义一看见那鼓，想起年轻时的荒唐事来，身上起了一层鸡皮疙瘩，都拿了鼓槌，在鼓面上咚咚咚敲了三下，一唾唾沫，说：“你这个老牛，是我把你剥了！”这话谁也听不懂。新生就夸这张牛皮好，捶打了几十年还不破，问夏天义和上善要听什么谱。上善说：“还有什么谱，社火谱么。”新生说：“那是老一套了，来段新的吧。清风街流传有秦王十八鼓乐，我改造了一下，你们听听。”却把儿子喊上来，让儿子敲。

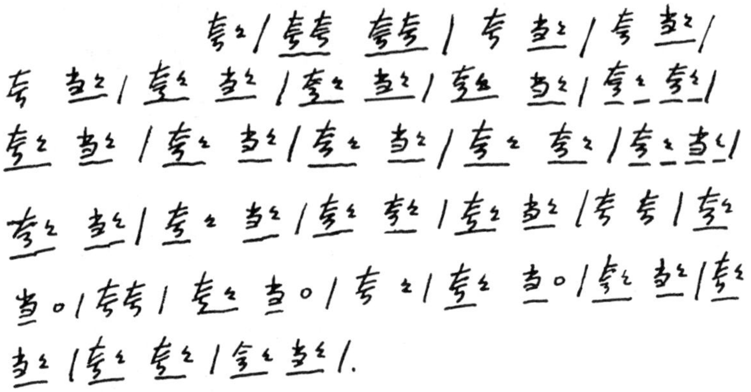

鼓声一起，我就听到了。我是和哑巴、夏风、丁霸槽在西街牌楼旁的大槐树下乘凉说闲话时听到的。稻田里又浇了一遍水，撒了化肥，便没再有活儿干了，我们就光了膀子，四处游逛，哪儿凉快就坐到哪儿。先是和丁霸槽在地上画了方格儿斗“狼吃娃”，丁霸槽会算计，走一步能想到后三步，我斗不过他，我便不和他斗了，拿眼睛看大槐树。我看出了大槐树的每一个枝股不是随便地或粗或细，弯来拐去，而是都有感情的。这一个枝股是在对那一个枝股表示亲热，那一个枝股又是讨厌另一个枝股，谁和谁是夫妻，谁和谁在说话，这些我都能看得出来。我看得津津有味，突然听到了鼓声。我说："哪儿敲鼓？"哑巴听了听，摇摇手。我说："哑巴的耳朵应该灵呀，你听不到？"哑巴还是摆摆手。但我分明听出是鼓响，就朝天上看，以为风在敲太阳。天上没太阳，阴着厚云。我说："多大的鼓声！"丁霸槽就骂我说疯话，说："来吧来吧，我和你再斗一盘！"我和丁霸槽又斗起"狼吃娃"，鼓的响声越发好听，我就知道我的灵魂又出窍了，我就一个我坐着斗"狼吃娃"，另一个我则撵着鼓声跑去，竟然是跑到了果园，坐在新生家的三层楼顶了。夏天义、上善和新生看不见我，我却能看见他们，他们才是一群疯子，忘记了悲伤，忘记了年龄，鼓在夸夸地响，夏天义在"美，美"地喊。我瞧见了鼓在响的时候，鼓变成了一头牛，而夏天义在喊着，他的腔子上少了一根肋骨。天上有飞机在过，飞机像一只棒槌。果园边拴着的一只羊在刨蹄子，羊肚子里还有着一只羊。

要说起来，夏天义在年轻时也是清风街鼓乐队的，中街的赵家义老汉，也就是赵宏声的三叔是头把鼓手，夏天义就在队里打小铜锣。赵家义过世后，赵家义的徒弟新生成了领衔人物，清风街逢年过节闹社火，都是他起头操办。新生说过，他最爱好两件事，一件是搓麻将，一件是敲鼓乐，搓起麻将了就把鼓乐忘了，敲起鼓乐了就把搓麻将忘了。村里人说他，正是他好麻将和鼓乐才使他老婆像只麻虾，守着个麻虾老婆了，他也只能迷上麻将和鼓乐。现在，新生的儿子敲过了第一段，第二段，进入第三段，新生就站在旁边不时地喊："三闪！"儿子双槌齐下打出二拍"夸，夸"，又双槌在空中闪出一拍"夸夸"，又有槌在鼓正中击出一拍"夸"。新生又喊："十不冷灯彩！"儿子右槌在鼓面右边轻击"十"，后左槌在鼓面左边轻击"不"，再右槌在鼓面右边略闪击"冷"，再左槌在鼓面左边略闪击"灯"，最后用右槌在鼓正中击出"彩"。新生再喊："八拍十三当！"儿子在鼓的一边面上按拍，双槌分工，一字一击，击出十三个"当"来。新生和儿子都已经一身的水了，头发贴在了头上，大裤衩子湿了一片，汗流得眼睛睁不开，汗滴在地上溅水星。鼓点刚一落，夏天义又要拍掌，远处一声锐喊："敲得好！"

夏天义抬头看去，东头果园里有一个庵子，庵子里一男一女朝这边呐喊。夏天义说："那庵子是陈星的？"新生说是，招手要陈星过来，但陈星没过来，那女子也没过来。夏天义说："那是不是翠翠？！"铁旦说："咋不是翠翠，她常在那儿哩！"新生就瞪儿子。夏天义有些纳闷，说："嗯？"上善就说："新生有这手艺，真不该是个农民！"驼背老婆从一楼爬到三楼来了，她竟然能爬了上来，叫喊着凉粉好了，下去吃凉粉，听了上善的话，说："农民就是农民么，敲的这鼓能吃能喝？硬是要了这鼓，果园经营不好，才惹得一堆的是非！"新生说："你不懂！鼓敲好了，说不定还会敲到省城去！"老婆说："到省城？你是夏风呀？！"这话我又不爱听了，夏风咋，他不就是能写几篇文章么，一白遮百丑，他会扬场吗，能打胡基吗，他要还在农村，他连个媳妇都娶不下，就是娶下了恐怕还被别人霸占着！夏天义说："鼓要敲哩，果园更要管好，如今陈星和你有了竞争，你要不如了他，我可就不依了！"新生点头哈腰给夏天义保证，他们就下楼吃凉粉了。

他们在楼下吃凉粉，我就离开了。我已经是一连四盘输给了丁霸槽，丁霸槽很得意，非让我请他吃酸汤面。我们在书正媳妇的饭店里吃的酸汤面，正吃着，一群孩子用棍追打着来运，来运却和赛虎连着蛋，来运在前边跑，赛虎在后边倒着退。哑巴轰走了孩子，让来运和赛虎安静了一会儿，它们才分开，我就把赛虎用脚踢跑了。

我们的酸汤面还吃着，夏天义在新生家却把凉粉吃醉了。酒是能醉人的，吃凉粉也能醉人？但夏天义确确实实是吃醉了。他是先吃了一碗，说：香！呼呼噜噜送下肚。又吃了一碗，还是没咬。再吃了一碗，脸上的气色就不对了，腿发颤，额上冒汗，说："你这凉粉里调了大烟壳子油？"新生说："芥末调得重了些。"夏天义还要吃，新生又盛了一碗，调辣子醋和芥末都调不及，夏天义就拿筷子来夹，一条凉粉掉在锅台上，他捏起塞在了嘴里。夏天义从来没有过这种吃相，新生高兴了，说："二叔爱吃，证明这凉粉做好了！"上善过来夺了碗，说："不敢吃了，二叔吃醉了！"

新生说："凉粉咋能醉人？"上善说："饭常能把人吃醉的，他才听了鼓乐，又吃这么多，肯定要醉了。"新生说："二叔能吃凉粉的。"上善说："能吃也不能吃了三碗了还要吃？他喝醉酒了就是这副样子，别一醉了就哭哩。"夏天义说："胡说，我什么时候哭过？"说着就开始流眼泪。夏天义的眼泪是浑黄色的，从眼边出来就顺着皱纹一道一道往两边横流。上善说："还说不醉，瞧流泪了不是？"夏天义说："我高兴啊，我已经好长时间没这么高兴了！人高兴了也流眼泪，你上善知道不知道？民国三十五年，咱清风街闹土匪，动不动土匪就在村里丢票。"新生说："你咋说到闹土匪了，啥是丢票？"夏天义说："票上写着户主姓名，写了财产数目，写了期限，说要会票了就找马团长，马团长是刘家坡的马大壮，不会票了就'威武烧杀'呀！"上善说："醉了，说开陈年旧事了！"夏天义继续说："赵宏声他爷家里宽裕，丢票丢在他家，他爷变卖了家产，提了两筐子银元，还有一口袋鸦片给人家送去，从此家败了下来才学的郎中。"夏天义又从锅台上端凉粉碗，上善说："你说古今！"要挡他端碗，夏天义还是吃了一口，说："你狗日的像你伯！我告诉你，我家也被丢了票，票面要价太高，七天限期一到，我家拿不出来就躲到屹甲岭去。我是藏在屋后的大树上，夜一深，土匪点了火把在屋里搜，拿了值钱的东西，又放火烧了三间房，我看见二三十个背枪的土匪是外地人，只认得其中有你伯。土匪一走，我爷邀了夏家人就寻你伯的事，你伯在茶坊乡上的鸦片铺里抽烟哩，进去就捆了。本来准备点天灯，你们李家人求饶逼得紧，才将你伯勒死了。那年夏家人喝包谷酒，你猜喝了多少，喝了十八坛！我那时小，也喝了三碗，我没有醉。喝了三碗酒都不醉，三碗凉粉就醉了？我就爱吃凉粉！当了几十年村干部了，我吃过的凉粉比你吃过的粮多！"上善说："好好，我那伯他该死，但你是不能吃了，你真的醉了。"新生说："你伯是土匪的内线？"上善说："本家子伯与我屁不相干！"夏天义说："与上善没事，是英民他爷。"新生说："英民那么实诚的，他爷会是土匪的内线？"夏天义说："人这肉疙瘩难认哩！不是有共产党，世道到现在还不知是啥样子？我一辈子是共产党的人，党让我站着我就站着，党让我蹴下我就蹴下。现在的干部不知道日子是咋过来的，自以为是，披了被单就想上天，猫拉车会把车拉到床下去啦！”上善和新生一时噎住，不好再说什么，见夏天义眼泪流着流着就哭出声了。新生赶忙劝，越劝越哭声不止，又开始讲他当村主任的事，说他当了半辈子村干部，他心里不亏，他最大的不幸最大的羞辱，一是淤地没淤成，白白花了大家的集资，二是他年轻着，不该……却不说了。新生从来没见过夏天义这么哭过，就害怕了，赶紧收拾凉粉碗。上善说：“让他吃，彻底吃醉就不哭了。”把凉粉碗递给了夏天义，夏天义才扒了一口，就趴在桌上睡着了。上善说：“这下安生了，可怎么回家呀？”新生说：“你背回去。”上善说：“这样回去，二婶肯定得骂我。”新生就要夏天义在他家睡，上善想了想还是背了夏天义回去。

我和哑巴拿了一根排骨引逗着来运来到夏天义家门前的水塘边，上善背着夏天义在水塘边的碾盘上歇气，上善喊哑巴，哑巴见他爷泥一样瘫在碾盘上，就哇哇地给上善发凶。上善说：“这不怪我，是你爷自己吃醉了。”哑巴才抱了夏天义进的院子。

我没有到夏天义家去，因为就在这个时候，我看见白雪从水塘南头的菜地里出来了。菜是绿芹菜，衫子是红的，白雪从菜地里站起来，颜色艳得直耀眼，我就端端地戳在那里了。中星的爹给我说过，世上是有神的，也有鬼和狐狸精，它们常常以人的模样就混在人群里。所以，白雪突然地从菜地里站起来，我以为那不是白雪。但她怎能不是白雪呢，她先并没有看见我，怀里抱了三个新摘的南瓜，还在轻轻地唱《桃花庵》：“去年今日此门中，人面桃花相映红；人面不知何处去，桃花依然笑春风。”上一次，我是碰着白雪了，她和她娘一拐弯从小巷里避着走了，现在，菜地到水塘只有一条小路，我盼小路更窄更窄，窄到是一根木头，她白雪就避不开我了。我一眼一眼看着白雪走过来，她终于抬头了，我赶紧就笑，她愣了一下，脸却沉下来，说：“笑啥的，还有脸笑？！”我一下子浑身起了火，烧得像块出炉的钢锭，钢锭又被水浇了，凝成了一疙瘩铁。我那时不知道说什么，嘴唇在哆嗦，却没有声，双脚便不敢站在路中，侧身挪到了路边给她让道。她从我身边走过去了，有一股子香，是热呼呼的香气，三只黄色的蛾子还有一只红底黑点的瓢虫粘在她的裤管上。又有一只蜻蜓向她飞，我拿手去赶，我扑通一声就跌进了水塘里。水塘里水不深，我很快就站起来，但是白雪站住了，吓得呆在那里。我说："我没事，我没事。"白雪说："快出来，快出来！"瞧着她着急的样子，我庆幸我掉到了塘里，为了让她更可怜我，又一次倒在水里。这一次我是故意的，而且倒下去把头埋在水里，还喝了一口脏水。但是，或许是我的阴谋让白雪看穿了，等我再次从水里站起来，白雪已走过了水塘，而路上竟放着一个南瓜。这南瓜一定是白雪要送给我的，我说："白雪，白雪！"她上了夏天义家旁的斜坡上，碎步跑去了。白雪为什么肯给我一个南瓜呢？我只说白雪恨死我了，要拿手指甲抓我的脸皮，要一口唾沫吐在我的身上，她却给了我个南瓜！我站在水塘里，突然想到很多的话，我后悔在她给我沉了脸的时候，为什么嘴只哆嗦，不说出这些话呢？我扇我的耳光，啪，啪，我扇得我在那里哭。

我的哭声惊动了从夏天义家里出来的哑巴，他站在院门口朝我说："哇？哇哇？！"我不哭了，我在他的面前我觉得我幸福，就从水塘里出来，紧紧地抱了南瓜，撒脚就往我家跑。我的腿越跑越长，长到有两米三米高，脚也像簸箕，跨着清风街的街房跑。我听到有人在喊："引生又疯圆了！"我不屑招理，跑回家将南瓜放在了中堂的柜盖上，对爹的遗像说："爹，我把南瓜抱回来了！"我想，我爹一定会听到的是："我把媳妇娶回来了！"这南瓜放在柜盖上，我开始坐在柜前唱，唱啥呀，唱秦腔，白雪是唱秦腔的我也唱秦腔，唱了一句："哎呀，来了呀——"后边的词却怎么也记不起来了。

※ ※

整整三天吧，日子过得很快活。染坊的白恩杰一边晾印花布一边唱《朱锦山》:“开门倚杖移时立，我是人间富贵人。”呸，白恩杰你算什么富贵人？！我觉得好笑，疾步就走过染坊门口，每晌去到东街水塘边的小路上等白雪。天上的太阳红得像烧着的油盆，又一把一把抓着针往我身上扔，我顶了个蓖麻叶，不想让夏天义出来看见，也不想白雪再到菜地来首先看到我。但白雪没再到菜地来。我在小路上来回走，还走到芹菜地里，心想，会不会拾到白雪的影子？没有拾到，拾到了一条蛇蜕的皮。我拿了蛇蜕的皮去大清堂，要卖给赵宏声，赵宏声能把蛇蜕的皮捣碎和冰片一起配制治中耳炎的药，但赵宏声不给我钱，还待理不理地翻看一本杂志，杂志上有一页是个电影演员的头像，他说:“人家是吃啥长的，这么美！”我看了一眼，哪儿有白雪美？赵宏声却将那头像剪下来，贴在他的床头墙上，还给我笑了笑，说:“我爱写对联，是不是艺术家？”我说:“我不知道。”他说:“爱美人才有艺术灵感哩！”赵宏声啥都好，就是嘴碎，又有点酸，总以为他和夏风是一类人，下眼看我。我就不和他多说了，唱唱喝喝地往回走。

白天没有见到白雪，晚上我在家里就轻轻地叫着白雪的名字。我一直觉得，我叫着白雪，白雪的耳朵就会发热。叫着叫着，我声音就发颤，可着嗓子高叫了一下，恐怕是邻居也听得到的，他往我的院里扔了一个破瓦片，我不管它。我对着院中树上的一只知了说:“你替我叫！到他院子去叫！”知了果然飞到了邻居家的院里，爬在树上使劲地叫：白雪白雪——雪——

农村的晚上没有娱乐，娱乐就是点灯熬油地喝酒，搓麻将，再就是黑灯瞎火地抱着老婆做起那事。我在巷道里转了几个来回，想和人说说话，差不多的门都关了，窗子里传来猫舔糨糊的声音。我回到家里，躺在炕上，想起赵宏声把电影演员的头像贴在床头上的事，就遗憾着我没有张白雪的照片。黑暗里我看着炕头墙，看着看着，还真看出那里有了白雪的脸，我的手不知什么时候就到了腿根。我是个苦人，小时候没有玩过玩具，连皮球也没有过，我玩惯了我的小鸡鸡。所以我现在手又摸到了下边，下边是没了，仅仅剩了个短茬茬。短茬茬还是流出来了一摊东西。这事我给谁都没说过，流出一摊东西后我也后悔，或许我真是一个流氓了吧。但赵宏声说艺术家爱美人能来灵感的，我是这么想：流氓就是和女人睡了觉吗？艺术家就是睡不了觉而煎熬吗？那么我写不了对联不是艺术家，我也不是流氓，何况我是在我家里，门和窗都关了，除了屋角的蚊子和蚂蚁，没有人能看见的。

但是我说实话，我常常晚上玩我的那东西，它发炎了，害得我比犯了痔疮还难受得走不了路，我就去了县医院又治了一次。在县医院，悄悄寻找埋着我那一截东西的地方，那里长出了一株树苗来，长着三片叶瓣。我知道，这树苗会见风就长的。

树苗见风就长的日子里，清风街的农贸市场就动工啦。君亭汲取了前任村干部的教训，不敢再集资，在信用社贷了款。全部的工程交给了庆满，庆满的实力比不得李英民，但庆满一揽到了工程就诱惑了李英民建筑队的人心，结果将几个骨干匠人撬了过来。李英民伤了心，带了残缺不全的一批人去312国道上修一座涵洞，而他的弟弟李生民气愤不过，借了酒劲将东街牌楼下的石狮子头敲掉。君亭需要在他建市场前杀鸡给猴看，让派出所警察把李生民抓起来，在黑房子关了一夜，又折价赔偿了石狮子。李生民从派出所出来，双拳砸着地，说了句：“我就是死在外边，也再不回清风街了！”去了省城，从此没了音信。

从县城回来后，我就再没见到白雪。听夏雨讲，剧团原本要一分为二了，可在分配戏箱时争执吵闹，甚至打了群架，戏箱就封了，暂时谁也不能动。而夏风还是不断地来电话，催白雪能尽快去省城，白雪是眼看着剧团乱成了一锅粥，心也灰暗，可能待不到多久就该远走高飞了。我听了这话差点没晕过去，娘耶，我是苦胆煮过的命这么苦呀，好好的白雪她嫁了夏风，嫁就嫁吧，我只说她毕竟还在县上，十天半月要回清风街，我还能见到她。如果她一去省城，连水中的月都没有了，连镜中的花都没有了！那几天里，我缓不过气，走路能踩死蚂蚁，去泉里提水，半桶水只提到李生民家的山墙外就要歇下，李生民的媳妇在她家门口哭。李生民一走，活不见人，死不见尸，那媳妇度日如年，一些老太太就劝说她，又出主意让把李生民的旧鞋用绳子系了吊在红苕地窖里，李生民就能回来的。这办法给了我启示，我就想着也把白雪的旧鞋吊在我家的红苕地窖里，应该是白雪就远走不成了吧。但白雪的鞋从哪儿去找呢？我心虚，不能给夏雨说，更不敢去夏家。正熬煎着，夏中星回了一次清风街，事情就又发生了变化。

在夏氏族里，中星家和庆金、君亭、夏风他们是出了五服。中星自小没了娘，是他爹拉扯大的。他爹一生神神道道的，不吃肉不喝酒不动辛辣，平日里早起拾粪，十天半月了就到虎头崖庙里烧香，但他年轻时是穷人，活到老了仍还是穷人。一个地方得有一个懂风水和阴阳的，不知怎么，中星爹就充了这个角色，清风街上红白喜丧都是他选定的日子，盖房、拱墓、修灶、安床，也都是他定的方位。干这份活一般是不给钱的，只带四色礼。中星的爹早就放出风，甚至还在家里贴了个纸条，上面写了："选日子一次五元，定方位一次七元。"但来人还是把四色礼往他家的柜盖上一放，再不掏钱，他生气是生气，嘴上说"我今日身上不美"，最后还是拿了个布口袋跟人家走了。要说四色礼，就是一包糖，一斤挂面，一瓶酒和一条纸烟。他吃用不完，也舍不得吃用，全拿了给书正媳妇在饭店里卖，书正媳妇当然不肯原价收购，为折价一半还是折价三分之一，他们常常争吵。上善就曾经劝过书正媳妇："他能阴阳，得罪他了会给你使怪的！"书正媳妇说："让他使么，他算卦啥时候准过？！"他是给人算卦和禳治的，禳治行不行我不敢说，但他的卦不准。我爹病重的时候脚肿，肿得指头一按一个坑儿，我让他算一算我爹危险不，他说："算卦是收钱哩！"我给了他十元钱，他算了半天，说："没事。"我说："男怕穿靴女怕戴帽，我爹脚肿得厉害。"他说："我替神说的，没事！"我说："你不是神么。"他说："我干这工作干得久了，神就附体了。"我说："神咋附体了？"他说："领导当的时间长了有没有官气？警察当的时间长了有没有杀气？"他这话说得有道理，我信了他，可我爹不出十天就死了。

不说中星爹了，咱说中星，中星因为小小没娘，夏氏族里人都可怜他，待他稍大，夏天义就报名让他去参军，但体检中中星的血压高，怎么也过不了关。年轻轻的就患着高血压，夏天义骂他不争气，给征兵干部说了许多情允许再次体检，赵宏声就出主意让多喝醋，他提前喝了一葫芦瓢的醋才把血压降了下来。复员后按规定他是返回清风街的，他爹哭哭啼啼求夏天智，又是夏天智去了一趟县城，动用了自己的关系，终于把他留用在了县政府。中星爹就是从那以后，镶了一颗金门牙，见人就笑，早起拾粪时脚下跳跃，走的是雀步。

但是，中星在县政府没有分配具体工作，哪里有事，他就到哪里忙活：去县长的扶贫村里蹲过点，做过全县“退耕还林”工作检查，还在县葡萄酒厂搞了半年整顿工作。剧团里乱成一锅粥了，县上将团长调去了文化馆，一会儿传出某某来任团长了，一会儿又说某某坚决不来又让另外谁来了，但最后谁也没来，来的是中星。人都说：要生气，领一班戏。中星说：“我不怕！”他当然不怕，让他当团长是把他提了科级。他去的那天，精心地梳理他的头发，其实他的头顶全秃了，只有左耳后的一绺头发留得特长，把它拉过来，用发胶水固定住。演员们都哧哧地笑，那个唱净的胖子甚至说：“我一看见他那头就来气，恨不得压住他把那一绺头发给拔了！”中星好的是不计较这些，他有他的雄心大志，一到剧团便先整顿风气，又将分开的两个演出队再次合二为一，开始排新戏，把新戏排好了就要到全县各乡镇巡回演出，雄心勃勃，也信誓旦旦，要在他手里振兴秦腔呀！也就是中星当了团长喊叫着要振兴秦腔，白雪的心是风里的草，摇着摇着又长直了，决了意不去省城。

我是多么喜欢夏中星啊！也多么希望秦腔能振兴啊！说结实的，在这以前我并不爱秦腔，陈星曾经嘲笑过清风街爱唱秦腔的人都是粗脖子，都是大嘴，那不是在唱，是在吼，在吵架，他一听到，就得用棉球塞耳朵，甚至他让陈亮去跟县农技公司的人学果树剪枝，陈亮不去，他说你不去就让你听秦腔呀！陈星这么辱没秦腔，我没反对过。可现在，中星要振兴秦腔，振兴了秦腔就能把白雪留下来，我就觉得秦腔咋这么好听呢！我虽然不知道秦腔有多少出戏，也记不住几段唱词，一有闲空，我也手里拿着一个蒸馍，一个青椒辣子，咬一口馍咬一口辣子了，也吼那么一句两句。

中星当团长的消息最早是供销社的张顺从县上带回来的，清风街的人都觉得不可能，也全不在意，但我不知道怎么就相信一定是真的，就感到了高兴。我在街东头的小河石桥下碰见了中星他爹，他坐在桥墩根又算卦了。他拾着粪也身上斜背着那个小布袋，布袋里装有一盒“九品莲花香”，一沓黄裱纸，一块雷击枣木刻着符的印章，还有一支钢笔和一个纸本儿。粪笼子就在面前他不嫌臭，专心地在纸本儿上列卦式。我说：“荣叔！”他名字里有个荣字，我们叫他叔的时候前面都加个荣字。他说：“是不是你介绍谁来请我出门呀？”他说出门就是去选日子或定方位。又说，“我把话说在前面，得四色礼还得出钱，选日子是六元，定方位是八元，都涨了一元。”我说：“没人请你出门。我问你一句话。”他说：“那你就不要问，我这阵忙着算卦哩！”我说：“给谁算卦？”他说：“给我算哩，看明日有没有财运。”我说：“明日肯定有人给你送礼呀，我中星哥在剧团……”我还没说完，他就认真地说：“我纠正你，引生，中星不在剧团，他是县政府干部！”我一听，知道他压根儿不晓得中星当了团长，而张顺是在造谣了，顿时没了劲，起身就走了。但是在下午，中星爹亲自跑到我家告诉我，他一个小时前接到中星的电话，中星现在是剧团团长了！他说：“这么大的县就一个剧团，一个剧团就一个团长！你是不是上午知道消息了去问的我，我后悔还训挞了你！”我说：“上午我备了一份贺礼的，你才后悔了吧？！”他就给我笑，但我没给他还个笑，我跑动着去把好消息告诉了丁霸槽，告诉了俊奇和庆堂。去大清堂告诉赵宏声时，赵宏声坐在里面和一堆人说话，我没有进去，却故意唱着一板秦腔，慢慢经过门前。我唱的是《周仁回府》：“若不是杜公子他身遭魔障，我周仁焉得官器宇轩昂！”赵宏声就高声说：“引生引生，你也能唱秦腔？”我没有立即应他，继续唱，但我只会唱这两句，记不住下面的词了，就哼曲调：

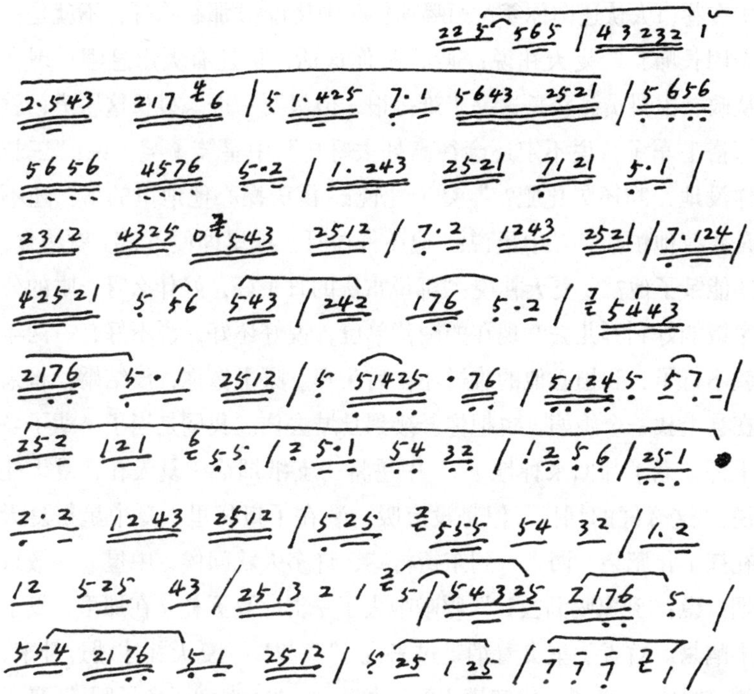

一收腔，我说："咋的？"赵宏声说："你'器宇轩昂'个屁哩？！"我说："知道不知道，夏中星当了县剧团团长啦！"赵宏声说："夏中星当团长，你高兴着啥的？"我说："你想想！"赵宏声说："我想想。"我说："想起来了吧？"赵宏声说："想不起来。"我说："猪脑子！"又接着唱最后的拖腔：

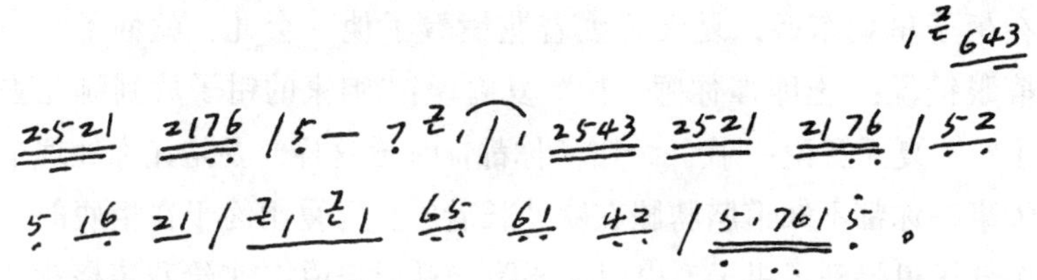

到了第五天，中星是回来了。那已经是黄昏，他在乡政府门口的停车点一下班车，背了军用包低头往家去，夏天礼刚好从商店买了一袋化肥，放在地堰上歇息，说："这不是中星吗？"中星抬头说："是三叔呀，买化肥啦！"夏天礼说："我就说么，仰脸婆娘低头汉，谁走路头低着，果然是中星！清风街都嚷嚷你是团长了，中午在巷口大伙还向你爹讨酒喝哩！”中星说：“那有啥呀，不就是一个团长嘛！”夏天礼说：“哎，听你这话，你还有大出息哩！现在从政，由科员到科长这一步难得很，但只要一进入科长这轨道，就算搭上车了，说不定还会往高处去呀！”中星笑了笑，说：“三叔你没地，咋还买化肥？”夏天礼说：“雷庆操心他地里的事？还不是我替他忙活！”中星说：“他还种地呀？地里即便不长一颗粮食，还能饿了他？”夏天礼说：“都说雷庆的日子好，好什么呀，吃的公家饭能好到哪儿去？现在的国营单位，说好还好，说不好，一两年就不行了，我担心他的难过还在后头哩。哪里像你，没结婚，将来在县上找一个媳妇，也把你爹接到县城去住。我倒是当了一辈子乡干部，老了却回来种地了。”中星将一支纸烟给了夏天礼，夏天礼说：“这么好的烟！”但是没有吸，装在了口袋里。夏中星帮夏天礼扛了化肥袋，两人一到东街村巷，许多人就问候，中星一一散纸烟，说：“到家喝酒去！”呼啦啦去了一群。夏天礼立在那里，发了半晌呆。竹青手里夹着烟走过来说：“三叔！”夏天礼才缓过神来，说：“中星回来了，你知道不？”竹青说：“回来就回来了呗。”夏天礼说：“狗日的有出息！我到退休还是科员，他年轻轻的就当科长了！”从口袋里掏出了那颗纸烟给竹青，竹青说：“他真的当了团长？四叔知道不？”

夏天智在堂屋的八仙桌上画他的马勺，先画出了个秦腔中的关公脸谱，又画出了个曹操脸谱，夏雨一阵风跑进来，嘁里哐啷在柜子里翻东西，夏天智戴着花镜看了他一会儿，就恼了，一摘眼镜说：“土匪撵你哩？！”夏雨说：“咱家的钳子放到哪儿去了？”夏天智说：“找一个钳子你都慌乱成这样，要是让你处理个大事，你都不知道胳膊腿在哪儿长着？！”夏雨终于在柜底的一个盒子里寻到了钳子，出门又要跑，夏天智说：“来给我挠挠背。”夏雨说：“桌上不是有竹挠手吗？”夏天智说：“我要你挠挠背！”夏雨就在夏天智的背上挠。夏天智说：“往上。再往上。往左。叫你往左你不知道哪儿是左？”夏雨说：“爹难伺候得很！”夏天智也笑了，却说：“我给你说过几遍了，你就是不听，走路脚步一定要沉，脚步沉的人才可能成大事，甭像你荣叔，一辈子走路都是个雀步。”夏雨说：“雀步咋？”夏天智说：“贱么。”夏雨说：“荣叔贱？中星却当剧团团长啦！”夏天智说：“谁说的？”坐在那里倒愣了。夏雨趁机不挠了，拿着钳子就往出走。夏天智说：“当团长？脚步沉！”夏雨刚走到院里，步子缓下了。却不会了走路，一步一步，一到院门外，撒脚就又跑起来。四婶进来说：“你穷讲究多得很，你让他掮个磨扇脚步肯定就沉了？”夏天智说：“从小看大，我算看透了，他日后没气候！他寻钳子干啥呀？”四婶说：“他在市场那儿干活哩，中午回来只吃了一碗包谷糁面，躁躁的，我问他咋啦他也不说；我想起来了，和你一个脾性，一顿饭没吃好，就犯瞎脾气！”夏天智说：“你瞧你中午擀的面？面条要厚，一指宽，四指长，总得泼些油葱花吧。”四婶说：“好啦好啦，我也给夏雨说晚上吃米饭，你出去买些豆腐去。”夏天智说：“这个时候了到哪儿买豆腐去；就是能买，你儿子要吃豆腐，就让做老子的去买？”院门口有了脚步声。四婶说：“你声往小点！”夏天智不吭声了。

四婶从堂屋出来，是中星来了，就说：“是中星呀！”让中星到堂屋坐，又喊夏天智说中星来了。中星穿了件有棱有角的裤子，裤带上吊着一大串钥匙，他说：“不惊动四叔，我先给你几句话。”四婶进了厨房烧火，他就拉了个矮凳坐在旁边。

中星反复地解释，说他真不知道夏风结了婚，否则他就是再忙，也会回来祝贺的。又说他现在调到县剧团工作了，到了团里才晓得夏风的媳妇就是白雪。白雪真是万人里挑不出的，人好戏好，色艺双全！四婶把火烧旺，脸上红彤彤的，就夸说中星熬出头了，给你爹长脸了，却又问起县城里天气热不热，白雪在家时脖子上出了痱子，不知道痱子退了没有？中星便大发感慨，甚至不惜夸张，说你这婆婆这么疼儿媳的，也活该好婆婆才能得到个好儿媳！然后他才说这次回来，一是探望他爹的病，二是白雪让他捎带一件棉毯，因为团里正排着戏，排好了就要下乡巡回演出呀。四婶说：“她准备着去省城呀，咋去下乡？”中星说：“团里正整顿哩，谁也不得请假。”四婶说：“夏风要把她调进省城的，再不演戏了，也不能走？”中星说：“我才当团长，她就要调走，那不行。”四婶说：“你是团长了？”中星说：“是团长。”四婶说：“这就好么，你能照顾上白雪了么！他们一个省城一个县城哪是个长法？”中星说：“团有团的规定，四婶！”四婶说：“现在干啥事都兴后门，你留在县政府还是你四叔走的后门，你就不会给白雪个后门？”中星说：“我才去，我不敢开这个后门，要是走上一个人，那人走得就多了！”四婶就不高兴了，拿烧火棍在灶口捅，三捅两捅，火捅灭了。低头去吹，起了黑烟，四婶在咳嗽，中星也在咳嗽。

夏天智听说是中星来了，赶忙放下画笔，却又听到中星说“不惊动四叔”的话，心里有些空落，就坐在椅子上吸水烟。竹青悄然没声地进来，倒吓了他一跳。竹青说：“我来才给你说中星的事呀，没想他倒先来了！”夏天智说：“他有什么事？”竹青说：“中星现在是县剧团的团长了！”夏天智脸静得平平的，吹纸媒吸烟，说：“你就来说这事？”竹青说：“就这事。”夏天智说：“我知道了，你回去吧。”夏天智在外人眼里是一副好脾气，但在本家的晚辈面前，却从来威严。竹青转身要走了，他却说：“把这个拿上。”桌子上是一盒纸烟，夏天智没有动，竹青自己去拿了，说道：“这还像个叔！”就出了门。夏天智又坐了一会儿，起身出了堂屋，站在台阶上伸懒腰，然后故意咳嗽了一声。

中星赶忙从厨房出来问候，夏天智说：“是中星啊！咋没给中星沏茶？”四婶说：“我问他喝不喝浆水，他说不喝。”夏天智说：“中星是团长了，喝什么浆水！那茶呢，把茶沏上！”中星说：“四叔你知道啦？”夏天智说：“这么大的事我能不知道？当了团长好，你在剧团，咱白雪也在剧团，一个剧团出了夏家两个人！”四婶说：“好什么呀好，白雪原本要走的，现在倒走不成了！”夏天智说：“中星才上任，白雪应该支持他的工作，咋能给脖子下支砖？她往哪儿走，到省城去干啥，年轻轻的把专业丢了，你以为学戏容易哩？！”中星说：“四叔到底是四叔！白雪不敢走的，她一走，我的秦腔振兴计划就塌火了！”夏天智说：“你有秦腔振兴计划？你来你来，中星，让你四娘给做饭，咱到堂屋来谈！”

夏天智的兴趣陡然高涨，中星也就夸夸其谈。但是，夏中星谈着谈着就没词了，因为他毕竟对秦腔不懂，夏天智推荐让排演《赵氏孤儿》，夏中星不知道《赵氏孤儿》，夏天智又推荐让排演《夺锦楼》，夏中星也不知道《夺锦楼》。夏天智说：“那你听说过《滚楼》《青风亭》《淤泥河》《拿王通》《将相和》《洗衾记》吗？”夏中星说：“这还没听说过。”夏天智说：“你是团长，肚里起码要装几十本子戏哩！”就翻箱倒柜取了他画的脸谱马勺，一件一件讲这是哪出戏里的角色，为什么要画出白脸，为什么又画出红脸？夏中星目瞪口呆，说：“四叔，四叔，你咋恁能行呢！”夏天智一仰身子靠在椅背上，喊：“饭熟了没，熟了端上来！”

四婶在厨房就是不吭声。饭已经做熟了，一锅米饭，没有豆腐，原本要炒一碟鸡蛋和一盘土豆片，偏不再炒，只炝了一碗浆水菜。夏天智喊得急了，她说：“夏雨还没回来么！”夏天智说：“他不回来我们就不吃啦？中星，你尝尝你四婶炒的菜！”四婶说：“哪儿有菜？没菜！”中星就往起站身，一定要走，说饭就不吃了，如果四叔能给他一个马勺，让他挂在他的办公室，那就高兴得很！夏天智给了一个，又给了一个，最后竟然给了五个，说：“只要你喜欢，叔以后还给你！”

送走了中星，夏天智就关了院门，变脸训斥四婶：“你今日咋啦？”四婶在花坛上泼泔水，说“咋啦！”泔水里的菜叶粘在牡丹蓬上。夏天智说：“中星来了你看你那态度！”四婶说：“你今日咋啦？留吃饭呀又送马勺呀，他不就是当了个团长么！”夏天智被噎住，恨了恨，说：“我这一辈子啥事都耽搁在了你这婆娘的手里！”

夏天智怎样和四婶在家怄气，这我不说了，谁家不怄气呢，反正他老两口从来也没闹出个响动来。随便吧！我要说我，我在中星到夏天智家看脸谱的那段时间里去他家找他的。他当然不在，他爹在，趴在院里石桌上往纸本本上写东西，石桌上有三枚铜钱。我说：“荣叔，又给谁占卦哩？”他把纸本本合了，说：“找你中星哥来的？他忙得很，一回来这个叫那个叫，出去了！”又问我，

“你会杀鸡不？”我说：“是不是我中星哥当了团长你招待我呀？”他说：“糟糕得很，张顺刚才送来了一只鸡，送鸡也不说把鸡杀了给人送！”他真烧包！我说：“我不会杀！”他看着我笑，笑着笑着，肚子又不对劲了，提了裤子往厕所里跑。我趁机翻看他的纸本本，这纸本本平日是不准人看的，原来歪歪扭扭地记着他给人看风水、掐日子、占卜算卦的事。翻到新写的那一页，写着“占自己病”，然后是各种符号的卦象，我看不懂。下面却有一段解语：“体用虽好，但爻辞瞎得很，有阴阳两派俱伤之意。后跑前十天一天三次，这几天一晌两次，病是不是还要转重？消息卦还好，代表九月。利君子不利小人。我自负可以算君子。”我心里咯噔一下，他平日代表神灵行事的，只说他把生死离别看得淡，没想自己对自己的病这样惊慌？！又往前翻了一页，上面写着“三日内有大收入乎”，解语是：“初：体生用，没大收入。中：巽克体，没大收入。末：体生用，无有。看来所来人均平平，无大收入，还要出去些符。”而在旁边又竖着写了一行：“大验！三日内只有四色礼二件，三元钱。”我笑了一声，院门口咚咚地有了响动，中星就把五个脸谱马勺抱进来了。

中星拿了夏天智五个马勺，他爹非常不满意，说夏天智家好东西多得很，你要这些马勺干啥呀，用又不能用，还落人情。中星却不迭声地夸这马勺好，说他是团长了，凡是有关秦腔的东西他都要热爱哩，振兴秦腔，四叔是个难得的典型，下乡巡回演出时他就带上马勺，走到哪儿就宣传到哪儿。鬼知道我在这时候又想出了个好主意来，我说：“你还可以把他家的马勺全弄出来办个展览么！”中星听了，就看着我，说：“你行呀，引生，你脑瓜子恁灵呢？”我说：“爹娘给的么！”他爹说：“灵个屁！灵人不顶重发，瞧你这头发粗得像猪鬃！”中星手又理了一下头顶上的那绺头发，说：“哥给你发根好纸烟！你这点子绝，巡回演出时，就在各地办展览，把四叔也请上，现身说法！”他爹说：“他肯定不去！”中星说：“这说不定，他好秦腔哩。”他爹说：“他就是肯去，你能伺候得了？他穷讲究，这我知道，睡觉冬夏枕头要高，要凉席枕套，吵闹了又睡不着。吃饭得坐桌子，得四个碟子，即便吃一碗捞面，面要多宽多窄，醋只是柿子醋，辣子要汪，吃毕要喝汤，喝二锅面汤。你四婶伺候了他一辈子还伺候不到向上，你咋待他？”我说：“他不去了最好，我去！”中星说：“你能去？”我说：“你要出力，我有力气，心细我比谁都心细。你给我吃啥都行，我不弹嫌。睡觉么，给我个草铺就行。我不要你的工钱！”中星是真兴奋了，就拧身要去夏天智家说这件事。他爹说：“你急啥呀，吃了晚饭再去么！”但中星还是出了门。我赶紧跑出来，叮咛他和夏天智商谈时，千千万万不要说我去负责展览的事。中星说：“那为啥？”我说：“你想事办成，就不要提说我，你提说我了事情就砸了！”

返回来，他爹说：“当团长不容易呀，他营心得很！你中星哥之所以把事情弄大，他不二流子！”我说：“那你说谁是二流子了？”他爹就笑，说：“你吃点心呀不？”我说：“你收的四色礼多，吃哩！”他领我进了堂屋，开了板式立柜，柜里放着一包一包礼品，一个盒子里放着咬过一口的一个点心，给了我，他三个指头捏了一撮点心皮渣放在口里，说：“好吃吧！”

这一夜，我在得意着，夏天智也在得意着，我们都没有睡好。天亮起来，我去送中星带着两大麻袋的脸谱马勺坐班车去县城，他告诉我一旦开始巡回下乡，就会立即通知我。他一走，我突然想吃鱼。人一高兴，这胃口也好，但我没去三踅管着的鱼塘去买鱼，凭我现在的运气，我相信能到河里捉到鱼。河边的堤坝头有一潭深水，石头缝里常常有鲶，那种长胡子的鲶光滑得很，一般人是捉不住的，我能捉住，果然手伸进去一会儿，一条鲶就抓了出来。提着鱼走上街，迎面的陈星走着唱流行歌：“这就是爱哎，说也说不清楚，这就是爱哎，糊里又糊涂。”我在心里说：我能说清楚，我不给你狗东西说！就看着他，提着鱼晃。他立即不唱了，说：“鱼？！”我说：“嘴馋了，跟我到书正媳妇的店里清蒸去！”

但是，夏天智清早起来却害了病，头炸着炸着地疼。四婶说：“你不是精神头儿好么，人家拿走了马勺，你得能成夜不睡觉么？！”却叫喊夏雨去地里拔些葱，要给夏天智熬些发汗的汤。夏天智嫌麻烦，就到赵宏声的药铺里买西药片儿。出来在巷头碰着夏天礼和李生民的老婆说话，看见了他，李生民的老婆慌里慌张就走了。夏天智说："三哥吃了？"夏天礼说："吃了。"又说，"书正家的饭店里新卖油条豆浆哩，你没让夏雨去买些？"夏天智说："我才不去那店里，瞧瞧他们家，大白天尿桶都在屋里放着，她能卖出什么干净吃喝？"夏天礼说："你赶西山湾集呀不？"夏天智说："没啥要买的，那么远的路！"夏天礼说："几时咱这儿把市场建好了就天天都是了集。"夏天智说："这几天我没去，不知楼房地基起来了没？"夏天礼说："还没吧。庆满两头调人的，这边要给庆玉盖，那边要修楼。"夏天智说："噢。"抬头看天，天上是一疙瘩一疙瘩旋涡云。今日又是个红天。

夏天智和夏天礼厮跟着出了巷子，夏天礼撇着八字脚往北走了，夏天智朝中街来，碰着梅花，说："你是没有钱还是故意要虐待你爹哩？"梅花说："啥事吗，四叔说这话！"夏天智说："你爹去赶集呀，脚上穿得难受不难受，后跟一半快磨出洞了！"梅花说："我爹那八字脚，穿皮鞋都拐哩！"夏天智说："你一次买三双五双放在那儿，看它能拐个啥样？！"我是把鱼让店里剖着清蒸，就和陈星蹴在店门口喝豆浆，看见夏天智一路走来都有人问候，他也不停地点头，我便对狗剩的连疮腿儿子说："你想不想喝豆浆？"那小儿一直看着我，喉儿骨上下动了半天。连疮腿说："想么。"我就叭地打了他个耳光，他要过来打我，我说："你哭，你哭么。"连疮腿便呜呜地哭。夏天智果然走过来，说："娃你哭啥的？"我说："他想喝豆浆又没钱，他说先记个账，书正媳妇说你碎熊以为你是谁呀，是乡政府干部？把娃骂哭了。"书正媳妇听我这么说，还没回过神来，夏天智说："一碗豆浆值得骂人？给娃盛一碗，再给两根油条！"他把一元钱扔在案板上。书正媳妇说："四叔，给你来一碗！"夏天智说："我不吃。你也把油条拿竹网子盖上么，苍蝇轰轰成啥啦？"书正媳妇说："四叔，那是饭苍蝇，没事的！"

这时候，斜对面的巷口立了一群人，噼噼啪啪放了一阵鞭炮。鞭炮一响，这便是另一宗事，我必须有个交代。在三角地修建市场，地的北头有一棵苦楝树，本该砍掉这棵苦楝树就是了，但君亭说砍掉苦楝树可惜，让连根刨了移栽到他家后院。结果刨树根就刨出了两块大石头，竟然是人像，而且一男一女。先是人们觉得奇怪，觉得奇怪却也没认作是多贵重，庆满拿了镢头就咣地敲了一下，把一块石人的肩敲下一块，偏偏李三娃的娘来工地上看热闹，说：“这不是土地庙里的土地公土地婆吗？”她这一说，人们再看那石像，石像头戴方巾帽，身穿着长袍，长面扁鼻，眼球突出没凿眼仁，满脸都是深刻的皱纹，年纪大些的都说是土地公和土地婆。真是了土地公和土地婆，那就是神，虽然是小神，小神也是神呀，有人就把石像要放进土地庙去。清风街自我爷的爷手里，就有一寺一庙。寺是大清寺，庙是土地庙。土地庙在中街北巷口，我记事起庙就磨坊那么大，庙里空着，庙门前有两棵松树，我们常在树下捡松子嗑。后来两边的门面房盖得连了起来，把土地庙夹在中间，堆放着谁家盖房苫院剩下的破砖烂瓦，松树被伐了，做的是大清寺里会议室的桌面，庙门也没了，门框里织了一张蛛丝网，中间趴着一只大肚子蜘蛛。我在书正媳妇的店里喝豆浆，正是一群人打扫了土地庙，把土地公土地婆安放在了里边。对于出土了土地公土地婆，又将土地公土地婆安放进土地庙，我事先不知道，夏天智事先也不知道。清风街发生的大小事竟然有我和夏天智不知道的，我觉得很奇怪。所以，我端着碗过去蹴在庙前的台阶上看别人放鞭炮，对石像没兴趣，对放鞭炮的人也瞧不起。他提着鞭炮转圈圈，鞭炮还有一大截就紧张得丢了手，那一截鞭炮就飞到我面前，我没惊慌，连身也不起，筷子在空中一夹，轻而易举便夹住了，让它在我面前开花。夏天智走过来，人全给他让路，他是目瞪口呆地看着石像，半天半天了才说：“神归其位，神归其位啊！”人群里立即有七张嘴八条舌争着要给他说，说怎样在三角地北头的苦楝树下挖出来的，为什么他会埋在了那里呢，是街道扩建时移的还是文化大革命中扔的，为什么埋在那里了上边长着棵苦楝树？他们搞不明白，夏天智也觉得是个谜。但是，他们说，不管怎样，修建市场而土地公土地婆显出这绝对是一种好兆头，预示着市场会一定成功，而庆幸着没有支持秦安去淤地，秦安哪里有君亭的吉人天相，瞧他小鼻子小嘴，干啥都不成的！听着他们这样说，我就不服了，我说："哼！"气管炎张八哥说："你说啥？"我说："说不定是君亭事先埋在那里的！"我这一说，大家倒都不吱声了。夏天智就说："谁在说这话？咹？！"刚才合起来的人群又闪开来，夏天智就站在五米远的地方盯着我。我不敢看他的脸，他脸长，法令很深，我面前起了土雾，那是他的话一颗一颗像石头一样砸在地上起的土雾。站在我身后的书正媳妇立即夺了我手上的碗，用抹布打我的头，说："你这个疯子！"我说："我说疯话啦，四叔！"夏天智却高声地说："你不是疯子，你说的不是疯话，你是没原则！我告诉你，君亭还没懂事的时候这石像就丢了！"我灰不沓沓地坐在台阶上，许多人在看我的笑话，我对书正媳妇发了火，说："男人的头女人的脚，只能看不能摸，你在我头上打啥的？再来一碗豆浆，听见了没有，再来一碗！"

夏天智后来是到了大清堂，赵宏声在里面正写对联，猛抬头见夏天智脸色黑青，才要问话，夏天智说："让我洗个脸！"赵宏声忙在脸盆倒了水，夏天智把脸洗了，脸上亮堂多了，说："狗日的引生，水不浑他往浑里搅哩！"赵宏声说："引生气着你了？"夏天智说："他这一气，我头倒疼得轻了！你干啥哩，当郎中的没见过你看药书，就只会写对联！"赵宏声就说："以我的本事呀，说一句不谦虚的话，应该去大学当教授，可就是没夏风的那个命，只好当郎中吃饭了。唉，世上只有读书好，人间惟独吃饭难啊！"夏天智说："瞧你这贫嘴，教授硬让这嘴贫成个郎中了！谁家又给儿子结婚呀？怎么没听说！"赵宏声说："谁家红白事能不提前请你？这是给土地庙写的。"夏天智近去看了，上联是"这一街许多笑话"，下联是"我二老全不做声"。夏天智说："写得好。可清风街的土地公土地婆不做声了，总得有人说话呀！"赵宏声一拍掌，说："有横额了！"立马写了："全靠夏家。"夏天智说："你对夏家有意见啦？"赵宏声说："对谁家有意见对夏家没意见，对夏家有意见对四叔没意见！"夏天智就笑了，说："世上的事真是说不清，有的人对你好，但他没趣，你就是不愿和他多待，有的人明明来损你，但他有趣，你就是爱惦记他么！"赵宏声说："四叔不是在骂我吧？"乐哉哉地给夏天智沏了茶。

夏天智先喝了一包清热止痛散，额头微微有了汗，才慢慢品茶，问起赵宏声一共能写多少对联，赵宏声扳起指头数，数出二百条，别的就记不起来了。夏天智建议写了这么多，怎不让夏风帮着联系省上的出版社出一本书，赵宏声说："咦，夏风出书，影响得你也知道要出书？我是农民，谁给我出书？"夏天智说："夏风说能卖的书出版社会给稿费的，你这号书肯定有人买，不像我的书。"赵宏声说："你也出书？"夏天智说："我那些秦腔脸谱，剧团里人老鼓动着出一本书，可我那书只有研究秦腔的人买，那就得自己出钱。"赵宏声说："出多少钱对你来说算什么事？"夏天智说："从古到今你见过哪个文人富了？世上是有富而不贵，有贵而不富，除非你是皇帝爷，富贵双全！我真的到出书那一天了，我可事先给你说好，你得借给我些钱哩。"赵宏声说："少借可以，多借我可拿不出。你该向一个人借。"夏天智说："谁？"赵宏声说："你三哥。"夏天智说："雷庆有钱，他没钱。"赵宏声说："你不知道，最有钱的应该是他。"

赵宏声是个碎嘴，什么事让他知道了，门前的猪狗也就知道了。他当下告诉夏天智，说去年八月，是八月初八，一个人来问他有没有银元，他知道碰上个银元贩子了，就没和那人多说话。那人临走时却问清风街有没有一个叫夏天礼的，他说有，那人又问住在哪儿，他给指点后那人就走了。到了今春，他还瞧见过夏天礼在布兜里装有十个银元哩。现在银元是一个七八十元，夏天礼倒贩了几年了，手里肯定能落上几万元的。赵宏声说着，眼皮子哗哗哗地眨，夏天智就回想夏天礼是周围几个集市场场不落地去赶，却从不见拿什么东西去卖和买什么东西，刚才和李生民的媳妇正说话着见了他就不说了，李生民家在旧社会是富户，他爹又当过土匪，说不定那媳妇要把藏在家里的银元卖给夏天礼的。当下心沉了沉，又黑青了脸，说："你对你的话能负责任？"赵宏声见夏天智严肃了，就慌了，说："这，这……"夏天智说："这可是违法的事，没有证据，不敢胡说！"赵宏声说："这我知道，要不是你是三叔的弟弟，你四叔要不是夏天智，这话就烂在我肚里了。”突然夏天智连打两个喷嚏。赵宏声说：“这下病就好了！”夏天智说：“打一个喷嚏是有人念叨，打两个喷嚏是有人骂。狗日的，谁在骂我？！”

是我在骂夏天智的。他当着那么多人训斥我，比君亭打了我还要难受，当然骂他。但骂过了心里却又感激他，别人都以为我是疯子，他却说我不是疯子，说的不是疯话，夏天智到底是夏天智，他让你恨他又不得不尊重他。我在饭店里吃了清蒸鲶鱼，又去了土地庙门口，几个人还在说：“疯子滋润，买鱼吃哩！”我就骂道：“谁再说我是疯子，我日她娘！”大家却哈哈大笑，说：“你拿啥日呀，拿你的头呀？”中星的爹说：“都不要戏逗引生啦，不嫌人家可怜！”我一下子更火了，说：“谁可怜啦？我让你可怜？！”大家便说：“好了，都不准说引生没 × 的事，清风街数引生最乐哉，咱让引生给咱说说话！”竟然有人给我鼓掌。我那时一是有气，二是也想糟贱糟贱君亭，我就提高了声音，说：“乡亲们，虽然我们日子是艰难的，劳作是辛苦的，但理想却是远大的，等咱有了钱，咱去吃油条，想蘸白糖是白糖，想蘸红糖是红糖，豆浆么，买两碗，喝一碗，倒一碗！”大家啪啪地给我鼓掌。我说：“这是村支书夏君亭给我们的远大理想，我们要跟着夏君亭发财啊！”三踅却站出来，说：“引生你说得不好，那算什么理想，听不听两个屎扒牛怎么说的？”我见不得我在说话的时候三踅来插嘴，我说：“你听得懂屎扒牛的话，你说！”三踅说：“两个屎扒牛在谈理想，一个屎扒牛说，等咱有了钱，方圆十里的粪便我全包了，谁也扒不成，只有我扒！一个屎扒牛说，没品位，我要是有了钱，雇两个小姐来屙，咱吃新鲜热乎的！”三踅才是没品位，他这么一说，恶心，把我讲话的意义也冲淡了。我一甩手，就要离开，赵宏声拿着大红的对联过来了，他说：“引生引生你不要走！”我说：“这是给谁送对联呀？”他说：“给土地庙呀！”就把对联真的贴在庙门口。我看了，说：“宏声你文化多，你说土地神是多大个神？”赵宏声说：“是神中最小的神吧。”我说：“他管着土地，怎么会是最小的神？相当于现在的哪一级干部？”赵宏声说：“就像君亭吧。”我说：“君亭他如果是土地神，他能不淤地？”

赵宏声说："你现在事咋这么多？！"我就是事多！我一揭对联就跑。赵宏声来撵，我说："你要再撵，我就撕呀！"赵宏声停了脚，但日娘捣老子地骂我。

骂就骂吧，反正骂着不疼，我把对联拿走了，贴在了夏天义的院门上。我到现在也搞不明白那时为什么会把对联贴在夏天义的院门上，确实脑子里没有多想，像得了谁的命令似的。我是用牙垢粘上去的，牙垢原本是粘不上去的，但粘了对联上沿，一股小风呼地吹来，将对联平展展地贴在门框上，接着是水塘里无数的蜻蜓飞来。蜻蜓的翅膀都是红的，越飞越多，越飞越多，天哪，在院门前翻腾着红云。这是怎么一回事？我都吃惊了，离开了院门已经走过水塘，那院子上空还是一片红，像有了火光。事后我将这现象说给了赵宏声，赵宏声不信，说我装神弄鬼，我发誓：谁说谎是猪！赵宏声说："难道夏天义还要成什么事？！"

我一生从没服气过赵宏声，但他这一句话，过后真的应验了。

※　※

夏天义发现院门上贴了对联，却已经是第二天的事。

头一天晚上，庆金从单位回来，终于办妥了儿子光利顶班的事，心里高兴，回来提了几瓶好酒，三斤羊肉和一串卤制的豆腐干。进门后，淑贞给他诉说和瞎瞎的吵闹，觉得自己身为长子，没能替爹担衬反倒惹爹生气，就责备了淑贞几句。但庆金在家里没掌权，他一责备，摸了老虎的屁股，淑贞在案上擀着面，不擀了，骂庆金软蛋，你啥都软，别的男人把婆娘伺候得到到的，你就是不伺候也该遮风挡雨，不是一棵大树吧，也该是一把伞，你这伞烂得一条一条的！庆金见面条吃不成了，提了一瓶酒去他爹的屋里，走到巷口的碾盘边，对着石滚子骂："谁都有老人的，你也会老，你这样待我父母？！你把我气死啦！哎，你把我气死啦！"俊奇挎着电工包往过走，站着看了一阵庆金，说："你骂谁的？"庆金说："我没骂你，我骂我那媳妇哩！”俊奇说：“嫂子没在跟前，你骂着给石滚子听呀？”庆金抬了脚就踢石滚子，石滚子没动，把他的鞋踢掉了。

夏天义是在庆玉家的稻田里撒化肥，二婶整个下午都坐在门槛上刮土豆皮，刮了半盆子，就煮了土豆做拌面疙瘩汤。哑巴在院子里劈柴火，柴火是两块大树根，哑巴抡了斧头劈了半天，才劈开了一块。二婶说：“你缓缓来，缓缓来，挣出毛病了又害我呀！”哑巴不住手，抡一斧头吼一声，天摇地动。自从瞎瞎成了亲后，夏天义就和最后一个儿子也分房另住了，老两口自个过活。五个儿子曾经提议他们让老人每周轮流到各家吃饭，夏天义不同意，觉得儿子儿媳们都忙，尤其麦秋两季或有了什么要事，吃饭都是凑合的，如果管了饭，是忙呀还是先做饭呀，都不方便。更何况夏天义心性强，才不愿意每天拉着瞎眼老婆去上门吃饭，那算什么呀，要饭呀？！夏天义就说：“地我们是不种了，全分给你们，一年两料每家给我拿小麦五十斤，稻子一百斤，各类豆子杂粮五斤，蔬菜随便在谁家地里拔。而饭是我们做我们吃，想吃稠就吃稠，想吃稀就吃稀，想什么时候吃就什么时候吃。”夏天义还有一句话没有说出口，那就是五个儿媳都不是省油的灯，常言久病无孝子，如果分配到各家吃饭，时间长了免不得生闲气。这样的日子实行了几年，夏天义没有一天不在儿子们的田地里劳作，但劳作并没落下多少好，几个儿媳倒埋怨公公给这家干活多了，给那家干活少了。这些话夏天义没往心上搁，他劳作是他愿意，不在地里干活反觉得心慌，身上没劲，只是从此对儿子儿媳心淡了许多，爱惦着哑巴，让哑巴长年就吃住在他那儿。哑巴忠实，又舍得出蛮力，把一块树根劈开，正劈第二块，书正来了家里，要哑巴在家把来运管制好，说来运每天都往乡政府跑着勾引赛虎，乡政府的刘干事意见很大，一是嫌坏了赛虎的纯性，赛虎是外国洋狗种杂交的，来运是土狗，二是来运一到乡政府院里就狂叫，影响领导办公。哑巴说不了话却能听见声，当下就哇哇叫喊。书正说：“你不骂我，我只是来传达刘干事的意见的！”哑巴还是哇哇叫喊。书正说：“清风街这么多狗，来运偏偏就只和赛虎好！”坐在门槛上刮土豆皮的二婶一直听书正说话，这会儿说：“是我家来运贱么，巴结乡政府么！书正，我可给你说，不是来运要给赛虎好，是赛虎一早一晚都往我家跑！”说罢放下刮刀，拉了拐杖要去厕所。哑巴看见忙去把尿桶提出屋，但二婶还是要去厕所，书正说：“婶子，那有啥哩，你那么大年纪了，我和哑巴又都是你的娃么，你出去干啥呀？”二婶说：“我再老，我还是个女人么！”书正说：“那是这吧，我的话也传达完了，我该走啦，你就在尿桶里方便。”起身就出了门。门口便撞着赛虎，汪地向书正叫了一下。二婶说：“你要走呀？你看看，你前脚走，狗后脚就来了！”

夏天义进门的时候，光着双腿，手里提着两只鞋，人累得腰都弯下了。他没有感觉腿肚子上还趴了一条马虎虫，哑巴看见了，就一个巴掌拍去，使夏天义冷不防受了一惊，骂道：“你咋啦，咋啦？！”低头看，被拍打的马虎虫从腿上掉下来。马虎虫黏在腿上就吸血，但是不疼。马虎虫从夏天义的腿上掉下来了，腿上却出了血，一股子顺腿流，像是个蚯蚓。哑巴将马虎虫从地上捡起来，拿手一节一节地掐，掐成四节，夏天义就骂：“你咋这狠的！你把它弄死就行了，谁叫你这么掐的，你恶心不恶心？你滚！”就把哑巴骂跑了。二婶说：“要吃饭呀，你把他骂走了？”夏天义说：“让他回他家吃去，咱两个人的饭抵不住他一个吃！”便问，“啥饭？”二婶说：“拌汤煮土豆。”夏天义去锅里盛了一碗给了二婶，自己也盛了一碗，却见碗里漂了一层白虫子，忙起身将二婶的碗夺了，说：“面里生了虫，你也不用罗儿隔一下！不吃了，我重做些别的吃。”二婶说：“有虫啦？倒了多可惜，把虫子拣出去就是了，全当咱吃没骨头的肉哩。”夏天义也觉得把一锅饭倒了可惜，就把虫子一个一个往外拣。庆金提着酒进了门。

夏天义一见庆金，一肚子的火就冒上来，咚地把碗筷往锅台上一放，也不吃了。父子俩一句话都没说。二婶从脚步声中分辨出是庆金来了，就叫庆金的名字。庆金见爹不高兴，有些为难，也不敢说喝酒的事，把酒瓶往柜盖上放。二婶说：“听你那出气声！那是淑贞和瞎瞎吵嘴，与庆金啥事？！”庆金坐到娘身边了，说："吃的啥饭，我也来一碗。"故意气强，去盛饭时就叫着这么多虫子怎个吃呀，一时心里酸酸的，端锅把饭倒了，自己给老人重做。夏天义气也消了，看着庆金在水瓢里淘米，说："光利的事妥了？"庆金说："妥了。"夏天义说："啥时候去上班？"庆金说："得半个月吧。"夏天义说："你给光利提个醒，干公家事不像在家里，要把事当个事干。你看你把光利惯成啥样了，年轻轻的身子沉，地里草都上来了，也不见他去拔一把！"庆金说："噢。"淘了米，下到锅里煮着了，才把酒又拿给夏天义。夏天义用牙咬酒瓶盖，咬不开，起身将瓶嘴伸在门环里一扳，自己先喝了一口，说："这不是假的！"二婶说："这阵高兴啦？"夏天义就对庆金说："我来烧火，你去把你三叔四叔叫来，就说请他们喝酒的。"

在清风街，天天都有致气打架的，常常是父子们翻了脸，兄弟间成了仇人，惟独夏天义夏天礼夏天智一辈子没吵闹过，谁有一口好的吃喝，肯定是你忘不了我，我也记得你。当下庆金出去先到了四叔家，夏天智端了白铜水烟袋就走，四婶说："你感冒着敢去喝酒？"夏天智说："二哥叫哩，我能不去？给我个馍，夹根葱，我先垫垫底！"庆金又去叫三叔，夏天礼正和泥补炕头的一个窟窿，弄得满脸的汗和泥，说："大热天，喝什么酒？！"不肯去。庆金拉他出门了，他又返回去把后窗关了，再出来锁门，将钥匙放在门框脑上，已经走出百十步了，又折身从门框脑上取了钥匙装在口袋里。在院子里乘凉的翠翠说："爷，没人开你的门！"夏天礼说："不开我的门？我放在吊笼里的那副石头镜咋没见了？"翠翠说："谁动你石头镜了？"夏天礼说："前日我看见陈星戴着我的镜，他咋能戴了我的镜？！"翠翠说："你真啬，人家害火眼，借戴几天又不是不还你，你补鞋人家怎么不收你钱？"夏天礼再不说话，撇拉着八字脚走了。

弟兄三人和庆金吃了米粥，将一瓶酒喝了。还没有过足酒瘾，夏天义从柜里又取了一瓶再喝，庆金就退下，到炕上陪娘说话。这期间，竹青也来了，将炕头上放着的纸烟抽出一根吸了，又点上第二根。庆金说："你烟瘾倒比我大。"竹青说："心烦么。"庆金说：“你啥事有我心烦？”竹青说：“你还烦呀，光利有你这个当爹的，早早就有工作了，我那儿子靠谁去，自个又不好好念书，一辈子就只有戳牛沟子了！”庆金说：“供销社当售货员能比农民高出多少？他要是身体好，我倒还同意他也出去打工，或许还能闯出个名堂。”竹青说：“不知这是咋回事，咱夏家到光利他们这一辈，出不了一个像样的人才！”二婶忽地打了个嘘声，两人停了话，二婶说：“谁在院门口的？”庆金听了听，并没有动静。竹青说：“娘耳朵灵，又听到什么呀？”二婶说：“有人在门口。”竹青出去看了看，没有人影。回来说：“没人。”就又说，“这四家，别的都好，就咱一门子五个儿子顶不住个雷庆，更不要说夏风。”庆金说：“上善就说过，清风街出个夏风，把上百年的精华吸走了，咱夏家也就没了脉气。”竹青说：“出人才就像挣钱，越有钱的越能挣钱，越是没钱，挣个钱比吃屎都难，夏风将来不知还要生个龙呀么凤呀！四叔，白雪怀上了没？”庆金说：“这事不问四叔，白雪要怀上了，四婶早嚷嚷开了。”二婶又嘘了一声，说：“院门外谁又来了？”竹青说：“谁来了，风来了。”还继续说光利这一茬人，来运就跑进来，接着哑巴跑了进来，哇哇地叫。竹青听不懂，庆金也听不懂，二婶说：“是你五叔的娃烫伤啦？”哑巴又哇哇地说。二婶说：“你五叔呢？”哑巴手比划着。二婶说：“竹青你快去瞎瞎家，那贼媳妇把娃烫伤了！”竹青说：“娃咋能烫伤，瞎瞎人呢？”二婶说：“打麻将去了。”竹青就往外走，二婶已哭起来，又喊叫：“拿上老醋，拿上老醋给娃抹！”夏天义夏天礼夏天智一直喝酒，这边的说话能逮一句是一句，全不在意，待二婶一哭，都知道出了事，夏天义就训二婶哭啥哩，有啥哭的，又大骂瞎瞎整天打麻将，又没钱只是站在旁边看，那有啥看的？！夏天礼又劝夏天义，说庆金这一辈九个就瞎瞎的日子过不前去，越是日子过不前去越是没心情做事的，既然他看人家打麻将去了不在家，让竹青过去看看娃娃烫伤的怎样就是了。夏天义说：“把他娘的，连一个娃都养不好，不是今日咳嗽，就是明日闹肚子，娃两岁了像个病老鼠！”夏天礼说：“逢上这号儿媳妇了，你生气有啥用？喝酒喝酒！”夏天义说：“兄弟，这教训深啦，生下个没本事的儿子，千万再不给娶个肉馕子媳妇！”二婶说：“不给娶媳妇，你让他打光棍啊？！”夏天义说：“你还说啥呀？我咋就遇上你这婆娘，生一窝猪狗！”二婶哭声更高，竹青从厨房里拿了老醋，又来劝二婶，说：“爹，你就少说我娘两句！”庆金却让竹青快拿了老醋去瞎瞎家，把娘背到厨房里坐了，又来酒桌上添酒，就拿眼睛看夏天智。夏天智喝他的酒，把杯子里的酒喝完了，放下，然后说：“庆金你应该去，淑贞和瞎瞎致了气，你去着好！如果是烫得不重，到我家拿些獾油给娃涂上，如果烫得重了，就到宏声那儿去看看，你给宏声说，账记在我名下。”庆金和竹青起身就走了。待到一个时辰后，庆金回来，说是瞎瞎媳妇端饭时不小心饭倒了娃娃胳膊上，烫了一片，已经涂了獾油。问竹青呢，庆金说回去了。大家都松了一口气，说：“就喝到这里吧。”各自回家去睡。

夏天智有些醉，耷拉着脑袋从巷子里往回走，想着酒桌上的话，心里闷着，实腾腾的难受，经风一吹，一股子东西就吐了出来。才扶着一棵树歇气，蓦地看见斜对面中星家的院内怪兮兮的，所有的树上都点着一支蜡，又设有香案，中星爹一直是跪在案旁，一声不吭，而俊奇却从每一棵树上折一小枝编成草帽戴在头上，然后在香案前上供品，上香，上酒，跪下来念一页纸上的话：“奉请北斗星君归坊安座，我本院大小树木十二棵持香祷告，主人夏生荣生于戊寅年正月十一日未时，现年六十六岁，一生勤劳俭朴，一心向善，深得村里乡邻爱戴，尤其教子有方，培养其儿出息有为，又待我众木亲近，今身染重病，痛苦难耐，我兄妹十二，长树榆，次树桃，三树杨，四树梅，柿，枣，丁香，樱桃，香椿，梨，柳和花椒，发自本心，甘愿各减阳寿一年添给主人。等主人病好之后，我等以所开之花，所结之果，全部敬献，主人也以电影一场，大小炮，满斗香以还重愿。人树诚心，神必感应。专呈此文为证。”求寿文念毕，夏天智却浑身哆嗦了一下，感觉有一股冷气上身。他向来不重视中星的爹，但中星现在才当了团长他却害了病，也理解他的可怜。关于求寿，夏天智倒想起一桩往事，母亲在晚年身体一直不好，大哥夏天仁每晚夜深也在院中设香案祈祷：愿减自身寿命十年，以增母寿。母亲终转危为安，但大哥五十五岁就死了，母亲也常说：你大哥生寿应该是六十五岁，今早死十年，是将十岁增给我了。求寿或许是顶用的，但夏天智不明白的是为夏生荣求寿的不是夏中星，而是俊奇，俊奇又代表着院中十二棵树木？他站在那儿呆了半天，待俊奇出来，轻轻叫了一声，俊奇吓了一跳，说："是四叔呀，这么晚了还没歇着？"夏天智说："你给中星他爹求寿啦？"俊奇说："你知道啦？他病了，本来要中星来添寿的，他又不愿意让中星添寿，就让院中的树木各减一岁，但树木不会说话，才要我去以树木的名义念他写好的祷文哩。四叔，你说这求寿能不能求到？"夏天智却说："噢。"转身就走了，走了还自言自语着："能求到吧，能求到吧。"

夏天智回到家里，四婶已经睡下了，他坐在中堂的椅子上吸水烟，堂屋里没有拉灯，黑幽幽的，堂屋门半天，跌进来的是片三角白光。夏雨终于回来了，推了一下院门，院门很响，他就掏出尿浇在门轴里，门再没了声，关了走进堂屋，蹑手蹑脚才要闪进来，夏天智说："回来啦？"夏雨吓了一跳，说："我说早早得回去，丁霸槽说再打十圈，他又是输了……"夏天智说："你赢了？"夏雨说："这，这……我以后再不打麻将啦，我给你保证。"夏天智说："赢了好。"夏雨说："爹，爹……"夏天智说："你既然没瞌睡，你拿上你赢来的钱，现在去宏声那儿买'固本补气大力丸'，买十二包！"夏雨说："买药，现在去买药，谁咋啦？"夏天智说："你问那么多干啥？让你去你就去，宏声就是睡了，也得把他叫起来。"夏雨迷迷瞪瞪就出了门，一出门，庆幸爹竟然没一句骂他，撒了腿就往中街跑。

"固本补气大力丸"是买回来了十二包，夏天智在篮子里提了，要夏雨拿了一把镢头跟他走。夏天智说："我叫你干啥你干啥，不得说话！"父子俩先到了院后东北角，夏天智让挖个坑，埋下一包药，又到院后西北角，挖下一个坑埋下一包药，再到院前东南角挖坑埋了药，院前西南角挖坑埋了药。夏雨到底不明白，抬起头看爹，夏天智没吭声，他也不敢说了。夏天智又往夏天礼的家走去，夏雨仍是跟着，在房子的四角挖坑埋药，埋毕了，最后到了夏天义家。又是房子的四角挖坑埋药，挖到东北角的坑时，二婶睡梦中听到了响动，敲着窗子说："谁，谁做啥的？"夏天智不吭声，也示意夏雨不吭声，轻轻地把药包放进坑，用手刨着土埋。二婶用脚把夏天义蹬醒了，说："你听到了没，有啥响动！"夏天义听了听，说："有啥响动？你睡不着了别害扰我！"鼾声又起了。

夏雨到底不明白他爹深更半夜埋"固本补气大力丸"是为了什么。事后过了好多天，他在丁霸槽家喝茶，我也去了，他给丁霸槽说起这事，丁霸槽也不知为了什么，我在一旁微笑，他说："你笑啥，你知道？"我当然知道，吃啥补啥，赵宏声就曾经让我爹吃猪肚片补胃，吃核桃仁补肺，夏家的后人除了夏风和雷庆再没成器的，夏天智这不是要给夏家壮阳气吗？但这话我不给他夏雨说。世上是有许多事情不能说的，说了就泄了天机。夏雨就不理我，拿眼看门外碌碡上坐着的白娥。白娥穿了件花短裙子，腿白胖胖的，像两个大萝卜，她才坐到碌碡上，一眼一眼往街西头瞅。丁霸槽说："一会儿三踅就要来了！"夏雨说："你猜她穿了裤头没有？"丁霸槽说："穿裙子能不穿裤头？"夏雨说："没穿！"他们就哧哧地笑。白娥回过头，竟朝我们走过来，说："笑我啥哩？！"夏雨说："是引生笑你哩！"白娥就看我，说："你就是引生呀？三踅常说起你的。"三踅说我能说什么好话，我说："他说我啥的，谁背后说我谁断了舌头！"白娥说："是吗，还断了啥呀？！"便嘿嘿地笑。我明白她笑我什么，才要起身走开，她却拿手捏了一下我的脸，说："人倒长得白白净净的么！"三踅骑着摩托就过来了，让白娥坐到后座，呼啸一声又开走，但一股风吹开了白娥的裙子，她果真没穿裤头。白娥慌忙中拉裙子往身子下压，她的屁股还是让我们看见了。他俩乐得嘎嘎大笑，夏雨却冲着我说："白娥捏你的脸，对你有意思啦！"我呸地唾了夏雨一口。

清风街别的人戏耍我，连丁霸槽夏雨也戏耍我，这让我非常生气！我呸了夏雨一口，从此就和他生疏，有事没事都去找哑巴，哑巴是好人。说到哪儿了，全扯远了，还是再说夏天义。

夏天义直到第二天起来，要将尿桶里的生尿提到瞎瞎家的地里去浇葱，葱浇上生尿长得快，才一出院门，发现了门框上贴着的对联。他说：“咦，谁给我送对联了？”坐在堂屋台阶上梳头的二婶说：“半夜里我听见响动……该不是给你贴大字报吧！”夏天义念了一遍，说：“吓，我是土地爷啦？！”二婶说：“你再念念。”夏天义又念了一遍，二婶说：“是土地爷你就少做声的。”夏天义闷了半天，说：“屎！”提着尿桶走了。

东街的土地，除了三分之一的河滩稻田外，三分之一集中在东头小河两岸，还有三分之一就是312国道尽北的伏牛梁。伏牛梁上是“退耕还林”示范点。瞎瞎家的一块地就在伏牛梁的坡根，栽种着茄子、豆角和葱。夏天义到了葱地边，一边浇尿，一边骂瞎瞎。瞎瞎自小人没人样，偏爱惹是生非，又偏偏是骂不过人也打不过人，时常额上一个血包地回家，夏天义没有庇护他，反倒拿套牛的皮绳抽他。但是，夏天义最讨厌这个儿子，又最丢心不下的是这个儿子，分家另住后，瞎瞎日子不如人，他免不了在各方面勒搭着别的儿子而周济瞎瞎。夏天义浇完了尿，看见紧挨着的那一块只有二亩大左右的地里长满了铁秆蒿、爬地龙和麻黄草，知道是俊奇的堂哥俊德家的，眉头上就皱了个肉疙瘩。提起俊德，那是个没名堂的人，生了三个女儿却一定要生个男娃，拼死拼活是生下了，被罚款了三千元，家境原本不好，这下弄得连盐都吃不起，就去了省城拾破烂。出去拾破烂，村里人捂住嘴拿屁眼笑哩。可他半年后回来，衣着鲜亮，手腕子上还戴了一块表。丁霸槽硬说那表是假的，时针秒针根本不走，但俊德再走时把老婆和娃娃们都带走了，村人便推测他是真挣了钱，有人倒后悔没有跟他一块去。夏天义看着二亩地荒成了这样，不骂瞎瞎了，骂俊德，就过去拔铁秆蒿，拔一棵骂一声。

拔开了有席大一片，俊奇背着电工包从312国道上过，说：“二叔，没柴烧了吗？我家有劈柴，我给你背些去。”夏天义说：“我来拔柴火？我看着这蒿草就来气！多好的地荒着，这就不种啦？！他最近回来了没？”俊奇一下子脸沉下来，说：“过年回来了一次再没回来过。”夏天义说：“清明也没回来上坟？”俊奇说：“没。”夏天义说：“那他是不想再回来了？”俊奇说：“省城是他的？不回来最后往哪儿埋去？”夏天义说：“埋他娘的脚！他就这样糟踏土地？！他不种了，你也不种了？”俊奇说：“他说过要我种，却要我每年给他二百斤粮食，还得缴土地税。我种地他白收粮呀？再说我一天忙得不沾家，我家的地都种不过来哩。”夏天义说：“你给他打电话，就说我来种！”

又一个故事就从这里开始了。当夏天义说出他来种俊德家的地，俊奇回来就给他娘说了这事，老太太有些晕，头弯在炕沿上了半天，说：“这使不得。”俊奇觉得奇怪，问为啥使不得，老太太却要俊奇倒一碗水，她该吃药呀。水还没有倒，夏天义就在门外喊俊奇。夏天义是个急性子，一整天没见俊奇回话，摸黑来问情况，俊奇忙出去，说他还没给俊德打电话的，要夏天义进屋去，夏天义迟疑了一会儿，到底还是进去，一边走一边故意咳嗽。老太太躲不及，也就不躲了，手心唾了口唾沫，抹了抹头发，站在门口。俊奇见娘的眼睛发亮，才要问娘的头还晕不晕，娘却说她去给烧开水。夏天义说：“喝些浆水倒好！”老太太亲自去舀了碗浆水，还在浆水里放了一把糖，退身坐到灯影下的炕沿上。俊奇拨通了俊德的电话，俊德同意代耕，俊奇就代表了堂兄和夏天义写了个协议：土地税由夏天义承担外，每年给俊德一百斤小麦和一百斤稻子。写了协议，夏天义突然说：“咳，解放前我给你们家种过地，六十年过去了，我又来种你们家的地了！”老太太挪了挪身子，要起来，但还是没有起来，说：“他二叔，你不说这话我还不敢说哩，你种了一辈子地，老了老了，还种这二亩地干啥呀，你还缺吃少穿的？”夏天义说：“地不能荒着么，好的一碗饭，倒在地上了，能不心疼？我还不至于太老吧？！”老太太说：“……你一辈子使强！”老太太却笑了。老太太一笑，夏天义就不吭声了，在口袋里摸卷烟，但口袋里没有装卷烟。俊奇说：“娘，娘！”老太太说：“我睡呀，你们说吧。”摇摇晃晃地就往厦屋去。

老太太一走，夏天义也说他走呀，俊奇就送他出来。天上满是星星，一颗一颗都在挤眉弄眼。夏天义的情绪特别好，顺口唱了：“老了老了实老了，十八年老了我王宝钏。”俊奇说：“二叔也能唱《五典坡》？”夏天义忙把唱止住，脸上一阵烧烫，说：“俊奇，你现在一顿吃几个馍？”俊奇说：“吃馍？一顿吃两个。”夏天义说：“我吃三个！”俊奇说：“你还能吃三个？”夏天义说：“我像你这么大的时候……”他不说了，跨了一个大步。巷道拐过弯是段斜坡，夏天义明明看着两个石阶，要一步跨上去，但脚步没踩住，咚地窝在了地上。俊奇忙去扶他，他说没事没事，不让扶，也不让再送，独自从巷道里往过走，肩膀抬得高高的。俊奇在黑暗里笑着，返回家来，娘却坐在厦屋门前的捶布石上，屋檐上吊着两只蝙蝠。

夏天义要种俊德家的地，这事除了夏天义的五个儿子知道外，谁都不晓得底细。俊奇到夏天智家收缴电费，说给了四婶，四婶告诉了夏天智，夏天智不画脸谱马勺了，立马去找庆金。

庆金在家里和四个弟弟、弟媳们也正商量着这事，听见夏天智在院门外喊他，一出来，夏天智劈头盖脸就说：“你们是不是不养活你爹啦？”庆金一头雾水，说：“四叔咋说这话？”夏天智说：“我就说了，你们不养活你爹了，我就让你爹住到我那儿去！”庆金赶紧端了凳子让夏天智坐下，要给夏天智点烟，但夏天智没有拿水烟袋，庆金就喊光利快给你爷回去取水烟袋。光利跑着去了。庆金说：“四叔你有啥慢慢说，我听着的！”夏天智说：“养儿防老，养的你们干啥？你爹给你们各家帮着种地，我都有些看不下去，现在竟然让你爹去种别人的地？！”庆金就给夏天智解释，说这事他们事先都不知道，这阵也正在屋里商量着咋办呀。夏天智站起来就走，说：“那好，你们商量吧，商量出结果了，给我汇报！”庆金拉他没拉住。

庆金一脸灰，回到屋里。庆玉说：“四叔倚老卖老！”竹青说：“话不敢这样说，四叔还不是为了咱？”庆玉说：“他是长辈我尊重，但我咋都不爱惦他，事情也怪啦，老弟兄三个，原本爹管事的，倒是他把谁家的事都揽了！”竹青说：“不说这些了。咱想一想，为啥爹要种人家的地？”庆堂说：“是不是咱给爹的粮食不够吃？”瞎瞎的媳妇抱着胳膊上还缠着纱布的儿子，说：“咋不够吃，老两口的茶饭比我家好，我儿子每顿拿了碗只往他爷家跑。”庆满说：“是你一到饭辰了就唆着娃去么，让老人替你照看娃又管了娃吃的。”瞎瞎说：“我儿子能吃他爷多少饭，一小木碗也就够了，你把哑巴常年放在爹那儿，哑巴是啥饭量，吃谁谁穷！咱给的是两个老人的粮，倒成了三个人吃饭，当然不够吃了。”庆满说：“你只看哑巴吃哩，咋不看哑巴给老人干的啥活？一年四季，吃水是谁担的，柴是谁劈的，黑漆半夜老人头疼脑热了是谁背着去看医生的？”声音都高起来，庆金说：“吵啥呀？！咱把爹的地分着种了，是想让爹歇着，可爹身子骨还硬朗，这些年还不是看谁家活忙就帮谁干？爹一定在想，与其这样，还不如自己弄一块地种。”庆玉庆满说：“是这个想法。爹当了一辈子村干部，现在不当了，他还是看啥不顺眼就要说，可说了君亭又不听，他得有个事干呀！爹既然种人家的地，就让他去种吧。”竹青说：“外人可不知内情，会不会耻笑咱做儿女的？”庆玉说：“爹虽说当过村干部，那毕竟还是农民，农民种地有啥呀？四叔一辈子吃公家饭，如果他现在去种别人的地，那才招人笑话夏风夏雨的！”说到这儿，光利空着手回来。庆金说：“你取的水烟袋呢？”光利说半路碰着四爷，四爷拿走了。庆金说：“你四爷脸色咋样？”庆玉说：“管他脸色不脸色的，咱家窝里的咱不能处理啦？！”

夏天智一直在等待着庆金来汇报，庆金却没有来，几天里连个面都不闪。经夏雨了解，庆金他们做儿子的意见竟然和夏天义一致，这让夏天智十分尴尬，在家骂庆金，又埋怨二哥是劳苦命，预言他现在还能动弹，等到动弹不得了，受罪的日子就在后头！夏雨不敢多劝说爹，去街上买了二斤肉，要给爹做红烧肉吃。夏天智就说：“吃肉，吃肉，咱吃咱的！”红烧肉还没做好，君亭来了。四婶留君亭吃肉，君亭说：“红烧肉有啥吃的，我请四叔吃熊掌！”夏天智说：“说天话，现在哪儿能吃到熊掌？！”君亭说：“熊掌是真熊掌。”这才告诉有人前几天给刘家饭店送来了一只熊掌，刘老吉叫他去买了吃，他嫌贵没有去，今日县商业局长要来参观市场建设情况，这可是个机会，为了争取商业局能拨一些款，就得好好接待人家。夏天智说:“这哪儿是请我吃熊掌，让我作陪么！”君亭说:“你一作陪，这规格就高了么！”夏天智说:“我户口又不在清风街，要陪，你请你二叔么！”君亭说:“非你莫属！”夏天智爱听这话，肚子里的气也消了许多。君亭说:“如果你和二叔不拆伴，就把二叔也请上？”夏天智说:“那就不叫他了。”

夏天智决定去作陪，就收拾起来，换了一件新裤子，又要穿件西服。西服是夏风工作后给他买的，平日很少穿，现在从箱子底取出来，四婶说:“大热天的，恨不得剥了皮的，你穿得这厚要捂蛆呀？”夏天智说:“你不懂！”又蹬了皮鞋。说:“要给清风街撑面子，就把面子撑圆！”

两人到了大清寺，商业局长还没有来，金莲在院子里训练几十个小学生。金莲说:“听着，我到时候一喊：热烈欢迎，你们就挥手喊：欢迎欢迎！我喊四个字，你们只喊后两个字，记住了没有？”孩子们说:“记住了！”金莲说:“咱排演一下，丑丑你站好！”丑丑是铁匠的孙子，就站直了。金莲说:“热烈欢迎！”孩子们全是挥手，喊:“欢迎！欢迎！”金莲喊:“领导辛苦！”孩子们喊:“辛苦！辛苦！”金莲一抬头见夏天智进了院，说:“四叔来了！”孩子们仍在喊:“来了！来了！”气得金莲说:“我问候四叔哩，谁叫你们喊的？！”

夏天智坐到会议室里，身上就出了一层汗，问:“局长没到？”君亭说:“说好到的，估计十二点左右吧。”上善就拿了一份材料，让君亭签字。君亭念道:“熊掌一只，盐二斤，醋一斤，面粉五十斤，菜油五斤，鸡十斤，大肉十斤，鸡蛋十斤，土豆五十斤，萝卜三十斤，鱼十斤，排骨十斤，木耳一斤，蕨菜三斤，豆腐十斤，味粉一斤，大小茴一斤，花椒一斤，白菜五十斤，米五十斤。”他说，“一顿饭吃这么多？”上善说:“账单上是接待商业局长一行人。”君亭说:“一行人也吃不了这么多，盐都二斤，是骆驼呀？！”上善说:“两委会欠刘家饭店几万元了，账不好走，趁机会就可以冲账么。”君亭为难了半天，又揪额角的头发，说:“这咋回事么？！”把字还是签了。

农村的午饭吃得迟，一般都在两三点钟，眼看着到了十二点，金莲就领了孩子去了312国道到清风街的路口，随后君亭和夏天智以及一帮村干部也赶了去。太阳正毒，人站在路口，天上像一把一把往下撒麦芒，扎得人难受。夏天智穿得又厚，里边的衬衣早已湿透，只觉得头晕。但他在孩子们面前要做表率，就一直站着，不肯坐到树阴下，也不戴草帽。君亭说："四叔，害扰你了！"夏天智说："啥叫害扰！为了集体的事，这晒一下有啥？"村里一些人见村干部集中在路口，知道是要迎接领导了，却不知道迎接的是什么人，远远地站着往这边看。三踅却端着一碗长面过来了，嘴唇上一圈辣子油。金莲先劝他走开，因为村干部正正经经迎接领导的，你端着一碗面在这里吃，影响不好么。三踅生了气，将饭碗摔在金莲的面前。君亭是看到了，但他没言语。这陈三踅抱着肩就站在路口对面，说："我媳妇让我洗裤头，我不洗，我媳妇说，让你洗是看得起你，别人想洗还不让洗哩！"夏天智懒得理他。君亭说："三踅，咋啦，脸吊得那么长？"三踅说："要告人呀！"君亭说："又告谁呀？"三踅说："才想哩！"夏天智悄声给君亭说："领导就要来了，你赶快把他支走，他如果拦住领导告状，那就难堪了！"君亭走过去给三踅一阵耳语，三踅就走了。金莲问君亭："你说什么了，他乖乖走了？"君亭说："我只问了一句白娥的事，他就走了。"夏天智听不明白，才要问白娥是不是武林的小姨子？突然觉得心慌，接着腿颤手颤，额上的汗就滚豆子。君亭说："四叔，你不舒服？"夏天智说："没事。"身子颤得更厉害，脸上没了血色。金莲说："是不是中暑啦，我这儿有风油精。"夏天智说："可能低血糖犯了。"往君亭身上靠。君亭忙把四叔扶住，着人背了先到刘家饭店去歇，在这里迎接不了不要勉强，吃饭时陪陪也行。夏天智不让人背，被搀着去了饭店。

低血糖犯了人就害肚子饥，夏天智一到饭店，饭店里正卖扯面，他说："给我来一碗！"但买扯面的人多，下出了一锅，被别人买走了，又下了一锅，眼看着轮到自己了，却偏偏又没有了。夏天智已经难受得厉害，没力气去看别人在吃扯面，也没力气看刘老吉的媳妇在锅台前一遍一遍地点水，笊篱在锅里搅来搅去，他趴在了桌上。

扯面终于端了上来。夏天智头不抬地吃，肚里好像有个掏食虫，吃下了半碗还急着扒拉，将一大碗面全吃了，脸上的颜色才好转过来。他有些不好意思，说：“这病犯了能吃得很！”刘老吉媳妇说：“再给你来一碗。”他说：“纸呢？来一张纸！”他拿纸擦着嘴，说：“你拿面打发你四叔呀？得留下肚子吃熊掌啊！菜做着没有？”刘老吉媳妇说：“后边灶上正蒸着哩。”他说：“做好，一定要做好！”

但是，商业局长到了三点还没有来。君亭给县商业局打电话，局办公室说县政府有个紧急会议，局长来不了了。君亭气得骂了一声：“官僚！”让金莲给孩子们每人买一支冰棍打发了去，招呼村干部到刘家饭店，说：“现在这官僚，就得再来一场文化大革命！他不来了，拉倒，咱吃饭去！”饭菜当然丰盛，味道也不错，遗憾的是熊掌没有蒸烂，根本咬不动，金莲嚼了半天，还是吐了。君亭说：“再难吃也得吃，吃一口顶三个蒸馍哩！”夏天智吃了四块，都是嚼来嚼去咬不烂，强忍着咽了。这个晚上肚子就胀得睡不成觉，让四婶揉肚子，还不行，就爬起来用指头抠喉咙眼，一恶心，把吃的东西全吐了出来。

第二天，夏天智起得很晚，才到花坛上看月季又开了三朵，听见有鞭炮声，问四婶：“谁没来请我吧？”四婶说：“谁来请你？”夏天智说：“那谁家放鞭炮做啥？”四婶说：“夏雨一露明就走了，说庆玉今日立木。”夏天智没有言语，给花浇水，水把鞋溅湿了。他放下水瓢，进了卧屋，说：“一会儿谁要来叫我，你就说我身子不美，还睡着。”四婶说：“鬼叫你！”才捉住帽疙瘩母鸡，指头塞进鸡屁眼里试蛋，庆玉来了，问：“我四叔呢？”四婶说：“说你要来的就真来了！今日立木啦？”庆玉说：“立木啦！来请四叔过去。”四婶朝卧屋窗子努努嘴。庆玉就立在窗外叫：“四叔，四叔，我是庆玉，我新房今日立木，来请你呀！”夏天智在炕上说：“我去干啥呀，我给你又干不了活！”庆玉说：“哪敢让你干活？你端上水烟袋去现场转一圈，然后吃饭时你坐上席。”夏天智说：“我去不了，身上不美气。”庆玉说：“昨日那么热的天，村上的事你都去了，你侄儿一辈子能盖几回房，你能不去？你去了能压住阵哩！”夏天智说：“我能压住阵就好了。”庆玉瓷在那里，说：“四叔不给我个脸了！”夏天智说：“我有脸也不至于说话像放了屁！”他在土炕上摆弄收音机，嘶里哇啦的，寻找秦腔频道。庆玉不高兴地走了。在新房那边噼噼啪啪又一阵鞭炮声中，收音机里播放着《钻烟洞》：

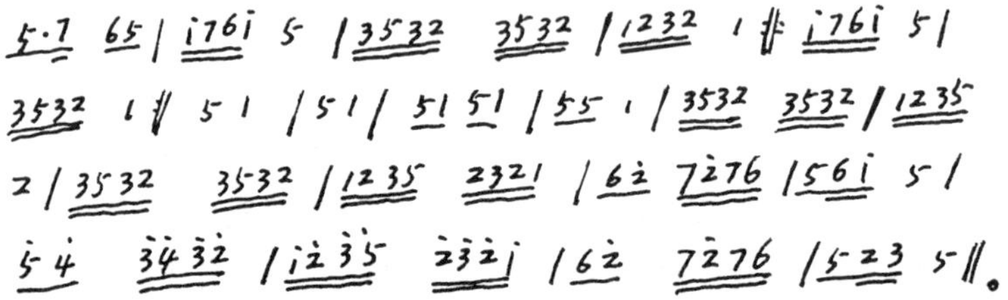

庆玉新房立木的鞭炮是我和哑巴放的，我们先在新房的门口放了三串，又爬上大梁放了五串。哑巴笨，他一手提着一串鞭炮一手握着一盒火柴，鞭炮快燃到手边了，我说：“撂！撂么！”他一急，把火柴撂出去了，鞭炮还在手里，叭的就响了，差点把他从大梁上跌下去。放完了，我问哑巴：“咋不见你爷呢？”哑巴给我比划着，意思是夏天义去挖地了。我说：“这么大的事你爷不来，他挖什么地？”哑巴窝一眼瞪一眼地恨我。吃饭的时候，哑巴拿着大海碗吃两碗米饭，见我也已经吃罢了，就满满再盛了一碗，让我端到房后去。我不明白他是什么意思，把饭端到房后，他又端了一碗菜过来，拉着我就往巷外走。他一边走一边往后看，后边没人跟着，跟着的是来运。原来他是偷着饭菜要给夏天义送的。

夏天义真的是在俊德的二亩地里。地挖出了一大片，他热得脱了褂子，正靠在地塄上吸黑卷烟。地塄上歪歪扭扭地长着一排酸枣刺，没有叶子，枝干像一堆蛇体龙爪。有一处塌陷，一棵酸枣刺的根须露了出来，飘飘荡荡的，而枝头上仍有一颗酸枣，夏天义手伸过去将枣摘了噙在嘴里，眯着眼看起远处的清风街。他看得十分专注，连我们到来都不晓得。哑巴要叫，我制止了，蹴下身也往清风街看，街前街后红着天黄着地，街道是白的，街房是黑的。我说："这有啥看的？"夏天义回过头来，吃惊地看着我们，叫道："哈，给我送饭来了，这么好的饭！"他把黑卷烟塞在我的嘴里，端过碗就吃起来，黑卷烟太呛，我就扔了。夏天义人老了，吃饭仍然狼吞虎咽，一碗饭一碗菜很快就吃完了，脊背上的汗道一股一股往下流。碗里还剩下那么一疙瘩米饭了，他站起来，走到地塄上吹净了一小块硬地皮，把米饭放了上去，然后他退过来，对我们说："你们都吃了？"一群麻雀飞了来，还飞来了一只土鸽，它们好像一直就在附近等待着，立即在硬地皮上叫着吃着。我说："二叔，二叔，这是你养的鸟？"夏天义却靠在那里睡着了，鼾声在拉风箱。

夏天义睡着了，我和哑巴离开了二亩地，狗剩却在喊他。他这一喊，酣睡中的夏天义听到了，躲在不远处的一丛坟墓上的鬼也听到了。可怜的狗剩只剩下了几天的寿命，但他不知道，还满怀希望地补栽十二棵核桃树。从二亩地往上，经过一段土路，伏牛梁上的"退耕还林"有他一块地，栽种的核桃树死去了十二棵，当他领取"退耕还林"的补贴时，上善责令他一定得把死去的树补栽齐，他就去补栽了。他三年前去潼关的金矿上打工，今春回来钱没挣下多少却患上了矽肺病，手脚无力，几乎成了废人，所以补栽树后又担着水去浇灌就很艰难，爬坡几十步，便停下歇歇。狗剩是歇着的时候，看见了夏天义，他高了声说："老主任，老主任，你种起俊德的地了？"夏天义醒来，说："你干啥哩？瞧你的脸，土布袋摔过一样！"狗剩说："我补栽些树苗。"夏天义说："这个季节你栽树能活？"狗剩说："缺了十二棵，原本想冬里补上，可上善须让我补上么。"夏天义说："补上也是死的。"狗剩说："能活就活，就是不活从远处看数儿是整齐的。你咋样种俊德的地？"夏天义说："除了缴土地税，一年给他二百斤毛粮。"狗剩说："那有些划不来。"夏天义说："总不能让地荒着啊！"狗剩说："地荒着是让人心疼。这'退耕还林'国家是给补贴的，可头两三年树苗子小，行距又这么宽，地这么闲着多可惜！"夏天义说："是可惜！"狗剩说："那你说，这行距间能种吧。"夏天义说："不影响树苗么。"狗剩就喜欢了，说："咋能影响？不影响！种不成庄稼了也能种些菜么。”

这一边说话，狗剩真的就在树苗的行距间翻地松土。清风街的人是南山的猴，一个在阳坡里挠痒痒，一群都在阳坡里挠痒痒。看了狗剩的样，七家八家也去翻地松土，翻松开了就等着天下雨。

天旱得太久了，肯定是要有雨的，许多人家刚刚翻松过了伏牛梁上的坡地，天就阴了。那天天阴得很奇怪，先是屹甲岭上起了蘑菇雾，蘑菇云越长越大，半个天就暗下来，戏楼南的�上，一疙瘩一疙瘩的黑云往下掉。掉下来又飞走了，那不是云，是乌鸦。哪儿来的这么多乌鸦？大清寺的白果树也成了黑的，落住了一只猫头鹰呜呜地叫。猫头鹰一叫，是猫头鹰闻见了人将要死去的气息，狗剩的老婆听到了，心里陡然地发慌，想到：是不是狗剩要死了？这念头刚一闪过，她就骂自己想到哪儿去了，啪，啪，打嘴巴。从家里出来要到伏牛梁上找狗剩，才到街上，便见狗剩从伏牛梁往回跑。狗剩是跑得一双鞋都掉了，提在手里还是跑，后来气就不得上来，窝蹴在路边歇着。

正好夏天智过来，说：“狗剩，娃娃学习咋样？”狗剩哎哟一声趴下来磕头，说：“多亏你出钱让娃娃上了学，我还没谢你老哩！”夏天智说：“起来起来，我是稀罕你谢呀？干啥么，累成这样？”狗剩要回答，气又噎得说不出来，举了手指天。夏天智说：“天要下雨呀。”狗剩说：“是天意！”夏天智说：“也该下雨了。”脚步未停就回去了。

回到家里，满院子还挂着新画的脸谱马勺，四婶却在院角用禾秆苫盖一棵榆树苗，夏天智就说还苫禾秆怕树苗晒吗，天要下雨了。四婶却说就是要下雨了才苫盖的，雨要是大了会把树苗拍死的。夏天智拿了个竹篓去盖，才发现榆树苗小得只有四指高，叶子嫩得像水珠。苫盖了榆树苗，收拾了脸谱马勺，狗剩却又来了，狗剩手里提着一只鸡。夏天智说：“我说过我不稀罕你谢的，你拿了鸡干啥呀？”狗剩说：“这是个母鸡，但入夏来就不下蛋了。”夏天智说：“我说不收就不收！”把狗剩往院门外推。狗剩抱住门框说：“四叔，我还有一句话给你说的。我不会说话，说好了你老听着，说不好了权当我没说。”夏天智说：“你咋这么啰嗦！你说。”狗剩说：“你要不收就不收，我把鸡押在你这儿，你看行不？”夏天智说：“你咋连一句完整话都说不清，平白无故地把鸡押在我这儿？”狗剩说：“我实在不知道咋开口的。”夏天智简直有些躁了，说：“说话！”狗剩说：“这雨要下呀，我想在地里种些菜，可没钱买菜子，我把这鸡卖给书正媳妇，她说要买就买一只下蛋的鸡。鸡下蛋哩谁能卖？我气得就来寻你了，我想把鸡送给你，你借我些钱，等菜收成了，卖了钱我就还你。”夏天智听了，口气就软了，说“你坐下你坐下”，让四婶倒了一碗水递给了狗剩，问：“你种菜呀，在哪儿种？”狗剩说：“伏牛梁上我那一块地种了树啦，可树还小，间距大，我把它翻松了。”夏天智说：“那能种呀？”狗剩说：“能种，好多人都翻松开了。真是天意，地荒着时就是没雨，才翻松开雨就要来了。”夏天智看看天，天上的黑云变成了两股粗道，粗道交叉成一个错号，一个石头掉下来，四婶吓了一跳，过去看时，不是石头，是一个麻雀，小脑袋已经碎了，她尖叫着：“麻雀能飞着飞着就死了？”夏天智说：“这鸡你带回去，钱我也不借你，但我给你菜子，我家里正好有五六斤白菜子的。”狗剩兴奋得搓手，说：“我要不了那么多，几两就够了。”夏天智说：“都拿上，看谁家要就给谁，真长出菜了，给我提一笼子就是了。”狗剩拿了菜子袋，放下鸡就走。夏天智拉住他，让把鸡带上，狗剩就手捏了鸡脖子，鸡被捏了脖子，鸡冠子发红变紫，两只眼睛晶亮看着狗剩，狗剩也就看着鸡。人鸡对视了十几分钟，狗剩突然扬起掌，啪啪扇了鸡头两下，鸡头就垂下来，眼睛闭上了。狗剩说：“四叔不要活的，我把它弄死了你该要吧！”放下鸡就走了。四婶看得目瞪口呆，狗剩已经走到巷子里了，她才说：“这狗剩多可怜的，心咋恁狠的？！”

可怜人肯定有他的可恨处，狗剩是这样，武林和瞎瞎是这样，即便是秦安，也这样。秦安的病原本不重，可他不愿意出门，一看见人多就发慌出虚汗，病竟然就一天比一天沉了。秦安的老婆老想不通，秦安当领导的时候，家里啥时人断过，她烦得理都不理，待一出事，全都躲开了，她想寻一个人给秦安说说宽心话，又不好意思给人下话，终日只在家偷偷抹眼泪。这期间君亭是来过，秦安的老婆从门道里看见君亭在院门外停摩托车，一阵高兴，就进屋告诉秦安：是君亭来了。秦安问："他来干啥，看我笑话呀？"老婆说："他能来就好。"秦安说："还有谁？"老婆说："就他一个。"秦安拉被单盖了自己，说："那我服了药瞌睡了！"老婆在院子里招呼了君亭，君亭放下一竹篮鸡蛋，问秦安病怎么样了！老婆说："还能怎样，这一睡倒怕是不得起来了。他给乡上打了辞职书，你没见到吗？"君亭说："清风街怎么能没有他？让他安心养病，养好了，我们这个班子还有许多事要干呀！"秦安在里屋炕上听着，一时觉得喉咙痒，忙吞咽了唾沫。秦安老婆说："你两个调换了位子时，你不知道他多高兴，还对我说君亭的能力强，这一届肯定能给清风街办大事哩。没承想就有人害他！清风街上谁不玩个麻将，偏偏派出所就来抓摊子！他是个没嘴儿的葫芦，生了气爱窝在肚里，我对他说你被人捉弄了窝在家里干啥，你就不能出去喊一喊，骂骂那些报案的人？！"君亭一直等秦安老婆把话说完了，他看着秦安老婆，说："嫂子，你恨那个报案的人，那我就给你说，那个报案的人就是我。"秦安老婆本要指桑骂槐，给君亭个下马威，没想君亭说出这话，她一时慌了，张了嘴不知还要说什么。案板上有了老鼠在偷竹篮里的鸡蛋，一个老鼠把鸡蛋抱着仰躺在案上，另一个老鼠咬着抱鸡蛋的老鼠的尾巴，一下一下往前拖。秦安的老婆看见了老鼠偷鸡蛋，没理会，她说："是你？"君亭说："是我。我哪里知道秦安在那里打牌？也是怪，那天派出所偏偏换了新人手！等我知道已经晚了，我就给所长说情，让不要再追究也不要再提说，可秦安心眼小，竟自己先吓住了自己。"秦安老婆这才吆喝老鼠，老鼠逃跑了，鸡蛋滚下案板，一摊蛋清蛋黄。秦安老婆说："你这么说了，我倒不生你的气。我就想么，你们兄弟俩搭班就像你二叔和引生他爹当年一样，一个是笼沿一个是笼襻，不应该谁离了谁！"君亭说："就是的！他这一病，我倒没处挖抓了！"说着就往里屋走。秦安老婆说："他吃了药刚刚瞌睡。"但君亭已经进了里屋门，秦安立即将脸转向墙去。秦安老婆说："秦安，秦安，君亭看你来了，还给你拿了一篮子鸡蛋！"秦安没有动。秦安老婆说："药一吃人就迷糊，是睡实了。”君亭说：“那我就不等了，你好生服侍他，有什么事只管来找我。”扇了扇被单上的苍蝇，竟手里抓到了一只，握了握，甩在地上。秦安老婆就送君亭出了院门。

君亭一走，秦安倒训斥老婆，嫌老婆恳求了君亭。老婆说她之所以那样一是把话挑明了，让君亭心明肚知秦安的病与他有干系，二是秦安心眼小，让君亭多来看看或许秦安的病好得快些。秦安却说君亭并不像夏天义，夏天义把引生的爹做了一辈子反面典型但也把引生的爹认作是最好的知己朋友，而君亭学会了夏天义作怪，却没夏天义的耿直。秦安说：“你给我把人丢尽了！你以为君亭盼我病很快好起来吗，以为君亭就会常来看我吗？”果真，君亭来过了一次，就再没闪过面。秦安的老婆曾经到市场工地上去，君亭在那里指调这个吆喝那个，看见了她也没有和她搭话，觉得秦安说得对，伤心地又哭了一场。

君亭提来的那一篮鸡蛋，提来时怕破碎，上下铺了麦糠，秦安不愿意吃，老婆也就没敢给秦安煮，一直放在厨房。天气热，鸡蛋就臭了。市场工地上挖出了土地公土地婆石像，秦安的老婆回来给秦安说：“人都说这是吉兆，或许是你错了。”秦安说：“我错啥了？我还没死哩你就向着别人啦？”秦安老婆一肚子委屈坐到厨房台阶上，想：别人家田里都拔过二遍草了，自己忙不到地里去，而市场工地上那么多人热闹着，秦安就这么待在家里，服侍又服侍得惹气，就可怜了秦安，又恨秦安。一只斑鸠从村外的槐树上飞来，站在她家院门楼上叫：咕，咕！她听着是：苦，苦！扬了扫帚打，斑鸠扑哧拉下一股稀粪，白花花留在瓦楞上，顿觉晦气，对天呸呸地吐唾沫。秦安在里屋待得心烦，听见老婆在院中呸呸吐唾沫，骂道：“你吃了死娃子肉了，吐？！”老婆说：“唉，秦安，我看我得死到你前头！”秦安听了，不再言语，坐了一会儿，挪着步走出来，竟弯腰把掉在地上的衣服晾到竹竿上。身子虚弱，一弯腰已是一身汗，他说：“土地爷石像现在放到哪儿了？”老婆没理他。他又说：“天义叔知道不？”老婆还是没理他。秦安自言自语说：“好多天没见天义叔过来了。你去把枕头底下那个小本本拿来。”老婆去拿了小本本，秦安记着他病后谁都来看望过他，数来数去，是八个人。老婆不忍心看，说：“你记这些干啥，记着生气呀！”夺了小本本，把那一页撕了。秦安说：“别人不来也罢，他上善也不来了？！”用脚踢面前的捶布石，鞋却飞到了院门口，正巧夏天智进来。夏天智提着宰杀过的鸡。

夏天智陪着秦安吃鸡的那个下午，雨是下起来了。清风街里里外外的蹚土很厚，雨落下来一声价响，蹚土就飞起来像是烟雾，一时笼罩得什么都看不清。跑着的人，鸡，狗，被呛得全打喷嚏。土雾足足罩了半个多小时，天地才清亮了，能看见雨一根一根从高空中直着下来栽在地上，地上在好长时间却没有水，到处是嗞嗞的声。大多的人都没避雨，站在雨地让雨淋，染坊后院的叫驴在叫，人也在叫，叫声乱了一片。瞎瞎头一天在屹甲岭上割草，砍了漆树，出了一脸的红疙瘩，眼睛也肿得一条线，他在雨地里见谁抱谁，还把自己的脸和别人的脸磨蹭。他是想让所有的人都染成漆毒，人们骂着他，但并不记恨，就同他一块又叫又跳，故意跌倒，弄得浑身的泥。也有人担心这雨不会太长久，将桶、盆子、罐子都放在屋台阶下接檐水，也扒开了尿窖子边的土堰，让巷道里的水流进去。但雨下到了天黑仍还在下，家家院子里的水满了，从水眼道里流不及，翻过了门道。巷里水流不动，尿窖子溢了，屎橛子就漂。

我是有一双雨筒子鞋的，清风街只有这一双，是爹活着的时候冬季里下荷塘挖藕穿的。那天我就穿着到处跑。我看见一只鸡张着嘴向空中接雨，喝了一口又喝了一口，最后就喝死了，倒在泥窝里。小炉匠家的后院墙坍了，正好压住了躺在院墙下淋雨的母猪，母猪当场流产。无数的老鼠从街面上通过，爬上了戏楼，而戏楼前的柳树上，缠绕着七条蛇。伏牛梁上跑下来一群种了菜籽的人，狗剩是跑在最后的，他张着嘴，喘不上气来，见了我却说：“兄弟，兄弟，你要吃菜了，你来寻哥！”我穿着雨筒子鞋呱呱呱地还是往前跑，路上的人都赤着脚，我经过他们身边故意踩着积水，溅他们一脸一身，要惹他们骂我。但是，一道电闪，我看见了半空里突然出现一棵倒栽的树，是红树，霎间就不见了，然后是一个火球，有粪笼那么大，极快地在前边的麦场上转，碰着碌碡了起一团火星，碰着麦秸堆了，麦秸堆烧起来，火又被雨浇灭了。我还要看，嗡的一声，就被什么打着了，昏倒在地上。

我昏迷了，但我没有死，很快睁开了眼睛，我听见远处有人在叫：“引生让龙抓了！”清风街把雷击叫“龙抓了”，七年前西街白茂盛被龙抓过，一米八的大个，烧成了一截黑炭。我看了看我自己，身上好好的，裤子口袋里掉出一枚钢币，我把钢币装进去，可我没有起来，瘫得像被抽了筋。好多人都跑了过来，以为我死了，但他们没有痛苦，却说我是造了孽了，才被龙抓了的。我愤怒着就站了起来，而同时耳朵里充满了声音，声音沙沙的，就像是你拿着麦克风又在麦克风上用指头挠。接着是有了人话，周围的人却并未开口，我才知道这些人的话来自他们的心里，他们想的是：“引生没有死？狗日的命还大！瞧呀，他穿的雨筒子鞋，这是他爹拿村里钱买的。”放你娘的屁！我大声地吼着，回到了家里倒头就睡。下雨天是农民最能睡觉的日子，尿朝上地睡，能睡得头疼。但我那个晚上却睡不着，我的耳朵里全是声音，我听见了清风街差不多的人家都在干那事，下雨了，地里不干了，心里不躁了，干起那事就来劲，男人像是打胡基，成百下的吭哧，女人就杀猪似的喊。我甚至还听到了狗剩的喘息声，他在说：“我要死呀，我要死呀！”就没音了，他的老婆说：“你咋不死么？！”一连串的恨声。这时候我想起了白雪。这时候是不应该想起白雪的，这时候想起白雪是对白雪不恭，清风街所有的女人怎么能同白雪相提并论呢？我问我：哪儿想白雪？我说：浑身都想。我问：到底是哪儿想？我说：下边一想了，心里就想。我扇了我一个耳光。却又想：白雪今夜里在干些啥呢，是排练着戏还是戏排练好了已下了乡巡回演出，而巡回演出夏中星怎么没通知我？我一生最遗憾的是这一夜我刚刚想到了白雪我的耳朵再也听不到远处的和旁边人心里要说的声音，我最终不知道白雪那时间里在干啥事。这已经到后半夜，雨渐渐地稀了，只有屋檐上还滴答着水，再后就一片寂静。

等一觉醒来，已经是第二天晌午，太阳又白生生照着。院子的地砖缝儿都长上了草，三四十年的土院墙浸湿了一半，几处墙皮剥脱了，而墙头上的裂缝被几片粗瓷瓮片盖着，并没有塌崩，却在瓮片旁生长的苔绒由黑变绿，绿中开了一朵烟头大的小花！清风街的土真是好土，只要一有水，就生绿开花！这花开在我家墙头一定会有原因的，我想了好多它的预兆，我不愿意说出来，怕泄了天机。一高兴，从炕席下取了几十元，我寻丁霸槽打牌去。丁霸槽家里早已摆了两张桌子在搓麻将，人人都是大泥脚，一进门就在地上蹭，门槛里鼓起了一个大土包。我说："你也不铲铲土包，不怕崴了脚！"丁霸槽说："这是福包哩！你家的地平，可谁到你那儿去？"我要坐上去打牌，丁霸槽不愿意退下来，让我到另一张桌子上去，另一张桌子是四个妇女，我说："净是些女的？"丁霸槽说："女人上了四十还算女人呀？！"我就在另一张桌子上搓起了麻将。丁霸槽的院子里有一棵核桃树，往年的穗花像毛毛虫，挂满了一树，也落得满院都是，现在树枯了，没一片叶子，枝条就像无数的手在空里抓什么。抓什么呢，能抓住些什么呢？我的牌一直没搓好就是我操心着树的手想抓什么。麻将一直搓到半下午，我已经欠下了百十元，在身后的墙上画了十多道，那些女人果然不像女人，凶得像三趄，非要我回家取钱不可。离开丁霸槽家的时候，我说："霸槽，你应该砍掉这棵树！"丁霸槽嘲笑我是输了，看啥都不顺眼。

输了百十元钱算什么呀，狗剩才是可怜，他就是在这一天死了。

事后我听供销社的张顺说，狗剩在黄昏时来到他那儿要买一瓶农药，但没有钱，要赊账，他就替狗剩写了个欠条又让狗剩按指印，狗剩用大拇指蘸的油泥，一连按了三次。

头一天的雨下起来，乡长坐着乡政府那辆吉普车从县上回来，雨在车玻璃上洒一把水点又洒一把水点，然后流成一股一股，乡长很高兴，说："下得美！下得美！"把头还从车窗里伸出来。他这一伸，糟了，瞧见伏牛梁上有许多人在撒种子，心里就起了疑惑。县长把"退耕还林"示范点定在了伏牛梁，乡长确实是卖了力，也因此进入了乡级干部提拔上调的大名单。乡长一个晚上没睡好，天露明他去了伏牛梁，发现了"退耕还林"地里又有了耕种，气急败坏地就找君亭，下令这是有人在破坏国家政策，要严肃查处。君亭立马做了调查，最先搞破坏的就是狗剩，而且别的七户人家是各种了两溜菜，狗剩竟然翻松了那块地的所有空处。君亭就把狗剩和另外七户人家召集到乡政府，雨还是哗啦哗啦下，乡长日娘捣老子地骂，当下宣布撤销每亩地补贴的五十元苗木费和每年每亩拨发的二百斤粮食二十元钱，还要重罚七户人家各五十元，狗剩二百元。狗剩一回到家就倒在院子的泥水窝里哭。他老婆把他从院子里拖进屋，听了缘故，自己也傻了，说："这不是要咱的命吗？啥补贴都没了还罚那么多，到哪儿弄钱去，把这房上的瓦溜了也不值二百元啊！你去寻老校长，他人大脸大，又是他给你的菜子，他会帮你说话！"狗剩上去就捂了他老婆的嘴，说老婆你放屁哩，四叔给的菜子咱能说是四叔给的？这个时候去寻四叔那不明着要连累四叔？狗剩的老婆没了主意，就埋怨狗剩为什么要种那些地，是猪脑子，真个是狗吃剩下的！狗剩理亏，任着老婆骂，老婆拿指甲把他的脸抓出血印了也不还手，后来就一个人出去了。狗剩是从供销社赊了一瓶农药，一到西街牌楼底下见没人就喝了的，一路往家走，药性发作，眼睛发直，脚底下拌蒜。碰着了中星的爹，狗剩说："我爹呢？大拿呢？"中星的爹说："都死了你到哪儿去寻？！"狗剩的爹死得早，大拿是领他去挖矿的，三年前患矽肺病就死了。狗剩说："那咋不见他们的鬼？"中星的爹说："你是喝……？"狗剩说："喝啦！我喝了一瓶！"狗剩想着他得死在家里的，他得吃一碗捞面，辣子调得红红的，还要拌一筷子猪油，然后换上新衣，睡在炕上，但是，他离院门还有三丈远就跌倒了没起来。中星的爹没有去扶他，朝院子喊："狗剩家的，狗剩家的！你咋不管人呢，狗剩喝醉了你也不管？"狗剩的老婆在院子里说："他还喝酒呀？喝死了才好！"中星的爹没当一回事就走了，狗剩的老婆也没当一回事没有出去。过了半天，鸡都要上架了，狗剩还没有回来，狗剩老婆出来看时，狗剩脸青得像茄子，一堆白沫把整个下巴都盖了。

狗剩被老婆背到了赵宏声的大清堂，赵宏声说狗剩还有一丝气，就给狗剩灌绿豆汤，扎针，让上吐下泄。但狗剩就是不吐不泄，急得赵宏声喊：牵一头牛来！清风街自分田承包到户后家家没有了牛，犁地靠人拉，只有染坊那头叫驴。叫驴拉来，就把狗剩放在驴背上，狗剩老婆一边哭一边拉着叫驴转，要把狗剩肚里的脏东西颠簸出来。狗剩还是吐不出来。

夏天智头一夜睡得早，不知道消息，第二天一早起来去河堤上溜达了一圈，才坐下喝茶，夏雨说了狗剩喝了农药的事。夏天智说："这不是逼着狗剩喝农药吗？！"又问，"人没事吧？"他以为人没事。夏雨说："昨天夜里听说还有一口气，让赵宏声去治了，现在情况不明。"夏天智说："出了这么大的事你不给我说？你也不去看看？咹？！"夏雨就去了狗剩家。夏天智坐下来喝二遍茶，喝不下去了，抬脚直奔乡政府。

在乡政府，乡长正在会议室开着会。乡长习惯于开会前要念有关文件和报纸上的社论，正念着，夏天智拿手在窗外敲玻璃，别人都看见了，乡长没看见，乡长说："都用心听！吃透了政策，我们的工作才有灵魂！"夏天智一推门就进去了，拨了乡长面前的报纸，乡长有些生气，但见是夏天智，说："正开会哩！"夏天智说："狗剩喝了农药你知道不？"乡长说："他喝农药我不知道，农村寻死觅活的事多，全乡上万户人家，我咋能知道谁生呀谁死呀？"夏天智说："那我告诉你，狗剩喝农药了！狗剩为啥喝农药你该明白吧？"乡长说："我不明白。"夏天智就火了，说："你不明白？"乡长说："这是在开会！"夏天智说："好，你开你的会，我在院子里等你。"

乡长继续念报纸，念过一段，不念了，说："散会吧。"出来见夏天智蹴在室外台阶上，忙把夏天智叫回会议室，而让别人都出去了，说："你刚才说啥？狗剩喝农药我咋不明白？"夏天智说："他在'退耕还林'地里种了些菜，你要取消补贴，还要罚二百元，有没有这回事？"乡长说："我明白你的意思了！老校长，我可是一向敬重你的，你要我办什么事都行，但关联了违犯国家政策，我就不敢睁一只眼闭一只眼！你也知道，伏牛梁是县长的示范点，又在312国道边上，什么人都拿眼睛看着，怎么能又去耕种呢？这一耕种，水土又流失不说，毁了示范点我怎么向上级交代？！"夏天智说:“不是不好交代，怕是影响你的提拔吧?”乡长说:“老校长你怎么说这话?既然你这样说，咱就公事公办，凡是谁破坏国家‘退耕还林’政策，我就要严惩重罚!”夏天智说:“那你就严惩重罚我，狗剩种的菜子，菜籽是我给狗剩的。狗剩犯了法，我也是牵连罪，我来向你乡长投案自首!”乡长一下子眼睛睁得多大，说:“老校长你这就叫我没法工作了么!茶呢，没给老校长倒茶?倒一杯茶来!”有人就端了茶过来。夏天智却高了声对站在门外的书正说:“书正，你到我家去，给我把藤椅和水烟袋拿来!”书正说:“对对，四叔是坐藤椅吸水烟的!”转身要走了，夏天智又说:“你给夏雨说，我恐怕要拘留在这会议室了，一天两天不能回去，让他拿几张字画来，我得挂着!”

乡长和夏天智在争辩着，但心里已经发毛了，他让手下人赶紧去打听狗剩的情况，自己一边苦笑着，一边噗噗地吸纸烟，然后去厕所里尿尿。他尿的时间很久，尿股子冲散了一窝白花花的蛆，还站在那里不提裤子。去打听狗剩情况的人很快就回来，跑进厕所汇报说狗剩已经死了，他一个趔趄，一脚踩在了屎上，头上的汗就滚豆子。他走出厕所，口气软和了，主动要和夏天智商量这事该怎么处理。夏天智说:“你这种口气我就爱听，你是乡长，我怎么不知道维护你的权威?可你得知道，给共产党干事，端公家的饭碗，什么事都可以有失误，关乎人命的事不敢有丝毫马虎!”乡长说:“我年轻，经的事还是少，你多指教。”夏天智说:“你要肯听我的，那我就说:种了的地，不能再种了，补贴也不取消，款也不罚，全乡通报批评，下不为例。”乡长说:“行。”夏天智说:“这事我也有责任，我弄些白灰在清风街和312国道两旁刷些标语。”乡长说:“这不能为难你。”夏天智说:“我主动要求干的么，但你得去狗剩家看看，狗剩是可怜人，能给补助些就给补助些。”乡长说:“行行行，我负责取消乡政府的处罚决定，这事咱一笔抹了!至于给狗剩补助的事，我来安排，你也放心。但狗剩喝药的事，清风街肯定有话说，你就担当些，能捏灭的就捏灭，千万不要把风声传出去。”

夏天智从乡政府出来，半路上碰着了书正和夏雨，他们果然拿着藤椅、水烟袋和一捆字画。夏天智得意地说：“我真想坐几天牢哩，可乡长不让坐么！”夏雨却告诉了夏天智，狗剩救了一晚上，到底没能救过来。

夏天智折身就去了狗剩家。狗剩就躺在灵堂后的门板床上，脸上盖着一页麻纸。夏天义揭了麻纸，看着一张青里透黑的脸，他突然用手左右拍打了两下，说：“你死啥哩？你狗日的也该死，啥事么你就喝农药哩？！”然后直直地出了门，头也不回地去了大清寺的村部，让金莲在高音喇叭上给狗剩播一段秦腔。狗剩是第一个享受村部高音喇叭播秦腔的人，那天播的是《纺线曲》，连播了五遍：

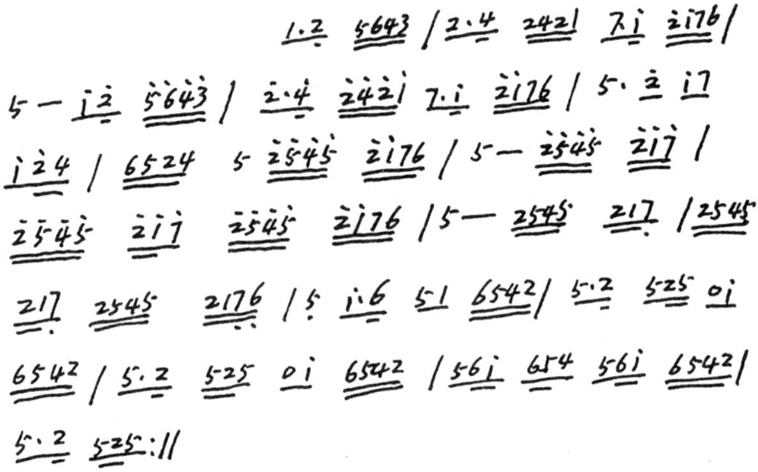

※　※

狗剩的棺材是他家的那个板柜，锯掉了四个柜腿儿，里边多垫了些灰包和柏朵，将就着，土埋了。三天里清风街刮北风，风不大却旋转，街巷里时不时搅得烂草树叶腾起一股，谁碰着谁就害头疼。中星的爹说狗剩是凶死的，变成了鬼，好多人天一黑就不再出门。我不怕。我在巷里碰到了供销社的张顺，我问张顺最近需要不需要吸酒精导流管，张顺还未说话，一股子旋风忽地在他身边腾了二丈高，张顺的脸色都变了。我说：“狗剩欠你的农药钱你向他老婆要过？”张顺说：“那是公家的款，总得走账呀！”我说：“明明你承包了，你敢哄鬼？他人都死了，你还要农药钱？！”张顺说：“国家枪毙人也得让家属出子弹费么！”旋风越旋越欢，竟能把张顺的褂子像有人解一样每个扣子都松开，褂子从身上脱下来吹在巷头碾盘上。我说：“你快把欠条撕了，狗剩就不寻你！”张顺忙解裤子后边口袋的扣子，掏出一张纸条撕了，旋风哗地软下来，扑沓了一地的烂草树叶。这件事张顺给乡长说过，乡长在狗剩七日那天去了狗剩家，以乡政府访贫问苦的名义拿去了三百元，从此再没刮过旋风。夏天智是说话算话的，他同赵宏声用白灰水在清风街刷了很多宣传“退耕还林”的标语，又让赵宏声代狗剩老婆写了感谢信贴在了乡政府门外墙上，一切事情都安安妥妥地过去了。乡长极快地按程序提拔上调到了县城，又一位更年轻的新乡长到来。新乡长当然又来拜访夏天智，夏天智绝口未提上届乡政府的不是，只建议新的乡长要关注清风街的贫富不均现象，扳着指头数了家庭困难的二十三户，这其中有痴呆瓜傻的，有出外打工致残的，有遭了房火的，生大病卧炕不起的，还有娃娃多的……他还说了现在村干部和群众的关系紧张，其实村干部很辛苦，自个并没捞取个人好处，催粮催款得罪了人，一是国家的政策这么要求的，二是村部没有资金还得负担民办教师的工资和干部的补贴，如果乡政府能给上边讲讲，让上边承担了民办教师的工资和干部的补贴，村部肯定会把应收的税费都一并缴给上边，不再有提留款，那么群众就少了意见，干部的工作作风也能改变。现在是穷，人一穷就急了，干部和群众啥事都可能干得出来。夏天智像给学生讲课一样，抑扬顿挫，声情并茂；乡长很乖顺地坐着，并不停地在笔记本上写动。夏雨给他们续茶的时候，顺便往那笔记本上看了一眼，字写得挺秀气，但写的却是中堂上挂的书法条幅上的内容。夏雨在院子里喊爹，夏天智出来了，夏雨说：“人家是礼节性地来看你，你咋说那么多？”夏天智说：“为了他不犯前任的错误呀！”夏雨说：“我娘要我问你，乡长在咱这儿吃饭不，她得有个准备呀。”夏天智“嗯”了一声回到堂屋，见乡长已经在欣赏中堂上的字画了，他说：“乡长，你今年多大年纪？”乡长说：“三十了。”夏天智说：“和夏风同岁么！”乡长说：“同岁是同岁，夏风干多大的事，我没出息。”夏天智说：“能当乡长不错啦，好好干，前途大着哩！这字画还好吧？”乡长说：“真是好！听说你还画了一大批秦腔脸谱？”夏天智说：“你咋知道的？”乡长说：“我听夏中星说的。”夏天智说：“中星是我个侄！他拿去了一大批，说要巡回演出时办展览呀。其实画得一般，咱是爱好，随便画画。”进卧室搬出一个木箱，木箱里又取出八件马勺，取一件就讲这是哪一出戏里的哪一个角色的脸谱。讲着讲着，突然记起了吃饭的事，说：“乡长，今日不要走啦，就在我这儿吃饭，你婶子大菜做不了，炒几个小菜还蛮香的。”乡长说：“不啦不啦，我们中午还有一个饭局的。”夏天智也就对院中的四婶喊：“乡长不吃饭了，那就烧些开水吧！”

在清风街，说烧开水就是打荷包蛋。四婶开始添水动火，却发现糖罐里没了白糖，就让夏雨到雷庆家借，夏雨去了雷庆家，才知道了雷庆要过四十九岁的生日。

这就要我腾开手说雷庆呀。他夏雨讲究是雷庆的堂弟，雷庆要过四十九岁的生日的事梅花没给他说，却邀请我啦。自从三十六岁那年起，雷庆每年都要给自己过生日，家里摆上几桌，亲戚朋友吃喝一天一夜。四十九岁是人一生的大门坎，梅花前几天就四处张扬着要给雷庆大闹呀。先去扯了绸子，拿到染坊染成大红，做了裤衩和小兜肚，再去武林家预订了一筐豆腐，油坊里买了一篓菜油，又给屠户交了钱，让头一天来家杀了她家那头猪。我在中星他爹那儿打问剧团巡回演出的事，梅花来借中星家的一口大铁盆，她就邀请了我。我帮她把大铁盆拿回她家，陈星正在院子里抡着斧头劈柴，劈了好大一堆，也不肯歇下。我对陈星说：“好好干！”夏雨就来借白糖了，知道要给雷庆过生日，问今年待几席客？梅花说：“也就是十席左右吧。”夏雨说：“我可没钱，但有力气，需要干啥你招呼一声。”梅花说：“你是没钱，夏风倒有钱，他明明知道你雷庆哥要过生日呀，他却走了！”夏雨说：“这怪不得他，他是名人事情多，婚假还没休完单位就催他。”梅花说：“名人给夏家有什么实惠呀？反正我是没看到！他上大学到现在，去省城和从省城回来，哪一回不是你雷庆哥接来送去的，若计票价，不说上万也七八千元了吧，可你雷庆哥没吃过他一口饭！”夏雨说：“雷庆哥的好处，我哥他哪里敢忘，就是我嫂子也常说你们好！是这样吧，我哥我嫂不在，今年我替他们行情，鞭炮你们就不用买了，我来买！”梅花说：“夏雨说了一回大话！你要买鞭炮呀，四娘怕心疼得睡不着觉了，四娘仔细！”

可怜的夏雨，说了一回大话，梅花竟真的把买鞭炮的事靠住了他。我悄悄问夏雨：“她是爱排场的，放的鞭炮肯定要多，你哪儿有钱？”夏雨说：“你听她说的话多难听，我不买行吗？你借我二百元。”我哪儿有钱呀，我就给他出主意，于是我们把陈星叫出来，就在巷外的槐树底下，我们说：“你是不是要和翠翠相好？”陈星说：“相好。”我们说：“相好可以，但你怎么能伤风败俗？”陈星说：“我没伤风败俗呀？”夏雨踢了他一脚说：“没伤风败俗？你勾引翠翠干啥了，你以为我们不知道？狗日的胆大得很，你还来劈柴，你以为你是我雷庆哥的女婿吗？我告诉你，你做的那些事要是抖出来，不但和翠翠相好不了，你还得被棍棒打出清风街！”陈星脸色煞白，说：“你们威胁我呀？！”我说：“说得对，是威胁，你有把柄能威胁么！”如果陈星再不妥协，我和夏雨就没办法了，但陈星是个没牙口的人，一吓唬他就软了。他说：“那你们说咋办？”我说：“你拿三百元钱封我们的口！”陈星乖乖掏了三百元。我一生没干过坏事，这一回干了，夏雨说：“咱们是不是太那个了？”我说：“这叫羊毛出在羊身上么。”

到了晚上，雷庆出车回来，梅花说了过生日的鞭炮夏雨要买的，雷庆说：“咱过生日让人家买什么？”梅花说：“他是替夏风买的，夏风是他弟，你又把他接来送去的，他还不应该买啦？过生日花销大，就算夏雨买了鞭炮，要花的钱也得几千元的。”雷庆说：“这么多钱？！”梅花说：“你不当家，你哪知柴米贵！”就扳指头计算：猪是咱家养的，肉是有了，大油是有了，可你使用菜油吧，菜油十斤。豆腐一座。木耳五斤。菜花十斤。蕨菜要热条子肉，又要做汤，得五斤。鸡十只。鸭十只。鱼再少也得三十斤。现在讲究海鲜，我让家富从市里捎十斤虾，六斤鱿鱼。如果待十桌，得十只王八。水果还不得五十斤？还有纸烟，纸烟是花钱的坑，紧控制慢控制也得十条吧。萝卜呢，白菜韭菜芹菜莲菜茄子南瓜洋葱土豆，再少也得各有一筐啊！吃的米面不算，也不算做甜饭的醪糟，红枣，白果，葡萄干，仅大魁小魁花椒胡椒辣面芥末就花三十元。酒呢，酒呢，酒还不得三箱子？！雷庆挥挥手，说："我不听这些，听得我脑子疼！"梅花说："你是贵人么！"当下就把雷庆的上衣抓了来，就在口袋里掏钱。雷庆来夺，梅花已跑到院子，一边掏一边说："你装这么多钱干啥呀，钱多了害人的，只给你装二百五十元。"雷庆说："我二百五啦？！"梅花说："那再给你十元！"夏天礼坐在厦房里一直朝院子里看，看不下去了，说："你把他身上掏得光光的，让他出门在外寒碜呀！"梅花说："爹，要过生日呀，钱不抠紧些，这生日一过就该喝风屙屁呀！"夏天礼说："生日待客谁不行情，行情钱花不了还赚哩！"梅花说："爹知道这个理儿，我说最少待十席，你还说两席三席就够了？再说，他身上装那么多钱干啥呀，你让他犯错误呀？就是不能给三百元！"雷庆说："你净听上善唆唆哩，他只知道一个妓女三百元，他哪里又知道好男人玩女人不但不掏钱，还赚钱哩！"夏天礼恨了一声，把厦屋门掩了。梅花说："那好，只要你能赚钱，倒省下我了。"雷庆说："你这不要脸的老婆，就爱个钱！"梅花说："我爱钱是给我花了还是牵挂了我娘家？咱这么大个家，你屁事不管，哪一样不是我操持着？淑贞嫂子见了我，都说这个家就是把我一个人亏了！"雷庆说："听她说哩，她穿的啥，你穿的啥？"梅花说："我这一身衣服还不是为了你，你说好看，让你看了起那个事么！"雷庆忙努嘴厦屋，怕她的话让父母孩子听着了。梅花就把衣服给了雷庆，问最近怎么安排的，雷庆说他休假啦，这十天让赵家富替他的班。梅花说："咱正是花钱的时候，你让家富替什么班，你脑子进水啦？你给家富说不用他顶替了，上次我在车上帮你卖票，这几天我再跟了你去，辛苦上几天就给你过生日！"雷庆说："你这老婆是要把男人累死！"梅花说："那我就让你死一回！"拉了雷庆往堂屋去。厦屋里，夏天礼出门要上厕所，见儿子儿媳拉扯着，就又返回屋，故意大声地咳嗽。

第二天的上午，雷庆给公司的赵家富挂了电话，让他从省城返车回来后直接将车开到乡政府门口，说不让替班了。黄昏时车一到，几个人就来雷庆家约定明日去省城，雷庆还没开口，梅花就说："那可得买票呀，现在公司制度严得很，不准捎客的！"来人说："那当然，只想提前订个座位。"梅花说："那就六点准时在乡政府门口等着。"来人一走，雷庆说："乡里乡亲的，你真的让买票呀？"梅花说："为什么不买票？以前是白搭顺车，现在还有那好事？他们都在中街开了商店，是去省城进货呀，咱到他们店里买个针都得掏钱，他坐几百里路的车能不买票？！"雷庆说："人不敢应承太多。"梅花说："就你胆小，家富哪一次不带七八个人？"

前半夜雷庆和赵家富喝了一瓶烧酒，后半夜雷庆睡了一觉起来就去开车，梅花便厮跟了当售票员。早在乡政府门口等候的五个人都交了票钱，梅花却没给扯票。等车进了县车站载客，站长问那五个人是谁，雷庆说："是我的亲戚。"站长说："下不为例，要不，我就负不起责任了。"车一路到省城，沿途都拾零散客，梅花仍是收票钱不扯票。从省城再回县上，一路还是拾零散客，收票钱不扯票，梅花就赚得了四百元。一连跑了四天，人已累得兮兮的了。再出车一趟，就该过生日了，雷庆不让梅花再跟车，正劝说着，秦安的老婆来了。秦安的老婆运气晦着，做啥啥不顺，她真不该来找雷庆，惹得梅花生气，她自己也生气，至后来使秦安也出了大事。

原因是秦安一病，嫁到了省城的姐姐来看望妹夫，待过一天了也得赶回省城去，秦安的老婆便来找雷庆让搭个顺车。梅花拉了秦安老婆的手问秦安的病，说："引生把㞗割了都治得好，秦安这么好的人咋还不见康复？"秦安老婆说："话说不成啦，要么我姐能来看他？"梅花说："我和雷庆一直说要去看看的，只是忙得分不开身。你姐要走，雷庆能不送吗，可怎么给你说呀，先前秦安到什么地方去，哪一回不是坐雷庆的车，现在公司整顿纪律，司机不准带任何不买票的人，要是发现一个，就扣司机的工资，发现两个，吊销执照，你看这事……”梅花这么一说，秦安的老婆脸上就暗了色气，说：“我姐是工人，本身没多少钱，来时又买了些东西，钱都花完了，你也知道我家，秦安一病，只有出的没有入的。”梅花说：“这咋办呀！车如果是私人车，雷庆少挣三百四百也就算了，可车是公家的，这如同秦安当主任，村上的钱有十万八万，他也不敢动一分一厘啊！”秦安的老婆说：“那倒是。”闷了一会儿，从怀里掏出一卷钱来，扎着红头绳，绽开来净是零票子。梅花说：“你带钱着么。”秦安老婆说：“只有四十元，还欠二十六元呀。”雷庆说：“是这样吧，明早你让她在乡政府门口等着，二十六元钱我替她掏了。”梅花说：“你掏？你跑一天，工资也就二十元！”雷庆说：“权当咱看望了秦安一回。”秦安老婆忙千谢万谢，又说了一阵雷庆的好话方才走了。人一走，梅花说：“你不该免那二十六元，说不定她在别的口袋还装有钱的。”雷庆没再理梅花。

秦安老婆一早送走了姐姐，回到家里，秦安已经起来，她说了一阵雷庆为人友善的话，就给秦安烧开水打荷包蛋端去，自个在院里脱了鞋，用针挑脚上的鸡眼。秦安端了碗，筷子搅来搅去，把荷包蛋全捣得一块一块的，但夹起了一块蛋白，掉下去，再夹起来却喂到了鼻子上。秦安说：“我咋吃不到嘴里去了呢？”秦安老婆说：“你是娃娃么，要人喂呀？！”把脚上的鸡眼挑了，回到堂屋，见秦安一脸一鼻子蛋白蛋黄，心里就犯疑了，说：“你是咋啦？”秦安说：“我手不听使唤了。”秦安老婆忙让他再来，再来还是夹不起来，就变脸失声地叫喊。邻居来了人，忙去找赵宏声，赵宏声一看，二话没说，就着人用架子车往县医院送。

在县医院，一检查，是秦安脑子里长了东西。陪同的赵宏声不敢把结果告诉秦安，叫出秦安老婆到一旁，说了实情，那老婆当下就哭出了声。两人询问了如果住院治疗得多少钱，医生说：这就说不定了，隔壁病房昨天死了人，已经花了十二万吧。秦安老婆从医办室出来，扶着墙走，还没走到走廊头，一堆泥瘫在地上。女人家关键时刻全没了主意，一切都听了赵宏声的。赵宏声说："这算是黑了天！你就是一捆一捆的钱往里扔，世上也没个治处，你得做好思想准备。但你若能信我，咱就回去，我给他配些膏药贴，好人天保佑着，或许有奇迹出现。"秦安老婆趴在地上给赵宏声磕响头，说："你给治吧，咱死马当活马治，真要治得好，我和秦安下辈子就在你门前长成树，让你拴驴系狗，给你阴凉！"把秦安又用架子车拉回清风街。

现在我给你说雷庆过生日的事。那一天夏雨买了三盘万字头鞭炮，从院门外一直响到巷口。三婶的耳朵聋，放了这次鞭炮，越发啥也听不见。原本预备了十桌，人来了十五桌，院子里安满了席，雷庆的堂屋和夏天礼的厦房里也都安了席，还是坐不下，就在院外巷道里又支了几桌。若在以往，厨房里是最忙的，为担水和洗菜吵吵嚷嚷，今年是雷庆的亲家来了，一切都显得轻省。雷庆的大女儿盈盈和西街姓王的一家订了婚，王家贫寒，夫妇俩又都是老实疙瘩，儿子却白白净净的，一直跟着李英民的建筑队当小工。这门亲事雷庆和梅花先不同意，但盈盈热火，再加上王家又是三婶娘家的拐巴子亲，三婶极力说好，雷庆和梅花也糊糊涂涂就那么认同了。订婚后，王家夫妇三天两头来，手从未空过，不是拿些鸡蛋，就是背些土豆红薯，一来便帮着在猪圈里起粪，在磨道里推磨，任劳任怨。三婶有些看不过去，数说梅花："你也把你亲家往眼里拾一拾，把人家当长工使呀！"梅花说："我可没支配他们，他们下苦惯了，你让歇着也歇不下。"亲家在头一天来帮着杀了猪，剥下了八斤板油三斤花油，三婶主张把三斤花油送给王家，王家死活不收。他们带着小儿子，小儿子尿床，只肯让屠户割下猪的尾巴时在小儿子的嘴上蹭几蹭，说是蹭了猪尾巴油就不再尿床了；再是在大木梢里烫过了猪，王家的女人将烫猪水给夏天礼盛了一盆，给三婶盛了一盆，烫猪水能治干裂脚的，王家女人给自己也盛了一盆。三婶还是小脚，一边洗一边挤捏着袜子上的虱子，看着王家女人的脚，说："你脚上裂子像娃嘴，你不疼呀？！"王家女人说："咋不疼呢！"三婶说："烫了脚你快回去歇着，明日坐席时再来。"第二天王家夫妇还是天露明赶来，洗了一筐萝卜，又去专门担水。三婶就骂孙子和孙女，孙子担了一次水，翠翠跑得没踪没影。

中午开席以后，有人说了秦安从县医院回来的话，大家很快知道了秦安得的是脑瘤病，一时七嘴八舌，长吁短叹。坐在堂屋桌上的夏天义听说后，放下了筷子，嘴窝着嚼一口菜，嚼过来嚼过去，嘣，牙硌了，从嘴里掏出个硬东西，原来是半个扣子。赵家富说："这谁洗的菜？"旁边的庆堂拿了半个扣子要到厨房去，夏天义却摆摆手，吩咐庆堂去请赵宏声，说是本该请赵宏声来的，既然他回来了，快请了过来吃饭，也问问秦安的病到底怎么样。庆堂却支使哑巴去大清堂。

赵宏声是帮着把秦安拉了回来，要经过市场那儿，秦安不愿意，又不明说，坚持要从312国道上另一条小路进清风街。小路上坑坑洼洼，颠得秦安从架子车上溜下来几次，就听到远处鞭炮声。秦安问："谁家过事？"赵宏声说："是雷庆过生日吧。"秦安说："噢。"不再说话。送到了家，赵宏声要走，秦安老婆撵上来说："你是去雷庆家吃席是不？"赵宏声说："既然从县上回来了，不去不好。"秦安老婆说："是不是我也去，或者上些礼？"赵宏声说："你算了，我给你把话捎到。"赵宏声回大清堂换身衣服，门口三踅领着白娥往过走，三踅说："宏声，秦安得了脑瘤了？"赵宏声说："消息这么快的？"三踅说："那秋季的新米他吃不上了！"赵宏声恼得不理他。白娥穿了双新皮鞋，鞋把脚后跟磨了泡，进来买了个"创可贴"。三踅帮着脱了鞋，贴了"创可贴"。赵宏声说："你也给人家把鞋买大些！"三踅说："我这鞋可是买得早啦，谁要能穿上就是谁的，我见不得那大脚！"白娥一出药店，三踅趴在柜台上说："女人真是能变，她才来的时候木木的，现在多灵光，只要开一窍，所有窍都开了！"赵宏声看着他走了，脑子里琢磨：恶有恶报，善有善报，可怎么总是好人的命不长久而坏人活得精神？突然琢磨通了：坏人没羞耻，干了坏事不受良心谴责；好人是规矩多，遇事爱思虑，思虑过度就成疾了。便提笔在纸上写了一联："一生正派爱村爱民心装群众愁苦乐于助人笃实谦让可怜英年早逝村民捶胸顿足皆流泪；半世艰辛任劳任怨胸怀集体兴衰廉洁奉公敬业勤奋痛惜壮志未酬父老呼天抢地共悲伤。”写毕，吓了一跳，说：“我这是咋啦，秦安还没死，就写挽联了？”一把揉了，就见哑巴和来运到了店前。哑巴哇哇直叫，手比划了半天，赵宏声明白了，从抽屉里取了五十元揣在怀里，跟着走了。

两人走过中街，书正媳妇也从饭店里出来，问干啥呀，应声是到雷庆家吃宴席去，赵宏声说：“你也该把身上弄得干净些！”书正媳妇使劲跺脚，脚上的鞋还是一层灰尘，说：“我这一身又咋啦，梅花还能不让我入席？书正上了礼，他忙得去不了，我是去吃我自己的呀！”狗走得比人快，来运已经走到前边了，却一拐身趴在了一家窗前摇尾巴。哑巴认得那是陈星的住处，走近去从窗缝往里一望，里边是高举起来的一对大腿，便莫名其妙，再望，炕上躺着的是翠翠，炕下站着的是陈星，两人都一丝不挂。哑巴脚一闪，跳了开来，也把来运的耳朵提起来往后拉。赵宏声说：“啥事？”哑巴呸呸直唾唾沫。赵宏声说：“看见啥了，你唾唾沫？”哑巴拦了他，伸了个小拇指，在小拇指上又呸了一口。

赵宏声那天在雷庆家证实了秦安的病情，使所有的人都没再多喝酒，三箱子瓶装的烧酒只喝了一箱。饭后夏天义和君亭去看望秦安，梅花将剩菜剩饭盛了一小圆笼让给秦安带上。夏天义和君亭在秦安家待的时间并不长，回来的路上，夏天义对君亭说：“你得过三四天了就去看看他，人到了这一步，什么矛盾隔阂都不要记了。”君亭说：“我和秦安没有矛盾隔阂呀！”夏天义说：“没有了就好。”就又说：“一个活生生的人，说不行咋就不行啦！秦安家境不好，治了这么久的病，已经是钱匣子底朝天了，又添上这脑病，这……”君亭说：“如果宏声配膏药，我给他说说，让能免费。”夏天义说：“就是膏药不要钱，也总不能只贴膏药呀。”君亭说：“村上是应该补助的，可现在建市场，账上已经腾空了。咱是不是动员三个村民组的人给秦安捐款？”夏天义想了想，说：“捐款可以，但这事万万不能让秦安知道，知道了他不会收的。再说，以两委会名义号召捐款，有的捐，有的不一定就捐，村里有天灾人祸的人家也不少，给秦安捐了，那些人家不捐也影响不好。我想，今天雷庆过生日，那秦安也是有生日的，咱张罗着给他过个生日，趁机让村民送人情，说不定能收到一笔可观的礼钱。”君亭说：“这就好，这就好！”二反身，夏天义就又到了秦安家，秦安已经睡了，秦安的老婆说：“二叔，你要多来看秦安的。”夏天义说：“我会的。”秦安老婆说：“你要再来，不要叫上君亭。”夏天义说：“这我还要批评你和秦安的，有多大的矛盾弄到谁都不见谁了？当干部就是恶水桶，秦安这病都是他气量小得下的。现在你不能说这话，也要劝劝秦安才是，记住了没？”秦安老婆说：“记住啦。”夏天义就问秦安的生日在啥时候，秦安老婆说：“他生日小，在腊月十三。”夏天义就说了他和君亭的意见，要求把秦安的生日提前，当下说定在三天后。

清风街人都知道了秦安得的不治之症，惟独秦安还以为是大脑供血不足，当老婆说提前过生日或许能冲冲病的，秦安也勉强同意了。过了三天，秦安家摆了酒席，一共五席，夏天义主持，清风街的人一溜带串都赶了来。秦安原是不愿见人，这回见村人差不多都来了，便硬了头皮出来招呼大家，然后就又上了炕歇下。来人都不拿烟酒和挂面蒸馍，一律是现钱，君亭在旁边收钱，上善一一落账，然后将一万三千四百二十元交给了秦安。秦安说：“上善，你是不是搞错了，咋能收这么多钱？”上善说：“你当了多年村干部，谁家你没关心过？你病了，人家也是补个心思，这有啥的，前几日雷庆过生日也是收了上万元的礼。”秦安说：“我比不得雷庆，收这么多钱，我心里不安！”夏天义说：“有啥不安的？要不安，就好好养病，养好了多给村民办些事就是了。”秦安满脸泪水，又从炕上下来，一一拱拳还礼，说没什么好招待的，饭菜吃饱。但来人都是一家之主坐下来吃喝，别的人借故就走了，秦安老婆把要走的人一一送到巷口。

我是上了二十元的礼，庆满说我的礼太少，不少了，要按我的本意，我还不肯上这二十元哩。我翻看礼单，发现还有十多家压根儿就没来，当然这些都是掌柜子出外打工了，不在家，也有与秦安有冤仇瓜葛的。秦安向来待我不好，我还上了二十元的礼，而秦安对中星关心，中星他爹竟然没有来，这让我想不通。我要去查看中星他爹是什么原因没来，丁霸槽骂我好事，我就是好事，蜜蜂好事才使花与花能授上粉哩。到了中星他爹家，荣叔人是瘦多了，坐在石桌子前熬中药，石桌子对面坐的是翠翠，脸苦愁着。我说："荣叔，秦安过生日你咋没去？"中星他爹说："我身子不受活，去虎头崖庙里要神药了。"我说："你吃宏声的药还要啥神药，要了神药咋还熬中草药的？"中星他爹说："各是各的作用么，你不懂！"翠翠说："你别干扰，我让荣爷给我算卦哩！"我说："你算啥？算几时结婚呀！"翠翠说："你滚！"中星的爹说："从你摇的卦上看，还看不明白，去也行，不去也行。"翠翠说："这是什么话！到底去好还是不去好？"我说："去哪儿呀？"翠翠说："你知道不知道，俊德的女儿回来了，裹络着几个人去省城，小芹想去，我也想去。"我说："小芹可以去，你去不成。"翠翠说："为啥？"我说："陈星不会让你去。"翠翠竟火了，说："引生你就是给我造谣！他陈星是陈星，我翠翠是翠翠，你明白不？先前威胁敲诈陈星，现在又说这话，你是啥意思？"她来了脾气，我也懒得理她，说："那你们算吧。"拿起了中星他爹的那个纸本本翻着看。

纸本本上比我以前翻看时多记载了十多页，其中一页上写着："三十九页'占谒见及乞物'大验案：此卦乃15日早所占。欲知16日去县文化馆事。我因病情加重，买药已花去400元。当继续花。心想去县文化馆找画家高世千画张马卖钱看病，才有三十九页之卦占。大验！奇验！特验！以前我曾向高世千要过画，一次成功，两次未成功。高的老婆瞧不起我，到他家热讽冷嘲，不让坐也不倒茶。可恨的是还用笤帚扫地，以示赶我。高世千待我还好。我以前给他算过卦。中星现在当了团长，他老婆不至于还不理睬吧。即便不理睬，高世千会给我画的。高世千往常不上班，多在家。而16日他无意到文化馆，其刚进内，门卫尚未看见。我向内问人，一人说根本不来。又向内问之，一人说好像来了。我到二道院，两人就遇见。大喜过望，真天助也。后在无人处说明想叫画张马卖之看病。意料中又意外地慨然答应，且说画三马四尺宣。我高兴无比。二人言明17日下午去他家取画，我便去袁老青家住之。17日在袁家吃过早饭，走到县林业局门口时遇到西山湾韩兆林。求我预测，随到墙根详测之，送我三元钱。钱是少，但天下了大雨，韩给了把伞，又去小巷吃过汤面。下午去高世千家，大雨不止，在刚下雨时就忧心万分，若高之老婆因雨不出门，如何是好？！带着极为忧愁之心到高家，高之老婆不在家，谢天谢地。高世千早将四尺宣三马画成，贴在墙上。我真高兴，知心知己的高世千！高世千还说：你培养了中星这个人才，上天会增加你的寿命的。又说了有贵人（指他）保你，病绝对能好之话，百般劝慰于我。高世千可算得上义气乾坤之文人英雄了，夏荣再补于此！天已渐亮了，我之病或许可好？！”

我看着记文，再没留意中星他爹还和翠翠说了些什么，反正是翠翠一直阴沉个脸，后来就走了。中星他爹说：“这娃不中人劝！”把纸本本收了回去。我说：“她不给你一文钱，给她算什么呀！”中星他爹却问我：“秦安过生日去了多少人？”我说：“都去了。”中星他爹又问：“君亭去了没有？”我说：“去了。”中星他爹还问：“收了多少钱？”我说了钱数，他说：“这么多！那咋花呀？！”我说：“行情上礼都是换的，你从不给别人行情上礼，你过生日也就没人来。”他说：“谁家我没去看过庄基？！”中星他爹不高兴起来了，低头熬他的中药，不再理我。我就说：“你前日去县城了？”他还是不理我。我说：“见到我中星哥了？不知剧团里戏排好了没有？”他便抬头看我，说：“得了病就得花钱，以病敛财病能好吗？他秦安给村里做过几件好事算什么，我培养了你中星哥那是对咱全县有功！”我赶紧说：“是这样！”他高兴了，说：“戏快排好了，有一个照片你看不？”领我进了堂屋。堂屋中堂上放着一张照片，照片小，是剧团彩排留影，我看见了照片中有白雪。我一看见白雪就笑。中星他爹说：“你瞧中星在前排中间坐着，他那件西服是五百元买的，一件衣服么，咋那么贵！”白雪在所有的演员中最漂亮。我给她笑，她也在笑，她的左腮上应该笑起来有一个酒窝，但看不出来。

中星的爹闻见了什么，急跑了出去，在院子里骂我，说药熬干了。我趁机把照片揣在了怀里。我就是那样偷走了照片的。这张照片现在还放在我家炕头前。我每每看着照片，都盼望白雪能从照片上走下来。但是，她总是在那一堆演员中活活地动，却始终没有走下来。我上中学的时候读过一篇课文，说一个人买了一张仙女画，他每次出了门，仙女就从画中走下来给他洗衣服，扫地做饭。所以，我一回到家，便直奔厨房，但厨房里冰锅冷灶。这不怪白雪，白雪演戏，是艺术家，白雪怎么能干洗衣做饭这一档子事呢？我焦急地等待着夏中星通知去巡回演出的事，过了一天又是一天，通知还不见来，而我什么都准备好了，还找着上善学会了一段戏。上善是乐于助人的，可他并不会几段唱词，就教我《背娃进府》中的一段说词。

这一段说词太适合我了，我把它背诵得滚瓜烂熟，不信我给你说说：哎，人家娃叫，人家娃大头小头的个叫，背的格头往包谷地里跑哩——你寻牛哩，还是撞杆哩？红萝卜缨子换炸弹——着了一个满天飞；屎巴牛掉在尿壶里——生装你的醋泡酸梅子；屎巴牛落在秤杆上——受罪哩，你当高鹞子观星哩；屎巴牛钻竹竿——受罪哩，你当过节哩；长虫把头割了——死淋虫一个；长虫缠在辘轳把上——把不缠你，你还缠把哩；哈巴狗立在供桌上——你和爷爷斗起嘴来了；庙后边的南瓜——你还想给爷爷结蛋蛋哩；你是装下的不像，磨下的不亮，升子丢在地里——八棱子没相；锅刷子写字——笔画太壮；耙刺睡觉——屁股朝上；打你两个五分——你那 × 嘴胡犟；朝屁股上蹬上一脚——稀屎拉了一炕；吃的冷馍，睡的冷炕，点的琉璃灯，你还嫌不亮；你是羊皮一张搭在板凳上，生装的四腿没毛，死狗一条，爬下不跑，尾巴也不摇——你是个啥玩意；你真是鬼头肉，毛盖儿长在后头，见了你爹，你叫舅舅；花盆里栽娃，坟地没人看——你还当你务人哩；你是吃的石灰，唱的靛花——放你娘的月兰屁；把你爹死了——放你娘的寡妇屁；屎巴牛落在粪堆上了——生装你的夯货。

※　※

我逢人说起这一段说词，他们说：再不要羞你的先人了，洗脸的胰子当点心吃，你能唱秦腔，看你那挨戳的模样！清风街的人从来是不重视我的，不重视就不重视，随便吧。我看着他们头上的光焰，笑他们的光焰都是那么微弱，哼，还是自己把自己管好吧！

我正经告诉你，我是能看见人头上的光焰的。一个人身体好的时候头上的光焰就大，一个人的身体不好了，光焰就小，像是一豆油灯芯，扑忽扑忽，风一吹随时就灭了。气管炎张八哥的光焰就小。王婶的光焰几乎都没有了。中星他爹的还行。还年轻的陈亮光焰昏黄，我问他怎么啦，他说他感冒了三天，大热天的一犯病浑身筛糠，还要捂两床棉被子。最奇怪的是秦安，他去医院那天，光焰柔弱得像是萤火虫，从医院回来，赵宏声三天给他换一贴膏药，没想到光焰又起来，他已能下炕，又开始在村里转悠，头上的光焰如长了个鸡冠子。

这一天，秦安的老婆用豌豆面做了凉粉，秦安说老主任爱吃凉粉，拿了一块，让我搀扶了他去夏天义家。在二叔家里说了一会儿话，哑巴进来了，他的裤裆开裂，匆匆地换了条新裤子又要出门，我问啥事这么急的，夏天义说庆玉的新房今日抹绽上瓦哩。抹绽上瓦是盖房的最后一道工序，我是应该去帮工的，便丢下秦安和哑巴一块去了。

帮工的人很多，也很热闹。果然是俊德的女儿回来了，也在帮着搬瓦。她见了我就说：“引生哥你好？”清风街人见面都是说：“你吃了？”或者是“老人硬朗？娃娃还乖？”从来不说“你好”的。俊德的女儿问我“你好”，而且是普通话，我就措手不及了。庆玉的女儿腊八和俊德的女儿是同学，腊八说：“人家问候你哩，你咋不吭声？”我说：“你把舌头在嘴里放好，你重说！”俊德的女儿说："问你吃啦没？"大家都笑起来。我说："这就对啦，咱是去省城里拾了几天破烂，又不是从天堂上下来的，不会说人话了？！"俊德的女儿骂我狗肉上不了席面，便不再理我。屋顶上的几个小伙却说："不要理引生，他对女人没兴趣，你到架子上来递瓦！"但俊德的女儿没有去架子上，也不在地面上搬瓦，只拿了茶壶给口渴的人添茶。她穿着非常少，原来不知道她这么细的腰，又是一件短窄上衣，腰细得一把能握得住了。添了茶后，她和腊八坐在一边的凳子上，腊八问省城的风光，她就大肆地吹嘘，说省城的高楼和马路，说省城里的酒吧和网吧。屋架上的一个小伙也在听她说，听得把一摞瓦没接住，稀里哗啦掉下来。我说："旧报纸一斤是多少钱？酒瓶子一个是几分钱？"俊德的女儿掏出了口红给自己的嘴唇上涂，又给腊八涂，腊八的嘴立刻像肿了许多。腊八说："引生，你没去过省城你少说话！人家她爹是收破烂的，人家才不收破烂呢！你能行，你穿的啥，人家这裤子你在哪儿见过？！"我承认俊德的女儿活得比我强，尤其是我看见了她头上光焰很高，像蓬着的一团火，但我心里总有些不服：俊德，种庄稼都种不好么，凭什么一家人倒光堂了？！腊八还在喧我，她娘说："腊八，你两个回老屋去说吧，坐在这儿说话还让别人干活不干活？"屋架上的小伙说："不能走，男女搭配干活不累！"菊娃说："人家在村里的时候你不理不睬，去了省城几年你就眼馋啦？"转过身倒骂腊八嘴涂得是不是吃了死娃子肉了？这一骂，俊德的女儿没了脸面，起身走了。屋架上的小伙说："嫂子你这就不对了，人家也是好心好意来帮工的，撵了去！"菊娃说："她能给我干啥呀，还不把你们勾引得光说了话！"脸上一恼，雀斑就黑了一层。

菊娃收拾了一堆做木架时的刨花儿到老屋厨房去了，屋架上的人都歇下来吸纸烟，说："这臭婆娘，怪不得庆玉见不得她！"我趁机搅和，说："庆玉见不得她，庆玉见得谁了？"有人说："谁白胖庆玉就见得谁，庆玉爱吃肥肉。"大家就说黑娥又白又胖，那两个奶子像猪尿泡。真是清风街地方邪，说鳖就来蛇。正说哩，黑娥穿着一双黄胶鞋来了。我忙打口哨，说："不敢说啦，说多了惹事呀！”屋架上的人说：“是黑娥来了才说的！黑娥黑娥，你咋这个时候才来？”黑娥说：“来得早不一定活干得多！”挽了裤腿就去提泥包。这女人真的卖力，提着泥包来回小跑，胸脯上两个肥乳咕咕涌涌地抖。将一包泥浆提到屋架前了，举着往上递，架上的人在她用力举上来的时候手没抓住，泥包就又落下来。黑娥说：“你卖啥眼哩，你一下子不抓住，要日弄死我呀！”架上的人说：“谁日弄死你了，我媳妇在那边的，你可不敢陷害我！”黑娥抓了一把泥摔上去，骂道：“你碎㞞倒调戏我？！”泥巴甩了架上人一脸，屋上屋下一片哄笑。菊娃又提了一大壶开水来到新屋场上，瞧见了，脸上又是一层雀斑，问我：“谁让那骚货来的？”我偏故意说：“是庆玉叫的吧。”菊娃说：“村里人都死了，偏要叫她来？！”话说得声高，一直负责担水和泥浆的武林刚好过来，就承了头，说：“谁，谁，谁也没，没叫，啊是我们贱，贱了，手，手，手痒了么！”菊娃说：“这话倒说得好，就是发贱，手痒哩，恐怕还不仅是手痒，还有痒的地方呢！”武林说：“啊你，你，你把话说干，干净，净些！”菊娃说：“做了不干净的事还嫌我说的不干净？”武林一时气得越发说不出话来。这边一吵，那些上瓦的都停了手，黑娥就过来说：“谁做什么不干净事了？”菊娃说：“呀，倒有个爱武林的人了，这么热的天你给他戴绿帽子，这阵儿这么爱男人哟！”黑娥力气大，上来给了菊娃一个巴掌。她手上有泥，五道泥印留在菊娃的腮帮上。女人家打架像螳螂，只显得腿长胳膊长，乱抓乱踢，后来就抱住了，你揪我的头发，我也揪你的头发，尖叫声如杀了猪。众人见她们厮打，并不劝解，还说：“不敢抓脸，不敢抓脸！”脸相互都抓破了。众人又喊：“快把茶壶拿开，小心被摔了！”黑娥抢了茶壶往石头上一摔，茶壶成了一堆瓷片。赵宏声黑水汗流地跑了来，将她们拉开，赵宏声的衣服上就沾上了泥土，头上也乱了发型。被拉开的黑娥当然占了上风，对着菊娃骂道：“我就是庆玉请来的，他要是不请我来，你个泼妇就是上吊了直咽气儿，我看见了摘一片树叶挡了我的眼也是个看不见，让你死个硬硬的！”骂过了，却又要去提泥包。武林说：“不，不，不干了！咱这是落，落，落个，啊啥？舔沟子倒是把子，子蛋咬，咬了，回！啊回！”黑娥却说：“咱这么回去算什么？！”架子上的人起哄说：“不回去就不回去，这房盖好了还要住哩！”黑娥说：“住了又怎样？”赵宏声生了气，说：“你们不劝架，倒煽风赶焰的！”就给我招手。

我过去说：“事情都怪菊娃。”赵宏声说：“你别掺和，赶快回去！”我说：“回去不热闹。”赵宏声才对我说，他刚才在大清堂，夏中星从县上打电话让他通知我，说剧团要巡回演出呀，要我大后天务必赶到县剧团。这真是个好消息！我大声叫了一声：“哇！”我一叫，黑娥和菊娃又扑到一起厮打开了。打吧，往死里打吧，我张引生现在是不管你们了，撒了脚就往回跑。跑过庆玉老屋前，来运从厨房里叼出了一根骨头，后边又跑上来赛虎，它们就在我面前，你啃一啃骨头放下了，它叼起来又啃一啃，骨头上没有丁点肉，它们好的就是那点肉味。我在心里说：这下能天天见白雪了，见到了白雪，白雪能不能让我待她好呢？抬头就看天，希望天上能出现星星。我已经很长时间里，每晚回家，一想到白雪就默默祈祷：我还能见到白雪吗，如果能见上，那屋顶上就出现一颗星星吧。然后猛地抬头看天。遗憾的是夜里总阴天，没有星星，或许有星星了，偏都不在我家屋顶上空。现在我仰头，才意识到还在白天，空中当然没有星星，而巷口立着夏天智。

夏天智又从街上买回了几把马勺，一边走过来，一边唱：“人得瑰宝精神爽，月到中秋分外光。”我立即停住了脚，想逃走，但巷子里没岔口。我心里说：“不怕，怕啥哩！”便侧身站在巷道根，拿眼看着夏天智。夏天智也看见我了，说：“嗯？”我说：“四叔买马勺了？”他却哼了一下，走过去了。他走过了，轮到我唱了，我也唱：“人得瑰宝精神爽，月到中秋分外光。”

我一回到家就开始洗衣服，我把所有的好衣服都洗了，还拆洗了被子。天气热，被单干得快，黄昏里我就将被子铺在门前的碾盘上缝，白恩杰来了，说：“真可怜，男人家缝被子！”我说：“我还自已吃饭哩！”他说：“我来给你说个好事的，但你怎么谢我？”我说：“好事你肯给我？”他说：“我给你寻了个媳妇。”我拿眼看着他，白恩杰能有这个好心，还真让我感动。他说：“村里来了个要饭的，才二十多一点，人丑是丑些，但身体好。我给你领来了，你看看。”我抬头一看，大苦楝树后露出一个女人的半个侧脸，撅撅的黄瓜嘴，还嚼着什么，一撮头发干得像枯草，上边缠着条红头绳，也粘着麦糠。我当下就生气了，白恩杰，狗日的，你怎么能给我介绍一个要饭的丑女人，我张引生难道就只配这号女人吗？我说：“你是不是来羞辱我的？”白恩杰说：“我说你很穷，她说老鸦不嫌猪黑。我说你没有那个，人家还是不嫌，说只要能有碗饭吃就行。”我说：“吃屎去！”

我轰走了白恩杰，被子也不缝了，在家生气，气得一夜都没合眼。天明庆玉却来找我，求我去给他帮工，说是再干一天瓦就上齐了。我们在他的新屋场正忙活，君亭骑了摩托车从巷子里冲过来，猛地兜了个圈，刹住，粗声喊庆满。庆满说：“哎！”君亭说：“市场明天就开业典礼，石牌楼上的活儿还没干完，你倒走得没踪没影！”庆满说：“就剩下那几块雕花砖没贴，我安排人在干呀！”君亭说：“他们会贴个屁！你赶快下来！”庆玉说：“他怎么能走，他是大工，他一走我这瓦还上不上？”君亭说：“我管你上不上的？！”庆玉说：“人都说你做事狠，你真个六亲不认！村里的匠人都让你弄到市场，我这房稀稀拉拉拖了这么长日子，今日上瓦呀，连我的亲兄弟都不能帮忙？！”君亭说：“我和我的合同人说话，不和你说。庆满，你要是想拿到承建费，就立马三刻往那儿去，保证开业典礼前完工，否则有我说的没你说的！”庆满从屋顶上下来，在地上抓了一把草，搓着手上的泥，说：“二哥，你们先干着，实在干不完，我晚上回来再干。”庆玉说：“晚上上瓦，我在盖鸡圈呀？你走吧，你去挣人家的钱吧！”发了怒，将浸过水的一摞瓦一脚踹倒。君亭说：“你给谁发歪哩？”庆玉说：“我敢给谁发歪，我不能踹我的瓦吗？我还要踹！”对着已经倒地的破瓦又跺了脚踩，有一片没踩动，捡起来摔在石头上，碎片四溅。

一吵嚷，帮工的全停下来。哑巴从屋架上往下跳，又把裤裆绷扯了，一边用手捂着一边去喊夏天义。夏天义赶来，扬手先给了庆满一巴掌。庆满捂了脸说：“他们两个吵架的，你打我？”夏天义说：“集体的事大还是个人的事大，你吃了秤锤了，掂不来轻重？”庆玉说：“建市场那是胡成精哩，那么好的耕地建市场，建了市场卖啥呀，卖骨殖呀？！”夏天义说：“放你娘的屁哩！你以为你老子反对过建市场，我就支持你把建市场的人叫来给你盖房？你听着，建市场是两委会决定，决定了谁都得服从！”就高声对所有人说，“谁是从那边过来的？”庆满说：“就我一个。”夏天义便对君亭说：“你把人带走，在这儿吵啥呢？咹！”君亭发动了摩托车把庆满驮走了。

庆玉蹲在地上不起来。腊八不看场面，站在远处喊：“爹！爹！”庆玉说：“你叫魂哩？”腊八说：“我娘让我向你要钱，说没菜了，米儿面锅里没菜了，要赶快买菜。”庆玉说：“买你娘的脚去，没菜下了不下了！”夏天义说：“这个时候才说没菜了，提早干啥去了？去地里摘些南瓜叶去！”我说：“南瓜叶能当菜吃呀？”夏天义说：“咋不能当菜吃，凉调了不好吃，下到锅里还不能吃？！”他招呼众人该干啥的都干啥，自个竟从木架攀上了屋顶，亲自在那里抹浆上瓦。

夏天义是个催命鬼，老老的人了，在屋顶上逞能得比年轻人干得还猛，更害气的是他还要督促地上干活的人。他戴着大椭子眼镜，嘴角叼着黑卷烟，总是叫喊我，嫌我提着泥包跑得慢。我的鞋上溅满了泥，滑了一跤，他又在骂，我索性脱了鞋，赤着脚来回小跑。大红日头下，我跑着跑着，脑子就乱了，看见满地的脚丫子在跑，大脚丫的，小脚丫的，长得秀溜的脚丫子和大脚趾根凸着一个大包的脚丫子排起了队，从地上经过，又上了墙，在屋顶的大梁上跑。我害怕这脚丫子队伍，因为那一年从桑树上跌下来后，满世界的脚丫子就这么跑过。我说：“我尿呀！我尿呀！”捡起挂在一根椽上的草帽，我不知道这是谁的草帽，戴在头上把我隐蔽了起来，然后赶紧逃离屋场。

天上出了鱼鳞云，鳞一片一片的。天上有一条大鱼哩，我简直都闻见了一股腥味。这时候一只飞机飞过，飞机后拖了条白带，经久不散，天就被割开了，或者是天裂了，漏了水，鱼也不见了。半个下午我就一直看着天，没再回屋场干活，吃晚饭的时候哑巴才把我从碾盘上拉回去吃饭。饭是米儿面，下着南瓜叶，颜色好看，做得也稠，但吃起来苦。我说："饭这苦哇！"大家都说苦，是南瓜叶把饭弄苦的，就放下了碗。匠人和帮工的都不吃了，菊娃就在厨房里埋怨，训斥着腊八提一口袋面粉去重新轧面条。夏天义累得躺在堂屋的条凳上，让哑巴给他捶背，捶了背又用木槌子敲脚心，听见院子里吵嚷，说："南瓜叶有啥苦的？"起来盛了一碗来吃。我看见他第一口饭进嘴，眉头分明是皱了一下，我说："苦吧？"他说："不苦么，这哪儿苦？"就把一碗饭吃了。我说："二叔嘴里不苦心里苦。"他拿眼睛瞪我，低声说："一锅饭哩……你就不起个好作用！"他去盛第二碗，菊娃已经把锅里饭往一个木桶里舀，木勺在桶沿上磕得呱呱响，说："咱富裕得很么，一锅饭就这样着糟踏？！"夏天义没有吭声，盛了第二碗坐到堂屋门槛上。菊娃对庆堂说："你把桶提回去，喂猪去。"夏天义说："你们不吃了都给我留下，我明日吃，看把我毒得死！"

这是我看到夏天义理儿亏最忍气吞声的一次。他吃完了第二碗，还去盛第三碗，竟然没有人劝他不要再吃了，似乎大家都在看他的笑话，看他自作自受。这我就生气了，我过去夺了他的碗，说："这何必呀，一锅饭能值几个钱？！"他说："那你替我把这半碗吃了。"为了夏天义的脸面，我把剩下的半碗饭端起来吃，那个苦呀，像吃黄连。半碗饭还没吃完，君亭扶着庆满醉醺醺地经过院门前，我听见有人说："咋醉成这模样了！"庆满舌根子硬着，说石牌楼收拾停当了，君亭请客吃饭，在书正媳妇的饭店里杀了三只公鸡，喝了五瓶子烧酒，还有一筐白蒸馍。君亭也在说："吃肉吃肉！喝酒喝酒！"两人便扑沓在地上。

再说第二天的晌午，农贸市场就举办了开业典礼。典礼仪式由君亭主持，十分地体面和热闹，这就不用说了，而成百个货台上全有人摆了货，惹得312国道上来往的车辆都停了下来，乘客买了这样又买了那样，大包小包的，像是来了一群蝗虫和土匪。陈星在市场上也有一个摊位，虽然没有苹果出售，却事先到南北二山收购了木耳、黄花和蕨菜，还有三十六只土鸡，十二只兔子。帮他照料摊位的是翠翠。陈星鬼机灵，拿着他的吉他，一边弹拨一边唱歌，顾客就招揽得多，竟把所有的山货全卖了。喜欢得坐在货台上数钱，钱是一大堆零票子，蘸一口唾沫数一张，就把一卷子要给翠翠，翠翠不要，陈星便拉了领口将钱塞到了她的胸罩里。君亭看着了，并没恼，领着参加典礼的各位嘉宾偏偏走了过来，夸陈星带了好头。林副县长是嘉宾中官职最高的，拍着陈星的头说："小伙子，好好干！"陈星倒会顺竿爬，说："县长县长，你听啥歌我给你唱！"县长说："你这吉他能不能弹秦腔？"陈星说："我不会秦腔。"君亭说："林县长也是秦腔迷？"县长说："爱好吧。听说清风街有个退休教师对秦腔痴得很，还画了秦腔脸谱？"陈星推着翠翠说："那是她四爷！"县长说："能不能让我见见你四爷？"君亭说："也是我四叔，我让我四叔来吧。"林县长说："那不行，我得去看望。"君亭就让翠翠给夏天智捎口信，让准备准备，饭后他带县长到家里去。翠翠一溜烟先跑回去了。

翠翠把消息告诉了夏天智，夏天智在院子里让人理发着，不肯信。翠翠说："信不信由你，我把话捎到了。"赌气便走。夏天智又喊她回来，说："你没哄爷？"翠翠说："我哄你，让我死了！"梅花一脚进了院，拿起院门后的扫帚就打翠翠，叫道："你死了好了，就不给我丢人了！"理发人赶忙挡了翠翠，说："这不怪女子，是她四爷不信翠翠的话，逼她那么说的么。"梅花说："几个人都给我说了，这不要脸的一天到黑不沾家，竟然在市场上帮陈星招呼摊子哩！"夏天智和理发人才知道话说岔了。翠翠呜呜地哭，说："那又咋啦？我帮人家卖货哩，又不是住到人家屋里啦，丢你啥人啦？！"梅花说："你咋不住到人家屋里呢？夏家人经几辈，还没出过你这号不要脸的！"举了扫帚又要打，翠翠从门口逃开，梅花撵出去，二反身回来放下扫帚，捡了一根树条子再撵了出去。夏天智说："平常把娃惯得没样儿，这会儿倒凶成这样！娃娃长大了，箍了盆子能箍住人？是不是县长要来？"理发人说："翠翠说是县长来。"夏天智说："那你还愣啥，快些理！"理毕了，拿镜子一看，埋怨前边理得太小，说："人老了头发稀，你理得这么小，秃顶上用什么遮盖呀！"理发人说："四叔你这头型前大后小，前边理得大了后边就显得更小。你看不见你后边。”夏天智对着镜子拨了拨头发，还是不满意，说：“理成这样，瓜不瓜？！”理发人说：“才理过发都是瓜瓜的，过三天就顺眼了。”夏天智说：“过三天？一会儿县长就来呀！”掏了两元钱打发理发人走，还说：“竹青说理发店不赚钱，凭你这手艺，到哪儿赚钱呀？！”

夏天智等理发人一走，就喊在厨房做饭的四婶出来，看他发型行不行？四婶说：“你嘟嘟囔囔训人家理得不好，我在厨房里听着了，也恼得不想理你，你现在是农民了又不是教师！”夏天智说：“就是农民了咋，县长还要来看我哩！”当下又洗了一下头，使头发更蓬松些，就让四婶把院子扫扫，把夏风的小房内整理好，让县长来了到夏风的新屋坐，那里家具新，显得光亮。他自己却把新画的马勺全摆出来，又把颜料和画笔也摆好，然后坐在了藤椅上等候。

等候了两个小时，君亭并没有领了县长来。四婶要夏天智吃饭，夏天智不吃，说正吃着客人来了多难看，再者，县长既然能来看脸谱马勺，肯定是个秦腔迷，秦腔迷遇到秦腔迷能不唱几句，吃饱了饭就唱不成了。又说：“白雪不在，秦安又病了，那就把上善找来，上善还能唱一段《下河东》的。”四婶说：“你平日架子端着，县长一来就轻狂成啥了？”老两口致了气，不再说话。夏天智坐在椅上看着太阳从屋檐上跌下来，又从台阶上落在院子，君亭还没有领县长来，就怀疑是翠翠说谎了。四婶说：“翠翠这娃口里没个实话，几次给梅花说她去同学家呀，有人却看见她是去了陈星的果园里。她肯定哄了你！吃饭吃饭，再不吃前腔贴到后腔了。”把饭端出来，正要吃，院门外摩托车嘟嘟地响，听见有人在说：“君亭，今日给你过事哩！”君亭说：“不是给我过事，是清风街过事哩！”那人说：“那还不是把猫叫个咪！今日高兴，喝高了？”君亭说：“不高，不高。”夸的一声，院门被撞开，君亭和摩托车就倒在门口。夏天智忙放下碗，说：“来了！”跑到门口，抬头望巷中，巷中没人，一只鸡昂头斜身走过。倒在地上往起爬的君亭说：“四叔，快把摩托掀开，压住我腿了！”夏天智说：“县长呢，不是说县长要来吗？”君亭说：“县长来不了啦，正吃饭着，县政府来了电话，说东乡镇有人去县政府大门口闹事，催他快赶回去，我是来给你说一声的。”夏天智唏嘘了半天。

这天下午，君亭就睡在了夏天智家。他是心松了下来又多喝了酒，一进夏天智家就醉睡不苏醒。老两口拖他到炕上，盖了被单，出去到地里转了一圈，回来君亭还在睡着，而炕下吐了一堆东西。四婶一边清除，一边骂君亭，但君亭还是没醒，直睡了两天两夜。

你有没有这样的经验：当你在山上，再高的山，山上什么也没有，可你只要一屙屎，苍蝇就出现了。你挖一个水塘，什么也不放，只放水，水在塘里只有半年水里就生出鱼了。我终于背着行李要去县剧团，恰走时想见见君亭，因为我觉得我这一去，说不准就从此脱下了农民这张皮，不受君亭领导了。但君亭在夏天智家醉睡不起，我在夏天智家的院墙外转了转，没敢进去。夏天智家的西隔壁是水牛家，水牛他奶八十岁了坐在墙根梳头，白头发掉下来她绕成一个小团往墙缝里塞，我突然产生了一个怪念头，就脱下褂子捉虱子，夏季里虱子少，毕竟还捉住了一只，便也塞进了墙缝里，还用土糊了糊缝口儿。虱子是最古老的虫子，我想把我的虫子留下来。

我到了县剧团，夏中星他没有失信，就让我跟随他们去巡回下乡，负责保管和展览秦腔脸谱马勺。但他对我的要求十分严格：下乡期间，我不离马勺，马勺不离我，保证马勺不得损坏和丢失。我说：“马勺是我爷，我是它孙子，行了吧！”中星梳他的头发，就那稀稀几根，在头顶上抹过来粘过去，说：“头发少了。”我说：“灵人不顶重发。”他快乐起来了，唱：“王朝马汉一声叫，你把老爷 × 咬了？”唱完了，想起我是没那个的，就抱歉地笑笑。我不在乎这些，我关心的是另一件事，我说：“我跟剧团下乡，白雪知道不？”中星说：“知道。”我说：“她没说啥吧？”中星说：“没说啥呀！”我说：“哇！”夏中星说：“你咋啦？”我说：“没啥，没啥。”

第一站我们去的是竹林关镇，出发时，我看见白雪上了那辆大卡车，我也往大卡车上爬，中星却把我拉下来，让我坐到一辆拖拉机上。拖拉机上装着戏箱和那些脸谱马勺。拖拉机在山路上摇摇晃晃走了大半天，我突然想到我塞在墙缝里的那只虱子，虱一定是饥瘪了，但瘪了的虱即便成麦麸子一样，见风就飘，飘到人的身上就咬住吸人血，飘到猪的身上就咬住吸猪血。我一路都在指挥着我的虱，先去咬了丁霸槽，这是要向他显示，再去咬了白恩杰，还是向他显示，最后去咬夏天智，夏天智觉得脖子上痒，手一摸，捉住了，说："虱子？我身上生了虱子？！"他用两个指甲要挤死虱子，一股风把虱子却吹跑了。

到了竹林关镇，镇上有个骡马会馆，是清朝年间这一带骡马商队修的祭祀神灵的地方，也是来往歇脚点。骡马会馆现在是破烂不堪了，只剩下一个戏楼和一个后殿。戏就在戏楼上演，马勺的展览布置在后殿。我和白雪见面不多，他们排戏和休息在镇上的一个大仓库里，我要看管马勺，就只能一个人睡在后殿。

剧团是白天演一场，晚上演一场。每次演出前，中星都要上台，都要讲秦腔是国粹，是优秀的民族文化传统，我们就要热爱它，拥护它，都来看秦腔；秦腔振兴了，我们的精气神就雄起了。再要讲这次演出是在县委、县政府的正确领导和无微不至的关怀下，剧团全体人员经过精心排练，推出的最有代表性的秦腔戏，是把最好的艺术奉献给大家。当然，他还讲了为配合这次秦腔巡回演出，专门组织了一个秦腔脸谱展览，也希望大家能踊跃去参观。他的这些话，像君亭在大清寺里念报纸和文件一样，念者慷慨激昂，听者却无动于衷，戏台下人来得并不多，来的人又都不喝彩，不鼓掌。中星最后说"谢谢"，自己就走下台了。

看戏的人不多，参观脸谱马勺的人就更少，原本我也该讲讲秦腔的历史以及这些脸谱的含义和特点，但这些我却说不出来。我能介绍的只是这些脸谱是清风街一位退休老校长画的，夏天智是谁，是剧团里白雪的公公。来人听到白雪，他们就来兴趣了，说白雪的戏唱得好，一听她唱戏把人听得骨骨节节都酥了，说白雪吃什么喝什么了，咋就长得那么亲，是不是干净得不屙不尿连屁都没有？我可以这么说，他们不能这样说，他们好比是从花园子边路过，看见一朵玫瑰花，称赞过这花好，就要用手去摘它，或者突然怨恨了，向花撒一把土，吐一口痰。我当然就发怒了，把他们往出赶，几次差点儿打起来。这么着，参观的人就更少了。但一连三次来过一个人，人长得怪难看的，说话都咬文嚼字，口袋上插了个钢笔，他是每次看完戏又来参观，听说脸谱马勺是白雪的公公画的，而我又同白雪是一个村的，就不停地打问白雪的事。我警惕了，问："你干啥的？"他说："我是白雪的戏迷。"他这号人竟然也是白雪的戏迷，我就得考察他是迷了戏还是迷了人？没想他竟说他看过白雪所有的戏，还为白雪写了诗赞。我说："你写诗赞？你念念！"他真的张口就念了，他念得的确好，从此我就把这诗赞永远记住，没人时就自己念诵了。

这诗赞是这么说的：州河岸县剧团，近十年间一名旦。白雪著美名，年纪未弱冠。态惊鸿，貌落雁，月作眉，雪呈靥，杨柳腰，芙蓉面，颜色赛过桃花瓣。笑容儿可掬，愁容儿堪羡，背影儿难描，侧身儿好看，似牡丹带雨开，似芍药迎风绽。似水仙凌清波，似梨花笼月淡。似嫦娥降下蕊珠宫，似杨妃醉倒沉香畔。两泪娇啼，似薛女哭开红杜鹃。双跷缓步，似潘妃踏碎金莲瓣。看妙舞翩翩，似春风摇绿线。听清音袅袅，似黄莺鸣歌院。玉树曲愧煞张丽华，掌中影羞却赵飞燕。任你有描鸾刺凤手，画不出倾国倾城面。任你是铁打钢铸心，也要成多愁多病汉。得手戏先说一遍：《梅绛雪》笑得好看，《黄逼宫》死得可怜。《串龙珠》的公主，《玉虎坠》的王娟。《飞彦彪》的忽生忽旦，《双合印》的裹脚一绽。更有那出神处，《二返安》一出把魂钩散，见狄青愁容儿一盼——怨；厍宝刀轻手儿一按——慢；系罗帕情眼儿微倦——干；抱孩子笑庞儿忽换——艳。看得人神也昏，望得人目也眩，挣出一身风流汗。把这喜怒哀乐，七情毕现且莫算，武兰儿熟且练。《姬家山》把夫换，《撮合山》把诗看。穆桂英《破洪州》，孙二娘《打店》。纤手儿接枪，能干；一指儿搅刀，罕见。回风的一条鞭，拨月的两根剑。一骑桃花如掣电，脚步儿不乱；三尺青锋如匹练，眼睛儿不眩。筋斗云凌空现，心儿里不跳，口儿里不颤。鹁鸽窠当场旋，两脚儿不停，一色儿不变。听说白雪把戏扮，人心慌了一大半，作文的先生抛了笔砚，老板的顾不得把账看。担水的遗桶担，缝衣的搁针线，老道士懒回八仙庵，小和尚离了七宝殿。还有那吃烟的把烟卷儿叼反，患病的忘了喝水，药片干咽。真个是不分贵贱，不论回汉，看得人废寝忘食，这才是乐而忘倦，劳而不怨，人人说好真可赞。

有了这长篇诗赞，我就在后殿里反复朗诵，来参观脸谱的人都疑惑惑地看我，他们看我，我也看他们，继续朗诵，他们就说："这人脑子有病！"趔趄着脚往出走。中星来批评我，说："叫你展览脸谱的，你来这儿练嘴皮啦？"我说："我宣传白雪么！"中星说："白雪用得着你宣传？你的职责是展出脸谱，你就得给人多讲脸谱的事！"我说："这我不懂。"中星说："你鼻子下的嘴呢，不会请教演员？"请教谁呀？我当然第一个想到去请教白雪，但我不敢，只好去请教演《拾玉镯》的王老师。我也知道还有个邱老师比王老师知识更多，邱老师却是男的，请教王老师其实还是为了容易接触白雪。但是，每次我去找王老师，旁边的白雪就走开了。一次吃饭，我明明看见白雪和几个演员拿着碗去伙房，我就鼓了勇气迎面朝她走，而白雪看见了我，却折身又回到仓库的宿舍去。演员们喊："白雪，你还吃不？"白雪说："你们先去吧，我过会儿来。"我知道她又在避我，只好打了一碗菜，筷子插了两个蒸馍回到后殿去。后殿里没有一个人，听得见老鼠在什么地方跑动和啃东西。顿顿脚，响声停了，脚一停，响声又起。我放下碗坐在那里吸纸烟，听起远处隐隐的人笑。

我只有在晚上演出时才能睁大了眼睛看白雪。她在台上演《藏舟》，唱道："耳听得樵楼上三更四点，小舟内难坏了胡氏凤莲，哭了声老爹爹儿难得见，要相逢除非是南柯梦间。"台上演的是更深静夜，台下正好也是弯月当空，我想，一只小船儿浮漂在江心，船上一个女人唱着歌诉她的哀伤，我的眼泪就下来了。这时候，有人在拍我的肩，回过头来是王老师。她说："你哭啦？"我说："白雪在船上一唱我眼泪就止不住了。"她说："是胡凤莲在船上唱。"我说："噢，是胡凤莲。"她说："你不知道吧，这段唱腔是我设计的，胡凤莲因爹死后十分悲痛，但她是在船上，又处在复杂的心理状态下，再加上夏公子还在身边，所以设计的唱腔节奏平稳，旋律和缓，才符合她的身份。你这一哭，正是我想要的效果！”她是在夸耀她哩，我就不哭了，擦眼泪，可眼泪越擦越多，最后竟哭出了声。戏台子上，白雪还在划船，她走起了碎步，像水上漂，漂过来漂过去，我觉得满台上都是水，水从台子上溢下来，戏台子下面就全是水了。突然，白雪是身子一个趔趄，她捂住了嘴，几乎要倒下去呀，最后还是站住，锣鼓点子就乱了。这是严重的失场，别人看不出来，王老师看得出来，她“啊”了一下。我说:“锣鼓咋敲的？”她说:“白雪怀了孕，她犯恶心了。”我说:“咹？白雪怀孕了？！”王老师踢了我一脚，说:“喊啥哩！”

白雪真的是怀孕了。这消息其实在剧团里不是秘密，原本彩排时她就给中星说过，但白雪是台柱子，中星要求她继续上戏，到了实在坚持不下去了再说。这次失场后，白雪就再没出演A角，只在别的戏里跑跑龙套。对于白雪怀孕，我心里怪怪的，说高兴我高兴不起来，说难过也算不上是难过。已经有几次，我远远地留神过她，她蹲在那里呕吐，呕吐又呕吐不出来什么东西，然后就坐在那里不停地唾唾沫。她离开了，我走过去，那块地方被她唾得像落了一层雨，我就可怜起了她。但我能给她做些什么呢？第二天的晚上戏演完后，我瞧见她和另一个女演员去镇街口买烧鸡，另一个女演员买了一块酱鸡肉，她却要买辣鸡肉，说:“口寡得很，啥都不想吃，就馋辣鸡肉。”另一个女演员说:“酸男辣女，你要生个女娃呀！”她说:“那就来个‘贵妃’！”我还糊涂她怎么说“贵妃”？她买了一个鸡腿一个鸡翅高高兴兴走了，我才明白鸡腿是“跪”，鸡翅是“飞”。我就过去对卖烧鸡的小贩交代，叫他每晚戏毕后提了盒子到仓库宿舍那儿去卖。

白雪不出演A角了，看戏的人越发少，急得中星嘴上起了火疱，要求晚上演出前两个小时就得“吵台”。来参观脸谱的就更少，我虽然从王老师那儿学到了一些秦腔的知识，但仍是不够，我说：“王老师，你给我写个什么东西，我把它抄了贴在墙上，可能来参观的人就会多的。”王老师说:“你想了个美！我怎么给你写这些，就是我给你写，我有时间吗？！”她伤了我，我就再不愿提说了。可是到了午饭前，她却主动来给我说，她同意给我写的，我就买了一个烧鸡腿谢她。午饭后，演员们都休息了，我睡不着，到村边的小河里去洗澡，我没有想到小河边的树阴下坐着白雪，白雪趴在石头上写什么。我几次都要走近去，抬了脚又收回了脚，我怕我过去了白雪肯定要走的，不如她就坐在那里能让我好好地看着她。她低了头写，头发扑撒在面前，头发是那么黑，衬得脸是那么地白，写着写着写不下去了，抬了头，太阳从乌云里露出来了，嘴角咬起笔杆。笔杆前世是啥变的呀，这样有福！她又开始唾唾沫了，一口一口往河里唾，河里的鱼都是红鱼，向那里游，河里就红了一片。我就这么一眼一眼看她，她怎么抬手，怎么拧身，我说不出来，但我全装在眼里，等她已经离开走了，我眼前还是她坐着写字的神情模样！到了下午，王老师交给了我一份关于秦腔的介绍材料，字写得并不好，但清晰整洁。我说："我给你买鸡腿！"王老师说："得买一只整鸡！"可我把材料拿到后殿，在一张大红纸上抄写的时候我闻见了材料上的气味，这气味和先前我偷白雪的胸罩上的气味一样，我明白了这材料是白雪写的。王老师，你哄我，你哪儿肯写材料，你哪儿又能写了材料，你有这气味吗，一个老太婆了有这么香的气味吗？

材料上是这样介绍着秦腔：秦腔，又名秦声，是我国最早形成于秦地的一种梆子声腔剧种，它发端于明代，是明清以来广泛流行的南昆、北弋、东柳、西梆四大声腔之一。唱腔以梆子腔板腔体为主，除有"慢板""二六板""带板""滚板""箭板""二倒板"等基本板式，还有"麻鞋底"等彩腔腔调十余种。板路和彩腔均有欢音、苦音之分，苦音腔最能代表特色，深沉哀婉，欢音腔刚健有力。凡属板式唱腔，均用真嗓，凡属彩腔，均用假嗓。伴奏曲牌分丝弦曲牌和管乐曲牌，数目甚丰，常用也有一百余首，如"小开门""紫南风""朝天子""雁儿落""柳生芽""步步高"等。锣鼓经名目繁多，有慢、中、快、散四种类型，依其作用又有开场、动作、板头、曲牌锣鼓四种之别。乐队分文、武场，文场以胡琴为主奏，武场以鼓板为主奏。表演均以我国传统的戏曲虚实结合，且以写意为主，并采用虚拟的表现手法，有四功五法和一整套的程式，再加上世代的艺人的智慧运作和多方创造，形成众多“绝活”。角色有三大行十三小行，三大行为生、旦和花脸。十三小行是胡子生、老生、小生、武生、正旦、花旦、小旦、老旦、彩旦、武旦、大花脸、二花脸和三花脸。现存传统剧目三千多种，多为历史故事戏，剧中主要人物也多系帝王将相、忠臣义士、英雄豪杰和才子佳人。最擅长搬演袍带戏、扎靠戏和“光棍戏”。组班制统“四梁四柱”，“四梁”为头道胡子生、大花脸、正旦和小旦。“四柱”为二道胡子生、二花脸、小生和丑。这些行当要求唱念做打俱精，且有各自的绝招和拿手好戏。脸谱旦角多用墨绉纱包头、贴片子。丑角有梅花、蝙蝠、铜钱和全白脸等，净脸谱色块大，起窍高，面窄额宽，图纹多变，可分为花脸、白脸、黑脸、红脸和净脸。勾黑脸表示人物铁面无私，刚正不阿，如《铡美案》中的包拯。曹操、潘仁美因其骄横、霸道和奸诈，则勾白脸。勾红脸则表示人物有忠贞英武的性格特征，如关羽。还有特殊的脸谱勾法如旦角净扮，净角俊扮，生角净扮。

我感动着白雪为我写这么长的文字，也感叹她知道得这么多，明白她不离开剧团去省城，实在是她为了演戏而生的，我说：白雪，白雪，你真伟大！却就担心起她的身体了。她妊娠反应是越来越厉害，不出演了A角，看戏的人越发地少，少到有些寒碜。剧团又演了一个晚上，又演了一个晚上，戏毕吃消夜，是一人一碗白菜豆腐汤和一个大蒸馍，大家就地坐了一圈吃喝，中星便喊我也坐过去吃。中星问：“今日到你那儿看的人多少？”我说：“四个人。两个老汉，一个婆娘，婆娘怀里抱了个娃。”一个演员就对我说：“引生，你现在看见了吧，我们像不像个要饭的，背个铺盖四处流浪！”中星就训道：“你怎么说这话！”那个演员说：“好，好，为了振兴秦腔我们光屁股撵娘哩，不怕死也不知羞！这样说行吧？”我笑了笑，赶忙岔话，说：“在竹林关镇还要演几天？”中星说：“再演两场，就转到过云楼乡去，那里条件好哩。”另一个演员说：“我佩服咱团长的革命乐观主义精神！来这儿前你说条件多好多好，可一场戏，咱挣死挣活地演哩，能有几个人看？”

中星说："正因为人少，我才让镇上包场哩。"那演员说："一场包四五百元，还不够咱的枉累钱！即便吃亏赔本也行，你总得有人来看呀，中午加演的那一场，我现在脸还红哩。"我说："你们做演员的还有脸红的？"那演员说："演员总该长了脸吧？中午演到最后，我往台下一看，只剩下一个观众了！可那个观众却叫喊他把钱丢了，说是我拿了他的钱，我说我在台上演戏哩，你在台下看戏哩，我怎么会拿了你的钱？他竟然说我在台下看戏哩，你在台上演戏哩，一共咱两个人，我的钱不见了不是你拿走的还能是谁拿走的？"中星黑了脸，说："我告诉你，你再这么编段子作贱剧团，我就开除了你！"他站起来，对我说："走，不听他胡说八道了，我跟你到后殿说话去！"

到了后殿，中星说："演员里边有些人文化低，素质差，只算经济账不算政治账！"我说："这儿没人，你给我说实话，你也是当了一段时间的团长了，你说说这秦腔还有没有前途？"中星说："这话怎么说呢？"我说："恐怕有一天，剧团就散伙了。"中星说："剧团毕竟是一批人吃饭的地方么。"还要说什么，忽然听到一阵吵闹，就有人跑来找中星，说剧团收拾舞台的那些人和村人吵起来了，村人说戏台上是他们三户人家放麦草的地方，为演戏才腾了出来，应该给他们三户人家付腾场费。中星说："镇上包了场，还给他们什么钱？让后勤科老王去处理吧。"那人走了，中星说："咱整天说传承民族文化，秦腔就是民族文化的精粹啊，振兴秦腔应该是文艺工作者的责任。再说，如果没有了秦腔，群众文化生活就只有喝酒搓麻将？"我说："问题是没人看秦腔么，真不如演歌舞，你知道不，清风街有个陈星，歌儿唱得好。"又有人跑来说："团长，老王处理不了，双方打起来啦！"中星说："好好说，打啥哩？别见风就是雨，让剧务科老张去，他能镇住！"那人走了，中星说："你说唱流行歌，把剧团变成卡拉OK厅？！"我说："陈星一唱歌，清风街的年轻人都去了，翠翠就是因为他能唱歌才和他好的。"又有人跑来了，说："团长，老张屎不顶，打出血来了，你再不去就出人命啊！"中星说："那快去叫派出所呀！"那人跑去了，中星说："翠翠？是雷庆的小女儿……

真要出人命呀？我得看看去！”

这个晚上，人命是没出，但事情闹大了，它牵连了我，不但失去了继续跟着剧团巡回演出的机会，更让我在白雪面前丢尽了脸面！事情是这样的：中星走后，我先一直在后殿里，而中星去了戏楼，剧团里的一些演员已经和竹林关镇的村人打成了一锅灰，当然是中星把演员们都撤回了仓库宿舍，宣布关上仓库大门，一律不准出外，要大便的先憋着，要小便的，男演员从北边墙角的那个窗口往外尿，女演员在隔开的那边门下往出尿。但村人的怒气并没有消，他们又撵来在仓库外叫骂，骂得很难听，甚至有了石头和瓦块打在了铁门上。我本来乖乖地待在后殿，可我那时却操心起了白雪，我想双方打闹起来，白雪会不会也去现场了呢？即便她不会参与打架，但别人会不会撞了她呢？她可是有身孕的人，提着鸡蛋篮子过街，不怕咱挤人就怕人挤咱啊！还又一想，如果谁撞一下白雪也好，不要撞得太重，最好让我看见，我就会豁出命去扑上去和那人打，我打坏了他，我英雄，他打坏了我，白雪就会心痛我。这么一想，我就往仓库那边跑，竟没有关后殿的灯，门也没锁。等我跑到仓库，仓库大门前黑黝黝站了一伙人，石头瓦块往大门上砸，我偷偷溜到仓库背后的窗下，轻声喊：“喂，喂！”仓库里静悄悄的，没人回答。前门的打砸声、叫骂声渐渐平息了，我又轻声喊：“团长，团长！”没人时我叫中星是中星哥，当着演员面我叫他夏团长。中星应了声，说：“谁？”我说：“走了走了。”中星趴在窗口说：“走了？”我说：“你们没事吧？”中星在仓库里说：“走了，走了。”话刚落点，电灯却灭了。仓库里一阵骚动，中星在说：“不许出去！电线铰断了就铰断吧，闭上眼睛都是个黑么！”仓库里又静下来，我听见有人放了一个很大的屁。这时候，远远的地方传来卖烧鸡的声音，说：“烧鸡——谁买烧鸡——”我对窗缝又叫：“夏团长，团长！”中星说：“你快回去睡去！”我说：“没事吧？”中星说：“没事。”我问的是白雪有事没事，但我不能提说白雪的名，又说：“真的没事？有卖烧鸡的。”中星就躁了，骂道：“你回去！”

我回到了后殿，打老远看见后殿的门敞开着，觉得奇怪：刚才我没锁门？心里就紧了！一进殿，果然殿里乱七八糟，有三个脸谱马勺被砸成了碎片，有四个断了勺把，我的被子上被浇了水，那一只碗在门口，是三瓣。狗日的，他们没有砸开仓库铁门，来我这里发泄怨恨了！我清理了一下脸谱马勺，一百二十个脸谱马勺，毁了七只，丢失八只。我一下子火冒了三丈，提了个条凳就冲出了后殿，跑到戏楼前，戏楼前没人，又跑到街口，街口没人，我狼一样地喊："人呢，狗日的人呢？我日你娘了你打砸抢脸谱马勺？！"没人回应我，我抡起条凳往一个碌碡上砸，条凳的四个腿儿就全飞了。我扑沓在黑地上嚎啕大哭。

到了天明，剧团里有两个演员收拾了铺盖离团回县了，他们是早已联系了南方的一个演出班，因中星没允许才留下来，现在一走，大家心就乱了。中星挽留那两个演员没挽留住，却当着所有演员的面开始骂我，骂我没有保护好脸谱马勺："你咋不死呢？你被打死了我给你申报个烈士，可你好好的你把马勺让打砸抢啦，你让我怎么给四叔交代？！"我说："我给四叔赔！"中星说："你拿啥赔？你拿屌赔呀，你还没屌哩！"骂我可以，他中星揭我的短我就生气了，何况当场还有白雪，而剧团人压根儿不知道我是自残过的。我说："你当团长哩你这么粗野？"中星说："你惹下乱子了我再给你笑？你滚！你给我滚！"我就这么离开了剧团。我在剧团里的失败，完全是一种天意，我是真不该保管和展览夏天智的秦腔脸谱的。在我走出了十米远，我回过头来，中星以为我要报复他，他说："你要干啥？"我拿眼在人群里寻白雪，白雪就站在女演员中间，她头上别着一枚发卡，太阳把发卡照得像一颗星星，光芒乍长乍短。我深深地弯下了腰，鞠了一躬，头上的草帽就掉下去，我没有拾，我觉得整个脑袋都掉下去了。他们被我的举动惊呆了，全都鸦雀无声。但我终于再次扭转了身，迅速地跑开，眼泪就雨一样地洒了一地。

我回到了清风街。清风街是我的清风街，清风街里的日子是我的日子。我路过州河，从桥上跳下去美美洗了一个澡。太阳很晒，远处的哑巴在泥滩上用铁叉插鳖。哑巴空有力气，就是插不着鳖，嗷嗷地骂着走过来，对着我喊。我不理他，伸手在石堤的洞隙里摸鱼，人倒霉了喝水都会噎住，摸出来的却是一条蛇。我把蛇扔到岸上，哑巴却把蛇头剁了，塞在嘴里就吸血，蛇没有了头蛇还活着，尾巴在他的胸前打得啪啪响。我不愿意和凶残的人待在一起，从州河里出来进了清风街，哑巴却还跟着我。我说："你滚！你给我滚！"我是有些过分，可不招惹哑巴，我还能再招惹谁呢？我和哑巴就坐在东街的二道巷里玩起"跳方"。你一定晓得围棋而不知道"跳方"的，清风街人的"跳方"大致和围棋是一样儿的规则。哑巴笨是笨，"跳方"却跳得好，我一直跳不过他，但我手快，能在落子的时候偷子或把子移位。哑巴今天警觉着我的小动作，双眼盯着我的手，来运被夹在他的两腿间，使劲地要挣脱，他的两腿却越夹越紧，狗尾巴就像风中的旗子一样地摇。我说："来运来运，你摇得心慌不慌？"捏起了哑巴的一颗子。哑巴似乎没留意，待又重新将子落在另一个方格上，他知道自己是败了，挠着头，一脸的疑惑。我嘎嘎地笑起来，用很坏的笑声羞辱了他。哑巴一下子将方格上的子儿全抹了，一口痰吐在我的脸上。我也不避，吐他一口。我们吐来吐去，来运趁机汪汪大叫跑了出去，原来是中星的爹从巷口过来，已经站在了我们身后。

※　※

我一抬头，蓦地看见中星他爹站在跟前，激动得要诉说我的胜利，但立即想起了往事，掉头就走。中星他爹说："引生，你从竹林关镇回来啦？"我脚不停。中星他爹说："中星没让你给我捎东西？竹林关镇上的木耳好。"我说："我恨你哩！"中星他爹说："你恨我？"我说："恨你生了个坏儿子！"中星他爹愣在那里，好久了，我才听到他在问哑巴："引生咋啦？"

哑巴哇啦哇啦地说，中星他爹听不懂，走过了三家，去推夏天智家的院门。没有推开。哑巴又哇啦哇啦。中星他爹说："你四叔四婶不在？这院门关着呀！"又摇门环，院子里有了脚步，开门的却是夏雨。中星他爹说："你娘呢？"夏雨说："和我爹出去了。"中星他爹说："那你在哩，关什么门呀？"夏雨伸头看了一下哑巴和已走到巷口的我，说："我嫌他们进来干扰。"

中星他爹走进来，厦房门口站着的是丁霸槽，黑小的脸上给他笑，中星他爹觉得那脸像一只受冻的洋芋。夏雨说："我和霸槽商量大事哩！"中星他爹说："你两个鬼鬼祟祟的，有什么大事？"夏雨说："荣叔，你小看霸槽了，霸槽不显山不露水，我敢说霸槽是清风街最有钱的人啦！"丁霸槽说："你别夸张呀！"中星他爹说："大事还不让我给算算？"夏雨说："让你算得花钱么。"中星他爹说："办大事还怕花小钱，那就不是什么大事！"夏雨说："霸槽你给荣叔说说。"丁霸槽立即庄重起来，开始讲他的设想。丁霸槽的口才好得很，语气又不紧不慢，两只小眼睛像点了漆，黑溜溜发光，他首先夸奖君亭，说君亭也是农民，却能想到在三角地那儿修建农特产品贸易市场，真是个人物！市场才开张，每天来往的人挤了疙瘩。过去清风街七天一集，如今天天是集，西山湾乡，茶坊乡，留仙镇的集全淡了，更了不得的是吸引了312国道上的车辆，几乎每一辆车都要停下，热闹得清风街像是个县城了。丁霸槽就又提到了书正，说书正两口子人都说他们窝囊吧，但其实光灵得很，已经在312国道边他家的地里要修个公共厕所！中星他爹就笑了。丁霸槽没有笑，他说，我算了一下，修一个厕所投资不到三百元，一坑粪尿要省去多少化肥，一斤化肥又值多少钱？他书正就是出售粪尿，一担又是多少钱？我还没给书正说哩，先不给他点这个窍，你想，如果修厕所能把厕所修得高档一点，卫生保持得好一点，在厕所门口是可以收票么。省城里进一回厕所是三角钱，咱这儿只收五分，312国道上车流量有多大，一天收多少？任何事情你不敢算细账，算起来不得了！中星他爹说："霸槽真是做生意的料！说了这么多，还没说到你们的大事呀！"丁霸槽说："荣叔笑话我了。"便又分析这市场开办后清风街将来会有多少流动人员，他说他做过调查，市场上有三分之一的人来自四周乡镇，这个数目当然还少，但清风街肯定会逐渐形成县东地区最大的农特产品集散地，因为国家政策优惠，君亭又不是个平地卧的，而且开业典礼林副县长亲自出席，可见县上会重点扶持，所以说市场还可能扩大。现在是农贸市场，将来会不会扩大有中药材市场、小商品市场和农耕生产资料市场也说不定。做任何事情不能看一步，看一步你如果没踏住那就失塌了，要看三步四步。“我早些年贩服装的时候，染坊的白恩杰就嘲笑过我，说乡里人谁穿你那些衣服呀，可我的生意好啊！我的生意一好，一下子多少人都去贩服装，咱这儿人是南山猴，一个搓尿都搓尿，等他们都贩开了，我就不贩了。”夏雨说：“别说这么多，你说咱办酒楼的事。”丁霸槽说：“不说这些说不清么。荣叔，我和夏雨想办个酒楼，你说行不行？”中星他爹说：“办酒楼啊？”丁霸槽说：“清风街饭店不少，可没一家上档次，如果仅仅办个小饭店，打死我也不办，要办就办高档的。咱可以上鸡鸭鱼肉，上鱿鱼海参，也上野味么。我家你知道，临街大院子，后边是四间瓦房，我想把院墙拆了，就在院子那儿盖两层小楼，下边开餐厅，上边做旅馆。你听我说，君亭在市场那儿建的楼供人住宿，但房间设备简陋，又没个吃饭地方，咱们再开个卡拉OK厅，吃住玩一条龙。说客源吧，大致有三宗：一宗是外地收购土特产的人，周围四村八乡赶市场的人；二宗是312国道上的司机和乘客，只要给十几个客车司机有抽成，不愁他不把乘客拉来吃饭；三宗是乡上的单位，乡上的单位虽然不多，也各有各的食堂，但县上市上下来的干部多，这几年他们接待都是住在乡政府，吃在街上的小饭店，那都是些什么条件呀，可东头刘家的饭店，仅仅是乡政府去年就吃了四万元！”丁霸槽说着拿出一张纸，上面密密麻麻是酒楼的设计图案，然后是一条一条数据，说全年如果弄得好，可以净利十五万到二十万。中星爹看不懂那图案，也不想仔细看那些数据，说：“开办这么个酒楼得花多少？”丁霸槽说：“就为这事我和夏雨在这儿商量哩！”中星他爹说：“那你们商量。”丁霸槽说：“荣叔我服你了，我才要谈到钱呀，你就起身走了！这酒楼我和夏雨一起弄，先贷款，如果贷款不够，你还得让中星哥帮夏雨的。”中星他爹说：“你中星哥可拿不出一个子儿来的！”夏雨说：“那你给算算，看能不能办成？”中星他爹却站起来说他要上厕所。

中星他爹去了厕所，蹲了好久，肚子才舒服了些。厕所在堂屋后侧，旁边长着一棵红椿树，有一搂粗。中星他爹估摸这树伐下来可以解棺板，能解两副棺板，一副棺板两千元，两副棺板四千元，就想，钱这东西贱，爱聚堆儿，夏天智家有钱，连厕所里都长这么大的树！夏雨和丁霸槽还在厦屋里叽叽咕咕说话。中星他爹低声说："我才不给你算卦哩，你办酒楼吧，把钱全砸进去了就好了！"过了一会儿，院门在响，听见夏雨娘说："我们一回来你又往哪儿去？"夏雨说："我和霸槽有正经事哩。"夏雨娘说："啥正经事，别人家都开始收豆子呀，你地里的活不上心，一天到黑也不沾家？！"夏雨说："地里就那点庄稼你急啥？我就是有正经事么，给你说你也不懂。你给我五元钱！"他娘说："我哪有钱？"夏雨说："我是借哩，借五元钱将来给你还五万元！"夏天智突然说："你偷呀抢呀有五万元？！我气得都不愿理你！你瞧瞧你这一身打扮，上身光个膀子，裤子黑不黑白不白像张老鼠皮，你那条黑裤子呢？"他娘说："你管他穿什么裤子哩。"夏天智说："咋不管，从穿着就可以看一个人的德性哩！黑衣服多好，黑为青，青为水，水为德哩！"他娘说："你要他穿成个黑老鸦呀？！"夏雨说："那爹给我钱，我从头到脚买一身黑去。"夏天智骂道："给你个脚！墙高的人了，倒还有脸向我要钱？"

中星他爹咳嗽了一声，从厕所里出来。夏天智说："你来啦？"四婶直努嘴儿，就把夏雨推出了院门。中星他爹说："我来借个熬药罐儿，我那罐破了。"夏天智说："你那病咋样了，还没好？"中星他爹说："总不见回头么。"四婶去堂屋柜底下取了熬药罐儿，用抹布擦尘土，说："丁霸槽是不是来说那女的事了？"中星他爹说："这我不晓得。我听着是要开一个酒楼哩。"夏天智气又上来了，说："酒楼，他们要开酒楼？你瞧瞧他那脚步，什么时候走路脚步沿沿地走过，凭他那走势，我就把他娃小量了！"中星他爹听了，拿了熬药罐就走，他走得一跃一跃的，真的像个麻雀。

夏天智说了声："那你不坐了？"就喊，"夏雨，夏雨！"夏雨在院门外送走了丁霸槽，忙反身回来，说：“爹在哪儿不敞快了，回来给我撒气？”夏天智却说：“你嫂子的侄儿死了，你知道不？”夏雨吃了一惊，说：“白路死了？他不是在英民的建筑队里当小工吗，怎么死了？！”夏天智说：“建筑队在县城给人盖楼，脚手架突然坍了，架子上的两个人掉下来当场死了，白路本来在楼下搬砖，偏不偏脚手架坍下来把他压在下面，后来也就死了。”夏雨一时说不出话来。夏天智说：“人已经拉回来了，我和你娘去西街看了看。白路爹去世早，你嫂子又不在，再逢上个秋忙，他家全乱了套，你过去帮帮忙。”夏雨说：“人几时埋哩？”夏天智说：“事故还没处理完哩，我让上善去了，你去别的干不了，也就帮着把地里的活给干干。”夏雨拔脚就往西街跑。

西街白家，一片哭声。夏雨进去看了看灵堂后停放的白路，头肿得像个斗，人不像个人样，他站着流了几股眼泪。白雪她娘已经气病了，睡在东厢房的炕上，许多人围着说话宽心，给她喂水。院子的台阶上堆了一堆才收割回来的豆秆，豆秆没有摘豆荚，也没摊晒，猪在那里拱，白雪的嫂子就坐在一边拉长着声哭，旁人咋拉也拉不起。夏雨走到西厢房里，上善和白雪的二哥在说话，看样子话说的时间不短了，两人脸色都难看，上善就低了头吃纸烟。夏雨进去，白雪的二哥说了声：“你来啦？”就又说，“上善，你是代表村委会的，你说这事情行不行？五千元他英民就撂过手啦？！”上善说：“兄弟，你这让我为难哩么。四叔让我来，我也是请示了君亭的，以村委会的名义来解决赔偿问题，我就得两头跑着，这头低了我提一提，那头高了我压一压，大致差不多就可以了。”白雪的二哥说：“我把人都没了，他舍些钱算是啥事？他没办法？他青堂瓦舍的盖了一院子，这几年还挣得少了？他不肯多出钱那也好，我还要告他呀，我听说了，架子坍下来白路只是砸成重伤，如果及时送医院，人还能救，他偏偏就不往医院送，他说救过来也是残废，那以后就是个坑，多少钱都填不满，死了倒省事，给一笔钱后就刀割水洗了。”上善说：“你这有证据？”白雪的二哥说：“我听人说的。”上善说：“没证据你可不敢胡说！白路是最后死在医院里的，从架子上掉下来的两人是西山湾的，掉下来就没气了，英民还是送了医院，白路是清风街的，他英民能不给及时送医院？”白雪的二哥说：“那五千元就了啦？一条人命就只有五千元？！”上善说：“英民说他和另外两家基本上谈妥了，都是五千元。”白雪的二哥说：“别人的事我不管，他给我五千元我不行，我说一万就是一万，他要不给，我就不埋人，把尸首抬到他家去！”夏雨终于听明白了情况，说：“我插一句，赔五千元是太少，你们村委会应该给他施加压力。”上善说：“就是像你这样的人，只图说落好的话，才把事情越煽越放不下了。那你给英民说去！”夏雨只插了一句话，一句话就被上善噎住，心上不高兴，出了西厢房，把拱豆秆的猪轰走了。他在院子里立了一会儿，知道自己人微言轻，就拿了院门口的背篓和镰刀去白雪二哥的地里去收割豆秆。

夏雨收割了一阵豆秆，满脑子都是上善训他的样子，就不干了，径直往李英民家走去。他一路上想好了和李英民论理的言辞，但一到李英民家却一句话都说不出来了。英民的头发全白了，弯着腰把一大两小的沙发往院子里抬，又开始搬床，床怎么从堂屋门里都搬不出来，他就骂他的老婆，老婆也不吭声，把头塞在床下往上顶，他一肘子将老婆掀开，用力把床一推，自己的手就夹在门框上，当下撕了一片皮，血流出来。他娘还在屋里腾一面立柜，一边腾一边流泪，腾完了就在中堂前的桌上烧香，人一扑沓瘫在蒲团上不得起来。三踅叼着一根纸烟，在院子里绕着沙发和床转，不停地拍沙发背，尘土把他的眼睛迷了，英民说：“那台电视机你也拿上，你就给个两万吧。”三踅说：“就那个破电视？我不要！沙发、床和立柜我给一万。”英民说：“一万？我买时掏了三万哩！”三踅说：“旧东西么！”英民说：“我才用了一年。”三踅说：“媳妇娶过门一天，分了手就是离婚。二婚的女人还值钱？”英民的娘身子戳在那里，半天没有动，说：“你再给加加，给一万五吧。”三踅说：“你也在事头上，不说啦，加两千。”英民说：“两千就两千，你拉走吧！”三踅着人把沙发和床往院门外的架子车上装，英民的老婆哇地哭起来。英民说：“你哭啥呀，哭啥呀，唉，我真……”他发着恨声，手背上的血已流了一片，在地上捡鸡毛粘。夏雨给他招手，说：“你过来，我给你说个话。”

夏雨把英民叫到了鸡圈旁边，夏雨说：“你把这些家具卖给了三踅？”英民说：“我急着用钱呀。”夏雨说：“你这是不是要给人看的？”英民说：“给人看能把三万元的东西一万二卖出？”夏雨说：“人都说你有钱，那你这些年挣的钱呢？”英民说：“不就是盖了一院子房，又添了这几件家具么。外头倒是还欠着几万元施工款，可已经两年了要不回来。”夏雨说：“我刚从白家过来，那边天都塌了，你能给人家拿多少？”英民说：“五千。”夏雨说：“五千元太少。出了这等事，谁也不愿意，既然出了，赶快让人入土为安，五千元是少了，你给上一万，我代表我爹平这场事。”英民说：“你和白家是亲戚，四叔让你能来给我说这话，我感激四叔和你哩！可我确实再拿不出来，如果给白路一万，那两家肯定也要一万，那我也就只有死了！”英民扭过头对老婆说，“你倒还哭个啥么，咹，把纸烟拿来，夏雨代表四叔来的，把纸烟给夏雨！”夏雨说：“我不吸。”英民拿了凳子让夏雨坐下。

英民的女儿从院门外跑进来，连声着喊爹，说：“来啦！来啦！”英民说：“谁来啦？”女儿说：“西山湾人来啦！”英民说：“来了就把人家请进来，谁也不能恶声恶气。”女儿说：“来了两拨人，十几个哩，在街口就骂，说要赔两万，一个子儿都不能少！”英民脸当下煞白，就对三踅说：“兄弟，你帮帮哥，你快去巷口把人挡住！”三踅说：“要闹事呀？我去看看！”三踅就出去了。英民说：“你看，你看，他们倒要两万！”远处已传来了吵闹声。英民突然说：“夏雨，不怕你笑话，我现在得了稀屎痨了，一急就夹不住屎啦。你坐，我上个厕所。”

英民去了山墙后的厕所再没出来，一伙人就进了院，粗声喊：“李英民。”夏雨跑到厕所，英民没在厕所，厕所墙上搭着一架木梯，木梯下掉着英民的一只布鞋。进来的人全都戴着孝，见英民逃跑了，就跳着蹦着骂，越骂气越大，有人把小板凳踢飞了，小板凳偏巧砸在中堂桌上的插屏上。插屏的玻璃就裂成条，插屏里装着英民爹的照片，老汉的脸成了麻脸。英民娘说：“土匪打砸呀！”他们说：“谁是土匪，你家才是土匪！当老子的害了一辈子人，到孙子手里了，还是害人？！”竟真的砸起来，把条柜上的一个盐罐抱起来摔了，盐白花花洒了一地，把铜脸盆用脚踩，踩出一个坑。又要抱电视机，英民的娘身子扑在电视机上。夏雨喊了一声，说：“谁也不能乱来！一乱来你们什么也得不到了。咱都是来解决问题的，他李英民跑了，跑了和尚跑不了庙，还有清风街村委会哩，村委会解决不了还有乡政府，咱找政府么！”他们说：“你是谁？”夏雨说：“我是夏天智的儿子夏雨，白路是我的亲戚！”他们就不闹了。

夏雨镇住了西山湾的来人，等到他们一窝蜂又去大清寺找君亭了，夏雨也出了门，碰着三踅。三踅说：“夏雨夏雨，你有四叔的派头哩，哥佩服你！”夏雨走得很急，眼泪却下来了。

整个下午，夏雨没有说话，他收割完了白雪二哥家的豆秆，背回去摊晾在院里，他也没再问李英民到底是赔偿了五千元还是一万元，他一概不问。从白家出来，也是闷着，也是累着，他的脚步沉重，世上最沉的是什么，他知道了，不是金子，也不是石头，是腿。书正担着两桶泔水从乡政府回来，老远就说：“夏雨夏雨，给我发什么纸烟呀？”夏雨说：“啥纸烟都没有，你要是瘾犯了，我给你卷个树叶子！”书正说：“你咋和你三伯一样了？来，哥给你发一根。”从耳朵后取下一根纸烟给夏雨。夏雨看了看，是“红中华”，说：“你不是向我要纸烟，你是要成心给我显摆么！”书正说：“这一根纸烟抵一袋子麦价哩，我能吸得起？今日县上来了领导，领导说我做的饭香，给了我一根。兄弟，哥是伙夫，没啥光彩的，要说这工作好，好在离国家政策近，能常见到领导，你瞧，领导吃什么，我就能吃什么，我家的猪也能吃什么，这泔水里一半是剩饭剩菜！”夏雨说：“家里现在还有几头猪？”书正说：“一头母猪，十二个猪娃。你去看不看？”夏雨竟然就跟着书正走。

书正家和武林家原是五间老瓦房，一个大院子。十年前，书正掏了钱分住了一半，堂屋和院子就一分为二，中间砖盖垒了界墙。书正家没有什么像样的家具，什么东西都就地摆，装菜的竹筐子、烂网套，和面铝盆，臭鞋破袜子，乱七八糟搅在一起。那只母猪并没有关在圈里，领着十二个小猪，哼哼唧唧在院子里用黄瓜嘴拱地，然后一个进屋去，都进了屋去，挤到炕洞前的麦草窝里。夏雨才站了一会儿，觉得裤子里有什么东西在跑，把裤管挽了挽，蹦出两只虼蚤。书正说："虼蚤咬你啦？你到底肉细，一来虼蚤就咬上了！"取了一包"六六六"药粉要给夏雨的裤子里撒。夏雨不要，他解开怀给自己撒了些，说："你看这些猪娃咋样？"夏雨说："肥么。"书正说："你看它们是啥？"夏雨说："猪娃么。"书正说："我看是一疙瘩一疙瘩的钱在跑哩！"抓住了一只，提着后腿，要夏雨掂分量，夏雨不掂，隔壁屋里有了什么动静。书正喊："武林，武林！"不见有回应。书正说："明明听着有响动，咋没人呢？"又喊，"武林，武林，你耳朵塞狗毛啦？"夏雨说："人没在你喊啥呀。武林日子恓惶，今夏看上去老多了。"书正说："人有可怜处又有可恨处，瓷脚笨手么，这几天我让他帮我在312国道边挖个厕所坑，说好坑挖好给他二十元，你猜他挖了几天？三天了还没挖好！昨日我给黑娥说了，黑娥骂了他半夜。"书正在一只大柳条筐里撮糠，撮出一大盆，将桶里的泔水倒进去，果然泔水里米呀面呀菜头肉片的都有，老母猪就先过来吧唧吧唧了一阵。书正也从柜上拿了一块馍，还拿了根青辣子，一边往青辣子上撒盐末，一边说："猪一动嘴，我就口也寡了！你吃不？"夏雨摇摇手，书正就一口辣子一口馍，嘴咂吧得比猪还响。又说："你听戏呀不？"从堂屋取了收音机，一拧开关，正好里面播了秦腔，唱了大花脸。夏雨一时感觉那唱者在满脸涨红，脖子上的青筋暴起，而大嘴叫喊出的声音和唾沫星子似乎都要从收音机里泼出来了。夏雨说："你快把它关了，你要人命呀？！"书正说："你不爱听？我跟着四叔学哩，你不爱听？"夏雨一时无聊，起身要走，书正突然说："你听见什么了？"夏雨说："唱得像吵架！"书正说："你坐坐。"自己进了屋，一会儿又出来，给夏雨招手。夏雨莫名其妙，走过去后，书正又让他爬上靠在隔墙上的梯子，夏雨是看见了隔墙那边的炕上，黑娥光着身子趴着，庆玉像个狗在后边做动作，两人都像从水中捞出来一样，但劲头不减，黑娥还时不时回过头来，嘴里咬着枕巾。夏雨赶忙从梯子上下来，小声骂道：“啥事么叫我看哩？！”书正说：“我只说你没见过……”夏雨嘘了一声：“小声点。”书正说：“我让他们喊起来你听！”就把收音机声放大，满屋子都是嗡嗡声，约摸两分钟，猛地一关，秦腔没有了，隔壁屋里传来噢噢的淫声，叫过三下也停止了。

清风街的人偷什么的都有，有偷别人家的庄稼，偷萝卜，偷鸡，偷拿了大清寺院墙头上的长瓦，但偷人家女人的事，夏雨第一回看到了，从此反感了庆玉，更可怜了武林。那是个黄昏，我和武林正站在大清寺院子里，看君亭处理李英民赔偿的纠纷。大清寺的人很多，一是来看咋处理，二是防备着西山湾的人若要再撒野，我们好给君亭壮势。武林待了一会儿，说他头晕要回去，我不让他走，我就看见他脸上发绿，头发突然地全奓了起来，像个栗子色，也像个刺猬。他那样子非常可怕，西山湾的来人也看见了，互相使眼色，他们的口气就软了，终于同意给赔偿费再加一千,五千加一千,六千。

解决了纠纷，白雪的二哥就连夜派人去伏牛梁上掘墓，这劳力活自然还是少不了武林。上善让我也去，我说：“人家让不让我去？”因为白雪的二哥恨过我，也踢过我一脚。上善说：“你该去，给你个立功赎罪的机会。”我们整整忙了一夜，天亮时把墓全部拱好。但是就在这一天，清风街泛滥了地虱婆。地虱婆你肯定知道，小小的虫子，有翅膀能飞，却飞不远，以前在夏季里能见到。而这天早晨不知怎么就满空中飞，像下雨一样，从树上，房顶上叭叭地往下掉。到了饭辰，地虱婆更多，家家屋里屋外，地里，打麦场，墙根，灶台，甚至水里都能看到一堆堆地在蠕动，到处一股腥味。人都说这是咋啦，是白路那三个死鬼作祟？你三个死鬼算什么呀，偿命钱已经给了你爹你娘，还阴魂不散吗？！供销社的张顺把所有的农药粉都卖光了，地虱婆还杀不死，全部的鸡放出来吃，吃撑了卧在地上，鸡身上的地虱婆爬的还是一层。我原本要回家美美睡一觉的，但家里的地虱婆太多，睡不成，只好到地里去干活。地里全是人，收割豆秆和谷子。白家就把白路埋了，去送葬的人不多，放了一串鞭炮，隆了个不大的土堆。说来也怪，白路的娘在墓堆上哭得人拉不起来，就刮了一阵风，地虱婆竟然全随着风起飞，遮天蔽日的一片黑云在清风街上空兜了三个来回，就朝西消逝了。

白路毕竟是白路，他如果不牵涉赔偿的纠纷，死了也就死了，村人会说“白路死了”，或者再说，“娃可惜，花骨朵没开哩”。有了赔偿的纠纷，清风街折腾了一下，他一入土为安，清风街也安静了。太阳还是那么红，继续晒得包谷黄，稻子也黄。白雪的二哥买了一把大锤，和三个人去了州城为人家拆一座旧楼打工走了，只有白雪的娘还在病着，白雪就从巡回演出的乡镇回了清风街，而且带回了夏天智的那些脸谱马勺。

马勺缺了七个，不知道夏天智是如何接受了的，反正他没有寻过我的事。而白雪在西街陪伴她娘，每天我总能见到她的身影，我高兴地笑，看见谁就给谁笑。陈亮瞧着我给他笑，忙着擦自己的脸，这快结巴以为他脸上有了锅灰，说：“你你笑你娘娘的 ×，× 哩！”我还是笑，又唱唱歌歌着往市场上去。我唱的是秦腔的《十三铰子》：

光光光

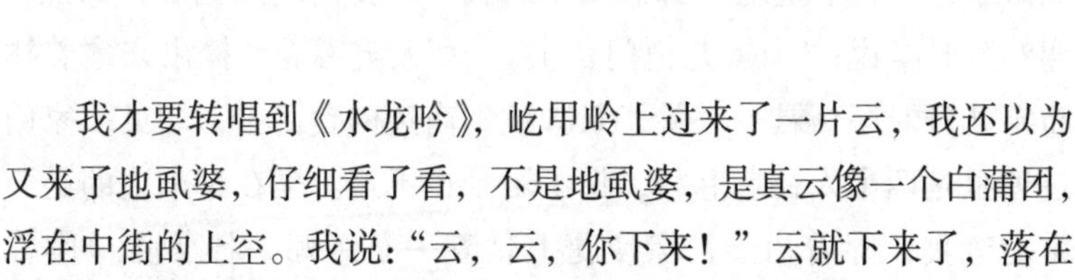

我才要转唱到《水龙吟》，屹甲岭上过来了一片云，我还以为又来了地虱婆，仔细看了看，不是地虱婆，是真云像一个白蒲团，浮在中街的上空。我说：“云，云，你下来！”云就下来了，落在土地庙的台阶上。土地公和土地婆是现在的清风街最大的神，清风街所有的故事他们知道，就该晓得我的心事，我就不唱了，双手合掌在庙前作揖。君亭嘟嘟嘟骑着摩托过来，轮子碾着一摊脏水溅了我一身，我没有恼，还给他笑，他竟然也笑，说：“你笑啥的？”我说："你笑啥的？"他把摩托靠在了庙前，云绕了他，他以为是烟，挥了挥，说："引生，笑！高兴了就笑！"然后披着褂子，他穿的是府绸褂子，无风而扶了风，从街上往过走。

市场建成后，为了争摊位和缴摊位费，发生过许多争执和吵闹，甚至王婶和狗剩家的寡妇还厮打在一起抓破了脸，但清风街开始繁荣，村里所收的租金和管理费也多起来却是事实，君亭就得意了。他从街上走，开小饭馆的就说："支书支书，你吃了没有？"君亭说："有没有红烧肉？给我留一碗！"书正的媳妇将淘米水往街上泼，猛地看见了君亭，一时收不住，自己先在门槛上跌倒了，水湿了一怀。君亭说："街面就你这门前坏了，你要再泼，这段路你家得铺了！"书正媳妇说："我哪儿要泼！你吃啦？"君亭说："没吃哩，有啥好吃的？"书正媳妇说："现在了你还没吃？当干部的就是辛苦！君亭，我没叫你支书你不会不高兴吧？嫂子给你说，身子骨是本钱哩，你的身子骨可不是你君亭的！"君亭说："你也会说了这种话！书正呢，厕所还没修好？"书正媳妇说："开始用啦，你去啊，给咱多拉些！"但君亭已经走过去了，和染坊里的年轻女人开玩笑。染坊不再是谁把土布送进来，染了色泽花纹再交给谁，只收个染钱，而是从方圆村镇收土布，染过了在市场上摆摊子卖。312国道上每天有车停下来购买了回去做床单和桌布，卖得最好的一次竟然出手了四十八件。君亭就说每件布为什么不做个塑料袋呢，塑料袋上还可以写上染坊的历史和各种产品的介绍呀。白恩杰的媳妇噢噢地叫："你把我点醒了，你把我点醒了！"君亭就说："那怎么个谢我？"女人说："谢么，你说咋谢？"君亭说："今黑儿把门留上。"女人笑喘着，撵出来拿着挑布竿儿打君亭。君亭一跳，双脚跳到南边的台阶上，却见一家门过道里是四个人在玩麻将，见了君亭也不避。坐在桌东边的是三踅的老婆，穿着裙子，黑瘦腿上爬着一条蚯蚓。君亭说："瞧你那腿！"三踅老婆看了，呀的一声，掏了纸就擦，原来是来了例假，说："你眼睛往哪儿看哩？！"君亭说："整天都见你玩麻将哩，人都成干蚂蚱了，还只是玩哩！"三踅老婆说："我没事么，地里就那么点活，做生意不会，人又这么大岁数了，没人亲，没人爱，没人弄了，不打个麻将干啥呀！支书，我们玩的可是甜麻将，没赌的！”君亭脸烧了一下，去供销社买了一条纸烟，往大清堂去了。

大清堂里坐着赵宏声和中星他爹，两人赶紧起身。君亭说：“宏声，你没去市场？”赵宏声说：“我咋没去？你这一回为清风街干了好事了，现在没人说你的不是了。”君亭说：“是吗？那你怎么不给牌楼上写个联呢？”赵宏声说：“我早就写了，不知你愿意不愿意？”当下拿出两副，一副是：“我若卖奸脑涂地；尔敢欺心头有天。”君亭说：“这不行，黑猫白猫逮住老鼠就是好猫，你管人家怎么卖的？！”看第二副，是：“少管窝里闲事；多赚外人银钱。”君亭说：“还行。市场上摊位多人多，就像天天在开老碗会似的，我最烦有些人说是非！这联如果能加些政治话就更好了。”赵宏声说：“我没当过干部，我不会说政治话。”君亭想了想，说：“‘要开放就得少管窝子里闲事；奔小康看谁能多赚外来的银钱’，怎么样？”赵宏声说：“好！”君亭说：“我路过丁霸槽家，门上贴了联，一边是‘交通基本靠走，治安基本靠狗’，一边是‘通讯基本靠吼，娱乐基本靠手’，这是你给他写的吧？”赵宏声说：“他的意思我编的句，调子有点灰，是不是损害了咱清风街的形象？”君亭说：“他这是有野心了么！”赵宏声说：“你知道不，他现在正闹腾着要盖酒楼呀！”君亭说：“好么，村两委会支持哩，这个小矬子还真没看出！”赵宏声说：“人不可貌相，海不可斗量。三踅是歪人吧，昨日他就和三踅打了一架，敢给三踅头上撂砖！”君亭就急了：“打架了，为了啥？”赵宏声说：“三踅瞧不起丁霸槽，他在街上看见了丁霸槽，故意撵上去蜷了腿和丁霸槽并排走，街上人一笑，丁霸槽就生气了，两人一吵就打起来。我看是三踅寻事的，他其实心里怕丁霸槽起身哩。”君亭“嗯嗯”了几句，就不问赵宏声了，却对中星他爹说：“荣叔，我还要求你个事的。”中星他爹立即挺了身子：“是托中星在县上找什么领导？”君亭说：“你就得意你家出了个中星！”中星他爹有些不好意思了，说：“那我给你算一卦？”君亭说：“那就不必了。算什么卦呀，不想干事了总能有借口，但要想干事了就一定会想出办法！”说完，拍拍手出门而去。

如果佩服君亭，我就佩服君亭自以为是的气质。我多次站在远处看他，他头顶上的火苗子蹿得高。他骑摩托的速度越来越快，前后轮扇起的尘土像一朵云，我甚至想过，凭他现在的运势，披上一件麻片都能浮上天的。收麦天扬场，讲究有风了就多扬几锨，君亭在市场建成后刚刚取得成效，就谋划起了又一个决策。他的谋划，一般人是看不懂的，但他瞒不了我，当我看见他见了三踅是那样的热乎，说说笑笑，拍拍打打，转过了身脸立即恢复了平静，我就知道他三踅没好果子吃了。我说这话是有原因的。二十年前水库建成后，水库上除了浇溉就又饲养了鱼，但水库离清风街太远，养下的鱼难以卖出，后来便在清风街的滩地上修了四个鱼塘，这些鱼塘平日供县上的干部星期天来垂钓，逢年过节了，捕鱼又作为年节货给各级领导上礼。鱼塘先由乡政府代管，同时代管的还有砖场，乡政府代管是今日换人明日换人，经营不上心，结果是获不了利反倒亏损了还得补贴，乡政府就把砖场交给了清风街而只管了鱼塘。三踅当了砖场负责人后，乡政府不知怎么将鱼塘也让三踅替管。三踅是坚硬人，他手里有砖场和鱼塘，在清风街就更横了，吆三喝四，可以和两委会抗衡，以至于谁家娃娃夜里哭，哄不住，当娘的就说："再哭，三踅来了！"三踅简直和旧社会的土匪一样，吓得娃娃都不敢哭了。君亭当了村干部，为了打开工作局面，常常是依靠三踅，而局面刚一稳住，他就曾提出过收回砖场，或者让三踅干脆承包砖场。他的提议大家一哇声地支持，可三踅就是不交让也不承包，一面向乡政府送东西卖好，一面向乡政府告状两委会中的经济腐败。结果，三踅的问题不但按下未动，反倒查起我爹在河堤卖树和修街道工程中的账。当然这查不出个什么来，但尿泡打人，不疼，却臊哩，坏了我爹名声。待到君亭当了支书，再次提出让三踅承包砖场的事，两委会里却有人说："不惹他了，村里还需要一个恶人，有许多事情咱们办不了，利用他倒能办的，鬼是越打越有，打鬼不如敬鬼！"君亭觉得一时难以扳倒三踅，就琢磨着慢慢削弱三踅的势力。君亭要扳倒三踅，我是支持的，但他干着干着，我就看不惯了。他是第一步想收回鱼塘，考虑到水库管理站肯定不同意，就以对换七里沟作为条件和水库管理站沟通。水库管理站是同意了，他们想将七里沟统归于水库周围的绿化带中，将来创办水库绿化风景区，发展旅游事业。君亭把协商的结果提交了两委会讨论，一半人竟然反对，说用七里沟换四个鱼塘不划算，把七里沟卖了自己就能修十个鱼塘的。君亭当然在会上不能说出他最根本的心思，只强调七里沟是个荒沟，除了水库外谁还肯要？反对派说不过君亭，却坚持七里沟就是没用，也不能和鱼塘交换，因为清风街人在那里投过钱，出过力，说不定以后，还可以再次淤地。一提到淤地，君亭就火了，发了一通脾气，会议再没开下去。君亭权衡了几天，拿不定主意，见了中星爹原本想让老汉给这事算一卦，预测一下得失利害，可中星爹的神气让他不舒服，也就不肯再说一个字来。又是过了数日，秋收全面铺开，此事暂放下，而丁霸槽的旧院墙就推倒了，开始挖坑夯基，夏雨也雇车从县上运回了钢材和水泥，在戏楼前的场子上做水泥预制板。君亭去看了，问："你有多少钱就办酒楼呀？"丁霸槽说："办酒楼才挣钱呀！"他把丁霸槽抱起来，打了一拳，说："你矬子是浓缩的精华啊！"心里却坚定了七里沟换鱼塘的决心：屎，换了就换了！有啥反对的？过沼泽地能没蛤蟆叫？！这如同干部任用一样，任用前意见大得很，一旦任用了，所有的人还不都是狗，尾巴给你往欢着摇哩！当天就带了上善和金莲去了水库，和站长签了合约。

※　※

一天下午，刘新生请了夏天义到他的果园里察看树木病情，因为许多树叶子莫名其妙地都枯黄了。夏天义去了，发现是一种虫子隐身在树根的土里，白天你看不见，晚上顺着树根上来咬噬树皮，就建议用石灰浆涂抹树身。新生和陈星是互不往来的，夏天义又怕新生不会将治虫的办法传授给陈星，就离开了新生的果园又到了陈星那儿。果然陈星的果园里也枯死了好些树，正愁得挠头，见夏天义这么关心他，又感激夏天义从未干涉过他和翠翠的事，便一定要留夏天义喝酒。夏天义喝酒喝到了八成，吼着秦腔往家走：“将八台平落在背街哎上，包文公下轿来细观端详。”没想用力过猛，一吼门牙就掉了一颗，拾起来包着，词儿是不唱了哼哼曲调：

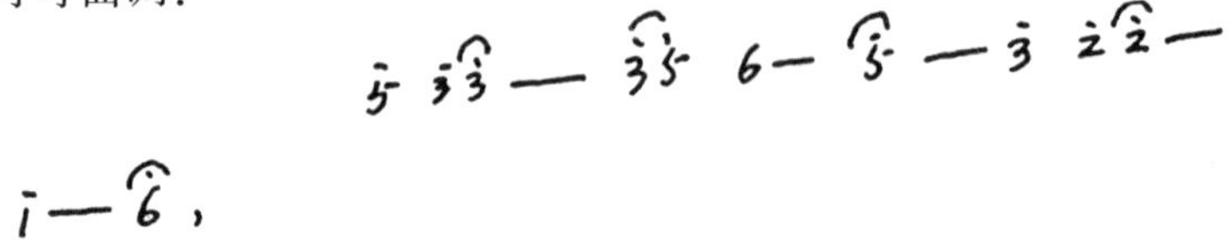

才走到铁匠铺门口，却见土地庙那儿拥了一些人。

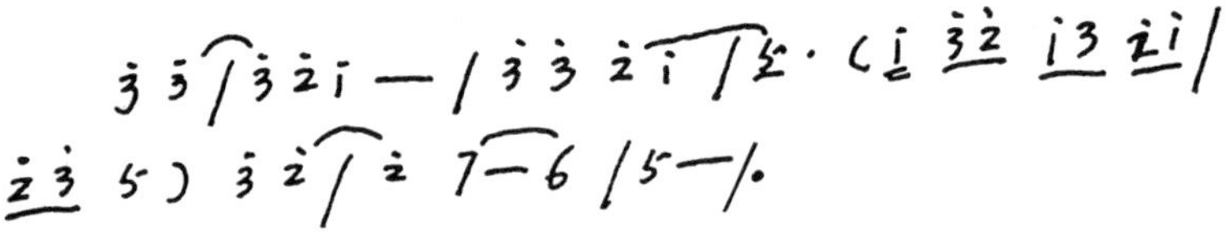

有人喊：“老主任来了！”夏天义不唱了，倾着腰走过去，壅在后脖子上的酱红色肉褶子嘟儿嘟儿地抖。

夏天义站到土地庙前，庙墙上贴着一张纸，纸上写着黑字，一激灵，酒醒了，说：“谁贴的？咹，文化大革命过去多少年了，谁还在贴大字报？！”旁边人说：“不是大字报，这字写得小。”夏天义说：“字大字小还不是一样？”伸了手就要撕。旁边人按住，说：“老主任你看看是啥内容么！”夏天义眼睛花了，又是傍晚，看不清，摸摸怀里也没有带眼镜，便有人小跑去了铁匠铺把铁匠额颅上的镜子取来，夏天义一边看一边念出声。夏天义当村主任的时候从来看报纸或者看乡政府的什么通知都要念出声的，当下念道：“村里的毛主席，老子是第一；池塘里的青蛙，不开口，哪个虫儿敢出声。不要民主，只为权；为了将来成大款。不淤七里沟，还换七里沟，吃瓦片，屙砖头，李鸿章是你祖；养鱼送领导，还想往上走；老百姓，皮包肉，生活够苦，麦糠里榨油；某些人，挣一分；某些人，花一角；有些人想承包，干的男女事；小人反而更吃香；问：究竟怎样才是共产党？不改名和姓，张引生写的，不怕屎咬了腿。”念完了，说，“这是引生写的？”旁人说：“引生没了屎，当然不怕咬了腿。”大家就笑。夏天义说：“把残废当笑话呀？！他写的这是啥意思？”旁人说：“写着要换七里沟，你不知道呀？君亭用七里沟换水库的四个鱼塘哩。”夏天义说：“胡说啥的，水库是水库，清风街是清风街，清风街的地方谁有多大牛皮就换呀？”旁人说：“不在朝里了，你不知朝里事。”夏天义说：“我还是不是村民啦？”说着把小字报揭了下来。众人都以为夏天义要把小字报撕碎呀，夏天义却把小字报叠起来装在了怀里，说：“散伙！都散伙去！”

现在我交代，小字报就是我张引生写的。那天我给丁霸槽和夏雨帮工，拿八磅锤砸一块石头棱角，听丁霸槽说：“穿得恁漂亮！”我以为是白雪来了，扭头一看，是金莲，她穿了件短袖，胸部挺得高高的。丁霸槽说：“只准我看，你不要看，好好抡锤！”我又抡锤，心里说：“臭美！”金莲却蹦着蹦着过来，说：“漂亮吧？！”和丁霸槽说话。我原本不愿听他们说什么，偏偏金莲说起君亭和水库签了合约的事，我就忍不住了，说：“拿七里沟换鱼塘呀，这是李鸿章割地卖国么！”金莲说：“你嘴里吃屎啦，恁臭呀，你听谁说的？”我说：“你说的呀！”金莲就翻白眼，说：“我什么时候说的？”我说：“霸槽，你作证，是不是她说的？”丁霸槽说：“说什么了，我咋没听见？”哇，世上咋有这种人！我说：“霸槽，这工我不给你帮了！”丁霸槽说：“不帮了好，我省下一顿饭了！”我拿了炭在墙上写：“君亭太霸道！”丁霸槽拿锨把字铲了，说：“要写到你家墙上写去！”我说：“丁霸槽，我以为你是个泰山石，你才是个土圪垯！你怕啦？”丁霸槽说：“我怕。”我说：“我不怕！”丁霸槽说：“你是疯子你当然不怕。”我离开了丁霸槽家往回走，走过了大清堂，赵宏声在门口换对联，新对联上写着：“只要囊有钱，但愿身无病。”我小声说：“虚伪，虚伪，都没病了，你囊里哪有钱？”赵宏声就说：“引生你说啥？”我没回答他，心里却萌生了写小字报的念头。我就进去给赵宏声说了七里沟换鱼塘的事。赵宏声眼睛睁得铜铃大，说：“你不会是在说疯话吧？”我说：“宏声，是不是我又犯病了？”赵宏声说：“你看屋里那个灯泡，是圆的还是方的？”屋里吊着一个灯泡，从屋后门看过去，后院厦房根一排牵牛花萝整整齐齐地顺着墙皮往上爬，已经爬上了墙头，一只鸡在那里啄蔓上的花，往上一蹦，啄一口，再往上一蹦，还啄一口。我说："圆的。"赵宏声说："你没疯。"说完了，还看着我，又说："可怜了你引生还这么激动！"我说："不光我激动哩，好多人听了都会激动哩，那咱们给君亭写小字报！"赵宏声说："写小字报？你写！"我说："我文墨没你深。"赵宏声说："你写，我给你改。"他把笔墨纸砚给我。我就写了。我本该详详细细说七里沟换鱼塘划不来，这划不来的事情后头肯定有黑幕，但我还是写成了四六句儿，我是要尽量写得有文采而不至于让赵宏声笑话。我让赵宏声改，赵宏声说："好着哩！"他却不改了。我让赵宏声和我一块把小字报贴到土地庙墙上去，赵宏声走到半路说要上厕所，竟从厕所后墙上翻过去跑了。赵宏声讲究他最有文化，文化人咋这么软蛋？

现在看来，我的四六句写得不好，太想有文采反倒没展开，但我是写了，清风街这么多人独独我是写了，我一想起来，我都为我的勇敢感动得哭呀！当大家围近去看了小字报议论纷纷，尤其夏天义也发了大火，我是一直藏在铁匠铺的山墙后偷偷看的。自爹死后，我张引生什么时候受人关注又被尊重过，这一回长脸了！我兴奋得将一只猫掼进铁匠家的烟囱中去了，过了一会儿猫钻出来，白猫变成了黑猫。

夏天义反背着手往东街走，披着的褂子张了风，呼啦呼啦地响。他是在东街第一道巷口碰着了竹青，劈头就问："你们决定用七里沟换鱼塘啦？"竹青纸烟还叼在嘴上，来不及取，说："上次开两委会，意见不统一，不是搁下了吗？"夏天义说："那怎么现在又换啦？"竹青说："这我不知道。"夏天义说："你是东街村民组组长你不知道，那你怎样代表东街组村民利益的？你就会吸纸烟，你咋不吸大烟呢？！"不等竹青再说什么，气咻咻地就走了。竹青愣了愣，说："是不是又喝多了？"跑回家告诉庆堂。庆堂在院子里把收割回来的稻子一捆一捆在碌碡上摔。手也没停，说："喝多了。你过去看看，娘眼睛不好，照顾不了他。"竹青去了公公家，奇怪的是夏天义并没有回家。过了一会儿，来运跑进来汪汪地叫，又往出跑，竹青跟了出来，穿过巷子，来到的却是君亭家，打老远就听见夏天义和君亭喊叫着。

夏天义气得红脖子涨脸，他把小字报摊在桌上，拍得啪啪响，说："看看群众的意见，几十年了，清风街还没出现过手大一片传单哩，你君亭倒摊上了，大字报上墙了！"君亭说："是小字报，不是大字报。"夏天义说："小字报就光荣啦？"君亭说："林子大了，什么鸟儿没有？他引生是疯子，疯子的话你能听得？"夏天义说："引生的话你不听，两委会上那么多人的话你听不听？"君亭说："民主还有个集中哩，都民主了什么事还能干成？你当年淤地是不是人人都同意啦，可你为什么最后还是淤地？话说白了，你是老主任，又是我叔，你说什么都应该，但你上次反对办市场，这次发这么大的火，你纯粹是耿耿于怀淤地的事么！"夏天义说："我就是耿耿于怀！但我告诉你，我不是为了我的声誉，我舍不得那七里沟，七里沟当年没有淤成功，不等于以后就再也淤不成功，那是能淤百多十亩的地方，你当干部了，说一声不要就不要啦？人口越来越多，土地面积越来越少，你只顾眼前，不计长远，糟踏了十八亩地又要扔掉一百亩地，到你死了，埋都没个地方！"麻巧一直劝君亭，听夏天义这么说，不爱听了，说："二叔，你这是咒你侄儿么，你白发人咒黑发人！"夏天义也火了，说："我就咒了，我不能骂他吗？你插什么嘴？你避远！"麻巧就呜呜地哭，说："你咒君亭死哩，还不见得谁先死？！"站在院门口拉着来运的哑巴一下子冲进去，面对面地朝麻巧吼。君亭便扇了媳妇一个巴掌，骂道："你倒说你娘的 × 话！这儿有你说的啥？我死了咋，没地方埋了，我埋到狗肚子里去！"麻巧却说："你有本事就只会打我么，你把我打死么！"偏过去让君亭打，君亭哐哐又打了几拳，竹青就扑过来把麻巧往开拉，麻巧仍是不走，竹青一把将君亭推坐在地上，而夏天义扭身出了院门。

夏天义同君亭吵架着，他的五个儿子闻讯赶来，全站在君亭家门外榆树下。他们像狼虎一样，护着父亲，一旦君亭和他媳妇言语过分或敢动手打夏天义，他们就会承头出面。东街所有外姓人家都站在远处看。这些人家不肯近前一步，嘁嘁啾啾又都不出高声，心里明白这虽事关集体大事，却也是夏家人自己的争吵，谁是谁非，无法帮这个损那个，事情一过，夏家毕竟还是夏家。夏天智知道得最晚，赶来时夏天义已经走了，见庆金庆玉庆满庆堂和瞎瞎还在君亭家院外，就训道："你们还待着干啥，要进去打架呀？回去，都回去！"兄弟五个一走，夏天智说"不像话"，外姓人家听夏天智说"不像话"，哗地也都散了。

这时候，天上起了火烧云，云像潮水一样涌过来，水又像烧滚了，都能听见呼呼的翻腾声。

第二天，夏天义起得老早，顺着巷道往北，谁将烧酒瓶子摔碎在路上，用脚才把玻璃碴子往旁边踢，就听到麻巧在拽着长声叫骂。骂哪个日他娘的把她家的葫芦蔓铲断了，是遭刀杀呀，挨枪子呀，上山滚了长江，睡觉得了臌症。中星他爹拾了粪回来，夏天义问："她骂啥哩？"中星他爹说君亭家门外的照壁下种了一蓬葫芦，枝蔓茂旺，结了十几个葫芦了，今早麻巧出来给葫芦蔓浇水，发现葫芦叶蔫了，提了提蔓子，蔓子竟然断了，看断的茬口是齐的，分明是用刀子割了，鬼就鬼在有人用刀在蔓根的土中把蔓根割断了。话还没说完，麻巧又骂了："谁割了我的葫芦萝我日你娘！你有本事你来把我脖子割了，把君亭的脖子割了！"巷道里零零散散有了人，都不说话，只有来运和赛虎一前一后跑着叫。麻巧又骂了："君亭，君亭，你羞了你先人，当的啥村干部，你为集体的事而害我呀！"夏天义就喘粗气，顺着巷子往前走。中星他爹说："天义，你不要过去，你碰着她生气啊？"夏天义倔倔地往前走。来运和赛虎就逃窜了，蚂蚁在跑，榆树上的麻雀全在飞。一块土坷垃紧避慢避，夏天义脚到就踩碎了。一直走到君亭家门前，麻巧看见了他，一下子哑了口，进院把院门关了。夏天义在心里说："你骂么，你红口白牙的咋不骂了？！"他经过院外，脚步像打胡基，直接去了乡政府。

乡长正端了洗脸水给门前的花盆里浇，看见了夏天义，叫声："老主任来了！"就进屋沏茶。夏天义黑着张脸在水泥石桌前坐下来。石桌上刻着棋盘，一堆棋子堆在那里，他刨了刨，一歪头却见来运和赛虎一起后腿跷起在院墙角撒尿，就叫："来运！来运！”来运往夏天义面前跑，却又停下来，拿眼睛看夏天义，突然掉头从大门口跑走了。乡长端了茶壶出来，笑着说：“噢，老主任是来‘扫黄’来了！你家来运可是每天早晨都来约会的。”夏天义说：“乡长，我来给你反映一件事情！”乡长说：“我就说么，老主任没事是不来乡政府了！”夏天义说：“我不是主任了，我再来怕别人说我干扰新班子工作。”乡长说：“这话谁敢说！我可是从君亭口里没听说过。君亭是你的继任，又是你侄儿，他哪里不需要你支持？”夏天义说：“在工作上我们没有叔侄关系。我今日来就为他来的。”乡长说：“还是市场的事吧，市场不是现在挺好吗？既是清风街经济增长点，又是清风街的形象工程啊！”夏天义说：“我问一下乡长，国家有没有政策，一个乡与另一个乡，一个部门与另一个部门有没有权力将土地和财产交换的？”乡长说：“你说说，具体是什么事情？”夏天义就把君亭独断专行与水库交换七里沟的事说了一遍，举了两委会上意见不统一的事实，又把小字报作为村民反对的证据一并交给了乡长。乡长就傻眼了。夏天义说：“我以一个老党员的责任，以一个村民的身份向上级领导反映这事，希望乡政府阻止这种交易，以免清风街的土地面积流失。”乡长看了看小字报，扭头喊：“小李子，刘书记几时能回来？”在院角厕所墙头，冒出一个脑袋，说：“书记说他到南沟村待两天了还到东堡川去的。”乡长说：“君亭和水库用七里沟换鱼塘的事你知道不？”小李说：“听君亭说过一次。”乡长说：“那你怎么没给我说？！”小李走出来，一边扣裤子前开口，一边说：“我觉得这是清风街自己的事么。”夏天义说：“清风街若把所有的土地都卖了，也是清风街的事？！”小李说：“你老不要棱我么，领导在这儿，你给领导说。”夏天义就自个端了茶壶给自己倒了一杯，茶很烫，但还是咽了，肚子里烧了一道火。乡长就笑道：“老主任责任心很强，实在够我们年轻人学习啊！给老主任添茶！”小李来端茶壶。乡长说：“你把手洗洗。”小李去洗手。夏天义说：“乡长，你说这事咋办？”乡长说：“这事我知道了。我把事情再调查一下，如果真是那样，一得翻翻有关文件，看有没有这样的政策，二得要和刘书记交换一下意见。但不管怎样，你老的这种精神感人，你老也多保重身体。小李，你去给书正说一声，今日中午多炒几个菜，留老主任吃顿饭，我来请客！”夏天义知道这是在送客了，就站起来，说：“不了不了，我还得回去呢。”他往起一站，突然头忽地晕了，顿时天旋地转，立了一时，又清亮了，就走出了大门。

夏天义过了312国道往街上来，头好像又晕了一次，他拍着脑门骂：“狗日的咋晕成这样？！”回头看看，自己的身影挂着了路边一棵酸枣棘。迎面就走来了夏天礼。夏天礼还是背着个包儿，问夏天义是不是去乡政府告君亭了？夏天义纠正说不是告，反映了一下情况。夏天礼就埋怨这何必呢，君亭是村支书，他怎么干就让他干去么，如果是君亭贪污了，盖了金碧辉煌的房子，在家花天酒地，那怎么告他都行，可君亭不是这样呀，他都是为了集体么！夏天义说君亭要真是贪污腐化，夏家的家法都把他收拾了，正因为是为了集体的事，才要给乡政府反映的。话不投机，两人就不说村上的事了，夏天义问夏天礼到哪儿去，夏天礼说去赵家楼镇赶集，夏天义不明白清风街现在天天是集，去赵家楼镇有啥买的和卖的，夏天礼说他在家坐不住，走一走倒好。

夏天礼去312国道上等班车去了，庆玉拉着一架子车石灰又过来。风一吹，石灰车冒了烟，庆玉的眼睛就眯了，让夏天义给他吹吹。夏天义给庆玉吹了眼睛，说：“是不是要搪墙呀，土墙要过个夏才能干透，你急得搪了干啥？”庆玉说：“我先把料备着。”夏天义说：“我看你好几天都在家里，你得把学校里的事当心哩！”庆玉说：“指望那里能出个夏风呀？！”夏天义说：“你放屁的话！”不给庆玉吹眼睛了。庆玉自己揉，说：“刚才我见到三踅，他说他还要寻你哩。你留点神，你和君亭吵是吵，别让他钻空子。”夏天义说：“他钻什么空子？”庆玉说：“他和君亭也闹翻了，这换鱼塘的事还不是君亭要限制他？”夏天义说：“我不会见他的！”

夏天义一回到家，就把鞋脱了，褂子也脱了，穿着个大裤头坐着吸卷烟。二婶在炕上高一声低一声地自己给自己说话，夏天义就琢磨乡长的话，觉得现在乡政府的干部是太年轻了，掂不来事情的轻重，要出面阻止那得等到几时，可能等他们开会研究了，七里沟换鱼塘已生米成了熟饭。一时心里发烧，去菜瓮里舀了一勺浆水喝了，又训二婶："你鬼念经哩，烦不烦人！"二婶就不出声了，从炕上下来摸着墙往院子去。夏天义训过了，又觉得有些那个，将地上绊脚的盆子挪了挪。这一挪，想到了可以利用三踅么。怎么能不利用三踅呢，利用三踅并不等于不厌恶三踅啊！夏天义重新穿好了衣服，他把一把扇子拿给已经坐在院门口的二婶，就去找俊奇，要让俊奇查一查砖场的用电。俊奇说用不着查，砖场已经欠电费万把元了。夏天义就给俊奇出招，俊奇果然没再向三踅催要电费，而是直接掐断了砖场的专线，回来和夏天义在他家沏了一壶茶喝起来。喝过了一壶，门外没有动静，鸡都卧在门墩上打盹。俊奇说："二叔，你说三踅能来？"夏天义说："喝茶！"俊奇还往门口看看，说："三踅可是从未到过我家的。"夏天义说："让你喝茶你就喝茶么！"俊奇把身子坐端，开始喝第二壶茶。院门外鸡突然飞起来，又有了摩托车声，俊奇说："三踅果真来了！"就往起站。夏天义瞪了他一眼，低声说："喝茶！"

三踅的颧骨很高，这是俊奇知道的，但俊奇终于晓得了三踅是满脸的皱纹，皱纹以鼻子为中心向四边放射，因为三踅一直在给他笑。三踅求俊奇送电，俊奇向三踅讨账，一会儿你硬起来他软下去，一会儿他硬起来你又软了，人话鬼话，黑脸红脸。夏天义坐在一边，不说话只喝茶，茶是好茶，入口苦，后味发甜，他几次看见俊奇娘在院子里出现，那女人没有进堂屋来，夏天义也没有出去，壶里没水了，添上，继续喝。三踅的嘴角起了白沫，说："俊奇兄弟，你哥还从来没给谁下过话的，我求你啦行不行？"俊奇说："我打不过你，我也挨不住你打，你甭求我。君亭给我的指示，收不上电费的就停电，你又不是不知道以前停过电？你去找君亭么，我算什么，我只是个电工么。"三踅说："我才不去找他，我找他就是告他！天义叔在这儿，天义叔你去乡政府告得怎么样？"夏天义将碗里的剩茶泼出去，说："你的事我不管，我的事你也别管！"三踅说："天义叔你这就不对了，大家都知道你是为了集体的利益，我三踅就得支持你哩。"俊奇说："我停电也是为了集体利益吧。”三踅说：“把七里沟没有了事大还是欠一万元的电费事大？欠一万元并不是要你抹了，七里沟说没了就永辈永世没有了！天义叔，你给乡政府告状顶屁用，现在的乡长文绉绉的，他能镇住君亭那条狼？咬狼的只有狗，我三踅就是咬狼的狗，我到县上告他呀！”夏天义说：“得啦得啦，你一生告了多少状，可你哪一次赢过？人把名声活倒了，你就是有理也是没理！”三踅不言语了，坐下来自己给自己倒了一碗茶，咕咚咕咚喝了，说：“俊奇，你谱摆得大，我来你家也不说给我茶喝。”俊奇说：“你现在不是喝了？！”三踅说：“天义叔，我要是写状子了，你能不能签名？”夏天义说：“只要你有理，我怕什么？”三踅又说：“那好！俊奇我也写上你的名。”窗子被当当敲着，窗纸上映着俊奇娘的头影。俊奇就说：“放屁添不了多少风，没了我，秤盘上也不减一钱一两。”三踅说：“俊奇堂口清白得很么！”俊奇说：“我给你说了，我是个电工。”三踅说：“你是君亭的枪！”俊奇说：“你抬举我了，你要说我是君亭的狗你就说。”三踅说：“这话我可没说！俊奇，哥再给你求一声，电得送上。砖场亏损那么大，再停十天八天电，那我就喝老鼠药呀！”夏天义就说：“俊奇，我不是村干部了，本不该管村里的事，可三踅把话说到这一步了，你就先送上电，欠账是砖场没钱，停了电也就等于说村里再不想收回那欠账啦。”三踅说：“对呀！还是天义叔顾全大局！我到处给人说了，天义叔在台上的时候，我三踅的眼睛是瞎的，觉得这不对那不对，等天义叔下台了又怀念天义叔，这就像咱做儿女的总和父母顶嘴，等咱有了儿女，才知道父母是最疼咱的人。”夏天义说：“你别给我灌黄酒，我醉不了的。”俊奇说：“那好吧，我听天义叔的，但我有话说明白，君亭要力主停电，那我还得把电停了。”三踅说：“你瞧着吧，我们告了他，他那支书当得成当不成还说不定哩！”

三踅真的写告状信。他是在砖场写的，写好了让三个人签名按手印，又让白娥把信的最后一页拿回去要武林也按个手印。白娥正洗脚着，说：“啥东西呀，念给我听听。”三踅很得意，竟学着用普通话，舌头硬硬的。白娥说：“你谝起来翻江倒海的，一写咋就一锅的萝卜粉条，捣鼓不清？”三踅说：“我要是有夏风那笔头子，我的女人就是白雪了，哪里还轮得到你？你有个啥，不就是一对大奶么！”白娥撩洗脚水，三踅跳开来。白娥把袜子甩过来，偏不偏甩在三踅的头上。三踅说：“你给我带晦气呀！”扑过来一脚踢在白娥怀里。水流了一地，白娥又倒在水地上，白娥就哭了。白娥回了黑娥家，直到天黑也不肯去砖场。

砖场里没了白娥，空荡荡的，三踅就捺不住了，到武林家来。武林在磨黄豆，小石磨呼噜呼噜地响，豆浆白花花往下流，白娥黑娥将一口袋黄豆倒在笸篮里拣里边的小石子。武林看见三踅把草帽挂在门闩上，说了一声：“是，啊是三踅！三踅你，你是吃了没，啊没？”白娥起身就钻到卧屋去。黑娥也跟进去。白娥说：“他是为我来的！”黑娥说：“你收拾漂漂亮亮了再出来，出来了不要理他！”三踅在门槛上坐下来。武林喊：“白娥，啊白娥，娥，三踅他来，来，来了！”三踅就看见白娥一挑门帘，花枝招展地出来，忙给白娥笑。白娥没理，坐在笸篮前拣石子儿。武林说：“三三踅，你有，啊有，啥事的？”三踅觉得没趣，说：“我来买豆腐。”买了二斤豆腐提走了。

这一夜，三踅在砖场的床上手脚没处放，把枕头压在腿下。候到天明，又去了武林家。武林在锅上过滤豆浆，屋子里烟雾腾腾，还是说：“三踅啊你，吃吃，吃了，啊没？”三踅说：“白娥在不？”武林朝着卧屋喊：“白，白，白娥！”白娥听声知道是三踅又来了，偏不吭声，坐在卧屋镜子前换新衣服。过了一会儿出来了，穿了件短袖褂，白脖子白胳膊的，还是不理三踅，坐到灶前烧火。三踅拿了柴棍戳白娥的腰，武林一回头，柴棍不戳了。武林说：“三踅你，你，没啥事，事么？”三踅说：“我买些豆腐。”提了二斤豆腐走了。

到了晚上，三踅又来了，武林说：“三踅，啊三踅，又又又买豆腐呀，呀吗？你咋恁恁爱吃豆，豆腐的？”三踅说：“我就只吃豆腐！买了几次豆腐了，都招待了人，这豆腐钱得入账的，我写了个收据，你得按个手印哩！”武林说：“还要手，手据，据呀？”武林不识字，三踅让他在一张纸上按手印，他在三踅拿来的印泥盒里蘸了红，狠狠地按了一下，又按了一下。三踅一撩卧屋门帘，白娥光着脚在炕上坐着吃瓜子，两条腿一夹，说：“你让按手印了？”三踅说：“你再不到砖场去了？”白娥说：“我又不是白雪，我去干啥？”三踅嘴皱着，做了个要亲嘴样，白娥轻轻说：“呸！”瓜子皮飞到三踅的脸上。三踅就按捺不了走进来，身子靠住了卧屋门，一把将白娥拉进怀，急得在脸上啃。武林在外边说：“三，啊三踅，你看这印按，按，按得行不？”三踅只好出来，说：“行了。”把纸和印泥盒收了。三踅又提了二斤豆腐，说：“那我走呀！”拿眼睛又瞅门帘，门帘闪了闪，露出白娥一只脚，三踅再说：“我走呀！”终于走了。三踅一走，白娥出来，腮帮上一个圆形紫印，武林说：“你脸咋啦？”白娥说：“没咋。”武林说：“你是在砖，砖场做活，活哩，三踅来了你不招，招，招呼人家？”白娥说：“我的事你甭管，你知道你刚才按的啥手印？”武林说：“啊啥手印，印？”白娥说：“他三踅要上告夏君亭，你按了手印你也告呀？！”武林一听傻眼了，说：“啊，啊你咋不早说，说？！”脸色苍白，也不过滤豆浆，赶忙去了君亭家。

君亭知道了事情的严重性，当下倒安慰武林不要哭，说他夏君亭不会怪罪你武林的，也让武林再不要给任何人提说这事就是了。打发武林一走，君亭就找上善和金莲商量对策。这一夜安安静静地过去了，到了天亮，上善通知武林和陈亮随他去县上的林场采购水杉树苗。武林第一次受村委会重视有了差干，虽然高兴，却不愿意同陈亮一搭去，嫌陈亮说话快，老欺负他。黑娥就骂他没出息，说让你出差又给补助，何况有会计在，你就怕了一个外乡人？就又问上善：“晚上回得来？”上善说：“恐怕回不来。”黑娥说：“还要在外过夜呀？”上善说：“哟，一晚上都离不开我兄弟啦？”黑娥说：“看你兄弟的本事！”武林说：“那号事，啊，啊我都，都快忘了呢！”三人就搭班车走了。

武林一走，黑娥在中午就把一件条格子床单搭在院门前的铁丝上晾。庆玉看到了，便拉了架子车去砖场，要装运一车砖。三踅说：“钱拿了没？”庆玉说：“先赊上。”三踅说：“砖场欠了电费，俊奇把电都停了半天，我赊不起账了！”庆玉说：“咱兄弟俩说那话就生分了。”三踅说：“你姓夏，我姓李，咱不是兄弟。”庆玉说：“不是兄弟也是姐夫和妹夫吧。”三踅看看四周，说：“你这坏熊！我是不怕的，你可是为人师表的教师！”庆玉说：“武林今日去出差，你去不去？”三踅说：“武林不在？”庆玉说：“黑娥把条格单子晾出来啦！”三踅说：“狗日的老手，还有这暗号？”当下给庆玉装了一车砖，骂道：“你要是再这样，砖场让你拉完了！”庆玉说：“可我成了啥人了么，皮条客死了阎王爷抽舌头哩！”

天黑前，三踅提了酒去约庆玉，在门外大声喊。庆玉对媳妇说他喝酒去，媳妇说地里的包谷秆还没拉回来，喝什么酒？庆玉说咱运了砖场多少砖瓦了，人家让喝酒能不去？出门就走了，媳妇自个去了地里。

庆玉和三踅揣了酒先看看武林家隔壁的书正在不在，却偏偏书正从乡政府早早回来，书正说：“呀，你两个这是干啥呀？”庆玉说：“口寡得很，想吃喝哩！”书正说：“我家有柿子烧酒，要不嫌弃，到我家喝吧。”二人就进去，书正并没有舀柿子酒，喝的还是三踅带来的，只调了一碗酸菜。三踅说：“鸡蛋哩，不会炒些鸡蛋？”书正说：“真是巧，早晨来要吃多少能炒多少，中午才把鸡蛋卖了。这酸菜好呀，能解酒的。”三踅说：“吃辣子图辣哩，喝酒图醉哩，今日就往醉着喝！白娥，黑娥！”隔壁的白娥没应声，黑娥却回道：“是三踅呀，有啥事？”三踅说：“我和庆玉在这儿喝酒哩，书正啬得只给吃酸菜，你家有没有鸡蛋？”黑娥说：“没鸡蛋，有豆腐哩！”一会儿煎了一碗豆腐端了过来。三个男人坐在院子里喝酒，书正媳妇和黑娥坐在旁边说东家长西家短，一阵笑哩一阵哭哩。书正酒量不行，但贪酒，一会儿他就舌根子硬了，但三踅还是要让他喝，喝不了就让他媳妇替。一瓶酒还未完，书正两口趴在那里便不动了，庆玉和三踅立即到了隔壁。白娥在堂屋不肯给三踅开门，三踅一推窗子，窗子却掩着，白娥赤条条地躺在炕上，身子下铺着一块手帕。

但是，半夜里上善却领着武林和陈亮回到了清风街。因为在县城上善同林场通了电话，嫌林场的树苗要价太高，三人就在饭馆吃了饭，连夜又回来了。他们先到村部，君亭和金莲还在看电视，听了上善的汇报，君亭说事情没办成，补助就免了。武林却急了，说他回去说没补助，黑娥肯定是不信的。君亭就说我们陪你回去做证明行吧。一行人往东街走，路过砖场喊三踅没人应，到了庆玉家喊庆玉，菊娃才从田里回来，说庆玉被三踅叫去喝酒了。君亭就给上善使眼色，直接到了武林家。推院门，院门关着，武林翻了院墙进去把院门开了，却见厦屋窗上还亮着灯，忽地灯又灭了。武林说："听到我回，回，回来了，吹，啊吹灯哩？起，起来，起来！"去推厦屋门，门也关着，怎么敲怎么喊都不开。跑到窗下隔缝儿一看，过来对君亭说："庆玉在，在，在屋里哩。"君亭说："庆玉怎么能在你家？"陈亮就嚷起来，说："你这个软软软头，你说是庆庆庆玉在屋里搞搞，搞了你老婆哩？！好好呀，我和武林才才才走了半天，奸夫淫妇就日日日到一搭里了！"这边一喊，隔壁的书正两口子就酒醒了，跑了过来。厦屋门已经开了，庆玉和黑娥胡乱地穿着衣服，立在那里不敢吭声。书正的媳妇说："还有三踅哩！三踅人呢？我现在明白了，他们两个来日这姊妹的，怕我们听到，才请了我们喝酒！"金莲就敲堂屋门，门开了，三踅走出来说："喝多了，糊里糊涂以为在自己家里。事情既然有了，你们说咋办呀？"武林气得浑身发抖，扑过去打了黑娥一个耳光，耳光并不重，浑身抖得再打不下去，竟拿自己头往墙上碰。陈亮说："你羞羞你先先人哩，你碰碰你的头是干啥啥呀！"君亭说："陈亮你喊啥的，多荣光的事你喊得东街人都起来看热闹呀？算了算了，家丑不可外扬，庆玉和三踅你们还不快滚？武林就是不打你们，村人起吼声了，两委会还处理不处理？"庆玉三踅抱头就走。上善说："这是公了还是私了？"君亭说："你俩先站住！"庆玉三踅就站住了。君亭说："事情碰在我们面前，算是公了也算私了，你们带钱了没带？每人掏一百元算是给武林的伤害费吧。"庆玉和三踅说："没带钱。"君亭说："明日你俩把钱来交给我，我给武林。今夜这事就这几个人，谁也不要外传！走吧，都走吧！"

第二天，庆玉来把一百元交给了君亭。三踅也把一百元送了来，三踅说：“君亭，还有啥事？”君亭说：“把钱交了还有啥事？！”三踅说：“这样处理，我咋谢你呀，三踅是个野路人，只有你能笼住！人敬我一尺，我敬人一丈，兄弟也有对不住你的事，你知道不？”君亭说：“你有啥对不住我的事？”三踅说：“我告你呢。”君亭说：“这我不信，我得罪了引生，我没得罪你么。”三踅说：“我告的也是七里沟换鱼塘的事。”君亭说：“换鱼塘你还不高兴啊？你专管还不如代管吗？”三踅说：“那我咋听说你要让金莲承包鱼塘呀？”君亭说：“这谁说的？你脑子进水呀，要换你我能不与你商量，我找你商量了没有？”三踅掏出了告状信，说：“我再告你君亭，我就是嫖客 × 下的！你看不看？”君亭说：“我看那干啥？”三踅当下撕了告状信，撕成指甲盖大的碎片片。

※　※

武林家的奸情到底还是传了出来，白娥再没敢去砖场干活，老实地待在姐姐家。但待在家里，要吃要喝，武林不愿意，白娥就挑了担子出去卖豆腐。许多人背地里骂白娥是骚货，见了白娥却又瞅白娥的奶子，问豆腐瓷不瓷，极快地用手拧了一下她的屁股，白娥没言语，用秤钩勾了豆腐来称，买者便说一句：瓷！把豆腐买走了。白娥卖豆腐卖得比武林快，武林就不挑担子出来走街串巷，只在家做豆腐。这一天，我在染坊里看白恩杰给叫驴刷毛，驴突然昂拉昂拉叫，驴鞭也忽忽地伸了出来。这时候，白娥挑着豆腐担子站在染坊门口。白恩杰说：“原来是白娥来了！”白娥招呼买豆腐不买？白恩杰是买了二斤。白恩杰拿了豆腐，却问白娥怎么卖起豆腐了，白娥说不卖豆腐嘴就吊起来了，如果染坊里需要个下苦的，她就不看她姐夫的脸了，姐夫的脸难看。白恩杰说：“你能下什么苦？这料水池子的水眼堵了，你能把它捅开你就来染坊干活！”白娥竟然进来。料水池子很大，水眼堵住了，蓝瓦瓦半池子碱水。白娥挽了袖子，伸胳膊在水眼里掏，还是掏不通，就身子趴在池沿上，一用力，差点栽到池子里去。白恩杰老婆从布房里出来，一直站在房门口看，说："白娥这屁股圆啊！"白娥没吱声，还在掏，终于掏通了，池水流干了，站起身来，脸已憋得通红，扭过头给白恩杰老婆笑。白恩杰老婆说："你过来，我问你一句话。"白娥走过去，还在笑。白恩杰老婆说："白娥，你实话给我说，你和三踅有没有那事？"白娥脸就变了，低声说："……他强奸了我。"白恩杰老婆说："强奸？强奸了几回？"白娥说："五六回。"白恩杰老婆说："那我问你，他强奸时你眼睛睁着还是闭着？"白娥说："闭着。"白恩杰老婆说："强奸哪有五六回的，你受活得眼睛都闭上了还算强奸，你给我滚，再不要到染坊来！"白娥愣在了那里，拿眼睛看着白恩杰老婆，眼泪刷刷刷地流下来，然后从染坊出来了。

白娥即便有千差万错，白恩杰老婆也不能这样待她的，这婆娘我以前还以为她宽善，原来这么凶恶！我从此不再进染坊，路上碰见了她，也不招呼。白娥就是这一次被羞辱后，离开了清风街，回到山里老家去了。但三踅还是三踅，凡有人在一边嘁嘁啾啾说话，他一来又都不说了，三踅就说："是不是说我啦，大声说么！"说："三踅，是你把人家白娥 × 啦？"三踅说："× 啦，咋？我媳妇生不了娃娃，我借地种粮哩！"众人见他这么说，倒觉得这贼是条汉子，比庆玉强。

庆玉是死都不承认的。捉奸的第二天早晨，风声抖开后，菊娃追问他，他平静着脸，说有人陷害他。菊娃说清风街这么多人，不陷害别人陷害你？他说我从农民当上民办教师再转成公办教师，又盖了一院子房，好事都让我占了能不招人嫉恨？菊娃说你是教师能耍嘴皮子，我说不过你，你要是没和那黑娥 × 了一夜，你现在就给我缴公粮！当下和庆玉上炕，庆玉却怎么也雄不起，勉强起来了，又不坚强。菊娃骂你没干瞎事才怪的，捏着那东西问：你庆玉就是这样子？！两口子便打了仗。菊娃受庆玉打得多了，学会了一套，就是一打开仗便猫身往庆玉胯下钻，用手握卵子。这回庆玉揪了她的头发，她握了庆玉的卵子，疼得庆玉在炕上打滚，等庆玉缓过了劲，将她压在炕头上用鞋底扇脸，半个脸立马肿成猪尿泡。

菊娃杀猪般地叫，隔壁的四婶就赶过来，见院门还关着，就大声说："庆玉庆玉你男人家手重你要灭绝她呀？！"庆玉说："这日子没法过了，离婚离婚！"菊娃趁机跑脱，裹了被单开了门，两个奶子松乎乎吊着，也不掩，说："离婚就离婚，再不离婚我就死在你手里了！"四婶训道："都胡说啥的，这号话也能说？一旦说出了就说顺了嘴！"双方才住了声。

真的是离婚这话一说出口，口就顺了，以后的几天里，庆玉和菊娃还在捣嘴，一捣嘴便说离婚。家里没面粉了，菊娃从柜里舀出一斗麦子，三升绿豆，水淘了在席上晾，一边晾一边骂。先还骂得激烈，后就不紧不慢，像是小学生朗读课文，席旁边放着一碗浆水，骂得渴了喝一口，喝过了又骂。庆玉在院门外打胡基，打着打着就躁了，提了石础子进来说："你再骂？"菊娃骂："黑娥我日了你娘，你娘卖 × 哩你也卖 ×！嘘，嘘！你吃你娘的 × 呀！"她扬手赶跑进席上吃麦子的鸡。鸡不走，脱了鞋向鸡掷去，鸡走了，就又骂："你就恁爱日 ×，你咋不把尿在石头缝里蹭哩，咋不在老鼠窟窿里磨哩？！"庆玉说："你再骂，你敢再骂！"菊娃喝了一口浆水，又骂一句："黑娥，你难道 × 上长着花，你……"庆玉举起了石础，菊娃不骂了，说："你砸呀！姓夏的家大势大，我娘家没人，砸死我还不像砸死一只小鸡，你砸呀！"庆玉把石础砸在小板凳上，小板凳咔嚓成了堆木片。庆玉说："离婚离婚！"进了屋去写离婚申请书，出来自个咬破中指按了血印。庆玉要菊娃跟他一块去乡政府办手续，菊娃说："走就走！"也不示弱。两人走过夏天智家院门口了，菊娃却喊："四娘，四娘，你给我照看着席上的麦，我和你侄子去离婚呀！"四婶跑出来，把庆玉手中的申请书夺了，撕成碎片，骂道："你们给我成什么精？！"菊娃就抱住了四婶呜呜地哭。

一次没离成，二次再去离，竹青从半路上把他们又截了回来。但他们从此再无宁日，不是吵架，就是打仗，把离婚的话吊在嘴上，夏家的人就不再劝了，东街的人也不再劝，说："小娃的牛牛，越逗它越硬的！都不理，看他们还真的就离婚呀？！"两人再打打闹闹地去了乡政府，谁也没有阻拦，四婶在院门环上拧麻绳，看见了，手中的拐子并没有停，一伙人在巷口看公鸡给母鸡踏蛋，听到了消息，目不旁视，等到下午，菊娃在老屋里放了悲声，庆玉搬着铺盖，提了锅住到了新房，人们才知道庆玉和菊娃真的把婚离了。

庆玉在新房仅仅独住了两天，淑贞就看见黑娥从地里拔了青菜葱蒜给庆玉包素饺哩。淑贞把这事告诉庆金。庆金在小河畔的沙窝子里拾地，已经刨出了席大的两块，趁歇息，和庆堂、瞎瞎在地边赌起扑克。赌注是二元四元的，庆金输了，不肯掏钱，庆堂和瞎瞎就不依，说："哥是挣工资的，还赖呀！"淑贞正好去，当下不高兴了，说："你哥有啥钱的，前天给娘买了件衣裳，又买了三斤盐，他还有啥钱！"庆金说："说这干啥？"淑贞说："咋不说，爹娘生了五个儿子又不是你一个？！你讲究是有工资的，兄弟五个中除了你，谁没盖了新屋院！"庆堂和瞎瞎见嫂子话不中听，起身走了，说："哥，你可是欠我们账哩！我们走呀，你好好拾地，工作了一辈子，退休了就当农民，这地肥得很，种豆子收豆子，种土豆长土豆，再种些钱给我嫂子长出个金银树！"两个弟弟一走，庆金说："我们在一块玩哩，能赌多少钱，你就搅和了。"淑贞说："我在屋里给你煎饼哩，怕你肚子饥，没想你倒在这儿赌钱，这粪笼大一块地你弄了几天了还是这样？"庆金说："我还害气哩，工作了一辈子，拾掇这些地还不够旁人耻笑哩，不弄了，不弄了！"淑贞见庆金上了气，就蹴下身，说："你在家闲着，是爹让你寻个事干的，又不是我逼的。今天累了，不干了，明日再说。你知道不知道黑娥和庆玉过日子啦？"庆金说："他的事你少管。"淑贞说："我看这离婚是预谋了的，这不，晌午黑娥就在庆玉那里双双对对包着饺子吃哩！"庆金说："别是非啊！一堆屎嫌不臭，你还要搅腾？！"

淑贞憋住了一天没再说，第二天就憋不住了，说给四婶，又说给竹青。夏天义就把庆玉叫去，问："你是不是想娶黑娥？"庆玉说："想哩。"夏天义一抬脚就把蹴在对面的庆玉踢倒在地，骂道："我以为你们闹一阵子就和呀，你却是早把心瞎啦！"庆玉的嘴撞在地上破了，血也不擦，说："离就离了还有啥和的，我们三天两头吵嘴打仗你又不是不知道？她娘家旧社会经几辈都是土匪，有什么家教，嫁过来给我家做过一次针线，还是给你洗过一件衣裳？"夏天义说："那黑娥就孝顺啦？她是给武林他娘洗过衣服还是做过饭？他娘临死的时候，吃到炕上屙到炕上，她做儿媳的收拾过？武林是老实人，啥事不听她的？她还和你纠缠不清，她在武林家和你好，她嫁了你就不会和别人好？"庆玉说："一物降一物，我不是武林。"夏天义看着庆玉，长长地嘘气，就掏出了卷烟。庆玉忙擦火柴来点。夏天义把卷烟又放下了，说："你也是有儿有女的人了，文成是男娃不说了，腊八来我这里哭哭啼啼几场了，她给我说她走呀，出去打工呀！把孩子伤害成那样，你知道不知道？我再给你说，你不合婚了也行，婚姻也不是儿戏，说离就离说合就合的，可黑娥娶不得，你一口否定和黑娥没那事，你却要和她结婚，那又怎么说？清风街人又该怎么看夏家？"庆玉说："我是和黑娥没那事。就是有那事，我们一结婚也证明我们真有感情，外人还有啥说的？"夏天义说："你给她应允过，要一定娶她？"庆玉不言语。夏天义说："是她现在黏上你啦？黏上了的话，我让你几个兄弟去吓唬她，热萝卜还黏在狗牙上抖不离了？从这一点看，她就不是个好女人！"庆玉说："是我要娶她。"夏天义说："真的是你许了愿！"气又堵上喉咙，掏卷烟叼在嘴上，手抖得擦不着火柴。庆玉说："爹，爹……"夏天义强忍着，说："你四十多岁的人了，我原本不管你的事，可我没死，你不要脸了，我还有脸啊！你给武林戴绿帽子了，他没寻你鱼死网破就算烧了高香，你再把人家的媳妇弄来做你屋里人，娃呀，那武林还怎么过？一个村子，抬头不见低头见，他又不是阶级敌人……"夏天义不说了，一会儿又问，"黑娥和武林能离婚？"庆玉说："他愿意不愿意都得离。"夏天义说："你放屁，你是土匪呀！我苦口婆心给你讲道理，你就一点也听不进去？！"又是一脚，把庆玉再次踢倒在地上。庆玉这回很快爬了起来，扭头就走。夏天义吼道："你滚！"自己却从凳子上跌下来，窝在那里半天不得起来。

后来的事情就热闹了：是夏天义再也见不得庆玉；是黑娥和武林开始闹离婚，武林死都不离；是庆玉三天两头在河堤上或伏牛梁的背洼地约会黑娥。我那时权当是在看戏哩，碰着了庆玉，就高声唱："没有你的天不蓝，没有你的日子烦，没有你的夜里失眠，没有你的生活真难……"我用秦腔的曲调唱。庆玉拾了块土坷垃要掷我，我继续唱："什么时候才能拥有你啊，我心爱的钱！"我说："我说钱哩！你掷？你掷？！"庆玉笑道："你狗日的让钱想疯啦！"遇见武林，我给武林出主意："你没好日子过，你也要让庆玉过不上好日子！"武林说："就是，是。婆娘再不好，毕毕，啊毕竟还有一个婆，婆娘。离，离，离了婚，我就，啊就，光屎打着炕，炕沿子了，响了。"我让武林对黑娥殷勤些，武林果然殷勤，从田里劳动回来，又做饭，又洗衣，扫地抹桌子，但是黑娥仍是不正眼看他，睡觉不脱裤子，还只给他个脊背。黑娥用香皂洗脖子，说这香皂是庆玉给她的，换上一双新鞋，又说这新鞋是庆玉从县城买的。黑娥说："你不离婚，我就住到庆玉家不回来！"武林来寻我，问咋办呀，我说找他庆玉，吃屎的还把屙屎的雇住啦？找他夏庆玉！武林却要我陪他去。我陪他走到庆玉新房前的土场边，我说你去吧。武林吸了一口气，走到新房门口，看见庆玉坐在门槛上，武林不敢走了，绕到了屋后。那里有新修的水尿窖，庆玉在墙里蹲坑了，武林搬了块大石头丢进尿窖，脏水从尿槽口冲上去，溅了庆玉一身。庆玉还没出来，武林先跑开了。我气得再不理了武林，武林就去找夏天义。夏天义关着院门，武林说："天义叔，天义叔，我有话给你说呀！"夏天义在家里不吭声，等武林走了，就捶胸顿足，骂庆玉要造孽。

夏天义哪能想到，自己正热心为七里沟换鱼塘的事抗争着，庆玉却出了丑，待到再不理了庆玉，又操心起三踅告状的事怎么没个动静？院门外的水塘里漂了一层浮萍，原本是绿色的，却一夜间都成了铁红。文成和哑巴将青柿子埋在塘中的黑泥里暖了三天，刨出来了，在那里啃着吃。给了夏天义一个，夏天义说："柿子还没熟哩，能暖甜？"咬了一口，柿子上却沾着了一点红，忙唾了几口唾沫，发现是牙龈出血。竹青匆匆忙忙地从塘边小路上过来，说：

"爹，你吃啦？"夏天义说："河滩地都收完啦？"竹青说："最北头还有几家没收。爹牙龈出血了？"夏天义说："没事。你要到后巷去，就让栓劳他娘快把栓劳叫回来，出去打工总不能误了收庄稼么！"竹青说："晚上了我去他家，现在君亭通知开会哩。"夏天义说："组长也参加……研究啥事呀？"竹青说："不知道。"夏天义突然觉得一定是乡政府干预了七里沟换鱼塘的事，他说："那你快去吧。"便进了院里拿了烟叶搓烟卷，然后叼着蹴在院门口，看文成和哑巴在水塘游泳。哑巴只会狗刨式，脚手打着水花，把夏天义的烟头都溅灭了。

两委会的确是召开了会，研究的却是鱼塘的管理。管理条例一共有五条，又明确了在农贸市场专设一个鲜鱼摊位。但是，谁来管理，意见不统一，有的说让三踅继续经管，有的说水库之所以能以鱼塘换七里沟，也有三踅在几年里不缴代管费的原因，而他管的砖场还欠村上两万元，还有一万元的电费也收不回来，如果再让他管鱼塘，那等于用七里沟给三踅换了个私人鱼塘。君亭见意见分歧，提出大家投票，谁的票多就让谁干。当下提了五个候选人，投票结果是金莲票最多，金莲也便签了承包合同。开完会，竹青并没有将会上的事说知夏天义，但三踅在丁霸槽家门口当着众多的人大骂金莲。

我不同情三踅。但我知道金莲承包了鱼塘，就是说七里沟换鱼塘板上钉钉的事了，就可怜起了夏天义。我本该立即去看望夏天义的，而很快又把这事遗忘了，因为我看见了白雪和四婶往供销社去。我承认我对不住夏天义，可我管不住我。我当时哇地叫了一声，惊得站在旁边的吃蒸馍的王婶吓了一跳，牙就把舌头咬了。我说："回来啦！"丁霸槽说："你咋啦，咹？"我说："我给你帮忙搬石头！"丁霸槽的酒楼已盖到第二层。我没有从梯子上去到二楼，而是抱着脚手架的那根木杆子往上爬，我爬杆有两下子，手脚并用，不挨肚皮，像蜘蛛一样，刷刷刷地就爬上去了，上到杆顶还做了个"金猴探海"。我"金猴探海"是趁机往供销社门口看，下边的人喊："引生，来个'倒挂金钩'！"四婶和白雪在供销社门口说话，四婶手里拿着买来的两袋奶粉。这奶粉一定是买给白雪喝的。

但白雪的身子看不出是怀了孕，腰翘翘的。她们从供销社往回走了，走过了丁霸槽的屋前，白雪抬了头往正盖的酒楼上看了一眼。我突然地嘿了一声，双脚倒勾在杆上，身子吊在了空中。众人一哇声叫好。傻样！我哪里是为他们表演的呢？

我在丁霸槽那儿干了两个钟头，没吃饭，没喝一口水，天麻麻黑了往回走，却远远看见夏天义戴着石头镜坐在书正媳妇的饭店里吃凉粉。夏天义一吃凉粉，肯定是他已经知道了金莲承包鱼塘的事，我现在再过去见他，就有些不好意思。我躲开了他。夏天义是吃完了一盘，又吃一盘，大清寺里白果树上的高音喇叭就播放了秦腔。夏天义说：“这个时候播的啥秦腔？”书正媳妇说：“金莲管着喇叭的，她高兴吧。”夏天义粗声说：“再给我来一盘！”高音喇叭上开始播起了《钻烟洞》：

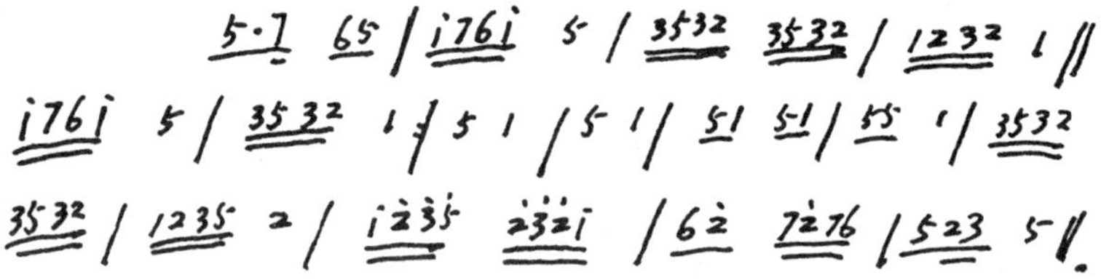

三踅从铁匠铺里出来，看见了夏天义，把草帽按了按，却随着屋檐下的台阶往西走。夏天义把他叫住了。夏天义就骂三踅：“狗日的，你见了我趔呀？”三踅说：“心情不好，我谁都不想理。”夏天义把他的草帽子揭了，低声问：“这么长时间了，你告的状呢？”三踅说：“我就没再告。”夏天义生了气：“你当儿戏啦？你就是不再告了也得给我说一声，你屁夹得紧紧的？！”三踅说：“你知道我和庆玉那事……”夏天义哼了一下，却觉得事情蹊跷，问起那天出丑事的情况。三踅说：“不说了，说那事干啥？”夏天义说：“你说说，让我听么。”三踅就说了武林和上善、陈亮去县上买树苗的过程。夏天义说：“村里什么时候让武林出过差？再说买树苗肯定是事先就联系好了才能去的，他上善咋就又嫌树苗价贵？就算是没买成回来，武林是什么角色，竟那么多人能送他回家？”三踅一拍脑门，说：“二叔你是说他们知道了我要告状，先下手为强，设了圈套让我钻？”夏天义说：“我可没这么说。”三踅说：“肯定是设了圈套让我钻的！现在他们得逞了！二叔，你说说，不让我承包有啥理由，我三踅有男女作风，她金莲就没有啦？这口气我咽不下，我再告呀，咱们一定要再告！”夏天义说：“告不告那是你的事，你不要写我的名字。”夏天义再不理了三踅，低头吃他的凉粉。

三踅到底还告君亭了没有，这我就不知道了。我要说的，就在当天晚上发生了一场哄抢鱼的事件。清风街哄抢事件这是第二次了，三年前一辆油罐卡车在312国道上翻了，车毁得很厉害，司机的腿断了，被卡在驾驶室里，所幸的是油罐里的油流了一地，却没有燃烧爆炸。清风街的人闻讯赶了去，先还有人把司机从驾驶室往出弄，更多的人竟用盆子罐子舀地上的油，舀了就拿回家去。舀油的人越来越多，以至于救司机的人也再不管了司机，也去舀油。地上的油舀完了，三踅竟然去拧开了油罐的出油阀，直接用桶去接剩余的油。整整一卡车油就那样被一抢而空了。这回哄抢鱼是在深夜，差不多鸡叫了二遍，铁匠铺的老张因去南沟村亲戚家回来得晚，才走到西街南头鱼塘的土畔前，突然咚的一声爆炸，他胆小，当下趴在地上。接着又是咚咚两声，鱼塘里的水溅了他一身，才看清有三个人在水塘里炸鱼。他们是把炸药装在酒瓶子里，再塞上雷管，点燃了丢在塘里，鱼就白花花地在水面漂了一层，然后捞着往麻袋里装。老张先以为是三踅在捞鱼，心想三踅真个不是好东西，鱼塘不让他经管了，他就要把鱼捞走，可定眼一看，捞鱼的并不是三踅，估摸那便是偷鱼贼了。他就叫了一句：“谁个？”偷鱼贼慌忙扛了两麻袋就跑，跑得急，跌了一跤，就把一麻袋丢下了。老张便大声喊：“有贼了！贼偷鱼了！”西街的人有晚上搓麻将的，有喝酒的，听见喊声过来，瞧见塘边有许多鱼，水面上还漂了一层，说：“恶人有恶报，又不是咱的鱼，管尿哩！”老张说：“鱼塘不让三踅管了，金莲还没接手哩。”众人说：“狗日的偷的是时候！”转身又要回去，走了几步了，说：“谁经管只好过谁，有贼能偷，咱也捡一条。”反过身来，从塘边捡了一条两条提着。一个人这么捡几条，十个八个也就各捡了几条。后边再来的人见别人都捡了鱼，就争开了，塘边已经没有，跳进塘里去捞，一时塘里响声一片，水花乱溅，有人回家拿了笼筐，一下子就捞起了半筐。我在那个夜里失眠着，听到响动后也跑去抢鱼，其实我压根儿不爱吃鱼，鱼有刺吃着麻烦，我是一见那热闹场面就来劲，再是我恨三踅，也恨金莲，恨不得把鱼塘里的鱼全捞净！我跳进了塘里，将裤子脱下来，扎了裤管，把鱼一条一条装进去，然后架在脖子上。这时候有人喊三踅来了，我架着装了鱼的裤子就跑，一边跑一边掏着鱼隔院墙往各家院子里扔。跑过了白雪她娘的院子，扔进去了三条，又扔进去了三条，我想白雪怀孕了，应该有滋补的鱼汤喝，就把剩下的四条全扔了进去。但是，那天晚上三踅并没有来，得到消息跑来的是金莲，金莲跑来的时候鱼塘里已经没有了鱼，抢鱼的人也全散了，她立在鱼塘边气得眼泪都流了出来。

这次哄抢起因是偷鱼贼，派出所来破案，没查出个任何头绪。金莲怀疑是三踅所为，但三踅矢口否认，说他那晚上在丁霸槽家搓麻将，丁霸槽可以作证。是不是三踅故意指使了别的什么人故意偷鱼？又拿不出证据。君亭让上善调查哄抢的到底是谁，上善到西街各家去看，各家几乎都有鱼，法不治众，事情就不了了之。君亭要求这事再不要外传，嫌传出去太丢清风街的人，但清风街大多数人却不这样看，说上次哄抢油是丢了体面，这一回有什么呀，鱼塘本来是集体的，好过了三踅又要好过金莲，哪里有公平，哄抢是群众不满么！那几天里，西街人家家剖鱼，清风街人历来吃鱼不吃鱼头和鱼泡，鱼头鱼泡和鱼鳞甲抛的到处都是，太阳下鱼鳞甲闪闪发光，而腥气熏人，所有的绿头苍蝇都到了西街。

白雪的娘因为院子里突然有了十条鱼，自然也高兴，留下了四条，把六条提到东街给女儿吃。白雪不知道这鱼的来历，去剖，正好碰着夏天义和庆金担土垫新拾出的那一小块地，白雪要把三条鱼送给二伯，夏天义说："哪儿来的？"白雪说："我娘拿来的。"夏天义说："你娘也参与了？"白雪听不明白，还要把鱼送二伯，夏天义说："这鱼我不吃！"庆金就说了哄抢鱼塘的事，白雪噢了一声，自己脸倒红了。庆金说："这有啥不该吃的？！你不要，我要！"把三条鱼收了。再不说鱼的事。白雪见夏天义身上的褂子泛着汗印，就要夏天义脱下来她给洗洗。夏天义倒没推辞，把褂子脱下来让白雪洗着，自己靠了一棵树蹭痒痒。在夏天义的记忆中，他的五个儿媳从未主动要求给他洗衣服的，眼前的白雪这样乖顺，就感慨很多，喉咙里呃呃地打着嗝儿。白雪问二伯你是不是气管不好，夏天义说好着哩，只是风一吹就打起了嗝，趴在河里喝了一口水，嗝儿也就停止了。夏天义问白雪好久没见回来是不是去过了省城，白雪说她是下乡巡回演出了，还没时间去省城哩，夏天义问起夏风最近怎么样，是不是又写书了，白雪说正写一本书的，估摸明年春上就能出版，夏天义又是一番感慨，喉咙里呃呃地打起了嗝。夏天义当然想到了很久很久以前的事，夏风还小，穿着个开裆裤，头上梳着个蒜苗似的发辫，却每天放学回来，就拿了炭块在写字，家里的墙上、柜上、桌上到处都是他写的。夏天义说起了往事，白雪一边拿棒槌捶着衣服，一边说了一句："是不是有道士说夏家要出个人物呢？"夏天义说："你听谁说的？"白雪说："夏风说的，我估摸他是胡说的。"夏天义说："这可是真的。那天我端着碗坐在门口吃饭着，一个道士正好路过，指着门前的榆树说树冠长得好，这家以后要出个人物哩！你二婶说：是不是出个当村长的？我那时当着村长。道士说：比村长大。我还以为说的是你爹，你爹在学校教书哩，却还不是你爹。你爹爱唱秦腔，暑假里组织老师演《三滴血》，他扮的是县官晋信书，可能他是在戏里当了县官了，今生只当了几年小学校长，校长还不如我在村里的官大。后来夏风到了省城，那道士的话才算应验了。"白雪就哧哧地笑，说："夏风什么官都不是呢！"夏天义说："他可是见官大一级，你瞧他一回来，县上的领导乡上的领导谁不来看他？"白雪说："二伯也这么看他？咱夏家都宠他，才使他脾气越来越怪哩！"蓦地看见棒槌沉在水里，去捡时，却是一条蛇，吓得跳了起来。河里突然出现了蛇，夏天义也愣了，他从树下跑过来，拿树枝逗弄蛇头，另一只手趁机捉住了蛇的尾巴，猛地提起，使劲在空中抖，蛇就软得像一根面条，头再弯不上来，被扔到乱石窝里去了。白雪受了一惊，回头寻棒槌，棒槌却再没踪影，心里倒纳闷，却说：“我爹还演过戏呀，他要不演戏或许就真当了官的，要不夏风总瞧不起唱戏的。”夏天义说：“夏风不爱秦腔？”白雪说：“他说秦腔过时了，只能给农民演。”夏天义说：“给农民演就过时了？！胡说么，他才脱了几天农民皮？！”庆金说：“爹！爹！”夏天义说：“不说夏风啦，他是给咱夏家和清风街长了脸的，他也没忘他这个伯，每次回来还给我捎二斤四川卷烟哩！”白雪又是哧哧地笑，接着扬起头来，因为前面的小石桥有人在大声说话。

小石桥上，竹青遇到了西山湾的一个熟人，热火地说：“多时都不见到你了！咱婶子的身体还好？”那人说：“好，好。”竹青又说：“娃娃乖着哩？”那人说：“乖，乖。”竹青送着那人走过桥了，看见河滩里是夏天义和庆金、白雪，就跑下来，先问白雪你回来了，洗这么多衣服呀！又嘲笑庆金是个鸡，这儿刨个窝那儿刨个窝！庆金说：“爱土地有啥笑话的，笑话的是不孝顺的！你们谁给爹洗过衣服，五个媳妇不如一个白雪么！”白雪说：“我给二伯洗一回褂子算什么呀？！”竹青说：“洗一回褂子就是给我们做了榜样啦，我明日先动员大嫂，她给老人洗一件，我给老人就洗八件！”然后就问夏天义：“爹，是不是你告了状啦？”夏天义眯着眼听他们说话，突然眼睁成杏核，说：“咋啦？”竹青说：“我才开两委会回来，七里沟换鱼塘的事黄啦。”夏天义说：“好事么，早该黄啦！”竹青说：“果然是你告的！”夏天义说：“是我告的！”竹青说：“你糊涂啦爹！没订合同前你有意见可以告，可合同都定了，方案要实施呀，你这么一告，君亭发火，连大家也都反感了！”夏天义说：“你说我告得有没有理？”竹青说：“犯了众怒哪有什么理，你当年淤地还不是没弄成吗？”夏天义说：“这回不是就弄成了么？”竹青说：“爹！会上有人说咱胳膊扭不过大腿，乡政府明令不让换那就不换了，反正现在鱼塘里连鱼都没有了，可中街组长说谁告的状那就让谁死到七里沟去！这不是指骂你吗？我当时要承头回骂他，金莲把我挡了……”夏天义说：“骂就把我骂死啦？谁不死，我的坟在那里，死肯定就在那里，他说得也没错么。”笑了笑，掏一支卷烟来吸，把另一支递给庆金。庆金从来没见过爹给他递烟，一时愣住。夏天义说："吸吧，这烟香哩！"庆金赶紧把卷烟点了吸。夏天义说："你要修地，你跟我一块到七里沟修去！"庆金说："在这儿刨出个坑儿种一把是一把，跑到七里沟喂狼呀？农村么，咋比我们单位还复杂！爹你岁数大了，还英武着干啥呀，以后你啥事都不要管，你也去和那些老婆老汉们码花花牌，零钱我给你供上。"夏天义说："我现在才知道你们单位为啥让你提前就退休了！"从石头上取了晾着的衣服，衣服还没干，披着走了。庆金的脸像猪肝的颜色，对着白雪说："我哪儿是单位让提前退休的，为了光利顶班，我要求退休的呀！"

白雪洗完了衣服往回走，天上有了三道红云又有了三道黑云，像抹上的油彩，才觉得奇，脚上的高跟鞋竟把一个鞋跟掉了，一时想到棒槌变成了蛇，慌慌地就往家跑。四婶在院子里为那丛牡丹系撑架，夏天智画脸谱画累了，又折腾着换中堂上的对联，换上的是"花为女侍者，书是古先生"，然后沏了茶，在桌前唱。白雪把鱼交给四婶，说了鱼的来历，四婶说："我能不知道这鱼是从哪儿来的？咱离鱼塘远，离得近了我也会去捡几条哩！"白雪心坦然了许多，说："我爹也知道？"四婶说："他说他不吃，嫌有贼腥气。他不吃了好，他就是想吃还不给他吃哩！"婆媳俩笑了笑。白雪又提起竹青给夏天义说的话，四婶却忙喊夏天智。夏天智听见厨房里又说又笑，心里高兴，从堂屋到了院子，美美地放了个响屁。四婶就走出来，拿眼睛瞪他，说："你……"夏天智说："我总不能憋死吧！"白雪就在厨房里偷着笑，把鱼一段段切开，又切葱蒜和生姜。四婶说："二哥告状的事你知道不？"夏天智说："他告啥了？"四婶说："他把七里沟换鱼塘的事给告黄了，两委会上有人骂得难听哩！"夏天智噢了一声，脸上的笑僵住。四婶说："你得空给二哥劝说劝说，咱何必呢，老老的人了，让人骂着。"夏天智说："他闲着让他害病呀？"两人当下无话。白雪忙在厨房里喊："娘，娘，咱炖汤的砂锅在哪儿放着？"四婶说："不说啦！长圆毛的只在地上跑，长扁毛的就能飞，让他信意儿去吧。可他管这样管那样的，儿子儿媳倒管得住谁了？夏家娶了这么多媳妇，我看就白雪好！”夏天智说：“凤凰往梧桐树上落么！”四婶说：“你栽了梧桐树？你画你的马勺去吧！”夏天智说：“就是画了秦腔脸谱，才把个秦腔名角招进屋的。赶明日夏雨的媳妇，不会秦腔的就不要！”门外一声应道：“那我娶一个唱黑头的！”夏雨就进了院。夏雨一身臭汗，一边进屋一边脱衫子，又把吹风扇对着肚子吹。四婶忙把风扇移了个方向，说：“你不要小命啦，热身子敢那样吹！”夏天智立即庄严起来，说：“你看你这样子！”夏雨说：“我干大事哩么！”夏天智说：“你能干了大事？披被子就上天呀？！”白雪舀了半瓢浆水出来，夏雨哧啦笑了一下，算是打过了招呼，就把浆水咕嘟嘟喝下去。白雪说：“听说你在办酒楼呀？”夏雨说：“办起来了嫂子你常去吃呀！”四婶说：“别听他煽惑，猫拉车能把车拉到炕洞去！”夏雨说：“不是吹哩，就咱夏家这些人，我还没服气过谁的，二伯弄了一辈子事，哪一回不是把楼房盖成了鸡窝？君亭哥是能干，我还真瞧不上，他最多是把鸡窝当楼房盖哩，那鸡窝能盖成楼房？我们酒楼是两层，楼顶快封呀，今日拉回来了装饰材料，明日就去订餐具呢。你们只关心我哥成事，从来把我就没在眼里搁么！”白雪笑着说：“我以后得巴结你了，咱家要出个大款呀！”夏天智撇了撇嘴，不屑地到他的卧屋画马勺了。夏雨说：“嫂子，你不巴结我，我还得求你啊！我们开业的时候，你们能不能来演几天大戏，我们可是给发红包的！”白雪说：“要演大戏就难了，你知道不知道，团长又换人了。”四婶说：“中星不是才去吗？”白雪说：“他一去真是烧了几把火，只说剧团要振兴呀，可巡回演出了一圈，县上是奖了我们一面锦旗，却把他调到县委当宣传部长了。他一走，剧团又塌火了，原先合起来的队又分开，而且分成了三摊子，这大戏还怎么个演？”夏雨说：“演不了大戏，就来几个人唱堂会么。上一次剧团来是村上包场，只演一场，我们要演三场，每个演员给三百元……”四婶说：“一个人三百元呀，凭你这大手大脚，那酒楼就是无底洞了！”夏雨说：“能挣就要能花。”四婶说：“还没挣哩拿啥花？”夏雨说：“娘你不懂！”白雪就说：“我给你联系联系。”四婶说：“你不要理他，他哪儿能拿出三百元，把演员请来了，发不出钱，让你夹在中间难做人呀？”白雪还要说什么，突然一阵恶心，捂着嘴跑到厕所去了。

吃饭的时候，四婶在灶口前坐着，看见白雪盛了饭，把醋和辣子往碗里调了很多，然后就端到小房子里去吃，已经好长时间了还不见来盛第二碗。心下犯了疑，就去叫白雪，一推门，白雪在床上趴着，地上唾了一摊唾沫。四婶吓了一跳，说："你病啦？”白雪说："没。”四婶说："我看见你恶心了几次啦，是不是有啦？”白雪赶忙把小房门掩了，悄声说："嗯。”四婶说："我的天！”就高声喊："他爹！他爹！”夏天智过来了问啥事，四婶却又把夏天智推了出去，说："没事，你出去！”就过来拥住白雪，问反应多时了？白雪说："快两个月啦。”四婶说："夏风知道？”白雪说："没给他说。”四婶说："给你娘说了？”白雪说："前日才给我娘说的。”四婶说："那你咋不给我说？！”白雪说："我想走的时候再给你说。”四婶说："你是不让我高兴啊？！”白雪说："那倒不是，我想……”四婶说："这么长日子了，你不吭声？你这娃大胆得很！还担水哩，洗衣裳哩，你给我惹烂子呀？！”白雪说："我就估计你会这样的……我没事。”四婶说："你给我好好坐着，从今往后，你啥事都不要干，只用嘴。”白雪说："我当领导呀？”四婶说："你以为哩！”拿了白雪的碗去厨房盛了饭，又端进小房。

夏天智见四婶为白雪端了饭，在院子里对四婶说："你真轻狂，你给她端什么饭？你再惯着她，以后吃饭还得给她喂了不行？！”四婶说："你知道个啥，她身上有了！”夏天智说："真的？”四婶说："我可告诉你，你再别在家和我吵架，也别板个脸，连鸡连狗都不得撵，小心惹得她情绪不好。”夏天智说："你给我取瓶酒来！”四婶说："你要喝到外边喝去！我再告诉你，再不要吆三喝五地叫人来家抽烟喝酒！”夏天智说："在家里不喝酒了行，可我总得吸烟呀。”四婶说："瘾发了，拿烟袋到厨房里去抽！”白雪在小房里听见了，只是哧哧地笑。

白雪原准备趁剧团混乱着要去趟省城，四婶是坚决不同意了，她认为怀有身孕的儿媳不可以坐长途汽车，这样会累及白雪和白雪肚子中的孩子。她还有一条没有说出来的理由，就是白雪若去了省城，小两口见面哪里会没有房事，而这个时候有房事对胎儿不好。白雪听从了婆婆的意见，没有去省城，只给夏风打了电话，告诉了她怀孕的事。在白雪的想象里，夏风听到消息会大声地叫喊起来，要不停地在电话里做着亲吻的啷啷声，但白雪没有想到的是夏风竟然说让她打掉孩子。要打掉孩子？白雪简直不敢相信自己的耳朵，她连着说："什么，你说什么？"夏风说："打掉，一定要打掉！"夏风的意思是怎么就怀上孩子了？！白雪生了气，质问："怎么就怀不上孩子？你怀疑不是你的孩子吗？"夏风的语气才软下来，说他不是那个意思，他是嫌在这个时候怀上孩子是多么糟糕，因为他已经为白雪联系了工作单位，如果人家知道新调的人是个孕妇，那怎么工作，生了孩子又是二三年哺乳，人家不是白白要养活三四年，那还肯调吗？白雪说："我啥时候同意调了？！"夏风说："难道说我结婚就是为了两地分居吗？"两人在电话里吵起来，夏风就把电话掐断了，气得白雪流眼泪。四婶问了情况，给夏风重拨电话，说白雪不能打胎，也不能去省城，她口气强硬："你回来，你给我回来！"但是夏风就是没回来。

我又是两天没瞌睡了，因为我见到了白雪。每一次见到白雪我都极其兴奋，口里要汪很多的口水，得不停地下咽，而且有一股热东西从脚心发生，呼呼地涌到小腹，小腹鼓一样地胀起来，再冲上手掌和脑门。陈星曾经惊呼我的脸像猪肝，说他看见过一次枪毙人，行刑前一个罪犯的脸就是这个颜色，结果一声枪响后，别的罪犯一下子就不动了，那个罪犯倒下去，血还在咕嘟咕嘟冒，只得再补一枪。我骂陈星拿我开涮，但我也知道我浑身的血流转得比平常快了十倍。人的大脑会不会像打开了后盖的钟表，是一个齿轮套着一个齿轮的，那么，我的齿轮转得像蜂的翅膀。这一次白雪回清风街，我最早看见是在丁霸槽家门口，然后又在小河边，记得白雪把棒槌丢失吗？那就是我使的坏。她在小河边洗衣裳的时候，我就在河下游的柳树下，我说：来一场大暴雨吧，让河水猛涨，把白雪冲下来，冲不下白雪就冲下一件衣裳。这么念叨着，想起了那次偷胸罩的事，我害怕了，改口说：“把棒槌冲下来吧！”河水没有涨，棒槌竟然真的就冲了下来。我捡起了棒槌，寻思哪一片水照过白雪的脸，河水里到处都有了白雪的脸。我掬了一捧，手掌里也有了白雪的脸。我那时是喝了一捧水，又喝了一捧水，直到白雪离开了小河，我才把棒槌别在裤腰里回的家。从那以后，我两天两夜没有睡。

说老实话，我在炕上抱着棒槌是睡不着的。我把棒槌塞在裤裆里，裤子撑得那么高，那该是长在了我身上的东西。我开始唱秦腔，秦腔是你在苦的时候越唱越苦，你在乐的时候越唱越乐的家伙。我先是唱《祭灯》：“为江山我也曾南征北战。为江山我也曾六出祁山。为江山我也曾西域弄险。为江山把亮的心血劳干。”唱过了，还觉得不过瘾，后来就一边唱一边使劲地击打炕沿板。我击打“慢四捶”：

拉打，打打 打打 打〇却儿 / 仓·却儿 / 仓呆 呆呆

才·打打 / 仓·却儿 / 呆〇 //。

又击打“软四捶”：巴

打打 / 仓呆 仓呆 / 才呆 仓 //。

再击打“硬四捶”：打

〇 / 仓仓 / 才— / 仓〇 //。

还击打“倒四捶”和“四击头”“大菜碟”“垛头子”，一遍比一遍击打得有力，而口里也随着节奏狼一样地吼叫。就在我击打了“慢一串铃”：

打打 / 尺打 尺打打 / 仓才 尺呆呆 / 仓呆 才呆 / 乙打

打 / 仓〇 //。

左邻的杨双旦使劲地敲我的院门，喊：“引生！引生！你还让我们睡觉不？！”杨双旦一直下眼瞧我，我不理他，还是击打。杨双旦把院门能踢烂，喊：“你要再烦人，我烧了你！”我只说他是吓唬我哩，他狗日的真的把我家门外的一堆麦草点着了。一时间浓烟滚滚，火光冲天，几条巷子里的人都跑来救火。火是救下了，有人喊：“差点把引生烧死了！”但我还在炕上躺着，击打是不击打了，棒槌还撑在裤裆里。杨双旦首先翻院墙跑进来，他是在点着火后害怕了。我不害怕，我知道那些麦草不会引燃我的房子，麦草燃起来也肯定有人会扑救的。杨双旦一见我好好的，就又开始骂我，我说：“杨双旦你放了火！”杨双旦说：“谁放的？我来救你，你还说我放了火？”大家都不相信杨双旦放火，因为他在救火时最积极，头发被火烧焦了，眉毛也没有了。但杨双旦看见了我的裤裆顶得老高，出去对人说：“引生没有残废呀，他的 × 把裤子顶得那么高！”这真是以祸得福，许多人问我是不是还有 ×，我没有回答说有，也没有回答说没有，他们就惊讶地看着我。

这时期，中街发生了一桩血案。清风街有史以来从没有发生过血案，你想想，即使发生，应该是蛮横不驯的三踅或者是受欺负的武林吧，但偏偏是屈明泉。我本不愿提起他，和狗剩一样，他丢了我们的脸面，可不提起他，后面的故事又无法串连。故事都是一个环扣套着一个环扣的。一棵大树突然枯萎了，原因可能是一片叶子有了问题。屈明泉是和金莲的本家叔金江义住了邻居，金江义的老婆因为嫌屈明泉家的猫叫春难听而骂过屈明泉，两家就有了矛盾，三天两头地吵架。他们双方都寻过君亭和上善，君亭上善也去解决过纠纷，但总是和稀泥，事情不了了之。屈明泉后来盖了新屋搬到戏楼东边去住了，老宅子旁的牛圈和一块菜地还属于他，牛圈不养牛了，闲着，而菜地还种些葱蒜。金江义想在牛圈前盖猪圈，屈明泉不同意，两家又吵了一次，金江义抓一把石灰撒在屈明泉眼里。再往后，菜地里的葱蒜常被拔掉，两家就打起仗，屈明泉的老婆便被打伤了，屈明泉用架子车拉了老婆到赵宏声那儿挂吊针。金江义到赵宏声那儿去闹，说屈明泉的老婆故意来治病是给他栽赃，不让挂吊针，还把屈明泉的老婆带来的被褥夺过来扔到街上。屈明泉去村部找干部，偏偏君亭没在，上善也不在，金莲在村部里用煤油炉子炒鸡蛋吃。正吃着，屈明泉进去，给金莲告状，金莲说："你们那事我没法处理。"屈明泉说："那是你叔你就不处理，让他打我呀？！"金莲也生了气，说："打得好！"屈明泉哭着走了，去赵宏声那儿把老婆用架子车又拉回去，在家养了一个月的病。屈明泉的老婆病好后，不愿再在村里待，跟李英民出去给建筑队做饭，要屈明泉也出去打工，屈明泉说"咱都走了，人家就把猪圈盖了"，偏不走。到了三天前，屈明泉又发现菜地里的葱蒜被拔掉了十来棵，立在金江义门口骂，两家就又吵。这一回是夏天智出面去调解，大家只说有夏天智调解两家的纠纷该结了，事情也真的是夏天智一去骂声没了，夏天智回来也得意地给人说："这么点小事，村干部几年里解决不了，太不像话了！"但是，第二天就发生了血案。

那天早上，我起来得早，刚刚走到金江义家门口，就听见有人哭，金江义的老娘坐在门口，见了我就喊："赶快找江义，他老婆被人给害了！"而不远处的菜地边站着屈明泉，提着一把斧头，斧头上滴着血。我一下子呆了，对金江义的老娘说："你儿呢？"老娘说："江义去河滩地里去了，你快叫江义！"我忙从地上捡了根木棍，说："明泉，你放下斧头！"屈明泉身子像喝醉了酒一样摇摆不定，但眼里射着凶光，说："引生，你不要过来，过来我就砍死你！"连说了三遍。我赶紧就跑，去了派出所，派出所立马来了警察，现场已没见了屈明泉，而金江义的老婆倒在堂屋地上，满脸是血，我用手摸了一下她的脖子，人已经咽了气。这时候四邻八舍也起来好多人，我们一块去抓屈明泉。到了屈明泉新屋，屈明泉不在，门板上用炭写了一句话："你给四叔保证不找我的茬了，为啥你又砍我家的树？你不让我活了，咱都不活！"门板下丢着个空瓶子，是装"3911 农药"的空瓶子。在屈明泉家没有见屈明泉，就在村里找，村里也没屈明泉，二反身到了金江义家，才在旁边的空牛圈里寻到了屈明泉。牛圈旁有一棵榆树，榆树是屈明泉的，树有两股枝长过了屈明泉老宅地界，两股枝被齐茬砍了，屈明泉就死在树根下。他的死相比金江义老婆更难看，是喝了农药后并没有毙命，拿斧头割自己脖子，地上有一摊呕吐的脏东西。

这起凶杀虽然破案没费派出所多少精力，而且凶手已死，只在县公安局备案就完结了，但乡政府毕竟批评了清风街两委会工作不力，两委会就决定给金江义的老婆买口棺材。但是，给金江义的老婆买了棺材，而屈明泉的尸体在家停着，他的老婆在外地无法联系，他家里又一贫如洗，中街村民就要求两委会也要给屈明泉买口棺材。两委会又开会，最后还是买了棺材，棺材质量当然是差点，缝儿合得不严，也没油漆。君亭说："这仁尽义至了吧？！"和上善、金莲去了过风楼镇，参观学习人家的小商品一条街的经验去了。而夏天智的情绪缓不过来，他没调解好两家关系还出了两条人命，自己失了体面，在家里四门不出。中街组的组长负责着金江义老婆和屈明泉的丧事，来和夏天智商量下葬的日期，夏天智关了院门，任凭十声八声地喊，也不回应。

埋葬屈明泉的那天，十个人抬着白木棺材，没有哭声，没有人披麻戴孝，十几分钟后，伏牛梁坡根就起了一个新坟。村人都站在街上往坡根看，他们还在疑惑着屈明泉平日连鸡都不敢杀的人怎么就敢杀人？三踅就说："他老实吗，他才不老实哩！"就说起他和屈明泉曾经一块去过县城，他们去吃了两顿饭，第一顿他要掏钱，屈明泉也要掏饭钱，屈明泉是用右手按住他的左手，用自己的左手到右裤子口袋里掏钱，这不明明要他掏钱吗？第二顿吃饭时他也不掏钱了，两人想到饭馆里要两碗面汤泡着自带的黑馍吃，是屈明泉告诉说用别人用过的碗去要面汤，用净碗人家会不给面汤的，这屈明泉够有心眼的。三踅说着的时候，眉飞色舞，我就看不惯了，我说："人都死了，你还这么高兴？"三踅说："咋不高兴，死了才好！"我说："三踅，你没良心，明泉可没得罪过你。"三踅说："他不死，金莲她婶子咋能死？！"他是在恨金莲着。我挪了个地方，站到了人群边上，三踅却也跟过来，又说："引生，你那大字报写得好！"我说："是小字报。"他说："写得好，清风街人感谢你！"我说："只好过了你！"他说："好过了我，你不高兴呀？我请你喝酒！"我不再理他。三踅突然笑起来，笑得嘎嘎响。我拿眼睛瞪他，他说：“你瞧瞧咱的四叔，他今日不端他那个白铜水烟袋啦！”我扭头往东街口望去，东街口牌楼下是站着夏天智，他孤零零地，一动不动地看着伏牛梁下抬棺材的人。三踅说：“屈明泉的阴魂得寻咱四叔了，他要不调解，还出不了人命哩！”就这时，东街的巷道里出来了四婶和白雪，她们经过牌楼下似乎在和夏天智说话，但夏天智挥了挥手，还在原地不动，后来就蹴下去，双手抱住个头。四婶和白雪是一直朝我们走过来，我当然不能去招呼，倒是三踅却首先问她们干啥呀，四婶回答，说白雪要去县剧团呀。白雪又要走呀？我的头嗡地响了一下，眼前的路就竖立起来，所有的人全都在我头上的空中活动，接着一切旋转，我就扑通倒地了。在我倒地的一刹那，我的灵魂跳了出来，就坐在了路边的电线杆上。我看见我倒在地上像一头被捅了刀子的死猪，眼睛翻着，口里吐了白沫。三踅叫道：“引生撞上明泉的鬼了！”他狗日的胡说。立即有人在拍打我的脸，掐我的人中，然后被背着往赵宏声的大清堂跑，一只鞋就遗在地上。我在大清堂里睁开了眼，眼前没有四婶也没有白雪，就哇哇地哭。背我来的人还在说屈明泉的鬼仍在缠我，拿桃木条抽打我，叫喊：“明泉你走，冤有头债有主，你缠引生干啥，你去缠金莲么，缠君亭么！”桃木条抽打得我身上疼，我爬起来反抽他们，赵宏声却说我是疯子，又犯疯了，压住我注射了一针镇静药。

过后的一整天，我在我家的炕上躺着，第二天和第三天，浑身还是无力。我浑身抽了筋似的没力气，夏天智也是在他家吃不好，睡不好。许多人都在探望夏天智，让他不要把屈明泉的事放在心上，丁霸槽也让我和他去看看夏天智，我没去。我关心的倒是丁霸槽的酒楼几时开业，酒楼开业了，白雪肯定要回清风街的。

酒楼开业的日子终于定了，夏雨也专门去了一趟县剧团。他从县剧团回来时，我正好也在酒楼，他给丁霸槽讲他去剧团的经过，听得我心里也乱糟糟的。剧团的大门楼在县城的那条街上算是最气派的，但紧挨着大门口却新搭了几间牛毛毡小棚，开着门面，一家卖水饺，一家卖杂货，一家竟卖花圈、寿衣和冥纸。夏雨认得坐在这些小门面里的老板都是在哥嫂结婚待客的那天见过的演员，见面了便招呼了一下，卖水饺的老板就说：“是白雪的小叔子吧，酒楼要开张啦？”夏雨说：“你怎么知道我开了酒楼？”老板说：“你嫂子早已给说了，让准备着去给你唱堂会的。”夏雨倒有些不好意思，说：“这是你开的店？”老板说：“要不要来一碗？”夏雨说：“你们不是演戏吗？”老板说：“你在乡里开酒楼哩，我在县上办个小铺，瞧不起啦？！”夏雨说：“你说话真幽默！”赶紧进了大院。大院里三排平房，前面两排都是职工宿舍，后一排左边几间是剧团办公室，右边七间打通了是排练厅。旁边是两棵柏树，树干又粗又高，树冠却只有笸篮大。太阳火辣辣的，风丝不透，前院里一个人都没有，地上长着乱七八糟的草。每户宿舍都是一间平房，而平房前却各自搭盖了砖墙房，土墙房，木板房，或者牛毛毡房。偶尔有女演员洗过了头，散发披肩，趿着拖鞋往厕所去，有的则将一锨炉灰倒到院墙角，那里已堆了一大堆垃圾，无数的西瓜皮上趴着苍蝇，炉灰一倒，嗡的一声。夏雨没想到剧团里的人出门来个个衣着鲜亮，讲究卫生，而剧团大院的环境却这般肮脏，他就不紧张了，甚至有些瞧不起这些人。夏雨是从未来过剧团的，不知道白雪住哪一排哪一户，从一家家门口经过，也不问，只拿目光斜视着往前走。走到第三排了，排练厅门口几个男女在说话，似乎在说什么荤段子，有女的就站起身来拧那个男的嘴。夏雨看了一眼，男的黑瘦，女的却漂亮，穿件短裙，一对长腿。那男的却也看见了他，突然不笑了，说：“喂，喂，你是干啥的？”夏雨说：“我找白雪。”男的说：“你找白雪？”夏雨说：“她是我嫂子。”男的说：“噢，白雪的小叔子长得比他哥俊么！白雪，白雪，你小叔子找哩！”原来白雪住在第二排的最西边。白雪正在屋里洗衣服，让夏雨坐了，出去到大门口买了一包纸烟，又烧水沏茶。夏雨说：“剧团房子紧张呀！”白雪说：“结了婚的才能分到这一间的。酒楼要开业呀？”夏雨说：“你组织好了没？”白雪说：“联络了十几个人，可三个又去不成，演折子戏就难了，你说咋办？”夏雨头大了，说：“折子戏都演不起呀？”白雪说：“也不知县上领导咋想的，把中星调来又调走了，剧团存在的困难没人管，倒成了一些人升官的桥板。原本大家的工资就低，现在又只发百分之六十，许多人就组成乐班去走穴了。走穴也只是哪里有了红白事，去吹吹打打一场，挣个四五十元。这样吧，演不起折子戏，就单唱吧，只要乐队好，也怪热闹的。乐队的几个人我硬让留着，敲板鼓的杨虎虽然卖饺子，摊子可以交给他媳妇，他也能出去两三天。”夏雨说：“就是大门口卖饺子的那个？”白雪说：“他板鼓敲得好。”

夏雨把落实的情况一介绍，丁霸槽眉毛皱得像两条蚕，说：“与其这样，还不如让陈星给咱唱流行歌，他唱得和收音机里一模一样的。”夏雨说：“剧团人毕竟是专业演员，还是请他们来着好，咱要的是名分么，演不成折子戏了可以少发红包就是了。”我也赶紧附和，说：“那陈星唱的是什么呀，他跑腔走调的，你还说和收音机里一模一样？！”丁霸槽也便同意了，对我说：“到时候，你还得维持秩序啊！”这我没问题。

开业的那天，我洗了头，换上一件新衫子，一大早就拿了锣东街西街中街跑着敲，吆喝着剧团要给丁霸槽夏雨的酒楼哄场呀！剧团里来了十二个演员，戏没有在戏楼上演，而在酒楼前搭了个小平台。赵宏声骚情，给小平台两边的柱子上送了副对联，丁霸槽没看上，要他写个能发财的联，赵宏声也真能写，写了个上联是“穷鬼哥快出去再莫纠缠老弟”，下联是“财神爷请进来何妨照看晚生”。从上午十点开始，看热闹的人群都拥在街道上，八个火铳子一放，演出就开始了。白雪有身孕，没有演，担当了节目报幕员，哪一个演员要出场了，她就详细作一介绍。先是一连推出了三个“秦腔名角”一个唱《三娘教子》，哭哭啼啼了一番，一个唱《放饭》，又是哭天抢地，另一个唱《斩黄袍》，才起个头“进朝来为王怎样对你表”，声就哑了，勉强唱完，像听了一阵敲破锣。白雪在台角鼓动着大家鼓掌，但啪啪的只有几片响。清风街爱秦腔的人多，能唱上一段两段的也不少，那是糊弄不了的，当时台下就乱起来。我看见白雪很尴尬，脸上一阵红一阵白，后来她就走到台中，给大家躬礼，说：“下面，让我们以热烈的掌声请著名秦腔演员王牛给大家唱一段《下河东》！”众人哄地笑起来。这一笑，白雪不知所措，我就急了，扬着柳条子喊：

“笑啥哩，笑你娘的 × 呀！”三踅也在人群里，说：“引生，我也笑哩，你骂谁？”我说：“谁笑我就骂谁！”三踅唾了我一口，我也就唾了他一口，我俩就扑在一块厮打了，染坊里的白恩杰赶忙把我们拉开，三踅才骂骂咧咧地走了。我说：“三踅见不得别人发财，他故意捣乱哩！”重新拿了柳条子，站在台边的碌碡上维持秩序，喊：“谁也不能捣乱！”那个叫王牛的演员便走上台，先让我也站到碌碡下面，然后故意扭曲了脸，他的脸皮松，往右一拉，鼻子眼睛都往右边去了，说：“大家不要笑，我叫王牛，又不是王牛牛儿么！”牛牛儿是指小孩的生殖器，大家就笑得更厉害了，还鼓掌叫好，王牛就吼着嗓子唱起来。上善也是来看戏的，丁霸槽过来给他递了一颗纸烟，说：“你瞧他那个嘴，能塞进个拳头！”上善说：“他刚才说那段话不得体。咱是开业演出，乡政府有人来看，过路的也有人来看，你得注意点精神文明，不要让他们在台上说下流话，要不影响不好。”丁霸槽说：“你这提醒着好。”过去给白雪耳语了一番。白雪等王牛一下台，批评他不该说下流话，王牛说：“取观众个高兴么，你正正经经唱，人家给你喝倒彩！”白雪说：“村干部有意见啦。”王牛说：“有啥意见，我作贱我还不行吗？”白雪说：“咱是县剧团的。”王牛说：“县剧团咋啦？你还以为咱是革命文艺工作者呀，不就是来混口饭吗？”两人说得不高兴起来，第七个节目轮到王牛再上，王牛说他嗓子疼，拒演了。

演到中午饭辰，结束了，到了晚上再演。王牛还是闹别扭，不肯出场，但他晚饭吃得比谁都多，吃过了两碗，还要我再给他盛一碗，我到厨房给他盛了一碗面条，趁没人，在他碗里唾了口唾沫。到了第二天，剧团还要再演一场，但能唱的唱段差不多都唱过了，乐队就合奏秦腔曲牌。一奏曲牌，台下的人倒安静了，夏天智远远地站在斜对面街房台阶上，那家人搬出了椅子让他坐，他坐了，眯着眼，手在椅子扶手上拍节奏。赵宏声已经悄悄站在他的身后，夏天智还是没理会，手不拍打了，脚指头还一屈一张地动。赵宏声说：“四叔，节奏打得美！”夏天智睁开了眼，说：“这些曲牌我熟得很，你听听人家拉的这‘哭音慢板’，你往心里听，肠肠肚肚的都能给你拉了出来！”赵宏声说：“我听着像杀猪哩！”夏天智瞪了他一眼，往前挪了挪椅子，又搭眯了眼睛。赵宏声讨了个没趣，往人窝里挤去，就看见夏天义戴着石头镜，背着手，远远地走了过来。赵宏声没有迎过去招呼，而几个人给夏天义让了路，也都没有说什么。往日的夏天义到哪儿，哪儿都有人殷勤，怎地现在没人招呼？这我有些想不通。

夏天义明显是受到了冷落，他自己也觉得脸面搁不住，站在那里干咳了几声。瞎瞎的媳妇也牵着儿子看戏，儿子只是哭，哭得旁边人说：“你把娃抱出去么，吵得人还看不看戏？”瞎瞎媳妇把儿子拉出人窝，看见了夏天义，说：“爹，你也来啦？你孙子哭着要吃霸槽家桌子上的瓜子，我不好进去，你把你孙子带进去。”夏天义看了一眼丁霸槽的酒楼大厅，说：“吃什么瓜子！谁在那里？”瞎瞎媳妇说：“君亭他们村干部在里边喝茶哩！他没叫你进去坐？”夏天义说：“我嫌屋里热！”拧身就走，一直走到旁边的一家小饭店去，到饭店门口了，手又反背着，扬了头，太阳在眼镜上照成了两片白光。赵宏声迎过去了，说：“天义叔！”夏天义哼了一下。赵宏声说：“叔还好？”夏天义说：“咋不好？！”再问：“我婶好？”夏天义说：“好。”脸上的肌肉才活泛了，说：“这唱的是啥嘛，不穿行头，不化妆！喝茶去！”赵宏声说：“就是，就是。”两人进了饭店，店里没有了茶叶，说全让丁霸槽买走了，夏天义就要了一壶酒，又要了一碟油炸干辣角。赵宏声说：“今日是个好日子，天义叔这么待我？”夏天义说：“不就是一壶酒么！有鱼没，烧一条鱼来！”掌柜说：“清风街没鱼塘哪儿有鱼？”夏天义翻了眼盯住掌柜，说：“咹？！”掌柜忙说：“老主任要吃鱼，我这就找三踅去。”夏天义挥了一下手，将一杯酒底儿朝天地倒在了口里。

这壶酒喝得不美气，两人也没多少话，听得不远处咿咿呀呀演奏了一阵秦腔曲牌，竟然唱起了流行歌。夏天义说：“你瞧瞧现在这演员，秦腔没唱几个段子，倒唱这些软塌塌歌了！”赵宏声说：“年轻人爱听么。”夏天义说：“这世事，唉！都是胡成精哩，你说丁霸槽盖那么大个酒楼，清风街有几个人去吃呀？自己地里荒着，他倒办酒楼？办酒楼供一些干部去腐败呀？！”赵宏声说：“天义叔！”就大声咳嗽起来，站起身到门口朝街上吐痰，也趁势扫了一眼。但他还没返回桌前，夏天义却也出了店往外走。赵宏声说：“天义叔，酒还没喝完么……”夏天义说：“不喝啦，我不连累你宏声啦！”赵宏声赶忙说：“你想到哪儿去了，天义叔，我不是那个意思，天义叔！”夏天义头也不回地顺街往西走了。

夏天义梗着脖子把整条街道走到了西头，就犯起愁来，不晓得再往哪儿走。太阳白花花的，地上的热气像长出的草，能看见一根一根在摇晃。三百米处就是那几口大鱼塘，水晒着发烫，漂了几条翻了肚皮的死鱼。金江义的老婆没有埋在伏牛梁梁根，是埋在了街头后的土崖下，坟上的花圈还完整着，黑乎乎的纸灰也没被风吹散。夏天义走到了坟前，额上的汗就流下来钻进眼角，他龇着牙在坟前停了一会儿，却一拐脚顺着土崖的斜道走上了塬，看见了塬西北边的那一片苹果园。此时，高音喇叭上传来白雪的声音：“下面，我们请清风街的歌手陈星给大家唱几首歌！”夏天义就听见了：“走吧，走吧，为自己的心找一个家。也曾伤心落泪，也曾黯然心碎，这是爱的代价。”

苹果园里，新生在砍伐着树。这是一棵高大的白杨，高高的枝头上有着一个鹊巢，几乎比大清寺白果树上的那个鹊巢还大一倍。前三天，新生用手扶拖拉机拉土，手扶拖拉机失了控，一头撞在了杨树上，树身被撞了一个坑，当晚树叶就开始响，啪啪啪地响，听着让人害怕。第二天，天上并没风，树叶子还响，而且是所有叶子互相拍打，响得更厉害。喜鹊也便飞走了。新生砍伐着这棵杨树，树嘎啦啦从空中倒下来，压翻了放在园子边的一对水桶。塬上敞快，夏天义敞开怀晾着褂子上的汗渍，嘎啦啦的响声像打雷，他看见了一棵树倒下去，就愤怒地叫喊着为什么砍伐树，这棵树是在修苹果园时就保留下来的，而树上的鹊巢也是他栽苹果苗时就开始有了的。新生瞧着夏天义像个狮子一样奔跑过来，忙放下斧头，赔了笑脸，解释白杨树发生过的事，夏天义还在叫喊：“你说什么天话！你也敢诓我？！”新生的媳妇赶紧过来给夏天义证明，她说：“是真的，天义叔，昨儿夜里吓得我没合眼哩！”新生诓夏天义，新生的媳妇诓不了夏天义，夏天义就傻眼了，说：“有这事？咋有这事？！”新生说：“我问过荣叔，他说这是鬼拍手，鬼拍手没好事哩。”夏天义说：“听他胡说！你开拖拉机撞了它，你亏了这树，它痛苦哩。你狗日的新生，这么大的树，你把拖拉机往它身上撞？”新生说：“真是有邪了，拖拉机突然就不听了使唤！我咋能不知道树在痛苦，我是不忍心看见它痛苦才砍伐了它。”夏天义不再说话，蹴下身抚摸了半天树的茬口，成群的乌鸦在果园的护墙头上聒聒地叫，他斜着脸看了看，苹果树枝把天分割成一片一片，嘟囔着：“今天这是咋啦，咹，这是咋啦？！”新生的媳妇说：“天义叔，该不会我家有不好的事吧？”新生说：“你这臭嘴！有什么不好的事？今年苹果树开花时受了冻，可现在果子的长势还不错，再说，只要天义叔一来就是好事！”夏天义站了起来，原本是眼睛瞪着新生，嘴里却说：“砍伐了就砍伐了吧。”但他心里毕竟也宽展了些，望起这一大片果园，当年竟然是干涸的峁梁塬，现在变成了一大片果园，就有了一种得意。新生赶紧说：“天义叔，你得常到我这儿来呀，不光我新生盼你来，这些苹果树也都盼你来哩！”他把夏天义往园子里领，掷了土块轰走了乌鸦，又大声地对苹果树说：“都站好站好，一齐鼓掌，欢迎天义叔！”一句寻开心的话，却真的刮来一阵风，所有的苹果树叶都摇摆起来，哗哗哗地响。夏天义陡然来了精神，像将军检阅兵阵一样往园子深处走，说：“新生呀，叔现在走动得少了，但叔就爱去河滩地和这片园子！我可给你说，你得把园子经营好！人是土命，土地是不亏人的，只要你下了工夫肯定会回报的，当年分地时谁都不肯要这片峁梁塬，我承包了种苹果，多少人还在嘲笑哩，可现在呢，谁能想到会有现在这么大的园子？”新生说：“叔的话我记着哩！”夏天义说：“你没记！你目光短浅，春上一受冻你就把一半园子不承包了，你瞧，如果陈星没那一半，你坐在楼上看这一片子果林，你心里就受活了！”新生说：“世上没有后悔药么，叔。”新生的媳妇一直跟着，趁势插嘴：“你玩鼓么，玩到明年，这园子再退一半去。”新生说：“又嘟囔啦？！”媳妇说：“我就要当着叔的面嘟囔哩！今日要不是我让砍伐那树，你背了鼓又去丁霸槽那儿热闹去了！”新生却说：“天义叔，你没去看戏？”夏天义说：“看什么戏？哪儿有啥戏？！”新生一脸的糊涂，夏天义掏出了黑卷烟，向新生要火柴，卷烟点着了，说：“哎，那杨树股枝你准备干啥呀？”新生说：“烧柴么。”夏天义说：“如果做烧柴，那我求你一宗事了。”新生媳妇说：“你还求他？你有啥事你说话，他敢蹭拧？”夏天义说：“如果愿意，我让哑巴过来拉些去七里沟搭个棚子，要不愿意那也算了，我也是看到树股枝临时拿的主意。”新生说：“在那里搭棚子？！”夏天义说：“你没听说七里沟不换鱼塘了吗？”新生说：“啥事？”夏天义说：“你给我装傻？”新生的脸上就硬笑，说：“天义叔，这话咋说呀……别人怎么议论，你相信，我新生会维护你哩！”夏天义说：“我不用你维护。君亭现在故意在晾我，他晾我，我就该坚持的不坚持啦？”新生说：“他晾你？他敢晾你？！”新生的媳妇说：“你给我打马虎，也给叔打马虎？他君亭是狼么，这清风街一摊子是你开创的，他坐你的江山，还敢这样待你！你在七里沟搭棚子，是住到七里沟吗？他逼你，你就钻他的套子呀？！”夏天义说：“倒也不全是为他。”新生说：“那何必呢！”夏天义说：“你不愿意了也罢。”新生说：“天义叔你啥都好，就是一根筋！”夏天义突然嘎嘎地笑起来，说：“你二婶嘟囔了我一辈子就是这一句话，今日你也这么说，你也算这一句话说了个实话。人一生能干几件事？干不了几件事，但没这一根筋，一件事你都干不了。”新生说：“那就让哑巴来拉吧。”新生媳妇说：“要哑巴干啥，新生你去把棚子搭了就是了！”夏天义说：“你前世肯定是个男人！”新生媳妇说：“可能还是个村干部哩！”三个人笑了一通，新生说：“叔这阵心情好，咱是喝酒呀还是敲鼓呀？”夏天义说：“敲鼓敲鼓！”三人出了园子，上到楼顶，鼓在楼顶上用油布苫着，搬过来了，夏天义狠狠地抡了一槌，鼓面却噗的一声破了。

※　※

陈星的演唱，使剧团的演员惊喜不已，那一个下午和晚上，他们几乎都唱起了流行歌曲。清风街的年轻人都跑了来，酒楼前的街道上人挤得水泄不通。演出结束后，剧团拉二胡的演员夸奖陈星音乐感觉这么好，问是在哪儿学的，现在做什么？陈星说他是外来客，在清风街承包着一片果园，还为人做鞋，修理自行车和架子车。那个演员就遗憾不已。翠翠说："他还会作曲哩！"演员说："是不是，你给我唱一曲你的歌。"陈星张嘴就唱。陈星一唱歌就投入，头摇着，眼睛不睁。一唱毕，演员说："你会识谱？"陈星说："我只是爱哼哼，心里高兴的时候和不高兴的时候就哼，翠翠说好听，我就反复将那一句记着，又往下哼，十遍八遍的，我就能哼出一首来了。"演员问翠翠："你是谁？"翠翠说："我是他的歌迷。"演员说："陈星你有追星族了！"翠翠说："你觉得他能不能到县上的歌厅去唱歌，能不能成为一个歌手？"演员说："很有天赋，当然他还只是纯自然状态的，若能学学音乐知识，我想该不会再在清风街做鞋修车务弄果园吧。"陈星兴奋得当场要拜那演员为师傅，周围人说拜师要给师傅送礼的，陈星就给师傅磕了一个头，说："以后我供师傅苹果！"就又喊丁霸槽。丁霸槽过来说："谁稀罕你的烂苹果呀，给师傅买酒喝！"陈星说："没问题，今晚饭的酒算我的，我请师傅和全体演员的客！"果然晚饭时陈星从供销社提来了四瓶烧酒和两箱啤酒，喝得满院都是空酒瓶子。

吃过饭，白雪招呼演员们到婆家去坐坐，夏天智自然高兴得不得了，原本大家才吃过了饭，却要叫四婶下挂面煮荷包蛋。演员们都阻止，连白雪都说算了，夏天智说："吃不吃也得做呀，咱乡下还有啥招呼人的？"就又对白雪说，"秦腔唱得好好的，咋就唱开歌了呢？"白雪说："有人嫌都是那一板戏，几十年迟早听厌烦了！"

夏天智说：“他懂不懂秦腔？就讲究老唱段差不多的人熟悉，唱起了台上台下能交流。听秦腔就是听味儿么！陈星唱的啥呀，软不塌塌的，吊死鬼寻绳哩？！”白雪说：“我也吃惊，那么多人爱听陈星唱的，下午街上人都挤实啦！”夏天智说：“你要耍猴也是那么多人！秦人不唱秦腔，咱夏家的娃娃起别人家的姓？”说完，觉得话说得不妥，不说了。

一人一碗荷包蛋挂面，演员们都吃得坐在那里不动了。中星爹在院门外叫白雪，白雪出来，中星爹说：“剧团人在你家里？”白雪说：“都在，你进么。”中星爹说：“演员到咱村上了，中星不在，我该来招呼一下。”白雪领他进来，向演员们说：“这是咱夏团长的爹！”演员们身子都没有动，说声“噢”，也就没话了。中星爹就笑着说：“大家辛苦啦？”王牛说：“夏团长辛苦！”中星爹说：“大家都晒黑啦！”王牛说：“夏团长更黑！”演员们倒哄地全笑了。演员们一哄笑，中星爹就难堪了，一只鸡蹑着步儿走过来啄他鞋上沾着的一粒米，他说：“这鸡，这鸡。”赶着鸡到了厨房门口，就一步跨进去和四婶去寒暄了。

院子里，白雪和演员们商量起了明日演出的内容，说着说着，意见发生了分歧，一部分主张唱秦腔，一部分主张还是唱流行歌，双方争起来，红脖子涨脸。偏偏一个家住西山湾的演员晚上没吃饭，回家看望老娘，这时赶来说了一件事，两派彻底分开。事情是西山湾一户人家死了老爹，希望剧团能去，条件是每人给六十元。当下有演员说：六十元不少，比这儿多十元钱，咋不去呢？去！有的说：咱是“龟孙”，吹丧去呀？头摇得像拨浪鼓。主张唱秦腔的就说：“既然清风街热乎起流行歌，那我们去西山湾。”主张唱流行歌的说：“不嫌丢人！”要走的人说：“丢啥人了，死了人去唱是丢人，人家开了个酒楼就来唱是赢人啦？”白雪傻了眼，拉这个，留那个，但最后那些要唱秦腔的没留住。白雪也恼了，说：“不就是多了十元钱么，你们不给我面子，要走就走吧，留下来的，我让丁老板每人每天再补二十元！”

两拨人当下分开，一拨直接就去了西山湾，一拨去了酒楼睡觉，院子里一下子冷清了。中星爹一直在厨房里和四婶有一句没一句地闲谝，这阵走出厨房，见夏天智独自在院里的捶布石上坐着，便说：“都走啦？”夏天智没理睬他。中星爹又说：“中星离开剧团是明智的，人常说，要生气，领一班戏……”夏天智说：“你回去歇着吧。”中星爹说：“啊，是不早啦，都歇着。”出了院门。

酒楼的演唱又延续了一天，给剧团的演员每人多发了二十元，陈星却一文未付。翠翠去寻丁霸槽，丁霸槽说：“给陈星啥钱？给他寻了师傅了，他还得谢我们哩！”气得翠翠说：“还没做生意哩就学会坑蒙拐骗了！”

翠翠回到家，家里已经吃过了晚饭。雷庆早就出车回来了，和家富在堂屋里下棋，梅花用湿毛巾拌搅笸篮里的麦子，说：“这个时候才回来？吃饭，推磨子呀！”翠翠在厨房里见是蒸了屉软包子，吃了两个，又拿了两个揣在兜里要给陈星送去，说：“又推磨子呀？”梅花说：“吃饭咋不说又吃饭呀？”翠翠说：“我困得很，明日推吧。”梅花说：“吃的时候都是嘴，干活就没人啦？你困啥哩，你去找陈星就不困啦？你给我把包子放下！”翠翠从兜里掏出包子，一下子就扔到笸篮里。母女俩又要吵架了，三婶正在灯下用刀片割脚底的鸡眼，忙丢下刀片过来把翠翠拉到厦屋，说：“你娘和你爹刚吵了嘴，你再犟，你爹肯定就上火了！你乖乖的，跟你娘推磨子去。”原先的东街是每家每户都有一盘石磨的，也都是牛拉磨，现在没牛了，石磨也只有夏天智家那条巷道口有一座。梅花收拾了笸篮，圆笼，磨绳磨棍，把麦子倒在磨顶上，她没有再让雷庆来推，雷庆是从来不干家务活的，刚才提到推磨子还吵了一架，翠翠又一直奋拉个脸，两人推不动，就嘟嘟囔囔地骂，骂了一会儿，只得去了庆满家。月亮光光，地上是一片白，庆满家的院门关了，旁边的窗子还透着灯，梅花说：“三嫂子三嫂子，你没睡吧？”窗里的庆满媳妇说：“才黑了，就睡呀？”梅花说：“你来帮我推推磨子。你几时要推了，我再帮你，咱换工。”庆满媳妇说：“你别说换工的话，我能指望你换呀？我后晌去看戏崴了脚，我叫你三哥给你推去。”就叫，“庆满，庆满，梅花推磨子没人，你去吧。”庆满说：“喝酒不叫我，干活就寻到我啦？”梅花在窗外听了，说："雷庆啥事都给人帮忙哩，轮到自己了，求人倒这么难！"庆满说："我可没坐过一回雷庆的车！"我开了门出来，梅花可怜兮兮地倚在墙上，我说："没人去了，我给你推去！"梅花说："自家人不如旁人世人！引生，你几时要用车了，你就来给我说。"

那天晚上，我碰巧是在庆满家。看戏的时候，庆满在人窝里向我提说要借钢钎子给他们建筑队，我说这钢钎子是我爹留的遗产，借是不借的，可以卖，便宜着卖。吃罢晚饭我就把三根钢钎子掮到了庆满家。我说我要帮梅花推磨子，庆满的媳妇还嘲笑我会巴结有钱的人，其实我有我的主意，因为石磨子在夏天智家的那巷道口，在那里我能看着白雪夜里从酒楼那儿回家来。说实话，我也是最烦推磨子的，我帮着梅花和翠翠只推了一会儿，头就晕起来。翠翠一直是闭着眼睛推了磨棍走，一句话也不说，梅花却不停地骂庆满两口子。我没有应她的声，眼睛一直盯着夏天智家的门口。夜已经深了，白雪从酒楼那边还不见回来。翠翠突然在低声地唱，她故意唱得含糊不清，但我还是听明白了，她唱的是："爱你爱你我真的爱你，请个画家来画你，把你画在吉他上，每天我就抱着你。"我说："陈星给你唱的？"她瞪了我一眼。我说："这歌词真好！"她哼了一下，脸上的神气在嘲笑我：你懂什么呀？！麦子第二遍磨过了，梅花开始用罗儿筛面，我和翠翠歇下来，她还在唱。这碎女子，以为只有她才有爱！我抬起头看月亮，月亮像个银盘挂在天上。我想起了今天早晨起来，在炕上坐了半天回忆昨晚的梦，甚至还翻了翻枕巾，看有没有梦把图画印在上面。梅花筛完了面，把麦麸倒在磨顶上，说："推。"我没有听见，她说："发什么呆！"拿扫面笤帚敲了一下我的头。她这一敲，天上的月亮立刻发生了月蚀。你见过月蚀吗？月蚀是月亮从东边开始，先是黑了一个沿儿，接着黑就往里渗，月亮白白的像一摊水，旱得往瘦里缩，最后，咕咚，月亮掉进了深洞里，一切都是黑的，黑得看不见翠翠的牙，伸手也不见了五指。我们在黑暗里推磨子，一圈一圈的，走着怎么也走不到尽头的路。待到月亮又逐渐地亮起来，麦子磨过了四遍，还要磨，翠翠就不耐烦了，说："好了！

好了！”梅花说：“趁有你引生叔，多磨几遍。”翠翠说：“引生叔是牛啊？！”我说：“磨吧。”倒担心既然已半夜了，如果不磨了偏偏白雪回来，那就白出了一场力。梅花又磨了一遍后还要磨，只剩下麦麸子，磨子轻了，她就筛面，让我和翠翠继续推。磨顶上没有及时往磨眼里填麦麸，空磨子呼呼响，翠翠又是瞌睡了，双腿还在机械地走，我脑子里昏得像一锅糨子，眼睛还瞅着夏天智家的方向。梅花喊：“不拨眼，推空磨子呀！”翠翠从睡梦中惊醒，生了气，就把磨棍抽下来，不推了。巷口闪着手电，有人走了过来。我冷丁脑子清了，以为是白雪哩，走近了，原来是四婶。四婶说：“成半夜的推磨子呀！”梅花说：“四娘这是从哪儿回来的？”四婶说：“我在酒楼那儿……”却往菊娃的院门口去，哐哐地敲门。门开了，菊娃说：“是四娘呀，啥事？”四婶说：“睡得那么死，该起来尿啦！”菊娃笑了一下。四婶说：“剧团人连夜要回去，留了半天，才留下让明日一早走，白雪也要去，你知道她有了身孕，总得有人照顾着给做饭洗个衣的，我实在是走不开，你四叔一辈子让人侍候惯了，我走了他把嘴就吊起来了，腊八不是整天嚷着要外出打工呀，就让她跟了白雪去，我给出工钱，你看行不行？”菊娃说：“你把我吓死了，三更半夜来敲门，我还以为出了什么大事！”四婶说：“要是行了，你连夜给腊八收拾几件衣裳，明日一早就去县上。”菊娃说：“这你得给庆玉说！”四婶说：“我刚才去找过他了，他说他不管。”菊娃说：“他不管我了，他也不管他娃？他现在只和黑娥黑天昏地地日哩，他不管他娃？！四婶，你说，她黑娥 × 上是长着花啦？”四婶朝我们这边看了一眼，说：“高啥声的！他庆玉不管，你就拿个主意。”菊娃说：“哎呀，腊八也离不得呀，丁霸槽已经说了，让腊八去酒楼当服务员的，每月答应给五百元，这一去县上，那酒楼就去不成了？”四婶说：“五百元？你这是吃人呀！”再不和菊娃说，拧身到自家院门口，进去了，呼地关了门。梅花说：“引生，你说现在人心黑不黑？”把筛过的麦麸又倒上了磨顶，还要磨。我说：“黑得很！”扔下磨棍转身就走了。

也是在这一夜，鸡叫的时候，落了雨。可能是我推磨子推累了，在仅有的两个小时里，睡得不苏醒。我梦着剧团里的演员坐着拖拉机要回县上了，白雪就坐在车厢沿上，两条腿担在空里，许多人在送他们，有夏天智，也有四婶和翠翠，我就站在送行的人群里看着白雪。白雪似乎也看见了我，她很快地又转了脸和四婶说话，但那一双担在空里的腿一晃一晃的。嘴能说话，腿也会说话的，白雪的腿在给我说话。我盯着两条腿，在心里说：让鞋掉下来吧，让鞋掉下来吧！鞋果然就掉下来了一只，我立即钻过许多胳膊和腿的缝隙，近去把鞋捡起来，说："白雪，你的鞋掉了！"夏天智把我拨了一把，说："好啦好啦，拖拉机要开啦！"那拖拉机怎么发动都发动不起来。我盼着拖拉机永远发动不起来！但我却突然尿憋，想找个僻静处放水，走到哪儿，哪儿都是人，急着尿了还要送白雪的，就是没个地方尿。这么三憋两憋，憋醒来了，天早已大亮，屋外的雨下得刷刷响。我赶忙跑去酒楼，白雪和剧团的演员已经走了一个小时了。

别人都说我的病又犯了，我没有，我只是沿着拖拉机的两道辙印往前跑。雨硬得像射下来的箭，我想我是杨二郎，万箭穿身。街道上的浮土经雨淋后变成了红胶泥，沾得两只鞋是两个碗坨，无法再带动，脚从鞋里拔出来，还是往前跑，石片子就割破了脚底，血在水里漂着。麻巧从地里摘了青辣子，拦我没有拦住，辣子篮被撞翻在地上，她大声喊："引生犯病啦，把引生拦住！"路中间就站上了哑巴。哑巴铁青个头，嘴唇上有了一层茸毛，我往路的右边跑，他拦了右边，我往路的左边跑，他拦了左边，我低了头向他撞去，他没有倒，把我的头抱住了。新生说："引生，你跑啥哩？"我说："我撵拖拉机哩！"新生说："你撵拖拉机干啥？"我说："白雪走啦！"我一说到白雪，哑巴是知道我以前的事的，就把我扭了脖子摔倒在地上。新生说："白雪走了？"我说："走了！"哑巴把我提起来又摔在地上。我一说白雪，他就提我摔我，我就不敢说了。夏天义穿着雨衣站在一旁，他是一直皱着眉头，这阵说："不要打引生啦。"过来拉我，说："回去吧，快回去！"我不知怎么就抱着夏天义的腿哭。夏天义说："哭吧，哭吧，哭一哭心里就亮了。"他这么说，我心里倒真的清白了，倒后悔刚才说到了白雪，蹴在地上只是喘气。但我不回去，就是不回去。夏天义说：“不回去了，那就跟我走！”

我就是这样跟着了夏天义，鞍前马后，给他支桌子，关后门，端吃端喝，还说趣话，一直跟到了他去世。夏天义养了两只狗，一只是来运，一只就应该是我。中星爹说人的一生干什么事都是有定数的，我和我爹，前世里一定欠着夏天义的孽债，这辈子来补还了。

我永远地记着这一天，雨在哗啦哗啦下，我跟着夏天义，还有新生和哑巴，拿了一卷油毛毡去七里沟苫那个棚子。棚子是他们头一天搭的，就搭在夏天义的墓前头，虽然简陋，却很结实，矮墙是石头垒的，涂了泥巴，人字架几乎是树股子挨着地，里边有床有灶。我们把带来的油毛毡在棚顶上又苫了一层，雨就下得更大，棚前的泥脚窝里聚满了水，来运就跑来了。来运能独自跑来，它是认识夏天义的脚印，还是嗅着了夏天义走过的气味？我以前是见不得来运的，一看见它和赛虎连蛋，就捡石头砸它，这个时候却一看见来运就感到亲切。我说：“来运，你的赛虎呢，你咋舍得离开你的赛虎？”来运呜的一声，眼泪都流下来了。狗会流泪你信不信？它的眼泪浑浊，顺着脸颊，在那里留着发黄的痕道，然后低了头，呜哇不停。我是体会到了，人是能听懂动物话的，当然只是瞬间里，来运在告诉我，乡政府的李干事又把赛虎看管严了，不许它出来，它一去他们就撵打。我把来运夹在两腿间，可怜地抚摸着它的脑袋。新生问我和狗说啥哩，我说了来运的意思，新生说：“和赛虎不成了，清风街还有的是狗！”新生说的屁话！我扭过了头，对新生怒目而视，这当儿哐啷一声，一个黑影子突然从天而降。待我们清醒过来，一只像鸡一样大的鸟撞掉了挂在木桩上的搪瓷缸子，而鸟也撞昏了，掉在地上乱扇翅膀。这是一只谁也叫不上名的鸟，黑头红喙，当然不是锦鸡，尾巴短，但翅膀非常大，也非常漂亮。有这样一只大鸟能突然飞进了我们的小木棚里，这是一桩喜事，它撞落的搪瓷缸子是夏天义的，是六十年代农业学大寨时县上奖给他的奖品。见大鸟在地上乱扇着翅膀，来运忽地扑了上去，一下子就把它噙住。我大声喊：“来运！来运！”把大鸟从来运口里夺过来。新生踢了来运一脚，说：“这是凤凰！”我说：“哪儿有凤凰？！”新生说：“它像凤凰就权当它是凤凰。这样的鸟谁在哪儿见过？它飞进来撞着天义叔的搪瓷缸子，是吉利呀，天义叔是人中龙，这是龙凤见面呀！”夏天义笑着说：“你狗日的新生会说话！”新生说：“这是事实么！”夏天义说：“借你的吉言，但愿这七里沟的事能弄成！”我就把大鸟抱到棚门口，雨还在下，它完全地缓醒了过来，雨落在它身上像油珠一样滑下去，脖子扭动了一个优美的半圆，张开了口接饮着雨，然后一声长吟，哗啦啦展翅飞了。我却琢磨夏天义的话，说：“天义伯，你在这里搭棚弄啥事呀？”夏天义说：“住呀么。”我说：“骗人，你能住在这儿？”夏天义说：“咋不能，当年栽苹果的时候，我就搭了棚吃在那儿住在那儿的。你来不来？”我当然来的，就那一点稻田，种完了平日又没事，而且在村里浪荡着没意思，如果真的跟着夏天义住在这里那倒好哩。我说：“我来的！”夏天义看着我，突然间不言语了。雨越下越大，棚檐前像挂了瀑布。夏天义说：“当年淤地的时候，我是带了清风街三百人来的，现在跟我的却只是你们三个了！”我说：“还有来运哩！”他说：“啊，还有来运。”眼角里却有了一颗泪。我说：“天义伯你哭啦？”夏天义头没有扭过来，说：“我没哭。”直直地站到棚檐外，让雨淋在脸上，脸上分不清了哪是泪哪是雨，喃喃道：“要是四十岁五十岁，我啥事都可以从头干的，现在是没本钱了，没本钱了……可我夏天义还是来了！”就解开了裤子，也不避我们，面朝着沟里尿起来。夏天义一尿，新生和哑巴也跑出去尿，尿得很高。我也出去尿了，但我是蹲下的，哑巴向新生做着鬼脸，夏天义踢了他一脚。

七里沟有了人气，也有了尿味，我那时便忘记了白雪带给我的痛苦，和村人对我的作贱，快活得在棚子里蹦跶。后来，我们肚子都饥了，我说，我给咱回村弄些吃喝去，说完就往沟下跑，夏天义紧喊慢喊没有喊住。

白雨是不过犁沟的，确实不过犁沟，从七里沟下来到了312国道，路面上一半是雨，左边的路沟里全是水，另一半却没了雨，而且路面差不多都要干了。我没有在雨地里跑，也没有在没雨的路上跑，雨从天上下来把空中劈开一条线，我就沿着那条线跑。中星爹说，这世上是由阴阳构成的，比如太阳和月亮，白天和黑夜，男和女，快慢高低轻重缓急，那么，我是在阴晴线上跑，我觉得我的身子一会儿分开了，一会儿又合起来，我是阴阳人吗？我是阴阳人，说是男的不是男的，说是女的不是女的，哎呀，我以前总是羞愧我的身体，现在反倒为我的身体得意了！我唱起了《滚豌豆》："海水岂用升斗量，我比雪山高万丈，太阳一照化长江。"我想着我应该去书正媳妇的店里买半个卤猪头，再买一瓶酒，当然还得买一盘凉粉，夏天义就好一口凉粉。我还想着把酒肉买了拿到七里沟，须要把夏天义喝醉不可，他酒量不行，但酒拳好。于是我一边跑一边练拳。我分开的身子都长着一只手的，两只手就划起来：一点梅呀！五魁首呀！四季来财！八抬你坐！到了清风街，雨又是白茫茫一片子往下下，书正的媳妇惊叫着我身上怎么一半湿一半干，更不明白我怎么就买了这么多的猪头肉？我没有告诉她。店门外的屋檐下站着夏天礼，他穿了一身新衣服，胡子也刮得干干净净。我说："天礼伯，下雨天往哪儿去赶集呀？"他说："盈盈和她女婿要到省城去，一定要孝敬我也去逛逛，在这等你雷庆哥的车哩！"我说："天礼伯要进省城呀，你应该去省城逛逛！"夏天礼说："娃们须让去么，逛什么呀，我看在清风街就好得很！"他是给我烧包哩，我就不愿意与他多说，提了吃喝就往七里沟去。跑过了东街口牌楼，脑子一转：夏天义年纪大了，应该身子累了要在棚里展展腰，就自作主张又去了夏天义家取一床被子。我为我能想到这一点而高兴，但偏偏就是我这一想法，聪明反被聪明误，以致酿成了以后更大的是非。瞎眼的二婶问我取被子干啥，我说天义伯在七里沟搭了棚，要在那里住呀，二婶是把一床被子交给了我，却放长声哭了起来。

这哭声先是惊动了前来给娘送来一捆鲜葱的庆金，他雨伞没来得及放下就问娘你哭啥呢？二婶说你爹住到七里沟去了，庆金着实吃了一惊，就出来给庆堂说了，又直脚来找夏天智。夏天智却没在家。

夏天智被张八哥请去给他的堂兄弟分家，堂兄弟是中街困难户，分家本不该请夏天智，但中街组长主持分了几次，兄弟俩都嫌不公平，要求重新分定，中街组长和张八哥就请了夏天智出面。两个兄弟一个剃了个光头，一个头发长得绣成了毡片，把所有的家当都搬了出来，老二说老大有媳妇而他没有，就该把那个大板柜分给他，老大说，不行，家里他是主事的，凭啥他分不到大板柜？老大的媳妇叫羞羞，是个弱智，一脸的傻相，只是嘿嘿嘿地笑。老二就主张，要分就把羞羞也当一份家产，要羞羞的不要大板柜，要大板柜的不要羞羞。夏天智就骂道："你说的屁话！旧社会都没有这种分家法！"夏天智一骂，两个兄弟都不吭声了。夏天智说："房一人一半，老大东，老二西，厕所给老二，屋后的大榆树给老二，老大拿大板柜，老二拿三个瓮再加一把镢头一个笸篮，红薯窖共同用。有啥分的？就这样弄，今天就刀割水洗，分锅另灶！"说完坐在中堂吃他的水烟了。中街组长说："就这样定。四叔，那些杂七杂八小的零碎呢？"夏天智说："这还用得着我再给分呀？"中街组长和张八哥就提一个小板凳给了老大，提一个搪瓷盆给了老二，老大老二不时地有异议，夏天智就哼一声，他们又再不敢争执。破破烂烂的东西堆成了两堆，夏天智说："我该走了！"才要起身，门里进来了狗剩的老婆和她的儿子，大声地说："四叔，听说你过来了！"狗剩死后，夏天智承包了秃头儿子的学费，这秃头儿子在学校期中考试得了九十八分，狗剩的老婆摘了一个南瓜，领着儿子来给夏天智报喜的。夏天智情绪立即高涨了，也不说再走的话，当下把考卷看了，说："不错，不错，我的钱没打水漂儿！"却发现考卷上还有一个错别字老师没批出来，就拿笔改了，又让秃头小儿在地上写，写了三遍。狗剩老婆说："四叔待我们的恩，我们一辈子不敢忘的，他要以后学成了，工作的第一个月工资，一分不少要孝敬你哩！"夏天智哈哈笑着，说："我怕活不到那个时候吧？来，给爷磕个头吧！"秃头小儿趴在地上磕了个响头。夏天智说："这疮没给娃治过？"狗剩老婆说："男娃么，没个羞丑！"张八哥说："现在小不知道羞丑，长大了就该埋怨你了！你弄些苦楝籽、石榴皮和柏朵子，熬了汤，每天晚上给娃洗。”夏天智说：“别出瞎主意，明日去找赵宏声，就说我让来治的，不得收钱！”有人梆梆地敲门扇，门口站了庆金，给他招手哩。夏天智说：“啥事？”庆金说：“家里有事，得你回去哩！”夏天智说：“啥事你进来说！”庆金进来却只给他耳语，夏天智脸就阴沉了，说：“你就从来没给我说过一句让我高兴的话！”站起来就要走，却又对中街组长和张八哥交代，“把事情处理好，甭让我下巴底下又垫了砖！”

回到家，庆满、庆堂、瞎瞎已经在等着，夏天智在中堂的椅子上坐了，说：“到底是咋回事，你爹就去了七里沟？”庆金说：“他先前让我和他一块去，说他慢慢修地呀，我以为他随口说的，没想真的就去了。”夏天智说：“一把年纪了，他倒还英武啥哩？！”庆金说：“就是呀！他干了一辈子，啥时候落个人话，可这一半年不知是咋啦，总不合群，自己糟踏自己的名声。四叔你要给我爹说哩！”夏天智说：“我说是我说，你们做儿子的，出了这事，我想听听你们的意见。”瞎瞎说：“我觉得丢人！外人已经对他说三道四的，他这一去，唾沫星子还不把人淹死！”庆满说：“爹只管他逞能，从不为儿子们着想，上次替种俊德家的地，我们就一脸的灰，现在又到七里沟，知道的是他要去给清风街修地呀，不知道的又该咬嚼我们对老人又怎么着啦。”庆堂说：“他修什么地，做愚公呀，靠他在那儿就是待二十年，能修出多少地？！他是咋去的？”庆金说：“娘说是新生给盖的棚子，哑巴和引生厮跟着的。”庆堂说：“引生是疯子，那哑巴是干啥吃的，让他待在爹跟前照顾老人，他倒是瞌睡来了就给送枕头！不说修地，就是住在那里，得下个风湿病了，是哑巴负责呀还是谁负责？”庆满说：“谁负责？事情说事情，别胡拉被子乱扯毡！”夏天智说：“又吵开呀？咱还笑话张八哥那两个堂弟争哩吵哩，咱也这么吵呀？要吵就不要来寻我！”夏天智一说毕，庆金就拿眼睛瞪庆堂，庆堂说：“我说的不是实情？怎么就胡拉被子乱扯毡？！”庆满说：“自己把自己管好！”庆堂说：“我咋啦，我又咋啦？”庆金气得发了恨声。夏天智喊：“把茶给我拿来！”四婶忙端了茶杯。夏天智见是上午喝剩的陈茶，呼地把茶杯往桌上一放，说：“新茶呢，那新茶呢！”四婶又沏了新茶，夏天智喝了一口，又放下茶杯了。屋里一时安静，屋檐上的水刷刷地响。夏天智说：“说么。”却都没有再说。夏天智说：“全撮口啦？”庆金说：“你说咋办呀？”夏天智一下子火了，说：“咋办呀，他的坟不就在那儿嘛，让他就死在那儿吧，咋办呀？！”庆金顿时瓷在那里，嘴里吐不出个完整的话。瞎瞎起了身就往门外走，一边走一边说：“说啥哩，不说了，逢上这号老子，他愿意干啥就让他干去！”庆金说：“老五你给我坐下！”夏天智说：“走吧，走吧，既然他要走，你也走，我无能，我二哥也可怜，他还英武啥哩嘛，甭说村人怎么待他，儿子都是这样么！你走，你们都走！”把庆金往门外推，推出了庆金，又把庆满庆堂推出了门，门随即哐啷关了。兄弟四个站在院里让雨淋着，庆玉就也打了一把伞来了，说：“四叔是啥主意？”瞎瞎说：“屎！”夏天智在门里听着了，破口大骂：“日他娘的，我说话都是屎了？！”四婶说：“你好好给他们说，发的啥火，人家又不是夏风夏雨。”夏天智说：“你瞧瞧这成了啥门风！咱二哥做人失败不失败，他讲究一生在人面前英武要强哩，倒生了一窝啥东西！”庆金在院里骂了瞎瞎，瞎瞎不做声了，五个儿子就商量了先把爹叫回来再说，当下就去了七里沟。

我在木棚里陪夏天义喝酒，夏天义没醉，我却醉了，就昏睡在床铺上，做了一个梦，梦见我爹也在木棚里坐着。梦里我还想，我爹不是已经死了吗，怎么又在这里坐着？我爹始终不和我说话，他是拿了个小本本给夏天义说七里沟的地形，他说七里沟是个好穴位，好穴位都是女人的 ×，淤地的堤应该建在 × 的下边。说这话的时候，木棚角背身坐着的一个人骂了一句，身子一直没有转过来，而我知道那是俊奇的娘。我也奇怪，俊奇的娘来干什么？似乎我爹和夏天义为着一个什么方案又吵起来了，夏天义指头敲着我爹的脑门骂，而我爹一直在笑，还在对俊奇娘说：你怎么不说话？你怎么不说话？我正生气爹的脾气何必要那么好，爹却突然跑出木棚，跑出木棚了竟然是一只大鸟！我叫着：爹，爹！就被瞎瞎踢醒了。五个儿子跪在木棚里求夏天义回去，夏天义叹息着儿子们不理解他，但也念及着儿子们毕竟还关心着他，就同意先回去，瞎瞎便拿脚把我踢醒，说：“回村！回村！”我醒过来极不情愿，看见来运已经被庆满吆进棚来用绳子拴着，而棚外三百米远的一块青石上站着那只大鸟，就是曾经撞进棚里的那只大鸟，黑顶红嘴的凤。我说：“住在这里多好，为什么回去？”瞎瞎说：“你是野的，你不回去了就和那鸟过活去！”我说：“我认得那鸟哩，那是我爹！”庆金说：“这疯子胡说八道！”我说：“我爹说七里沟是好穴位，好穴位都是女人的 × 形。天义伯，我爹是不是这么说的？”瞎瞎又踢了我一脚。夏天义看着我，又朝沟里看，他是看到七里沟也真的是沟口窄狭，到沟脑也窄狭，沿着两边沟崖是两条踏出来的毛路，而当年淤地所筑的还未完工的一堵石堤前是一截暗红色的土坎，土坎下一片湿地，长着芦苇。整个沟像一条船，一枚织布的梭，一个女人阴部的模样。夏天义往沟里看的时候，我也往沟里看，我也惊讶我爹说的话咋那样准确呢？夏天义说：“引生，你懂得风水？你爹给你说的？”我说：“我爹说的！”夏天义说：“你爹啥时给你说的？”我说：“刚才不是给你和俊奇他娘说的吗？！”夏天义说：“谁，还有谁？”我说：“俊奇他娘么。”夏天义怔了一下，他还要问我什么，嘴张开了没有出声，就把卷烟叼着，使劲地擦火柴。瞎瞎说：“爹，你和疯子说啥的，他的话能信？”夏天义默默地吸了几口卷烟，烟雾没有升到棚顶，而是平行着浮在棚中，他走过来摸我的头，说：“引生，要回都回吧，今日下雨，睡这儿要患关节炎的。”我说：“我就睡在这儿。”夏天义说：“还是回去睡吧。”我说：“睡在哪里还不是都睡在夜里？”新生说：“回，回！辛辛苦苦倒是给你盖了棚子？！”我们就是那样离开了七里沟。沟口外的 312 国道上，雨还是一半路是湿的一半路是干的，他们都走在干路上，我让雨淋着。

夏天义要住到七里沟的计划被限制了，清风街的人大多已知道夏天义去住七里沟又被儿子们叫了回来，议论着夏天义在清风街活得不展拓，在家里也不滋润，有些可怜他，也有些幸灾乐祸。夏天智用手巾包了几块生姜去看他的二哥，但他并没有直接进屋去，而是坐在塘边的柳树底下，打开了带着的收音机，放起了秦腔戏。正好唱的是《韩单童》：“我单童秦不道为人之短，这件事处在了无其奈间。徐三哥不得时大街游转，在大街占八卦计算流年。弟见你文字好八卦灵验，命人役搬你在二贤庄前。你言说二贤庄难以立站，修一座三进府只把身安。”柳条原本是直直地垂着，一时间就摆来摆去，乱得像泼妇甩头发，雨也乱了方向，坐在树下的夏天智满头满脸地淋湿了。二婶坐在鸡窝门口抱着鸡，用一根指头在鸡屁股里试有没有要下的蛋，听见了秦腔，就朝着窗子说：“天智来啦！”窗子里的炕上直直地坐着夏天义。二婶说：“你出来转转么，天智来了你也还窝在炕上！”二婶说这话的时候，夏天义已经从堂屋出来，又向塘边走，但有着雨声，二婶竟然没听见，她放下了鸡，拿拐杖笃笃地敲窗棂。

夏天智感觉身后立着了夏天义，却始终没有回头，任收音机里吹打“苦音双锤代板”：

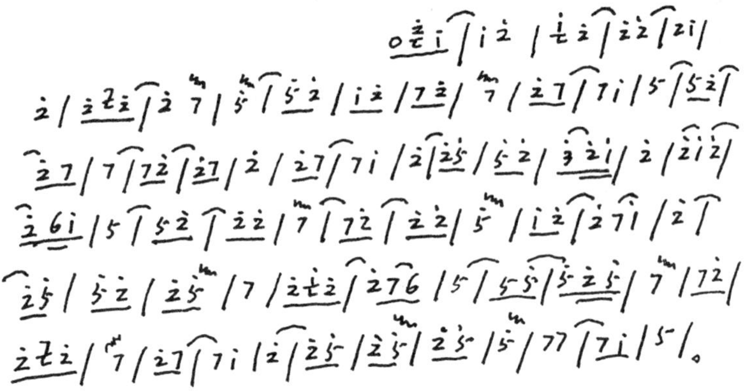

夏天义就也坐在石头上了。夏天智说：“你听出来这是谁唱的？”夏天义说：“谁唱的？”夏天智说：“田德年。”夏天义说：“就是那个癞头田吗？”夏天智说：“他一死，十几年了再没人能唱得出他的味儿了。”夏天义说：“……”没说出个声来。一团乱雨突然像盆子泼了过来，两人都没了言语，用手抹脸上的水。夏天智回过了头，看见夏天义眼里满是红丝，下巴上的胡子也没有剃，有十根八根灰的和白的。说："这雨！"夏天智又说的是雨，他没有提说七里沟的事，绝口不提，好像他压根儿就不知道这件事。夏天义见夏天智不提，他也不提，说："天旱得些些了，这一场雨倒下得好！"夏天智说："只是膝盖疼。"夏天义说："我这儿有护膝。光利那娃还行，一上班给他婆买了个拐杖，给我买了个护膝。"夏天智说："你用么。"夏天义说："我用不着。"夏天智说："我到商店里买一副去，都上了年纪了，你还是戴着好。昨儿晚上，我倒梦着大哥了，七八年没梦过他了，昨儿晚上却梦见了，他说房子漏水哩。大哥给我托梦，是不是他坟上出了事啦？"夏天义说："他君亭是干啥的，他做儿子的也不常去护护坟？"夏天智说："我还有句话要给二哥说的，你咋和君亭老是不铆？"夏天义说："我就是看他不顺眼！"夏天智说："咋看不顺眼？他是在任上，你和他不一心，一是影响到他的工作，再者，他没了权威，别人对你也就有了看法。"夏天义说："我还不是为了清风街，为了不使他犯大错误！可你瞧他，一天骑个摩托车，张张狂狂，他当干部是半路出家，都经过啥事啦，就自己想干什么就干什么？！"夏天智说："谁当干部不是半路出家？他哪儿没做好，你给他好好说么。"夏天义说："要是旁人，或许我会好好说的，但对他我还用得上客客气气地求他吗？你是不是要说我当了一辈子干部，现在失落啦，心胸窄了要嫉妒他啦，故意和他作对来显示我大公无私啦？我不是，绝对不是。但我说不清为啥就见不得他！"夏天智说："这话能理解，人有好多事是说不清道不明的，或许这就是书上说的，人和人交往也是有气味的，你们气味不投。"夏天义说："我是不是有些过分啦？"夏天智说："你是他叔，你就是打他，他又能怎么样？是这样吧，我把君亭叫来，咱一块说说话？"夏天义说："你不要叫他，他来了我就生气哩。咱到大哥坟上看看去。"两人到了夏天义家，夏天智把生姜给了二婶，让整了姜汤喝了，头上都冒了汗，没再说话，拿锨去了夏天仁的坟上。坟上侧果然老鼠打了一个洞，流水钻了洞里。夏天义和夏天智忙活了半天，将老鼠洞填了，又把坟上面的流水改了道。回来路过了君亭家院门外，夏天智喊："君亭！君亭！"夏天义却没有停，快快地回家去了。

那天君亭并没有在家，麻巧在门道剁猪草，听见叫声出来见是夏天智，问有啥事，夏天智也就没再说什么。第二天晴了雨，夏天智在农贸市场上购买南山人卖的木马勺，碰着了君亭，说："你到你爹坟上去过没有？"君亭说："好久没去了，我听文成说坟上那棵干枝柏让谁家孩子砍了，寻思着今冬了再多栽几棵。"夏天智说："你爹坟上老鼠打了洞，你不去填填，下雨让水往里边灌呀？"君亭说："是不是？我今黑了去。"夏天智说："等你去坟都塌了，昨儿你二叔都去填了。"君亭说："二叔到我爹坟上啦？"夏天智说："你不顾及我们兄弟四个了，我们还不自己顾着！"君亭说："四叔好像这话里有话？"夏天智说："你不要逼着你二叔！"君亭说："你是说我二叔去七里沟的事吧？我听说了……这与我可是八竿子打不着的事！"夏天智说："是吗？"君亭说："他接二连三地给乡政府反映，七里沟没换成，我说什么了，我没说什么呀！是不是二叔觉得把七里沟争夺回来了，急夺回来就那么个苍蝇不拉屎的山沟沟，他于心有愧了？"夏天智说："他有啥愧，他争竞的是他的庄基还是房产？他为的是集体的利益！你说你没逼他，仅你这个想法，就是逼他么！"君亭说："好，好，我不说也不想啦，行了吧？四叔，你吃过饭了吗，夏雨他们酒楼上的菜还真的不错，你先去那里歇着，过会儿我来请你吃一顿。"说罢去了东头一家摊位，很快地和摊主为收费的事吵了开来。夏天智没有去酒楼，拧身往大清堂去，说："我没吃过啥？！"

夏天义在家闷了两天，就上了火，嘴角起了一个燎泡，脾气也大起来，嘟囔饭没做好，米里有砂子硌了牙，再训斥哑巴没有把那一串烟叶挂到山墙上去，天已经晴了，还压在屋角寻着发霉吗？二婶说："你出去吧，你在家里就都是我们的不是！"夏天义是领狗出了门，狗要往中街去，他不去，狗要往乡政府门前去，他不去，他大声骂狗，骂得狗坐在地上呜呜地哭。夏天义自己也觉得过分，说："你走吧，你走到哪儿我跟你到哪儿。"来运顺着东街口过了小河石桥，竟一直往七里沟去，夏天义眼睛潮湿了，把狗抱起来，说了一声：“你到底懂得我！”

就从那天起，夏天义又开始去了七里沟，一连数日，竟然谁也不知道。但我说过，夏天义有两条狗，一条是来运，一条就是我，来运已经和夏天义去了七里沟，我就有了感应，当然我去七里沟是别的原因去的，这就是我的命，生来是跟随夏天义的命。

我是极度地无聊，在清风街上闲转，哪里有人聚了堆儿就往哪里去，而人聚了堆都在说是非，我就待那么一会儿又走了，他们骂我屁股缝里有虫，坐不住。我转到了东街，把一只鸡满巷子撵，撵到中星他爹的院门口，中星他爹趴在院墙外捅过水道，他人黑瘦得像一根炭，趴在地上气喘吁吁。他说：“引生你干啥呢？”我说：“我撵鸡哩！”他说：“快来帮我捅捅。”我说天下雨的时候你不捅，天晴了捅的是啥道理？他说他近来病越发重了，自己算了几次卦，卦卦都不好，可能今年有死亡的危险。我说：“荣叔，你让我干活我就干活，你别吓我！”他说：“你差点见不到你叔了。昨儿夜里，我去大便，真是把吃奶的力气都鼓完了，就是拉不下来，先前是稀屎沟子，现在又结肠，疼得我大哭大叫，用指头抠下来核桃大一疙瘩粪。我吃了一片‘果导’，不行，用玻璃针管给肛门里打了五管菜油，又捏了一个‘开塞露’，还是拉不下来。沟子撅起头低下，肚子胀疼得只有疼死人啦，疼得骂东骂西，骂娘，只剩下没骂神，又拼命暗数一百个数，才拉下了四五个硬粪块，又拉了两摊稀粪。今早起来，我想我没亏过人么咋就得下这号病，突然醒悟这水道不畅通，而我平常又往这里泼恶水，怕是水道的事，就算了一卦，果然卦象上和我想到的有暗合之处。”他说得怪害怕的，我就趴下去捅水道，捅出一只烂草鞋、一把乱草还有一节铁丝。他把铁丝拉直，放到了窗台上，说：“引生你是好娃，你要是自己没伤了自己，叔给你伴个女人哩！”我不爱听他这话。我说：“你给你伴一个吧，好有人照顾你！”他不言传了，过一会儿又说：“叔问你一句话，前一向你跟剧团下乡啦？”下乡巡回演出的事我最怕清风街人知道，我说：“你说啥？”他说：“我知道你要保密，可别人不知道，我能不知道？你中星哥……”我说：“我中星哥没回来看你？”他说：“你中星哥现在才叫忙呀，当领导咋就那么个忙呀？！”我说：“忙，忙。”抬脚就走。他把我拉住了，说：“你肯不肯帮我一件事？如果肯，我给你一辈子不愁吃喝的秘方。”我说：“啥秘方，你肯给我？”他说：“我要是身体好，我不会给你，你要是富裕，我也不会给你。你得了秘方，对谁都不要露，尤其不能让赵宏声掌握。”我说：“啥秘方呀，说得天大地大的？！”他把他那个杂记本翻开一页，让我看，上面写着：“此信封内所装之方为治妇女干血痨之仙方。为南刘家村一老妇人掌握极为灵验。她吃了一辈子鸦片烟从不缺钱花，口头福不绝，即得益于此方。临死只传儿女一人。从清末民初到共和国成立，由小范村乳名孙娃之母所掌。妇女面黄肌瘦，月经一点不行者，将药碾成细末，分三份以白绫缝小包三个，包上各留长绳子一条，在烈日下暴晒一天。一次一包，从阴道以指放入子宫内，一晌工夫以绳拉出。第一次，多无反应。第二次放入有黄水样的东西流出。第三次月经行病好。若三次放之无反应者必死。一定要是干血痨病，否则绝不可施此药，血会把人流死的。”他说：“信了吧？”我说：“那秘方呢？”他说：“你得给我办一件事呀！”他要我办的事是去山上寻找雷击过的枣木，雷击过的枣木可以刻制符印。他说：“你找到了，一手交货，一手给你秘方。”

我就是为了寻找雷击的枣木，先去了屹甲岭，又去的七里沟，在七里沟遇见了夏天义。我见着夏天义的时候先见着的是来运，这狗东西身上有一道绳索，两头系着两块西瓜大的石头，我还以为它犯了什么错误，夏天义在惩罚它。可一抬头，百十米远的那条沟畔的毛毛道上，夏天义像一个肉疙瘩走过来。他竟然也是背着一块石头，双手在后拉着，石头大得很，压得他的腰九十度地弯下去似乎石头还是一点一点往下坠，已经完全靠尾巴骨那儿在支撑了。我看不见他的脸，但看得见脸上的汗在往下掉豆子。我大声喊：“天义伯！天义伯！”跑过去要帮他，路面却窄，他几乎占满了路面。他说：“快让开！”我靠住了毛毛道靠里的崖壁，尽量地吸着肚子，让他经过。他企图也靠着崖壁歇歇，但崖壁上没有可以担得住的塄坎，就碎步往前小跑起来，他小跑的样子好笑又让我紧张，因为稍不留神，石头带人就会掉到沟底去。我又急了，喊：“天义伯！天义伯！”他不吭声，一对瘦腿换得更勤。我又喊：“天义伯！天义伯！”他瓮着声骂了一句：“你喊叫个 × 哩！”他是在憋着一口气，任何说话都会泄了他的劲，我就不敢再喊叫，看着他终于小跑到一处可以靠歇的塄坎边，石头担了上边，人直起身子了，他才说：“你狗日的还不快来帮我！”我跑近去帮着把石头放在了塄坎上，他一下子坐在了毛毛道，呼哧呼哧喘气，而两条腿哗哗地颤抖，按都按不住。我说：“你背啥石头呀？！”他说：“到沟坝上来，总得捎一块石头呀。你咋也来啦？”我说：“我不来，你能把石头背上来？”他说：“那好，现在你就背！”

我把石头背上了那截沟坝上，就把寻找雷击枣木的事忘到脑后去了。人和人交往真是有说不清的地方，中星他爹要给我一辈子不再愁吃愁喝的秘方，我偏偏不爱和他待在一起，而夏天义总是损我骂我，我却越觉得他亲近。夏天义说：“明日把哑巴也叫上，咱就慢慢搬石头砌坝。”我说：“家里都愿意啦？”他唬着眼说：“我都由不得我啦？！”他噎着我，我嘟嘟囔囔地说：“你一辈子修河堤呢，修河滩地呢，修水库水渠呢，咋就没修烦吗？！”他说：“你嘟囔个啥的，你吃了几十年的饭了咋每顿还吃哩？！”他把我说得扑哧笑了，我说：“好，好，那我每天就偷着来。”他又骂了一句：“把他娘的，咱这是做贼啦！”

我们这定的是秘密协约，夏天义仍然哄着二婶，只是说他到新生那儿搓麻将去了。连续了三天，二婶一早起来做饭吃了，就说：“今日还去搓麻将呀？”夏天义说：“能赢钱，咋不去？”二婶说：“你咋老回来说你赢了？”夏天义说：“那没办法，技术高么！”二婶说：“今日拿一瓶酒去。酒越喝越近，麻将越搓越远，你再是赢，谁还和你搓呀？”

吃过饭，夏天义领着来运走了，二婶又是把每个母鸡的屁股摸了摸，凡是要下蛋的鸡都用筐子反扣了起来，就闩上了院门，拄拐杖到俊奇娘那儿去说话。差不多是前十多天，俊奇来家里，说二婶你没事了到我家跟我娘说说话吧，二婶是去了一趟，俊奇娘很是热惦她，留她吃饭，还送她了一件包头的帕帕。

这个地主老婆年轻时二婶是不愿接近的，但人一老，却觉得亲了。两人脱了鞋坐到炕上，二婶说：“你眼睛还好？”俊奇娘说：“见风落泪，针是穿不上了。”二婶说：“那比我瞎子强，世上的景儿我都看不见……你去市场上了吗？”俊奇娘说：“我走不动了么！”两人就木嚅木嚅着没牙的嘴，像是小儿的屁眼。俊奇娘说：“老姊妹，你说，这尘世上啥最沉么？”二婶说：“石头。”俊奇娘说：“不对。”二婶说：“粮食是宝，粮食沉。”俊奇娘说：“不对。是腿沉，你拉不动步的时候咋都拉不动！”四婶就“嗯嗯”点头，说：“瞧你年轻时走路是水上漂呢，现在倒走不动了！”伸手去捏俊奇娘的腿，一把骨头和松皮。说起了过去的事，已经没成见了，就说“土改”，说“社教”，也说文化大革命，不论起那些是是非非，倒哀叹着当年的人一茬一茬都死了，留下来的已没了几个。俊奇娘就说：“天义身子还好？”二婶说：“好啥呀，白天跑哩，夜里睡下就喊脊背疼。”俊奇娘说：“他那老胃疼还犯不犯？”二婶说：“不当干部了，反倒慢慢好了。”俊奇娘说：“他年轻的时候可是一吐一口酸水哩。”就又想起了过去的事，不再怨恨，倒有些得意，然后不出声，眯起眼睛靠在了炕墙上。二婶说：“你咋不说了？”俊奇娘说：“我作念起一个人了。”二婶愣了一下，长长出了口气，说：“你还好，还有个人作念哩，我一天到黑在屋里，啥都想想，啥都想不出来。”两个人嘿嘿笑起来，二婶突然住了笑，歪着头听，说：“鬼，咱说的啥话呀，别让人听到！院子啥在响？”俊奇娘趴在窗缝往外看，说：“是猫。”就又没盐没醋地说闲话。

这一天，二婶嘟嘟嘟地点着拐杖到了俊奇娘的厦屋门外，听见俊奇娘在和人说话，就拿拐杖敲门，俊奇娘一看，忙扶她进去。二婶说：“和谁说话的？”俊奇娘说：“和俊奇他爹么。”二婶说：“和俊奇他爹？”俊奇娘说：“我再不和他爹说了，那死鬼害了我一辈子，再打我我也不说了！”二婶说：“他还打你？”俊奇娘说：“我没事了就和他说话哩，可昨儿中午我出门，咣地头就撞在门上，一定是死鬼打了我。你摸摸，头上这个包还没散。我让俊奇一早起来去他爹坟上烧纸了，让他拿了钱走远！他打我哩？！”两人又说笑了一回，就都不言传了，差不多默默坐了一个小时，二婶说："太阳下台阶了没？"俊奇娘说："下台阶啦。"二婶说："才下台阶？天咋这么长的！"俊奇娘说："又没要吃饭呀。你说咱活得有啥作用，就等着吃哩，等着死哩么。"二婶说："还死不了呢，我得回去做饭呀，他是个饿死鬼，饭不及时就发脾气呀！"摸着到家，却仍不见夏天义回来，骂了一句："那麻将有个啥搓头！"自个去笼里取馍要到锅里馏一馏，可笼里却没有了馍。

笼里的馍是夏天义一早全拿走了。在七里沟里，我们在沟坝上的一片洼道里清理了碎石和杂草，挖开席大一块地，地是石碴子土，就拿镢头扒沟崖上的土，再把土担着垫上去。夏天义告诉我们，好好干，不要嫌垫出的地就那么席大，积少可以成多，一天垫一点，一个月垫多少，一年又垫多少，十年八年呢，七里沟肯定是一大片庄稼地，你想要啥就有啥！我说："我想要媳妇！"夏天义说："行么！"他指着地，又说，"你在这儿种个东西，也是咱淤地的标志，要是能长成长大了，不愁娶不下个媳妇！"夏天义肯定是安慰我说的，但我却认真了，种什么呢，没带任何种子，也不能把崖畔的树挖下来再栽种在这里吧！我把木棚顶上的一根木棍抽了下来，插在了地里。哑巴就格格地笑，他在嘲笑一根木棍能栽种活吗？我对木棍说："你一定要活！记住，你要活了，白……"我原本要说出白雪，但我没敢说出口，哑巴又撇嘴了，手指着我的裤裆，再摆了摆手。他是在羞辱我，我就恼了他。那个下午，我没理哑巴，他在东边搬石头，我就在西边搬石头，他担一担土，我也担一担土。夏天义说："赌气着好，赌气了能多干活！"他每一次拿出两个馍分给我一个哑巴一个，吃完了再拿出两个馍还是一人一个，他却不吃。我说："天义伯，你咋不吃？"夏天义说："我看着你们吃。"我说："看着我们吃你不馋呀？"夏天义说："看着你们吃我心里滋润。"哑巴就先放了一个屁，但不响，又努了几下，起了一串炮。

晚上回来，夏天义脊背痒得难受，让二婶给他挠，又喊叫浑身疼，二婶觉得奇怪，三盘问两盘问，才知道了夏天义一整天都在了七里沟，就生了气，和夏天义捣开了嘴。夏天义没有发火，倒好说好劝，末了叮咛不要给外人提说，他以后每天都去七里沟，只需早起能给他蒸些馍馍，调一瓦罐酸菜就是了。他说："不累，我这么大年纪了还不知道照顾自己吗？"这样又去了几天，二婶终于把事情告诉了庆满，庆满就有些生气，他知道爹能去七里沟，得仗着力气像牛一样的哑巴，就在哑巴晚上回家换裤子时教训哑巴。哑巴个头已比庆满高出半头，一脸的红疹疙瘩。他的裤子破了，露出半个黑屁股，脱了让娘补，庆满的媳妇忙着擀面条，说寻你爹去，庆满就大针脚补，一边补一边埋怨哑巴像土匪，新裤子穿了三个月就烂成这样，是屁股上长了牙了？哑巴只坐在那里吃馍，一个馍两口，全塞在嘴里，腮帮上就鼓了两个包，将柱子一样的腿搭在门槛上，脚臭得熏人。庆满说："你是不是跟你爷去七里沟了？"哑巴的舌头撬不过来，来运在旁边说："汪！"庆满又说："你长心了没有，你爷要去七里沟你不阻拦还护着他？"来运又说："汪！"庆满骂道："你不愿意着你娘的 × 哩，我是问你了？"来运冲着庆满汪汪汪了三声，庆满把来运轰出去了。再对哑巴说："明日不准去七里沟，听见了没？我再看见你去了，我打断你的腿！"哑巴忽地站起来就走。庆满说："你往哪儿去，我还管不下你了！"过来就拉哑巴，哑巴一下子把庆满抱住，庆满的胳膊被抱得死死的不能动，接着被抱得双脚离了地，然后咚地又被摁坐在椅子上。庆满惊得目瞪口呆，看着哑巴走出去了。

庆满把哑巴摁他的事说给了庆金庆堂，庆金庆堂都叹了气，说爹一根筋的脾性，又有个二杆子哑巴跟随他，他们要去七里沟就让去吧，箍盆箍桶还能箍住人？便安排了瞎瞎的媳妇白日里帮娘担水劈柴，照应着。瞎瞎的媳妇个子小，力气也怯，嘴还能说会道，照应了二婶一天，第二天心里却牵挂起了去南沟的虎头崖庙里拜佛的事，而将三岁的孩子用绳缚了腰拴在屋闩上，倒托二婶把孩子经管着。等到夏天义从七里沟都进门了，她还没回来，孩子尿湿了裤子，又用尿和了泥抹得一身脏。夏天义训斥了她，她没脾气，却笑着给夏天义说："爹，我想和你商量个事。"夏天义说："说么。"她说："我今日原本半天就回来的，没想朝拜昭澄师傅肉身的人很多，我就多待了些时辰。"夏天义说："听说昭澄师傅死了身子就是不烂？”她说：“师傅修行得好，没有烂，看上去真的像睡着了。爹每天去七里沟，我也去七里沟，给爹在那里做热饭吃。”夏天义说：“你想把七里沟也变成庙啊！”瞎瞎的媳妇没再还嘴，起身去淘米做饭。吃饭的时候，却又说：“爹，你说中星他爹德性够不够？”夏天义说：“你得叫叔的！”瞎瞎的媳妇说：“我这个叔的德性够不够？”夏天义说：“咋啦？”瞎瞎媳妇说：“他说他死了也会肉身不坏的。”夏天义说：“扯淡！”瞎瞎媳妇说：“他说他准备做个木箱钻进去，让人把箱盖钉死，他就饿死在里边，给世人留一个不坏的肉身。”夏天义说：“你让他死么，他能寻死？他害怕死得很哩！”就让瞎瞎媳妇抱了孩子快回自己家去，别再乱跑，好好过好日子。

※　※

中星他爹说他死了会肉身不败，他到底没有做了箱子钻进去寻死，而仍是隔三差五就给自己的病情卜卦。哼，他的话不如我的话顶用，我说：你一定要活，一定要活！我的树，那根从木棚顶上抽下来的木棍，插在地上竟然真的就活了，生起芽，长出了叶。我就快乐地坐在树下唱秦腔曲牌《巧相逢》：

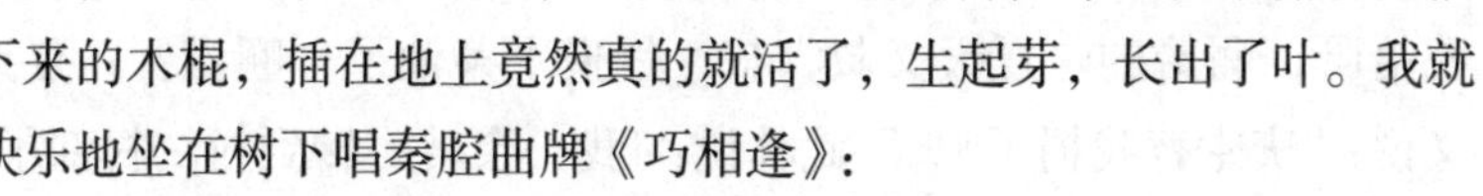

我在七里沟里唱着秦腔曲牌，天上云彩飞扬，那只大鸟翅膀平平地浮在空中，但大清寺里的白果树却在流泪。这流泪是真的。金莲一个人在村部会议室的大桌上起草计划生育规划表，听见丁丁当当的雨声，出来一看，天晴着，白果树下却湿了一片，再看是一枝树股的叶子上在往出流水。金莲觉得稀罕，呼叫着戏楼前土场上的人都来看，有人就皱了眉头，说这白果树和新生果园里的大白杨一样害病，一个鬼拍手，一个流泪，今年的清风街流年不利？金莲就蔫了，不愿意把这事说给君亭。但白果树流泪并没有停止，一直流了三天。白果树是数百年的古树，村人一直视它为清风街的风水树，白果树突然流泪，议论必然会对这一届两委会班子不利，君亭就和上善、金莲商量一定要保护好白果树。民间保护古树的办法是在根部浇灌菜油，而要给白果树浇灌菜油就得五十斤菜油，村部没菜油，购买又是一笔不小的开支，上善的主意是以保护古树的名义让每户人家捐菜油。上善便去找中星他爹，散布白果树数百年已经成精，树有了病，谁捐菜油肯定会对谁好，一两不嫌少，十斤不嫌多。中星他爹也就第一个捐了半斤菜油，把一条红线系在树身上。中星他爹是多么吝啬的人，他能捐，村人也就捐，西街捐了二十一斤，中街捐了二十五斤半，东街人也就积极地捐了起来。头天夜里刮了风，天一露明夏天义起来得早，却看见武林已经在拾粪了，那粪担一个筐里是装了几疙瘩粪，一个筐里却放着一些干树枝，树枝上还有一个老碗大的鸟巢，而担子头上吊着一个小油瓶。武林一见他，说："天义叔，啊你起来得，得早！"夏天义说："没你起来得早！"武林说："起，起来得早，不一定能，能拾，拾，啊拾上粪！"夏天义说："你到底是拾粪哩还是拾柴火哩？"武林说："风把鸟巢，巢，吹下来了，我拾呀，啊拾的。夏天义叔，叔，你捐了菜油了，啊没？"夏天义说："庆堂替我捐了吧。"武林说："我一会转，转到村，村部了，我也捐呀！"夏天义说："就瓶子里那点油呀，那有多少？"武林说："一，一两。"夏天义说："一两？"武林说："我向书正借，啊借的，我说借，借半斤，啊他，他啬皮，只借，借一两。"夏天义说："你家没菜油？"武林说："我，我几，几个月没，没见油，油花啦！"夏天义说："瞧你这日子！"武林说："年好过，月好，啊好过，日，日子难，难，难过么！天义叔，国家不，不是老，老有救济粮救济款，款的，这几年咋，咋不给，发，啊发呢？"夏天义说："你这个老救济户，吃惯嘴啦？现在谁还给你救济呀！前几年丰收着，你攒的粮油呢？"武林说："黑娥那，那卖 × 的把，把我的油，油，都转，转了么。这卖，卖 × 的！"夏天义一下子噎住了，说了句：“你羞你老人哩！”匆匆走过。走过了，又反过身，说：“把这个鸟巢给我。”武林就把鸟巢给了，说：“这烧饭，美，美，得很哩！”

夏天义要了那个鸟巢并不去烧饭用，他想到了我的那棵树，要把鸟巢系在树上招鸟儿来哩。他捧着鸟巢走到小河边的桥头，那里是我和哑巴约等的地方，但那天我去得晚，哑巴也恰巧去得晚，夏天义以为哑巴累了贪懒觉，又以为我忙自家地里事，他就独自先往七里沟去了。

进了七里沟，沟里的雾还罩着，夏天义鼻子呛呛的，打了个喷嚏，雾就在身边水一样地四处流开，看到了那些黑的白的石头，和石头间长着的狼牙刺。夏天义把鸟巢系在了我的那棵树上，然后蹴下身去嘤嘤地学着鸟叫，企图能招引鸟来，但没有鸟来，也没有响应的鸟声，他就拿手抓起像浪一样在树边滚动的雾，抓住了却留不得，伸开五指什么都没有，指头上只冒热气。夏天义就是在这个时候看见了七里沟平平坦坦，好像是淤出了平坦的土地，地里长满了包谷，也长满了水稻，而一畦一畦的地埂上还开了花，大的高的是向日葵，小的矮的是芝麻和黄花菜，有萤火虫就从花间飞了出来。哎呀，萤火虫也是这么大呀！哎，黑了，哎，亮了，亮的是绿光。夏天义猛地怔了一下，看清了那不是萤火虫，是狼的一对眼睛，一只狼就四腿直立着站在那里。夏天义一下子脑子亮清了，对着哩，是狼！足足有二十年没见过狼了，土改那年，他是在河堤植树时，中午碰见了狼，狼是张了大口扑过来，他提了拳头端端就戳到狼嘴里。他的拳头大，顶着了狼的喉咙，狼合不上嘴，气也出不来，他的另一只手就伸过去抠狼的眼珠子，狼就挣脱着跑了。他将打狼的事告诉了人，没人肯相信，他也不相信自己竟能把拳头塞在狼嘴里，但他确实是拳头塞进狼嘴里了，狼才没了力气，而石堤下有狼的蹄印和狼逃跑时拉下的一道稀屎。这件事曾经轰动一时。现在，夏天义又和狼遇到了一起，夏天义过后给我说，这或许是命里的定数哩，要不咋又面对面了狼呢，这狼是不是当年的那只狼，或者是那只狼的后代来复仇呢？但夏天义不是了当年的夏天义，他老了，全身的骨节常常在他劳动或走动中嘎嘎作响，他再也不是狼的对手了。夏天义当时是看了一下周围，身前身后没有制高点，即便有一个大石头，他也再无法跳上去。他没敢再动，硬撑着，警告自己：既然逃不脱，就不要动，让狼吃不准你已经老了。夏天义就这么一动不动地站着，站了许久，隐隐约约听到了沟口有了哑巴的哇哇声，他瞧着狼是低下了头，然后扭转了身子，钻进了一片白棉花似的雾里，那条拖地的尾巴一扫就不见了。

这件事，夏天义没有像几十年前在河堤上和狼斗打后立即告诉了人，他是在二十天后才说给了我和哑巴。我是半信半疑，信的是夏天义从来不说诓话，他把这件事当成他一生很羞愧的事，所以在二十天后才说给了我们；疑的是如今哪儿还有狼呢，我和哑巴曾三次半夜里到七里沟，走遍了每一个崖脚，每一丛梢林，都没见到过狼。但我现在回想，那一天我和哑巴迟去了七里沟，来运首先叫着跑到了夏天义身边，夏天义是直戳戳地站着，脸色苍白，五官僵硬得像是木刻的。我说："天义伯，你来得早？"他没有回答，也没有看我。我说："你咋啦，伯！"将他一拉，他一下子倒在地上，像是倒了一捆柴。他说："我的腿呢，腿呢？"我捏着他的腿，他没感觉。等缓过了一会儿神，夏天义说他头晕，我们扶他进木棚歇下，我看见了他的裤裆是湿的，而且一股臊味。

我和哑巴都以为夏天义是真病了，也不往别处想，到了中午，夏天义从木棚里出来，却变成了另一个模样。他是突然地吼了三声，对面崖畔上的岩鸡子起飞了三只，吓得我打了个哆嗦。我疑惑地看着他，他给我招手，要我和哑巴过去同他扳手腕。我一搭手，他便把我的手按倒了，而且使劲握我，我感觉骨头都要被握碎了，他还不丢手。哑巴的力气大，两人相持了两分钟，但最后还是他将哑巴的手按倒了。夏天义说："你熊了，一个小伙子倒不如你爷！"我说："天义伯，我爹要是还活着，你年纪大还是我爹年纪大？"夏天义说："你爹比我小三岁，你爹没能耐，早早死了。"我说："凭伯这手劲，你能活一百岁！"我这当然是恭维话，只说他听了哈哈一笑，但夏天义没有笑，却转了一下身，问："我这头上有啥不一样？"我说："前边头发白了，后边头发还是黑的。”夏天义说：“是一半白一半黑，那就是我才活了一半。我今年七十五了，我还要活它七十五年哩！我告诉你们，我夏天义二十岁上闹土改就当了村干部，我没亏过人，也没服过人，清风街大大小小的地主富农都是我给定的成分，清风街的水田旱田塬上坡下是我用尺子量着分给各家各户的。在我手里筑的河堤，河堤筑了又修的滩地，修滩地时你引生还在你爹的大腿上转筋哩，我膝盖上结出的厚茧整整三年才蜕的茧皮，这后脖上的肉疙瘩都是扁担、杠子磨的！我跑的电站项目，后来用了湖北输过来的电，咱们的电站废了，但电站的水渠现在还做灌溉用。是我领人修的梯田，是我领人上了水库工地。改革啦，社会变啦，又是我办的砖场，种的果园。清风街村部那一面墙上的奖状和锦旗是在我手里挣来的，在我的手里清风街摘了贫困村帽子。你们说，我是能行还是不能行，咹？”我和哑巴老老实实站着听，好像听他的训话。夏天义还在任上的时候，他是好训话的，披着褂子，手里拿着黑卷烟，讲话是一套一套的。我爹讲话不行，我帮我爹分析过夏天义的讲话，发现他之所以讲话有气派，能煽惑，是他爱用排比句，但我爹后来也用排比句，却没有高低快慢的节奏，我爹的讲话就不吸引人。现在，待夏天义追问他能行还是不能行，我说：“天义伯能行得很哩！”夏天义却说：“能行个屁！”说完了，却又说，“我夏天义失败了，我失败就失败在这七里沟上。可我不服啊，我相信我是对的，我以一个老党员的责任，以一个农村干部的眼光，七里沟绝对能淤成地的！我告诉你们，如果你们信得上我，你们就跟我干，要信不过，你们随时都可以走，听见了没？”哑巴哇哇叫着，我赶紧说：“听到了！”夏天义说：“听见了，走不走？”我说：“你不走，我不走！”夏天义说：“好，那你现在就回去到秦安家把放在他家的火铳拿来！”

我是遵他的命令去了秦安家，他再是安排了哑巴去崖上挖溜土的槽道，自己竟翻过了沟脑去水库上骂了一通站长，质问为什么就同意了拿四个鱼塘换七里沟，又逼着站长翻箱倒柜地寻着了当年放水淤地的留在站上的那份方案，然后马不停蹄地返回到了七里沟。

我在秦安家找火铳，秦安要我扶了他到七里沟看看，我不肯扶他。他去能干啥呢，只能拖累我！他就把他家的镢头让我带给夏天义，说镢头去了也权当是他也去了。火铳并不在秦安家，夏风结婚待客的那天，是赵宏声从秦安家取走了火铳，用过后还在赵宏声那儿。赵宏声却兴趣了在七里沟要火铳干啥？干啥？我说不清。赵宏声就跟着我一块来了。到了沟里，那只大鸟站在石头上用嘴啄自己的胸毛，赵宏声就撵着打，我一伸腿，勾他跌了一跤，我说："它招你惹你了，你打它？"赵宏声就骂我："野鸟是你爹了，你护它？"我说："就是我爹！"赵宏声说："是你爹，是你爹，你这疯子！"我说："我爹说了，七里沟好就好在像个女人的 ×。"赵宏声说："你见过 × ？"我拿脚又要踢他，忽听得什么地方有了汪汪声。我看了看四周，并没来运的影子，也不见哑巴，就喊："哑巴，哑巴！"哑巴也不回应，而来运从左边的一大堆石头间钻了出来，汪汪大叫。我们跑过去，那里的大石头垒着，形成一个石隙，往下一瞧，黑洞洞的。我说："你叫唤啥的？"来运还是叫，我往石隙里再看，才看见哑巴就在石隙里。赵宏声说："哑巴，你钻到那儿死呀？"哑巴还是没反应，赵宏声就说："是哑巴跌下去了！"我俩忙溜下石隙，哑巴果然在里边昏着，掐他的人中，醒了，他晃了晃头，就擦眼睛，眼睛还看得见面前的赵宏声，他站起来便从嘴里掏出一个鸟蛋来。哑巴嘴里噙了颗鸟蛋，我们都觉得奇怪，他比划着，我们才明白他是在崖上挖溜土槽道，发现了草丛里有个鸟窝，鸟窝里有颗鸟蛋，他想把鸟蛋放到我那棵树上的鸟巢里，又怕鸟蛋装在口袋里弄破了，就噙在嘴里从崖上下来，一脚没踏实，竟就跌了下来。我多么感激哑巴啊，把他抱住，又拿了鸟蛋放进鸟巢。赵宏声却说："不是疯子就是白痴，为一颗蛋你要丢你的小命啦？！"我说："七里沟风水好就是好，你瞧哑巴跌下来就没撞在石头上！"赵宏声又看了看七里沟地形，他竟然说："七里沟是个女阴形，天义叔的坟正好在阴蒂位上，原来他来七里沟是要保护他这坟了么！"一句话没说完，哑巴一拳就打在他的额颅上，额颅上立即起了一个包。赵宏声说："你狗日的没良心，我救了你倒打我？"哑巴又扑上来，哇哇吼叫，我赶忙把哑巴拦腰抱住，说："宏声你快跑，你还不跑，我可抱不住啦！"赵宏声拔腿就跑，跑出几丈远了，看见夏天义从沟脑下来，喊："天义叔，天义叔！"夏天义走下来，黑了脸说："打架了，在这儿打架了？"哑巴就哇哇地说，我听不懂，赵宏声更听不懂，夏天义说："你说我来七里沟是要保护我的坟的？"赵宏声说："我说笑话哩，哑巴听不来话。"夏天义说："他打着你啦？"赵宏声说："他打了我一拳。"夏天义说："你欠打！你天义叔还不至于就那么没水平！"赵宏声说："天义叔，我要是不信你，我还来七里沟干啥，我寻着腿软和呀？"夏天义说："我这坟是庆玉让武林他丈人来踏勘过，但把坟修在这儿却是我早决定了的，如果这地方真是好穴，那好得很么，我死了埋在这儿能给夏家后人享福，七里沟是清风街的七里沟，能淤成地了，也是让清风街后人享福么。"赵宏声说："是这样呀，为了保护坟就得淤地，淤了地就自然保护了坟！"夏天义说："你瞧你这张嘴！说得这么好。你怎么今日才来七里沟？"赵宏声说："我在家思谋着给七里沟拟联呀！"夏天义就笑了，说："你现在就给我拟！"

夏天义没给赵宏声发凶，倒还和颜悦色，我就纳闷了，说："天义伯，今日有了好事？"夏天义说："你怎么知道？"我说："你没有恶宏声么。"夏天义从怀里掏出了那一沓方案材料，说："我把这个要回来了，你看看，当年我和你爹就不是胡来的吧！"

这份方案报表里是这样写的：

一、基本情况。

清风街位于苗沟水库西南，北有苗沟水库主干渠（设计流量 $12m^3/S$）。全村现有土地面积一千亩，其中滩地 300 亩，塬地 500 亩，坡垌地 200 亩。全村 410 户，2120 人，人均不足 0.5 亩。

二、引洪淤地可行性分析。

1. 地势。

计划在水库进水渠半截道处引水，半截道在七里沟西北，1200 米长，渠底高程 38 米，七里沟平均高程 30.50 米，两处高差 7.50 米，可顺利引水浇地。

2. 进排水。

该工程计划将水库进水渠道改线修一拦水库，渠底宽 200 米，比降 1/1500，在半截道修淤地进水闸一座，经 1200 米长进水渠引水淤地，比降 1/1200。

淤地泄水时与水库泄洪时间错开进行，不影响水库泄洪。群众对淤地工程情绪高，干部信心足，除能自筹部分资金外，可动员大量义务工。

三、引洪淤地工程建筑物设计。

1. 计划三年完成淤地 0.5 千亩，每年淤两次，每次进水 200 小时，洪水含沙量按 40% 计，三年淤土厚 0.6 米，淤地高程达 200 米。

2. 水渠改线 2000 米长，底宽 200 米，边坡 1:1，比降 =1/1500，断面为复式断面，需动土方 20000m^3。

3. 进水闸设计需带 6.5 米陡度，水闸孔宽 3 孔 ×2 米宽。

四、经济效益分析。

地淤成后以种玉米为主。收获玉米 500kg/ 亩，秸秆 500kg/ 亩，玉米价 0.60 元 /kg，秸秆价 0.020 元 /kg，每年纯收入 138 万元。

我读着这份报表，有两只红翅膀小鸟就在头顶上飞，它们一定是一对夫妻，一长一短地叫着，时不时就搀在一起，轻轻地往下落，又忽地拔高在空中，然后像是在做一种表演，身子滑着斜道往下坠，一坠就坠到我的那棵树上的鸟巢里了。原来这对鸟发现了我的树上的鸟巢，也寻着了在鸟巢里静静放着的它们要孵的鸟蛋！我大声地喊："天义伯，你看，你看！"夏天义却就在旧坝址前指挥着哑巴放火统。火铳响了两下，巨大的声浪撞到对面的崖上，又从对面的崖上再回来撞在这边崖上，我觉得脚底下都晃悠了。我赶紧稳住我的那棵树，担心鸟巢里的鸟夫妻要惊气了，但是它们没有动，静静地伏在巢里。夏天义对我喊："引生，你来放，你也来放两铳！"我过去放了，夏天义就靠着木棚的门框蹭后背，或许他的后背痒得厉害，蹭着的时候木棚就哗哗地摇，舒服得他挤眉咧嘴。赵宏声站在那里，他差不多都看呆了，夏天义说："你把对联拟好了没？"赵宏声才说："拟得不怎么工，写出来你看看。"用树棍儿在地上写了"学会做些吃亏事；为着后人多享福"。夏天义说："嗯，还行，能写到我心上！"赵宏声说："我是叔肚里的蛔虫么！"夏天义说：“你说我现在想说啥？”赵宏声说：“叔要说：宏声，叔请你喝酒！”夏天义笑了，说：“你狗日的真是个人精！但我不请你喝酒，请你吃凉粉！”

下午收工后，夏天义真的请赵宏声吃了凉粉。我不明白夏天义，他还看不透赵宏声吗？咳，夏天义啥都好，就是吃软不吃硬，别人一说他好话他就糊涂了！夏天义给我和哑巴也都买了凉粉，哑巴没原则，他吃，我不吃，一甩手，我出了饭店门坐到斜对面土地神庙的台阶上。秋庄稼彻底地收割毕了，包谷秆和稻草在街街巷巷堆得到处都是，谁家就把芝麻秆堆在庙门口，我拿脚就踹。踹下去了一半，夏天礼从西边走过来，问我这是谁家的芝麻秆你踹？我说：“谁眼窝瞎了，把芝麻秆堆在庙门口？！”夏天礼说：“你这疯子，皮痒了，寻着挨打呀？”我说：“让来打么，我皮痒了，手也还痒哩！”夏天礼说：“算了算了，咋不嫌可怜嘛！”我听不懂他说话的意思，看着他走过了，问：“天礼伯，你不是到省城去了吗，咋又回来啦？”夏天礼说：“省城是咱久待的地方？”我说：“你咋回来的，坐我雷庆哥的班车？”夏天礼说了一句让我矬下去了一截的话，他说：“我坐夏风的车回来的。”夏风也回来啦？我不愿意见到夏风，抬起身，拍了拍屁股上的土，钻进小巷回到我的家。那个傍晚天上有火烧云，染坊里的叫驴叫了一个时辰。

※　※

夏风真的从省城回来了。他是单位的小车送回来的。小车从312国道拐进了街道，有几家在门口晒着割回来的豆秆，拿梿枷在拍打，就挡住小车说：“夏风夏风，让你的车在豆秆上多碾个来回！”夏风便下了车，让司机来回在豆秆上碾。夏天礼先回家了，他自个倒进了一户人家拿了烧好的玉米棒子啃，啃了一个黑嘴。

夏风回来，在清风街待了两天，要帮着去翻自家的滩地，夏天智却不让他去，说夏雨雇了武林和杨双旦在翻，每日给五元钱的，只要夏风给他画的那些秦腔脸谱提意见。他把巡回展览的脸谱全摆了出来，又把新画的木勺也拿出来，摆满了屋子，夏风就生发了一个建议：把这些脸谱全拍照下来，他可以联系出版社，出版一本秦腔脸谱书么。夏天智被煽惑得云山雾罩，指头戳着夏风的额角说："臭小子，你爹没白养了你一场！我怎么没想到这一点呢？你给爹联系出版社，我要真能出那么一本书，爹死了就拿书当枕头！"父子俩便拿照相机拍摄起那些马勺，庄严得把院门都关了，叮咛四婶不要让任何闲人进来干扰。吃午饭的时候，武林和杨双旦从地里回来，敲院门门不开，连着声喊四婶，四婶从厨房出来，埋怨夏天智咋不开门？夏天智说："你没见我忙着吗？"四婶说："下午你和夏风都到地里去，雇人帮忙，咱家也得去人呀，难道人家真成了长工？！"夏天智说："夏风能去翻多少地，他把书编出来了，顶翻十亩八亩地哩！"四婶开了门，武林和杨双旦一身的泥水和臭汗，见是夏风给那些马勺拍照片，觉得稀罕，也都过来拿了马勺说这个画得好那个画得不好，泥手就把一个脸谱弄脏了。夏天智赶紧说："辛苦啦，快都歇下。他娘，他娘，你给洗脸盆倒水么，把我的水烟袋拿来么，让武林双旦吸着解解乏！"四婶把洗脸水倒在盆里，取了水烟袋，还点了火绳，夏天智说："做的啥饭？"四婶说："米儿混面片。"夏天智说："咋没烙馍呢？"四婶说："你声那么高干啥？瓮里白面不多了，烙馍也烙不下个大馍。"夏天智说："下苦人么，不吃好能行，馍烙不大了，只给他们吃，我和夏风就吃米儿混面片。"到了晚上，四婶问照片拍完了没，夏天智说拍是拍完了，可编书的事麻烦得很，还得几天忙哩，问四婶还有什么事吗？四婶说："什么事？还有什么事？！夏风回来就是给你编书来啦？他和白雪闹别扭，你又不是不知道，你也不催促他去剧团？！"夏天智噢噢地拍自己脑门，把夏风叫到跟前，要求他明日一早必须到剧团去，并连夜老两口碾了新米让给白雪带上。第二天夏风走的时候，夏天智问夏风："书的事我还再干些啥？"夏风说："你再写个前言，介绍秦腔的历史呀，它的影响呀，还有画脸谱的一系列知识。"夏天智说："还有啥？"夏风说："还有的，就是你得筹钱，这号书肯定卖不动，出版社不做赔本买卖，得自己出钱。”四婶说：“你写书不是能挣钱吗，你爹的书就得出钱？”夏天智说：“你不懂！”四婶说：“那得多少钱？”夏风说：“估计得两万吧。”二婶说：“两万，你没说错吧？”夏天智说：“钱的事不说啦，反正我把书稿交给你，你给我把书拿回来就是！”梗着脖子走了，走到卧屋，脑袋咯噔耷拉下来。四婶却埋怨夏风：“你给你爹煽惑啥呀，他出什么书？白雪快到月子了，有个娃娃，那花钱是个没底洞，你哪儿有两万元给他出书，你不给他出！”夏风没吭声，提了米袋要走，四婶又拉住说：“白雪反应大，你得给我照顾好她！”夏风再走，四婶又撵上说：“啊，还有，白雪已经几个月了，你得和她分床另住啊！”夏风是听了他娘的话，在剧团里和白雪分床另住，给白雪洗衣服，给白雪熬米粥，还给白雪洗脚捶腰，但只有两天，却和白雪吵了一仗。

在夏风的想法里，白雪是应该遵照他的意见打了胎的，回到家知道白雪并没有打胎，仍还想着到剧团了再动员打胎，而在剧团一见面，白雪的身子明显地笨了许多，反应又强烈得厉害，他就心里一直闷着，除了做些该做的活外，一有空就去和县城里的一些熟人去聊天喝酒。剧团大院里已没有了多少人，自从分开了演出队，财物也都分了，吵吵闹闹使一些人结了仇冤。分开的队也没钱再排演新戏，又相互关系好的聚在一起搭班子，多则十人，少则五人，不是在县城的歌舞厅里跳舞唱歌，就是走乡串村赶红场子。白雪身子笨重了，脸上又生出一层蝴蝶斑，暂时就没跟班子跑动。演过《拾玉镯》的那个王老师，虽然名气大，但人老了，脾气又怪，也在剧团闲待着，和白雪拉话时给白雪透露她的心事，说是以前她演出时都录过音，现在想把那些录音整理一下出个碟盘，但就是费用太高。王老师说着说着就落了泪。白雪说：“老师是表演艺术家，早该出张碟了，中星当团长时说要振兴秦腔哩，可他只是耍花架子，现在他一走，连个呼吁的人都没了，再不抢救这些资料，过几年……”白雪不愿再说下去，拿手帕给王老师擦眼泪。王老师说：“死了就好！等我死了看谁还能给县上撑面子呀？！”白雪说：“我联合几个演员，找县长给你呼吁去？”王老师说：“这不要去！我为报销药费的事找过了县长，看样子还有希望解决，你们再去说出碟的事，恐怕一件办不了两件都废了。”白雪无计可施，安慰也再没词，就给王老师倒了一杯茶，茶里放了糖。王老师说：“这么多演员，我看得上眼的也只有你，你若真要帮老师，你给夏风谈谈，看他能不能在省城给音像出版社说上话，他的话倒比县长顶用！”白雪说：“哎哟，这倒是个主意，我怎么就惦不起来？！”王老师一走，白雪自己兴奋，就在房子里等夏风回来。夏风回来后，白雪把帮助王老师出唱碟的事给他一说，夏风就说：“爹要出版他的秦腔脸谱，你的老师又要出版唱碟，这人老了，咋都营心着这事哩？！她出多少钱？”白雪说：“她能有钱，找你呀？”夏风说：“找我也得出钱。”白雪说：“她演了一辈子戏，戏真的是好，总得给她自己，也是给团里、县上留下个东西吧。”夏风说：“你以为她是谁啦？她在你们团里是名角，即便在县上也是名人，可在全省她提得上串吗？！省上多大的名家出了碟片都卖不出去，音像出版社会给她赔钱？”白雪说：“我把老师叫来，让她再和你商量商量。”夏风说：“有啥商量的，我不见她！”白雪的情绪就低落了，脸上的蝴蝶斑更明显。夏风说：“房子闷，咱出去转转。”白雪说：“有啥心情转的？她等着我回话哩，我咋给人家说呀？”夏风说：“谁让你爱管这些闲事！”白雪说：“我爱管闲事？别人以为你有吃天的本事哩，原来你也是没处下爪！”两个人捣了一阵嘴，就不再说话。各自枯坐了好大一会儿，大院外传来叫卖烧鸡的，白雪终于说：“你出去给咱买点。”夏风买回来了一个整鸡。白雪说：“谁叫你买整鸡呀，平日我都是买一个鸡冠、鸡爪的，咂个味儿就是了。”夏风说：“你想吃就买么，我夏风的老婆还吃不起一个鸡呀？”白雪说：“你多大方！一只整鸡得多少钱，我一月的工资抵不住买十多只鸡的。”夏风说：“这怪谁了，让你调你不调么，你也知道一月的工资买不起十多只鸡？！”白雪一股子酸水又泛上来，吐了，说：“我就是穷演员么，你能行，却就找了个我么！”夏风说：“嗯！”白雪说：“咋啦，后悔啦？”夏风说：“好啦，不说啦，命就是这种命，还有啥说的？你比我犟，我认啦，行吧？”白雪说：“是我犟吗？我反应那么大，你让我去，我能去吗？叫你回来，我打电话，娘打电话，你回来看一下都不肯！”夏风说：“我让你打胎你不打么。”白雪说：“头胎娃为啥要打？我们团德泉的老婆怀了孕，德泉一天到黑把老婆当爷敬哩，谁见过你听了我怀孕，不问青红皂白，就让打胎，我弄不明白你打的是啥主意？”夏风说：“啥主意？你这样借口那样理由不调动又打的啥主意？”白雪说：“我还不是想演戏哩！”夏风说：“你演么，现在咋不演呢？”白雪一拧身趴在桌上哭。夏风说：“在县上工作长了，思维就是小县城思维，再这样待下去，你以为你演戏就是艺术呀，以为艺术就高贵呀，只能是越来越小，越来越俗，难登大雅之堂！”白雪说：“我本来就是小人，就是俗人，鸡就住在鸡窝里，我飞不上你的梧桐树么！”哭得更厉害，嘤嘤地出了声。哭声一起，住在院子里的女演员都站在自家门口听，听出是白雪在哭，就全跑来了，说白雪你哭啥的，你肚里有娃娃你敢哭？白雪爱面子，团里人一直把她和夏风当郎才女貌的典型而夸说的，这一闹来了这么多人，有关心她的，也有来幸灾乐祸的，夏风偏偏不肯替她遮掩，脸仍吊得老长，白雪越发生气，说：“谁管我和娃呀，死了还好哩！”有演员就说：“夏风呀，你有啥对不住白雪的事了，让她生这么大的气！有了短处让白雪抓住啦？”夏风说：“素质差得很！”夏风当然是弹嫌那些来说情的演员的，但他没明说，恼得坐到一边吃纸烟。那些演员倒劝说白雪了：“算了算了，该饶人时就饶人，老婆怀孕期间，男人家都是那毛病，何况是文人哩，戏上不是说风流才子，是才子就风流么！”越抹越黑，白雪更生气了，哭得噎住了声。夏风说：“没事的，你们都回吧。”演员们说：“你欺负白雪，偏不回去！”夏风一摔门出了剧团回清风街了。

夏风进了老家门，四婶没有接他手中的提包，伸了头还往门外看。夏风说：“娘看啥的？”四婶说：“白雪呢，人没回来？”夏风说：“她回来干啥？！”气咻咻到他的小房去。四婶垂了手呆了半会儿，忙踮着脚到夏天智的小房，一把夺了正画着的马勺，说：“你就只会画马勺，你前世是担尿的还是卖水的？”夏天智卸下眼镜，嘴被画笔备了各种颜色，问：“哎？哎？！”四婶说：“夏风独独一个人回来了，肯定和白雪又闹翻了。”夏天智就来了气：“结婚不到三天两头，说闹翻就闹翻了，那以后日子咋过呀！”四婶说：“你倒比我还火？你给我问去！”夏天智说：“要问你去问么。”四婶又踮了脚到夏风小房，探头一看，夏风已经在床上睡了，叫道：“夏风，夏风，你给娘说为了啥嘛，你也是快要做爹的人了，还闹个啥呀？”夏风不吭声，再问也不吭声，老太太就坐到院中的捶布石上抹眼泪。

院门咚地被踢开，是夏雨回来了，四婶张口大骂：“你要把门扇踢坏呀，你是兵痞还是土匪？！”夏雨说：“娘咋的，一个人哭哩？”四婶一把拉夏雨坐下，悄声把刚才的事说了一遍。夏雨说：“娘你偏心，我没个媳妇，没见你操心过，我哥有媳妇也快有娃呀，你还为人家落泪！”四婶捂了他的嘴：“喊叫那么高声让你哥听着呀？”夏雨说：“你叫不起我哥，我叫他去。”便进了小房，连说带拉地把夏风弄出来了，要夏风跟他去万宝酒楼上耍去。四婶说：“你在那里赌博，还让你哥也赌呀？”夏雨说：“一有爱情就会忘了赌博，一赌博也就忘了爱情的！”

兄弟俩来到酒楼，楼下餐厅有两桌人吃饭，划拳声很大。上得二楼，将东头那单间门一推，里边一股浓烟先扑了出来，浓烟散去，四个人在那里搓麻将。夏风认得有丁霸槽，有上善，有西街的顺娃，还有一个不认识，黑胖子，一脸的油汗。相互问候了，丁霸槽说：“夏风哥你来替我，我这几天像是摸了尼姑的 × 了，手气臭得很！”夏风就坐下来玩了三圈。三圈竟扣了两回。夏雨说：“真是说了个准，我哥情场上失意了，赌场上就得意！”上善说：“夏风能情场上失意？”楼下的街面上有人喊：“上善上善！”上善推开窗一看，说：“是团干呀，上来上来，玩两把！”楼下的人说：“你下来我说个事儿。”上善下去，过了一会儿上来，头蔫耷了。丁霸槽说：“说什么事？”上善说：“团干要结婚呀，请那日去吃酒，这可怎么办？”夏风说：“让你去吃酒就拿张嘴去吃么，还怎么个办，你是不是给我们显摆呀？”上善说：“你不知道，乡上干部结婚，去了能不拿红包，拿红包百儿八十的能拿得出手？”已无心思再玩，告辞了大伙往村部去了。

上善一进大清寺门，金莲从院角的厕所里正好出来，给他做了个手势。上善一时不明白，近去说：“咦，今日穿得这么俏扮，谁给买的？”金莲低声说：“你跑到哪儿去了，到处寻不着！正开两委会哩。”上善吐了一下舌头，说：“天，把这事忘了！”两人就悄声走到会议室门口。金莲进去了。再是上善猫着腰也溜进去，就势坐在靠门边的条凳上，拿过条凳上的一张报纸，半遮半掩地看。君亭话没有停顿，只是咳嗽了一下，继续说：落实生产责任制以来，村里的一些集体提留款、牲畜农机具作价款、责任田、机动地、河堤、河滩芦苇地、果园和砖场等承包费，都没有做到按时兑现。除此以外，落实生产责任制前的“三角债”，至今也没有得到彻底的清理。还有尾欠的机耕水费，农业税收任务，粮差价款，这部分资金还在个人手里，使一些村的集体事业办不了，正常业务不能支付，发展下去，将会严重地影响清风街集体经济。造成上述问题的根源：一是人民群众的集体观念淡薄了，国家利益、集体利益向个人一面倾斜。自己富了就忘了国家和集体，应负担的义务不愿履行。比如，集体的财产、资金长期使用不按期兑现，作价分到集体的牲畜、农机具户，有的已使用了六七年，有的早已卖掉，靠集体经济发了家，但至今还欠着集体的。二是我们干部自身对此项工作重视不够，没有果断加强有力的措施，工作流于一般号召，一拖再拖，拖空了集体，拖小了权威，拖大了工作量，拖重了个人负担，致使集体事业无力办，民办教师、现役军人、五保户、干部工资等正常业务不能支付，逐渐出现了集体穷，个人富，集体金碗无饭盛的局面。根据乡政府的九号文件精神，凡是个人欠款累计在500元之内的，必须在年内全部还清。500元至1000元之内的，必须在两年内全部还清。1000元以上的必须三年内全部还清。对分期偿还户，村里要与他签订还款协议书，协议书必须以物质抵押或个人财产担保的形式签订。签了协议的人自签订协议之日起，对签订金额按银行贷款最高利息计息，对不履行协议者可加罚30%的预息，或起诉至法院依法解决。对规定数额内应还而不还，或应签协议而不签的，村方可以拿其牲畜农具以物顶债，在不影响生活的情况下，也可以拿粮或收回责任田，也可以按以上办法起诉法院依法解决。对尾欠的机耕费，水费，农业税，任务粮差价款的，不论其欠款额度大小，必须在年内还清。对牲畜、农机具作价至今分文未还的，这次一定要收回，并按作价额每年收10%的使用磨损费。对还了部分但未还完的，这次要令其限定时间还清，限定时间最晚不得超过年底，超过限定期，集体可以无偿收回。对转手卖掉至今还欠集体款的，这次要限其在最短的时间内还清，否则从拿农具之日起，按作价额随银行贷款最高利息走，或国债款兑现，或依法解决……君亭的讲话远远比不上夏天义，夏天义的本事是能将道理用本乡本土的话讲出，再严肃的会都能惹起大家的笑声，好多人就把听他讲话作为享受的。君亭就不行了，他没有废话，也没有趣话，一字一板，听得大家头皮发木。会场上一半人都眯了眼睛。眯了眼睛是有人还在听着，有人就彻底地打盹了，叼在嘴上的纸烟便掉下来，或是头突然撞着了桌沿，一个愣怔醒来，一边擦口水，一边看看周围。君亭依旧在讲话，讲着讲着，并没有停歇，也没有转换口气，说："这么重要的会议有些人没有来，是没通知到还是通知到了不来？咹，上善你是会计，谁不来都可以，你不应该不来吧？"上善正在看报纸，报纸上的文章差不多都看完了，就把报纸提在鼻梁上，眼睛从报沿上看出去，看见了会议室墙上趴着的一个蜘蛛，蜘蛛的背上好像有图案，他以为君亭还在讲收回欠款的事，话声从这边耳朵进去了又从那边耳朵要出去，快要出去了，觉得君亭在说到他上善了，忽而怔住。他说："你在说我？"君亭说："你怎么就迟到了？"上善说："啊，我来开会走到半路，乡政府突然把我叫去了。"君亭说："又有了啥事？"上善说："会后我给你汇报。"君亭说："乡政府就知道给咱压活！"又开始他的讲话。

上善又看着墙上的蜘蛛，觉得蜘蛛背上怎么会有图案呢？他站起来走近了墙，看清了图案是张人脸相。他说："蜘蛛背上有人脸！"许多人都近来看了，说："真个呀！"君亭就停止了讲话，也过来看，觉得奇怪。上善说："蜘蛛蜘蛛，是知道了的虫，君亭你讲的这些事情它都知道了！"君亭说："胡扯！"伸手去捉蜘蛛，蜘蛛却极快地顺着墙往上爬，爬到屋顶席棚处，不见了。

现在我告诉你，这蜘蛛是我。两委会召开前，我原本去七里沟的，路过文化站时却发现有人在里边下象棋，忍不住进去看，君亭就在门口喊上善。他是以为上善也在这里下象棋的，发现不在，就要我去找上善来开会。我问开什么会，君亭说关于清理欠款的事，我就说那欠我爹的补助费可以还呀？君亭没有理我，就进了大清寺。君亭不理我，对不起，我也不去找上善了。但我人在文化站心却用在两委会上。我看见墙上有个蜘蛛在爬动，我就想，蜘蛛蜘蛛你替我到会场上听听他们提没提到还我爹补助费的事，蜘蛛没有动弹。我又说："蜘蛛你听着了没，听着了你往上爬！"蜘蛛真的就往上爬了，爬到屋梁上不见了。当时我很高兴，虽然还站在一边看人家走棋，指指点点帮着出主意，脑子里却嗡嗡地一片响，结果下棋的双方都骂我多嘴：真君子观棋不语，你的 × 话咋这么多！但我忍不住还要说，他们就躁了，撵我出了文化站。

我往七里沟去，一边走一边骂，臭棋篓子，你攻个兵绝对就赢了，你偏偏走马？！就感觉到两委会上君亭不会提到欠我爹补助费的事了。人一走茶就凉，何况我爹已死了。小石桥东头的柿树底下，夏天礼在乘凉，眼睛眯眯的，看见我了，睁了一下，又眯上了。我说："天礼伯，你清闲！"他说："清闲。"我说："今日没去赶集呀？"他说："没意思！"我说："挣钱也没意思？"他说："你往哪儿去？"我说："去七里沟么。"他给我抬手，我走近去，他说："你给你天义伯说，让他好好歇着，修什么七里沟，咱就修成了，你还能活到省城人的份儿上？！"我说："天礼伯去了一趟省城，换脑子啦？"他说："没到省城去，咱还觉得咱有个奔头的，去看看人家，我一点心劲都没有了。"我说："这才怪了，别人去了省城，回来拼了命挣钱，你去了一趟倒没心劲了？"他说："我要是你这般年纪，说不定还扑着干呀，我现在还想咋，把人家一看，只盼着早早死哩！"我说："是不是，哪天天礼伯把你那些银元给我几枚！"他立即说："你咋知道我有银元？我哪儿有银元？！"我说："看把天礼伯吓的！我不会要你的银元，你凉着，我得走呀！”我就走啦。

我到了七里沟的时候，大清寺里的会议结束。君亭美美地在厕所里尿了一泡，回来让上善留下，问乡政府叫他去有了什么事，上善就随机应变，说是乡长询问清风街这一段工作怎么样，君亭说：“你怎么汇报的？”上善说：“我说安宁得很，天义叔在七里沟忙活，三踅也没惹是生非，鸡下蛋哩，猫叫春哩，生产和治安按部就班！”君亭说：“他咋说的？”上善说：“他说这就好，不出问题就好，现在的事情都难办，就像赶一群羊，呼呼噜噜往前拥着走就是了，走到哪儿是哪儿，千万不敢横斜里出个事！”君亭说：“这个乡长倒比上一个乡长好。还说啥了？”上善说：“还有的是团干要结婚呀，特意邀请你和我那日了去吃酒。”君亭说：“可怜这小伙子，结婚不到一年媳妇死了，他现在找的是谁？”上善说：“还是周家的丈人。”君亭说：“咋回事？”上善说：“西街周家的大女子死了，小女子顶缺么。”君亭说：“姐夫和小姨子呀！也好。你让宏声写个联咱到时候拿上。”上善说：“这使不得，人家能亲自请咱去吃酒，那还不是明摆的事？得拿个红包的。”君亭说：“是得拿一个，你说包多少？”上善说：“这你得定，少说也有五百元吧。”君亭说：“那就五百元吧！有啥办法？”上善说：“咱账上没钱啦。”君亭说：“这钱不敢让村部出吧？”上善说：“村部不出谁出得起？人家请咱俩，如果请的是个人，他没理由请咱俩，不沾亲带故，之所以请咱俩那是咱俩代表清风街么。”君亭闷了半会儿，说：“账上没钱了？市场上不是收了些摊位费吗？”上善说：“全给民办教师发了工资。”君亭说：“你先垫上吧。”上善说：“我已经替村部垫有二千元啦。”当场写了条子，君亭在上边批了字。上善又去买了红纸，让赵宏声写联，赵宏声写了：“一顾倾城二顾倾国；大乔同穴小乔同枕。”上善嫌太文气，乡里人看不懂。赵宏声又写了一联：“街上惟独周家好；乡里只有团干强。”

再说夏风在万宝酒楼的麻将桌上玩了一夜，与对面坐的黑胖子熟了。黑胖子叫马大中，河南人，先在市场的旅店里租屋住着，为他的老板收购着南北二山的木耳，后见当地没有香菇，就传授种香菇的技术，但因顺娃在清风街开了个小油坊，看中了顺娃在地方上熟，人又实在，两人就合伙让南北二山的人种香菇，并定了协约，一旦香菇成熟，一斤四元，有多少收购多少，以致许多人家都开始种植，马大中也就搬住到了万宝酒楼上。马大中长得模样像个土匪，而且肚子大，他说他肚子大得已经五年没有看见过他的小弟弟了。但马大中与人交往从来都是满脸堆笑，从两岁娃娃到八十岁老婆婆都能受用他的拍马术，只要他出现，气氛总是很活跃。麻将桌上丁霸槽谈起种香菇的事，问能不能做成，别骗了别人也害了自己。顺娃说："清风街先头有四家做小磨香油的，为啥现在只我一家还开着，做件好事或做件坏事就像刻在心里，自己和别人都清清楚楚。"夏风说："你这是道德式经济嘛！"马大中说："夏风说得好！我只来万宝酒楼吃住，但我不会和丁霸槽合作的。"丁霸槽说："你看我是骗子呀？"马大中说："你比顺娃聪明，但顺娃比你实在，这你承认吧？我们已经协约了十户投资香菇生产，我是带着录像资料给他们看，又从河南请了技术员具体辅导，利润在那里放着，现在他们倒不怀疑我们是从中牟利的商人，倒是救苦救难的菩萨了！"丁霸槽说："你这一张嘴，能把水说得点了灯！"马大中说："我是能说，顺娃却是没嘴葫芦，不一样生意做得好吗？做生意一是要和气，二是要诚实，不像你丁霸槽逮住我了就硬宰，才住了几天房价又涨了。"丁霸槽说："你要小姐给你按摩哩，当然得加按摩费呀！"夏风说："你们这儿还有小姐？"丁霸槽说："只会按摩。"夏雨说："哥问这话，就像问万宝酒楼上有没有苍蝇。现在不是我们去招小姐，是小姐一见清风街上有了万宝酒楼，她们就跑来了。"马大中说："我一般不与人斗恨，哪怕要我跪在地上叫爹叫娘我都干，但要真翻脸，我就放他的血！"丁霸槽说："这说对了，别人都说你和气，你那个长相就告诉我，你的匪气被生意人的语言遮掩了。你实情说，香菇成熟了，你是以四元收购，一斤赚多少钱？"马大中说："运到福建是四十元。"丁霸槽说："你狗日的黑！"马大中说："黑是黑了些，可别人做不成呀，只有我有销售网啊！"丁霸槽说："没人抢你生意的，你吃肉我和夏雨喝个汤。和了！交钱吧交钱吧，马老板你有的是钱，不能挂账的！”

麻将搓到中午，丁霸槽和夏雨请夏风吃了一顿果子狸肉，然后，丁霸槽就悄声说：“太累了，让给你按摩一下吧。”夏风说：“是哪个小姐？”丁霸槽说：“饭间来给咱倒酒的那个，还漂亮吧？”夏风就同意了，被安排开了一个房间，自个先脱了鞋，趴在了床上。一会儿门被推开，进来了那个倒酒的女子，女子顺手把房门反锁了，又去拉窗帘。夏风说：“拉上窗帘太黑。”女子说：“那我不习惯。”就在夏风身上捏弄起来。捏不到穴位，只是像在揉面团。夏风说：“你这是咋按摩的？”女子说：“我不会按摩。”夏风说：“那你会干啥？”女子说：“打炮。”夏风一下子坐了起来，明白了，说：“你走吧，你走吧！”女子倒蒙了，说：“你不是清风街上的人？”夏风趿了鞋先下了楼，丁霸槽正在楼梯口的凳子上坐着，笑笑地说：“这么快的？”夏风说：“不是的，不是的。”丁霸槽说：“我在这儿盯着梢的，没事么。是嫌人不行？那娃干净着哩。”夏风生气地说：“要干那事我在这儿？！”见夏雨从外边领了上善进来，他顺门走了，丁霸槽咋叫都不再回头。夏雨说：“我哥怎么啦？”丁霸槽说：“你哥到底是城里人，口细。可乡里的土鸡是土鸡的味呀！”夏雨急得直跺脚，责怪丁霸槽怎么能这样安排，让他回去咋面对他哥呀！倒乐得上善嘎嘎嘎地笑。

夏风一夜未睡，又生了一肚子闷气，搓着脸从万宝酒楼往家走，不愿见到人。街上的人也不多，有的抬头看见了他，老远就避进了小巷，有的是蛮熟的人，他只说人家要打招呼了，但没有打招呼，而他问一声：“忙哩？”回答一句：“回来了！”脚步连停都没有停，他从口袋里要掏纸烟，偏偏口袋里又没有了纸烟。就听到身后有人在问那人：“那是不是夏风？”那人说：“不是夏风是谁？！”有人说：“夏风给你说话，你咋待理不理的？”那人说：“咱和人家有啥说的？人家干人家的大事，与咱啥关系，我也没吃他一根纸烟！”有人说：“你就只图个吃！”那人说：“小人谋食么，我就是小人，咋？”夏风心里越发不舒服。有人就叫着他的名字跑了来，寒暄着几时回来的，城里的生活那么好怎么人还瘦了？白雪呢，几时该坐月子呀，肯定能生个儿子，聪明得像你一样！夏风的情绪好些了，这人才求夏风办事，说他的女儿从幼儿师范学校毕业了，就是寻不下就业单位，求夏风给县上领导写个信，或者打个电话，把孩子照顾照顾。夏风的头就大了，说他不在县上工作，认识人不多，何况县上领导三四年就换了，这一届领导他连见过都没见过。这人哪里能信夏风，说女儿谈了个对象，就是嫌咱女儿没工作，提出要分手呀，难道做叔的忍心让孩子的婚姻散伙吗？夏风只好说你们先联系接收单位吧，有接收单位了，在哪里卡住，我找领导去说说。打发走了一个，又有一个拉住夏风，说夏风你给县交通局长施点压力么！夏风莫名其妙，说我不认识县交通局长，给人家施什么压？那人说交通局长几次排夸他和你是朋友，你咋会不认识？夏风说，那他在说谎哩。那人说，他说谎着也好，证明他崇拜你，你就让他提拔提拔我那二儿子么，在他手下当干事当了八年了，提拔了，我那二儿子难道还会和他不一心吗？夏风说这话我怎么给人家说？那人说，你要说，你说顶事，我要是搬不动你这神了，晚上我让我娃他爷来求你！夏风含含糊糊地说，行么行么，拧身就走。东街牌楼下一声叫喊："哎呀，清风街地方邪，我心里正念叨你的！"夏风抬头看了，是白雪的嫂子。夏风说："嫂子好！"嫂子说："好啥哩，急得头发都白了！"夏风说："出了啥事？"嫂子说："听说你回来了，我还问娘的：夏风过来了没？娘说没见么。"夏风说："我准备晚上了去看她。"嫂子说："你得去，一定得去，她就爱你这个女婿，亲生的儿倒皮儿外了！"便把夏风拉到一旁，叽叽咕咕说了一阵。夏风先还没听明白，多问了几遍，那嫂子才说是以前农村实行责任田的时候，白雪的哥领了村部一辆手扶拖拉机，拖拉机后来坏了，成了一堆烂铁，但拖拉机钱一直欠着村部，只说这笔钱欠着欠着也就黄了，没料到现在要清理，限期偿还，这到哪儿去挖抓钱去？求夏风能在省城给妻哥寻个事干。夏风说："我到哪儿给他寻事干？他没技术特长，又是老胃病，去城里干啥呀？"嫂子说："给哪个单位守个大门也行，他是个蔫性子，能坐住。"夏风说："看门的差事我也找不下。"嫂子说："那就让你哥死去！"夏风说："你说的怕怕，干啥么逼人死？！"嫂子说："你不知道君亭呀，他茬下得狠，睁眼不认人的！”夏风说：“能欠多少钱？”嫂子说：“一千元。一千元对你来说是牛身上一根毛，对你哥可是刮骨哩，抽筋哩！”夏风就从口袋掏钱包，数了一千元给了嫂子。嫂子也没客气，一张张数了，说：“你这是救你哥了！我常在家说哩，人这命咋就差别这么大呀，都是一个娘生的，一个有工作，本来就挣钱了，还嫁了你，一个就穷得干骨头敲得炕沿响！夏风，你哥穷是穷，但等将来他有钱了一定要还你。”两人又说了一阵话，夏风就感到晕眩，要嫂子到他家去坐坐，嫂子却说她刚才在路上碰见天智叔和婶子去秦安家了，倒要夏风去西街。夏风说：“我爹我娘去秦安那儿了？那我先回去睡睡，晚上我去西街吧。”说罢回家，家里果然没见夏天智和四婶，倒头就睡，睡到天黑，却没去成西街。

夏天智和四婶是提了一只母鸡去探望秦安。秦安的媳妇不在，秦安一个人坐在堂屋的小板凳上发呆，蚊子在头顶上挽了一团，他手里拿着一把扇子，却不扇，胳膊上腿面上满是被叮出的红疙瘩。秦安见夏天智和四婶进来，说：“来啦？”要站起来，夏天智按着他又坐下，把自己的水烟袋擦了擦烟袋嘴儿，递给了秦安。秦安把水烟袋接了，却没有吸，紧紧地握着，再没说话。夏天智说：“你吸么！”秦安说：“吸。”吸了一口，又不动了。四婶就把水烟袋取了过来，又拿过扇子给秦安扇蚊子，说：“就你一个，媳妇呢？”秦安说：“到地里去了。”四婶说：“饭吃了没？”秦安说：“不知道。”四婶说：“吃没吃你不知道呀？”夏天智看着秦安，头就摇起来，说：“成瓜蛋了。”四婶说：“半个月前我来看的时候，人是有些瓜瓜的，可还有话说，脸上也活泛，这……膏药咋越贴越把脑子贴瓜了！”夏天智说：“还多亏宏声的膏药，要不早没命了。”正说着，院门响，秦安媳妇背着一背笼柴火到了门口，说：“呀，咋劳得你们来了！”急着进门，柴火架得长，一时不得进来，硬往里挤，差点跌一跤。四婶忙过去帮着拽，人和柴火才进来，她把背笼哐地摞在院子，说：“快坐下，我给你们拾掇些饭去！”四婶说：“这个时候吃的啥饭，你还没吃中午饭吧？”秦安媳妇说：“你们吃过了那就算了，我也不饥，秦安是不知道饥饱的。”过去摸了摸秦安的头，把秦安嘴边的涎水擦了，说:“你瞧这瓜相，叔和婶来了也不会招呼！”四婶说:“话好像是少了。”秦安媳妇说:“来人不来人就是瓜坐着。饭量倒好，你给他盛一碗，他就吃一碗，盛两碗，吃两碗，你不给他吃，他也不要。”四婶说:“这就把你害糟了！哪儿弄这么多柴火？”秦安媳妇说:“水华砍了他院墙外的桐树，给我了这些柴火。”四婶说:“他把那棵桐树砍了？去年雷庆想买那棵树做家具，水华就是不卖，说留下给他将来做棺板呀，他咋又舍得砍了？”秦安媳妇说:“他把树卖给西山湾人了，明日一早，他人也就跑啦。”说完了，又小声说，“这话你知道了就是，不要给谁说。”四婶说:“跑哪儿去？”秦安媳妇说:“你还不知道清理欠账的事吗，两委会把会都开了，欠账的还不起，已经跑了三个人了。水华害怕他一跑这树保不住，把树就砍了。”夏天智说:“欠钱还债，这是天经地义的事，跑啥的，跑了和尚跑得了庙，能再不回清风街啦？”秦安媳妇说:“理是这个理，可拿啥还呀？反正死猪不怕开水烫，谁要来，谁把秦安领走！”四婶说:“你家也欠着？”秦安媳妇点了点头，说:“欠得倒不多，可就是一百元钱我也拿不出呀，秦安是这样，能吃能喝，天天又离不了药，钱都得从粮食上变么，咱又有多少粮？”四婶眼圈就红了，她不让秦安媳妇看见，说:“你还把他收拾得干干净净的。”秦安媳妇说:“你还说干净呀！你不知道，顿顿吃饭像娃娃一样得给他系围裙，拉屎拉尿也把持不住，这前世里做了什么孽了？他受罪，我伺候他着受罪。”夏天智没再说话，坐在台阶上吸水烟袋，四婶和秦安媳妇进厨房里热了锅里的剩饭，端来递到秦安手里，秦安就吃起来。吃完了，也不言传，头勾着又坐在那里。夏天智吸了一阵水烟，忽然说:“秦安，那你还会唱秦腔不？”秦安说:“会。”四婶说:“你咋有心思让他唱秦腔么？”夏天智说:“不唱一唱，把人愁死呀？！秦安，你能唱了就唱一唱。”秦安张了嘴，嘴里满是包谷糁子，唱:“朱君他为我冲锋陷阵，用铁锤四十斤败了秦军。我日后回大梁又添新恨，哎，驱驷马我怎忍再过夷门。”四婶说:“这唱的是啥呀，一句都听不懂。”夏天智说:“是《盗虎符》信陵君的唱段。”秦安媳妇眼睁得多大，说：“他唱起戏倒清楚？！”夏天智说：“那就让他多唱么，一天到黑再不说话，人就瓜实啦。”但秦安却不唱了。夏天智说：“唱么！”秦安说：“完啦。”夏天智说：“我给你起调，再唱！”自己就唱了：

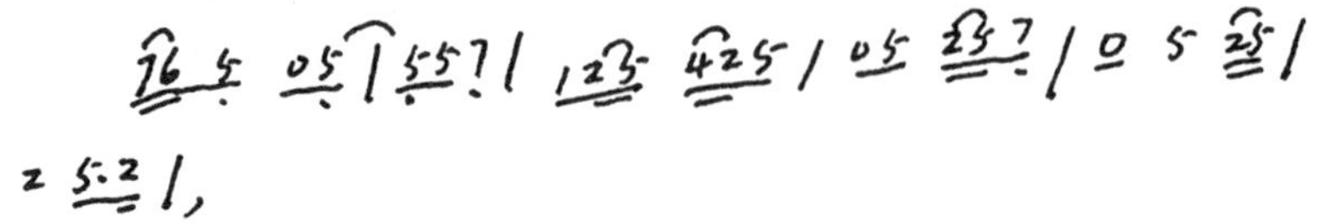

秦安只是傻笑着，就是不唱。夏天智说：“明日我把收音机拿过来，让他听听戏，能唱就让他多唱。”站起来就走，走到院门口了，秦安媳妇还在和四婶说话。四婶说：“啥事都不要在心里多想，车到了山前肯定会有路哩。一闲下来，你就逼着他走路，逗着他说话。中星他爹也不是病了老长时间，还是一个人，不也熬过来了？前几天我见了他，他给自己算命哩，我也让他给秦安算算，他说秦安没事，这四五年里都没事。”秦安媳妇却呜呜哭起来，说：“那我就死呀，他还要活那么久，我咋受得了罪呀！”

两人出来，夏天智说：“那媳妇咋能说那话？”四婶说：“她也可怜，实在是撑持不了了，人常说久病床前无孝子，何况是媳妇哩。”两人说话着往回走，天就黑了下来，街上虽然没路灯，家家的门道里却透着光。白恩杰又拉着叫驴出来溜达，驴声昂刺昂刺地叫。水华似乎也在前边的商店里买什么东西，夏天智才要叫住水华，水华却忽然不见了。夏天智说：“秦安也欠村上的账了？”四婶说：“我说不清，反正在实行责任田那阵，村上的东西是让一些人分了或者租用了。”夏天智说：“这世道……”背着手往前只顾走。夏天智和四婶出门，从来不并排走，他总是大踏步在前，四婶小步紧跑在后边。四婶就说：“你走得恁快是狼撵呢？你不知道我脚疼？”夏天智站在那里等候，却见中星他爹和夏风从巷里过来，中星他爹弓着腰，说：“四哥这是到哪儿去了，才回来？”夏天智说：“你们这是到哪儿呀？”中星他爹说：“中星回来啦，他要见夏风哩。”赶来的四婶说：“啥紧事？明日让夏风过去吧。”夏天智说：“中星当了官了，他爹都成了跑腿的，肯定有急事哩。”夏风就跟中星他爹一块走了。

到了半夜，夏风才敲门，夏天智一直在整理着那些脸谱，等着夏风，开了门就问："说什么了，这么长时间？"夏风说："他让我明日跟他去市里找市长，市里正调整各县领导班子，他想能提一提。"夏天智说："你答应啦？"夏风说："我不去能行吗，他不知从哪儿晓得我和市长熟！"夏天智说："才当了几天宣传部长？就又谋着升官呀！我就见不得你荣叔，一天阴阳怪气的，家里出了个中星，他以为出了个真命天子哩！"四婶说："能帮上忙就帮么，你当年还不是帮他留在了县上。明日咋个去法？他是有小车呢。"夏风说："他不会坐小车去的，还不是搭我雷庆哥的顺车？"四婶说："那就快睡吧，明日还要起早哩。"一家人洗漱了睡下，鸡已经叫二遍了。

※　※

夏中星和夏风搭乘了雷庆去省城的班车，车上收费卖票的仍是梅花。到了半路的州城下来，下来的还有两个乘客，他们索要车票，梅花却不给扯票，说："农民要票干啥？"两个乘客说："是农民就不能要票啦？！"梅花将他们推下车，呼地将门关了，骂道："没票怎么着？"车刚一发动，下了车的两个乘客就捡了砖头往车上砸，车上的人没伤着，两块玻璃却哗啦啦全碎了。雷庆停下车，提了摇把撵过来，两个乘客一溜烟跑了，雷庆就把气撒在梅花身上，说："他们要票就给人家么，两块玻璃值多少钱？！"梅花又埋怨中星和夏风，说："你两个是死人呀，白坐了车也不帮忙，眼睁睁让那两个土匪跑喽！"

到了州城，中星问夏风：是不是给市长送上些钱？夏风说不用。中星又要买些礼品提上，夏风还说不用。中星就将五千元塞到夏风衣兜里，说："你总得请领导吃顿饭呀，以你的名义好。"夏风生了气，说："我从来是空手见他的，你让我这样那样我就觉得怪了！你既然这么有钱，何必搭顺车，落梅花嫂子的话？”中星说：“咱跟她计较啥？”倒把钱收了。到了市府大院，两人朝一座小楼走去，中星浑身抖起来，夏风说：“你怎么啦？”中星说：“我有些慌。”就进了楼上厕所。从厕所出来，他是洗了脸的，又把那一绺头发用发胶固定好。市长热情地接待了他们，又是递纸烟又是沏茶，问是从省城回来的还是从清风街来的，夏风说了谎，说是从省城回来，路过州城来看望领导的。市长就从办公桌下提了两瓶茅台，说：“那你给你爹带两瓶酒吧。”夏风倒有些不好意思，推托不要，市长不容分说，让秘书替夏风拿了，又立即安排吃饭。去了饭店，夏风先往洗手间洗手，中星也厮跟了，悄声说：“不到外边真不知道你声名有多大！”夏风说：“人很和气，一会儿你把你的情况直接给他说。”中星说：“你是文化名人，见官大一级，他当然对你和气，可他对他下边的干部是日娘捣老子地骂哩，我怎么说呀？”夏风说：“你这是把我硬往水下拖哩！”饭间，夏风作难了半天，终于介绍了中星的情况，市长说：“当宣传部长？我怎么没见过你？”中星就站起来，说：“你不认识我，我认得你。上次你到县上开会，我是记录的，后来你去上厕所，我领你去的，你不记得了。”市长说：“噢，噢。你两个谁大？”中星说：“我夏风哥比我大半岁，我面老。”市长说：“人家是知识分子么！”大家都笑了笑。夏风就说：“市长，我这个兄弟面老，人也成熟得早，在我们这一辈里就数他稳重，他现在县上，还得你多关照的。”市长说：“你们县上的工作不错。”夏风说：“是不是市上调整各县的班子了？”市长的脸立即严肃了。中星赶紧给市长敬酒，额上的汗都流下来。市长却又笑了，说：“夏风呀，你也学会来要官了？”夏风说：“我这不是要官，是推荐人才么。我可以保证他的人品和才干，至于能不能用，那当然得由组织考察来决定了。”市长便问了问中星的情况，说：“我知道了。”就不再多说。夏风也不再说中星的事了，开始说天气，说身体，说厨师的手艺好。宾馆的经理和餐厅的经理来给市长敬酒，又要和市长照相留念，市长说：“你们真是有眼不识金镶玉，名人在这儿坐着，和我照什么相？！”就又说，“这是夏风。知道不知道夏风？”两个经理仍在笑着，说：

“啊，夏领导！”市长训道：“什么夏领导，你们不知道夏风呀！”夏风一脸的尴尬。市长说：“真是没文化！”两个经理说：“噢，噢，听说过，听说过。”市长说：“快去拿笔墨纸砚，求名人写个字挂在这里，这可是难得的机会啊！”笔墨纸砚立即拿来了，夏风便写了四个大字“鼓腹而歌”。市长笑着说：“夏风，总还有人不知道你的大名呀！”夏风说：“不知道着好，只要这顿饭吃得饱，拍着肚皮就唱哩！”又说了一阵闲话，市长说他下午有个会，要秘书给他们登记房间住下，夏风谢绝了，市长就派他的小车送他们回清风街。

一到清风街，中星便活跃了，说和市长在一块吃饭不自在，中午他没有吃好，夏风肯定也没吃好，他要好好谢谢夏风，请夏风再吃一顿，多上些酒，往醉着喝。夏风拗不过他，就说到万宝酒楼吧，中星却主张在乡政府，理由是万宝酒楼虽好，但是私营的，乡政府的饭菜可能差点，毕竟是政府行为。夏风说：“你是不是要乡政府出钱呀？”中星说：“钱是小事，它有个规格问题呀！”果然在乡政府，书记和乡长恭维话说个不停，中星说：“亏他州城的宾馆那么富丽堂皇，可用的人都没文化呀，你瞧瞧咱这儿……”书记和乡长就说清风街出了你们两个，是清风街的荣光，也是他们在乡上工作的人的荣光，平日对两位的家照顾不到，还要多多包涵，就高声叫喊书正去街上买肉买蛋买蔬菜，还有酒，要二十年的陈酿“西凤”。夏风在院子里欣赏花坛里的月季时，书正在那里剖鱼，说：“我的天，书记、乡长把你当了爷哩！”夏风说：“人家不是请我，是请中星哩。”书正说：“中星那眉眼，歪瓜裂枣的，倒受得这样巴结！”夏风说：“人家巴结的是位子，你要是主任，他们会一样巴结你的。”书正说：“你还从来没尝过我做的菜呢，你说你爱吃啥，我只拣你爱吃的做！”

太阳落山的时分，他们在乡政府的小餐厅吃饭，四冷四热，四荤四素，菜的形和色都一般，味道还可以。书记和乡长敬过夏风后，就轮番敬中星，中星的酒量大得惊人，两瓶酒后，乡长的脸成了酱肉颜色。乡长喊：“上汤！上汤！”书正从厨房端了汤进来。汤是鸡蛋菠菜汤，盛得很满，泼洒了一路，放到桌上的时候，他的两个大拇指一半都伸在汤里。夏风说："书正，你看你那手！"书正吮了一下大拇指上的蛋花，说："手咋啦？"乡长就训道："手咋啦，你把大拇指伸在汤里，还让人吃不吃？"书正才知道自己错，但书正偏要耍笑，说："我这大拇指风寒过，冷么。"乡长便火了，说："冷了咋不塞到你屁眼里去？！端下去，重做一盆来！"夏风见乡长发火，就说："书正爱开玩笑。算了算了，我不嫌的。"便先给自己舀了一碗喝了。中星也说："夏风是省城人，他能喝，我也能喝。"乡长随即说："书正啥都好，就是卫生差，他是你们东街人，我也就不说了。"重新吃饭。饭后，书记和乡长要陪中星和夏风回东街，中星不让，两人就送到院门口。书正在厨房里洗碗，听见动静，也跑到门口来送，高声说："那你们慢走呀！"乡长说："去去去，哪里有你的事？"书正说："我送我同学的。"

夏风是从来没有喝醉过的，但这一次是喝多了，摇摇晃晃一进家门，一屁股坐在花坛上，把一株月季都压歪了。四婶在厨房里把米瓮里的米往圆笼里戳，听见响动跑出来说："你才回来呀，快到你三伯家去，出事啦！"夏风说："啥事？"他想呕吐。四婶说："你三伯死了。"夏风拿手在喉咙里抠，要抠恶心了，把肚里的东西吐出来，突然站起来，说："你说啥？"四婶说："你三伯死了。"夏风的酒一下子醒了，说："三伯死了？死了？！"

夏风的三伯确实是死了。人的寿命真是说不清的事，有时顽强得很，怎么死也死不了，有时却脆得像玻璃棒儿。在我的感觉里，如果要死，应该是秦安，再就是中星他爹，他们是井台上汲水瓦罐，已裂了缝，随时都有破碎的可能，可他们就是没死，死的偏偏是夏天礼。夏天礼死得毫无预兆。事后三婶告诉我，夏天礼晚饭时吃的是麦仁稀饭，还嫌没有煎饼，她又给煎了三张饼，竟然一张不剩地都吃了。在他家的炕洞里，三婶去找那些银元，没有找着，拉出了一只破棉鞋，里边塞了一堆钞票。夏天礼一辈子都喜欢收藏钱，其实钱一直在收藏他，现在他死了，钱还在流通。看见了吗，这是我的钱，一张软塌塌的人民币，我总觉得这张钱经过夏天礼的手，它要告诉我关于夏天礼的故事，但我把钱丢在地上了，又把它捡起来，小心地说："摔疼了没？"唉，我说不清钱是个什么东西，我也不知道钱又要酝酿我的什么故事。中星的爹说，人是生有时死有地的，夏天礼是死在河堤上，活该又偏偏临死前我在跟前，我前世是和夏家有什么关系呀，若我不是夏家的成员，我可能就是夏家门前屋后的一棵树了。

就是那日的头一天后半夜，落了一场小雨。天明我本该一起来就去七里沟的，因为夏天义叮咛中午了咱在木棚里蒸一锅包子吃，我便想，做什么馅的？夜里落了雨，河堤上的地软该生发了，何不去捡些拿到七里沟做地软包子吃，所以我就自作主张去了河堤。我在河堤的沙窝草丛里捡地软，捡着捡着，好像听到哪儿有人呻吟，往前后看看，河堤上还有雾，没有人，我还以为是哪个树在说话哩。但过了一会儿，呻吟声又有了，我才要问树枝上的一只鸟，河堤斜坡上的雾就散了，草丛里有一只鞋。还想，这鞋还能穿么，咋就被人撂了？就看见斜坡上躺着一个人，像是夏天礼。我说："是不是天礼伯？"夏天礼趴着没有动。我就又说："天礼伯，你还说你从省城回来没心劲了，这么早，你不在家睡觉，到河堤上来拾粪还是来捡柴火呀？你哄谁呀，哄我们都懒得不动弹了，你勤快过好日子哩！"夏天礼还是没有动，我就觉得不对，跑下去看了，他半个脸乌青，昏迷不醒，我便背了他往东街跑。夏天礼或许能活过来，可他偏偏是大限到了，雷庆没有在家，梅花也没有在家，三婶哇哇就哭，喊翠翠快去叫你四爷，夏天智就来了。夏天智这一回没有冷淡我，他让翠翠又去叫赵宏声，再就指挥我给夏天礼掐人中，做人工呼吸，还拿手巾替我擦了擦额上的汗。

对于夏天礼的死，夏天智问赵宏声：是不是因心脏病引起的？赵宏声说额头上一块青，脊背上一块青，明显是遭人打了。夏天智说："我三哥和谁结仇了能遭人打？！"我说："都是银元惹的祸！"我的理由是，夏天礼在贩银元，可能是和什么贩子约定了半夜在河堤上交货，要不，夏天礼为何天黑后去的河堤？而贩子见财起了黑心，将夏天礼打了，抢走了银元。或许贩子并没有成心要把夏天礼打成怎样，只是夏天礼那身子骨咋能招得住一拳两脚呢！夏天智厉声喝道：“你胡说八道！我三哥贩银元啦？”我说：“天礼伯是贩银元。”三婶说：“以前是做过这生意，可他从省城回来，就不再贩了，还亲口给我说他不会再贩了……”三婶话没说完就去厦屋的炕洞去看，炕洞口那块土坯是启开了，里边是没有了银元，再掏，掏出的就是塞满了钞票的破棉鞋，三婶又哭了，把自己的头往炕洞门上碰。夏天智当下像霜后的瓜苗，扑沓一堆在椅子上，我拿眼睛偷看他，他也看我，说：“引生！”我赶忙往院子走，我说：“我舀些水，给天礼伯擦擦身上的土。”夏天智说：“过来！”我便走过去了，他说：“引生，是你把你三伯背回来的，我们都得感谢你，雷庆回来了让雷庆给你磕头。”我说：“不，不。”他说：“咋不？磕头，要磕头！至于你三伯是怎么遭人打的，我们肯定要报案，得查个水落石出，你不得乱猜测，也不得到处胡说！”我说：“我再不胡说！”他把柜盖上的一条纸烟拆开，取出了一包扔给了我。夏天智能把一包纸烟赏给我，我觉得这老头亲切了，在他面前走路，也知道腿怎么迈，胳膊往哪儿放了。后来是赵宏声说他治不了夏天礼的伤，得把人往县医院送，我就拉着架子车，但只走到茶坊村，夏天礼就断气了。当时三婶在哭，赵宏声在哭，我也在哭。夏天智不让我们哭，他在茶坊村口买了一只白公鸡缚在架子车上，要我们往回拉，但我仍是流了一路眼泪。我可怜夏天礼，他儿子是开车的，他死呀死呀坐的却是硬轱辘架子车。

再说吧，夏风赶到三伯家，灵堂已经设了，夏家的老老少少都穿了孝衣，竹青忙将夏风叫到一边，将一块白布叠成船儿帽戴在他的头上。三婶在灵床边哭得哑了声，张罗着丧事的上善还得不停地问她：烛台在哪儿放着，那酒壶呢，得赶快派人去碾米、磨面，稻子柜的钥匙在什么地方，钱呀，得有人拿钱呀！三婶已经昏了头，说不清个七七八八，上善就叫苦：“这雷庆出车了，梅花咋也不见个踪影，咱是没脚的蟹么！”三婶说梅花是跟车卖票去了，上善就喊夏雨，让夏雨去万宝酒楼给市运输公司打电话，要雷庆火速回来。夏天智两眼浮肿，眼袋显得很大，对上善说：“夏雨早去打电话了，雷庆他们回来恐怕也到明天下午了，你主事的，你就指挥么，该办啥就办啥，箱子柜锁着，就当众撬开也就是了。”上善说：“那好！”真的撬了稻子柜、麦柜，撬了炕头的一个铁皮小箱，果然里边有钱，一一清点了，就列出一个安排表，把夏家的大小叫在一起，指使竹青和瞎瞎的媳妇负责去碾米磨面；庆玉庆堂去市场买肉买菜；君亭负责给亲戚朋友发丧；庆满在院里盘灶，准备柴火；文成光利翠翠哪儿都不准去，在家跑腿帮下手；大婶和四婶照看三婶；夏天智、夏天义什么都不要干，就坐在屋里；由庆金招呼前来吊丧的人。一切安排停当。竹青和瞎瞎的媳妇从柜子里往出舀稻子，装了两麻袋，瞎瞎的媳妇扛了一袋往院外的架子车上放，她个头小，人就累得一身的汗，正过院门槛，二婶拄着拐杖往里走，门槛一时出不去，瞎瞎的媳妇就躁了：“娘，娘，你急着干啥么，挡我的路！”言语生倔，上善就说：“你这做儿媳妇的，对你娘就是这口气？”瞎瞎媳妇说：“你没看着我扛着麻袋吗？！”上善说：“我能看见，你娘看不见么。”瞎瞎的媳妇说：“我说话就是这脾气。”上善说：“你咋不学学竹青？”瞎瞎的媳妇说：“她呀，就会耍嘴！这麻袋她咋不扛呢？”上善说：“待老人心实是孝顺，但孝顺里还有一种是媚孝，爱说笑，言语乖，让老人高兴，可能比你那只有心没有口还孝顺。知道了吧？”瞎瞎的媳妇哼了一声，拉着架子车走了。院子里的人都笑了，说：“说得好！”上善说：“你们这些儿媳妇呀，还得我来给上课哩！”俊奇从商店买了烧纸香烛和烟酒回来，给了上善一根纸烟，说：“你话多了，快把嘴占住！”上善接了纸烟才要吸，院门外高一声低一声有人哭，就说：“亲戚这么快就来了？！”院门口进来的却是梅花，梅花身后是夏雨和赵家富。

原来夏雨寻到了在家休假的赵家富，问了运输公司的电话，给公司打电话时，公司接电话的人态度很恶劣，说：“他出车着！”就挂断了，气得夏雨骂了一句娘，和赵家富往三伯家赶来，没想梅花却搭乘了别的车进了清风街，一见赵家富就哇哇地哭，说：“家富，家富，你要救救这个家！”赵家富说：“你知道家里出事啦？”梅花说：“我咋能不知道！你得连夜往公司去呀！你们是好朋友，雷庆出这事就只有靠你了！”赵家富莫名其妙，说：“你爹死了，急得到处寻你和雷庆的，我去公司干啥？”梅花说：“我爹死了？”哇的一声边跑边哭往家里来。

梅花一进院，见人都穿着孝衣，就直奔了灵堂，跪在夏天礼的灵床前哭得呼天抢地，谁都拉不起来。麻巧在院子里说：“活着多给端一碗热饭，也抵得死了这么哭！”四婶赶忙捂她的嘴，说：“你三叔没个女儿，有媳妇这么哭也就够了。”就又对旁边人说，“不要拉，让她哭吧，难得今日这般伤心。”大家就不再劝梅花。梅花的哭声拉得特别长，哭得人人都掉眼泪。哭着哭着，人们听梅花的哭声中的话有些不对，她哭的是：“爹呀，你咋这么早就走啦，你死得不是时候呀，你儿刚刚出了事你就走啦？！啊，啊啊，这个家完了，全完了，害你儿的人你咋不死啊，爹啊！”上善就对夏天义说：“二叔，梅花咋哭得不对啦？”夏天义说：“哭话有啥正经的，派出所那边有啥消息？”上善说：“现场他们去过了，也找了些人作了了解，别的情况我还不知道。梅花刚才哭说谁害雷庆，谁害雷庆了？”夏天义就说：“我也觉怪怪的，她是跟雷庆出车的，她回来了，雷庆咋没回来？”上善就到灵堂后去拉梅花，说：“甭哭啦，梅花，老人已经死了，再哭也哭不活的，你是惟一的儿媳，啥事还要你管的，你起来，我有话要问你的。”梅花就不哭了。四婶忙将孝衣帮她穿了，跟上善到了卧屋，夏天义和夏天智在里边坐着。梅花说：“二伯四叔，我爹咋就死了？”夏天智说了事情经过，梅花说：“我爹贩银元，一个糖也不见给孩子们买一颗，谁知道竟要了他的命！你们报案了没，他不能这么白白就死了？”夏天智说：“案是报了，可要想把凶手寻到，我看是难哩！到底是先等派出所破案呢，还是让阴阳先生看个日子下葬，我们等你和雷庆，雷庆咋没回来？”梅花就又哭起来。夏天义说：“还哭呀，总不是雷庆那里出车祸吧，你是跟了车的，你不是好好的吗？”梅花才说：“不是车祸，是早上拉了客去省城，在州城和人吵了架，被人砸了两块玻璃，夏风也知道，这都是小事。就在离开州城一个半小时后，公司路风检查队把车拦了检查；我知道公司有了检查队，可跑了几趟车却没遇到过，我只说今日总不该就碰上吧，偏偏绳从细处断，就碰上了。查出六人没有车票，问那些人为什么不买票，他们说买了没给票，检查队就说雷庆顶风违纪，当时就扣了车，让别人把那辆车开往省城，我和雷庆被带回了公司。后来人家把我放了，雷庆还在公司等候处理哩。我一回到清风街就找赵家富，他在公司人熟，求他能帮雷庆说说情，没想家里又出了这事，真个是祸不单行。”夏天智夏天义和上善都吃了一惊，一时哑口无声。梅花说：“这个家是完了，这个家是完了。”夏天义粗声喘气，猛地在茶几上捶了一拳，茶几上的一只搪瓷缸子就掉下来，在地上弹了三下，滚到了梅花脚前。梅花把搪瓷缸子拾了起来。夏天智忙拉了拉夏天义的衣襟，夏天义强忍了愤怒，说：“你在车上卖票啦？你凭啥在车上卖票？车是国家的，你收了钱不给人家撕票？！家有贤妻，丈夫在外不遭横事，像你这样，雷庆不出事才怪哩！”梅花呜呜地又哭。夏天智说：“这阵训她有什么用，屎越搅越臭的……那雷庆就不得回来啦？”夏天义说：“这都是些啥事么！天礼我不知说过多少回，他不听，落到了这一步，雷庆又是这样，这咋给人说呀！以我看，案子破不破，也不指望人家破了，即便破了，人是不能生还，事情抖出来还不嫌丢人？雷庆我估计一时也回不来，他回来不回来也罢，咱们几个拿了主意，选个日子把人埋了，葬事也不必太大，从快从简。”梅花说：“那雷庆就没人管了？”夏天义说：“我真想扇你耳光哩，啥时候了还顾及上管他，让他好好给人家检讨着，等着处分吧！”说毕，扑扑腾腾吸黑卷烟。一根黑卷烟吸完了，夏天义说：“天智你说呢？”夏天智说：“你说得对，派出所能破了案那当然好，但我看，以他们的人力和财力不可能出远路去调查的，那咱也就不要再去追究，也不要太声张，尽快安葬，入土为安。雷庆的事除了咱这几个人和赵家富，不得再给外透口。梅花你记住了么？”梅花说：“记住了。”夏天智说：“咱现在上上下下把事情做妥，牙掉了往肚里咽，有了苦不要对人说！上善你在这儿主管着事，我去找赵家富，给赵家富说个软话，请他连夜去公司，能给雷庆说上情就说，说不上也可以了解公司处理的意见。就是要开除他、法办他，也得争取能回来埋葬他爹吧。赵家富去公司要是没顺车，就让夏雨把君亭的摩托骑上送赵家富。梅花你先拿出五千元交给上善，让上善统一安排。”梅花说：“五千元呀？！”夏天义又火了，说：“五千元你拿不出来啊？不说雷庆的工资高，光你收那些黑车票钱又有多少？到啥时候了你还是钱，钱，你没见钱把你这一家害成啥样了？！”说完，走出了卧屋，对俊奇说：“烧纸烧纸！”俊奇招呼夏家的孝子孝孙和大小媳妇们全跪在灵堂前奠酒烧纸。顿时哭声一片。哭声中，夏天义夏天智坐在门槛上一语不发，老泪纵横。上善过来说：“你俩坐到堂屋吧。”夏天义站起来，却低头回他蝎子尾的家去了。

雷庆是第二天中午从运输公司回来的，听了上善的叙述，他也主张不提要求破案的事了，便请中星的爹选定下葬的日期。中星是陪着他爹来的，吊唁了一番，因政务在身就去了县城。中星的爹就推算了凶吉，把入殓和下葬的时辰定好。他在用金粉在绸布上书写铭锦的时候上了四次厕所，每次跑到厕所了就大声喊我，要我给他拿些手纸去。农村里废纸少，我向俊奇要纸，俊奇长年戴个帽子，帽子里垫着报纸，要把帽顶隆得高高的，但俊奇不愿意把报纸给我，我就撕了一张烧纸拿去，说：“厕所里这么多石头、土坷垃，你那屁股是你儿子的屁股呀！”他说：“后跑时间长了，土坷垃擦着疼。我给天礼掐日子哩，写铭锦哩，他还舍不得一张纸？”我说：“这纸是天礼伯的冥钱哩！”他说：“我死了我给他还。”我就问：“荣叔，你病咋样吗，天礼伯一辈子也病恹恹的，我只说破罐子能耐过好罐子，没想他就死了。”他说：“你狗日的也盼我早死呀？我告诉你，原本我这病是不行了，可你天礼伯一死，他倒替了我，把今年的指标完成了。”我和中星他爹在厕所里耍花嘴，雷庆去给夏天义夏天智请安汇报，夏天智是问了问公司那边的事，雷庆说现在听天由命，等候人家的处理了。夏天义不等雷庆说完，气就上来了，说：“咱夏家到你们这一辈弟兄十个，指望的就是夏风和你，你却给咱夏家人脖子底下支了这么大一块砖头！吃的是国家的盐放的是私骆驼，你心亏呀不亏？”雷庆说：“这都怪梅花。”夏天义说：“你瞧你平时把婆娘惯成啥啦！让你回来这就烧了高香了，法办了你都不屈！”夏天智说：“不说这些了。既然时辰定在明日中午十二点，咱商量商量丧事。寿木寿衣都是齐当的，墓也是拱好了的，目下就是待多少客？”雷庆说：“我爹死得不明不白，他肯定死不瞑目，如果丧事太草率，我心里永远是一个疙瘩，对不起他老人家。”夏天智说：“你心里难过，我和你二伯心里更难过！事情到这一步，你大操大办有啥好处，待的客越多，闲话越多，让你爹死了还遭人耻笑谩骂吗？我看待东街人就够了，再加上你爹原单位的人，亲戚和一些好友，别的人都挡了，尤其你那些酒肉朋友都不要来。”雷庆说：“那就听你们的话吧。”夏天智就让竹青到西街、中街挡了可能要来的人家，让君亭去挡了乡政府、派出所、邮局、信用社的人。就在下午，白雪接到夏风的电话，也赶了回来，穿了孝衣，坐在灵堂后的草铺上哭了一通。

我和庆满庆堂武林从屋楼上往下抬寿木，屋楼上灰尘大，有蜘蛛网，眯了我的眼睛。正揉着眼睛，猛地从楼上看见了灵堂后的草铺上坐着白雪。白雪哭声不高，也没有拉长着声调，只是不停地抽泣。但白雪穿着孝衣显得比往常更俊俏，真正是女要俏一身孝。我多看了她两眼，抓寿木一角的手松了一下，寿木没抬起，庆满发了一声恨，我赶紧低了头，用力把寿木抬起来往楼沿挪。寿木是纯柏木做的，沉得很，楼下的人就接住了一头，一声喊：“慢点，慢点！”这个时候，我又看了一下白雪，白雪是揭开了盖在夏天礼脸上的麻纸，夏天礼的眼睛睁着。多少人都揉过他的眼皮让能合闭，但夏天礼的眼睛就是合闭不上。在清风街一直有这样的说法，人正常死亡的时候，二十四小时后灵魂便投胎了，投胎的道口很多，以生前各自的修行，可能投胎成人，可能投胎成猪，可能是飞禽走兽和草木鱼虫，而横死的灵魂有气结，它不能进入投胎的道口，游兵散勇的，那就是孤魂野鬼。有气结的特征就是亡人眼睛合闭不了。所以，我看见夏天礼的眼睛还没有合闭，就觉得夏天礼的鬼还在这屋子里游荡，当白雪也伸了手去揉夏天礼眼皮，屋梁上嘎地响了一下，我惊恐地往屋梁上看，屋梁上并没有什么，庆满又在骂我了，嫌我力没用上。我说：“寿木太重了，把寿木盖先取下来分两次挪吧。”庆满也同意这种做法，我就把寿木盖取了下来，但寿木里竟有了一个小布袋，小布袋里还装着十枚银元。庆满把十枚银元交给了梅花，梅花拿牙咬了咬，又吹一口气把银元放在耳边听，说："白雪，白雪，你别揉了，你不嫌害怕呀？"白雪说："我给三伯说说话，他气结散了，眼睛该合闭的。"我说："用银元按按他的眼皮，眼睛就合闭上了。"我说这话的时候，大家都看我，以为我又在说疯话，但白雪却从梅花的手里取了一枚银元往夏天礼的眼皮上按，眼睛竟然就合闭了。白雪扬头望了我一下，她的意思是你怎么就知道这些？哎呀，我也不知道我怎么就冒出了那样的念头，这完全是天意么，天意要白雪拿正眼瞧我么！我很得意，回应着白雪的眼神，甚至我皱了一下鼻子，故意挤了一下右眼，白雪就又趴在灵床沿上哭起来了。

四婶在厨房里指导着淑贞和麻巧油炸麻叶果子。知道什么是麻叶果子吗？就是把面捏成各种花形在油锅里煎炸。古老的习俗里以这种面做的花替代鲜花，而现在谁家的院子里都有月季或者玫瑰，清风街人却仍然不用鲜花要用这面花。四婶埋怨着淑贞手笨，捏就的花不像花，便听见灵堂上有了白雪的哭声，她说："白雪回来啦？"淑贞说："你只心疼你的白雪，对我就恶声恶气！"四婶在围裙上擦了面手，到了灵堂，果然见是白雪，就过来说："白雪，哭一哭就是了，你给你三伯烧炷香奠杯酒吧。"白雪点香敬酒，还再到草铺上去哭，四婶悄声说："你有身孕，不敢再哭的。先回家去歇，这里人多手杂，顾不得你了，让夏风在家做些拌汤去吃，这边有事我会叫你过来的。"白雪就回到前巷自家院里。

院子里，大婶、二婶和夏天智坐着说话，一个个都眼睛红红的，见白雪进了门，夏天智说："你没去你三伯家？"白雪说："去过了。"夏天智说："你哭没哭？"白雪说："哭了。"大婶说："白雪还行，身子笨着还赶回来哭你三伯哩，这倒比梅花强，梅花哭了一回就再没见哭了。唉，这夏家没女儿，哭不起来，显得凉哇哇的。"夏天智说："她哪儿还有时间哭？"大婶说："也是的，雷庆在家百事不管，全凭她张罗。"二婶说："腊八她娘哭了没有？"大婶说："人家现在不是夏家的媳妇了，去哭什么呀？"二婶说："她和庆玉离了婚，又不是远在他乡，还住着夏家的房呀！"夏天智说："人家去了，早上还从地里挖了一捆葱给梅花拿去的，这就够了。"二婶就不言语了，却又说："黑娥去了？"夏天智说："让她去干啥？"二婶说："要给梅花说哩，不能让她去，那狐狸精不要脸的，她要去了，就想着要让人承认她呀！"白雪一直立在那里，听不懂他们说话，走又不是，说："院子里热，到屋里说吧，我给你们开电扇。"夏天智说："你还没吃饭吧？夏风是不是还在你三伯家那边，叫他回来给你做饭么。"白雪说："我自己做去，你们谁还吃？"夏天智和两个婶婶都说吃过了，大婶就说："天智呀，你们兄弟四个，就你有福了！"夏天智说："有豆腐！"大婶说："你是心里笑着嘴上不说，谁家娶了媳妇不淘气，有白雪好？"夏天智说："你们的媳妇也都好么。"想起了什么，忙到了厨房，对白雪说："夏风给你打电话时，有没有说让你招些演员来给你三伯唱戏的？"白雪说："没说么。"夏天智说："这我寻上善去。"一会儿回来，对两个嫂子说："我二哥说不让请，这咋能成么，就是不大整着唱本戏，也得请个乐班呀！"二婶说："你别只听你二哥的，他怕闹大了别人嚼舌根，但谁死了都请个乐班的，咱夏家要是太冷清了，别人又该说咱心虚。"夏天智说："二哥把死因给你说了？"二婶说："谁能想到他没个好死。"白雪从厨房出来，更是听不明白，说："三伯是咋死的？"夏天智说："你去做饭吧，吃毕了，给剧团打个电话，让来几个人。"大婶说："请乐班按规矩是女婿请的，天礼没个女儿，这钱谁掏的？"白雪说："算我请的。"二婶说："你瞧白雪多懂事！"

白雪回到清风街，和夏风再没提致气的事，但夏风也没陪白雪多说话，只一直在夏天礼家忙活。夏风到底是文人，文人有文人的想法，他是趁机在观察丧事的过程，为他的写作积累素材哩。他问他娘，三伯死后是怎样换衣的，四婶告诉了他是三婶给擦的脸，洗的头，三婶患气管炎，一边洗着头一边哭，气喘得就洗不成了，换衣服是她和大婶换的，穿了七件，三件单的三件棉的，还罩了个袍子。衣服是几年前就准备好的，只有一双白袜子是临时用白布缝的。换了衣服把人抬放在门板上，然后用三张白麻纸放在门框上用铁锤一张一张捶在一起，变成一大张了，盖在三伯的身上。夏风又极力参与一些事，在上善的指导下他写灵牌，先用一张白纸写了贴在牌位上，要等下葬后撕了白纸重新再写，他问上善：“这是为啥？”上善说：“规矩就这么定的。”灵堂是俊奇布置的，白纸联由赵宏声写，一副要贴在院门上：直道至今犹可想；旧游何处不堪悲。一副要贴在堂屋门上：人从土生仍归土；命由天赋复升天。一副要贴在灵堂：大梦初醒日；乃我长眠去。夏风看了，说：“好是好，都不要贴。”赵宏声就让夏风重写，夏风给灵堂写了：生不携一物来；死未带一钱去。给堂屋门上写了：忽然有忽然无；何处来何处去。给院门上写了：一死便成大自在；他生须略减聪明。赵宏声说：“到底是夏家人！”夏风又随同庆堂一起去给夏家的亲戚报丧，穿着寿衣草鞋，到人家屋中先在“天地布龛”前磕三个头，由亲戚扶起，对亲戚说明出殡日期，亲戚便要做顿饭，略略动几下筷就回来。回来又看匠人在巷道里用碌碡碾竹竿，破成眉儿扎制“金山银山”，用一沓白纸剪出像蒸笼一样大的纸篓挂，再和泥捏童男童女，童男身上挂个牌：打狗护院。童女身上挂个牌：洗衣做饭。寿木从楼上抬下来后，是一层一层用白棉纸糊了里边，中星他爹写铭锦，一会儿要喝茶水，一会儿要吃纸烟，拿起笔了，却说：“夏风你写。”夏风不懂格式，还是中星他爹写，写错了五个字。夏风说：“‘長’字不能写成‘长’。”中星他爹说：“我师傅就这样教我的。”夏风不再发言，看着中星他爹最后写了棺联：别有天地理，再无风月情。夏风嘟囔了一句：“我三伯一辈子只爱个钱，他倒从没个风月情的。”

出殡的那天，白雪请的剧团五个人来了，在院中的方桌前坐了吃纸烟喝烧酒。五人中有一个竟然就是唱《拾玉镯》的王老师，她不吃纸烟也不喝烧酒，拉着白雪叽叽咕咕说话，后来就和白雪到前巷的老宅院来。夏天智一早起来，心口有些疼，四婶要他在椅子上坐着不动，冲了一碗红糖水让他喝下，说：“那边乱哄哄的，等入殓时我来叫你。”夏天智坐了一会儿，仍是放心不下，背了手才要往后巷去，白雪领着王老师进了院。夏天智哎哟一声忙拉了王老师的手让到屋里坐一会儿，说：“咋敢把你都请来了！”王老师说：“应该来，应该来，来了也能见见你和夏风么。”白雪说：“爹，入殓还得一会儿，我老师一定要先来看看你，夏风呢，到处没见他的影儿。”夏天智说：“刚才我听他说去你三伯坟上看怎么启窠口呀。”王老师说：“夏风不在，那我就先给你拜托个事。”夏天智说：“这个咋受得！你是老一辈秦腔艺术家，谁不敬重啊，还有啥事要拜托我的？”王老师却突然流下泪来。夏天智一下子不知所措，说：“这，这……”白雪说：“我老师激动啦。老师你坐，坐。”取了凳子，但王老师没坐。王老师却那么笑了一下，说：“有你这话，我心里高兴啊！咱听党和毛主席的话，为工农兵演了一辈子戏，计较了什么，我什么也没计较过！旧社会咱是戏子，是党和毛主席把我们地位提高了，是革命文艺工作者了，咱就只热爱个秦腔艺术。可老校长啊，你看看，咱只说这秦腔艺术千秋万代要传下去，老了老了，世事却变成这样！剧团是倒灶了，年轻演员也不好好演戏了，兴什么流行歌，流行歌算什么艺术，那些歌星有什么艺术功底，可一晚上就挣那么多钱，走到哪儿前呼后拥的。你说这世事，这世事是不需要艺术啦？”夏天智说：“秦腔艺术依然是神圣的，老师，你可以吃肉，你可以喝酒，你可以说吃蔬菜吃水果，但米和面谁离得了。离不了的！清风街的陈星就唱流行歌，我就不爱听，一听秦腔我这浑身上下、骨头缝里，都是舒坦。我之所以画秦腔脸谱，就是爱么，清风街许多人不理解，说画那干啥呀，干啥呀？不懂秦腔你还算秦人！秦人没了秦腔，那就是羊肉不膻，鱼肉不腥！”王老师说：“说得好，老校长！听白雪说你要把那些脸谱出一本书呀？”夏天智说：“我正整理着，到时候还得请你指正哩。”王老师说：“是夏风给你联系的？”夏天智说：“他在省城人熟。”王老师说：“你生了个好儿子，可怜我那儿子是个脑瘫，我也就那么一点工资……唉，唱了一辈子戏，我还能活多长时间，到时候就是一股子风，吹过去就吹过了，无影也就无声了。”说完又哭起来。夏天智说：“你说这话倒提醒我了，你也该把你的戏录下来，就是剧团再不演出了，录下来还能听到你的声么。”王老师说：“谁给录？剧团倒灶了谁还管这事？我自己录，到哪儿去录，我又没钱。我来见你，就是为这事，这事恐怕只有夏风能帮助我。”夏天智说：“对，给夏风说，这事我给夏风说。”王老师说：“白雪，你瞧，你倒为难哩，你爹多爽快！”夏天智说：“这有啥为难的……”话没说完，四婶急急进了院门，说：“要入殓呀，你快过去。”王老师和白雪赶紧就往后巷了。四婶说：“白雪和她老师给你说啥了？”夏天智说：“你说这老太太可怜不可怜，年轻时候，《拾玉镯》演红州里省里，现在想录制一盘带子都录制不起，她想让夏风帮她哩。”四婶说：“你别给夏风揽事！”夏天智说：“你知道啥呀？！”心里倒不舒服，出门往后巷去。巷口立着三踅，铁青个脸，说：“四叔，埋我三叔哩也不通知我？”夏天智说：“雷庆想给他爹丧事从简，中街西街的人都没请。”三踅说：“别人不来，我能不来给三叔抬棺材吗？我还得给三叔说句话的。”夏天智说：“说话？”三踅说：“三叔生前从我那儿拿过三枚银元，老说还我呀还我呀，他却死了，这银元我就不要了，给他念叨一声，要不三叔在九泉下还记惦这事。”夏天智一扭头走了。到了夏天礼家门口，见许多人站在那里念门联，也看了一眼，心里有些不高兴，进去又看了堂屋门上和灵堂上的对联，就过去问赵宏声：“你写的联？”赵宏声说：“是夏风写的。”正好夏风从坟地回来，夏天智就对夏风说：“你跟我来！”转身往院门外走。夏风跟着出来，一直跟到巷道拐弯处，夏天智说：“对联是你写的？”夏风说：“我写的。”夏天智说：“你有文化了，倒作贱你三伯了？”夏风说：“哪里是作贱我三伯，只是写得实在了些，从昨天下午贴到现在，仅你这么说。”夏天智一时没话，但气还憋着，才要数说夏风，巷口矮墙外有说话声，一个说：“今日埋雷庆他爹哩，你没去？”一个说：“人家没请我，去干啥？”一个说：“不请就不去呀？瞧你这话，品麻得像夏天智？！”矮墙后走过两个人，一见夏天智，吐着舌头赶忙跑了。夏天智用鼻孔长长嘘了一口气，说：“好吧，不说了，你去吧。”夏风返回院子，院子里乐班就吹打开了。

乐班一吹打，众孝子便开始烧纸。先是雷庆烧，烧了纸，上香奠酒。再是夏家另外八兄弟，以庆金率领烧纸，烧了纸，上香奠酒。再是文成、光利一帮孙子辈烧纸，烧了纸，上香奠酒。每一拨烧纸上香和奠酒，乐班就吹打念唱一番。其中敲板鼓的谢了顶，头顶两边的头发蓬乱得像栽着茅草，他一边敲一边唱，声音干炸脆亮，脸色就挣成猪肝，尤其每一次起板，他都忽然眼瞪如环，盯住院中的某一个人，表情丰富又生动，被盯着的人就忍不住要笑，又不能笑，说："老把式！"他就越发来劲，旁边就有人低声说："人来疯！"开始入殓了，大量的柏朵和草木灰包铺在棺底，而夏天礼被白布裹了，由上善和俊奇抱进棺内，再四周用草木灰包夹实。上善说："陪葬的有没有东西？"雷庆将他爹卧屋里三个彩陶瓶儿放进去，又放了一瓶酒，一包纸烟。俊奇将柜台上一个水烟袋要放进去，竹青说："这不是三叔的，是四叔放在柜台上的。"俊奇就取了出来。三婶哭着说："他爹死在银元上，把那些银元都给他带上。"上善说："银元呢？"梅花说："在我这儿。"上善要放时，夏天义一把夺过银元袋儿，扔到地上，说："啥银元不银元的，放这干啥？！"三婶方知自己说错了嘴。上善忙打圆场，说："不要放太值钱的东西，去年茶坊村埋人陪葬了一副玉石麻将，惹得让人盗了墓。"就盖棺。众人一下子扑近去，看着夏天礼哭，夏天礼是眼睛合闭了，嘴却张着，门牙少了一颗，三婶伸手按他的嘴，说："他爹他爹，你不明不白就这样走呀？！"上善说："快把三婶拉开！"竹青把三婶拦腰抱了，棺盖就合上了。捆绳索，套抬杠，屋里哭成一片。

接着，村里同辈人进行孝式，亲戚朋友进行孝式，棺木就起驾。庆金一一给抬棺人发了纸烟，有点着叼在嘴上的，有别在耳后的，雷庆端了纸灰盒在棺前摔了，捧着父亲的遗像。上善喊："起乐！"乐班一起吹打，抬棺人一声大吼，棺木极快地出了院门。后边是雷庆，再后是文成，再后是庆金君亭庆玉庆满庆堂瞎瞎夏风夏雨，再后是各个儿媳侄媳，白雪走在最后边。出殡的队伍在街上绕行一周，停在戏楼前，一方面让抬棺人休息，棺木是不能着土的，随行带条凳的人忙把条凳支在下面，一方面乐班要停下吹打起秦腔曲牌《五更愁》，吹打了一更愁，吹打了二更愁，三更四更五更吹打完，棺再抬起，围观的村民立即散开，纸钱便撒得满地是白。

到了墓上，上善指挥着雷庆扫墓，然后放鞭炮，孝子孝孙们又是跪下烧纸，烧过了三大捆纸，棺木才安然放在了墓中，封窠口，填坟土，孝子们的哭丧棍合起来用土壅立在坟前，上善近去把棍捆往上提了提，说是怕哭丧棍生根发芽，生根发芽了对后人不好。媳妇们就先回家，再是孝子们回家，四婶把坟上一把土抓了让白雪用孝衣襟包了，白雪问："这有啥讲究？"四婶说："回去把土放在柜下，对你好哩。"待到雷庆也回时，上善也将一块砖让雷庆拿回去。

我是分配着和一伙人最后隆坟堆的，坟堆隆到半人高，别人都散了，其中两个人是送葬时就带着八磅锤的，他们原本要在312国道上挡顺车去州城里打工，但却还是把夏天礼送到坟上了再走。我不明白他俩去打工带着八磅锤干啥？他俩说他们没有手艺，带上八磅锤了好为人拆作废的水泥房，是出卖苦力呀。我说："知道不知道，挣钱的不出力，出力的不挣钱。靠抡八磅锤你能挣几个钱？！"他俩说："屎！挣不了钱了，把屎割了当妓女去！"他俩说着或许是无意，但我听着就火了，抓起一把土摔在他们脸上，他们也扑过来踢了我两脚，是武林把我们拉开了。这两个人后来去州城为人拆旧楼真的没有挣下钱，就在州城里拦路抢劫，被公安局抓起来坐牢了。十五年里，清风街受法坐牢的就他们两个，太丢人，我才不说他们的名字，也不再说他们的事了。在夏天礼的坟上，我挨了那两个人两脚，心里觉得窝囊，待隆坟的人都走了，我还坐在坟头上流眼泪。我不是挨了踢在哭，我想夏天礼就这样永远睡在这里了？人怎么说死就死了，死了就这样一下子再也没有了？！眼泪就像羊屙粪蛋儿，一颗一颗掉下来。

※　※

从坟上回来的路上，白雪告诉夏风，她的老师要和他见见面的。夏风问是不是关于出碟盘的事，如果是，他就不见。白雪说：

“老太太真的不容易，能帮就帮么。”夏风说：“都幼稚得很！”白雪说：“她在剧团没见上你，能赶来清风街也见不上你，这就过分了，事情办得成办不成，你总得见个面，暖暖老太太的心么。”夏风说：“她就是让你们这么煽惑得飞在天上落不下来！办不了见她，都尴尬呀？！”白雪说：“爹已经答应人家了，我搬不动你，爹会找你的！”夏风干脆回来就没进家门，直接去了夏天义家。

夏天义从坟上回来得早，一进门，便搭梯子上到堂屋楼上，揭开那副棺木将包着的一大堆寿衣提了下来，一件一件挂在院中的铁丝上晒太阳。二婶说：“你真会翻腾，看见天礼穿了寿衣，你也想穿呀？”夏天义说：“晒一晒。”二婶说：“又不是六月六，晒啥的丝绸？！”夏天义说：“天礼穿的那件袍子，颜色多难看。哎，哎，我的这件衬衣做得太短了吧？”二婶说：“哪一件？”过来用手摸了摸，说：“那是贴身的衬衣当然是短。你要嫌短，咱俩换换。话得说清，我那件是粗布，你这件是绸子。”夏天义说：“你要嫌是粗布，你给你儿子们说去，让他们重置！”夏天义把所有寿衣挂起来，一共也是七件，三身单的三身棉的，再加一件长袍。寿衣在棺木里装得时间长了，竟然有了霉点，夏天义揉了揉，霉点并没有腐蚀到丝绸发硬或一揉就烂。还有一双鞋，一双袜子，一顶瓜皮帽，夏天义没有晒瓜皮帽，说：“这帽子我不要！我可是给你说好了，到时候，你告诉他们，这帽子不要给我戴！啥年代了还是瓜皮帽？要给我戴，就戴我冬天常戴的‘火烧头’翻毛帽，要新的！”二婶说：“你咋学开天智啦，在穿戴上恁讲究？！你不要这瓜皮帽，我给谁说去，你能保证我就不走到你前头吗？”夏风进院后，一直在静静地看着二伯和二婶在那里晒寿衣，他只说两个老人会说起三伯的死，哭鼻子流眼泪，但他们对他们的寿衣说三道四，夏风心里就有很多感慨，要说出来，却又寻不着个合适的词。和二伯二婶打过招呼后，他也就问三伯的寿衣是七件，二伯的寿衣也是七件，七件的数目是啥讲究？二婶告诉他，吃饭穿衣看家当，阳间和阴间一样，有一件的，三件的，五件的，最多七件，穿七件寿衣鬼门关上狗不咬。夏风又不解了，问怎么都是单数，不穿双数？二婶说：“阳间兴双，阴间兴单，你见过谁家老人死了是夫妻双双一块死的？”夏风看着那些寿衣，形样都是清朝财东家人的衣服形式，那衬衣衬裤还罢了，而袍子的样式笨重又滑稽。他说：“这袍子是不好看，现在兴呢子大衣，咋不买个呢子大衣？”夏天义说：“你二伯一辈子农民，穿呢子大衣了装狼不像狼，装狗尾巴大，招人笑话呀？你身上插钢笔好看，我要插个钢笔像啥？你给你爹得买呢子大衣，他工作过。”夏风说：“去年我给我爹买了呢子大衣，还有一双皮鞋，我爹要穿，我娘不让穿，说人老了又在农村穿那么好干啥，到将来了做寿衣穿。”二婶说：“你娘胡说的，呢子大衣可以穿，皮鞋咋能穿？皮鞋是猪皮牛皮做的，到阴间托生猪牛呀，即便托生不了猪牛，穿皮鞋咋能过奈何桥，不扒滑的！”夏风就笑了笑，说：“过什么奈何桥？”二婶说：“人一死，过奈何桥就到阴间了么。奈何桥是两尺宽，十丈高，桥面上洒着花椒油，大风吹来摇摇摆，小风吹来摆摆摇，亡人走不好，就掉下去了。掉下去就到黑社会了！”夏天义说：“甭听你二婶说！”二婶说：“辈辈人都这么说的。黑社会黑得很！”夏天义说：“多黑？”二婶说：“黑得就像我现在的眼睛，啥也看不着！”夏风突然间不言语了。夏天义也发了一阵愣，说：“夏风，你咋问这样问那样的？”夏风说：“问清了，以后写文章有素材。”夏天义说：“哈，写文章呀，二伯给你说，你写写七里沟呀，我们在七里沟干了一阵时间了，早上去，晚上回，就像你当年到茶坊村初中上学一样，去时提一个酸菜罐子，拿上些馍，罐罐来罐罐去，回来拿个罐罐系，瓦罐子是碰碎了三个，木杠子是抬断了七根，原来的半截堤上又垒了几十方石头，挖出了一片地，从崖上溜土垫了几尺厚……你可以把七里沟写写么！”夏风说：“二伯说的那事是报社的记者可以写新闻，也能写报告文学，我搞的是文学创作，那不一样！”夏天义有些丧气，说：“都是文章，还有不一样的？”夏风说：“是不一样。”夏天义站在太阳底下，张着嘴，他到底搞不懂这怎么就不一样？！这时候夏天智站在院门口，说：“二哥，从坟上回来，你咋没去吃饭呢？”夏天义说：“我没吃，客都散了吧？”夏天智说：“散了一半。”就对夏风说，“你到你二伯这儿，也不给谁说一声，到处在找你！”夏风已经猜出他爹的来意了，说：“有事？”夏天智说：“我给你说个事！”两人就进了厦子屋，进屋还把门掩了。夏天义也没有打扰，一直在院子里等着，足足等了有半个小时，两人才出来，夏天智黑了个脸。夏天义说：“这……”夏天智说：“二哥，你这里还有没有鸡蛋？”二婶说：“有的，让哑巴去卖了买盐和粉条的，哑巴懒得没去。有三十颗吧。”夏天智说：“都借给我。”他把三十颗鸡蛋一篮子提走了。过了半天，文成跑了来，夏风问演员们走了没有，文成说走了，问那个王老师走了没，文成说也走了。夏风说了声好，就回去了。白雪没有和那些演员一块走，在卧屋里生着气。夏天智在院子里吃水烟，也在生着气。四婶把夏风拉进厨房，一指头戳在他的额颅上，说：“你给我惹白雪了？”夏风说：“谁惹啦？！”四婶又说：“她老师对她说话恶声败气的，白雪怕是心里不畅，你说，人老老的了，脾气咋那么大的？”夏风却说：“我爹又是咋啦，脸吊得那么长！”四婶说：“他要把一篮子鸡蛋送给白雪的老师，送过了嫌送少了，自己生自己气！”夏风想笑，没敢笑出声来。

到了这一天，夏天智在他的卧屋里写各种脸谱的介绍，夏风在院子的痒痒树下整理自己的素材笔记，家里有两个人在写文章，四婶说话不敢高声，走路像贼一样，轻手轻脚。她在厨房里熬鸡汤，香气就飘出来，夏风放下笔，去厨房的锅上伸了鼻子闻，娘偏不给他盛，将一碗端给白雪了，一碗让他端给后巷的三婶。夏风端着进了三婶家院子，雷庆蹴在屋檐下的台阶上吃纸烟，浓重的烟从鼻孔里出来，顺着脸颊钻进头发，头发像是点着了一堆草，烟雾再绕上屋檐前葫芦蔓架上。蔓架上吊着三个葫芦，差不多葫芦皮黄硬了。夏风说：“你回来啦？”雷庆是埋葬了夏天礼后第二天又去的运输公司。雷庆说：“回来啦。”没有再说话的意思。一只苍蝇一直撵夏风，这阵就坐在碗沿上。夏风抬头看了看葫芦蔓架，三枝蔓在空中摇摆，好如三枝蔓在相互说话，但夏风就是寻不出个话题给雷庆说，他端了碗就进了三婶住的厦屋。

三婶盘腿坐在炕上流泪。她自夏天礼死后，黑天白日一个人只要坐着就哭，眼都哭烂了，而且得下个毛病，说话是同样的一句话要说两次，一次高声，再一次低声。见了夏风，说："不让你娘给我端饭了，还端啥哩，端啥哩。"夏风说："这是鸡汤，我娘让你趁温喝了，过去和她拉呱话。"三婶说："我不去，让你娘跟着生气呀，生气呀。"堂屋里突然火躁躁地有了骂声，是梅花在骂翠翠："你滚吧，你滚得远远的，你看哪儿有野汉子你就滚吧！"翠翠哭着往出走，眼泪冲脏了画出的眼影，眼睛像了熊猫的眼睛。雷庆哗啦站起来，起了一股风，鹰抓小鸡一样揪住了翠翠的头发，擂起拳头就打，翠翠杀她似的叫唤。三婶才喝下一口汤，喊道："你还嫌这屋里人没死够吗？"又低声说，"死够吗？"雷庆手没有停，打得更狠了。梅花就跑出去把翠翠夺开来，哭着说："你要打她打死呀，你男人家手重，她招得住这样打？"翠翠趁机从院门里跑出去，梅花就倒在地上号啕大哭。夏风出来，雷庆又恢复了原状，坐在那里吃纸烟，刚才打翠翠使他也伤了力气，呼哧呼哧地喘，突然又吼了一声："你哭你娘的 × 哩？！"转身进了堂屋，啷啷一响，把一个搪瓷脸盆踢了出来。夏风便把三婶背到了自己家来。

三婶给夏天智诉苦，眼泪流得长长的，说人常说福不双至祸不单行这祸咋真的就不单行，可她想不通的是这祸就降在她这一家头上，是老天要来灭绝呀？原来雷庆去了公司，公司没收了他的驾照，分配他到后勤上，后勤上又不给他安排活，不安排活就没有补贴，他是昨天一气之下回来待在家里了。而翠翠也是添乱，今早起来突然要去省城，说万宝酒楼上住着一个城里人介绍她到省城一家美容美发厅打工呀，梅花不让去，她偏要去，就打闹开了。三婶说着，喉咙里呼噜响一下，又呼噜响一下。夏天智倒不知说什么劝她，端起水烟袋吸，纸媒没有了，喊夏风把纸媒拿来，四婶说："火柴在这儿的，你不会用火柴点？"夏天智说："我偏要纸媒！"四婶就不再理他，说："他三伯人都死了，背运还能背到啥地方去？他们的事你不要管，你管也没用，白作气。这几天白雪也在家里，你也不要回去了，咱多说说话。"三婶说："我咋能害骚你们，害骚你们……白雪坐的是几时的，几时的？"白雪脸色通红，说："还早哩。"三婶说："这回就看白雪给咱生个金疙瘩银疙瘩呀！不要再去剧团了，农村也能接生的，到时候你娘接不了，有我哩，有我哩，夏风还不是我接到世上来的，到世上来的？”夏风说：“她想回剧团也回不去了，下岗啦！”三婶说：“下岗啦？”夏风说：“你不懂，就是没事干啦，不让唱秦腔啦！”三婶说：“嘴是自己的嘴，谁不让唱？”白雪瞪了夏风一眼，回了她的小房屋去。四婶说：“不让你说这话，你就没记性，人家心乱着，你倒看笑话呀！”又说了一阵话，夏天智到他的卧屋去看脸谱的介绍，夏风也拿了他的笔记本坐到痒痒树下，四婶就把三婶拉到院门外的榆树下说话，榆树的阴影在转，她们跟着阴影移板凳。

夏风在写作的时候，常常就叼着笔写不下去，眼睛吧嗒吧嗒。夏天智可能也是写累了，轻轻拧开收音机听秦腔。秦腔的声音像水一样漫了屋子和院子，那一蓬牡丹枝叶精神，五朵月季花又红又艳，两朵是挤在了一起，又两朵相向弯着身子，只剩下的一朵面对了墙。那只有着帽疙瘩的母鸡，原本在鸡窝里卧着，这阵轻脚轻手地出来，在院子里摇晃。夏风全然没有理会这些，脑子里还是他的文章，眼睛眨得像闪电。院门口榆树下的四婶小声地和三婶说话，眼睛却好长时间看着夏风，她觉得夏风可怜，终于忍不住了说：“夏风夏风，不要写啦，你一坐半天，那字能写得完呀？”三婶说：“别人是出力气挣钱哩，夏风写字挣钱么，挣钱么。”四婶说：“钱有啥够数的，挣多少才是完呀？！”夏风就把笔收了，笑着说：“我这哪儿是为了钱，不写没事干，心慌么。”起身到小房屋去。两个老人话就高了，四婶说：“我这一家呀，除了夏雨，都是能坐的，他爹一天到黑钻在他那屋里侍弄马勺，夏风就写他的字，我也是寻不到个说话的。哎，要不要我去喊麻巧过来，咱仨码花花牌？”三婶说：“我心慌得捉不住牌！”却又说，“我一天到黑心慌着，夏风说他不写字也心慌，夏风害病啦？害病啦？”四婶说：“病得深哩！我常说了，他爹害的秦腔病，夏风害的写字病！”三婶说：“鬼，那你呢？”四婶说：“我害的吃饭病。这一天三顿饭，吃了几十年了也没见吃厌烦过？！”两人就都笑了。

夏风进了小房屋里，却见白雪一个人坐在床上流眼泪，夏风就说：“不至于吧，生我气还生这么长时间呀？”白雪说：“谁生你的气了？我听爹放秦腔，听着听着就心里难受了。”夏风说：“咦，咦，你爱秦腔，秦腔咋不爱你呢？到现在了，人都下岗了，你还不恨它！”白雪说：“你说这秦腔再也唱不成了？”夏风说：“你以为还有振兴的日子呀？！”白雪说：“我十五岁进的剧团，又出去进修了一年，吃了那么多苦，不唱秦腔了以后这日子怎么个过呀？”夏风说：“你错过了调动的机会，这怪谁呀？”白雪说：“我恨夏中星哩！”夏风说：“你恨着人家干啥，调动不调动还不在你？”白雪说：“我调动啥的，我哪儿也不调动，现在让你不写文章了，永远不能拿笔了，你愿意不愿意？！”夏风被戗住，坐在一边不言语了。收音机里的秦腔还在放着，是《三娘教子》，夏天智还哼哼跟着唱。白雪的眼泪又哗哗地往下流。这时候，夏风也觉得白雪可怜了，说：“不哭了，三婶在院门口坐着，让人家听见笑话呀？想唱了那还不容易，和爹一样，可以在家唱么。”白雪说：“我是专业演员，我拿过市汇演一等奖哩！”竟然就嘤嘤地哭出了声。

白雪一哭出声，四婶就听到了，喊：“白雪白雪你咋啦？”白雪没回应，四婶又喊夏风，夏风一出来，四婶就说：“你惹白雪啦？给你说她不敢生气，不敢生气的，你前几天惹了她，你现在又惹了？”夏风说：“谁惹她啦？！”拿脚踢了一下榆树，榆树的叶子落下来几片，落下来，光线一下子暗了。三人抬头往天上看，一大片的黑云把太阳埋了。天上突然有了这么大一片黑云！巷口里随即有一股风涌过来，搭在三婶头上的帕帕就被吹掉了。三婶说：“天咋说变就变了？”起了身要回。四婶不让走，说晚上咱熬米粥吃，拉了三婶一块进厨房淘米。米还没淘好，天就下起了一场大雨。

※ ※

这场雨整整下了三天，天气也随着凉起来，树叶发黄，开始脱落，蝉就一声比一声叫得短。播种过了麦子的地，结着一层薄盖，远看有了绿的颜色，近来却还是黄土，只有刺蝶草胖乎乎的，被人剜了回去做浆水菜。清理欠账的工作并没有结束，该交的主动交了，交不了的依然交不了，有的早早跑出去打工了，有的开始寻思出去。在家里待着的夏风，终日有人缠着，要求能被介绍到省城去寻个事干，夏风哪里有这份能耐，索性关了院门，在家里睡觉。夏天智趁机就嚷嚷编书的事，催督着夏风把秦腔脸谱一一拍成了照片。照片的顺序排好了，当然需要在每张照片前写些介绍文字，夏风就不懂了，夏天智便把白雪叫来，两人商量着写了两天。写完了，夏天智说："书前边是不是还得有个序什么？"夏风说："爹还知道序呀？"夏天智说："没吃过猪肉还没见过猪走路呀？！你的书本本有序的，我也得有个序，你来写吧。"夏风说："啥书么，还穷讲究！"夏天智说："啥书？你说啥书？！"夏风说："好好好，好书，好得很的一本书！我不懂你们的秦腔，只有你写了。"夏天智就戴了眼镜在家里写。他写文章呀，真是天摇地动，要把院门关了，不准谁打扰，要四婶把茶沏上，吃水烟的火绳点上，可他写一页了，不行，撕了，再写一页，还是不行，撕了，地上揉了一堆纸团儿。四婶笑话说："你不是啥都能行吗，现在咋这难场！"夏天智恨了恨，却突然笑了，说："我不会写文章，我却能养个能写文章的儿哩！"他想起了水兴的爹活着的时候好秦腔，希望能在水兴家找些什么秦腔方面的资料，去了水兴家，水兴说他爹记性好但不识字，家里哪里有书？灰沓沓地回来，对夏风说："你能不能在省城寻个高人写个序？"夏风瞧着爹可笑，但又不敢说明，就说我先联系个出版社吧，听听人家意见。原本想搪塞过去，没想夏天智就立逼着夏风打电话联系，联系的编辑是夏风的一个朋友，竟然也想趁机游玩，不几日就来到了清风街。

来的这位编辑姓黑，还有姓黑的？人却长得白白净净，他来到的几天里，夏风领着把清风街四周的地方都游转过了。那天我在水塘里摸鱼，我是摸了鱼用荷叶包了，泥巴裹了，中午在七里沟要吃烤鱼的。正举着一柄荷叶走到小石桥上，远远看见夏风、白雪和那位姓黑的走过来，我先是把荷叶往头上一盖，我以为荷叶应该立即成为隐身帽的，我能看见他们，而他们看不见我。我就看见白雪的肚子已经隆起来了，走八字步。白雪能怀一个什么样的孩子呢？这我看不出来。来运也是怀了孕的，我能久久地盯着来运的肚子看得见肚子里的狗崽子，但我看不到白雪怀的是什么样的孩子。孩子如果模样像我就好了，我这么作念着。我这样作念不道德，很流氓，但我确实这样作念过。突然，白雪说："那……"她是在说我，她发现了我后立即又不说了。夏风说："啥事？"白雪说："啊，没，没事。咱们回去吧，我有些累。"但夏风没有听白雪的，仍往小石桥上来。我知道事情要坏了，荷叶并没有隐住我的身，我一身泥水，我才不愿意一个脏兮兮的样子让夏风看着了鄙视我。我就举了荷叶，从桥上往河滩跳，荷叶应该像降落伞，我能轻轻地落下去的，真的，我就落下去了，没有骨折，只腿上碰了一块大青色。

我后来是一瘸一跛从河滩上桥那边土塬，走到七里沟外的312国道上才撵上去沟里的夏天义和哑巴的。夏天义骂我为什么来得迟，我说去摸鱼了，中午可以吃烤鱼的，他原谅了我。我那时肚子就疼了，这可能在小石桥上太紧张，肠子蠕动得快，我想拉稀。夏天义说："要拉拉到沟地里！"我们以往在路上有屎有尿了，都要一直憋着到沟地里拉。我就憋着。憋屎憋尿那是艰难的事，我使劲地憋，但终于憋不住了，就在路边拉了起来。夏天义又骂我没出息，还干什么呀，连个屎尿都憋不住！他和哑巴生气地前边走了。我拉了屎，觉得很懊丧，拉完了立在那里半天没动，但我用石头把那堆粪砸溅飞了，我的屎拉不到沟地里，谁也别拾了去！

我搬了石头砸我的粪，砸下一个石头，再砸下一个石头，石头却哗啦哗啦全从空中砸下来，这是天上下起冰雹了。五月六月天上常常下冰雹，但到了秋季了还下冰雹，这是我没有经过的。冰雹有芸豆颗大，也有的像算盘珠大，落在身上又冷又疼。我急忙往沟里跑，远远地看见夏天义和哑巴仍在那里搬运石头，夏天义竟然没有戴那顶竹皮子编的帽子，帽子放在那块地上，自己却光着脑袋。石头太大，他只能把一个石头掀起来，翻一个个儿，再掀起来，翻一个个儿，吭哧吭哧的声传得很远，似乎满山沟都在喘气。突然间我觉得所有的石头都长了腿，争先恐后地往那截坝上跑。夏天义也是一个石头，就在石头群里，天上的冰雹在石头上蹦溅，发着脆响，而只有在夏天义的头上发着木声。我跑过去喊：“你咋不戴帽子呢？你咋不戴帽子呢？”去地上取那帽子，夏天义扑过来护住了帽子。竹帽下边苫着的是一棵麦苗，独独的一棵麦苗，才拱出了地皮，嫩得只是一点绿。他说这是他特意种下的一棵麦，他要看看这颗麦能不能长，能不能长得指头粗的秆子，结一尺长的穗子？！他这么给我说的时候，再也没有在路上训我的那股凶气，目光甚至在取悦我，但一颗冰雹就咚地落在他的鼻子上，鼻子便出血了。

凡是冰雹砸过的庄稼苗就不再能长粗长高，夏天义的鼻子遭冰雹砸出血后，好长日子都没有好，贴着赵宏声配制的一块膏药，我笑他像戏里的白鼻子县官。

好像是又过了雨天，天上起了火烧云，热倒不热，但一切都特别地光亮。当火烧云不是横着从空中移动，而是一道一道，斜斜地竖着朝清风街栽过来，来运就产下了一窝小狗，而姓黑的编辑也审查完了《秦腔脸谱》所有的照片和介绍文字，准备着明日要离开清风街了。夏天智在家设宴，要欢送黑编辑，也要为自己将要出书庆贺，就邀请了乡党委书记和乡长，也邀请了两委会一些主要干部，还有新生。夏天智为了夏风的文章不知请人喝过了多少次酒，这一回是为自己喝酒的，十分兴奋。一早起，他把所有的脸谱马勺全挂在屋里院里，中堂上的字画也更换了，收音机里播放着秦腔，他就坐在院子里的椅子上吸水烟，说：“把院门大开！把院门大开！”白雪把院门开得大大的，鸡也进来，猫也进来，一只手掌般大的花蝴蝶也飞进来，在痒痒树上绕了一圈，停在了牡丹蓬上。夏天智就问白雪能不能在酒席上唱一段秦腔凑兴，因为黑编辑懂秦腔，来的新生和上善也会几句戏文，酒喝到八九成了肯定都要唱的。白雪说：“行！”夏风在厨房里帮四婶择菜，瞧着爹的样子只是发笑，四婶就说：“你给你爹出什么书呀，他多张狂，天上地上都放不下了！”夏风说：“贼老来偷东西，你防是防不住的，把贼叫到家招待一次，贼就再不来了！这书一出，我爹以后画马勺就没劲了。”四婶说：“打你的嘴，咋这样说你爹！”来运领着五个小狗在院门口叫，夏天智也笑了，说：“狗都知道贺喜哩！”就吆吆吆地叫，来运一蹴身子进来了，尾巴乱摆，五个小狗从门槛上往过翻，翻不过，白雪过去帮忙，五个小狗像滚着的五个棉花球儿。夏天智说：“今日来人多，谁要喜欢，就把这狗娃送了去。”白雪就抱起那只毛最纯白的，说这一只她要给她娘家的。院门外却有一声：“要送狗，我得要一只！”夏天智看时，是上善进来了。

其实我就在上善后边。我是在路上见到上善提着一嘟噜排骨，我说：“请我吃排骨呀？”上善说：“你嘴馋了，到石头上磨磨。我这是给四叔送礼呀！”我说：“夏天智家过什么事？”上善说：“你没大没小，叫四叔名字？四叔要出一本书哩，庆贺呀！”我说：“他儿子出书，他老子也出书，写什么书？”上善说：“秦腔脸谱。”我说：“吓，秦腔脸谱也能出书？”上善说：“听你这口气，好像你也会画秦腔脸谱？”我说：“画不了，但我懂！”上善说：“呸，呸，到一边凉去吧！”他抬脚就走，我说：“你信不信，我这儿就有一份关于秦腔的文章哩！”我是把白雪写的那一份关于秦腔的介绍材料一直揣在怀里的，就拿出来给他显夸，上善就停了脚步，把材料拿过去看了，说：“你写的？”我说：“信了吧？！”上善竟拿了材料就走，我便追着撵，一撵撵到了夏天智家院门口，上善进去了，我不敢进去。

上善进去了，我就坐在院墙外，我后悔自己显能给上善看了材料，他把材料如果让白雪看了，白雪肯定就收了回去，我将再也得不到了。就骂上善，石子在地上写上善名字，然后用脚踩。院子里一片笑声，我听见白雪的笑，隔着一堵院我看不到白雪。我突然有了一种强烈的愿望，希望白雪能知道我就在墙外，就大声朗诵起了那一篇我差不多背诵得滚瓜烂熟的诗赞。

上善会来事，一嘟噜排骨就让四婶喜欢了，四婶说：“你要一只就给你一只！你和金莲不拆伴的，金莲呢？”四婶最希望的是金莲来，但金莲没来。上善说西街江茂的媳妇回来了，金莲他们要去抓人的。四婶说：“夏风结婚待客那次她没到，这一次她还是不来，金莲的神大，请不动的！”上善说：“这你错怪她了，她特意要我给你解释的，只是不凑巧，江茂的媳妇偏偏回来了！”夏天智说：“江茂的媳妇？哎哎，谁在念啥的？”夏天智对秦腔敏感，他第一个听到我的朗诵了。院子里一时静下来，我故意又放高了声音，而且用普通话，我的普通话说得不好，有醋溜的味道。上善说：“是引生，他疯疯癫癫胡叫哩。”上善就对着墙外说，“引生引生，你要念就好好念，说什么普通话，把舌头放好着念！”院子里的人都听到了我的朗诵，我很得意，继续朗诵，但是乡里和村里的一些干部一溜带串地到夏天智家来了，我不愿意他们看见我在夏天智家院墙外朗诵，就走开了。

诗赞没有朗诵完，但白雪是听了几句就知道是怎么回事了，她没有吭声，一转身去了厨房，帮起四婶做饭。四婶却说：“刚才上善的话你听到了？”白雪说：“咋？”四婶说：“是不是你娘家二婶的儿媳妇要超生呀？”白雪说：“听我娘说，是我江茂哥的媳妇又怀上了，逃避计划生育，逃到南山她娘家去了。”四婶说：“坏了，她回来了，金莲今日要去抓你嫂子的。”白雪说：“是不是？已经有两个女娃了，还要生，日子都过成什么样了，再生一个咋着活得起？”四婶说：“农村人么，没个男娃咋行？你快去报个信，让你嫂子躲开。”白雪说：“我不去。”四婶说：“咱不知道也就罢了，知道了不去说，心里咋能过去？！”白雪就趁夏天智招呼乡里和村里来的客人的混乱间去了西街。夏天智忙活了半天，突然叫夏风，夏风说：“又有啥事了，五瓶酒还不够呀？”夏天智说：“我把你二伯忘了，他怎么也得来呀！你去你二伯家看他在不在，要是不在，就骑上君亭的摩托去七里沟，一定得把他接回来！”

夏风去了夏天义家，路过中星他爹院门口，中星的爹正在门口倒中药渣子，就问：“荣叔又熬中药啦？”中星他爹说：“我难过得很。”夏风说：“荣叔一辈子都没精神过，不是这儿疼就是那儿疼，你没事的！”中星他爹说：“咋能没事呢？你给你爹出了书啦？”夏风说：“这你咋知道的？”中星他爹说：“我有啥不知道！你这儿子好，我让你中星哥把这院房子重修一修，但他不，他说他将来要给清风街的州河里造一座桥呀！”夏风说：“那好，那是大事哩，他得当了大官才行！”夏风心里反感了这位荣叔，原本也要请荣叔去他家喝酒，也就没再请。到了蝎子尾，夏天义家的院门口停着一辆手扶拖拉机，李三娃在院子里和夏天义正说话。夏风进去，两人倒不说了，夏风说：“二伯今日没去七里沟呀？”夏天义说：“没去哩。叫你去七里沟看看，你咋老是不去？”夏风说：“改日我肯定去的。”就说了他爹的那些秦腔脸谱要结集出书呀，省城来的编辑也要走呀，家里备了些酒，请二伯过去喝几盅。夏天义说：“哈，好事么，书厚不厚？”夏风说：“估计将来有二指厚吧。”夏天义说：“你爹给我说过，那么厚的书，将来我死了枕石头，你爹拿书做枕头了！”就对李三娃说：“就这样吧，吃亏占便宜都不是外人。你说你叔平日对你怎样？”李三娃说：“天义叔好是好，就是为河堤上的树扇过我耳光么，我这耳朵现在还有些聋。”夏天义笑道：“你狗日的还记仇呀？！那一次把你没打死都是好的，我可给你说，你占我多少便宜都行，集体的事你少浅眼窝！”李三娃说：“这拖拉机可是我个人的，为了这拖拉机的欠款，这回我是卖了三斗麦哩。”夏天义说：“你也瞧瞧它都快是一堆烂铁了！”李三娃说：“车厢是破了些，可机器好得很，而你这桌子倒成了啥模样了么！”夏天义说：“你懂不懂，这是红木桌子，你在清风街谁家还见过这桌子？白家要不是大地主，甭说你，我也没见过的！这几十年了，合的缝你看得出来？你试试这分量，你试试！”李三娃把桌子搬起来，试了试，不吭声了，又蹴下身摇桌子腿，说：“有茶壶就得有茶碗的，光这一张桌子就能值一个手扶拖拉机？你这是一堆木头，手扶拖拉机可是一堆铁！”夏天义说：“狗日的三娃，你咋像你爹生前一样，过河渠沟子也夹水？你那点鬼心思以为我看不出来，你和我磨来磨去就谋算那两把椅子呀？！”李三娃说：“你把羊都卖了还舍不得缰绳？！”二婶在堂屋说：“这椅子不给，贵贱不给，桌子没了，又拿椅子，这屋里还有啥值钱的货呀？”夏天义说：“你少插嘴！”对李三娃一挥手，说：“好了好了，都给了你！你把手扶拖拉机的摇把留下，桌子椅子天黑了来搬，我还得去夏风那儿喝酒呀！”李三娃说：“又喝酒呀，你们夏家日子都滋润，原先是雷庆家见天喝酒，现在又是天智叔家啦。”夏天义说：“你说啥，你狗日的是喝不起酒的人？你要是喝不起我请你喝酒，让你的钱在你家生儿子！”李三娃嘿嘿地笑。夏天义就对夏风说：“你先回去，我让三娃把手扶拖拉机推到院里了我就来。”夏风就回来了。

客都到了，白雪没闪面，夏天义还没有来。夏天智问白雪呢，四婶谎说到商店买酱油了，又问夏风：“你二伯呢？”君亭在屋里说：“二叔也来吗？”夏天智说：“来的。”君亭说：“那我就得走了。”夏天智说：“胡说！和你二叔闹啥气憋的？过会儿他来了，你要好好给他敬酒哩！”君亭说：“我没问题，只怕二叔给我难看。”夏天智说：“国共两党是死敌，毛主席和蒋介石见面还握手哩！你和你二叔都是为了治村，只是方略不同罢了，闹着让外人笑话！他为大你为小，他就是唾在你脸上，你都要给他笑哩！”乡长就说：“君亭，老主任是不是自己去了七里沟？”君亭说：“他要做老愚公故意给我难堪的。”乡长说：“也难得他是为了集体，必要时你们得支持他么。”君亭说：“他往七里沟一去，村里人就议论了我的不是，我那金玉满堂和瞎瞎五个兄弟也都说是我把二叔逼到那里的，连我四叔都对我有意见。”夏天智说：“你当了支书是清风街的支书，也是夏家人的支书，该管的要管，该照顾的要照顾，你不要以为夏家是本家人就特别苛刻了给别人看！你二叔是一根筋脾性，你让他成了孤家寡人，可他又不是为了他自己，你就得尊重他，多行孝道，你三叔一死，你想孝顺也孝顺不上了。”君亭说：“我哪儿是苛刻了夏家人给别人看我的光明正大呀，我哪儿又把他逼成了孤家寡人？今天两委会的人差不多都在，我专制独断说一句话，既然二叔执意去七里沟，就让他把七里沟承包了，那蝇子不拉蛋的地方，村里不收一分一厘的承包费，也算给他个名分！”夏天智说：“这倒也行。”就又让夏风去叫夏天义。

夏天义还在家里，家里除了李三娃外，还有哑巴和庆玉。这一回是夏天义和庆玉吵架哩。夏风一时不知所措，也不知为啥原因，越劝挡父子吵得越凶。夏风就问李三娃这是怎么回事，李三娃说夏天义在七里沟拉石头拉土想要他的手扶拖拉机，他就提出用夏天义家的八仙桌换。夏天义同意了，可庆玉得到了消息却要来拉八仙桌。夏天义当然不让拉，说你们兄弟五个分房另住了，你凭啥拿这桌子？庆玉说老人总有百年之后的，到时候父母的遗产还不是五个儿子平分，他什么都不要，就要这桌子椅子，如果这桌子椅子不顶换手扶拖拉机，他可以让他爹继续用，如果他爹要顶换手扶拖拉机，那他现在就搬走桌子椅子。夏风对庆玉立即反感，把庆玉拉开，要他不得和二伯红脖子涨脸地吵，吵什么来呀！？庆玉说："夏风你在外边见的世面多，这桌子怎么能顶换呢？酒楼上住的马大中是来这儿见过这桌子的，他给我说这桌子是老古董，在省城值二万三万哩。"夏天义一听，说："噢，我说你要桌子的，你是黑了心么！"庆玉说："我说过了，以后我啥都不分的。我是不是你的一个儿子？"夏天义说："我还没死哩，你分啥呀？！"庆玉说："现在不分也行，但不能就好过了李三娃。"夏天义说："那你给我买手扶拖拉机？"庆玉说："修七里沟值得你变卖家产？去散散心也就是了。凭你能修了七里沟！你咋修呀，修十年还是八年，你也不看看自己年纪？"夏天义说："咋，咒我死呀？我就是明日死了，我今日还要修！三娃，你现在就把桌子搬走！"李三娃过去搬，庆玉压住不放，干脆坐在桌子上。夏天义说："你下来不下来？"拉住庆玉胳膊往下拽。庆玉手一甩，夏天义闪了个趔趄坐在了地上。哑巴一直在旁边看着，见夏天义跌坐在地，冲过去把庆玉从桌上掀翻了。庆玉说："你碎熊想咋？"哑巴哇哇地叫，庆玉扇哑巴一耳光，哑巴拦腰把庆玉抱起来了往地上蹾，像蹾粮食袋，蹾了三下，庆玉的眼镜掉了下来。庆玉没有了眼镜，就是瞎子，他在地上摸，哑巴把眼镜又踢开。夏天义也不劝哑巴，说："三娃，让你把桌子搬走，你瓷啦？！"李三娃就先把椅子扛起来。庆玉在地上站不起来，骂："三娃，你敢把桌子椅子搬走，我就敢把你的娃娃撂到井里！"李三娃一听，扔下椅子到了院外，把手扶拖拉机发动了，恨恨地开着走了。夏天义在院子里突然用手打自己的脸，骂道："我丢人呀，丢了先人呀，我看我死不在七里沟，死不在崖上、绳上，我就死在你庆玉手里呀！”夏风忙推了庆玉快走，庆玉不走，哑巴拽起他一条腿往院门外拉，像拉一条狗，一拉出去，转身回来把院门关了，连夏风也关在了门外。

夏风叫门，叫不开。二婶已经起了哭声。夏风才跑回自家，把情况说给了在家等着喝酒的人。夏天智当下和君亭上善赶到蝎子尾。夏天智隔着门缝喊：“二哥，二哥，你把门打开么！”院子里没声息，哭着的二婶也止了声。上善说：“你就说乡上书记乡长说事来了。”夏天智又喊：“二哥，二哥，乡上的书记和乡长来给你说个事的。”院子里还是没反应。君亭说：“让我喊！”上善说：“你喊更不开门的。”夏风说：“叫哑巴，哑巴在院子里。”夏天智就喊哑巴，从门缝看，哑巴已经从堂屋出来了，就立在院中，偏不开门，气得夏天智咚咚地敲，二婶才出来把门开了，说声“天智！”就哭了。

众人进了堂屋，夏天义直戳戳坐在小条凳上，眼睛闭着，鼻孔张得很大。夏天智说：“有啥大不了的事，生这么大的气？！”一句未了，夏天义突然跳起来，从门后抄起了一把斧头，哐哐地就在院子里的桌子上砍起来，立时一条桌腿便砍断了。众人登时愣了，缓过神忙去夺斧头，夏天智却说：“砍得好！要这桌子干啥？”夏天义越发像头狮子，又是十上八下地砍，桌子成了一堆木板，然后咣地把斧头撂了，说：“这是我的桌子，我想怎么砍就怎么砍！”众人都呆了像木鸡，二婶号啕大哭。夏天义吼道：“你哭啥呀，咱生下冤孽了有啥哭的？！”脸黑得像锅底，却说，“来了，坐。”取了他的黑卷烟一一给大家散，也给了君亭一根。都不知道该说些啥，君亭倒说：“二叔，你这可是很长日子没给我散过烟啦！”夏天义说：“你不见我，我给鬼散去？”上善赶紧打圆场，说：“哈，这下没事了，哑巴哑巴，你没眼色，还不把这些木片子拿开，给你爷搬凳子呀！”哑巴把砍下的木片拾开了，端了凳子给夏天义。夏天义没坐，让乡书记坐了，又拿了另一个凳子让乡长坐。君亭忙搬了那把红木椅子给了夏天义。上善说：“今日天智叔摆了酒席，为的就是要给你和君亭喝化解酒的，这酒还没喝，隔阂就解决了。我知道了，天义叔不到天智叔家是个阴谋，故意要让君亭亲自上门的。”夏天义说：“我和君亭有啥隔阂？为了集体的事，吵是吵嚷是嚷，心里没仇没恨的，我恨的就是我养了个狼，咱整天说谁是谁的掘墓人，庆玉才真的是我的掘墓人！”乡长说：“你儿子当然是你的掘墓人呀！”夏天义说：“我就是死了，让狗叼着死了，也不让他送终！”夏天智说：“到底是咋回事么？”夏天义说：“咋说呀，不说啦，你们去吃酒吧，不要为我家里的事败了大家的兴。”君亭说：“二叔，你不说我们都知道了，庆玉不让拿桌子换手扶拖拉机，咱就不换了么……”夏天义说：“不换了他庆玉也休想拿到！”上善说：“这桌子是魔鬼变的，砍了就安然了！”君亭接上说：“两委会已作了决定，让你承包七里沟，你愿意怎么干就怎么干去，村上不收你的承包费。没有手扶拖拉机，把村上的那辆旧手扶拖拉机也就给你！至于这屋子里的东西，他庆玉要，你不会答应，就是你答应了，村里也不同意，只要你老在，谁都不能动一针一线，即便你和我二婶都不在了，分家还得村干部主持吧，我君亭还得出面吧？”乡长就拉了夏天义，说：“君亭话都说到这儿了，你还不笑一下？”夏天义不笑。乡长说：“你不笑？”戳了一下胳肢窝，夏天义说：“我修七里沟是我没办法了才去的，靠我能把七里沟修好？乡上领导都在这儿，你当支书的不是说同意我承包七里沟，你应该实施什么时候去淤七里沟啊！”乡长就说：“老主任，你这就得寸进尺了，淤不淤七里沟那是以后的事，今日咱先喝酒，还有省城的人哩，不要晾了人家。”连搡带扯，把夏天义拉出了门。夏天智让二婶也到家去，二婶不去，说：“你二哥咋活得像娃娃一样喽！”把褂子让夏天智给捎上，还有那副大椭子眼镜和一包黑卷烟。夏天智就指着哑巴骂：“没心眼，叫你开门咋不开门？！”哑巴只是笑，然后跑到厕所就不出来了。

事情是解决了，大家却没了酒兴，原本准备了五瓶酒，只喝过两瓶就喝不动了。夏天智说：“都喝呀！夏风，给各位都倒满！来，我再敬大家一杯！”新生说：“四叔，我不敢多喝了，这酒上头。”夏天智说：“我这是好酒，咋就上头了？！”新生说：“不是四叔的酒不好，酒是好酒，是我昨夜没睡好，沾酒头就昏了。”夏天智说：“你那胖身子，渗都渗半斤酒的。”新生说：“我实在不行了，你瞧我这脸！”新生的脸红得像猴屁股，他解开褂子，胸膛上也是红的。夏天智说：“那是这，你要不喝了，你给咱唱一段，黑编辑到咱这儿，老感叹这么个小地方还有人能画秦腔脸谱，他是不知道清风街人还都能唱秦腔的！不是我夏天智多能耐，是清风街秦腔艺术的群众基础厚，啥地方产啥东西，咱这儿葱长一尺高，我听中星说，他在新疆当兵，那里的葱都是两尺来高！新生你就唱一段，让黑编辑听听！”众人就说：“好，好，新生来一段！”新生却说：“唱啥呀？让上善唱吧，上善你唱了我再唱！”夏天智说：“上善你先唱？”上善就拢了拢扑闪在额前的那撮头发，说：“唱就唱，我脸厚。今日高兴的事多，初次见到省城里的黑老师。”黑编辑忙说：“什么老师，我年轻，就叫小黑。”上善说：“叫老师！初次见到了黑老师，又是四叔要出书，再是君亭和二叔和好，还有乡上的两位领导在场。”乡长说：“你这话多了，咱们又不是不常见面？”上善说：“和领导在一块吃饭这是第一回呀！这么多的好事，我就唱一段，大家多喝酒。”大家以为他要唱了，上善却又说：“喝什么呀？我在清风街是唱得最不好的，四叔说清风街秦腔艺术的群众基础厚，这话是真的，刚才在路上碰着引生，连引生都写了个文章，说的也是秦腔。”他把那份材料拿出来。黑编辑说：“引生是谁？”夏天智说：“疯子！”黑编辑说：“疯子？让我看看是咋样个疯子！”一边看，一边说：“哈！”一连说了三个“哈”。夏天智说：“上善，让你唱的，谁叫你说这些？胡拉被子乱拽毡！”黑编辑说：“写得好么，咱书上没有序，这不是现成的序么！”夏天智说：“咹？我看看。”夏天智看了，说：“这是引生给你的？”上善说：“是呀。”夏天智说：“他从哪儿弄来的，他怎么能写了这些？”上善说：“是不是宏声写的？”黑编辑说：“宏声又是谁？”夏天智说：“清风街上的医生。”黑编辑说：“真是块神奇地方！别的书请名人作序的，咱这本书用民间的序，那就太有意思啦！”黑编辑手舞足蹈，夏天智也高兴了，说：“人常说天上掉馅饼，真是掉了馅饼，喝酒，喝酒！”乡长说：“老校长喜糊涂了，你不是让上善唱一段吗？”夏天智说：“对对对，上善你唱！”上善还是说唱啥呀，啪啪地拍脑门，只说他又要拿做，嘴里却不变声调地说开戏词了：“我在学坊当门督，爱吃牛肉喝烧酒，我乃门督，今是大比之年，学里老师命我给吕师爷送来衣帽蓝衫，十两银子的盘缠，打发老人家上京求官。来到门前，咋没人言喘。吕师爷！哎呀是不是饿死咧。吕师娘！得是冻死咧。待我窑背上去叫，吕师爷你睡醒些，财神爷给你送元宝来了！”咣哐，把酒杯往桌上一扔。君亭说：“酒杯？酒杯？”上善说：“那不是酒杯，是扔的金元宝！”开口却唱，“贫莫忧愁富莫夸，谁是长贫久富家。有朝一日风云炸，时来了官帽插鲜花。”黑编辑立即鼓掌，说：“唱得好，唱得好！”夏天智说：“你知道他唱的哪出戏？”黑编辑说：“这我倒说不来。”夏天智说：“是《木南寺》，穷秀才吕蒙正和妻刘瑞莲受饿于破窑，刘氏之母来接济女儿，差苍头丫环送来粮米，刚才那段是门督的说唱。”黑编辑说：“噢，是丑角戏。”夏天智说：“上善不是唱黑头就是唱丑角。”上善说：“四叔是说我不是个正人君子啊？”夏天智笑着说：“你是个人精，清风街真还离不得你！新生，现在该你了，上善唱的是丑角，你来一段正剧，咋样？”刘新生说：“唱哪段？”夏天智说：“来段长的，《哭祖庙》，我给你起板。”手就在桌沿上敲打，先敲“渐板”，自己哼唱，再敲“二倒板”，刘新生便唱开了：“先皇爷腰挎着三尺宝剑，灭强秦除霸楚才定河山。自孝平国威衰王莽篡汉，毒药酒害平帝龙驾归天。光武帝走南阳复兴炎汉，全凭着云台将二十八员。传位在桓灵帝宦官作乱，恨黄巾插义旗四下狼烟。我皇祖和关张桃园遇面，杀白马宰乌牛大谢苍天……”夏天智离开了堂屋，到了院子，四婶却坐在厨房门口打盹儿，夏天智说：“堂屋里唱得多热闹，你倒瞌睡了？！”四婶说：“这酒喝到啥时候呀，饭菜都放凉啦！”夏天智说：“不急的，大家正喝到兴头。白雪呢？说得好好的她要给大家唱一段的，人呢？”四婶说：“她身子都笨成那样了，还让她唱啥的，唱出毛病了你负责呀？！”夏天智没脾气了，立在那里了半天，堂屋里新生还在继续唱：“……当阳桥三声吼吓退曹瞒，折柳梢系马尾用计一件。马奔跑尘土万丈扑满天，站立在桥梁上三声喊。直吓得曹相人踏人死马踩人亡折一半回营去拖过年册簿子从头到尾仔细观，大将折了整二万，小卒一概记不全……”

夏天智再到堂屋去，四婶赶紧叫了夏风在一边，说了白雪娘家的事，打发去看看。

这肯定是个热闹的日子，夏家在东街热闹着。白家在西街也热闹着。我本来去七里沟，但夏天义说他要找李三娃换手扶拖拉机，让我也去铁匠铺买把锨，我便去买锨了。从铁匠铺出来正碰着金莲领人去西街，我就嘿嘿地笑。金莲说：“你笑啥的？”我说：“两个苍蝇在你脊背上搞事哩！”金莲说：“滚！”但两个苍蝇确实在她脊背上压了摞摞。我说：“滚就滚，哪怕苍蝇把你脊背搞烂哩！”我站在了铁匠铺门口的台阶上，金莲抖了一下身，苍蝇飞起，它们飞在空中还是一个摞一个，金莲就觉得冤枉我了，说：“跟我计划生育去！”我说：“我为啥跟你去计划生育？”金莲说：“你不能生育了么！”我骂她了一句，却问要抓谁去？金莲说是抓江茂的媳妇，我就跟着她去了，因为我恨江茂。那一次我偷白雪的内衣，江茂积极得很，首先撵过来打我。君子报仇十年不晚，终于有机会让我整他了，最起码，我可以看他的笑话。但我怎么也没有想到，去江茂家就遇上了白雪。

白雪是回到了她的娘家，她娘没有在，外甥女在院子里跳绳儿，说我婆在后头院子里。后头院子便是江茂的家，白雪去了，果然见堂嫂改改挺着个肚子坐在屋台阶上，娘和婶婶说什么，哧哧地笑个不停。白雪说了消息，改改变脸失色，转身就往屋里走。婶婶说：“金莲怎么就知道改改回来了，谁报的信儿？当存你断子绝孙呀，你嘴那么长？！”白雪知道当存是西街牛拴的老婆，两家以前为地畔吵过仗。白雪娘说：“你骂当存干啥的，你也是多事！”婶婶说：“改改从山里回来就只碰上过当存，不是她报的信还有谁？改改，你往屋里钻顶啥用，屋里老鼠窟窿他们都会翻到的。”改改就又出来，抱着个包袱，说她到河堤上去；河堤那儿有芦苇滩，钻进去了寻不着。婶婶说：“那怎么行，那里能过夜？”又说，“白雪，让你嫂子穿上件衣服把脸盖住，你领着到你婆婆家去。她金莲能想到人在你婆婆家？就是知道了，她还到夏家抓人去？”白雪说：“正因为村干部都在我家，我才知道了消息过来的，哪能去得？”白雪娘说：“就是能躲，躲到人家那里算个啥？先到我家去吧。”开了院门，瞧瞧四下无人，小偷一样窜到了前院。婶婶收拾了才吃过饭的碗筷，又把织布机移到院门过道，然后站在巷口往街道方向瞅。

白雪娘将改改安排到西厦子屋的一间小房，让上炕睡了，又拿了尿桶进去，叮咛千万不要出来，不管外边有啥动静都不得出声，要尿了，就顺着尿桶边儿尿，喉咙再痒，多咽些唾沫，不准咳嗽。拉闭了门，上锁子，把院中跳绳的孩子撵赶出去了。白雪说：“娘，那我该走呀！”白雪娘这才问起白雪几时从县上回来的，身子怎样，一定要把自己养好，把胎保好，说：“你也看到了，在农村生个娃娃多不容易！”白雪说：“‘计划生育’这么严啊！”白雪娘说：“这一届村班子硬得很，你嫂子从一怀上就跑了的。要跑你就跑得远远的，把娃娃生下来再回来，可她鬼迷心窍了，你江茂哥打工又不在，你回来干啥，没事找事！”白雪说：“生那么多娃娃干啥呀，我连我这头胎都不想要哩。”白雪娘说：“快唾嘴！”呸呸朝空中唾了三下，也让白雪唾。白雪一唾，唾沫落在脸上。白雪娘又说：“在你家里，可别说这话！记住啦没？”白雪笑了笑没言传，就听得后边院子里人声嘈杂。白雪娘说：“我心咋这慌的！”爬上院墙梯子，假装整理院墙头上搭晾的玉米棒子，往外一看，金莲和一伙人从巷子进来。白雪娘说：“这不是金莲吗，啊哪搭去呀？”却不等金莲回话，就爬下梯子，小声对白雪说：“来了，真的来了！”白雪说：“那我走呀，那边正待客的。”白雪娘说：“你先不急，就守在院里，我到后边去看看。”

白雪的婶婶一听到白雪娘大声说话，立即坐上了织布机，脚一踏，手一扳，哐哐地织起了布。我们已经到了院子，她还在织布机上不下来。等白雪娘赶了过来，金莲已经和白雪的婶婶吵了起来，那婶婶一口咬定改改没有回来，指天划地，发白眼咒。但金莲压根不在乎这些，只讲了一遍：逃避计划生育和包庇逃避计划生育人的行为都是犯了国法！开始在上下屋搜寻。搜寻的人有村干部刘西杰，有治保员周天伦，有赵宏声和我。我们查看了每一个小房间，又上到木板楼上，又下到红苕窖里，金莲甚至揭起了那些大小瓮盖后，还弯腰下去检查了鸡棚。没有个人影。这时白雪她娘进了院，白雪她娘一进来我就慌了，忙拿起一个草帽戴在头上。白雪的婶婶说："抢东西呀，戴我家帽子！"她把帽子夺了去，我就站在了刘西杰身后。白雪娘看见我了并没理我，说："金莲金莲，又收什么税了吗？"金莲说："姨，你知不知道改改回来了？"白雪娘说："没听说么。"白雪的婶婶还坐在织布机上，吊着脸，说："金莲，你把鸡棚看了，你再把鸡屁眼摸摸，看改改在没在里边藏着！"金莲说："你不恨我，我这里执行国策哩，上一次她回来了，你说没回来，你骗了我，骗一回两回，骗不了三回四回的，这次明明有人看见了她，你又把她藏在哪儿啦？"白雪的婶婶说："这是谁在嚼舌根呀，就不怕断子绝孙，她一辈子不生个娃娃，就这样嫉恨我呀？她欺负我家没个男娃，我要有个男娃长得门扇高了，看她还敢多嘴？"就大声哭，手在织布机上拍得啪啪响。白雪她娘说："干部来了，你咋能这样，也不请干部喝口水呀！"婶婶还在哭，说"你拿电壶倒些水"，又拉长了声哭。一边哭一边看白雪娘在四五个碗里倒水，她又说："放些糖，糖在柜柜瓷罐里。"再是哭。金莲不喝水，我们都没喝水，但也寻不着大肚子改改。白雪娘说："改改又不是个蚂蚁，家里寻不着，那真的是没回来，你们搞计划生育的也辛苦，到我家去坐坐吧。"白雪娘当然是说客气话，金莲却同意了，她给周天伦耳语了一下，说："你们就在这儿守着，她一天不露面守一天，十天不露面就守十天，清风街的计划生育先进称号不能让她给咱毁了！"她跟了白雪娘往前边院子走，偏偏又把我叫上。我说："我不去了吧？"金莲说："咋不去？"我跟金莲走，刚一走到前边院门口，我就看见了白雪，一下子身子钉在地上了。我看见白雪也看到了我，她的眼睛闪了一下，然后就避开了。天呀，她一刹那的眼神，是惊慌，是疑惑，是不好意思，又是愤怒，像是给我扔过来一把麦芒，蜇得我浑身起了红疙瘩，扭头便跑。金莲大声叫我："引生，引生，你还想要补贴不想？！"我一直往巷子外跑，一只鞋都跑掉了，还是跑。

我跑得越远，魂却离白雪越近，如果白雪能注意的话，一只螳螂爬在她的肩膀上，那就是我。最可恶的是金莲，她首先看见了螳螂，说：“这个时候了哪儿来的螳螂？！”把螳螂拨到地上。白雪看见了螳螂就尖叫，她说她害怕这种长胳膊长腿的虫子，就咕咕地吆呼鸡，鸡把我叼起来就跑了。鸡吃不了我，鸡把我才叼到院门外，我一挣扎就飞了。白雪和金莲是中学的同学，白雪没和夏风结婚的时候金莲和白雪好，白雪和夏风结婚后金莲就恨白雪，但现在金莲却显得热火，不停地夸说白雪的上衣好，鞋也好，头上的发卡在哪儿买的，真好看。金莲永远不说白雪漂亮，只说白雪的衣服好。我恨起了金莲，我的螳螂不再是螳螂了，我变成了绿头苍蝇来恶心她，在她头上嗡嗡地飞，她赶不走，还把一粒屎拉在她脸上。金莲的脸上有好多雀斑，全是苍蝇屎的颜色。白雪她娘说：“金莲你的衣服才漂亮哩！你爹身体还好？”金莲说：“春天犯了一次病，不行不行了又缓了过来，现在还可以。”白雪她娘说：“你要多照看着哩，你爹就你这个女儿，女儿是爹娘的贴身小袄哩！”金莲说：“我一天忙的，哪能顾上？！”白雪她娘说：“也是，当干部要唱红脸又要唱白脸么。金莲啥都好，要是性子不急，说话不冲那就更好了！”金莲说：“你是嫌我刚才太厉害啦？”白雪她娘说：“那也应该。”金莲说：“谁愿意把自己弄得不男不女呀？可你当干部，不厉害咋工作？！改改生过两胎了，又要生三胎，咱不说为国家的长远利益着想，只说计划生育指标完不成，县上训乡上，乡上训君亭，君亭又训我，你说我咋办？我给你透个实情，村部都决定啦，改改她再不回来，村上就得罚她家款呀！”白雪她娘说：“罚那个老婆子呀？她儿子在外边下煤窑，命是今日有明日没有的，改改再一跑，家里地都荒了，她老婆子还有个啥呀？！”金莲说：“西山湾村里违犯计划生育的都抬门揭瓦啦！”白雪她娘说：“你瞧你瞧，狠劲又上来了？！”金莲就嘎嘎地笑。白雪起身去给金莲倒茶，悄声对娘说：“你咋让她到咱家了？”她娘说：“我随便说了声去家坐，谁知她就过来了。”白雪说：“那我怎么回东街呀？”她娘说：“你不要走了，你在这儿能和她说话，她想不到改改在咱家的。”刘西杰走进来给金莲招手，金莲近去，两人耳语了几句，金莲就笑了，接了白雪递来的茶，喝了一口，说：“好茶！姨呀，咋舍得给我喝这上等茶？改改不会在你家吧？”白雪娘脸一下子变了，忙低头往厦屋走，走到窗台了，拿了窗台上一把笤帚，说：“你说啥，金莲，这是我的家，她在我家干啥？你是吓你姨哩！”笤帚拿在手里了，却放下，说：“白雪你和金莲坐，我挑些水去。”金莲说：“你要挑水呀，是这吧，我帮你挑去！”夺了水担，却要白雪跟她一块去，两个人说说话。白雪她娘心静下来，给白雪使眼色，白雪无奈地跟了金莲到西街头的泉里去挑水。

白雪一走，刘西杰和周天伦就趴在了厦房的后窗，他们已经搜索了周围人家，终于从后窗看见屋中的土炕上睡着一个人，看发型是改改，就拍窗子喊，那人不动弹，越发肯定了是改改，拿棍子从窗格里伸进去捅。一捅，那人一挪，再一捅，那人再一挪，一直捅得从土炕上掉了下来，果然就是改改。刘西杰和周天伦便进了院子，让白雪娘开厦屋门，白雪娘不开，他们将门抬开，把改改抓住就往赵宏声的大清堂去。白雪娘气得双腿稀软，坐在院子里起不来，白雪的婶婶不敢哭也不敢闹，却扎煞着手跟着一块去。

这边把人一带走，巷子里就嚷：改改被抓走了！抓去流产呀！挑了两桶水过来的金莲放下担子，说：“白雪，我得走啦！”转身跑了。白雪挑不动两桶水，只身回来，她娘在院里双眼瓷着，一语不发。院里有一只猫，卧了一团，头却仰着天，两眼睁得圆圆的，而一只鸡，斜着身子，探了脑袋，步子小心翼翼地往猫跟前走。猫不知怎么看着天流泪，鸡也不知这猫又怎么啦，这么可怜？白雪到了这会儿才明白了金莲是故意要把她引开的，倒埋怨娘不会办事，弄巧成拙。

在清风街，这样的事情早已司空见惯了，所以改改被抓去了大清堂，巷子里人知道了，也只说：“把改改抓走了，这笨改改，跑回来了干啥？！”就各人过各人的日子了。大清堂里，所有违犯了计划生育的妇女刮宫流产都在那里，赵宏声就曾说过，后院里那间治疗房里有三百个娃娃的魂呢，每到半夜，那房里有小鬼叫唤。所以，这间房子初盖起时他贴了一联：“为因此外无妙地；恰好其间起小屋。”后来就又贴上了：“社会不收你，你来干啥；是可怜儿女，另处投胎。”改改被带到那间小屋，天差不多要黑了，白雪的婶婶跟了去，竟悄悄溜进后院就躲在小屋边的柴草棚里。柴草棚里的蚊子能把白雪的婶婶吃了，她不敢拍打，只用手在脸上胳膊上抹，抹得一手腥血。金莲当然回家去了，刘西杰和周天伦还坐在大清堂门口把守，赵宏声去做结扎手术时手术已做不成，对刘西杰和周天伦说改改怕是要生呀。刘西杰说：“那你就接生吧，孩子一生下来就处理掉！”赵宏声说：“生下来了咋能捏死？！”刘西杰说：“生下来了你喊我！”刘西杰和周天伦在前边的药铺里喝酒，你一盅我一盅，喝得脚下拌蒜。赵宏声拿了消毒的器械又进了小屋，半个时辰，改改真的把孩子生了出来。改改是已生过两胎，再生娃娃没叫喊一声，容易得就像拉了一泡屎。但怪事就在这个时候出现了，孩子和羊水扑通一声喷出来，孩子像一条鱼在床上的油纸上滑了过去，竟然掉到了地下，而电灯哗地灭了。赵宏声以为是跳了闸，在门后的闸盘上扳闸刀推闸刀，灯还是黑的，骂着：“停电了？！”赶忙又在地上摸孩子，没摸到。药铺里的刘西杰喊：“宏声宏声咋没电了？”赵宏声满手的血，跑到药铺取蜡烛，取了蜡烛又寻不着火柴，等点着了，院子里又跌一跤，蜡烛又灭了。赵宏声最后到了小屋，改改虚脱在床上，孩子连同胎衣却不见了。赵宏声吃了一惊，说：“娃呢？！”改改说：“我生下娃娃了你们让我看都不看一眼就扔了？！”赵宏声便大声叫喊刘西杰和周天伦。

其实孩子是白雪的婶婶抱走了。这老婆子邪得很，她在柴草棚里隔着棚缝看天上的一颗星星，祈祷说：“我娃生下来就断电吧！”果然电就断了。她鬼影一般闪到小屋，从地上把孩子抱起来，先分开孩子的腿，摸着了一个小牛牛，黑暗里她不出声地说：“天！”眼泪流下来。她原本有一条风湿腿，鬼晓得那一晚身手麻利，撩起了衣襟把孩子连同胎衣兜了就跑到院角，又踏着院墙下的鸡棚上了院墙，再从院墙上跳下去，顺巷道跑向了312国道。

再说夏风去西街接白雪，一出门碰着了赛虎，他跺了一下脚，赛虎站住瞅他，尾巴摇摇，又掉头跑了。夏风想赛虎一定又是来找来运的，叫道：“赛虎，赛虎！”赛虎却一直顺着巷子跑，出了巷子，竟从斜路上往乡政府那儿去。夏风也是无聊，也撵着到了乡政府门外，书正拍打着衣服正要回家，说：“夏风，今日请客了？喝的啥好酒呀，书记和乡长一回来都醉得睡了！”拿脚踢赛虎，又说，“赛虎也去啦？”夏风说：“又不是设狗宴！”书正说：“我不是那意思，夏风。这赛虎怪得很，街上多少狗来找它，它都不理，就和来运好，狗找对象也讲究门当户对的！”夏风说：“狗的事，我不理会。”夏风不愿意多说，顺了公路走，走到砖场那边的岔路上了折往西街，却见一个黑影一闪，再看却什么也没有了。夏风吓了一跳，问：“谁？”前边的一个土塄下黑影蠕动着，说：“是夏风吗？”夏风走近一看，是白雪的婶婶，衣襟撩着，鼓鼓囊囊，就说：“你拿的什么呀？我来帮你！”婶婶低声说：“娃叫你姑父哩！”不容分说，拉着夏风从土塄下往北又走了百米远，蹲下了，让夏风看。夏风看到一个婴儿，小得像个老鼠，身上还连着胎衣。婶婶说：“改改让抓走了，没想不该我家绝后，她就生下来了……快把脐带弄断！”夏风不知所措。婶婶说：“寻石头，寻两块石头！”夏风寻了两个石头，将脐带放在一个石头上，用另一个石头砸，砸了一下，软软的，没有砸断，再砸了一下，滑，还是没断。婶婶说：“真笨，用力砸么！”夏风又砸了两下，脐带断了。婶婶撩起衣服，说：“你快去告诉你丈母娘，让她到陈星的果园来。”夏风跑了十多步，听到了孩子的哭，弱得像病猫叫。

夏风一定是没有想到他会经历这样一件事，那一晚他觉得新奇而兴奋，等到接回了白雪，已经半夜，夏天智和四婶都睡下了。两人在床上睡不着，还说着改改生孩子的事，夏风说：“你嫂子想要个男娃真就生了个男娃，你能给咱生个啥呀？”白雪说：“你想要个啥？”夏风说：“是男是女都行，但我估摸你生个女娃。”白雪说：“为啥？”夏风说：“你发现了没有，越是日子穷的人家越是生男娃，日子好过的倒是女娃多。”白雪说：“我还是想要个男娃！”夏风突然笑起来。白雪说：“笑啥的？”夏风说：“你说这话让我想起一个荤段子了。说是一群孕妇到医院去检查怀的是男娃还是女娃，医生问第一个孕妇：做爱时你在上边还是你丈夫在上边？”孕妇说：“他在上边。”医生说：是男娃。轮到第二个孕妇，医生还是问：你在上边还是你丈夫在上边？说：我在上边。医生说：女娃。轮到第三个孕妇了，医生还没有问，孕妇却哭了。医生说：你哭啥呢？孕妇说：我可能生个狗呀，我丈夫是在后边的！白雪突然觉得身上一股凉气，打了个颤，说：“你就讲这样的故事？！”夏风也觉得这时候说这样的笑话不好，才要自己给自己圆场，西边房里有了响动，是四婶起来去上厕所，四婶瞧见东边房里还亮着灯，说：“白雪白雪，咋还没睡？”白雪说：“就睡呀，娘！”四婶说：“快睡，别折腾身子！”白雪悄声说：“娘担心咱们有那事哩，白天就暗示过我，说不要顺着你的性儿，要不对孩子不好，我还问要流产吗，她说，生下孩子了，孩子会浑身不干净。”夏风说：“你这一说，我倒有感觉了。”白雪说：“有感觉了自己解决去！”夏风说没事的，再要求，白雪抱了枕头睡到床另一头。

※　※

那天晚上，夏风和白雪没有睡好觉，而清风街好多人压根就没睡。改改的孩子丢失后，金莲非常生气，她和刘西杰、周天伦、赵宏声，又还把我也叫去，我们在清风街里到处搜寻，都知道孩子肯定被偷走了，但就是搜寻不出来。金莲骂过了赵宏声，又拿我出气，说我为什么临阵逃脱，逃脱了干啥去了，又说我是倒霉蛋，有我参与了这事，这事就出了问题。我委屈不委屈？你金莲让我去的，又不是我要求去的，出了问题就是我的错？！天亮的时候，我和金莲在街上吵了一仗，哑巴却从大清寺的院子里开出了手扶拖拉机。我说：“金莲，世上有一个鬼，你知道叫啥名字？”金莲没回答，我说：“鬼的名字叫日弄，你就是日弄鬼！”一跃身跳上手扶拖拉机，哑巴把我拉走了。

有了手扶拖拉机，我们是鸟枪换了大炮，威风得很。开到了土地庙前，我给哑巴说：“你下去，给土地公土地婆磕个头去！”哑巴下去了，我把手扶拖拉机嘟嘟嘟往前开了，路过了李三娃家门口，李三娃才起来开他家的鸡棚门，他明显地吃惊了，说：“引生，引生！”我不理他，唱：“我杨家投案来不要人保，桃花马梨花枪自挣功劳。”李三娃说：“鸡，鸡，我的鸡！”我看见了他家鸡，但我还是开了过去，鸡从手扶拖拉机的轮子下飞了起来，嘎嘎地叫着，落了一堆鸡毛。这个早晨，二婶熬了一锅粥，里边放了茴豆、黄豆、豆腐丁、萝卜丁、洋芋丁、莲子，还有红枣和核桃仁，夏天义说是八宝粥，他把一碗粥先倒在手扶拖拉机头上，然后才让我和哑巴吃。我说：“天义叔，见了手扶拖拉机我就觉得亲，浑身上下都来劲，咱给它起个名吧。”夏天义说：“那就叫来劲！”我本来是应该开来劲的，夏天义却担心我犯病昏厥，不让我开，哑巴就成了我们的专用司机。

哑巴笨是笨，捣鼓机械却灵醒，每天早晨他把夏天义和我拉到七里沟，晚上了又把夏天义和我拉回村。来来去去，天就凉了，清风街人开始戴帽子系腰带了，田里没了多少活，农贸市场上做买卖的倒比夏里还繁荣。人们见哑巴开来劲开得好，就给哑巴竖大拇指。哑巴是那一阵起得意了的，向他爹要钱买了副茶色片子镜，还把那个手电筒用绳子系了挂在裤带上。有好几天，我担了尿在我自家地里泼尿水，夏天义也在租耕的地里施肥，哑巴开着来劲却去帮好多人干活。中街一户人家的大儿子跟着茶坊村的一个工头在省城搞装饰，干了半年没拿到工钱，哑巴开了来劲帮着去工头家讨债。他不说话，坐在人家门口吃讨债人给他的蒸馍，一气儿吃了五个蒸馍，再掏出一个还要吃，工头害怕了，乖乖把钱给付了，说：“兄弟，你快回去，你别挣死在这里！”哑巴不是故意挣吃着吓人，哑巴的饭量就是那么大。西街老韩头的女儿在省城混得好，拿钱在村里盖了一院房子，也求哑巴能帮她去县城买些家具，哑巴却拒绝了，因为哑巴听村里人说那女儿在省城钱挣得不干净。那女儿就骂哑巴，哑巴还不了口，将身子一晃一晃做下流动作，惹得韩家的人出来撵打，哑巴逃得慌，将手扶拖拉机碰到了丁霸槽万宝酒楼的墙角上，油箱都碰进去一个坑。哑巴回来给夏天义诉委屈，夏天义倒骂哑巴为啥不给人家帮忙？我说韩家的女儿在省城当妓女哩，当然不能帮忙。夏天义说：“你咋知道人家是妓女？”我说：“她一个女的，做啥事了能挣那么多钱盖房哩？”夏天义说：“谁家日子过穷了你们笑话人家，谁家日子富裕了你们就这样嫉恨呀？！”我说：“她不是妓女才怪的，你没见她那一身打扮，妖精似的。和万宝酒楼上那些妓女一样，都是那么厚的鞋底！”夏天义说：“万宝酒楼上有妓女？”我说完就后悔，这话怎么敢给他说？果然夏天义看着我，看了半会儿，我改口说：“她有做妓女的嫌疑。”他也不言语了，只让我把他家剩下的陈包谷装了多半麻袋送去了秦安家。

夏天义把陈包谷送给了秦安，庆玉知道后大为不满。原定秋后兄弟五个给夏天义老两口交稻子和包谷，这个庆玉，还讲究是个教师，插着钢笔戴着近视镜，他没水平，竟然只交了稻子却再没交包谷。庆玉不肯交，庆金、庆满和瞎瞎的三个媳妇也都学样，不肯交，说：爹能把包谷送给秦安，却让咱们交，咱做儿女的倒不如个外姓秦安？竹青最会来事，她是交了，还多给了爹娘一口袋黄豆。再是哑巴回到他家用麻袋装了包谷给夏天义掮去，然后提了一杆秤到各家去收。瞎瞎见哑巴进了门，拿锁子锁了柜，哑巴用秤锤砸锁，叔侄两个就打了起来。瞎瞎没有哑巴力气大，却仗着辈分高，哈巴狗站在了粪堆上，咣地扇了哑巴一个耳光。哑巴头低下去就抵，抵得瞎瞎靠了墙动弹不得。瞎瞎拳头在哑巴脊背上捶，脊背宽得像案板，捶也是白捶，他就揭哑巴屁股，一指头竟然捅进哑巴的肛门里，用力要把哑巴揭翻。哑巴肛门一收，将指头夹住，拉着瞎瞎在院子里转圈儿。瞎瞎喊媳妇：“你拿棍往他头上抡！”哑巴肛门一松，瞎瞎扑通一声跌坐在地上，蹾得半天不得起来。

哑巴在这边打架着，村里好多人站在院墙外听动静，却捂着嘴笑，不去劝解。二婶和俊奇娘又坐在俊奇家的厦屋里一边剥南瓜子儿吃一边拉家常，俊奇娘说着说着就对死去的俊奇爹说话。她说：“你把我的镯子给谁啦？你说，挂面坊往常一月交二百个银元，这一月怎么才收了一百二十个，你把银元给谁啦？镯子是我娘陪给我的，你也敢给了那狐狸精？”二婶说：“你说谁个？”俊奇娘就清亮了，说：“我给俊奇他爹说的。”二婶说：“你说鬼话呀！”俊奇娘说：“我没个老汉么。”二婶说：“要老汉有啥用！我有老汉和没个老汉有啥区别？”俊奇娘说：“有馍不吃和没馍吃是不一样。”俊奇的媳妇从外边进来，说：“我爹死了几十年了，你一天到黑念叨他，我和俊奇是少了你吃的还是穿的？”俊奇娘说：“谁家里少了吃的穿的？”俊奇媳妇说：“你问问二婶，她五个儿子秋里给她了多少包谷？”二婶说：“你咋知道这事？”俊奇媳妇说：“谁不知道呀，刚才哑巴去为你们争包谷，把瞎瞎打了个血头羊！”二婶一听，就往回走，拄了拐杖到了巷口，一疙瘩猪粪滑了脚，跌在地上就哭起来。

夏天智是八字步，穿鞋脚后跟老磨得一半高一半低。他去陈星陈亮的鞋铺里补了一双雨鞋往家去，看见了他的二嫂子坐在地上哭，问哭啥的，二婶说了没人给他们交包谷的事，又说了哑巴和瞎瞎打了架。夏天智把二婶搀起来，说：“我知道了！”直脚就去了庆金家。庆金家的院门开着，他把雨鞋挂在门闩上，端端走进去坐在了堂屋中的一把藤椅上。猫跑来抱他的腿，他把猫踢开，鸡来啄他的脚，他把鸡踢开。庆金闻声从厦房出来，叫了声：“四叔！”见四叔的脸阴着，就垂手立在那里不动了。夏天智从来不像夏天义那样暴怒过，但他不怒自威，也不看庆金，眼睛一直盯着院门外杨树上的疤，疤像人眼，问：“咋回事？”庆金说：“四叔，啥咋回事？”夏天智说：“哑巴和瞎瞎打架是咋回事？”庆金说：“这都怪庆玉。”把事情原委说了一遍。夏天智说：“庆玉吃屎你们都吃屎呀？政府都不让每一个人饿死，乡上饿死一人罢免乡长，县上饿死一人罢免县长，你们都不给你爹娘粮了，你这长子还坐在屋里安妥啊？”庆金满脸通红，求四叔不要将打架的事告知他爹，说他现在就让各家把包谷往他爹那儿送。夏天智站起来就走，说：“那我就在你爹的屋里等着！”庆金已经沏了茶，说：“四叔，四叔。”夏天智走出了院门，他没有提那双雨鞋，说：“你送粮时把我的鞋带上！”

夏天智到了夏天义家，夏天义没在家，二婶坐在炕上哭，他的脚有些疼起来，一边脱了鞋揉着一边劝二嫂再不要哭，哭啥呀，你把头发梳光，盘腿坐在炕上剥你的南瓜子吃。就走过去把窗子打开，他嫌屋里有一股酸臭味。门外水塘里一阵鸭子叫，庆满的媳妇把包谷用麻袋扛了来，说："娘，我把粮给你扛来了，这么多粮看你怎么个吃呀？！"进门瞧见夏天智坐着，不说了。庆堂是交过了的，又提了一笼子胡萝卜。庆玉没有来。庆堂问庆满的媳妇："二哥呢，他还不来交？"庆满媳妇说："软柿子好捏么！"夏天智说："唉？！"庆满媳妇说："我去问二哥去。"在门口和瞎瞎碰了个满怀。瞎瞎头上的血没有擦，而且还抹了个花脸，提着两小筐包谷，说："只要都交，我是地上爬的，我能不交？给国家都纳粮哩，何况我爹我娘？我爹我娘要我身上的肉我都剜了给的！他哑巴算什么东西砸我柜上的锁？他把我打死么，我没本事，谁都欺负，文成打过我，哑巴也打我，下来该光利打了吧！"说光利，光利扛着麻袋提着雨鞋进来，说："我以前没打过你，以后也不会打你。"夏天智说："你把你脸上的血擦净！"瞎瞎不言语了，用衣襟擦脸。夏天智懒得再理瞎瞎，问光利几时回来的，光利说："刚才四爷去我家，我在厦房里和我爹致气，所以没出来问候你。"夏天智说："只说你是个乖的，你也跟你爹致气？你爹为了你顶班自己提前退了，你还跟你爹致气？"光利说："我没顶班反倒好了哩！"夏天智说："没良心的东西！"光利说："我一顶班，乡商店就承包了，承包费一月是二千元，我头一月就亏本了！我想回来种香菇呀，我爹又不让。不让回来也行，我让他每月把商店的亏损给我补上。"夏天智说："你爹哪有钱，就他那点退休金……"光利说："他没出息也让我没出息一辈子呀？！"夏天智倒心软下来，觉得刚才骂了庆金，庆金没说他的苦愁，当下闷了一会儿，说："你给你爹说，让他黑了到我那儿去。"待拿来的包谷都装进柜里了，挥手让瞎瞎庆满光利都走，瞎瞎却说："交了的就交了，不交的就不交了？！"炕上的二婶说："庆玉权当不是我儿！"瞎瞎说："他明明是你儿！四叔家法严，我二哥就逍遥法外？！"夏天智说："安门是给好人安的，小偷哪个走门？”赶着他们走了，拍了拍柜盖，对二婶说：“嫂子，这包谷不是都交上来了吗，他谁敢不交？！”二婶说：“天智，这夏家呀多亏有你！”夏天智就回自己家去，显得气很盛，把收音机音量开到最大，里边正播着《滚楼》。《滚楼》里有着张壳浪和张金定又说又唱得热闹。

张壳浪：尔嘿！

我老汉今年七十岁，

满口牙关都不对。

豆腐血丸子咬不动，

麻辣胡豆吃起很脆。

我老汉张壳浪，正在下边打坐，耳听我的女娃娃在请，不知为着何事，待我上前问个明白。

张金定：爹爹到了，请坐。

张壳浪：我这里有座。

张壳浪：我的瘿瓜瓜！

张金定：哎，女娃娃！

张壳浪：啊，女娃娃，你把爹爹老子叫出来吃呀吗，喝呀吗？

张金定：爹爹，你光知道个吃喝。

张壳浪：不吃不喝，有何大事？

张金定：爹爹，是你不知，我尊师言道，今年今月今日今时，有一天朝大将王子英，那人原来和儿有姻缘之分；请爹爹出堂，以在庄前等候此人到来，与你儿提说姻亲大事。

张壳浪：我可莫说你这个女娃子呀，女娃子呀，你师父啥都没有教导与你，叫你下山找女婿来了！

张金定：爹爹呀，父亲，父命为大，师命为尊了！

客厅上和爹爹曾把话讲，

你为儿把言语细说端详。

我尊师在仙山对我细讲，

有一个王子英美貌才郎。

劝爹爹去奔往庄门以上，

等他到你与他好好商量。

作别了老爹爹去回楼上，

但愿得结成了并头鸳鸯。

《滚楼》戏一唱，前巷后巷的人家都听得着。三婶来大婶家借用笸篮，大婶说她近几日老是头疼，疼又疼得不厉害，却浑身的不自在，三婶就在水碗里立了筷子驱鬼。一碗水和三根筷子拿上来，大婶说："天智又放起戏了！现在就他的日子滋润。"三婶说："好好捉着！捉着。"大婶就把筷子在碗中立起，三婶将水往筷子上淋，说："是你了你就立住！立住！"大婶说："你说谁？"三婶说："他大伯么。"又说，"是你了，你就立住！你死了多少年了还不托生呀，你还牵挂她干啥？要你牵挂的？！阴间和阳间不一样，你当你的官，大嫂子还要改嫁哩！改嫁哩。"大婶说："你胡说啥呀！"三婶说："吓鬼哩！"又一边淋水，说，"是你了你就站住！站住。"筷子晃了晃，竟然站住了，直戳戳立在碗中，两个老太太都脸上失了颜色，浑身打了个哆嗦。三婶说："你梦见他从门里进来了？"大婶说："他进来了，就坐在蒲团上，说：来一碗绿豆汤！我就醒来了，醒来了头疼。"三婶说："八月十五君亭去坟上烧纸了没？烧纸了没？"大婶说："他哪儿还记得烧纸！"三婶说："那就是他大伯来向你要东西的。要东西的。"吓得大婶就搭了梯子往楼上取麻纸。楼上有麻纸的，是过年时买了一些糊了窗子，又用生漆贴着糊了一遍她的寿木，剩下的一沓被尘土蒙着，一翻动，活活的东西就在一柱从瓦楼里透进来的光中乱飞。两人一阵咳嗽，忙在柜前的插屏下烧纸。插瓶里装着夏天仁的像，脸长长的，额窄腮大，像个葫芦。纸烧完了，碗里的筷子还直直地站着，大婶说："他还没走。"三婶就拿了菜刀，说："你走不走？走不走。"一刀砍去，筷子被砍飞了，跳上柜盖，又跳到地上。大婶将碗水从门里泼出去，说："滚！"

水正好泼在进门的淑贞身上，把两个老人吓了一跳，忙给她擦，瞧着淑贞眼睛烂桃一样，问是不是和光利没过门的媳妇捣嘴啦？淑贞一股子眼泪刷地流下来。大婶说："你眼泪咋这多的，你要上了年岁和你娘一样！梅花给光利说媒的时候，我就知道是她看上了你家的日月好，她那外甥女就是个样子好看，却不是个顺毛扑索的人。怎么着，还没过门就吵了几次啦？！”淑贞说：“她说话是刀子往我心头剜么！我去找梅花，梅花倒凶我，说给你家当个媒人好像成了千年的灾啦，我那外甥女在娘家像个猫儿似的咋到你家就是了老虎？”三婶说：“你不说梅花！不说梅花。到底为了啥吗？为了啥吗？”淑贞说：“光利在商店天天开门天天是亏，闹着不干了，要回来种香菇呀，这不是让人笑话吗？端着金饭碗咱不要回来又当农民呀？！”三婶说：“天天亏着还是啥金饭碗，雷庆的饭碗比光利的饭碗大吧，说一声烂了不就烂了？不就烂了。”淑贞说：“种香菇就一定能种成吗？我和庆金不让他种，他和梅花的外甥女就跟我打气憋，又要去新疆打工呀！他一个同学在新疆，说油田上要人哩！那啥鬼地方，说是蹴下屙屎蚊子能把沟子叮烂，到那儿去寻死呀！再说他两个远走高飞了，我身体不好，庆金又没力气，地里活谁个去呀？”三婶说：“唉，你三叔一死，咱咋啥都背运了，家家闹腾得不安宁！不安宁。”淑贞说：“愁得庆金一天到黑地叹气，又加上给我爹娘粮的事，让我四叔骂他！”三婶说：“你爹鬼迷心窍，一天到黑在七里沟，现在咱夏家就只靠你四叔了。你四叔了。”淑贞说：“四叔骂就骂了，庆金都听着的，可我家这日子咋得过呀？我来请请你们的主意。”三婶问大婶：“头还疼不疼？疼不疼。”大婶说：“这一阵倒没在意。”三婶说：“那就是不疼了么。不疼了么。”淑贞说：“你们在立筷子呀，三娘你给我也立立，我这也是撞着哪一路鬼了？”三婶说：“你这不是立筷子的事，该去算算卦。如果说光利出去能挣钱，那就让光利去，若是出去不好，就是梅花她外甥女再闹，唾到你脸上你也忍着。你现在实际上是当婆婆了，你也知道当婆婆的难了吧？难了吧。”淑贞说：“我对我婆婆可是好的吧。”三婶说：“好，好，你不顶嘴，只是事情没利利索索办过。办过。”淑贞说：“三娘委屈我呢。你说算卦，让我找中星他爹？”大婶说：“叫荣叔！听说中星又当了阳曲县的副县长啦？”三婶说：“是不？前三天我看见中星爹走路一闪一闪的，这两天咋就没见过他了？他了。”大婶说：“咱这一门我看是衰了，人家那一门子又旺了。”三婶说：“咱这是气散了，聚不到一块么。一块么。”淑贞说：“中星要是升了官，他爹还肯给我算卦？”大婶说：“寻瞎瞎媳妇么，她带你去南沟虎头崖找神去。”淑贞说：“我不寻她。你信神就信神，可哪里有她家里啥事都不管的，瞎瞎为啥成那样，家无贤妻他能不在外生祸？”大婶说：“她过她的日子，你过你的日子，与你屁事？依我看，人家倒心大，哪像你树叶大的事就端在手里像是个泰山放不下！”淑贞眼泪又流下来，嘤嘤地哭着走了。大婶说：“咱这一门子该败呀，除了竹青，哪一个媳妇都是窝里罩，没事了寻事，有了事就哭哭啼啼，家就是这么哭啼败了！”三婶说：“头不疼了吧？吧。”大婶说：“还有些。”三婶说：“病来如山倒，病去如抽丝。抽丝。”大婶说：“要疼就疼死罢了！我活这么大岁数干啥呀，活着是别人的累赘，自己也受罪，阎王爷是把我忘了，你说……”话到口边突然又咽了。

门道里麻巧拿着一卷布进来，咚地往桌上一扔，说：“娘，你儿回来了没？”大婶说：“他一天到黑在村里忙哩，没见回来么。”麻巧说：“他忙啥哩，忙得在万宝酒楼上和别的女人睡觉哩！”大婶说：“你胡说个啥呀！”麻巧说：“我胡说？人家染坊里的人与咱没冤没仇的，人家是胡说啦？！”三婶说：“这话给谁说谁信？君亭不是庆玉，何况村上事牛毛一样，他就是要干那事也没个空！村里现在嫉恨君亭的人多，别人家可以乱，你这儿可乱不得哩！乱不得哩。”麻巧说：“这个家我男不男女不女的顾扯着，他再要和万宝酒楼上妓女来往，我就碰死在他面前！”收拾了染好的布去了卧屋，两个老太太你看着我，我看着你，再没有说出一句话来。

淑贞回到家里，心慌意乱什么活儿都捉不到手里，她就去找中星的爹。摘了几个茄子给中星的爹拿上，但中星爹的院门上了锁，几只麻雀在门口的尘土上走了一片“个”字，她又把茄子拿到瞎瞎家。瞎瞎不在，瞎瞎的媳妇倒乐意领她去南沟虎头崖庙里抽个签去，但瞎瞎媳妇却说：“你在村南头等着，我该洗个脸的。”淑贞在村南头等了个把钟头，却不见瞎瞎媳妇，反身又来寻，瞎瞎媳妇正站在巷口的碌碡上往远处看，脖子伸得长长的，半张着嘴。淑贞说：“你卖啥眼哩？”瞎瞎媳妇说：“夏风走呀，我看那么多人送夏风哩。”淑贞说：“你操闲心！”瞎瞎媳妇说：“白雪身子笨成那样了，夏风也不多待？工作着的人有工作着的人的可怜，谁也照顾不了谁。”淑贞说：“你瞎瞎一年四季都在家里，你怀孕就照顾你啦？”瞎瞎媳妇说：“人和人不一样么。”淑贞说：“你关心白雪哩，白雪咋没说你这裤子烂得屁股蛋子快出来了给你买条裤子？”瞎瞎媳妇忙用手摸自己屁股，说：“裤子是烂啦？”又说，“我里边有条衬裤哩！”

两人去了南沟，一路上唠叨着夏家代代出人，老一辈兄弟四个一个比一个能行，英英武武了几十年，到了庆金这一茬，能行的就是夏风和雷庆、君亭。雷庆是马失了前蹄，卧下不动了；君亭再厉害到底还是农民，得罪的人又多，落脚还说不来哩。实指望在文成这一伙中能看出有出息的是光利，光利却闹着要出走，要出走是出走的阳光大道还是独木桥，她们心里就像一颗石子丢到井里，探不到个深浅。到了庙里，她们先烧了香，就跪在殿中抽签。抽出的签是上签。签上面有四句话，她们看不懂，其中却有一句是“在家安然”，瞎瞎的媳妇就说：“不走着好！”淑贞说：“果然是不走着好，这神也真灵！”就将自己的一堆心事一样一样都念叨给神，还要抽签，给庆金和她的身体抽了签，给光利的商店还亏不亏本抽了签，但签签都是下签。淑贞心急起来，一头的汗，还要再抽，瞎瞎的媳妇说：“再抽就不灵了。”拉了淑贞出来，一香客问瞎瞎媳妇：“你来啦？”瞎瞎媳妇说：“来了。”那人说：“你给捐了多少钱？”瞎瞎媳妇说：“你说是给昭澄师傅修塔的事吗，我捐了五十元。”那人说：“才五十元呀，中星爹是二百元。”瞎瞎媳妇说：“他捐了二百元？”满脸的羞惭。

瞎瞎媳妇回到家，瞎瞎在堂屋和一些人搓麻将，满屋罩了烟，一地的烟蒂和痰。瞎瞎说：“你死到哪儿去了，快给我们烧些水！”媳妇说：“没柴了，你到场畔的麦草堆上抱麦草去。”瞎瞎说：“叫谁去抱？你日你娘的犟嘴哩？！”众人见瞎瞎发凶，也不劝他，一个说：“咱那老婆，只要我一回家，开口就是：吃啦没，我给擀面去！”一个说：“我迟早一进门，老婆一手端着碗捞面一手提了裤子，说：先吃呀还是先日呀？”他们这么一说，瞎瞎就对媳妇吼:“咋还没动弹?!”从脚上脱了鞋就掷过去，正打在媳妇的头上。众人见瞎瞎真动了肝火，忙说:“好啦好啦，别在我们面前逞能啦!”媳妇说:“是不是你又输啦?”瞎瞎骂道:“你管我输啦赢啦?!”又要扑起来打，媳妇就出门去抱了麦草，在厨房里生火烧水。烧着烧着，咬了牙，从柜子里往麻袋装麦子，装好了，大声叫道:“武林哥，武林哥，你不坐会儿呀?行，行，我一会儿给你掮过去!”然后把烧开的水端到堂屋。瞎瞎说:“你给谁说话?”媳妇说:“咬舌人武林，他去市场上粜粮食，一趟拿不动，放了一袋让我帮他背到市场去。”瞎瞎说:“吓，啥人都会指派人了?!”就忙着去抓牌。媳妇便走出来，将那一袋麦子背着，便宜卖给了赵宏声。她已经卖给赵宏声几次粮食了，她对赵宏声说:“这事你可不要给我那一口子说，一说他就拿钱又去搓麻将了。”赵宏声说:“我这嘴你还信不过，白雪她娘家婶把娃娃抱走了，我能不知道，可我吐一个字来没有?”瞎瞎媳妇说:“听说生了个男娃?”赵宏声说:“这话我就不说了。”瞎瞎媳妇笑了笑，将一卷钱塞在怀里高高兴兴走了。

回到家，瞎瞎一伙还在搓麻将，媳妇却想不出把钱放在哪儿安全，先放在柜中的麦子里，又取出来，就从谷糠瓮背后翻出一个破纸盒，放在盒子里了，再想想，怕钱潮了，用一片塑料纸包了，还在纸盒上放了些麦草，重新藏在瓮背后，谋算着明日下午就可以重到南沟庙里去了。瞎瞎在堂屋喊:“喂，喂!”媳妇知道在喊她，偏不作理，瞎瞎就骂:“你耳朵塞了驴毛了吗?”媳妇说:“你吱哇啥的?”瞎瞎说:“你摊些煎饼，去大哥院里摘些花椒叶垫上，椒叶煎饼好吃!”媳妇说:“我不去，上次摘花椒叶，大嫂蛮不高兴哩。”瞎瞎说:“摘她个片花椒叶都不行?你去，你偏去摘!”媳妇说:“你能行，你去摘!”瞎瞎逗火了，当下放下牌，就去了庆金家院子摘花椒叶。一会儿回来进门竟吼道:“是你把大嫂领到南沟庙里去了?”媳妇说:“她说要给光利抽签的，她要我带路，我能不去?”瞎瞎扇了媳妇一掌。瞎瞎的个头低，他是跳了一下扇的媳妇的脸，说:“你抽的屁签哩!光利已经坐车去新疆了，如果大嫂在，光利还不敢走的，你把大嫂却偏偏带到庙里去了，现在大嫂寻死觅活的，你负责去！”媳妇一听，说：“爷！”转身就走。瞎瞎又跳着一个巴掌扇过去，说：“你往哪里去，你惹下事了，你不乖乖在屋里还往外跑？！”媳妇挨了打，并没有哭，在院中的捶布石上坐了一会儿，进厨房摊煎饼。这媳妇做针线活不行，摊饼在五个妯娌中却是最好的。她娘死得早，四岁上她就在案板上支了小凳站着学摊饼。嫁过来后，瞎瞎不务正事，又惹是生非，她已经习惯了，知道这是她的命，也就不哭，也不在人前唉声叹气，但该怎么办就怎么办。饼煎了一案，她的奶惊了，孩子还放在婆婆那里。就在灶火口将衣服撩起，将憋得生疼的奶水挤着洒在柴火上。然后把饼盛在盘子里，又在四个小碗里调了辣子醋汁，一切都收拾停当，拉闭了厨房门，在院子喊：“饼子好了！”自顾出门去接儿子。

麻巧的脸青萝卜似的，从巷子里小步跑，一对大奶扑扑闪闪像两袋子水，咕涌得身子跑不快，瞎瞎的媳妇就忍不住笑了。瞎瞎媳妇说：“嫂子，嫂子，狼撵你哩？！”麻巧没吭声，但跑过三步了，却说：“你有事没事？”捏了一下鼻子，把一把鼻涕抹在巷墙上。瞎瞎媳妇说：“我去接娃呀，娃在他婆那儿。”麻巧说：“那你跟我走！”瞎瞎媳妇糊糊涂涂就跟了走。走出了巷到了街上，她不知道往哪儿去，说：“嫂子，你知道不知道光利到新疆去了？”麻巧说：“去了好，都窝在咱这儿干啥呀！”瞎瞎媳妇说：“他一走，他娘寻死觅活的！”麻巧说：“谁的日子都比我好！”瞎瞎媳妇觉得不对，也不敢多说，跟着只管走，瞧见麻巧头上似乎长了个大红鸡冠。瞎瞎媳妇说：“嫂子你头上有个鸡冠？”麻巧说：“我成了鸽人的鸡啦？！”瞎瞎媳妇再看时，那不是鸡冠，是一团火焰。揉揉眼睛，火焰又不见了。

这两个婆娘到了万宝酒楼前，脚底下腾着一团尘土。丁霸槽在楼前的碌碡上吃捞面，辣子很汪，满嘴都是红，刚一筷子挑了一撮，歪了头用嘴去接，蓦地看见麻巧过来，忙咽了面，跳下碌碡把路挡住了。麻巧说：“矬子，君亭在没在楼上？”丁霸槽说：“啥事？”麻巧说：“他几天不沾家了，是不是在楼上嫖妓哩？”丁霸槽说：“啥？你是糟贱君亭呢还是糟贱我酒楼呢，我这儿哪有妓？”麻巧说：“谁不知道你那些服务员是妓，三踅带着到处跑哩！他几天不回去了，家还是不是家？！”丁霸槽说：“君亭哥是村干部，你见过哪个大干部能顾上家？”麻巧说：“他算什么大干部，看有没有指甲盖大？”丁霸槽说：“你权当他就是大干部么！你不认他，我看他就是清风街上的毛主席！”麻巧说：“他人肯定就在楼上，你为啥不让我上楼去？”丁霸槽突然大声说：“我君亭哥肯定没在楼上，你是警察呀，要检查我呀！”麻巧说：“你喊那么高你别报信！”就对瞎瞎媳妇说，“你就在楼口守着，我上去寻！”瞎瞎媳妇到这时才明白是来要捉奸的，她才不想沾惹是非，转身就走。这时刻，酒楼上有声音在说：“胡闹啥的，在这儿喊叫啥的？咹！”君亭披着褂子从楼梯上下来。麻巧说：“矬子说你不在楼上，你在楼上干啥哩？”君亭说：“我的工作得给你汇报呀？往回走，清风街上哪个女人这样过？你在这儿信口乱说，我还工作不工作？！”一脚朝麻巧屁股上踢，没踢着，麻巧却猫腰就上了楼，砰地将一间房门踹开，床上睡着一个女的，拉起来就打。楼上一响动，丁霸槽先跑上来，君亭也上来了，两个女人已纠缠在一块，你撕我的头发，我抓你的脸皮，丁霸槽忙拉开，各自手里都攥了一撮头发。丁霸槽说：“人家是我这儿的服务员，你不问青红皂白凭啥打人家？”麻巧说：“大白天的她睡啥？”丁霸槽说：“大白天就不能休息啦？”麻巧说：“她休息就脱得那么光？”指了那女子骂，“你要清白你把你那 × 掰开，看有没有男人的屃在里边？”君亭压住麻巧就打。麻巧叫：“你打死我让我给她铺床暖被呀？！”君亭吼道：“你给我叫，你再叫一声？！”麻巧不叫了。瞎瞎媳妇赶忙拉了麻巧就走，君亭就势站起来，理他的头发，临下楼了蹬了那女的一脚。

※　※

麻巧闹了万宝酒楼，消息不免在清风街传出，可是第二天，麻巧却再次来到万宝酒楼，当着众人的面，说她错怪了君亭，也错怪了万宝酒楼上那个服务员，而且道歉。这绝对是君亭导演的。如果君亭压根不理会，别人倒认作是麻巧生事，而麻巧不是顺毛能扑索的人，她这么表演，就欲盖弥彰了。但是，这种表演不管多么拙劣，你得佩服君亭毕竟是制服了麻巧，清风街又有几个男人是制服住老婆的主儿呢？我好事，曾经去君亭家和夏天智家的周围偷偷观察。我发现了君亭从那以后是每天都按时回家吃饭和夜里回去睡觉的，而夏天智也在他家院子里大骂过夏雨，不久，万宝酒楼上的那个女服务员就再不见了。那个女服务员一走，三踅好久一段不去万宝酒楼了，丁霸槽从北塬上采购了五条干驴鞭，用烧开的淘米水泡了，对三踅说："你不来吃钱钱肉呀，厉害得很，才泡了半个小时，就在盆子里栽起来了！"三踅说："我已经上火了，还让再流鼻血呀？！"倒是坐在万宝酒楼前让剃头匠剃光头，拿了炭块在墙上写："你可以喝醉，你可以泡妹，但你必须每天回家陪我睡，如果你不陪我睡，哼，老娘就打断你的第三条腿，让它永远萎靡不振！"夏雨知道三踅这话指的谁，用瓦片把字刮了。

清风街好长好长的时间里再没有新闻了，这让我觉得日子过得没意思。每日从七里沟回来，在街上走过，王婶还是坐在门道里的织布机上织布，铁匠铺已经关门，染坊里的叫驴叫唤上几声再不叫唤，供销社的张顺竟趴在柜台上打起盹儿了。我一拍柜台，他醒了，说："啊，买啥呀？"我说："没啥事吧？"张顺说："进了一罐酒精，陈亮来吸过导管了。"我骂了一句："谁稀罕喝你酒精呀？！"回去睡觉。枕着的那块砖，把头都枕扁了，就是睡不着，便坐起来想白雪。我很想白雪。想得在街巷里转，就看见了陈星挑着一担苹果从果园里回来，担子头上别着一束月季。我抓起一个苹果要吃，他说："你给一角钱吧。"我没钱，理他的，我把苹果狠狠地扔回筐里，却把那一束月季拿走了，说："这月季该不会要钱吧？！"拿着月季，我突然想，也许是那个人的心意呢，就觉得自己像月季一样盛开了。

那个傍晚，我的心情陡然转好，而且紧接着又来了好事。我拿了月季唱“清早间直跪到日落西海”：

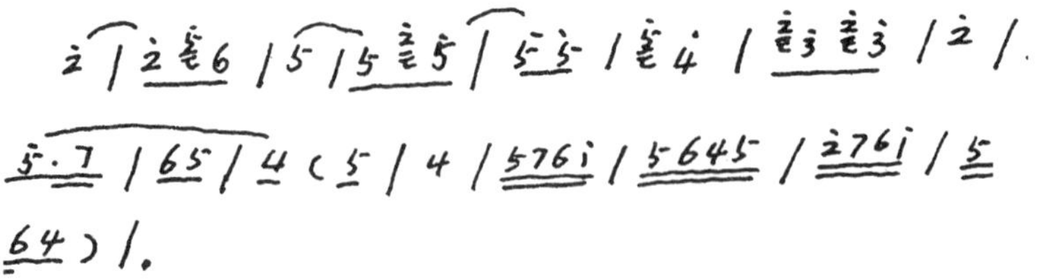

夏雨便喊住了我，要借用我们的手扶拖拉机，说是明日去剧团把白雪的一些东西拉运回来。这是多好的事！给白雪拉东西，白雪肯定要去的，即便白雪不去，能给白雪拉东西那也幸福呀！我说：“好呀！”眼睛盯着月季，月季嫩闪闪的，好像也要说话。夏雨说：“我二伯不知肯借不？”我说：“我说借就借！”夏雨说：“那好，你把手扶拖拉机收拾好，明日几时走，我才叫你。”我立即去找哑巴，我没有告诉他夏雨要借手扶拖拉机的事，只说我要用一下，就把手扶拖机从东街开到了西街我家的院子，开始用水清洗车头和车厢。这已经是鸡上架的时候了，我没有吃饭，还在清洗着，夏雨又跑来了。我兴奋地说：“该不是连夜去吧？”夏雨说：“明日一早走，我先把手扶拖拉机开到万宝酒楼那儿。”我说：“你要开？”夏雨说：“我开呀！”我说：“你不相信我的技术？我开得稳着哩！”夏雨说：“我借车不借人。”这个夏雨，猴羔子，不是在日弄我吗？我那时真的要反悔，不借给他手扶拖拉机了，可又是答应过了他，气得哐的一声扔了手摇把，说：“你开吧，你开吧！”夏雨把手扶拖拉机开出了院门，我却请求他不要把手扶拖拉机开走，我要手扶拖拉机先留在我这儿一夜，明日一早我再把它送到万宝酒楼的。我的请求几乎是哀求，我说：“你听，来劲在哭哩！”手扶拖拉机的马达声确实在哭，在一哽一噎地哭。夏雨放下了手扶拖拉机，疑惑地看着我，说：“是不是又犯病啦？”离开了院子。

在这一个晚上，我做了面条吃，我吃一口，给手扶拖拉机吃一口，车头上就挂了三十二条面。我给手扶拖拉机说了无数的话，我说：来劲呀，你明日去吧，乖乖的，不要耍脾气，因为车上坐的是白雪，白雪的身子是颠不得的。我说，我感谢你，你安安全全去了再回来，我给你喝最好的柴油。我是常常在感谢着我身体的每一个部位的，比如，我的眼睛，我的脚腿，心肝肺胃，甚至肛门还有那个。它们一直在辛辛苦苦为我工作着，使我能看到白雪，想到白雪，即便是那个东西没有了，它仍能让我排尿，能让我活着，我得感谢它们。来劲当然要感谢，谁说它仅仅是个铁疙瘩呢？

就是因为我感谢着手扶拖拉机，在第二天，手扶拖拉机去了县城，我在七里沟里脑子里总是浮现着手扶拖拉机上的事。我知道在手扶拖拉机出发的时候，陈星是搭了顺车，还捎上了两大麻袋的苹果去县城卖。陈星一路上都弹他的吉他，他反复地唱：你说我俩长相依，为何又把我抛弃，你可知道我的心意，心里早已有了你。陈星唱着，白雪却红了眼，趴在车厢上不动弹。夏雨说："陈星，我要问你，你现在和小翠还好着吗？"陈星不唱了，拿眼睛看路边的白杨，白杨一棵一棵向后去，他是不唱也不再说。夏雨又说："那你知道小翠在省城里干啥吗？"陈星说："你知道她的情况？"夏雨说："不知道。"一块石头垫了手扶拖拉机的轮子，手扶拖拉机剧烈地跳了一下，陈星的头碰在了车厢上，额上起了一个包。一个麻袋倒了，苹果在车厢里乱滚。陈星没有喊痛，也没揉额上的包，眼泪快要流出来了。白雪就拿过了吉他，但白雪她不会弹，说："你最近又写歌了没？"陈星说："写了。"白雪说："你唱一段我听听。"陈星说："行。"唱道："312 国道上的司机啊，你来自省城，是否看见过一个女孩头上扎着红色的头绳，她就是小翠，曾带着我的心走过了这条国道，丢失在了遥远的省城。"陈星这狗东西到底不是清风街人，他竟然用歌声让白雪伤感了，眼泪虽然没有下来，却大声地吸溜着鼻子，说："你真可以，陈星，你也给我教教。"夏雨说："嫂子要跟他学呀？！"白雪说："你看着路！"陈星说："你是秦腔名角了，倒要唱民歌？"夏雨说："陈星，用词不当，流行歌怎么是民歌？"白雪说："你才错了，过去的民歌就是过去的流行歌，现在的流行歌就是现在的民歌。我演了十几年秦腔，现在想演也演不成，哪里像你什么时候想唱就唱，有心思了就唱。唱着好，唱着心不慌哩。”夏雨说：“嫂子还有啥心慌的？人常说女愁哭男愁唱，我才要学着唱几首呢！”白雪说：“你也和对象闹别扭啦？”夏雨说：“哪能不闹？她要走就让她走！”白雪说：“她要往哪儿去？”夏雨说：“省城么，清风街拴不住她魂了么。”车厢里的苹果又滚来滚去，最后又都挤在车厢角。白雪不敢再接夏雨的话，拿眼看着苹果，说：“苹果在县城能卖得动吗？”夏雨说：“谁知道呢，总得出卖呀，不出卖就都烂啦。”白雪再一次趴在了车厢上，自言自语道：“这都是咋回事呀？！”

白雪从剧团的宿舍里把日常用品全拉了回来，其中就有着一支箫。夏天智对这支箫爱不释手，可惜他气息不足，吹奏得断断续续不连贯，就每日早晨出外转悠一趟回来了，立在巷子里听白雪在院子里吹。白雪是每日吹奏上一曲，四婶说：“听你吹，就像风里的竹子在摇哩！”白雪说:“呀，娘懂音乐哩，这曲子就叫《风竹》！”四婶说：“我是瞎听的。你吹惯了，你就吹几声，千万不敢吹得多，用气伤了孩子！”白雪说：“没事没事，让孩子听听音乐也是胎教么。”就又吹起来。夏天智在巷中听久了，禁不住地进了院子，白雪却不吹了。白雪总是不愿在公公面前唱戏或吹箫，使夏天智很遗憾，他说：“吹得好！”白雪说：“不好。”脸色绯红地到自己小房间去。她听见婆婆在低声发恨，说：“哪有你这样做公公的？！”夏天智说：“吹得好就吹得好么。”嘿嘿地笑，坐到堂屋椅子上庄严地吸起水烟了。

这一夜间，白雪做了一个梦，梦见挂在墙上的箫呜呜在响，然后那响声里似乎在说：“我要回去，我要回去！”这梦是白雪说知给夏雨的，夏雨在事后给丁霸槽说时我听到的。梦醒以后白雪再也睡不着，睁了眼在窗里透进的冷光中静静地看着箫。事情得追溯得很远，县剧团的演员中，家住县城以西的只有白雪和百胜，百胜是西山湾人，吹笛子吹箫。以前的岁月里，一到礼拜天，百胜骑了摩托，白雪总是搭坐在摩托车后座，他们一块回家。百胜的挎包里迟早都装着箫，他说他最喜欢晚上坐在他家后边的山梁上吹，能吹得山梁上的蝴蝶乱飞。白雪那时天真，偏偏不信，百胜说不信你跟我到我家去看，但白雪一直没去过他家。直到白雪订了婚，白雪是和百胜真的夜里坐在山梁上吹过一次箫，天上的星星都眨眼，而蝴蝶并没有飞。白雪说："你吹牛，哪儿有蝴蝶？"百胜说："你不是个大蝴蝶吗？"就在那个晚上，百胜将这支箫送给了她。这支箫白雪一直挂在自己的房中。百胜死去了，这支箫还挂在白雪的房中。夏风并不知道这箫的来历，白雪也不愿告诉他，他还问过她会吹吗，她说不会吹，夜半里等着它自鸣哩。这原本是白雪顺口说出的一句话，没想现在，箫真的在白雪的睡梦里鸣响了！白天过去，白雪似乎也不再多想起什么，到了晚上，她又梦到了箫在呜呜地响，同样有一种声音："我要回去，我要回去！"这样的梦连续了三个晚上，白雪便害怕了，神色恍惚，不知所措。她想：是不是做了鬼的百胜在给她托梦，是不是百胜的鬼魂已经不满意了她依然保留着他的遗物而又每日吹奏？于是在第四天的早饭后，白雪给四婶说了声她到娘家走走，就把箫拿着走了。四婶还说："你拿箫干啥？"她诓着说："我外甥说要学吹箫，借的。"白雪就走到西街牌楼下了，折身上了312国道，独自往西北方向的西山湾去。

该说说我在这一天的情况了，因为不说到我，新的故事就无法再继续下去，好多牛马风不相关的事情，其实都是相互扭结在一起的。这一天，太阳灰着，黑色的云一道一道错落，整个天空像一块被打砸过裂开纹路的玻璃，又像是一张蛛网，太阳是趴在网上的蜘蛛。我们照例在七里沟劳动，你说怪不怪，那棵麦苗，就是夏天义在下冰雹时用竹帽护着的那棵麦苗，已经长到两拃高了。按时节，麦苗露出地面后，最多长四指高就不再长了，一直要等到明年的春上才发糵起身的，但这棵麦竟见风似长，它长到两拃高了！我没有见过，夏天义活了七十多岁他也说没有见过。麦苗离那棵树不远，树上的鸟仍是每日给我们唱着欢乐的歌，这三样事是七里沟的奇迹，我们约定着一定要保护好。许多秘密，不能说破，说破了就泄露了天机。我想到这点的时候就看着哑巴，想着哑巴一定在前世里多言多语，今世才成了哑巴。我刚刚这么想，哑巴开着的手扶拖拉机突然间就熄火了，怎么捣鼓都捣鼓不好。夏天义骂了一顿哑巴，就让我回村找俊奇，因为俊奇以前在农机站做过修理工。我跑回到清风街，怎么也找不着俊奇，俊奇娘听说是夏天义让我来找俊奇的，拉了我的手问七里沟中午还热不热，一早一晚是不是冷，又问夏天义身子骨咋样，啰啰嗦嗦，没完没了。我哪里有时间和她说这些？！又到了中街去找俊奇，才知道俊奇是收过了赵宏声家的电费后再到新生的果园里收电费去了。命运是完全在安排着我要再一次见到白雪的，我往果园去，路过万宝酒楼前，猛地头上一阵湿，以为是下雨了，抬头一看，二楼的阳台上立着河南人马大中，还有小炉匠的儿媳妇，那女人抱着两岁的男孩，男孩撒了尿了，从空中洒下来。我说："哎，哎，把娃咋抱的？"那女人忙把孩子移了个方向，马大中嘎嘎大笑，他牙上满是烟垢，张着的是黑嘴。我有些生气了，那女人却说："引生，娃娃浇尿，喜事就到。你有好事了哩！"清风街是有这种说法的，也亏她这话吉利，我没再怪罪，低头走了，却寻思：我会有啥好事？！到了312国道，路过砖场，看见三踅蹴在窑门口拿着酒瓶子往嘴里灌，他没有喊我过去喝，我也没理他，快步跃上了通往西山湾的岔路，要抄近道往果园去，一举头就眺见远远的地方有一个人影，立马感觉那就是白雪了。

白雪在去了西山湾后，她站在村口却犹豫了，是应该去百胜的坟上将箫埋在那里，还是去那个石头砌起的矮墙独院看望年迈的百胜娘？她徘徊来徘徊去，决定了还是去见百胜娘。便在村口的商店里买了一袋奶粉和两包糕点，低头往独院敲门。门楼明显比先前破旧了，瓦槽里长满了草，百胜死时贴在门框上的白纸联依稀还残留着一些。白雪禁不住一阵心酸，闭目沉思了一会儿，使自己平静下来，开始拍门上的铁环。哐啷哐啷。她已经听见有急促的脚步声，但脚步声是从院子里响进了屋去，就是没有作应。她继续拍门，轻声地叫："姨！姨！"她又听到了沙沙的声，隔着门缝往里一瞧，门缝里也正有一双眼睛往外瞧，然后门吱地开了，老太太一把将白雪拽进去，说："是白雪哇！"院门又关上了。

老太太头发像霜一样白，鼻子上都爬满了皱纹，双手在白雪的脸上摸。摸着摸着，看见了白雪拿着的箫，脸上的皱纹很快一层一层收起来，越收脸越小，小到成一颗大的核桃，一股子灰浊的眼泪就从皱纹里艰难地流下来。白雪在风里拥住了老人，她们同时都在颤抖。老太太很快又松开了手，她说：“白雪你看我来了？我只说我没福见到白雪了。白雪你来看我了！”白雪也流了泪，老太太竟替她擦了，两人上了屋台阶。门槛外的竹竿上晾着一块破布，破布上有一摊像鸡蛋花一样的粪便。白雪没有多想，推开了堂屋门，迎面的柜盖上立着百胜的遗像，百胜在木框子里微笑着。她咬着嘴唇一眼一眼看着走近去，她感觉她是被拉了近去，将箫轻轻横放在了相框前。她没有出声，心里却在说：百胜，我把箫给你拿来了，我知道你离不得箫的。心里还在说着，门外一只黑色的蝴蝶就飞进来，落在相框上，翅膀闪了闪，便一动不动地伏着。白雪打了个冷噤，腿发软，身子靠住了柜。

老太太并没有瞧见白雪的摇晃，她挑了东边小房门的门帘，说：“没事，是白雪。”白雪回头看时，门帘里走出来的竟是娘家的改改，怀里抱着婴儿。白雪呀地叫了一下，说：“嫂子你在这儿？”嫂子说：“姨是我娘的干姐妹。你不知道吧？百胜在的时候，我还说咱要亲上加亲了……”嫂子忙捂了嘴说，“你快来瞧瞧，这孩子是你保下来的！”白雪把孩子抱起来，孩子很沉，她说：“你这个超生儿，倒长得这么胖啦！”

白雪原本是来看看百胜娘，把箫送还的，没想却遇见了躲避的嫂子，她就多待了一会儿，直到老太太做了一碗荷包蛋吃了，才离开了西山湾。白雪送还了萧，心里似乎轻松了许多，从西山湾外小河边走了一段慢坡，上了塬。塬上的路两边都是土塄，土塄上长着柿树，摘过了柿子又开始了落叶，树全变成了黑色，枝柯像无数只手在空中抓。枝柯抓不住空中的云，也抓不住风，风把云像拽布一样拽走了。

我感觉远处走来的是白雪，果然是白雪。我一见到白雪，不敢燥热的身子就燥热了，有说不出的一种急迫。我想端端地迎面走过去，我可以认为我这是要到西山湾办事去的，无意间碰上的，天地虽然大，偏偏就碰上了。我这样想当然是在说服我的紧张，以免我先脸红了，手没处放，脚步也不知该怎么迈了。狗东西三踅，他咋见任何女人都那么勇敢呢？我见别的女人也能勇敢的，但见了白雪就不行。我用手拍着我的脸，说：“不怕，走，把头扬得高高的！”我走了两步。走过去怎么办呢？和白雪打个照面了，肯定她会猛地一惊的。那就别吓着了她。我咳嗽了一声，企图让白雪先发现了我有个准备，但白雪并不理会，扭着头还在看着土塄上的柿树。我又想，和白雪打个照面了，我该怎么办呢，是给她点个头，是给她笑一下，还是搭讪一句？这么一想，我真真正正是胆怯了。唉，如果旁边还有他人，我一定会大大方方的，可现在就我一个人，我不敢。我是一猫腰上了路边的土塄，就趴在土塄的犁沟壕里，一眼一眼盯着白雪终于走了过去。她走过去了，我又后悔了，双拳在地上捶，拿额头在地上碰。一只乌鸦在不远处嘲笑我，它说：“呱！呱！你是个傻瓜。”但我对乌鸦说：其实暗恋是最好的，安全，就像拿钥匙开自家屋里的门，想进哪个房间就进哪个房间！白雪那天穿的是白地碎兰花小袄，长长的黑颜色裤，裤腿儿挺宽，没有穿高跟鞋，是一双带着带儿的平底鞋，鞋面却是皮子做的，显得脚脖子那样的白。她从土塄下走过，我能看到她的脖子，她的胸脯和屁股上部微微收回去的后腰，我无法控制我了。我是有坏毛病，我也谴责我思想是不是败坏了，但我怎么就不知不觉地手伸到了裤裆。我那东西只有一根茬儿，我只说它是残废，没用的了，却一股水射了出来，溅落在一丛草上，一只蚂蚱被击中，趔趄在地，爬起来仓皇而逃。我的身子怎么会这样？我没有流氓，是身子又流氓了，它像僵死的一条蛇瘫在了犁沟壕里，我却离开了它，已随白雪远走了。

白雪她什么都不知道，她走出了塬，上了312国道，她更搞不清的是她的衣服上有了一只土灰色的蛾子，怎么赶也赶不走，蛾子就一直跟着她走到了家门口，才飞到门楼上的瓦槽里不见了。

※　　※

一天比一天地凉起来，鸡在脱毛，脱光了脖颈，也脱光了尾巴。二婶把摘回来的柿子取了蒂把，塞在瓷瓮里酿醋，醋十几天就酿好了，满屋里都是酸味，蚊子少起来，却惹得更多的苍蝇进来，都趴在电线绳上。夏天义在池塘边的柳树上捡着了三十七个蝉壳，也从地堰上捡着了三条蛇的蜕皮。蝉壳和蛇蜕研末了可以治中耳炎的，光利从小耳朵就不好，时常会流出一些发臭的脓水来。但是，当他把蝉壳和蛇蜕要交给二婶让保存起来时，他意识到光利已经离开了清风街，就自个把蝉壳和蛇蜕放在了窗台上，而从口袋掏出一把酸枣给了二婶，说："你尝尝这个。"他坐在门槛上挽上了裤管，狠劲地挠腿，鳞一样的皮屑就落下来。二婶把酸枣吃在嘴里，又吐了，说："你不知道我牙掉了一半，还能吃酸？"夏天义说："几时给你也镶镶牙，白恩杰的小舅子镶牙镶得好呢。"也就是这一天，光利的信到了清风街，使夏天义例外地没有去七里沟，而垂着脑袋整整在院子里闷坐了半天。光利和他的未婚妻远走了新疆，再也没有消息。庆金时常跑邮电所，终于等来了一封信，信却是写给夏天义的，还寄了一小包裹，装着一个可以拉长收短的挠手。挠手正面写着"光利的手"，背面写着"孝顺"。夏天义心里酸酸的，却没有念叨孙子的好处，倒把挠手丢在了一边。在夏家的本门后辈中，夏风是荣耀的，除了夏风，再也没一个是光前裕后的人了。老话里讲：一等人忠臣孝子，两件事读书耕田。书读得好了你就去吃公家的饭，给公家工作，可庆金、庆玉、庆满，还有雷庆，却不是没混出个名堂就是半道里出了事。书没有读好的，那便好好耕田吧，夏雨完全还能成些事体的，可惜跟着丁霸槽浪荡。而使夏天义感到了极大羞耻的就是这些孙子辈，翠翠已经出外，后来又是光利，他们都是在家吵闹后出外打工去了。夏天义不明白这些孩子为什么不踏踏实实在土地上干活，天底下最不亏人的就是土地啊，土地却留不住了他们！夏天义垂着脑袋坐在院里，院门被挤开了一条缝，钻进来了来运和赛虎，还有那几个狗崽子也一个一个滚进来了，但这些夏天义都没有理会，直等到来运把那个挠手叼起来进堂屋门时，挠手碰到了门扇，夏天义才抬起头来，说："滚！"这一声吼使来运害怕了，夏天义也害怕了，自己打了个冷怔。夏天义害怕的是在这一瞬间里认定夏家的脉气在衰败了，翠翠和光利一走，下来学样儿要出走的还有谁呢，是君亭的那个儿子呢，还是文成？后辈人都不爱了土地，都离开了清风街，而他们又不是国家干部，农不农，工不工，乡不乡，城不城，一生就没根没底地像池塘里的浮萍吗？夏天义叹息着这是君亭当了村干部的失败，是清风街的失败，更是夏家的失败！他便在傍晚去了书正媳妇的饭店里吃凉粉，这可能是他第一回凉粉端在手里了却没有吃，因为他看见了斜对面的土地神庙，一群鸡在庙门口刨着尘土觅食，他端了凉粉过去，贡献在了土地公土地婆石像前，一跺脚，把鸡群撵得嘎嘎乱飞。

夏天义在土地神庙里坐到了天黑，书正媳妇操心着她的凉粉碗，赶了过来，问："天义叔你做啥呢，钻到这黑屋子里不出来？"夏天义一语不发，顺门就走。走到巷口了，迎面走来夏雨，他突然问："夏雨，你记不记得原来十八亩地头的那一块石板？"夏雨莫名其妙，说："石板？"夏天义说："上面写着'泰山石敢当'五个字。"夏雨说："记得。"夏天义说："后来呢，知道不？"夏雨说："谁知道弄哪儿去了，是不是修街道时棚盖了水道？"夏天义张着嘴，一嘴黑牙，是一个黑窟窿，说："可能是棚盖水道了！"夏雨说："二伯咋想起那块石头？"夏天义说："我托付你件事，选一块大青石，上面刻上'泰山石敢当'，就栽在这巷口上。办得到？"夏雨说："这简单得像一个字！栽这干啥？"夏天义说："土改时才分了地，那时害怕守不住，我是让人刻了个石板栽在十八亩地头上的，从此地主富农再没有翻过势。现在你看么，清风街成了啥了，得镇一下邪哩！"又说，"你们年轻人怕不信哩。"夏雨说："信的，咋不信呢，我得找一块大大的青石！"

夏雨果然从小河里抬来了一块大青石，让人在上边刻了"泰山石敢当"，但夏雨把刻好的石头不是栽在清风街口，而是栽在了万宝酒楼门前。

夏天义对夏雨的做法极其不满，开始对这个侄儿不抱希望了，尤其听到了万宝酒楼上有妓女的传言，他甚至在夏天智家一看见夏雨进门就起身走了。夏天智一次在家请夏天义吃酒，夏天智提到夏雨在家里身沉手懒，给金莲的侄女家挖地窖却一天一夜不出洞，说：“咱给人家养儿哩！就这，金家那女子还两天好了，两天恼了。你说咱的娃贱啊不贱？”夏天义说：“他能不贱吗？瞧着吧，他会有报应的事哩！”这话四婶却不爱听，她在厨房里对夏天智说：“他二伯说的是当伯的话吗？夏雨再不好，他也不该咒呀！”夏天智说：“二哥的脾气你不知道？”四婶说：“他现在活得不得人爱！”在为客人盛面条的时候，给一块来家的上善面碗下卧了两颗荷包蛋，给夏天义卧了一颗。

终于有一天，是个阴天，风刮得呼呼响，柳树、槐树和杨树披头散发，巷道里的鸡羽毛翻着，像毛线缠成的球都在滚。夏天义把夏家所有的孙子、孙女们都叫到了七里沟；文成在家里睡觉，不想去，不去不行。夏天义黑着个脸，手里提着一节麻绳。一路的风吹得孩子们蓬头垢面，他们在七里沟的石坝前，没有坐，都站着，听夏天义讲夏家的祖先怎样从湖北沿汉江逃荒而上，翻过了秦岭，在这个四面环绕的小盆地里开垦出第一块地，又怎样先有了东街的村子，待到清朝以后外姓不断进来，才逐渐有了中街和西街。孩子们听了并不感到震动，却埋怨祖先逃荒逃的不是地方，为什么没去关中大平原呢，没去省城呢？夏天义说：“放屁！”文成说：“就是没选中好地方么！在关中平原上葱长得二尺高，咱这儿撑死才五寸高。还不让人说！”夏天义说：“狗东西，倒怪起祖先了？没祖先哪有你？！”文成说：“生娃都是寻乐的副产品。”文成这话，说得文绉绉的，夏天义一时还没听清，等醒悟了，气得拿眼睛瞪文成，但文成说的也还有点道理，他就忍了忍，又讲当年他们这一辈人如何修河滩地，所有的男劳动力，没有谁的肩上不被杠子磨出一块死肉的，又如何在坡塬上建大寨田，仅一个冬天，俊奇他娘在坡塬上捡穿烂的草鞋，就捡了三千二百双，又如何在水库上干吃着稻糠子炒面抬石头，连水都喝不上。文成又说：“水不是用河装着吗？”夏天义说：“你咋啦？你咋啦？唼？！”文成不敢插话了。夏天义又讲修河滩地，伤了多少人，建大寨田又累病了多少人，而他的大哥，也就是孩子们的大爷死在了水库工地上。孩子们已经知道那一段历史，但他们也听说了二爷当村干部的时候，县上原准备征用清风街的地，要把县煤矿上的煤运来建炼焦炭的基地，而二爷以清风街耕地面积少为由带头抵制，结果炼焦厂移到了八十里外的赵川镇。他们说：“人家赵川镇已经是座城了！”夏天义说：“是城又怎么着，那里到处都是煤，人去了要尿三年黑水的！”他们说：“上海当年被外国人占了，现在又怎么样？”夏天义说：“你们这些猪狗王八蛋，帝国主义侵略有理有功啦？谁给你们灌输的这种思想？！”夏天义发了火，不讲话了，他要用劳动来改造他们。他让赵宏声把那副对联用红油漆写在了七里沟的崖壁上，然后用红油漆将沟里的大小石头都标上一到二十的数字，让孩子们去把这些有数字的石头往坝上抬，而他就在坝址上验收，必须每人一天抬够三百分。夏天义说，这种计量法就是当年他们修河滩地修水库时采用过的，那时吃的啥，喝的啥，一天要抬够六百分的！

孩子们当然要偷懒了，他们暗中用布头蘸着还未干的红油漆涂改数字，往往将写有2的石头改成8或12。夏天义并未觉察，奖赏着他们，就钻进草棚里要给他们生火烤洋芋吃，一人吃三个。

把孩子们赶到七里沟劳动，本家的媳妇们不大愿意，但当面不敢说。文成是父母离婚后总逃学，他娘拿扫炕笤帚打着赶不到学校去，在七里沟抬了几天石头，回来喊肩疼腿疼，他娘说：“你爷是教育你哩，看你还上学不，再不上学，将来就抬一辈子石头！”梅花对小儿子去七里沟抬石头虽不高兴，却也没多阻止，因为小儿子在家不听话，让夏天义管管也好，而且回来还能带些北瓜。我们在七里沟垫出来的地上种了很多北瓜，北瓜结得很大，夏天义常常回来摘一个就送给了街上碰着的人，夸耀说这是七里沟的北瓜，随便撂了几颗子儿就见风长，瓜蔓都一丈长，瓜结得一个筛箩一个筛箩的。梅花的小儿子每次回来拿一个北瓜，夏天义没有吭声，但夏天义没有想到的是就因了北瓜又生了一肚子的气。

说起来都是三踅惹的。三踅的媳妇一直不生育，按清风街的风俗，在媳妇生日的那天，若有人能把瓜果偷偷塞在炕上的被窝里，就预示着能怀上孕的。三踅经过了白蛾的风波后，老实地回家过日子，也请中星爹给他算能不能生儿生女的卦，中星爹让三踅写一个字来，三踅写了个“牛”字，中星爹说：“恐怕生不了。”三踅问：“为啥？”中星爹说：“生字缺了下面一横，就成了牛而不是生了。”三踅说：“咹？！”中星爹说：“牛是有地耕了才有牛的价值，可你这牛没地，事情不怪你，怪你媳妇。”三踅当下骂媳妇：“把他娘的，她给我凶哩！”又问中星爹有没有禳治的办法，中星爹说明日你把你媳妇叫来，这得检查检查。三踅回来，并没有领媳妇去检查，他在大清堂里对赵宏声说：“他是让我送礼哩，这老东西！我让媳妇去检查什么，让他在媳妇身上摸呀？老流氓！”赵宏声便记起了老风俗，让他在媳妇生日那天叫人往炕上塞瓜果。三踅说：“那你给我家塞么！”赵宏声说：“这得娃娃们干。你肯买条纸烟，记住，要好纸烟，我会让你满炕都是瓜果！”三踅就买了一条纸烟，赵宏声在晚上给了文成一袋核桃，如何如何交代了，文成他们在第二天将八个大北瓜揣在怀里去了三踅家。三踅当时在家，心下明白，故意不理会，等他们把北瓜塞在炕上的被窝里了，出来每人发了一小包花生。夏天义发觉北瓜少了许多，问到我，我说了原因，夏天义说：“三踅是个害祸，让再生个害祸呀！”虽没骂文成，却再摘了北瓜叮咛我给秦安家送去。

我是把北瓜送到秦安家后，又匆匆地往七里沟去，到了东街外的小河边，瞧见了白雪又在那里洗衣裳。这条小河肯定与我有缘分的，这是我第二次在这里碰上她了。秋天里的水比夏天的水旺，河面上的列石被淹没得只剩下个石头尖儿。白雪已经洗好了一篮子衣服，要从列石上过，但白雪的肚大起来了，几次要过几次又吓得不敢过，我就从路上跑了下去。我这一次非常地勇敢，没有犹豫，一犹豫就胆怯了，我说：“我背你过！”连鞋带袜子就蹚在了水里。我说“我背你过”这话时，把白雪吓了一跳，但我连鞋带袜子蹚在了水里一定是感动了白雪，她没有愤怒，说：“啊，不，不用。”掉头就往河的下流走，想寻个水面窄的地方过去。我愣在那里，脸火烧火辣的，却念叨：河呀河呀，你不要有窄的地方！河水也就眼看着又涨了一些。白雪到底没寻着窄处，她又走了上来，准备脱了鞋蹚呀。我站在了列石上，可怜地说：“你不要蹚，我拉你过来，行不？”说完了还怕她不肯，在岸上就折了一个树棍儿，把树棍儿的一头伸给她。白雪撩了一下头发，往周围看了看，把树棍儿的一头握住了。这树棍儿是怎样的一个树棍儿呀，一头是我，一头是白雪，我们就在列石上走。别人家牵的是红绳儿红绸子，我们牵的是树棍儿。我手不停地抖，通过树棍儿，白雪的手也抖起来。白雪到底是正面看我了，她一看，我倒害羞了，眼光落在了列石上。这列石实在是太少了，它有一百个一千个，永远地走不完，多好！但列石却很快走完了。我听见她说了声“谢谢”，抬起头，她已经走了。她走得急，篮子里洗过的一件东西掉下来。我说：“……哎，哎！”她没有回头，走得更急了，一到了岸上的慢坡，慢坡上一丛毛柳挡住了她，一只鸭子嘎嘎嘎地从毛柳下跑出来。我走过去，静静地看那掉下的东西，它竟然是一件小小的手帕。

等我赶到了七里沟，夏天义却在拿了麻绳抽打文成。文成犟得很，任凭夏天义的麻绳怎样在他的屁股上抽打，都挺着身子，硬起脖子，一声不吭。我说：“你学刘胡兰呀？！”把麻绳夺下，推了夏天义到草棚。夏天义气呼呼地说：“他要是回个话，哭一声，我倒是不打了，狗东西竟这么犟！”我问怎么回事，夏天义才告诉我，在我走后，他摘了一个最大的北瓜，想生火熬了给孩子们吃，切开时竟然发现里边有了人的粪便。当下追问是谁干的，孩子们先都不说，后来就检举是文成。是文成用小刀将北瓜开出一个口儿，掏了里边的瓜子儿，将粪便拉进去，然后再把开出的那块原口子放好，几天切口就长合了，而且北瓜长得越发大。听夏天义一说，我也生气了，出去对文成说：“你咋这坏的？！”文成唬着眼瞪我。我说：“你还能打了我？”文成就提了两个拳头。我那时一是有夏天义做靠山，二是我才得了白雪的手帕，我就不怕文成，趁他不注意，一脚踹在他的后腿弯，他扑通跪下了。我说：“给你爷认错！”文成竟一下子扑起来向我挥了拳。我们在那里斗打起来，他打我一拳，我打他一拳，然后像两只牴仗的公羊，分别退后，几乎同一时间伸着脑袋向前冲，砰地一声，两人都坐在地上，他头上一个包，我头上一个包。孩子们一声喊：“爷！二爷！”夏天义坐在那里看着我们打，不说话，也没有动。直到文成发了狂，他打不过我，却拿了木杠子使劲在石头上抡，木杠子断成了两截，他从七里沟跑走了。夏天义说：“你打他干啥呀？你这一打，他就不会再来啦！”

果然，第二天文成不来了，孩子们都不来了，跟随夏天义的又只剩下我和哑巴。我嘲笑哑巴前世一定是狗变的，就只对夏天义忠诚。哑巴做着动作，意思在说我也是狗，和他一样是两条狗。可哑巴哪里知道我之所以这么卖力，平日两人抬的石头现在一个人掮着就走了，是我得到了白雪的手帕！人有了快乐和悲伤总喜欢诉说的，我的得意不敢对夏天义和哑巴说，我憋得难受，终于在第三天晚上去给赵宏声说了。我说：“宏声，我有话要给你说的。”赵宏声说：“说么。”我却犹豫了，说：“还是不给你说的好。”赵宏声说：“不说了就不说。”不说我又怎么能行呢？我还是给他说了。赵宏声听罢却没激动，说：“就这？这有啥的？！”我说：“你不懂！”赵宏声说：“我是不懂没×人的想法。”我说：“白雪肯定是把手帕故意遗给我的！”赵宏声说：“既然是故意遗给你的，你就去和她多亲近么。”我说：“我又怕她不肯。”赵宏声说：“我倒有个办法，只是有些损。”我说：“损命吗？事情是我的事情，要损就损我的命。”赵宏声说：“但你一得保密，二得孝敬我，我要做个门匾呀，你把你家的桐木板拿一块来！”成了人精的赵宏声果然教授了我一个绝法儿，我就把我家的桐木板拿了一块送给了他，他刻上了“开元济世”四个字，挂在了药铺后的墙上。当天夜里，我就让猫在那件小手帕上撒了尿，第二天偷偷又将小手帕铺在七里沟的一个蛇洞口，果然傍晚要离开七里沟时我去察看小手帕，小手帕上有了蛇排出的精斑。这法儿一定要给我保密，一定不要传给别人，赵宏声说这是他在一本古药书中看到的。我拿了小手帕再次去找赵宏声，我说：“真的拿了小手帕对着白雪鼻前晃晃，白雪就迷惑了，能跟着我走吗？”赵宏声说：“我没试过，或许能吧。”我说：“这是不是违犯法律和道德呢？”赵宏声说：“我只给你法儿，至于你怎么用，给谁用，那是你的事。斧头可以劈柴也可以杀人，斧头仅仅是工具么。男人都身上带着×，难道能说是有强奸嫌疑吗？”我兴奋得嗷嗷大叫，走出他的药店门，头碰着了门上的玻璃，我不疼，玻璃却烂了，赵宏声在后边大声骂我，要我必须赔他的玻璃。

我突然地就在七里沟口瞧见了白雪。白雪是顺着312国道中间的那条白线往前走的，她在训练她的腿，以免成八字步。我就从七里沟跑了出来。我开始实施我的计划了，没有在白雪的身后追，那样会吓坏她的。我上了国道边的庄稼地里拼命地跑，跑过了白雪，然后从庄稼地里下来，潜伏在国道边的一丛茅草中。白雪过来了，她还是微笑着，走着猫一样的步子，屁股一拧一拧的。我忽地跳了出来，像电影里那些强盗，不，是侠客，跳出来还做了一个威武的动作。白雪呀地一声吓着了。白雪受惊的样子真是叫人心疼，她的嘴张着，手在空中抓了一下，就举在那里。我极快地从怀里掏，掏出来的是一双破手套，掏错了，再掏，就掏出了小手帕，在白雪的脸前晃。我听见白雪说：“你干啥，干啥？”我只是晃，白雪脸上的肌肉就僵起来，目光呆滞了。我说：“宏声，我成功了！”转身就走。回头一看，白雪果真也跟着我走，我走多快她走多快，像我的影子，或者像我牵着的木偶。我们走过了整个清风街，清风街的人都注目着我。我拿脚踢了一片树叶，树叶踢飞了，再踢一片树叶，那不是树叶，是颜色像树叶的一块石头，把我的脚指甲踢掉了，我不嫌疼，继续走。人群里有白恩杰，有丁霸槽，也有张顺和三踅，他们都没有说话。我知道这是他们惊讶得说不出话，也嫉妒得说不出话。我微笑着给人群点头，皇帝也都是这样的。我们走到了我家的院子，进了堂屋，上到炕上，白雪平平坦坦地躺着了。等到白雪躺在了我的炕上，我却不敢去碰她了，就坐在炕沿上一眼一眼看她，担心她是个香草，我气一出粗，香草就飞了。我伸出了手去摸了一下她的脚，脚腻腻的，柔得像婴儿的屁股，但有些凉，像一疙瘩雪，但我从头到脚却火烫火烫的，我又担心再摸她，雪就要化了。我让白雪静静地躺在炕上，她一直昏睡着，我希望她永远就是个睡美人躺在那里。我坐在了门口，不让任何人进屋，连苍蝇蚊子都不能进去。榆树上下来了一只蜜蜂，它硬要进去，把我的头蜇了，它在拔屁股上的毒刺时把半个身子拔掉了，它也死了。我连续三天再没去七里沟，夏天义以为我患了病，寻到了我家，他看见我好好地在屋门口，说：“你在家干啥哩？”我拿眼瞧着土炕，没说话，只是笑。夏天义就走过去揭土炕上的被子，被子揭开了什么也没有。我却是扑过去抱住了夏天义，我不让揭开被子，甚至不让他靠近土炕。夏天义说：“你又犯疯病啦？！”我叫道：“你不要撵她！”夏天义说：“撵谁？”啪啪扇我两个耳光，我坐在那里是不动弹了，半天清醒过来，我才明白白雪压根儿就没有在我的土炕上。我说：“天义叔！”呜呜地哭。

夏天义拉着我再往七里沟去，我像个逃学的小学生，不情愿又没办法，被他一路扯着。刚走到东街口牌楼下，有人在说：“二伯！”我抬起头来，路边站着的正是白雪。这个白雪是不是真的？我用手掐了掐我的腿，疼疼的。夏天义说：“你去你娘那儿了？”白雪说：“我到商店买了一节花布。”我一下子挣脱了夏天义的手，跳在了白雪的面前，将那小白帕按在了她的鼻子上。白雪啊地叫了一声，跌坐在地上。夏天义立即将我推开，又踢了一脚，骂道：“你，你狗日的！”一边把白雪拉起来，说：“你快回去，这引生疯了！”

在我的一生中，这算是第二次最丢人的事了！但我没有恨白雪，也没有恨夏天义，我除了恨我外，就骂赵宏声是个骗子，骗子，大骗子！当天夜里我就去了大清堂追要那块桐木板，他乖乖地把桐木板还给了我，我还拼劲地拿脚在他家墙上踹了一脚。现在那个脏脚印还在，离地面一米高。

足足有一个礼拜，我看太阳都是黑的。真的是黑的。白雪是不是也看太阳是黑的，这我不晓得。那个晚上天下大雨，我独自进了七里沟，连续在七里沟的草棚里住着不回清风街。那棵麦，还记得吧，它的麦秆差不多指头粗，三尺高了，谁在哪儿见过这样粗壮的麦子呢？我坐在桌子下面，和旁边那树上的鸟儿说话。鸟儿说：“喳！”我说：“咋？”鸟说：“喳喳！”我说：“娃娃？”鸟说：“喳喳喳！”我说：“谁的娃娃？”鸟说：“喳喳——喳喳喳！”我听不懂了。夏天义来了，他给我提了一瓦罐饭，说：“你狗日的没回去正好，回去了夏雨便把你打死的！”我说：“他凭啥打我？”夏天义说：“白雪早产了！”我吓得脸色苍白，天哪，是我惊吓得她早产了吗？孩子是几个月的，早产是活着还是死了，白雪又会怎么样？夏天义说：“还好，她们母女都没事，只是那孩子瘦小得像个老鼠。”夏天义这么说，我松了一口气，双腿就软得再也撑不起身子，稀泥一样地瘫在地上。

我拚命地掮石头，我想用超负荷的劳动来惩罚我，但一个大老鼠的模样总往脑子里钻。我想象那孩子瘦胳膊瘦腿的，脑袋挺大，眼睛细眯，一对招风耳。白雪好看得像一朵花，她的女儿却长成那么丑，我也搞不清怎么会有这种想法？但当时确实是这么个想法。待到真正见到那孩子的时候，孩子的长相和我的想象几乎一模一样，让我非常惊奇。这当然都是后话了。我要说的是白雪从地上爬起来，小跑到家，心还扑通扑通跳，当时就上床睡下了。四婶在厨房里择菜，听着卧屋里夏天智播放秦腔曲牌，先播的是《风入松》，再播的是《凡婆躁》，然后就是怪怪的一段曲子：

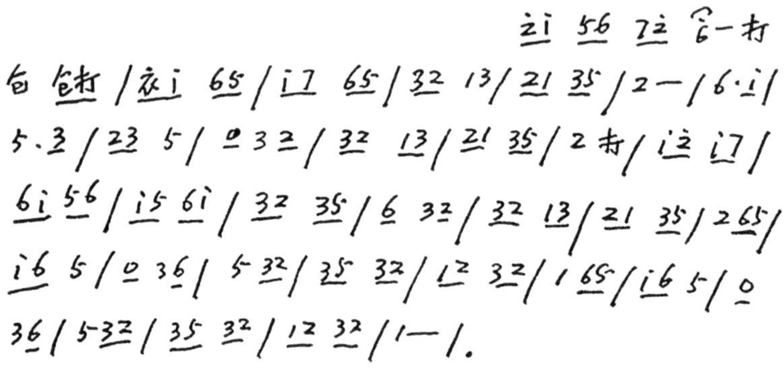

四婶说：“这是啥曲子，听着不舒服！”夏天智在卧屋说：“你行呀，还能听出这曲牌不舒服，这是《甘州歌》，专门是鬼魂上场用的。”四婶说：“你快把机子关了，你招鬼上门呀？！”夏天智没关，说：“傻呀你，这是艺术！”还跟着哼起来。四婶这时候听见院门口有脚步声，知道白雪从外边回来了，可过了一会儿，并不见白雪到厨房来。就喊：“白雪，雪，你把花布买回来啦？”白雪没言语。四婶觉得怪怪的，走到白雪的小房间，白雪在床上躺着，手捂着肚子，满头的汗。四婶就说:“你怎么啦，白雪？”白雪说:“我肚子有些疼。”说着，更疼了，白雪的身子蜷起来，头顶在了床上。四婶有些慌，说:“疼得厉害吗？是不是什么东西没吃好？”白雪说:“我在街上碰着金莲，她让我吃了一把花生。”四婶说:“吃她的啥东西？想不想去厕所？”白雪说:“不想。”四婶说:“咋个疼法，是不是拉扯着疼？”白雪说:“像是谁在拽肠子。”四婶一下子慌了，说:“爷呀，今日是几号了，该不会要提前啦？！”就喊道，“别哼啦，别哼啦！”卧屋里收音机声戛然而止，夏天智过来了，说:“咋啦，我在家混得没权没势啦？”四婶说:“白雪肚子疼，你快去把三嫂叫来！”夏天智立即明白了，就弯腰勾鞋，踉踉跄跄跑出去。白雪已疼得从床上下来要走，却走不动了，扶着床沿，一会儿到床这头，一会儿到床那头。四婶说:“甭害怕，白雪，八成是要生了，世上都是人生人的，没什么害怕的！”白雪不呻吟了，却一口一口吸着气，后来就蹴在床根。

屋外突如其来地就起了风，先是呼的一声，把揭窗扇了起来，床上的枕巾，扎头发的手绢，桌上的纸和那把蒲扇，全在了空中，那张纸竟贴在了穿衣镜上，久久地不肯落下。四婶忙把揭窗关了，外边的风有了吼叫，随即是哗啦哗啦的雨，一股一股泼打着窗子。夏天智在三嫂子的屋里说起白雪可能要早产的事，三嫂子说:“不可能吧，早产也不该这么早呀？这么早呀。”夏天智说:“是呀是呀。”三嫂子说:“可不敢出事！出事。”两人一脚高一脚低往前巷子赶，风把他们吹得原地转了一圈，又斜着往前小跑，差点撞在一座厕所的墙上。他们就看见周围的树都倾斜了，方向全是朝着夏天智的家。而一朵云压得低低的在他们头上移，移到夏天智家的院子上空不动了，往下降雨。夏天智一推开院门，院子里的雨像垂了密密麻麻的白线，地上立时有了水潭，他站在痒痒树下，浑身已经淋湿了。三婶还在院门外，身上却干干净净。三婶说:“这雨下得怪不怪！怪不怪。”夏天智说:“你进来，你快进来！”三婶就走进了雨，身子也全湿了，经过院子上了房台阶，夏天智停住在台阶上，看着三婶进了白雪的小房间，他说:“需要什么就喊我！”

夏天智在台阶上踱过来踱过去，急得像热锅上的蚂蚁，接着就跑厕所。在厕所里，他又拉不下，听见小房间里白雪开始叫唤，叫唤得厉害了。从厕所刚出来，又觉得不对了，再往厕所跑。四婶就喊：“你去烧些水！哎，听见了没，你去烧些开水！”夏天智在厨房里烧水，火老是点不着，点着了用烧火棍捅捅，黑烟呛得喘不过气来。水已经烧开了，白雪还在小房间里叫唤。夏天智似乎没有刚才紧张了，但脸色苍白，他端着白铜水烟袋一口接一口吸烟。三婶在说：“羊水破了，躺好，躺好，生娃娃容易得很，就像拉一泡屎，夏风就是我接生的，他还是横着来的，还不是就把他拉下来啦？天智，天智——”夏天智一口接一口吸烟，烟气都不从口鼻露出一丝一缕，全都吸在了肚里。三婶叫过了，他蓦地意识到是三婶叫他，忙应道：“叫我呢？”四婶说：“你没在台阶上。”夏天智说：“我在哩！”四婶说：“快烧些水，把剪子在水里煮煮！”夏天智到处寻不着剪子，但他不能进去问四婶，还在堂屋柜子里翻。四婶出来，说：“叫你煮剪子，你听着了没？”夏天智说：“剪刀在哪？”四婶说：“还能在哪？”从炕上的针线笸里取了剪子。夏天智说：“咋样么，要不要把宏声叫来？”四婶却转身进了小房间。夏天智又煮剪子，灶口的火噹噹地笑，小房间里白雪的叫唤声一声倒比一声大。剪子煮好了，放在盘子里拿到堂屋门口，四婶在中堂板柜里找被单，找净白布，一脸汗水。夏天智说：“还不行呀？”四婶说：“你不要进来，不喊你不要进来！”把一卷带着血的布扔在墙角。夏天智说：“出血啦？”四婶说：“鸡下头个蛋都带血的！”夏天智说：“让白雪坚持住！”四婶瞪了一眼。夏天智说：“那我给放放秦腔，听秦腔会缓解疼痛的。”四婶没言语，又进小房间去，夏天智果然就打开收音机，却怎么也找不着有秦腔的波段，便取了胡琴，坐在台阶上拉。

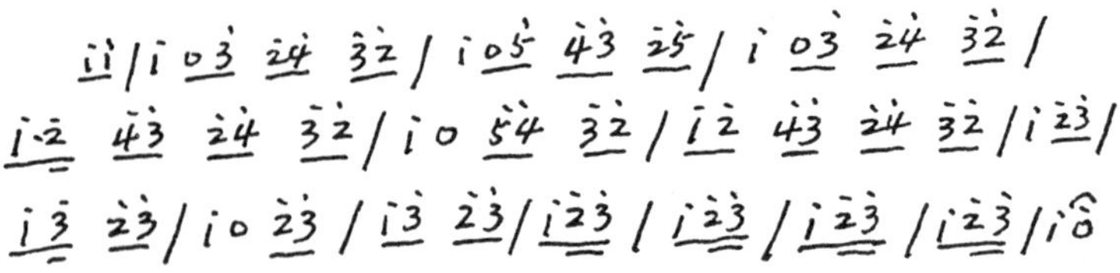

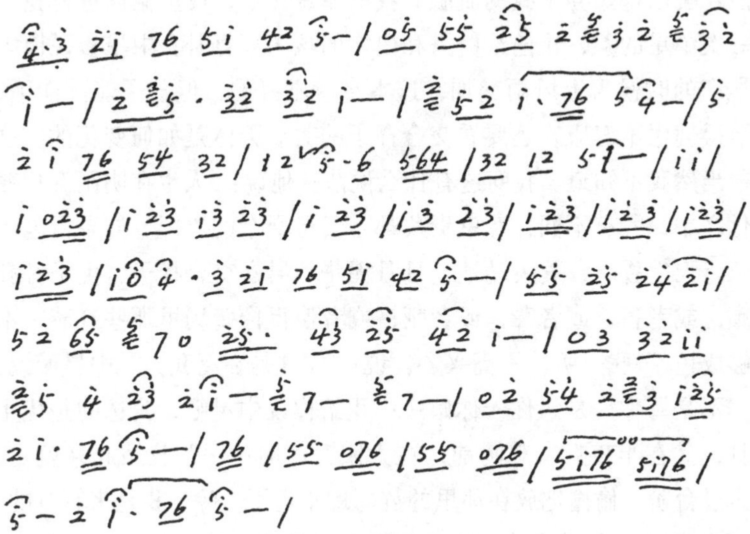

胡琴声中，风雨在院子里旋，院墙外的榆树、杨树都斜着往院中靠。夏天智拉着拉着，自己倒得意了，竟一时忘掉了他是在给白雪拉胡琴，而白雪正在生孩子。待到孩子一声啼哭，三婶在快活地说：“天智，天智，你有了孙女啦！孙女啦。”夏天智一收弓子，还有一声颤响，他同时看见院子里的风雨在缓下来，缓下来，突然风停雨住，最后的一滴雨有指头蛋大，像一颗玻璃球儿，落在痒痒树上，溅起了无数的水沫。

※　※

三年前我说过，我的心脏一跳动，满清风街都能听到，现在，到处又都在骂我惊吓了白雪，使白雪早产了，我就还是不敢回村。

早上到崖头上去挖溜土槽子，一窝蜂不是姓白就是姓夏，追着撵着蜇了我一头疙瘩，多亏我懂得止疼的秘方，把鼻涕涂在头上，但连哑巴都嫌弃了我的肮脏。我的罪孽深重，夜里偷偷进村找了一次中星的爹，让他给白雪和白雪的孩子算算卦，中星爹说白雪早产的时候天上风雨交加，这本身就不好的，但孩子能不能活，活得健康不健康，还要看交合择子的时辰天体是如何变化的。这些当然我不知道。我问这有什么说法？他说："人生在阴阳五行变化之中，各有不同，尊卑贵贱都是父母交合的原因。如果雷电风雨，天空昏暗，震天动地，日月无华，男女交合择子，生子必狂癫，或者盲，或者聋，或者哑，或者傻得像砖场里那些红砖，不够成色。"我一听就不高兴了，说："你这是在骂我？"中星爹说："不是骂你，是怨你爹你娘……我给你说中星吧，我选的是优生日，又在半夜后，鸡鸣前，在太阳升起时……"我站起来就走，走过台阶，偷偷把放在那里的熬药罐拿走了。哼，我是来算卦的，不是来听交合择子的，他怨恨我爹我娘哩，他病蔫蔫了一辈子，也该怨恨他爹他娘了！我把中星爹的熬药罐摔碎在十字巷口，匆匆经过夏天智家前，看见院门环上挂了一块红布，便为白雪母女祈祷了平安。

门环上的那块红布是孩子的胞衣刚刚埋在痒痒树下后四婶就挂上的，一在显摆她家又有另一辈人了，二在提醒生人不得随便进来，免得带了邪气。夏雨是第二天露明就去西街白家报喜，白雪娘立即烙了一张两指厚的锅盔，三尺花布，三斤红糖，二十斤鸡蛋赶了过来。两亲家母相见，有说不完的话，白雪娘当晚没有回去。又住了一天，买了猪蹄炖着一锅，让白雪吃了早早下奶。猪蹄还没炖好，夏天智给牡丹花蓬浇水，忽然听得街巷里人声嘈杂，就瞭见中街方向一股浓烟冲了半天，像黑龙在空中旋。夏天智出去看了，原来是金莲家的稻草垛子着了火。金莲家的稻草是绕着屋后一棵杨树堆起来的，幸亏扑救及时，没引烧到后屋墙下的包谷秆，只把杨树熏成黑桩。夏天智回来，四婶和白雪娘也站在巷口张望，碰着武林，武林说："四婶，白，啊白，雪生啦？"四婶说："生啦！"武林说："生，啊生，生了个，啥娃？"四婶说：

“你猜！”武林说：“男，男娃？”四婶说：“不对。”武林说：“女，女娃？”四婶说：“行呀武林，两下就猜中了！”问夏天智谁家着了火，烧得怎样，夏天智说：“是金莲家，只把稻草垛子烧了。”四婶说：“前几日不是说她家的鸡被人偷了吗，怎么稻草垛子又着了，会不会谁故意要害她？”白雪娘说：“真是造孽！”却不再言语。

到了下午，白雪的侄女来叫白雪娘回去，白雪娘就起身向亲家告辞，眼皮子哗哗地跳了一阵，忙撕了片草皮贴在眼皮上。四婶从柜里抓了一把柿皮柿饼给孩子吃，孩子说：“我爹给我买的有。”四婶说：“你爹回来了？”白雪娘说：“江茂不下矿了，早都回来了，在家种香菇哩。”四婶对孩子说：“你爹给你买了，这是我给你的呀，这么争气的！”白雪娘说：“你奶给你的，你拿上，给你奶磕个头！”孩子接了柿皮柿饼，立马将个柿饼塞在嘴里，趴在地上磕了个头，婆孙俩就走了。夏天智说：“白雪，什么事儿，你娘脸色都变了？”白雪说：“可能是我堂嫂的事吧。”夏天智说：“我听说是要罚超生款的，罚就罚么，一个男娃还不抵三四千元？”四婶说：“你娘也真是，就是罚款，罚的是江茂，她着急回去干啥？”白雪说：“我那本家就只有我们两家，平日亲近，不像咱这边。”说罢了，觉得不妥，改口道，“他家什么事儿都是我娘操持的。”四婶没再说话，夏天智也没再说话。

白雪娘回到西街，直脚去了后巷的妯娌家，白雪的婶婶像晾在河滩上的鱼，嘴张着，一眼一眼等着嫂子，见面问：“娃娃还乖？”白雪娘说：“还乖。”又问：“白雪精神好？”白雪娘说：“好。”白雪的婶婶哭腔就下来了，说：“嫂子，乱子怕要惹下啦！”白雪娘说：“是不是江茂把金莲家的稻草垛点了？”婶婶说：“我估摸八成是他点的，但他死不回话。前几日偷了人家的鸡，我问过他，他不承认，昨日我在后院萝卜窖里看见了一堆鸡毛，再问他才说是他偷的。这二杆子，整日在家骂金莲，稻草垛子能不是他点的？派出所来了人，刚才把他叫去了。”白雪娘说：“罚款就罚款，收没香菇棚就收没香菇棚，咱能保住个娃就行了么！你这么报复，不是秃子头上的虱明摆着吗？！”婶婶说：“这可咋办呀，会不会把他弄到牢里去？”身子靠住了墙，腿软得往下溜，就溜坐在了地上。白雪娘说：“你咋啦，咋啦？”婶婶说：“我没事，我坐下歇歇。”白雪娘说：“越乱越不能急。看江茂去了怎么给人家回话，再作商量。事急处必有个出奇处，那么多人守着，你还不是把娃娃抱回来啦？！”婶婶点着头，只是叹气。屋子里婴儿哇哇地哭，哭得好像要闭住气。婶婶说：“娃咋啦，怎不哄哄？”改改抱了婴儿出来，敞怀把奶头塞到婴儿嘴里，婴儿还是哭，婶婶就上了气，说：“你连娃都哄不了吗？我和你婶说事的，让哭得人心焦不心焦？”白雪娘过去抱了婴儿，才发现是尿布湿了。

人心惶惶到晚饭时辰，江茂还没回来。白雪娘让婶婶做了汤面去派出所，借着送饭，打探打探消息。婶婶去了十多分钟，却和江茂一块回来了。江茂说：“我死没承认，他们没有任何证据，就把我放了。”白雪娘说：“没事了就好！你给我说实话，是不是你点的？”江茂说：“是我点的。”白雪娘说：“你说你死不承认，你给我承认啥的？！”江茂说：“你是婶么！”白雪娘说：“事情到了这一步，天王老子问你都不要承认！”院门外有脚步响，白雪娘就不说了。进来的是村里几个人，撩了江茂的胳膊要看有没有伤，说前日中街牛娃偷人，拉去铐在窗棂上打了一顿，骨头都折了。江茂说：“火又不是我点的，他敢打我？”一人说：“就是，我看见天上一颗流星忽地滑落下来，就在金莲家那方位，不久稻草垛就起火了。”白雪娘说：“你看见了？”那人说：“看见了，我当时还想，天上掉星，是不是金莲家要死人呀，这倒好，稻草垛一着火，人就死不了了！”白雪娘说：“这你得给派出所去说呀，要么屈死江茂！”那人说：“我敢作证！你说这流星偏不偏就落在金莲家的稻草垛上？！”江茂说：“她做事太绝了么！”白雪娘就打他的脑袋，骂道：“不会说话就不要说，没人把你当哑巴！”

稻草垛着火的事派出所不追究了，但江茂因超生而被罚的款必须交。四千二百元江茂拿不出，金莲领了一伙人就收没了他家的香菇棚，说是五天里不交齐款，香菇棚就拍卖啦。五天里江茂没动静，按说扛一扛事情或许就过去了，或许能少交一些，可恨的三踅竟趁火打劫，掏了四千元把香菇棚买了。香菇棚价值五千元，四千元让三踅买了，江茂心中怨恨，去找三踅讨要一千元，三踅根本不理。江茂去了三次，第四次三踅说：“我是从村部买的香菇棚，与你没干系，你要再来，我就把你当贼打呀！”江茂又去，三踅果然拿了门杠子就打，江茂哪里是三踅的对手，回家哭了一场，只好再次出外打工，到县城一家建筑工地和灰。派出所查不出放火的实证，村人又证明看见过流星落下来。为稻草垛的事，金莲患了个肚子疼。没了稻草，就少了烧饭的柴火，金莲让上善给她弄些树枝，上善负责着河堤上的树木管理，有这个权力，就批准她去堤上砍四千斤的树枝。金莲派去的人在堤上当然不敢伐整棵树，却专拣粗大的树上砍那些枝股，有的完全可以做厦房的椽了，便惹得相当多的人有意见。

有了意见给谁提去？提给了村组长，组长也不给君亭说，更不给金莲上善说，就三人五人地跑来怂恿夏天智。夏天智掏了二百元钱把三婶手里的五块银元买来去小炉匠那儿给孙女打造项链。有人就跑来拉闲话，说伏牛梁下的坟地里闹鬼，夜夜贫协主席和我爹吵架哩。这又说到我爹了，我得把陈年旧事提一提。贫协主席是西街的，姓手，论资格比夏天义还老，人是七十年代就死了。贫协主席活着的时候，我爹总是为清风街的事和他闹矛盾，一开会就吵，吵得红脖子涨脸。一次修电站水渠，工程进度缓慢，我爹提出给夜里加班的人每人蒸五斤红薯，他不同意，主张抓阶级斗争，阶级斗争是个纲，纲举目张，结果把清风街所有的地富反坏右集中起来批斗，杀了鸡给猴看。我爹又和他吵，他说他是贫协主席，以势压我爹。我爹说：“你是主席，但如果你那个姓不向左拐向右拐，那我就听你的！”手字拐个向那是毛字，贫协主席就说我爹这话是不尊重毛主席，是反对毛主席。在那个年月，你反对毛主席你还能活呀？这事就严重啦！是夏天义出来为我爹打了圆场，既不同意贫协主席给我爹扣政治帽子，又支持贫协主席批斗地富反坏右。从那以后，我爹和贫协主席谁看谁都不顺眼，贫协主席死的时候，我爹没参加他的葬礼。但是，不是冤家不聚头，在清风街的领导班子里，去世的人就只有贫协主席和我爹，他俩偏偏都埋在伏牛梁下，中间仅隔着一条水渠，三棵柿树。这些人在说每天晚上了他们听见伏牛梁下的坟地里贫协主席的鬼和我爹的鬼仍还在吵，吵的什么，听不真，但怪叫声一来一往，声调绝对是贫协主席和我爹的声调。夏天智听了这话，不信，哧儿哧儿笑。那些人就又说："咱这清风街的风水不好！"夏天智说："胡说！风水不好，能出个夏中星？！"夏天智不说夏风，说夏中星。他们说："当然出了个夏中星，更出了个夏风，可他们都是从清风街出去后成事的，留在清风街的，能人是还能着的，却只给自己能，能得过头了！"夏天智说："你们要说啥话，明着说！"他们立即就数说金莲在河堤上砍树股的事。这三四人刚刚给夏天智说毕，又两三个人进来，还说的是金莲砍树股。夏天智说："有意见寻村干部么，给我说干啥？"众人说："我们给村干部说了顶屁用！"夏天智说："你们是说我是君亭他四叔？"众人说："那不是。古人说：有德言乃立。你老德性好！"夏天智就把他的水烟袋拿出来吸，他的烟丝拌了香油和香料，吸起来满屋子香，众人说："香！"夏天智却不吸了，说："我才不让你们不花钱就闻了香哩！"

夏天智把打造好的一个银项圈拿回家，就去君亭家找君亭，去了两次人都不在。文成悄悄告诉他四爷，说君亭其实在家，一听说夏天智来就从后窗出去了。夏天智便搬了椅子，从早到晚坐在君亭家院外的巷口吸水烟，终于把君亭堵住，责问：河堤上的树每年砍一些树枝股给老弱病残的人家烧柴用，凭什么就让金莲去砍，金莲如果是砍一些树枝也还罢了，竟把那么粗的树股都砍了！村干部以权谋私了，在群众中还有什么威信？！夏天智责问君亭的时候，夏雨也在场，夏雨说："爹，这是什么大不了的事呀！就是有意见，我二伯没提，三踅没提，引生没提，你管着干啥？你是不是不同意我和人家侄女的事，就看金莲也不顺眼啦？"夏天智说："这里有你说的啥？！"夏雨说："你这样了，我的事肯定得黄！"夏天智说："黄就黄么！"夏雨说："你对我的事永远不操心，我就不是你生下的？人家不就是唱不了秦腔么！"夏天智说："放你娘的屁！"父子俩捣了嘴，君亭就说："好了好了，你们家的事我不掺和。至于金莲砍树枝嘛，这我要查查。四叔提的意见对着的，不仅是四叔，任何人都可以监督村干部么！”夏天智说：“那你为啥老避我，我一去，你就从后窗出去了？”君亭说：“这你咋知道的？”夏天智说：“你先说是不是这样？”君亭就嘿嘿地笑了，说：“你看我可怜不可怜，当村干部不敢走大门，从后窗子跑哩！我给四叔说实话，金莲砍树枝的事我哪里能不知道，可我难处理么！你想想，金莲为了工作得罪了人，稻草垛子都被人烧了，我还能对她怎么着？村干部就不是人当的，上级领导压，下边群众闹，老鼠钻进风箱了，两头受气！你不让他们有私心，不占些便宜，谁还肯热身子去干工作？如果说这是腐败，还得允许腐败哩，只是有个度，不要过分就是了，这一点我把握得住！”一席话倒说得夏天智没词了，他收拾了水烟袋，提了椅子就走。夏雨说：“爹，你没当过干部，你不知道当干部有当干部的一套，那不是戏台上的一出戏！”夏天智说：“人生如戏，戏如人生！我没当过干部？我当校长的时候，目标明确，措施得力，就为的把升学率排到全县第五名。你君亭当支书、主任的，你要把清风街弄成个啥？”君亭说：“我给你说不清。”夏天智说：“说不清？”君亭说：“我有我的梦想，就像这州河一样，我不知道要转几个弯，拐几个滩，但我知道是要往东流，东边有个大海！”夏天智说：“那我就记着你君亭这一句话！我来找你，也只是给你提个醒，你要干大事，你得有干大事的样子，你手下的干部也得管好，凡事做过分了，等到群众起了吼声，那就啥也收拾不住了！”

君亭到底是听了夏天智的话，虽没有收没金莲砍的树枝股，却把上善对河堤的管理权收回了。为此，金莲泄气，工作再不积极，而上善还和他吵了一顿，撂下挑子不干了。君亭一直嫌上善太鬼，但上善的活腾又使君亭不能没有了他。上善一撂挑子，清风街又没合适人来当会计，君亭就以上善和金莲的不正当关系为把柄要挟上善，上善虽继续工作，从此却貌合神离，倒是去七里沟了几次。

夏天义人在七里沟，清风街上发生的任何事却都清楚，上善的突然到来，他并不怎么吃惊。上善说：“天义叔，你这是苏武北海牧羊么！”夏天义说:“那都是你们不淤地么！”上善说:“我可是支持你呀，把手扶拖拉机给你，仍是我首先给君亭建议的。”夏天义说:“村上不是还有一些炸药和雷管吗，你给我批些。”上善说:“我没资格给你批了，你找君亭，君亭学毛主席那一套管理法哩！”夏天义哼了一声，说:“他怎么学？”上善说:“他专制，搞一言堂。”夏天义说:“清风街这条船，责任全在船长身上，他说话要不算话了，让船翻呀？！我告诉你，毛主席是与天斗，与地斗，与人斗，其乐无穷，他那一分为二是让手下人分成两派，右一派左一派相互制约。他君亭会？他要是会，就不至于那样待秦安了，也不会让你和金莲搅和在一块。他嫩着哩！”上善目瞪口呆，说:“生姜还是老的辣，他君亭当领导到底是半路出家！”夏天义说:“屁话，谁当领导不是半路出家？你平日啥事都投其所好，到关键时候了，你却给他撂挑子……”上善说:“天义叔你知道我的事啦？那你说说，能怪我吗？”夏天义说:“我只问你一句话，你说你有没有私心？”上善说:“是人，谁没个私心？”夏天义说:“对着哩，别人占了你的地畔子你肯定不能让他，你媳妇遭人打了你就得去帮你媳妇，谁欠了你的钱少还一分那不行，一顿饭没吃好也可以发脾气，但你要当村干部，就得没私心！我夏天义几十年在任上，我可以拍腔子说，我是有这样的错那样的错，但我从不占集体的便宜！私心就是池塘里的水，人是鸭子，一见水就浮呀？！”上善睁着眼睛，扑闪扑闪，不吭声了。

夏天义在训斥着上善，我是多么高兴啊！他上善那一张薄嘴，平日挽翻得欢，这一次竟然哑口无声。我在旁边哧哧地笑，上善说:“你吃了欢喜他娘的奶啦，笑？”我说:“你不是能说会道吗，你咋不说了？”上善说:“让我喝口水！”他把挂在草棚门上的水罐取下来，抱了要喝。夏天义说:“那不是人喝的！”这水罐里的水确实不是人喝的，是我们每天提来给那棵麦子浇的。夏天义拿过了水罐，把水浇给了麦子，上善这才看见了新垫出的地里竟然有着一棵粗壮的麦子！上善毕竟是上善，他惊奇着，也更是为自己喝不上水的尬尴找台阶下，就大声呼喊，说这个季节怎么会长麦子，而这麦子长得这么粗大应该用栅栏围起来，让清风街所有的人都来参观！我以为夏天义又要训斥上善的花言巧语了，没作想他也认真了，蹴在了麦子跟前，一边慢慢地浇着，一边说：“听见了没，上善都夸你了，你就好好地长，给咱长成个麦王来！”半罐水浇在了麦子根下，麦子顿时精神，在风里摇着响，发出铮泠泠的声。上善见夏天义情绪好起来，他也就脱了夹袄，说：“天义叔，村上的事不说啦，今日我来就是想出出汗的，你给我个镢头，你说挖哪儿我给你挖！”夏天义说：“是不？那你和哑巴把那十几块石头抬过来。”那十几块石头原本是要用手扶拖拉机运的，但夏天义偏要上善去抬，上善抬完了，人累得趴在了地上。夏天义说：“累了吧？现在你知道我来七里沟不是玩哩吧？”上善说：“可惜我不是君亭，要不早决定淤地了！”夏天义说：“你要是君亭，清风街倒比现在还乱了！”上善说：“哎，天义叔，你说清风街乱，确实现在咋那么乱呀，你知道不知道中星他爹到哪儿去了？”夏天义说：“你说不说村里的事，咋又说呀？又要去巴结人家呀？”上善说：“咋能叫巴结，这话不中听。中星一当上邻县的县长，乡长就对我说应该关心关心人家家里人，我前日昨日去了几次，他总不在……”夏天义说：“他能到哪儿去，病成那个样子了，不是去中星那儿，就是上南沟虎头崖的寺庙了，问问瞎瞎的媳妇，或许她知道。”上善说：“瞎瞎的媳妇也信佛道的？”夏天义说：“鬼成精么。”上善说：“人真是说不上来，谁能想到中星就当了官了？！”夏天义说：“你不也就当了官？”上善说：“村干部算哪门子官？”夏天义说：“就那你和君亭还弄不到一块么！我可提醒你，我可以和君亭打气憋，但你不能和君亭闹不到一块，你们帮衬着路越走越宽，一个砸打一个了，就都得从独木桥上跌下来！你把我这话记住，也告诉他君亭！”上善点了头，耳朵里却听见了一种声音，隐隐约约，像是唱戏。上善说：“你听唱戏哩！”夏天义听了听，没听出来，说：“你吃亏就吃在太精灵了，是个铃，见风就响哩！”

其实，上善是听对了，夏天智在他家屋顶上架了高音喇叭，喇叭里唱了秦腔。夏天智早就建议过君亭，清风街外出的人越来越多，显得冷清，如果能把村部那个高音喇叭架在白果树上每天定时播秦腔，就可以使清风街热火。但君亭嫌村部时常没人，若定时播放就得有专职人，又就花钱，夏天智也没好意思说让他来管，这事就作罢了。这天中午，夏风再一次返回了清风街，捎了一大堆婴儿的衣服，也捎回了几大捆印好的《秦腔脸谱集》，夏天智一激动，便把村部的高音喇叭和播放机借了过来，让俊奇安装在了他家的屋顶上。夏天智要夏风把《秦腔脸谱集》的序在喇叭上念念，夏风不肯，说：“爹你咋啦？”四婶说：“烧包哩！”夏天智说：“这又咋啦？念！”夏风还是不念，转身到白雪的房间去了。

夏天智就在喇叭上念起序来，他不停地咳嗽，一咳嗽就停了，停了又从头念。念了一半，白雪是听到了，吃了一惊，说：“爹念的啥？”夏风说：“书的序么。”白雪说：“从哪儿弄来的？”夏风说：“你不知道呀，上次黑编辑来，正愁没个序的，上善拿了这个文章，说是引生……”夏风不说了。白雪说：“嗯？”脸色通红。夏风说：“可能是宏声写的，写得还好。”白雪说：“好啥呀，让爹不要念啦，丢人哩。”夏风说：“丢人哩？！”白雪却不言语了，拿眼看起孩子，身下睡着的孩子脸红扑扑的，忍不住俯下身亲了一口。

夏天智念完了序，问夏风：“播哪出戏？”夏风说：“有哪些戏？”夏天智说：“二十四大本都有哩！”夏风说：“那么多？”夏天智说：“二十四本我给串成民歌了。你听不听？”夏风说：“我喝茶呀！”白雪却在里屋床上说：“爹，你说说，我听！”夏天智说：“你听着啊：《麟骨床》上系《串龙珠》，《春秋笔》下吊《玉虎坠》，《五典坡》降伏《蛟龙驹》，《紫霞宫》收藏《铁兽图》，《抱火斗》施计《破天门》，《玉梅绦》捆住《八件衣》，《黑叮本》审理《潘杨讼》，《下河东》托请《状元媒》，《淮河营》攻破《黄河阵》，《破宁国》得胜《回荆州》，《忠义侠》画入《八义图》，《白玉楼》欢庆《渔家乐》。串得好不好？”白雪说：“串得好！你播《白玉楼》中的‘挂画’吧，‘挂画’我演过。”高音喇叭里立时响起了锣鼓弦索声。

夏风反对夏天智播放秦腔，一是嫌太张扬，二是嫌太吵，聒得他睡不好。可白雪却拥护，说她坐在床上整日没事，听听秦腔倒能岔岔心慌。出奇的是婴儿一听秦腔就不哭了，睁着一对小眼睛一动不动。而夏家的猫在屋顶的瓦槽上踱步，立即像一疙瘩云落到院里，耳朵耸得直直的。月季花在一层一层绽瓣。最是那来运，只要没去七里沟，秦腔声一起，它就后腿卧着，前腿撑立，瞅着大喇叭，顺着秦腔的节奏长声嘶叫。

夏风是不能不回来的，但夏风和他的孩子似乎就没有父女的缘。在孩子的哭声中，夏风提着大包小包的进的院门，而夏风第一眼看到孩子，竟吓了一跳，瘦小，满脸的皱纹，像个老头。他说："吓，这怎么养得活呀？！"四婶把孩子抱起来，塞到夏风怀里，说："不哭了，不哭了，睁开眼睛看看你爹，这是你爹！"孩子哭的时候眼睛是紧闭的，这会儿就睁开了一只眼，突然打了个冷颤，哇哇地哭得更凶了。

应着名儿是回来照顾白雪和孩子的，但一抱孩子，孩子就哭，夏风也就没再抱过，而尿布是轮不到他洗的，白雪一天五六顿饭，四婶也不让他在厨房待。反倒是白雪一次一次吃饭，四婶都要给夏风盛一碗。白雪说："不像是我坐月子，倒是你在坐月子！"拉夏风在床边坐了，要陪她说话。夏风坐下了，却没了话说。白雪说："你咋不说话？"夏风说："你说呀！"白雪说："给孩子起个名。叫个什么名字好听？"夏风说："丑丑。"白雪说："她叔有个叫瞎瞎的，她再叫丑丑，是寻不到个好词啦？"夏风说："她长得丑么。"白雪说："她哪儿丑了？我看着就觉得好看！"夏风说："你说好看就好看吧。"又不说了。白雪说："你一出去话那么多，回家就没话啦？"夏风说："联合国又换秘书长啦……"白雪说："我娘俩真的有那么烦吗，你不愿多说话？"夏风没有吭声，把纸烟点着了，突然觉得在小房间里吃纸烟会呛着孩子，就把火掐灭了。夏风说："你现在咋这啰嗦呢，有话就说没话就不说，我在家里也不能自在吗？"白雪说："谁做了父亲的不欢天喜地的，而整天盼你回来，回来了你就吊个脸，多一句话都懒得说！"夏风说："我说什么呀？你一张嘴就是这话，我还怎么说？"白雪吸了一口气，用鼻子又长长地嘘出去，眼泪也随之流下来。夏风看了一眼，站起来靠在柜前，说：“这有啥哭的？坐月子哩，你不要身体了你就哭！”白雪还是哭，夏风就一挑门帘走了出去。

院门里，书正却来了。他没有进小房间来看孩子，抱着一个小石狮子放在了花坛沿上，说这是他从乡政府刘会计那儿要的。刘会计是关中人，关中的风俗里生下孩子都雕一个小石狮子，一是用红绳拴在孩子身上，能防备孩子从床上掉下去，二是狮子是瑞兽，能护佑孩子。书正这么说，夏天智非常高兴，就让四婶给书正沏杯茶喝。书正却说不用了，他受乡长之托来通知夏风去吃饭的。夏风说：“今日你给做什么好吃的？”书正说：“现在来了重要人，乡长都陪着到万宝酒楼上去吃。万宝酒楼的厨师做的饭我吃过，不是我说哩，我还瞧不上眼！”夏天智立即取了六七本《秦腔脸谱集》给乡政府干部签名，要夏风去吃请时带上。夏风先是不肯，说：“人家爱不爱秦腔呀，你送人家？！”夏天智说：“它是一本书，又是你拿给他们的，爱不爱都会放在显眼地方哩！”他签了名，喊四婶一本本放在桌子上，先不要合上封面，以免钢笔水不干，粘脏了。自己又拿了一本翻来覆去地看，还举起来，对着太阳耀，说：“夏风，你出第一本书时是个啥情况？”夏风说：“你只在屋里欣赏了一天，我是欣赏了三天，给单位所有人都写了指正的话送去，过了三天，却在旧书摊上发现了两本，我买回来又写上：××× 再次指正，又送了去。”夏天智说：“你就好好取笑你爹么，我这送给他们，看他们谁敢卖给旧书摊？！”

夏风和书正提了书一走，大婶搀着瞎眼的二婶就进了院。二婶行动不便，白雪生孩子后她一直没来，今日叫大婶搀了她，一进院门就叫嚷：“我孙娃呢，让她这瞎眼婆也摸摸！”四婶忙把两位嫂子安顿坐下，喊白雪把娃娃抱出来。白雪赶紧擦了眼泪，二婶却已进来了，抱过孩子摸来摸去，说娃娃长得亲，鼻子大大的，耳朵厚厚的，便撩起衣襟，从里边摸摸索索了好大一会儿，掏出一卷钱塞在孩子的裹被里，说：“我娃的爹娘都是国家干部，你瞎眼婆是农民，没有多少钱，我娃不要嫌少！”白雪说：“不用，二婶，你给的啥钱呀？！”二婶说：“这是规矩，没有多的也有个少的，图个吉祥！”四婶就说：“白雪你替娃拿上，你二婶一个心么，让娃娃记住，长大了给二婆买点心！”二婶说：“她二婆享不了我娃的福了，我还能活几年？等娃长大了，到她二婆坟上烧个纸就是。”大婶说：“你那坟那么远，谁去呀？！”三个老妯娌就呱呱呱地笑了一回。没想，大婶才把孩子轮着抱到怀里，忽听得扑哧一声，孩子就屙下了。她忙解开裹被，从孩子的两腿间取了尿布，尿布上是一摊蛋花一样的稀屎，白雪要抱过去，说：“别把你弄脏了！”大婶说：“我还嫌脏呀，娃娃屎有啥脏的？”给孩子擦屁股，却见屎沾在前边，擦了，又擦后边，后边却没屎，再看时，发觉后边并没有个肛门，顺口说：“没屁眼！”说过了，突然变脸失色，又说了一句：“娃咋没屁眼？！”大家弯过头来看了一下，果然是没屁眼。四婶一把抓过孩子，在怀里翻过身，将两条小腿使劲掰开，真的没见有屁眼，就蝎子蜇了一般叫喊夏天智。夏天智看了，当场便晕了过去。

谁能想到活活的一个孩子竟然没有屁眼？而孩子生下来这么长日子了谁又都没有发觉屎尿竟然是从前边出来的？！这样的事情，清风街几百年间没发生过，人和人吵架的时候，咒过，说：你狗日的做亏心事，让你生娃没屁眼！可咒语说过就说过了，竟然真的就有没屁眼的孩子！这个下午，夏天智晕倒了，三个妯娌和白雪慌作了一团，赶紧把他抬回到堂屋的卧屋炕上，又是掐人中，又是给灌浆水，夏天智总算苏醒了过来，却长长地啸了一声：“啊！”坐在那里眼睛瓷起来。白雪见夏天智没事了，披头散发地跑到小房间里去哭，一边哭一边双手拍着床头，拍得咚咚响。三个老妯娌一直是战战兢兢，听白雪一哭，就都哇哇地哭。哭着哭着，大婶擦着眼泪一看，夏天智还瓷着神坐着，刚才是个啥姿势现在还是啥姿势，就轻声说：“天智！”夏天智没理会。又叫了声：“天智！”夏天智还是没理会。她爬起身，拿手在夏天智面前晃了晃，以为夏天智又是没知觉了，夏天智却两股子眼泪哗哗哗地流下来，从脸上流到前胸，从前胸湿到衣襟。

夏天智一生中都没有流过这么多的泪，他似乎要把身上的水全都从眼窝里流出去，脸在一时间里就明显地削瘦，脖子也细起来，撑不住个脑袋。当四个老少女人还哇哇地哭着，捶胸顿足时，他站了起来，先去关了院门，然后站在堂屋门口，叮咛大婶和二婶要为夏家守这个秘密，千千万万不能透一丝风出去。大婶二婶说："我们不是吃屎长大的，当然知道这个！"夏天智就让四婶去洗洗脸，有了天大的苦不要给人说，见了任何人脸上都不要表现出来。说完了，他转过身去，拿眼看院子上的天，天上的云黑白分明，高高低低层层叠叠的却像是山，而一群蜂结队从门楼外飞进院子，在痒痒树下的椅子上嗡嗡一团。冬天里原本没蜂的，却来了这么多的蜂，夏天智惊了一下，他不是惊讶这蜂，是惊慌着孩子竟然没人再管了，还放在椅子上！他走过去把孩子抱起来，孩子一声没哭。他说："娃呀娃呀，你前世是个啥么，咋就投胎到夏家呀？！"狠狠地拍了一下孩子的屁股，孩子还是没哭，眼睁得亮亮的。

到了天黑，家里没有做饭，也不开灯，晚风在瓦槽子上扫过，院中的痒痒树自个摇着，枝条发出咔啦咔啦声。院墙外的巷道里，是文成和一帮孩子在说笑话，用西山湾人咬字很土的话在说：树上各咎着两只巧（雀），一只美巧（雀），一只哈（瞎）巧（雀），哈（瞎）巧（雀）对美巧（雀）社（说）你迈（往）过挪一哈（下），美巧（雀）社（说）挪不成，再挪奏（就）非（摔）哈（下）起（去）咧！哈（瞎）巧（雀）社（说）末（没）四（事），非（摔）哈（下）来饿（我）搂着你！美巧（雀）羞涩地骂道：哈（瞎）松（髁）！孩子就哇哇地哭，哭得几次要噎住气了，又哽着缓过了气。乡长陪着夏风就回来了，咣当咣当敲门。夏天智先从炕上坐起，叮咛四婶快起来，要没事似的招呼乡长，又去给白雪说："脸上不要让乡长看出破绽。"三人都收拾了一下，将灯拉亮，夏天智去把院门开了。乡长说："老校长，我把人给你安全完整地送回来了，稍微上了点头，不要紧的。"夏风蒙眬着眼，说："我没事，我没事。白雪你给乡长沏茶呀，娃怎么哭成这样？"乡长说："我来抱抱。"把孩子抱过去，孩子哭声止了，却噎着气像受了天大的委屈。乡长说："噢，噢，是不是嫌我把你爹借走了？"坐了一会儿，夏风却支持不住，头搭在桌沿上。夏天智有些生气，说："没本事你就少喝些，乡长还在这儿，你就成了这样？！"夏风说："生死有命，我死不了！"夏天智说："胡说八道！"夏风说："你叫乡长说！"乡长说："也是的，生死不但有命，也有时间地点。老校长，你知道不知道咱清风街出了怪事啦！"夏天智说："你说的是金莲家的稻草垛？"乡长说："那都不算个啥，是中星他爹死了！"夏天智说："你说啥？"乡长说："不知道了吧？清风街都没人知道。"四婶尖叫起来："他怎么死了？"乡长说："他已经死了近一个月，谁都不知道的。昨天接到南沟虎头崖那儿的举报，派出所去了人，原本死的是中星他爹。谁能想到他就会死了，又死在南沟的寺庙那儿！"夏天智说："到底是咋回事？他一直病蔫蔫的，在寺庙那儿犯病啦？"乡长说："是他杀。"夏天智说："他杀？又是他杀？！"乡长说："所长下午打回电话，说把凶手抓住了，凶手也是寺庙里的一个信徒。凶手交待，昭澄师傅死后肉身不坏，被安置在寺庙里供着享受香火，中星他爹也说他一生尽做与人为善的事，他儿子之所以有出息，也是他积德的结果，认为他死后也会肉身不坏的。他便爬到寺庙后的那个崖顶上，钉了一个木箱，自己钻进去，凶手再用钉了钉死木箱盖。可虎头崖那儿雨水多，加上潮闷，他很快就腐烂了，从木箱往外流臭水，臭水都流到崖壁上，就被人发现报了案。"四婶和白雪听得毛骨悚然，四婶就把白雪拉进卧屋去。夏天智说："这怎么会是这样呢，他整天给自己算卦求寿呢，对死害怕得很，怎么就能自己去结果自己？"乡长说："或许是太怕死了吧。"夏天智说："这事中星还不知道吧？"乡长说："还没通知哩。"夏天智说："这事在清风街不要声张。"乡长说："这怎么堵人口，南沟那一带都摇了铃了，明日我得去现场，你们夏家是不是也派个人去料理后事？"夏风从桌面上抬起头，说："我去，我去看看。"夏天智说："你去看啥？哪有啥看的？！"就对乡长说："你还是去给君亭说一声，让村委会人去好一点，将来也好给中星有个交代。"乡长说："这倒是。"起身就去君亭家。夏风也要去，夏天智把他拉住了。

乡长一走，小房间里白雪又哭起来，夏风有些躁，说："这哭啥的，烦不烦啊！”夏天智说：“你去洗个脸了，我有话给你说。”夏风疑惑地端了一盆凉水，整个脸埋在水里，一边吹着一边摇，水就全溅了出来。夏天智把孩子没屁眼的事说了一遍，夏风的头在水盆里不动弹了。少半盆子的水呛住了夏风，他喝了一口，又喝了一口，终于憋不住，腿软得倒在地上，水盆也跌翻了，哐啷得惊天动地。谁也没有去拉夏风，谁也没有再说话，孩子安然地睡在床上，竟然有很大的鼾声。夏风就坐在水滩里，一个姿势，坐了很长时间，突然哼了一下，说：“生了个怪胎？那就撂了吧。”一听说撂，白雪一下子把孩子抱在怀里，哇地就哭。夏风说：“不撂又怎么着，你指望能养活吗？现在是吃奶，能从前边屙，等能吃饭了咋办？就是长大了又怎么生活，怎么结婚，害咱一辈子也害了娃一辈子？撂了吧。撂了还可以再生么，权当是她病死了。”夏风拿眼看爹娘，夏天智没有言语，四婶也没有言语。夏风说：“趁孩子和我们还没有多少感情，要再拖下去就……”四婶说：“咋能没感情？养个猫儿狗儿都有感情，何况她也是个人呀！”夏风站起来，说：“你们不撂，我撂去！”从白雪怀里夺孩子。夺过来夺过去，白雪没劲了，夏风把夺过来的孩子用小棉被包了。孩子是醒了，没有哭，眼睛黑溜溜地看夏风。夏风拿手巾盖了孩子的脸，装在一个竹笼里，三个人眼睁睁瞧着他提着竹笼出去了。

白雪呼天抢地地哭起来，四婶也哭，堂屋桌子上空吊着的灯泡突然叭地爆裂，屋子里一片漆黑。白雪和四婶在灯泡爆裂的时候都停止了哭，随即哭声更高。夏天智在黑暗里流眼泪。半个小时后，夏风回来了，他空着手，说：“咋不拉灯？”一家人都没有言传，他就到他的床上睡下了。夏风嫌孩子夜里吵，他又要吸纸烟，他是单独在后厢屋里支了张床的，进去后就关了门。夏天智流了一阵眼泪，悄没声息地站起来，在柜里摸寻新的灯泡，没有寻到，擦火柴再寻蜡烛，火柴燃尽就灭了。再擦着又一根火柴，说：“蜡在哪儿？”四婶说：“插屏背后有。”火柴又灭了。柜盖上一阵响动，火柴再次擦着，一点光就亮了，有指头蛋大，忽闪着像跳动的青蛙的心脏。夏天智说：“夏风，夏风。”夏风在他的屋里不吭声。四婶在中堂转来转去，说："我心里咋这慌的，他把娃撂到哪儿啦？他撂时也不给娃裹一件新布，就撂了？"四婶又敲夏风的屋门，说："你撂到哪儿了，她哭了没哭？"夏风在屋里说："我撂在小河畔那块蓖麻地了。"四婶说："风这么大的。"夏风说："你还怕她着凉呀？"白雪突然从床上扑下来，她说她听见娃哭哩，就往外跑。四婶跟了也跑。婆媳俩跌跌撞撞跑出去，巷道里没有碰到一个人，在小河畔也没碰到一个人，她们就到了蓖麻地里。但是，蓖麻地找遍了，没有找着孩子。四婶说："没个哭声，是不是他把娃埋了？"白雪哇地又哭。四婶说："不敢哭，一哭外人就听见了。"一拧身，孩子却就在旁边的一个小土坑里。冷冷的月光下，孩子还醒着，那件手帕不见了，睁着一对眼睛，而在身边是无数的黑蚂蚁。白雪将孩子抱起了，黑蚂蚁呼呼呼地都散了。进了街口，迎面来的脚步噔噔响，四婶和白雪避不及，就直直走过去，也不吭声。武林却殷勤了，说："四婶，啊婶，这黑了干啥，啥，去了还抱了娃，啊娃？"四婶说："娃从炕上掉下来惊了，出来给娃叫叫魂。"武林说："啊没魂，魂了？碎娃的魂容，啊容，容易掉。"四婶说："你快回去吧，噢。"但武林偏不走，还在说："我从伏，伏，啊伏牛梁过来的，你猜，猜我听到什，什么了？"四婶说："你听到什么了？"武林说："鬼吵架哩！啊，啊老贫协和，和，和引生他爹又吵吵架哩！"四婶说："说啥鬼话，你滚！"武林说："你不让说，说鬼？滚，滚，啊滚就滚！"脚步重着才走了。武林一走，四婶呸呸呸了几口唾沫，说："真的要给娃叫叫魂哩。"白雪就轻轻地叫："回来噢——回来！"四婶抱了孩子一边从地上撮土往孩子额上点，一边说："回来了——回来！"

回到家，孩子却哇哇地哭起来，给奶不吃，给水不喝，只是尖锥锥地哭。四婶给夏天智讲了蓖麻地里的状况，夏天智说："咱舍不得娃，娃也舍不得咱么，既然她是冲咱来的，那咱就养着吧。"夏风生气地说："这弄的啥事么，你们要养你们养，那咱一家人就准备着遭罪吧。"四婶说："娃不要你管，看我们养得活养不活？！"夏风说："我是她爹！"夏天智说："啥话都不说了，咱开个会，商量商量。”三个人坐在一起，商量到鸡啼，最后的主意是给孩子到大医院做手术，现在的科学发达，报上常报道女的能变男的，男的能变女的，难道还不能给孩子重做一个屁眼吗？但孩子还没出月，夏风先回省城去医院咨询，等满月了，夏天智就陪白雪抱孩子去手术。

这个晚上，夏天智一家人没有睡好觉，我也没睡好觉。晚饭我做的是拌汤煮土豆，土豆煮得多了，吃得肚子发胀。我是吃石头都能克化的人，偏偏土豆把我吃得肚子发胀，这都是怪事。我肚子胀得睡不下，就到文化站活动室看别人搓麻将。搓麻将的是文成几个碎鬼，他们搓着搓着，文成就把麻将揉了，吆喝着去312国道上挣些零花钱。我已经耳闻312国道上发生了两次半夜拦截过往汽车抢劫的事，但我没想到竟是这一帮碎鬼。他们不避我，甚至还要我同他们一块去，是认为我会和他们同伙的，这使我感到羞辱。我当然不去，我说：“文成，你是夏家的后人，你可不敢干这地痞流氓的事！”文成说：“谁是流氓？你才是流氓！你不去了拉倒，但你要坏我们的事你小心着！”我引生是吃饭长大的，是吓大的？说这恨话的应该是我！等他们一走，我就去君亭家要举报。但我还没走到君亭家就遇见了武林，武林低着头往前走，嘴里嘟囔说：“啊让我滚，我就滚，滚呀，啊咋？”我说：“武林，谁让你滚呀？”武林说：“是四四婶，还有白，啊白，白雪。”我赶紧问：“白雪让你滚？几时她骂你的？”武林说：“刚，刚才么。”我朝四下里看，黑地里有一个萤火虫，向我飞过来了又飞走了。我说：“你胡说，白雪坐月子哩，这么晚了，能出来？”武林说：“她娃娃惊，惊，惊了魂，出来给娃叫，啊叫魂哩！”武林这么一说，我耳朵里满是娃娃的哭声，我就猜想一定是娃娃把觉睡反了，整夜整夜地哭。娃娃整夜整夜地哭，那白雪能睡好觉吗？我扔下了武林就走，也不去给君亭举报了，跑回了我家在纸上写“天皇皇，地皇皇，我家有个夜哭郎，过路君子念一遍，一觉睡到天大光”。清风街都是写这样的纸条治娃娃夜哭的，我写了一张又写一张，一共写了十二张，连夜张贴在街道的墙上，树上，电线杆上。至于文成他们在312国道上拦截没拦截汽车，抢劫了什么东西，我都不管了，白雪的事，事大如天。

第二天露明，我家的院门被咚咚地敲，我开了门，门口站着君亭。君亭说："眼睛肿着，没睡好，夜里干啥了？"我说："我本来要去你家，走到半路，遇上武林我又回来了……"君亭说："你知道了来寻找我？那跟我走！"我说："去哪儿？"君亭说："跟我去南沟。"我以为文成的事败露了，君亭来寻我的不是的，就放下了心跟他走，走到半路才知道我们要去南沟虎头崖给中星他爹搬尸的，我之所以被他选中，是因为我胆大，又肯出力气。在南沟的虎头崖顶上，我看到了那个木箱和中星爹，他全身的肉都腐烂了，就像是红烧的猪肘子，一挪动，肉是肉，骨头是骨头。那分离开的头颅几乎是个骷髅，我说："荣叔，这头是不是你的？"用树棍撬嘴巴，寻找金牙，果然有两颗是包了金的。我就把几块白骨和腐肉用布包了，盛在笼子里从崖顶提下来。中星爹毕竟是君亭的本族长辈，他对着笼子磕了头，烧了纸钱，就把尸骨分装在两个笼子里，让我挑着下山。五十年前，中星爹也是我这般年纪，土匪在西山湾杀了人，要把人头运到清风街戏楼上示众，就抓了中星爹去运人头，中星爹也是一副挑担，挑担里盛着人头，人头的嘴里塞着割下来的生殖器。五十年后，中星爹的头也是盛在笼子里被挑着了。我说："荣叔荣叔，我可是给你当了一回孝子！"我说这话的时候，挂在挑担头上的那个水罐莫名其妙地就掉下来跌碎了，这水罐是寺庙的人特意给我备的，它一跌碎，我就知道这是荣叔在作祟，他在报复我摔过他的熬药罐。君亭说："水罐怎么就掉了？"我没敢多说话。从虎头崖下来，看热闹的人非常多，寺庙的台阶上我看见了坐着的四婶和瞎瞎的媳妇。她们也来了？她们能来，白雪会不会来呢？我又看了看，没有见到白雪。我那时并不知道她们到寺庙来是祈祷神灵的，还以为也是为中星爹的事来的，我向她们招手，瞎瞎的媳妇是过来了，四婶却不来，还坐在台阶上，呸呸呸地向空中吐唾沫。

一年之后，我知道了白雪孩子的事，回想起这一天，我后悔了没能自已也去寺庙里为孩子祈祷神灵。而那时我真傻，看见四婶呸呸呸地向空中吐唾沫，倒认为她对我发恨。在那以后的日子里我数次路过她家门口，希望能见到白雪，白雪没有见到，四婶是从院门里出来去泉里挑水了。我扭头便走，走过巷口，也呸呸了几口，说："啊，想让我帮你挑水，没门！"

※　　※

埋葬中星爹的时候，中星没有回来，他远在北京上中央党校半年的培训班，葬礼就很简单，也没有吃饭，抬棺的人在坟上就散了。等到十四天，也就是"二七"，中星坐着小车回来，清风街落了一场雪。雪不大，麦粒子状，落下来风就刮得满地上跑，但初冬的寒冷倒比三冬还厉害。我最讨厌的是冬季，人心里原本不受活，身上就冷，只好闷了头，狠着力气在七里沟抬石头。夏天义说我越来越表现好了，天义叔傻呀你，该给你怎么说呢？想着白雪是可以忘掉抬石头，抬了石头又可以忘掉白雪。在七里沟抬石头使身子暖和了，手上却裂开了无数的血口子。夏天义让我去商店买手套，清风街的街道上没有一个人，来运和赛虎在东街牌楼底下挽联着，我骂一声：滚！拿石头把它们打跑，却怎么也打不跑。那当儿，中星和他的司机背了两背笼东西往他爹的坟上去，中星在叫我，他说他知道了是我把他爹从虎头崖担回来的，要谢我，掏了一卷钱塞过来。我刚要接钱，风把钱吹散了，我就明白这是他爹的阴魂在阻止他给我钱，所以，他的司机把钱捡起来再给我时，我坚决不要，说："你要是真心，你把手上的皮手套送我！"中星把手套给了我。中星到底比他爹大方。常言说，吃人的嘴软，拿人的手短，我就帮中星背了背笼到坟上去，给他爹磕了个头。中星在坟上并没有哭，他烧了整整三捆子纸，还有那么一大堆印制好的冥票，票额都是"一百万"、"一亿"。烧过了纸，他又烧背来的他爹的旧的衣物，有一堆衣服，枕巾，包袱布，还有那个出门算卦时背的褡裢。他一件一件往火堆上扔，嘴里说："爹，爹，我从北京回来了，你知道不，去北京上党校那是回来了就有提拔的。”我说：“是吗，你要提拔到州城了吗？”中星看了看他的司机，说：“我这是哄鬼哩。”我立即就说：“荣叔荣叔，清风街要说出人，他夏风是小拇指头，中星是大拇指头，这下你在九泉下该含笑了吧！”就把褡裢往火堆上扔。褡裢很重，掏了掏，是一卷黄裱纸，是朱砂粉泥，是雷击枣木印，是那个我翻看过的杂记本。杂记本上记录着中星爹所有的卦辞，也写得有意思，我就说：“中星哥，荣叔一辈子算卦，谁家红白喜丧离得了他？他过世了，得留件东西做个留念吧。”中星说：“那你把这本杂记拿去。”我便把杂记本揣在了怀里。

当天夜里，我坐在我家的炕上读杂记本。读到第十八页，有一段他是在骂我，说我在土地神的小庙前正和人说说笑笑，他过去了我却不说了，是不信任他。更让他生气的是我给大家散发纸烟，连武林都给散了，陈亮也给散了，就是没有给他散。他写道：“引生不光是个流氓，老惦记夏风的媳妇，而且是个狗眼看人低。我手里有枪，我就毙了他。”我一下子脸红起来，害怕这杂记本被别人看到，就把那一页给撕了，扔到了炕角。一个人在炕上睡，睡不着，又把杂记本拿来看，里边再没有骂我的话了，几乎有二十多段都是他在为自己的病情算卦，写着他不得活了，春节前可能阳寿要尽了，而新麦馍馍是绝对吃不上了。他在怨恨他的寿命太短，怨恨他的一生里，清风街欠他的多，人都是在算计他。就在倒数的第五页上，他写着：“今夜肚子疼，疼得在灶火口打滚，锅里的饭做不熟，火从灶口溜出来燃着了柴火。死就死吧，柴火烧着了把房烧了，把我也烧了。但房要留给中星的，我忍痛又爬起来扑火，浇了一桶水把火终于浇灭了。”在倒数第四页上，他又写着：“我的日子是不多了。清风街有比我年纪大的，偏偏我就要死了？！今早卜卦，看看他们怎样？新生死于水。秦安能活到六十七。天义埋不到墓里。三踅死于绳。夏风不再回清风街了。院子里的苹果和梨明年硕果累累，后年苹果树只结一个苹果。庆金娘是长寿人，儿子们都死了她还活着。夏天智住的房子又回到了白家。君亭将来在地上爬，俊奇他娘也要埋在七里沟，俊奇当村主任。清风街十二年后有狼。”这段话就是这么写的，我说：“可笑！可笑！”害怕得头发都竖起来了。我抬头看屋梁，怀疑是不是中星爹的鬼来了，我使劲地捋头发，头发上噼噼啪啪冒火星子。我再把那段话看了一遍，寻我的名字，看他怎么说我，但没有说我。寻夏天智的名字，也没有。我最想看看他是怎么说白雪的，也没有说。没有说就好，但夏风是“再也不回清风街了”，那么，白雪也要走吗？我就骂起了中星爹：“你死就死吧，你死前还放什么臭屁！”愤怒着，就下了炕，在尿盆里把杂记本点着烧了。

第二天，我没有去七里沟，带着斧头去了屹岬岭，我原本要英雄一回，砍些野桃木要在中星爹的坟上钉橛，以防他对清风街的预言言中，但我把桃木橛钉在中星爹的坟上了，却没有对人夸耀过，因为那一天我对不起了白雪，干了一件现在还令我后悔的事。

我是砍了野枣木回清风街，走着走着天又下起小雪，一见雪我就想到白雪了，就伸了舌头接落下来的雪。路边有一大堆包谷秆，可能是秋天里为了看护甜瓜地搭起的棚子，棚子已经坍了一半，包谷秆就乱七八糟架在那里。我坐在那里歇脚，舌头还是长长地伸出来接雪，说：“我把你吃到肚子去，吃到肚子去！”一个声音在说：“引生，你要把我吃到肚里？”我吓了一跳，定眼看时，路边站着的是白娥。白娥不是早已离开了清风街吗，她怎么又出现了？白娥说：“引生引生，你怎么在这儿？”我说：“你怎么在这儿？！”白娥说：“清风街我不能来吗？”我说：“是三踅把你又叫来了？”白娥说：“不提三踅！世上除了三踅就没有男人啦？”她竟然在我身边坐下来。我赶紧起身，她说：“我要是白雪，你起不起？”她也知道了我和白雪的事，我脸红了一下，说：“你不是白雪么。”白娥没有生气，反倒笑了，说：“你说的是实话，难得还有你这样的男人！”说着，她捏了我一下鼻子，说：“瞧你这鼻子冻得像红萝卜！你穿得太单了么，没穿毛衣？”我说：“穿着的。”撩起夹袄让她看毛衣。她却把我的夹袄又往上撩了撩，说我的毛衣烂了一个洞，如果不嫌弃，她给我补补。就这一句话，我的心软了。我爹死后，我看惯了人的眉高眼低，谁还问过我的饥呀冷呀？我对白娥就有些好感了。白娥往我身边挪，我再不好意思起身，但也不再看她，身子缩，缩得小小的。白娥说：“三踅说你贼胆大得很么，原来还是个羞脸子？”我说：“……”我不知道说些什么。白娥说：“引生，让我看看你的鼻子，你的鼻子怎么长得这样高呀？我就喜欢你这样的鼻子……”我只说她又要用手捏我的鼻子了，她要敢再捏我的鼻子我就打她的手，但白娥却低了头，轻轻地说：“其实我在砖场的时候就一直注意着你，想给你说说话，但你是不会理我的，你只有白雪。一个男人对一个女人那么痴心，我倒觉得白雪对你太寡情了，她不值你这样爱她……”我说：“你不能说白雪的不好！”白娥说：“她哪儿好？”我说：“她就是好！”白娥说：“她不就是白吗，一白遮百丑，她那么瘦的……”她突然地斜过了身子去抓我头上方的包谷叶，而把她的胸部压住我的脸。她的乳房非常地大，隔着衣服我都能感到那么柔软。我第一次触到了女人的身体，脑子里忽地响了一下，就像是一个电闪，一切都白花花的，立即就全黑了，整个身子往一个深沟里掉，往一个深沟里掉，人就惊慌得打颤。白娥却笑起来了，说：“就你这个样子，你还爱白雪呀？！”她俯下上身，一对眼睛看着我，眼睛里火辣辣的。我说：“白雪！”我那时是糊涂了，真以为她是白雪，用脸拱了一下她的乳房，立即用手又去揣了一下，她一下子便扑沓下来，整个身子压倒了我，我的气出不来，手还在动着，她竟然是手不敢碰的人，一碰眼睛就翻了白，嘴唇哗哗哗地抖。后来发生的事情我就记不清了，我分不清我们是如何在那里翻动，哪条腿是我的，哪条胳膊又是她的，而包谷杆棚全倒塌了，如果那时有人看见，一定以为那包谷杆里有着两头拱食的猪。我是不能干那事的，但我用手抠她，揉她，她有无穷的水出来，我的东西也射了出来，然后都静下来了，她躺在我的身旁，肚子在一跳一跳。当她拨拉着我头上的包谷叶，说：“你是个好男人，引生，我现在越发恨白雪了！”我完全是清醒了，往起爬，腿一打弯，跪在了地上，她还在说：“引生，引生。”我再一次爬起来，从包谷杆堆边走开了。我那时是非常地后悔，我怎么就和白娥有了这种事呢？白娥，为什么是白娥，而不是白雪呢？我觉得很羞愧，对不住了白雪。雪还在下着，风刮在身上要掉肉。我是一气儿跑到了中星爹的坟上，狠着劲地把木橛往土里钉。

连续的四五天，我都在恶心着我自己，偏不多加件衣服，让我冷着，在七里沟默默地干活。回到清风街了，见人不想搭理。张顺在供销社门口叫我去吸酒精导管，我也不吸，张顺说：“阔啦？跟夏天义跑腿，你也是夏天义啦？！”我说：“× 你娘！”张顺说：“你敢骂我？”我就骂了，我还想和谁打一架哩。

受不了冻的武林已穿上了棉袄，棉袄是去年冬天的旧棉袄，到处露了棉花。他在鞋铺里听陈星唱歌，门道里的风往进刮，火盆中的红炭能热前怀却冰着后背。陈亮说：“你听听懂了没没有？”武林说：“听，啊听不懂。唱，唱啊唱，秦腔么！”陈亮说：“你你要听秦，秦腔吗，到庆玉他四四叔家，家去，你不去是是，是不是怕见，见庆玉？”武林说：“我不，啊不怕他，他庆玉，我是怕脏，脏，脏了我，啊我的眼！”陈星没有理睬他们两个打嘴的官司，继续唱：“谁能与我同醉，相知年年岁岁……”他的声音带着哭腔，眼里充满了泪水。铺子门外就有人踢踢踏踏跑过去。街面虽是水泥铺了的，仍泥雪多厚，跑过的人脚下哧的一股子脏水溅进了门，落在陈星腿上。陈亮骂道：“急急得上伏牛梁呀？！”清风街死了人都埋在伏牛梁下。路过的人就立住了脚，人并没影，声到了门口：“哎，你买不买摊位去？”陈亮说：“你是要，要我跳跳崖呀？！”武林就嘿嘿地笑，说：“君亭他现，现在头，啊大啦，农贸市场是好吃，吃，啊好吃却难克化啦！陈星，你唱，唱，唱得像哭，哭哩，是不是想，想起翠，翠翠啦？”陈星看着他，脖子聚得粗粗的，说：“你把鼻涕擦了！”武林就用手擦鼻涕，抹在鞋跟上。

农贸市场的摊位上堆满了洋葱、土豆和莲花白，收购商反复地说明原定了多少货就收多少货；人们不听他的，只是一股脑儿地把自家的菜全弄了来，还从四周邻村也倒贩了一些，都想一下子卖给收购商。但是，从头一天后晌就在等候的运货大卡车，过了一夜和两个半天仍是没有踪影。戏楼前是六七户人家拉着猪，县生猪收购站的人收了三头也停了，人围着收购员论理，收购员只好再收。顺娃的猪排在最后，猪在过秤前却屙起了粪，气得顺娃一边踢猪的屁股，一边骂：“你就憋不住一分钟？你屙的是我的钱呀，爷！”收购员说：“猪比你觉悟高！分量少了几斤还算给你收了，那些卖菜的排了两天队了谁收呀？收菜的公司倒闭啦！”话被传到了农贸市场，人们起了吼声，说：“不来收购菜啦？谁说的，谁说的公司倒闭啦？！”但上善依旧在收取摊位费，好多人就又和上善对上了，高一声低一声话越说越难听。市场上的摊位自建立后，摊主已经倒换了几次，撤走了一批，立即又有一批进来，退让的知道那是个水坑，一进去扑通就淹没了，要进来的却希望那水里有着鱼，手一摸就能抓上来几条。书正的媳妇后悔买了摊位，又收了莲花白太多，声明谁买她的摊位就连那些莲花白一块买去。没人肯上她的当。书正从乡政府过来，问出手了没有，媳妇说：“出你个头！我办的饭店好好的，你让买摊位，这下好了，母猪白下了一窝猪娃子！”书正就拣着莲花白堆上的那些已腐烂的往远处的电线杆上砸，砸了一颗又一颗，但他砸不准。媳妇从泥地上又捡起来，她想拿回去喂猪呀，骂书正：“你砸么，把你那头咋不砸了呢？！”书正把一疙瘩菜砸在媳妇的背上。

马大中站在万宝酒楼门口，他看见了书正和媳妇打打闹闹从农贸市场过来，两个人先在泥地上厮打，再是书正把媳妇压在路畔的土塄上用鞋底扇，他走近去把两人拉开了。书正和媳妇给马大中说委屈，各说各的理。马大中一直笑着听他们说，后来说了句什么，两人都不言语了，媳妇又去了市场的摊位，书正一边抖身上的泥雪，一边就进了陈星的鞋铺里。

陈亮说：“书正，马马老板给你说说了个啥，火气一一一下子就没，没了？”书正说：“他说有啥矛盾呀，回去搂着睡一觉就好了！”武林又嘿嘿笑，说：“马老，啊老，老板，都知道，道你两个的秉，秉性！”书正说：“我两个打打闹闹，离不了婚就是性生活和谐。”陈星正唱着，扑哧也笑了。书正说：“你笑啥的？你没结过婚你笑个屁！其实是马老板告诉我们这摊位上的生意不好了就去种香菇，种香菇他可以赊前期的投资。”陈星说：“看他大方的！瞧着吧，他在清风街也待不长了。”书正说：“待不长的怕是你吧？”陈星说：

"我伏低伏小，苹果又没卖下几个钱，铺子里隔三岔四来一个顾客，翠翠也走了，我怎么待不长？他马大中派头倒比君亭还大了，听说君亭去求过他，让他为农贸市场寻些大买主，他是拒绝了。他现在倒不像个老板，像个村主任，君亭能让他坐大？"大家都不说话了，觉得陈星说得有理，就拿眼看万宝酒楼门口。门口是夏雨推了摩托车出来，金莲的侄女坐上了后座，一阵巨大的发动声，两人就风一样驶过。铺子里又议论开了，武林说："那女子不，不嫌冷，啊，啊冷呀，还穿裙子，腿，啊像两个大，大，萝卜！"陈亮说："你操闲心！"书正说："夏雨又带着去县城买衣服了吧！金莲的侄女也在酒楼上班？"陈亮说："是是领班，管那几个女服服，务员干，干那事哩。"武林说："干哪，哪，事？"书正说："干你的头！"一巴掌拍在武林头上。

夏雨是新买了辆摩托车，经常带着金莲的侄女跑来跑去，也让金莲的侄女自个儿骑了到处招摇。夏天智筹备着给孙女动手术的资金，手头抠得很紧，在清风街上买画脸谱的马勺，得知茶坊村的商店里每个马勺能便宜一角五分钱，就让夏雨去买。夏雨自己没去，派了金莲的侄女，这女子为了讨好夏天智，买了马勺又买了一袋该村的小吃粉蒸羊肉回来。四婶说："是你去的茶坊村呀？"女子说："我去的。"四婶说："你跑了一趟，你留下吃么。"女子说："不累，骑摩托一会儿就到了，我在茶坊村也吃过一碗。"女子一走，四婶就对夏天智说："瞧瞧，你为了省一角五分，你儿倒让那女子骑了摩托去，又吃又买，没二十元钱能成？萝卜搅成肉价啦！"夏雨再回来，夏天智催他去把后塬上的责任田翻一翻，开春了好栽红苕。夏雨说："出的那力干啥呀，地不种啦！"夏天智睁大了眼睛："不种了，喝风屙屁呀？"夏雨说："村里多少人家都不种地了，你见把谁饿死了？我负责以后每月给家里买一袋面粉咋样？"夏天智说："你咋不向好的学呢？人家不种地是人家在外打工，你人在村里你不种？就整天把人家女子用摩托车带来带去？！"四婶说："你到底和人家女子怎样吗，我听说了，那女子不安稳，和那个姓马的老板嘻嘻哈哈的。"夏雨说："你儿能让谁给戴了绿帽子？马老板帮她办了个外出劳务介绍所。"四婶说："这我也听说了，是只介绍女的不介绍男的，她把女娃娃介绍出去干啥呀？”夏雨说：“你是说她拐卖人口呀，逼良为娼呀？你们一天没事，就听别人瞎嚷嚷！你信不过她，也信不过你儿啦？”噎得老两口一时逮不上话。

夏天智毕竟是不放心的，去找君亭转弯抹角地问万宝酒楼上的事，问马大中的事，君亭只说了一句：“马大中以为他有钱了么！”说得夏天智丈二和尚摸不着头脑。回家一夜没睡好，起来就觉得头闷疼，扛了半日，越发沉重，四婶就去叫了赵宏声来把脉，又跟赵宏声去大清堂抓了三服中药。对吃中药，夏天智是非常讲究的，他让四婶一定要付钱，不得让赵宏声白给药，也不得欠账。中药抓回来，他要亲自从泉里舀水，亲自来熬，说这样才对得起中药。喝药的时候，他洗了手，盘腿打坐了一会儿，才一口一口慢慢地喝下。喝下了却又想起君亭说过的话，琢磨君亭的话中有话，是不是夏雨在外也有什么事瞒着他，就又吩咐四婶去寻君亭，要从君亭口中讨个实情。但君亭和庆玉却已经动身去高巴县了。

君亭为清风街的土特产卖不出去愁得不行，庆玉又来和他谈关于自己与黑娥结婚的事，君亭随话答话地应酬着，但庆玉说到高巴县是有着几个大型国有企业，那里的土特产需求量很大，君亭灵机一动，倒想起在高巴县当县长的中星，中星才上任，肯定要显示自己为家乡办事的能力，何况他爹去世后，村里替他处理的后事。君亭就决定去一趟高巴县，又特意请庆玉作陪，因为在夏家族里，庆玉和中星是最要好。

这就是“君亭走高巴”一事，这件事成为了一宗美谈，乡长在几个会议上都作为典型表扬过这事。这件事如何使君亭有了好声誉，在这儿就不多说，只说君亭和庆玉到了高巴县，中星果然十分热情，在办公室里接待他们，又是散纸烟又是请喝茶，还给冲了两杯咖啡。君亭喝了一口就不喝了，庆玉把一杯咖啡喝完，面潮心慌，肚里像钻了个猫，挖抓得差点没吐出来。找中星办事的人一溜带串，他的秘书对每一位来人都是宣布只有十分钟时间，而君亭和庆玉就一直在办公室等待着，要办的公事都处理完了，中星同他们说不上几句话就要打个电话，打电话时便给他们做手势，让他们不要出声，打完电话了，说:“是张省长，过一个星期他要来检查工作了！”接连又是几个电话，不是市里的韩书记，就是省农办的雷主任。君亭看得一震一震的，说:“我整天和村民绊砖头，你却都结交了大领导！”中星说:“也烦，也烦，认识的领导越多事情越多。”庆玉说:“我是开了眼了，中星你还能上哩！”中星说:“谁不想进步呀，你问问君亭，他能说不着什么时候了到乡政府去？”君亭说:“这我没想。”庆玉说:“不想当将军的士兵就不是好士兵。”君亭说:“我没出息，真的没想过。”中星说:“这我信的。科长想的是处长，处长想的是局长，科长才不想省长的，那隔得太远么。”庆玉说:“中星想的是市长喽！应该想，十几年前咱不是有一句话，人有多大胆，地有多大产么。”中星说:“图你话个吉利！我要是什么时候当上市长了，我给清风街拨一批款，把清风街建成312国道线上最大的一个镇！”君亭说:“你不要说将来给清风街拨多少款，现在举手之劳就可以给家乡办事么。我们来时，二叔、四叔特意交代，说咱夏家出了个最有实权的人物就是你，要你给家乡做些贡献，他们还托我俩给你带了些苹果。”中星说:“他们还惦记我呀！好么，好么，苹果在哪？”君亭说:“在旅馆里，怕拿到这儿对你影响不好。”中星说:“那怕啥，父老乡亲给我的东西我怕啥的？”一拍手，秘书立即进来。中星说:“去旅馆把那些苹果拿来！”庆玉就和秘书去了。过了一会儿，秘书来电话，问把苹果是不是拿到办公室来。中星说:“多少？”秘书说:“两箱子。”中星说:“就放在收发室，机关的谁来了就发几个。”君亭一听，觉得脸红，他们思考来思考去从刘新生那儿买了这两箱苹果，还怕人看见，中星却这么处理了！就说:“实在拿不出手。”中星说:“咱那儿人我知道。你说让我给家乡办些啥事？”君亭就诉苦清风街农贸市场上的东西出手不了，高巴县大企业多，能不能联系一下，给那些土特产和蔬菜寻个出路。中星“嗯，嗯”着，就把办公室主任叫了来，说:“707厂申报改造费的批件下发了没？”主任说:“今日就下发。”中星说:“你通知一下707厂张厂长，随便给他说一下，让他近日派三个卡车去长凤县清风街为职工办些福利，那里的木耳、金针、莲花白菜可是全省有名的。”

又问君亭："还有什么？"君亭说："有土豆，全是紫皮土豆。"中星说："对，还有土豆，都是紫皮的，干面得像栗子。"主任点头出去了。君亭看得瞠目结舌，说："你办事这么干脆利落！"中星说："威信就是干出来的么！我现在正抓企业转轨的事哩！"君亭说："啥是企业转轨？"中星说："就是有些企业办不下去了，让私人来买断。你知道高巴的葡萄酒厂吧，现在省里一个老板提出三千万买下，他一买下，原厂的职工他也得安排，这就给县上甩了个大包袱！"君亭说："还能这样呀？"中星说："这其中复杂得很，阻力也大呀！办这些事，当领导的就得当机立断，快刀斩乱麻！这不，葡萄酒厂一转产，省上也总结我们的经验啦！"君亭又是一愣一愣的。

到了中午，中星在酒店里摆了酒席，七碟子八碗吃喝过了，就向君亭和庆玉告辞，说他要开几个会的，就不再陪了，让他的小车送他们回去。庆玉却坚决不让送。中星一走，君亭说："你怎么不让送了？"庆玉说："咱好不容易来了，不多待一天两天？"又说，"黑娥已经来了，她就在车站的旅馆里。"君亭说："你两个商量好来逛啊？！这出差费我可不给你报的。"庆玉说："黑娥不报，为啥不给我报？"君亭说："那好吧，就多待半天，明日你就是不回去，我也得回去的。"庆玉说："我多待两天，可话我得给你说清，我为清风街办了多大的事，这出差费你不能少我一分的。"

去了车站旅馆，黑娥果然就在那里。这一个晚上，君亭和庆玉的房间隔了一层木板，庆玉和黑娥整整折腾了一夜。君亭睡不着，隔着木板缝往过一看，看见一个白团，才明白庆玉将黑娥顶在木隔板上立着干，黑娥就放了一个屁出来。君亭窝火，又不好说，自个出来到一家小酒馆里吃酒，就想起了一宗事。君亭想的是中星在高巴县搞企业转轨，甩掉老大难包袱，清风街现在荒芜的土地多，何不收起这些地让外人租种呢？这么想着，心里畅快起来，直到后半夜才回到旅馆。隔壁是安静了，君亭却老操心庆玉又要干一回，就等着，等庆玉又干一回了睡去不再受惊动，但直等到了天快亮，隔壁却再没有干，君亭方合眼睡了一会儿。

高巴县的大卡车来了三辆，收购了农贸市场上差不多的蔬菜和土特产，清风街上人人欢声笑语。君亭穿得干干净净的，偏就和那些来收购的人蹴在市场牌楼下的石条上，他对三踅喊：“去拿几瓶酒来，和师傅们喝几口！”三踅从商店买了三瓶，没有菜，也不用酒盅，端着瓶子你一口我一口。三踅说：“你这一回弄得好，我得去你家挂彩哩！”君亭说：“你不告我状我就烧了高香啦！”三踅说：“这么大个村，你唱红脸，总得有人唱白脸呀，还都不是为了把日子过好？”君亭说：“这几天那姓马的都干啥的？”三踅说：“还不是吃酒搓牌！金莲的侄女又介绍了三个出去啦，这女子发了，介绍一个收费二百元哩。”君亭说：“介绍去了哪儿？”三踅说：“这回听说是青海那边，马大中原先在青海干过事。邮局张老汉说啦，西街李桂花早些日子是去了那里，大前日给金莲的侄女来了电报，八个字：人傻，钱多，速再送人。他娘的，什么人傻钱多，那儿油田上的工人多，常年见不到女人，恐怕也是 × 多！”君亭说：“马大中把咱这儿是搞乱了。”三踅说：“你的意思我明白。你瞧着吧，他算什么东西，我早都看不顺眼了！”君亭说：“你不要胡来。”三踅说：“我文斗不武斗。”君亭站起来就走。

第二天，天比往常还要冷，街上的小饭馆里往外泼泔水，街面上就结了冰。王婶到染坊里染布，滑了一跤把胯骨折断了。许多人照例要去看望王婶，但没有去，都拥在土地神庙门口看一张小字报。小字报写着：“万宝酒楼没万宝，吃喝嫖赌啥都搞。住着一个大马猴，他想当头头，人心都乱了。人民群众要清醒，孙悟空要打白骨精。”大家都清楚这是说马大中的，马大中长年喝酒，脸老是红的，再有个酒糟鼻。但是，糟糕的事情就发生了，有人猜想小字报是我写的。我真冤，比窦娥还冤。七里沟里活路多，夏天义像个阎王，让我们抬了石头就挖土，挖了土又抬石头，闷着头干一天，到晚上了我还要闻那小手帕的。说起小手帕，我是臭骂过赵宏声的，骂他骗了我，让我在白雪面前丢人现眼。赵宏声狗日的还给我做工作，问：你真的恁爱白雪？我说：爱！他说：这不是你爱的事。我说：为啥哩，你吃饭我也要吃饭哩！他说：人以类分，来运找的都是乡政府的赛虎哩！我说：那我今生今世就没个女人啦？他说：女人多的是，白娥又来清风街啦。他这么一说，我吓了一跳，我以为他知道了我和白娥的事，我立即说：你别胡说，我和白娥可没关系！他说：我知道你没关系，可这女人身子爱抖，笑着无声，走路手往后甩，那是个骚娘儿。她有过三踅，有过一个男人就能有两个三个，她又和马大中黏糊上了，你哪儿不比马大中？我说：我没钱。他说：马大中是有钱，可马大中那鼻子多恶心！你要敢给她摇尾巴，她肯定就撵你了，说不定她会把马大中的钱还分你一些哩！我说：呸呸呸！那还不如我自己用手哩！他说：噢，你是手艺人。这赵宏声就这样作贱了我。但是，我下定了决心，要为白雪守身如玉呀，我依然在夜里念叨着白雪的名字，就自个儿闻着小手帕。小手帕还真的有让人迷惑的功效，它是把我迷惑了。每每一闻，我就犯迷糊。丁霸槽曾经给我说过抽大烟了想啥就来啥，我没有抽过大烟，可一迷糊就来幸福，能看到白雪。这一阶段，我的生活过得是充实的，劳动一天浑身乏乏的了，回到家看白雪，困乏就解了，第二天再去劳动，回来再解乏，我还有心思去管村里的屎长毛短的事吗？我才懒得去管！可是，这一天早上，我往七里沟去，沟道两边的树都硬着，枝条在风里咔啦咔啦响，一起说："冷！冷！冷冷冷冷冷！"一伙人却把我挡住了，他们说："引生，你行！"我说："还可以吧。"他们说："有人把马大中当财神爷敬哩，可马大中给我们带来了什么，富的越富，穷的越穷了，都是一样的人，为什么他吃干的我就喝稀的？！"我说："你也吃干的么！"他们说："哪儿有干的？"我说："劳动么，劳动致富么！"他们说："小钱靠勤，大钱凭命。"我说："那就是法儿他娘把法儿死了，没法儿了！"他们说："引生你真逗，你是逗着我们支持你哩！我们支持你，你的小字报写得好！"我说："原来是说小字报呀？那不是我写的！"他们说："是你写的！"我说："不是！"他们说："是！"吃屎的把屙屎的顾住了，是就是吧。白娥头包了件花头巾往过走，停下了，立在旁边咳嗽了一声，拿眼睛勾我。她拿眼睛勾我，我没动，一个人就说："贼来了！"我说："清风街有贼？"他们低着头笑，笑得怪怪的，说："咋没有贼，贼专门偷男人哩，引生你把裤带系好！"我这才明白他们在骂白娥。白娥也听到了他们的话，脸一下子青了，说："谁是贼？我偷你了？！"那人说："你就是把你那东西摆在那儿，我拾一个瓦片给盖上，我也就走过去了！"白娥就扎煞着手扑过来要抓那人的脸，但她还没近身，倒被那人一把推了去，一屁股坐在了地上。这就有些过分了，我拨开了那人，说："王牛，你这就欺负人了，你手那么重，她挨得起你？"那人说："你没看见她要来抓我脸吗？她不要了脸，我还讲究个面子哩！"白娥在地上哭，说："你还讲究面子？！前日你把我堵在巷子里说啥来？"那人骂道："你还嘴硬，你再说，我撕了你的嘴！"他往白娥跟前走，我把他挡住了，我是拉起了白娥，让她走开。但白娥感激我，却说："引生，引生……"我说："你甭叫我，我和你州河里宰羊，刀割水洗！"

我讨厌了白娥，更讨厌了那伙人，我离开他们钻到了陈星的鞋铺里，陈星在用楦子楦鞋，问我买不买棉鞋，我说不买，陈亮进来说上善把小字报也看了，揭下来交给了君亭，君亭可能要整治马大中的，而丁霸槽却在酒楼门口破口大骂哩。我问骂谁哩，陈亮说："骂你你没屎了还 ×，×，× 他的沟子！"我一听，出门就走。我刚走到万宝酒楼门口，丁霸槽果然就挡了路，我往右走，他往右挡，我往左走，他往左挡。我说："好狗不挡路！"丁霸槽说："小字报是你写的？"我说："写得不对？！"丁霸槽说："你啥意思，是要撵马大中呢还是眼红我们的生意？"我说："我眼红你？笑话！"丁霸槽一把将我掀倒。我是不注意而让他掀倒的，我当然就也去打他。我个头不高，但丁霸槽比我更低，四只胳膊撑起来，他用脚绊我的腿，我闪开了，我用脚绊他的腿，他也闪开了，我们是势均力敌。周围立即来了人，都不劝架，还笑了起哄。我终于把丁霸槽绊倒了，他趴在地上像狗吃屎，但他从地上摸了一块砖，吼着："我拍死你！"我害怕了跑，丁霸槽提着砖在后边撵，但围观人多，跑不开，两人就兜圈子。我就喊："哑巴！哑巴！"我本来是给自己壮胆吓唬丁霸槽的，没想哑巴竟真的跑过来了。哑巴在东街口等着我，他并没有听见我喊他，而是等不及了开着手扶拖拉机过来，看见了我和丁霸槽打架，就过来抱住了丁霸槽，把砖头夺了。丁霸槽被抱住，又没了砖头，我便咚咚地打了几拳。丁霸槽反过来要咬哑巴的手，哑巴趁势一拨，丁霸槽摔在地上。这时候上善来叫丁霸槽和夏雨去村部，丁霸槽一边走一边说："引生，我日你娘！"我说："我日你娘！"他丁霸槽竟然说："你拿啥日呀，你脱了裤子让人看看！你敢脱裤子吗？脱呀！"周围的人都哈哈地笑，连上善也在笑。我不嫌丁霸槽骂我，我嫌的是这么多人都在笑。我说："笑你娘的×哩？！"周围人更是笑，我受不了，浑身哆嗦起来，嘴里就吹着白沫。是哑巴抱住了我，我动弹不了，但我突然觉得我在哑巴的怀里忽地蹿高了，有二丈高，就踩着人群的肩臂和头，恨恨地踩，再飞了起来，撵上了丁霸槽，叭叭叭地在他的脸上左右开弓。事后，我是躺在了大清堂的台阶上，我看见了大门上新换了一副对联：但愿你无病；只要我有钱。赵宏声在说："醒过来了！你这个货，丁霸槽打了你，你拿我屁股蛋出啥气，想吃屎喝尿呀？"我嚎啕大哭。

我在大清堂门口哭的时候，丁霸槽在村部里也哭，他说他得罪谁了，连残废的引生都欺负他，要求君亭出面主持公道，惩治我。君亭没有理他，等他哭闹得没劲了，才说："哭完了没？"丁霸槽说："完了。"君亭说："那我现在给你说！"君亭说街上出现小字报那只是个爆发点，其实近来群众到两委会反映万宝酒楼的人多了，而且惊动了乡政府。并说群众之所以对万宝酒楼有意见，不是指万宝酒楼，是针对马大中的，马大中如果只搞香菇，两委会是支持的，但马大中把那么多女子介绍出去从事不良职业，就坏了清风街风气，而且人心惶惶，都不安心在清风街了。夏雨一直没言语，听到这里，说："你的意思，是对我的对象有看法了？"君亭说："群众是有看法。我说了，再有看法那都是马大中惹的事，咱的人咱要保护。"夏雨说："有啥证据说介绍出去的人都是卖淫了？"君亭说："有啥证据她们出去不是从事卖淫？"夏雨说："这话就不说了，说了伤和气。我要问的是，马大中可以不在万宝酒楼长住，但有什么理由不让人家住？陈星可以承包果园，又办鞋铺，马大中不是特务不是逃犯，咱能拿出哪一条法哪一条律给人家说？”君亭倒生气了，说：“我是把群众意见集中起来告诉你们的，你们要是不听就不听吧。以后出什么事了，也不要来找两委会。现在清风街荒芜的地不下二十亩，二叔为了地和我闹得红脖子涨脸，长年都住在七里沟，一方是为一分一厘地下力出汗，一方却把几十亩地荒着不种，再发展下去这责任我就担不起了！”夏雨说：“责任让万宝酒楼担当？土地收拢不住人了，为啥土地就收拢不住人了，这都是万宝酒楼的事吗？如果没这个酒楼，我和丁霸槽恐怕早也出外了，如果你不搞那个市场，也恐怕清风街走的人更多！我服了你能建个农贸市场，可你却就不容个万宝酒楼？”君亭竟然没了话，停了一会儿，就又笑了，说：“没看出你夏雨不是混混了！”丁霸槽说：“君亭哥的话我听明白了，万宝酒楼你是支持的，你反对的是马大中。马大中的事我来处理，清风街是清风街人的，清风街就听两委会；他马大中要在清风街待，就好好搞他的香菇，他要披了被子就上天，那他就走人，最起码万宝酒楼上没他的地方！至于君亭哥的难处，我能不理解？说一声不该说的话，君亭哥，你听不听？”君亭说：“丁霸槽有头脑，你说。”丁霸槽说：“村里荒了那么多地，可以统收起来么！”君亭说：“收起来谁种？”丁霸槽说：“你要肯承包给我，我种！”君亭看着丁霸槽，却说：“你要种？你要种那两委会得研究研究。”

君亭找丁霸槽和夏雨谈话，注定了是谈不出个结果的。但君亭已经达到了他的目的，因为马大中知道自己处境难了，就让顺娃负责经营，他离开清风街回老家去住了一段日子。马大中在万宝酒楼的房间没有退，白娥就住在了那里。白娥名义上还是给顺娃跑小脚路，顺娃却啥事也不让她插手，她又在酒楼上干些服务员事体。两委会召开了三次会，决定把荒芜的土地收回来，并让丁霸槽来承包，丁霸槽却和陈星说好，到时候陈星老家的人来租种，丁霸槽就从中间白吃差价。马大中离开了清风街，三踅才站出来说那张小字报是他写的，讽刺我该尿泡尿照照，是能写出那一段文字的人吗？但他三踅没有想到，收回来的土地让丁霸槽承包了又要转租给外乡人，他便爆火烧着了尿了，一蹦三尺高地骂，并第一次到七里沟见夏天义。

三踅来给夏天义拿着一包卷烟的，往夏天义面前一放，我的鼻子里就哼了一声，转身要去抬石头。夏天义喊我把草棚里那半瓶烧酒拿出来给三踅喝，我没吱声，夏天义就骂我逞什么能呀，凭你这样是搅屎棍呀？三踅说："你是说我哩么！"夏天义说："你还知道你是搅屎棍呀！"三踅没有恼，反倒赖着脸笑，说："清风街没了你当主任，没有个搅屎棍能行吗？这回我就要叫丁霸槽当不成个地主，天义叔你得支持我！"夏天义说："你反对丁霸槽承包，我也反对丁霸槽承包，农民么，弄得穷的穷富的富，差距拉大了，清风街能有安生日子？可我不会支持你去承包的！我这次写了告状信，真的是写了，我想的是一些人把地荒了，一些人却不够种，与其收起来不如重新分地，使每一寸地都不闲，使每一个人也都不闲。你要愿意了就在我的告状信上签名，你要不愿意了，你把你的卷烟拿上，另外去告你的状。"三踅说："你要重新分地？我第一个就反对，我爹我娘死了，我还种着他们的地，要重新划分，那我就吃亏了！"夏天义说："你吃亏了，那些娶了媳妇生了娃娃的人家没有地种就不吃亏？"三踅站起来就走了。走过了那一片已栽了葱的地边，顺手拔了一捆。哑巴要去夺，夏天义说："三踅，那葱我早晨才喷了些农药，吃时你得洗干净啊！"

天还是冷，冷得满空里飞刀刃子。但那棵麦子竟然结出穗了，足足有一拃二寸。天神，这是麦穗子么！我和哑巴害怕风把它吹倒，就找了三个树棍儿做支撑。旁边树上的鸟巢里，它们一家三口，都趴在巢边朝我们看，叽叽喳喳说话。我说："冬天里麦子结这么大长穗，没见过吧？"鸟说："没见过！"我听得出鸟是这么说的。我说："没见过的事多着哩！"就把牙子镢狠劲挖到岸边的一个多年前就被砍伐的树桩上，牙子镢扎在树桩上，镢把翘得高高的，我想，明日可能还有奇迹，这镢把能发出芽的。但这镢把到底没有发出芽来，惹得一家三口的鸟把白花花的稀粪屙在镢把上。

麦子结了穗子，夏天义他还没有看到。他已经是连着几天没来七里沟了，而是在东街、中街、西街各家的地里查看，凡是荒了的地，或者在自己分得的地里起土掏取盖房用的细沙的，挖了壕打胡基土坯的，或者像书正那样，在地里修了公共厕所的，或者老坟地以前平了现在又起隆修了墓碑的，一一丈量了面积。又将谁家在分地后嫁了女，死了老人或出外打工两年不归的，和谁家又娶了媳妇，生了孩子的一一统计。然后他拿着这些材料和夏天智交换意见，要夏天智修改他写成的状子。夏天智看罢了，竟庄严了，认为这不是告状的事，是了不得的建议，就让四婶做饭，当然是四菜一汤，桌上还摆了那盘木鸡，说是给二哥补一补身子，也为二哥庆贺。兄弟俩吃毕，擦了桌子，夏天义说："咱起草个建议吧，你说，我来写！"写了一页，有一句话没说妥，揉了又写，又写还是有两个字写错了，涂了墨疙瘩，撕了再写。四婶在旁边看着，说："爷呀，纸就这样糟踏？"夏天智说："这可是大事。"四婶说："给皇帝写折子呀？！"到院子里用小石磨磨辣子。这一家人都是辣子虫，一天没一顿捞干面不行，捞了干面不调辣子不行。书正的媳妇来借筐篮了，为了能借到筐篮好话就特别多，问四婶的身子骨可强，问四叔的胃口可旺，问白雪，又问娃娃，再是树呀花的，猫呀狗的，她都要问个安的。夏天智就写不下去了，出来训斥四婶。四婶赶紧打发书正的媳妇走，二反身进屋抱了白雪怀里的孩子，说："咱都出去转呀，你爷办大事哩，你要哭了，你爷就该又骂了！"出了院门，还在门外上了锁。

建议书上相当一部分内容是说两委会收回荒地和另作他用的土地的决策是正确的，也是及时的。这话当然是夏天智的意思。但对于如何由人承包，而又由承包人转租给外乡人的做法，他们认为不符合村民的利益。为了使每一寸土地都不荒芜，使每一个农民都有地种，公平合理，贫富相当，所以建议重新分地。建议书写成后，夏天义在落款处第一个写了他的名字。夏天智因为是退休干部，他是不分地的，就替四婶和夏雨签名。夏天义在以后的日子里，逐户走动，希望每家每户也能签名，但他没有想到的是，他在东街签名时竟有一半人不肯签。有的是家庭减员不愿签，有的是家中有人在外打工担心以后若不再打工了怎么办，还有的是自己不耕种让别人耕种而收取代耕口粮的人家更不愿意。东街前边三个巷子的人家找过了，消息传到后边几个巷子，有人就背了背篓赶西山湾集市去了，走了亲戚家了。到了书正家，书正的媳妇说书正是一家之主这得书正说话，而书正从乡政府回来往东塬子的地里垒地堰了。夏天义就去寻书正，来运厮跟着，刚过了小河，赛虎就跑了来。两个狗钻进河边的毛柳树丛去，再叫不回来。书正在地边放着收音机，收音机里播的是《金沙滩》："君王坐江山是臣啊啊创哎，臣好比牛吃青草蚕吃桑。老牛力尽刀尖死，蚕把丝作成在油锅里亡。吃牛肉不知牛受苦，穿绫罗不晓得蚕遭殃。实可恼朝朝代代无道的昏王坐了江山，先杀忠臣和良将，哎哎骂一声祸国殃民狐群狗党的奸贼似虎狼，一个个都把良心丧，将功臣当就草上霜。任意放起……"书正看见了夏天义，放下锨，坐在塬塄上吃旱烟，打老远就说："天义叔是不是让我签名呀？文化大革命的时候我签过名，现在什么社会了，你还搞运动呀！"夏天义说："谁是搞运动呀？！"书正说："天义叔，你真个是土地爷么，一辈子不是收地就是分地，你不嫌泼烦啊？"夏天义说："农民就靠土么，谁不是土里变出的虫？！"书正把他的旱烟锅擦了擦，递给夏天义，夏天义没接。书正说："梅花签了没？庆玉签了没？"夏天义说："他们敢不签？！"书正说："他们不敢不签，我却不签的！"夏天义说："你咋不签？"书正说："我要一签，公路边的公共厕所就用不成了，那个厕所比我养头猪还顶事哩！"夏天义便瓷在了那里。收音机里还在唱："因此上辕门外将儿绑了。绑了怎样？绑了斩了。当真斩了？当真斩了。儿斩子与国家整一整律条！"两厢争吵起来，一个比一个声高，都是长脖子，脖子上暴了青筋。塬塄上一吵，毛柳树丛中的来运就跑了来，睁了眼睛看书正。书正只要身子往夏天义面前挪一下，来运就汪一声，书正的手指头一指夏天义，来运就又汪一声。书正说："你汪啥的？你也要强要了我的手指头按印不成？！"这话有些骂夏天义，夏天义能听来，来运也能听来，来运前爪腾空立起来了，连续地汪汪。书正说："你要咬我？我是乡政府的人，你敢把我动一下！"来运呼哧一声，双爪搭在书正的肩上，舌头吐得多长。书正一抖身子就跑，一脚没踏实，竟从塬塄上跌了下去。

墹塄三米多高，书正一跌下去，夏天义就呆了，赶忙从旁边的斜路上下去拉书正。书正被拉起来了，夏天义一松手，书正又倒下去，说："我腿呢，我的腿呢？我站不起筒子了！"龇牙咧嘴地喊疼。夏天义汗已经出来，蹴下身揉书正的右腿，书正说是左腿左腿，夏天义又揉左腿，书正却疼得不敢让碰。夏天义知道断了骨头，不能再揉了，说："咬住牙，书正，咬住牙！"背着书正往赵宏声的大清堂跑。书正在夏天义的背上大声叫喊，夏天义先是劝他不要喊，书正还在喊，夏天义就生气了，说："你再喊，我就不管了！"书正不喊了，说："鞋，我没穿鞋！"夏天义才发现书正的一只脚光着，就对厮跟跑着的来运说："还不快去取鞋！"来运却突然上来小咬了一下书正的脚，才一股风似的往墹塄下跑去。

赵宏声给书正诊断是左腿踝骨断了，贴了一张膏药，用一块木板固定住，开了一包止痛片，三天的中药。书正说："我会不会瘫痪呀？"赵宏声说："你想得美，让人伺候一辈子呀？！"夏天义不放心，说："宏声，咋不见你捏骨呢？"赵宏声说："用不着，只要他好好卧硬板床不动，这三天的中药吃了，七天后保证能站起来！"书正说："我是活人不是个木头，咋能卧在床上不动，拉屎尿尿不起来？"赵宏声说："硬木板床上开个洞，拉屎尿尿不就解决了！"书正说："那骨头长歪了咋办？"赵宏声说："打断再接么！"书正就急了，说："宏声宏声，你可不能整我！"赵宏声说："你要这样说，我就不给你治了！"动手又解木板上的绳子。书正忙回话说："爷呀爷呀，有手艺的人这牛么？！"书正肯定和夏天义前世里结了什么冤仇，夏天义在以前为养牛的事骂过他，为争水浇地打过他，现在又使他断了腿。但这回夏天义倒霉了，他得掏书正的医疗费，更头疼的是赵宏声开的中药里还缺一种簸箕虫，得想办法寻找。夏天义觉得十分丧气，把寻找簸箕虫的任务交给了我。

我在许多人家的鸡圈里、土楼上寻找簸箕虫，就是寻不到。簸箕虫是小甲虫，黑丑黑丑的，像屎扒牛，喜欢在潮湿的地方待。又到几家的红苕窖里寻找，但仍是寻找不到。我对赵宏声建议：能不能不要簸箕虫，或者换一种别的虫？赵宏声说：“不行。没有簸箕虫这药就没用。”我说：“你开的中药里带有虎骨，你还不是用狗骨替代吗？”赵宏声说：“谁给你说的，你看见啦？我用的是真虎骨！”我说：“国家总共就那几十个虎，你哪儿弄虎骨，虎在你床下养着的？！”他就笑了，说：“算你赢！但跌打损伤的药不能没有簸箕虫，你在红苕窖里找过没有？”我说：“去过了，找不着。”赵宏声说：“如果谁家的红苕窖里放过草木灰，绝对能生簸箕虫的。”我把赵宏声的话说给夏天义，四婶正好也在夏天义家，四婶说她家红苕窖里草木灰没放过，但种土豆时剩下了一笼土豆种存放在窖里，这些土豆种切了块，曾经用草木灰拌搅过。夏天义说：“你快跟你四婶到窖里看看。”我就去了夏天智家。

自白雪嫁给了夏风后，我这是第一次去的夏天智家。我一进院门，那架牡丹就晃悠，一半的月季开着花给我笑。就是在这一天，我突然觉得月季为什么要开花，花是月季的什么？我认为花是月季的生殖器官，月季的生殖器官是月季最漂亮的部位，所以月季把它顶在了头上。院子里，从西北角到东南角斜着拴了一道铁丝，晾着三件白被单，白雪抱着孩子就站在白被单前，逗孩子看痒痒树上的鸟。鸟长尾巴，白着嘴。白雪说：“瞧，瞧见了吗，花喜鹊！”我说：“不是花喜鹊，是野扑鸽！”白雪掉过头来，看见了我，抱着孩子就回堂屋，一块尿布掉下来，她蹲下去捡了，头没再回，进了堂屋。堂屋门里黑洞洞的，一声咳嗽，堂屋东间的那个揭窗里坐着夏天智，戴着眼镜，眼光从镜片上沿看我。夏天智一看我，我就钉在院子里了，他从堂屋出来，端着水烟袋，对我说：“你怎么来了？”我说：“四叔！”他没有应声。他的脸板着，我腿就发软，开始摇。我暗里说：“甭摇，甭摇。”腿摇得很厉害。夏天智很鄙视地说：“瞧你这站相，摇啥的？！”我说：“是痒痒树在摇。”野扑鸽飞走后痒痒树真的也在摇。四婶就说：“他是去红苕窖里给二哥寻簸箕虫的。”夏天智在屋台阶上的椅子里坐下来，他吸他的水烟袋，包谷胡须拧成的火绳有二尺长。红苕窖在厨房里，揭了窖盖我下去，窖壁湿滑湿滑，一个壁窝子没蹬住，咚地掉了下去。窖拐洞里是有一笼拌搅了草木灰的土豆种，我翻了翻，果然有几个簸箕虫四处爬动，立即捉了往带着的一个小布袋里装。一只，两只，三只……捉到第八只，我想，真是怪事，书正从垧塄跌下来怎么就断了腿，而需要簸箕虫竟偏偏夏天智家的红苕窖里有，这不是天设地造的要我见白雪吗？白雪，白雪。我在窖里轻轻地唤白雪，我希望白雪有感觉。你想谁，谁就会打喷嚏的。我立在窖里听地面上的动静，果然有一声喷嚏，是白雪在说："娘，谁想我了？"四婶说："是夏风吧，他怕是天天等你们去的。"白雪说："上善今日去县上，我已托他买票了。"又是一声喷嚏，还有一声喷嚏。四婶说："打一个喷嚏是被人想，打两个喷嚏是遭人骂，连打三个喷嚏就是感冒了。你要感冒了吗？"白雪说："是不是？"我在窖里轻声说："白雪你没事，那是我想你想得厉害了才打了三个喷嚏！"我想白雪而能让白雪连打喷嚏，使我有些得意，于是我大胆了，从怀里掏出了那件小手帕，贴在脸上，我就又恍恍惚惚了。我是看见白雪抱着孩子进了厨房，她看见了红苕窖口往外冒白气，就把孩子放在灶火口的麦草上，然后顺着窖壁的蹬窝子下来了。下来的先是一双脚，左脚踩在蹬窝里，右脚在空中悬着，那是一只红色的皮鞋。我把皮鞋握住了，脚却收了上去，皮鞋就在我手里。这时候我噔地清白了，因为孩子大声哭，四婶在说："你收拾去，我来哄娃！"孩子的哭声越来越大，是四婶抱了孩子进了厨房，喊："引生，寻到了没有，这么长时间还不出来？"我看着怀里的红皮鞋，红皮鞋变成了簸箕虫钻进小布袋里。我从红苕窖里爬出来，四婶抱着孩子就在灶台边，四婶说："寻到了没？"我说："寻到了。"四婶说："书正就会折磨你二叔！"我说："书正是属牛的，他就像个牛牴二叔！"四婶说："书正是属牛的？你二叔一辈子和牛不卯，不是他见了牛就打，就是牛见了他便牴！"我说："这是为啥？"四婶说："谁知道为啥！"我看着孩子，孩子也看着我，我就不说夏天义和书正了，孩子是白雪身上的一疙瘩肉，孩子就是小白雪，我说："乖，乖！"伸过了嘴去亲孩子的脸。我亲孩子的脸是我想起了巢里老鸟给小鸟喂食的样子，而我听到了扑哧一声，以为是她在笑，但她是屙下了。四婶在听到了响声立即紧张，说："你快，娃屙下了，我得给娃收拾呀！”我只好从厨房出来往院门口走。四婶并没有端了孩子让屙屎，院子里没有白雪的人。我说：“那我走啦！”白雪还是没出堂屋。我说：“我走了呀！”我走了。

书正开始熬喝有着簸箕虫中药的那天，夏天智和白雪抱着孩子去了省城。清风街没人知道他们为什么这个时候去省城，反倒取笑夏天智是千里送儿媳。我夜夜做梦去夏天智家的院子，夏天智家的院子是从东街牌楼下的巷子斜进去再拐三个弯儿才能到的，但梦里每一次去那个院子却都是从东街牌楼下进巷子，拐一个弯儿就到了。我不知道这是为什么。当我再去夏天义家时，路过夏天智家院门口就心里是说不出的一种滋味，人走院空，白雪还会回来吗？我在院门口寻找白雪的脚印，终于寻找到了一个，是雨天踩在泥上的，泥干了，鞋印就硬着，我把我的脚踏上去。书正的媳妇偏巧从巷子里过，说：“引生，你咋啦，这冷的天你光着脚？”我说：“鞋壳里钻了个石子。”书正的媳妇是要去找夏天义的。书正不能去乡政府做饭，乡政府物色了新炊事员，也知道了清风街把荒芜的土地承包给个人又转租于外乡人的事。乡长紧急阻止了转租外乡人的做法，但丁霸槽就不愿承包了，而君亭又以相当多的人反对搁置了重新分地的建议。夏天义白忙活了一阵，鼓鼓的劲就泄了。可恶的是书正的媳妇又不停地索要误工赔偿，夏天义烦得没去刮胡子，下巴上的胡子乱哄哄的，人也瘦了一截。书正媳妇再去生事，夏天义说：“你说说，你要多少？”书正媳妇说：“书正每月工资四百元，还管一天三顿饭，乡政府灶上的泔水稠，担回来喂猪，猪是一头母猪十头小猪，得空还种地，再是我在市场上还有个摊位，一日再不卖也是落个五元十元的吧，现在在家伺候人，不赚钱了还得出摊位费和各种税，你算算，伤筋动骨一百天……”

夏天义说：“你慢慢说，不要急，把眼角屎先擦了。”书正媳妇就擦眼睛。夏天义说：“你说总共多少钱？”书正媳妇说：“你还不给五千元？”夏天义说：“才五千元？应该给五万！”站起身就走了。

夏天义再不去书正家送好吃好喝，三天一换的膏药让哑巴去送，哑巴到了书正家院门口，把院门拍得哐啷啷响，书正的媳妇开了门，只见门外放了膏药不见人影，就破口大骂。此后，这婆娘上门要泼，夏天义在七里沟，她便对瞎眼的二婶说难听话，见二婶吃什么她吃什么，二婶喝什么她也喝什么，还睡在了炕上不走，哭喊：“我日子过不下去了，我把书正就抬到你家来啊！”二婶口拙，眼睛又看不见，先是好说好劝，那婆娘越发张狂，一边哭喊一边将鼻涕眼泪抹在炕沿上、桌子上，二婶摸了一手，也趴在炕上只是个哭。左邻右舍的人都来劝阻，才把书正的媳妇拉走。到了晚上，几个儿媳才知道了书正媳妇来闹腾的事，便来找夏天义。夏天义说：“是这样吧，咱给那泼妇出些钱吧。”淑贞说：“爹有多少钱？”夏天义说：“我哪儿有钱？”淑贞说：“你没钱那还给她啥钱呀！让她闹吧，看她能闹到什么样？”竹青说：“那娘还活不活？舍财图安宁，咱每家出二百元，打发了算了。”淑贞说：“你有钱出，我可没钱。再说，起事的还不是哑巴，送膏药就是送膏药么，你放到人家门口像个啥？”庆满的媳妇说：“你要这样说话，这钱我也不出啦，就让人家天天来哭来骂，只要老大不嫌丢人，我们怕什么了！”屁股一拍走了。庆满的媳妇一走，淑贞也走了，留下竹青和瞎瞎的媳妇。夏天义一直抱着个头蹴在凳子上，这下摆了摆手，说：“你们都走吧，都走吧。”夏天义从来没有说过这么软的话，竹青就说：“爹，你不要急，我找书正说去，咱就是有错也不至于让她来家闹呀？该硬的地方还要硬！至于最后怎处理，有你几个儿哩，你甭生她们的气。”夏天义苦愁着脸，突然泪流下来，说：“我咋遇到这事么，咹，这到底是咋啦，弄啥事啥事都瞎？！”他脸上皱纹纵横，泪就翻着皱纹，竖着流，横着也流。两个儿媳忙劝了一番，动手去厨房做饭。

竹青拿了一包纸烟，去书正家和书正谈了一次话，纸烟一根接着一根，说你书正是从垌塄上自己跌下来的，给你看病吃药已经可以了，你还狮子大张口要五千元，又让你媳妇去闹，天地良心过得去过不去？书正说，你给我吃根纸烟。竹青说我的纸烟为啥给你吃，吃可以，一根五元。书正不吃纸烟了，说天义叔不来让我签字，狗不咬我，我能从垌塄上跌下去？这腿一断，疼痛我忍了，可做饭的差事没了，地里活干不成了，我为啥不要赔偿？竹青说要赔偿，当然要赔偿，你不要赔偿还不行哩。书正说咋个赔偿？竹青就把一根纸烟塞到书正的嘴上，说你不胡搅蛮缠了咱就好说。整整一个下午，竹青软硬兼施，最后说："做饭的差事，让君亭去乡政府争取，腿一好你就去上班，这我给你保证。地里有什么活，夏家五个儿子帮你，这我也给你保证。我说话如果不算数，你要多少我们就给你多少，还可以把唾沫吐在我脸上。但是，我给你保证了，你媳妇再去闹，那我们就管不了哑巴，他要把你媳妇腿打断了，你两口子就睡在一个硬板床上养伤吧。"书正说："你甭吓我。"竹青说："我不吓你，哑巴现在就在院门外坐着的。哑巴——"哑巴在外边听到了，提起一只猪崽的后腿，猪崽曳了长声叫。书正蔫了下来，却说："五千元不给，两千元给不给？"竹青说："两千元能从天上掉下来呀？"书正说："那给一千元，少了一千我就不和你说了！"竹青说："你好歹不知，那你就去索要吧！"竹青把纸烟收起来就走。书正说："竹青，你是来威胁我么，我知道你夏家人多势众，可我书正也是有三个儿子的，我儿子会长大的！"

竹青把情况反馈给了夏家的五个儿子，只说男人家有主意，没想庆玉先躁了，骂道："一个子儿都不给他！"庆金嘟嘟囔囔，一会儿说爹爱管闲事，现在出了事啦两委会没一个人来过问，一会儿又怨恨狗，如果不是狗去咬，哪儿会有这事。庆满和瞎瞎也骂狗，说爹把狗惯得没个样了，在爹眼里，狗倒比儿子强。正恨着狗，来运就进了门，来运是和夏天义去七里沟的，已经走到半路，夏天义发现忘了带吃卷烟的火柴，让来运回家去取。来运先跑到夏天义家，院门锁了，二婶是害怕书正媳妇再来而到俊奇娘那儿，来运就跑到了庆满家。来运一进庆满家，见屋里坐了夏家五个儿子，尾巴摇了摇，从厨房灶台上叼了一盒火柴要走。庆玉说："瞧瞧，这狗真是成精了！"瞎瞎就一下子先过去关了院门，逮住了来运就打。可怜来运被夏家的五个儿子按在地上用脚乱踢乱踩。夏天义在路上等了一个时辰，不见来运，担心来运没听懂他的话，就反身自己回家来取火柴，在巷中忽听得庆满家有响动，顺脚进来，才发现来运被打得趴在地上，口鼻里往外喷血。夏天义气得浑身哆嗦，吼道：“这是打狗哩还是打你爹哩？！要打就来打我吧！”五个儿子都松了手，呆在那里。夏天义还在吼：“打呀，来打我呀，你们不打，我自己打！”举了手打自己的脸。儿子们吓得一哄散了，来运才呜呜呜地哭起来。

庆金跑出门，赶忙往四叔家去，庆金着实是慌了，他要搬夏天智来劝爹，但到了夏天智家门口，才醒悟夏天智去省城了，没有在家。那日的天上黑云密布，秦安的媳妇在伏牛梁上的地堰上割酸枣刺回来当柴火，听见了老贫协和我爹又在吵鬼架，吓得跑回来，把镰刀都丢失了。染坊里的大叫驴莫名其妙的不吃不喝，腹胀如鼓。而放在刘新生家的楼顶上的牛皮鼓却自鸣起来。

※　※

夏天智是在省城待过了十天返回清风街的。孙女的手术很成功，割开了封闭的肛门，只等着伤口痊愈后大便就正常了。夏天智满怀高兴，等到白雪娘带着庆玉的小女儿去照管白雪和孩子，他自己就带着一大包买来的秦腔磁带先回来了。清风街发生的事，是他回来后知道的，他就去万宝酒楼向夏雨要了一千元，谎称向出版社再购一部分《秦腔脸谱集》，把钱悄悄送去了书正家。书正见夏天智拿了钱来，从炕上下来一瘸一瘸地走着去倒茶水。夏天智说：“你给我走好，直直地走！”书正说：“走不直么，四叔！狗日的赵宏声整我哩，现在我走到哪儿路都不平！”端来了茶，茶碗沿一圈黑垢，夏天智不喝，骂道：“这碗恶心人不恶心人？你还讲究在乡政府做过饭哩！”书正说：“清风街上我最服的就是四叔了，四叔做事大方，你就再骂我，我心里还高兴哩！”却又说，“四叔人大脸大，去乡政府再做饭的事，还求四叔给说话哩！”夏天智说：“你别给个鼻子就上脸啊！你去乡政府问过了？”书正说：“我让我媳妇去过，人家不肯再要了，嫌我是跛子。”夏天智说："我咋听说是嫌你不卫生，还庆幸断了腿是个辞退的机会。"书正说："那些干部官不大讲究大哩，乡长要筷子，我好心把筷子在衣襟上擦了擦给他，他倒嫌我不卫生，我衣襟上是有屎呀？！"夏天智当然没有去乡政府给书正说情，书正的媳妇倒自个去找乡长，乡干部一见她，先把大门关了，敲了半天敲不开。她说："当官的这么怕群众呀！"门还是不开。她就大声喊，喊她来取书正的一双鞋的，难道乡政府要贪污群众的鞋吗？隔了一会儿，门上边撂出来一双鞋，是破胶鞋。

书正的媳妇提着破胶鞋往回走，走到砖瓦场旁的土壕边，一群孩子用棍子抬着连了蛋的来运和赛虎，孩子们哄地散了，这婆娘就拾了棍打来运。来运拖着赛虎跑，又跑不快，被木棍打得嗷嗷叫。乡政府的团干从街上过来，夺了棍子，说："狗也是一条命，你就这样打？！"婆娘说："我没打赛虎，我打来运。"团干说："来运是赛虎的媳妇，你打来运是给乡政府示威吗？"婆娘说："噢，狗是夫妻，乡政府才护着夏天义呀！"团干说："你这婆娘难缠，我不跟你说！"拿了棍子回乡政府了。书正媳妇又用脚踢来运，来运已经和赛虎分开了，立即发威，咬住了她的裤腿，她一跑，裤子哗啦撕开一半，再不敢踢，捂着腿往家跑。

夏天义却在这天夜里添了病，先是头晕，再是口渴，爬起来从酸菜瓮里舀了一勺浆水喝了，再睡，就开始发烧，关节里疼。天亮时，二婶以为人又起身去七里沟了，腿一蹬，人还睡着，说："今日怎么啦，不去七里沟？"夏天义说："我是不是病了？"二婶从炕那头爬过来，用手在夏天义额上试，额头滚烫，说："烧得要起火呀！你喝呀不？"夏天义说不喝。二婶说："是不是我把老五的媳妇叫来，送你去宏声那儿？"夏天义说："谁不害头疼脑热，我去干啥？恐怕是头发长了，你让竹青来给我剃个头。"二婶摸摸索索去了庆堂家，竹青把理发店的小伙叫来。夏天义的头皮松，剃头时割破了三处，都粘着鸡毛。夏天义想出来活动活动，但走了几步，天转地转，面前的二婶是一个身子两个头，他又回来睡在了炕上。到了下午，后脖子上暴出了个大疖子。

夏天义没有想到一颗疖子能疼得他两天两夜吃不成饭，睡也睡不好！二婶害怕了，这才告知儿子们，儿子们都过来看了，把赵宏声请来给贴膏药。庆金说："啥病你都是一张膏药？"赵宏声说："我要的就是膏药么！"庆金说："为啥这样疼的？"赵宏声说："疖子没熟，就是疼。"庆金说："还有啥药吃了能叫人不疼？"赵宏声说："那就得打吊针消炎。"庆金说："打吊针。"赵宏声说："这膏药我就不收钱了。要打吊针得连续打五天，我就贴不起药费了。"庆金就去和几个兄弟商量，得给老人看病，庆满的媳妇问："这得多少钱？"庆金说："现在药贵，几百元吧。"庆满的媳妇说："不就是个疖子么，贴上膏药慢慢就好了，还打什么吊针？"庆金说："老人年纪大了，啥病都可能把人撂倒。"淑贞说："人老了就要服老哩，再说人老了不生个病，那人又怎么个死呀？！"庆金啪地抽了老婆一个耳光，骂道："这都是你说的话？"淑贞一把抓在庆金脸上，脸上五道血印儿，说："你还打我呀，你们人经几辈就是能打人么，不打人也不至于落到病成这样！我不孝顺，你孝顺，你给你爹去各家要钱治病么，看你能要出个一元钱来，我都是地上爬的！"庆金不言语了，气得去河滩转，肚子鼓鼓的，一边揉一边说："气死我啦！唉，气死我啦！"又觉得自己窝囊，伤心落泪。转了一会儿，心想几个弟媳妇肯定也是不会掏钱的，他不愿再给他们说，可他自己又没钱，便去了西山湾的血站卖了血。

庆金没想到给他爹只打了两天吊针，夏天义是忽闪忽闪着又缓和过来了，而他却从此面色发黄，见荤就吐，一坐下来便困得打瞌睡。光利去了新疆后所经营的供销社关了门，却一直欠着承包费，人家最后清算，以商品抵债，把他又叫了去。原想着把那些积压商品拉回去还可以办个杂货摊儿，现在全抵了债还不够，人一急，眼前发黑，就昏倒了。醒来寻思什么病上了身，趁机在县医院做个化验，结果是肝硬化。庆金问医生：这病要紧不要紧？医生说：当然要紧，往后再不得生气，熬夜，喝酒，好生吃些保肝药就是。庆金没有去买药，回来也没给任何人说，只是再聚众喝酒时坚决不动杯子。

眼看着到了腊月十几，庆金坐在夏天智的院子里晒太阳，太阳暖暖和和。夏天智吃了一阵水烟，见庆金耷拉个脑袋，来运也卧在那里不动，就说：“提提神吧！”放起了秦腔。庆金不懂秦腔，问放的是啥调，夏天智说：“你连苦音慢板都听不来？”顺嘴就哼：

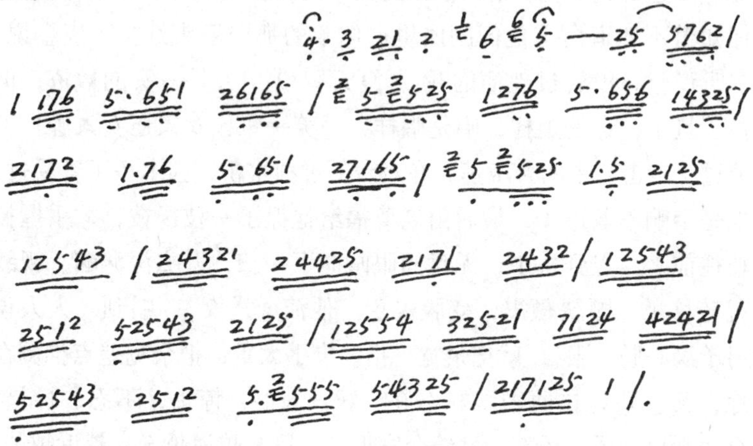

庆金说：“人心里早些不美，这曲子听着恓惶。”夏天智说：“你不懂就少指责！给你听个《若耶溪》，只怕戏词儿太文。”就放了西施唱的一段：“一叶儿舟，一叶儿舟，一叶儿舟自在流。渔女儿，坐在船头，渔老儿，垂钓钩。鸥不知人，人不知鸥，世外桃源多自由。胜如我，拘在茅屋，纺织不休，没爹没娘，多病多愁，无雪常叫梅花瘦。”庆金果然听得不明白，却说：“响鞭炮了！”夏天智侧耳听了，果然有鞭炮响，说：“谁家过事啦？”庆金说：“今日庆玉成亲了么。”夏天智说：“他成亲呀？！是和黑娥？”庆金说：“他没来给我说，只给庆满说了，让庆满带话要我过去吃酒。我那么贱，欠一口酒？我是他大哥，他不来亲口给我说，他家离我家千山万水了？”夏天智说：“我连个口风儿都没听到。”庆金说：“他记恨你！连我爹都没请，我爹今日还是去了七里沟。”夏天智说：“你爹身子虚成那样了，还往七里沟跑呀？！他庆玉是个横爬的螃蟹，他都请谁啦？”庆金说：“我刚才到你这儿来，瞧见君亭、上善、金莲、三踅，还有丁霸槽都去了。听庆满说他不大闹，只待三桌客。亏他待的客少，他就是山珍海味摆一河滩，看清风街能去几个人？”夏天智说：“他不请我了也好，请我我也不去的。听戏，咱听戏！”夏天智这回在高音喇叭上播放磁带，满清风街都是了秦腔。来运从地上爬起来，应着曲调也嚎叫，痒痒树上的叶子就哗哗地往下落。夏天智突然把高音喇叭又关了，他说：“咱这么放秦腔，别人还以为是给他庆贺热闹哩！我给你说戏。你知道不知道白雪他们剧团里退休了的那个癞头红？”庆金说：“听说过，没看过他演的戏。”夏天智说：“人是一头的癞疮，但扮了旦了，走是走样，唱是唱样，一笑一颦比女人还女人哩！他演过《走雪》中的曹玉莲，在戏台上过独木桥，独木桥不容易过，他是半晌不敢迈步，最后由老曹福给他抓了一枝杨枝，才手握杨枝往前走。走到桥中，无意间眼睛向下一扫，万丈深渊啊，视线就转移了，腰腿颤震，变脸失色。他演《送女》，唱到‘人人说男子汉心肠太狠’，就把余宽一指，失手太重，把余宽差点推倒在地，又急切地拉回来。好不好？好，恼恨，惊怕，不忍，怜惜，全表现出来了。还有，她给余宽诉苦一段，越说越亲，越诉越苦，刚说出‘咱夫妻同床共枕’，她爹一声咳嗽，当下噤口，一脸羞红……”夏天智说得收拢不住，却不见庆金反应，说：“你咋不言传呢？”庆金还是没吭声。夏天智回头一看，庆金却闭着眼睛睡了。夏天智就上了气，拿脚踢了踢庆金的椅子，庆金醒过来，说：“我听着的。”夏天智说：“你听啥着的，人家没叫你去吃酒，你就气成这样啦？”庆金说：“吃酒的事我早忘了，你还记着！我只是困。”夏天智说：“你咋啦，有病啦？”庆金说：“可能是这几天没睡好。”夏天智说：“说你大，你不大，说你小，你也是退休了的人，你不要跟庆堂、瞎瞎他们打麻将了就没完没了，那身子能吃得消吗？”庆金噢噢地应着，觉得要上厕所，就去了厕所，但怎么也拉不出来，蹲了半天，才有了指头蛋大一点干粪，硬得像石子。

趁空，该交代我了吧。其实庆玉是邀请了我去吃他的喜酒的。头一天的傍晚，书正一瘸一瘸到商店里去买盐，我刚好从七里沟回来，他在前边走，我就跟着他。他瘸起来是左边高右边低，身子走着走着走到了街道的右边，我也就学着他的样，一闪一闪地走到了街道的右边。坐在土地神庙台阶上吃旱烟的武林就嘎嘎地笑。武林的笑是傻笑，书正说：“你笑啥的，看见我瘸了你高兴？”武林说：“我，啊我没，没笑你！”我就跑到台阶上，害怕他说我在书正的身后学书正，我说：“武林，坐在这里干啥哩？”武林说：“没干啥，啊吃，吃烟哩。”他把旱烟袋递给我，我不吃。我说：“武林，没事干的，你买些酒咱俩喝。”武林说：“没钱，钱么。”他把口袋亮着，口袋里有一元钱，买不成酒。我们都是穷光蛋，又都是光棍，我每到晚上就觉得没意思，我想武林也肯定觉得没意思才坐在这里，坐到别人家里人家不欢迎，土地公土地婆是两块石头，它们不嫌弃。我就想出了一个坏主意，寻了一条长线把那一元钱拴了，放在街上，我们就拉着线头蹴在庙门口，要瞧别人来捡钱的笑话。这时候，一男一女从街那边过来，女的头上裹着头巾，男的穿着大衣，还未认清是谁，那女的就看见了钱，弯腰去捡，我赶忙就拉线，一元钱在街面上滑动，女的也就随着钱小跑，跑到庙门前了，钱又上了台阶，她有些奇怪，抬起头了，我才看清是黑娥。黑娥不好意思了，我也不好意思。穿着大衣的男的就说：“引生，引生，你日弄谁呀？！”他是庆玉。武林一见是庆玉，脸就黑了，不愿意见庆玉，背过身去，嘴里含糊不清地说：“流氓！流氓！”庆玉却大声地对我说：“引生，明日邀请你去我家吃酒！”我说：“吃什么酒，你舍得给我吃酒？”庆玉说：“明日我结婚呀，你来！你来了热闹！”庆玉和黑娥走了，武林就哭，拿他的头在庙门上撞。我说：“撞啥呀？撞破了你白受疼！”武林就不撞了，也不哭，说：“引生，啊引，引，引生，那两个狗，狗男女，呸，结婚婚呀你，去吃酒？”我说：“我想吃酒。”武林说：“你不，不要去，啊我，请，请你吃酒！”我说：“一元钱能买个啥酒？”武林从头上卸下帽子，他戴的是火烧头棉帽，帽壳里垫着牛皮纸，头油把牛皮纸蹭得黑乎乎的，牛皮纸下放着一张五十元人民币。武林说：“你不要去，噢，我请你吃酒！”他去商店里果然买了一瓶烧酒。

第二天，我没有去参加庆玉和黑娥的婚事。我才不去哩。武林就是不请我吃酒，我也不会去的，人活得还得有个志气的。我去了七里沟，只说夏天义和哑巴是不会来了，但哑巴来了，夏天义也来了。我奇怪他们没说庆玉的婚事，或许他们压根还不知道，我也就没提说。这一天，我们在收割麦子。那棵麦子已经成熟了，大拇指头粗，一拃半长，把它剪下来，我们趴下去给土地磕头，感谢着七里沟能生长这么好的麦穗。夏天义是带了一个小木匣子的，他把麦穗放在木匣子里，说他要送给县种子培育站，让人家做母种，培育出一批新麦种来。夏天义的决定我是反对的，何必送给他们呢，一个麦穗他们会重视吗，就是重视，凭那些人的技术，能培育新麦种吗？与其把麦穗给县上的人，不如让清风街人都能看看，或许能促进村两委会下决心淤七里沟的。我的意见得到夏天义的赞同，但把麦穗放在夏天义的家里还是村部，我们费了脑筋，最后意见一致，就放在土地神庙里。我们三人当即从七里沟回到街上，就在土地神庙里的庙梁上拴了一条铁丝，把麦穗吊在了石像前的供案上。你见过在屋梁下吊着的腊肉吗，见过吊着的一嘟噜包谷棒子吗，因为以免老鼠从绳上溜下去偷吃，那绳上要系个灯罩。我们也就在麦穗上的绳上系了个草帽。土地公土地婆是管理土地的神，土地上产生的大麦穗应该敬献给它们，而土地神庙是公众的场合，清风街的人谁都可以看得到。赵宏声是最会锦上添花的，他当然送了副对联又贴在庙门上，一边是“庙小神大”，一边是“人瘦穗肥”。我说：“我们是瘦了吗？”果然是瘦了，平日里却没在意，一留神，夏天义是比春天里几乎瘦了一圈，他那脖子上的囊囊肉也不见了。哑巴的嘴唇上茸茸的有了胡子，声也变得瓮里瓮气，但他的腮帮子没有了两疙瘩肉，嘴就显得噘了出来。我看不见我，拍拍肚皮，说：“真的是瘦了，以前肚子凸凸的，现在是一个坑！”夏天义说：“不是瘦了，是肚子饥了，叔今日请你们吃饭！”夏天义请我们吃饭就是吃凉粉，一进小饭馆，他喊：“一人两碗凉粉！醋要酸，辣子要汪！”两碗凉粉，夏天义就吃醉了。夏天义放下碗，眼睛就眯着睁不开，往起站时险些跌倒，他扶着桌子，说：“吃呀引生，往饱里吃，他庆玉待客哩，叔就在这儿招呼你！”我这时才知道，夏天义是晓得庆玉结婚的事。这时候，我听见了高音喇叭上的秦腔，我说：“天义叔，你听戏！”但高音喇叭却停止了。

庆金在厕所里半天拉不出屎来，夏天智也有些急了，才要过去看看，院子里进来了腊八。腊八是在省城给白雪照管孩子的，怎么回来了？夏天智心里惊的，忙说："腊八你咋回来了？"腊八扑在夏天智的怀里就哭。夏天智忙问出了啥事，腊八说："是我爹把那妖婆娶了？"夏天智松了一口气，说："你知道了回来的？"腊八说："我刚一下班车听说的。"夏天智说："我腊八也大了，离开他还活不成了？你还有你娘，也还有你伯你叔和爷哩！"腊八就又哭了："我娘可怜。"四婶听见是腊八回来，她在炕上整理针头线脑，忙下来问腊八吃了没，就要去做饭，又高声朝隔壁喊："菊娃，菊娃，你在没在，咱腊八回来啦！"菊娃从隔壁院里过来，穿得新新崭崭，头发上抹了油，梳得一个大髻，见腊八笑着，便说："你这娃，好好的哭啥的？"腊八说："我爹……"菊娃说："你咋就那么稀罕个爹？！你爹死了！去把衣服换换，换新衣服，活得旺旺的才是！"夏天智赶紧给四婶使眼色，四婶就拉了菊娃母女去厨房。四婶是早上就蒸了一锅土豆，大声嚷道着要做一顿糍粑吃，菊娃就把熟土豆放在了石臼里用木榫捶。庆金终于从厕所出来，站在院子里觉得木榫捶得像地震，脚下都在颤动，四婶对他说："庆金你也不要走，今日四婶给咱做最好的，高高兴兴吃一顿饭！"

吃毕了饭，腊八的情绪好些了，夏天智才问起城里的事，说："腊八，你白雪嫂子和娃咋没同你一块回来？"腊八说："还得做一回手术的。"庆金说："谁咋啦，做手术？"夏天智忙说："给夏风做痔疮的。北方人十人九痔，贴贴痔疮膏就会好的做什么手术，真是的！"忙起身去卧屋取茶叶，喊，"腊八腊八，你给我帮个手。"腊八进去了，夏天智从糖罐里捏了一撮红糖往腊八的嘴上一抹，自己又把指头舔了一下，说："我给你叮咛十遍八遍了，娃娃手术的事给谁都不要说！给你娘也不要说！"腊八说："我说漏嘴了。"夏天智问："怎么还要做第二次手术，不是手术已经很成功了吗？"腊八说："你一走，娃娃的肛门又发炎了，医生说孩子太小，等十二三岁时再做一次人造肛门，而近期只能在肛门插一个管子，让粪便从管子里排出来。"夏天智手就抖起来，越不让抖，越抖，他握住了箱子上的锁子，说："那你急着回来干啥，不等着……"腊八说："我哥和我嫂子整天吵架的。"夏天智说："吵架？你西街婶子也在那儿，他们还吵架？"腊八说："气得我那婶子哭了几场，也待不住了，我两个就回来了。"夏天智嗯了一下，闷了半会儿，说："回来了也好。一定得保密，别人问起啥都不要说，就说都好着哩。"腊八说："这我知道。"两人从卧屋出来，夏天智让四婶去沏茶，四婶放的茶叶少，又给各人的杯子里倒得水满，夏天智发了火，说："就放这点茶？酒满茶半，你把杯子倒得这么满是饮牛呀？倒了，重沏！"四婶说："你吃炸药啦？！"庆金忙拿了茶壶说："我来我来。"

待腊八母女和庆金一走，夏天智对四婶说："你把锅碗洗了，你过来。"四婶没有理。夏天智又赶到厨房去，说："我是正烦着的，说了你一句，看你凶样！你知道不，娃娃的手术失败了，现在要在肛门那儿插个皮管子。"四婶的一只碗从手上掉下去，在锅子里烂了，说："爷呀，插皮管子？那是长法呀？！"夏天智说："我想近日再去省城。"四婶说："你去我也去。我娃倒造了啥孽了，那么小的，动了刀还不行？"夏天智说："你去顶屁用，你儿子是能听你的？他和白雪整天是吵，已经闹崩了，连白雪她娘都气得回来了，我害怕娃娃病没治好，他两个倒要出事哩。"四婶不洗锅了，一屁股坐在灶火口的木墩上，眼泪淌了一脸。

夏天智还没有动身去省城，白雪就抱着孩子从省城回来了，白白净净的白雪已经黑瘦黑瘦，头发也没有光泽，眼圈乌青。三个婶子都来看娃娃，白雪送给她们一人一双胶底棉鞋，白雪说："这鞋是专为你们这些半缠半放的脚做的，又轻又扒滑。"三个婶婶都说："咱这脚穿的鞋城里还有卖的？"喜欢得当下脱了旧鞋换新鞋。但二婶的脚在大拇指处凸了一个大疙瘩，穿不进去。白雪很难堪，二婶说："就好，就好，穿不成我也拿上，等我死了，睡在棺材里穿！"她们就热惦着把孩子抱过来抱过去，尖声地说："狗娃子，蛋娃子。"胡起名字。大婶问："没给断奶吧？"白雪说："断是没断，但能喂些稀的。"大婶就把一疙瘩馍在嘴里嚼嚼嚼，嚼烂了，用舌尖送到孩子的嘴里。白雪说："我来喂！"白雪不让她们多抱孩子，抱过来的时候趁她们不注意把那嚼过的烂馍从孩子嘴里掏出来握在了手里，而同时拧了一下孩子的屁股，孩子便哭了。孩子一哭，白雪把孩子交给了四婶抱，四婶又交给了夏天智，夏天智抱着去巷子里转悠了。孩子的肛门处是插了一根皮管，粪便再不从前边出来了，但饮食一定要吃稀的，而且粪便出来不能控制，只能随时检查着更换裹在身上的宽布带。孩子就显得很粗，抱得人累。事情就是这个样儿了，没人时四婶总是哭，夏天智说："有了苦不要给人说，忍着就是。灾难既然躲不过，咱都要学会接受。"夏天智还现身说法，他在五十岁的时候患过胃病，啥药都吃了不见效，他就每天晚上在心里和病谈判，既然制伏不了病，就让病在身上和平共处，并享受着与病和平共处的好处：比如家里人不让你吃粗粮，周围人照顾你少干重活，什么事都不使强用狠，能宽容，能善良，人际关系好，还可以静了心学一门手艺，他就是那时学画起了脸谱的。夏天智说："病得上了十年，我现在不是啥都好了吗？"夏天智开导着四婶和白雪，但他心里却悬着一件事，一直不敢对四婶提说，也不敢询问白雪。直过了七天，四婶去泉里淘米了，白雪把孩子哄睡了，拿了扫帚扫院子，扫着扫着，立在痒痒树下不动弹，看着树上的蚂蚁。那是一长队的蚂蚁从树上往树根的洞穴里爬，都带着东西，非常努力，又非常有秩序。夏天智坐在卧屋画脸谱，撑揭窗时看到了这一切，身上的肉就酥酥地抖，似乎要一块一块掉下来。他终于问起夏风，问夏风怎么不送她们回来，白雪怔了一下，却什么也没说，低了头又扫起地。白雪一直背着揭窗在扫地，夏天智就明白小两口真的是闹崩了，他最担心的事真的就发生了，张了嘴说不出一句安帖的话，就默默地看天。天上一朵云往下落，落到了院子里，明明是一朵云落在院子里，白雪又是扫了一下，云不见了，而白雪拧过身的时候，一把泪珠子洒在了地上。白雪说："爹，天怕要下雨了，挂在墙上的烟叶收拾不？"夏天智说："下雨呀？"白雪说："树上的蚂蚁都进洞啦。"夏天智说："噢，那是要下雨呀。"自己走出卧屋，搭了梯子从山墙上卸烟叶，差点从梯子上要掉下来。

此后的数天，清风街上没有再听到高音喇叭播放秦腔。高音喇叭里的秦腔听惯了，有时你会觉得烦，但一旦听不到了，心却空空的，耳里口里都觉得寡。来运多时没来院子里卧了，熬过了汤的排骨在门道处让鸡啄着，鸡又啄不动，惹来了三只绿头苍蝇。院墙根的牡丹蓬折断了支撑了木棍，哗啦扑沓下来，夏天智再次用夏天里撑蚊帐的竹竿把牡丹蓬架起来，四婶埋怨了怎么用竹竿撑，那夏天了又拿啥撑蚊帐呀？夏天智有些生气，嘴里没吭声，转过头来，又发现花坛东北角的一朵月季在掉花瓣，像是有一只无形的手剥，花瓣掉下一片，又掉下一片，一朵花立时没有了。白雪在西厢屋里哼秦腔的曲牌哄孩子，孩子仍哭声不绝。夏天智说："白雪，让你娘哄哄。"白雪把孩子抱给了四婶，却说："爹，多时不见你放喇叭了，你咋不放了呢？"夏天智说："你说放吗？"白雪说："放么。"夏天智就播放了秦腔。播放了秦腔，夏天智第一回没有坐在椅子上摇头晃脑，他把孩子要了过来抱着，对四婶说："我出去转转。咱家不是还有银耳吗，你给熬熬让白雪喝。"四婶说："熬的排骨汤还有，熬什么银耳汤？这事用不着你操心！"夏天智说："你说话这么冲的！你可不敢对白雪这样呀。"四婶恨了一声，把夏天智推出了门。

街上的人看见夏天智抱了孩子，都觉得稀罕，说："呀，四叔今日没端你那白铜水烟袋了？"夏天智说："我孙女不让我吃烟了么！"大家都来逗孩子笑，孩子却就是不笑。问："给娃娃起了啥名字吗？"夏天智说："还没个名儿。"染坊里的人把一节印花布裹在孩子的身上，说："四叔是文化人，肯定会在字典上给娃娃起个好名字的！"夏天智说："翻了几次《辞海》，拿不准个意思好的。"那人说："长得多胖的，一脸的福相，叫个福花！"夏天智说："不要。人要有福，还要贵哩。"那人说："牡丹是富贵花，那就叫牡丹！"夏天智说："这倒是个好名字！"染坊人的建议受到了采纳，便很得意，又说："娃娃也没认个干爹吧？"旁边人说："你是个人来疯！起了个好名儿又要想当干爹吗？夏风和白雪是什么人，认干爹认你这农民呀？！"那人说："我哪里敢想当干爹的事！可农民怎么不能认呀？干爹又不是亲爹，农民没钱没势没知识，身体却好，认个农民干爹对娃娃好。”夏天智当下心就动了，说：“那倒是，认个农民干爹也好啊！”大家就起哄：“那就认吧，那就认吧！”清风街的风俗，要认干爹，就在动了这种念头之后，立定一个地方，朝着一个方向等待，等待来个什么人了，那人就是干爹。当年夏天义生了第五个儿子，瘦小得像个病猫，二婶就这样认过干爹，她抱着儿子是立在东街口朝北的，等来等去没有等着一个人，却来了一头猪，二婶就说：“我娃的干爹咋是个瞎猪？”但还是按了儿子的头在地上给猪磕了一下，算是认了。这五儿子就起了个名字叫瞎猪，叫着叫着，嫌猪字不好，就叫了瞎瞎，瞎瞎的身体从此健壮，给啥吃啥，吃啥不再生病。夏天智当下抱了牡丹就立在土地神庙前，面朝了东，众人就眼巴巴地看东边能来个什么人。

东边果真就来了一个人，那个人就是我！这的的确确是一种缘分。我们在七里沟抬石头，往常多大的石头用那根木杠子都抬得动，而这天我和哑巴抬一块笼筐大的石头，木杠子却喀吧断了，我只好跑回村要拿新杠子，就出现在了东街牌楼底下。土地神庙前的一堆人瞧见了我从东街口牌楼下走过来，哦地都叫了一下，首先是夏天智把孩子一搂转了个身，铁匠铺抡大锤的王家老三是个眼儿活的人，一向见碟下菜，他一瞧见夏天智脸色不好，就一阵风朝我跑过来，拉了我往牌楼南的一条巷道里走。我那时莫名其妙，说：“你干啥你干啥？”他说：“我搓麻将输了，你借给我五元钱！”我气得说：“你输了向我借钱？”从裤裆里一掏，说：“借你个屁！”这时候我扭头看见夏天智抱着孩子从巷口一闪而过。我还说：“四叔抱的是白雪的娃么？”王家老三说：“你管人家抱了什么！”扬头就走了。我从小巷里出来，继续在街上往西走，土地神庙前的人都看着我，嘁嘁啾啾。这些长舌妇长舌男一定又在说我的是非了，我没有理睬，唱：“自那年离了翰林院，官作知县在古田。今日因事出衙门，眼界一阔心目闲。”

这件事，直到春节的时候，我去大清堂玩，染坊的人路上碰见了我说闲话，才告知了我。我一听，噗噗噗地叫苦了半天，就日娘捣老子地骂了一顿王家老三。骂过了却想：也多亏有王家老三，要不是王家老三拦阻我，我直端端地走到夏天智面前了，夏天智能让我给孩子当干爹吗，当着那么多村人的面，他怎么下场，我怎么下场？我虽然没有给白雪的孩子当成干爹，实际上我已经算是白雪孩子的干爹了，我爱着白雪，白雪的孩子认干爹偏偏就遇上了我，这不是命吗？这是命！我甚至还这么想：思念白雪思念得太厉害了，会不会就使她怀孕了呢？难道这孩子就是我的孩子？！

还是继续说夏天智吧。夏天智抱着孩子急匆匆地回家去，脸色极其难看，白雪问他咋啦，夏天智说："胃有些疼。"四婶说："你才抱了一回娃，胃就累疼啦？！"并不在意。夏天智真的是胃疼了，他到卧室里捂了一会儿肚子，还是疼，就喊四婶来给他揉揉。四婶见夏天智满头汗水，倒吓了一跳，说："还真是病了！"夏天智说："恐怕吸了些凉气。"四婶揉了揉夏天智的肚子，又拿嘴对着肚脐吹热气，夏天智一连串咕噜了几声，疼痛渐渐消去。四婶说："不是受凉，是你窝住气了？"夏天智才说了抱孩子在街上认干爹的事。四婶说："碰上引生了，就认引生么，那有个啥，瞎瞎的干爹还不是个猪？"夏天智说："胡扯筋！引生是什么人，让娃认他呀？！"四婶说："没认就没认吧，那你还生的什么气？"夏天智不吭声了，又取了水烟袋吃水烟。四婶却说："他爹，我倒有句话一直搁在心口，昨儿夜里我梦到夏风和白雪结婚哩，醒来就觉得不对，他们已经有了娃娃了，还结什么婚？再说梦都反的……你察觉了吗，白雪这次从省城回来就没甚笑过，时不时就发呆……咱那儿子没见送她们母女回来，年终月尽了他也没个信儿……你说，他们会不会要离婚么？"夏天智说："他狗日的敢？他要离婚，我就到他单位找领导去！"四婶更心慌了，说："他要真的离婚呢？"夏天智说："你不会说些吉利的话吗？！"四婶拿了抹布擦柜盖上的盆盆罐罐，盆盆罐罐擦得珠光宝气的，她还是擦，一只罐子突然间就破了。罐子破得没声没息，成了三片，罐子里的米流了一柜盖。四婶吸了一口凉气，拿眼睛看夏天智，夏天智没有言传，过去把米往一堆收拾，他说："他狗日的要真瞎了心了，他就再不要回来。白雪和娃还依照就住在家里，他不认，咱认！”

但是，夏天智到底是病了，每每在黎明时分肚子就开始疼，四婶为他揉肚子，吹肚脐眼，都不起效果，他就起来一个人在院子里转。夏天智是找过一次赵宏声，赵宏声号了脉，说可能是胃溃疡，抓了七服中药让熬着喝。这七服中药还行，疼的次数减少了，但饭已不好好吃。过了一些日子，疼痛又加剧了，再喝中药也不起作用，赵宏声没了办法，就给了一些大烟壳子让煎了水喝，喝下去真能止疼，不到两天还是疼，夏天智害怕喝大烟壳子水上瘾，不敢再喝。

夏天智生病的消息传了出来，人们都说平日见他身体蛮好的，退休后连头疼脑热都没有过，怎么突然胃疼了，这么些日子不好呢？往常是夏天智照看别人，现在夏天智病了，好多人就还人情来探望他，四婶是天天忙着招呼来家的人，一双缠过的脚就累得锥儿锥儿地痛。这一天，冷得石头都要酥了，萝卜窖上结了一层硬盖，四婶用镢头捣了半天，捣出一个洞，从洞里掏萝卜，要给夏天智包一顿素饺子吃。秦安在他老婆的搀扶下，用手帕包了几颗鸡蛋也来看夏天智。四婶扔下萝卜，招呼秦安坐，说："你咋也来了？！"秦安一脸瓜相，不吭声，他老婆说："四叔病了，我们能不来看看？"夏天智也忍着疼在堂屋生了一盆炭火，陪了一会儿。夏天智依然还关心秦安，但他问秦安这样那样，秦安只是说："噢。"不多说话。夏天智就拿了几个冷馍在炭火上烤，烤黄了给秦安，秦安就吃了，又烤了一个再给秦安，秦安还是吃了。秦安的老婆说："四叔你可不敢给烤了，他吃东西没饥饱。"院子里的鸡翻过门槛，啄着秦安掉下来的馍渣，趁他不注意叼了他手上的一疙瘩馍到屋角去啄，秦安说："嘘，嘘！"竟爬着到屋角去捡馍，又爬着回到凳子前。秦安老婆说："这是在四叔家，你爬？！"夏天智说："他在家里爱爬？"秦安老婆说："活成二杆子了，动不动就在地上爬。"夏天智说："唉，病把人弄成这样！"自己的肚子又疼得厉害了。四婶就说："你要难受了，你进卧屋歇下，我陪他们说话。"夏天智进了卧屋。四婶和秦安的老婆又说了一阵话，中街的几个老婆子便手拉手地进了院子，高声叫嚷着夏天智的名字，说她们来看看他了。这些老婆子辈分都高，四婶忙到院子里迎接，她们说：“他四叔呢，病还没回头啊？”四婶说：“还是疼。”她们说：“没让宏声给看看？”四婶说：“一直吃宏声的药，好像还不行。”她们说：“吃药不行了，那就有怪处哩，没让谁给禳治禳治？这中星他爹一死，清风街也没个会阴阳的人了！哎，过风楼镇有个姓付的神汉本领大哩，没去请请？”四婶说：“他不信这个。”她们说：“要信哩，咋能不信，他王婶崴了腿，派人去问人家，人家也不知道王婶是谁，却说是王婶家后院墙破损，才使腿崴了，把后院墙修补修补腿就好了，你说怪不怪，王婶她家后院墙真的是塌了一个豁口！他四叔不信，我给他说！”四婶说：“他疼了一上午，才止住，睡着了。”老婆子们立即声低下来，就坐在院子里，说：“那让他好好歇着，咱都不要惊动他，病人要歇好哩。”白雪抱着孩子出来招呼。一个老婆子立即脸笑得像一朵菊花，扎煞着手，说：“快把娃让我抱抱！”白雪把孩子递给她，她在孩子脸上亲，说：“白雪的奶好，把娃喂得这么胖！”白雪说：“不胖。我娘家二嫂的孩子脸像个关公，腮帮子肉都堆在肩上哩。”另一个老太太说：“就是那个超生儿吧，听说是用石头砸的脐带？”白雪笑着说：“就是。”秦安老婆说：“咱娃脸不胖，身子胖么！”四婶脸一下子变了，就把孩子抱了过来。老婆子说：“哪儿臭臭的，是不是娃屙下了？”就过来解起孩子的腰带，四婶身子一斜，把孩子抱到卧屋里去了。

在卧屋里，四婶给孩子解了衣带，果然是屙下了，忙换了裹身布，又穿好衣服用带儿系好，问在炕上的夏天智：“还疼吗？”夏天智说：“她们没发觉吧。”四婶说：“没。”夏天智说：“你打发她们走，我实在疼得厉害。”四婶说：“老是疼咋行？还是让夏雨送你去县医院吧。”夏天智说：“你让秦安路过酒楼了，把夏雨叫回来。”

夏雨很快骑了摩托车往家来，但他在街口碰着了坐着小车回清风街的夏中星。中星的小车是从 312 国道上掉头进的西街，又从西街开到东街。街上的人多，还有猪猫鸡狗，小车一路鸣了喇叭。快到农贸市场前的拐弯处，路边晾着两席淘过水要上磨的麦子，车轮就碾到了席角，主人跑出屋把车挡住，拽开车门就要揪司机下来。中星在车里说："是我！"那人说："你是谁？"中星说："你不认识我啦？"司机说："这是夏县长！"那人说："是夏阴阳的娃呀？这席上该不是车路吧！"中星忙下车赔情道歉，说席把路挡了一半，那边有一只鸡，车一避，不小心就把席碾了。那人说："噢，怪我晒粮食了！"中星说："不是的，不是的。那你说咋办呀，我赔你的损失。"那人说："你咋个赔？你数数碾了多少颗麦！"夏雨骑了摩托过来，忙劝说了一会儿，那人说："我就看不惯他张狂！你哥比他能行吧，你哥回来没见开车，就是开车回来，把车停在乡政府院里，他也是往回走哩。夏阴阳的儿子是把车从西街开到东街，喇叭按得一路响！要是派儿大，下次回来带个警车开道么！"说得中星面红耳赤，便让小车先开到东街口，他和夏雨就到了夏天智家。

得知是夏天智要夏雨送他去县医院看病，中星就一定要夏天智坐他的小车去。夏天智也没再推辞，就收拾起牙刷、毛巾和换洗衣服。中星逗着白雪的孩子，问白雪现在剧团怎样，白雪说早都不行了，她好久都没再去。中星说："那是怎么搞的，我一走摊子就烂了？现在谁是团长？"白雪说："原先剧务组老马。"中星说："他只会演戏哪里懂得这个？！"白雪说："他说话是没人听。性格太软。"中星说："不是性格软不软的事，他没政治头脑。"白雪说："啥是政治？"中星说："政治就是把你的人弄上来，上来的越多越好，把你的对手弄下去，下去的越多越好。"白雪说："这是你说的？"中星说："毛主席说的。"白雪就不言传了，卷了一床被子，送到车上让夏天智垫了躺。来送夏天智的有雷庆和梅花，也来了庆金、庆满、庆堂和瞎瞎的媳妇。庆金背了夏天智往车上去，夏天智不肯，要自己走。走时，他拿镜子照脸，脸色黑灰，他把一顶草帽戴上，又压低了帽檐儿，说："来这么多人干啥？我去检查一下，又不是去住院呀！不要送，都不要送！"最后一块走的只是四婶、夏雨和庆金。

世事很怪，清风街的故事总是相互纠缠的，说出来就像是我在编造，但就是那么确实。当夏天智要往县医院去的时候，三踅他出事了。三踅早晨在鱼塘里捞鱼，捞着捞着就把捞兜扔了，上善从鱼塘边过，说：“又憋上谁的气了？”三踅说：“县上来人要吃鱼，你乡长让我送几条我就送了？！”上善说：“乡长你也不认呀，你是吃谁的饭砸谁锅！”三踅说：“我可没砸过你的锅！你这要干啥去？”上善说：“我去河堤上砍些树枝，狗剩一死，他家今冬没烧的，村部研究了得照顾啊！”三踅说：“君亭不是把你的权夺了吗？”上善来了气，说：“我不批条子了，我还不参与决策了？”三踅就说：“我跟你去！”跟着上善到了河堤。在河堤上，三踅没让上善上树，他身手快，砍下一大堆树枝，又给自己砍了根锨把，说：“上善，你别记恨我，我写小字报不是冲着你的，他君亭借刀杀人，让我背黑锅哩！”上善说：“我无所谓。”三踅说：“上善，我可是个粗人，刀子嘴，豆腐心，他君亭挖我的软柿子，他也挖你的软柿子，以后我会跟着你，你也得帮护着我哩！”上善说：“这你还看不出来？”三踅就从树上下来，掏了纸烟让上善吃。三踅的纸烟比上善的纸烟好。吃罢了一根纸烟，三踅便仰躺在堤上歇息，不一会儿竟瞌睡了。待上善把树枝捆在了一起要往回拖，三踅啊了一声。这一声“啊”得奇怪，上善回头看时，三踅的嘴里有了半条蛇，他的双手紧握着蛇的后半截。那一刹那，上善想着的是：冬天蛇都眠了，哪儿来的蛇？但上善看到三踅脸已紫青，头高仰着，双手握着蛇的后半截，蛇尾还不停甩动。他是惊住了，立即丢下树枝，过去帮三踅往出拔蛇，蛇却是劲大，拔不出来。上善说：“不敢松手！不敢松手！”两人就往赵宏声药铺跑。赵宏声一看，说他治不了，得往县医院送。赶紧让人开了手扶拖拉机去县城，在东街口就遇着了夏天智，两人就搭坐在了中星的小车上。

在县医院，上善陪着三踅，医生在三踅的脖子上开了个口，把蛇从开口处拽了出来，是条菜花蛇。三踅这才算是活过来了。夏雨陪了夏天智做胃镜检查，夏天智在检查前一定要刷刷牙，他不愿意牙不干净让医生笑话他。刷过牙后，他独自进了检查室，等走出来，眼泪哗哗的，夏雨说：“做胃镜是难受。”夏天智说：“丢人了，丢人了，我呕吐了两次，你快进去把地上的脏物给人家打扫净！”夏雨扶了夏天智去过道的椅子上歇息，他去打扫卫生，医生却把他叫住，说：“你是病人的儿子？”夏雨说：“是。”医生说：“你爹患的是胃癌。”夏雨一下子呆了。他没有打扫完脏物，反倒自己还踩上了一脚，但他立即暗示医生不要再说，回头看了看过道上的夏天智，又问：“你没哄我？”医生说：“我哄你？”夏雨的额上就滚起了水豆子。医生说：“赶紧住院，这号病越早手术越好。我开住院手续呀。”夏雨说：“住院，住院。我求你能保密，我把我爹叫来，你就说不是瞎瞎病。”医生说：“这我知道。”夏雨稳了稳神，过去对夏天智说：“爹，不好了，你患了严重的胃溃疡，医生说得住院手术。”夏天智说：“我估摸是胃溃疡。咱不做手术，保守着治。”夏雨说：“医生说你这病严重，不手术可能将来癌变。是这样吧，县上条件差，要做手术咱去省城做，我哥在那儿，方便。大医院手术人也放心。”夏天智说：“甭说是溃疡，就是胃癌我也不去省城！”夏雨愁了半会儿，说：“那咱就在县上治，你听听医生的意见。”两人过来，医生真的就说患了溃疡，因溃疡面大，最好做手术。夏天智说：“把他的，老了老了还得挨一刀！”

夏雨办了一切手续，让夏天智住了医院。三踅包扎了脖子，和上善来看夏天智，三踅说：“四叔，甭怕，我脖子上都开了刀哩！”夏天智说：“你没事啦？”三踅说：“没事啦。”夏天智笑着说：“你三踅是个恶人，要是别人，吓都吓死了，哪里还能把蛇握住！”三踅说：“蛇要是细一点，我就把它咬着吃啦！”夏天智说：“你这回去又该有吹的资本啦！”三踅说：“要吹的话，我就吹我是和四叔坐过一辆车的！”说到车，夏天智就催司机赶快把车开回去，说中星能把车带回来肯定有事要办，别太耽搁了人家。

上善和三踅便坐了小车回清风街，夏雨也随车回来取钱，二反身再到医院。这回是四婶、白雪，还有庆金、雷庆都来了，夏天智问：“怎么没带收音机来？”夏雨说：“过几天了我给你取来。”夏天智说：“你现在就回去取，没秦腔听咋在病床上躺得住？”

夏雨又回了一趟清风街，天已经擦黑，他把收音机揣在怀里，眼泪止不住往下流。他站在巷口低着头想：爹能不能闯过这一关？或许手术后就好了，或许手术后一年两年就又复发了。癌是难以治好的，能耐活三年五年就好，一年两年也好，但愿奇迹能出现。那么，就盼手术顺利成功。如果手术顺利成功，天上就出些星星吧，如果天上没有星星，那……夏雨不敢再往下想，抬起头来看天空。天空上黑乎乎一片。夏雨颤抖着，一眼一眼还往天上看，突然一颗星星闪了一下，但又不见了，就死死地盯着那个部位，终于星星又亮了。夏雨惊了一下，靠在巷口的树上大声地喘气。巷口外的小路上，君亭和新生走过来，君亭正训斥着新生，突然看见了夏雨，小跑过来说：“四叔住医院呀？”夏雨把诊断的结果告诉了，君亭身子也矮了半截，半会儿没说话。夏雨说：“这事你知道了就是，对外人就说是胃溃疡，免得将来话又传到我爹的耳里。”君亭就从怀里掏了一卷钱，说：“我实在去不了医院看四叔，乡政府开始征收一揽子税费呀，你知道这工作难度大，我是走不开的。我也没时间去给四叔买什么补品，这些钱是我这一月的补贴，才领到手，你看着给四叔买些营养品。做手术的时候，一定得给我说一声！”夏雨说：“怎么到腊月底了收税费，人都忙着过年呀，手里能有多少钱？”君亭说：“麦后要收的，因天旱没收成，秋里虽说还行，但也没收起来，年前再没日子了，乡政府都急了……”新生走过来了，夏雨再没听君亭说下去，骑摩托急急走了。新生说：“夏雨夏雨你这要到哪里呀？”君亭说：“四叔住院啦。”新生说：“啥病住院了，不要紧吧？”君亭说：“不要紧。”夏雨听见新生在后边喊：“夏雨夏雨，有啥事我能帮上忙的，你就言传啊！”

※　※

夏天智生病住院，事先我是没有一点感应的，待我知道的时候，那已经是他做手术的那天。那天的风是整个冬季最柔的风，好像有无数的婴儿屁股在空中翻滚。夏天义没有去县医院手术室外守候，手术成功的消息传回来后，他半个下午都是坐在七里沟的阳坡晒暖暖，解开怀，捉住了七个虱。但夏天义不肯让我去看望夏天智，说："你去让他病加重呀？！"想想也是，我就在七里沟里哭。我那时还不知道夏天智的病是生夏风的气而得的，总以为我给他添过许多乱子，是逃不了的一份罪责的，就祈祷他的病在手术后能多活几年。我是在夜深人静的时候可以看见自己的五脏六腑的，就是你越闭上眼越看得清，肠肠兜兜在脑子里出现一幅画。我企图把我的胃当做夏天智的胃，但没有成功，因为胃是有感情的，夏天智的胃能接受辣子，我的胃从小喜欢蒜，现在每顿饭只要嚼蒜，它就活跃，要不便懒得不动弹，克化不了，会不停地放屁。我很怀念中星他爹，他会为人添寿的，可惜他已经死了，我就试着学习他，让树木给夏天智添寿。连续三个夜里，我叩拜了清风街所有的大树，我对它们说：你们的寿命长达上百年，数百年，甚至千年，为什么不拿出一年或者几个月拨给夏天智呢？牛身上拔一根毛不算个啥，可夏天智多活几年，清风街安稳了，我心也安稳了！我叩拜了大树后的第三天，从屹岬岭起身了一股大风，来回地在清风街刮。地皮刮起来，房上的瓦刮得掉下来，放在西街口的杨双旦他二爹碾芦苇做纸扎活的碌碡，被刮得滚了三丈远。我倒操心我家的那口井，这是我爹活着时挖的清风街惟一的井，怕被风刮得从院子里移到院子外。但井没有被刮走，却有三十棵大树都折了枝腰，喀嚓喀嚓一连串地响，有的折了镢把粗的一股，有的折了树梢，有的虽然没倒，却倾斜了，断裂几条根。我知道这是大树在响应了我的请求，它们都在给夏天智贡献了。

枝股折断最厉害的是大清寺里的白果树，它有五股大枝，都是盆子那般粗的，其中一股齐茬茬地折断，横担在院墙和厕所墙上，把在厕所蹲坑的上善吓了个半死。

上善通知了两委会全体成员到齐了大清寺，君亭就主持会议，宣读了乡政府《关于全乡本年度税费收缴工作的通知》，指出收缴的范围还是老范围，即土地税、农牧税、公积金提留、公益金提留、统筹金提留，以及教育附加费、公路代金费、治安联防费、社会福利费、文体卫生费，等等。中街组的组长在腿面上铺了一沓纸卷旱烟，低声说："万岁，万岁，万万岁！"他的声音不高，君亭没听见，但旁边的人都听见了。坐在上善左边的治安员用脚轻轻踢上善的腿，说："他狗日的又胡说了。"上善装着天地不醒，拿手挠秃顶，然后就站起来到院子里的厕所去了。他在厕所里蹲了一会儿，风就趔着筋斗刮，交裆里冻得便失去知觉，用手摸摸，还担心风是刀子把他那一吊子肉割跑了，就听见头顶上喀嚓一声巨响，还没来得及反应，黑压压的东西就塌下来，他觉得是天塌了，大喊了一下，跌坐在蹲坑里。在会议室开会的人听见了喀嚓声，又听到了上善的喊，以为地震，有人就瓷在凳子上，有人溜身在会议桌下。君亭那时没动，看吊着的电灯泡没有摇晃，说："不是地震。"就往外跑。大家也都跑出来，才发现白果树折断了一股横担在院墙和厕所墙上，而上善跌坐在蹲坑里，双手有屎。大家的心放下来，就说："上善上善，你起来，蹲坑里不臭吗？"上善眼珠转了转，活泛了，说："这是咋啦，这么粗的树股说断就断了？天怒啦？"治安员说："你肯定得罪了天，天要灭你哩！"上善把脏手在厕所墙上抹，说："多亏是我在厕所里，要是别人，哼，树股子砸不死也让厕所墙倒下来塌死了！"上善这么一说，大家心里都腾腾跳，说咱正开税费收缴工作会哩，就出了这事，千幸万幸，没伤着人也没毁坏院墙和厕所墙。便一齐动手，要把那树股从墙上卸下来。但无论如何使劲，树股卸不下来。君亭就说："正好，上边苫些包谷秆，就给厕所搭了棚了！都进会议室，开会，开会！"竹青说："还开会呀？"君亭说："咋不开？开么！"上善到水池子那儿洗手，擦衣裤上的脏物，治安员也过来擤鼻涕，嘴里嘟囔说："蛇蚤腿上能割多少肉呀？！"上善说："群居守口，你在会上别管不住嘴。"治安员说："我刚才说话你听到了？"上善说："税费这事上边一层压一层，直接影响着乡政府领导的政绩和工资，也影响着咱们的补贴。群众心都躁躁的，当干部的要那样说，你当心君亭撸了你！"治安员说："君亭也听到了？"上善说："这我说不清。"治安员说："我是直人，嘴上得罪人多，该你打圆场的时候你要打圆场。”上善说：“这你还看不出来？！”

会议继续召开。君亭当然是讲了税费收缴工作的重要性和紧迫性。再是强调清风街的债务数额已经很大，已严重影响着清风街的正常工作，乡政府意见很大，乡长把他叫去几乎是拍了桌子在警告他。这些债务大致由三个部分组成：一是前任村干部借钱贷款开发七里沟，修村级碎石子路，不但贷款未还清，而且贷款的利息逐年积攒。一部分是由于村收入入不敷出造成的，大致包含国家税金，“三提五统”和各项摊派这三大块。其中“三提”的使用权归村里，近一年村里却又使用了三万元，其余十二万都被作为税费上缴到了乡里，因为清风街农民一直拖欠税费和提留不缴。“三提”一并上缴到了乡里，乡里并不返还，其实缴到乡里的部分也不足，缴上去的由乡里先费后税或先税后费地安排使用了。农民大量地欠村集体的提留，而村集体却必须借款完成乡里分下来的税费、提留任务，每年的数万元至数十万元的借款都是高息，积累下来，仅利息就近十万元。况且每年三万元的“三提”费用并不够村里开支。现在清风街村民欠缴“提留”形成了恶性循环，据这几年的经验，先是贫困户和少数“钉子户”不缴，老实人年年缴，到后来，老实人有意见，说，我凭什么该年年缴，因此也不缴。君亭就强调，这次收缴肯定困难大，但一定要来硬的，再像以前学软蛋，那清风街就烂啦。他安排各组组长要挨家挨户一项一项收缴，两委会干部具体包摊，鉴于两委会人员不齐，由他、上善、金莲分别到东街中街西街。为了便于工作，避开嫌疑，他包西街，上善包中街，金莲包东街。会议从下午一直开到要吃晚饭了，君亭并没有让散会，还让派人去乡政府将税收组专职干部张学文请来，张学文又带了李元田和吴三呈。张学文是从县纪委调来的，年轻气盛，他讲了无论如何，清风街村干部必须完成上级分解下来的征缴任务，虽然知道村民生活比较困难，村干部工作艰辛，但乡里也没办法，县财政吃紧啊！所以，今年县政府已经下发了文件，把征缴任务完成的好坏作为县里评价乡领导政绩的第一指标，不完成的乡主要负责人停发工资。乡里也决定了，将各村的征缴任务完成的好坏与村干部的报酬挂钩，全部完成的，领全年百分之四十的报酬，完成多少，就以完成率计算。张学文又说，乡税收组最担心的是清风街的征缴能力，乡领导已研究了，由他和李元田、吴三呈包清风街，如果他们不能督促协助完成任务，也是一律停发工资。张学文最后是拍了桌子，说："同志们，我们是一条绳上的蚂蚱——"突然停止了，拿眼睛看窗外。窗外有人影晃了一下，不见了。他继续说："谁也跑不了啊！谁在外边？开会不要乱走动么！"君亭说："谁出去啦？"上善数了数，说："都在这儿。"君亭说："那外边是谁？"上善就走出来，看见院角白果树下立着赵宏声。

赵宏声为人配药，缺了白果叶，心想虽是冬季，大清寺内的白果树上总还能有些吧，就跑来了。院门没有掩，进来了却听见张学文在啷啷啷地敲桌子，以为和谁在吵架，奓起耳朵听了，才知道召开征缴税费工作会，就极快地闪过窗外去白果树下了。上善瞧见了赵宏声，忙给他摆手，让快出去，赵宏声却震惊了白果树折断一股树枝。上善走过去，低声说："开会哩，你来这儿干啥？"赵宏声说："我知道开会哩，我来捡些白果叶又没出声。这树股子怎么就折断了？"上善说："树嫌你来白捡叶子，它不愿意了么！你快出去吧，走来走去的能不影响开会？"赵宏声就往外走，说："不就是个征缴会么！"出了院门，心气终究不顺，想，会开得那么大就能收上钱？年年征缴哩，哪一年又完成过任务？从地上捡了个土坷垃，在左门扇上写了"向鱼问水"，在右门扇上写了"与虎谋皮"。

张学文讲完了话，君亭再说："大家都听到了吧，这一次乡里是下了硬茬的！再饿一下肚子，谁也不要走。借鉴往年的经验教训，咱们再说说这一次怎样去征缴。"大家都不说话，目光也分散开来，有的低头吃纸烟，有的干咳嗽，一声一声总咳嗽不净，像喉咙里塞了鸡毛。大多数的人看着窗台。窗台上落着了一只麻雀，走过来走过去，后来就飞了。君亭说："咋都不说话了？那咱就饿肚子吧。"上善便弯腰去拿水壶给自己杯里续水，他总觉得手没有洗净，闻了闻，说："每一年征缴的时候，我就没人缘了。

平日里小小心心地为人哩，好不容易给自己垒了一个塔，一征缴，哗啦就坍了！但有啥办法，你还得去得罪人呀，谁叫咱是村干部？”中街组长说：“你上善的人缘够好了，我们啥时候不被人骂作是狗的！”上善说：“这得益于我这张嘴呀，所以我说，搞征缴，要会说话，他吃软的你不能给他上硬弓，他吃硬的你不能给他下软话。说穿了，得见人说人话，见鬼说鬼话，没人没鬼了就胡哇哇。啥叫胡哇哇，就是逢场做戏，打情骂俏么。”上善这么一说，气氛就活跃了，西街组长说：“我是不是得卖尻子呀？！”大家哄地笑了。竹青说：“流氓，臭！”西街组长说：“是有些臭。清风街有几个上善？我是一直在向上善学习的，可上善跌在厕所里了人家不臭，我一下午连厕所去都没去还是个臭！”大家又是笑。君亭说：“笑啥的，都严肃些！”金莲就说：“我想了想，为了使今年征缴任务顺利完成，咱应该有个口号，我拟了一下，可以是：坚持常年收，组织专班收，联系责任收，依靠法律收。”治安员说：“这口号还用你说呀，哪一年不是这样？依我看，今年工作难整哩！天旱，麦季减产，秋里虽说可以，但现在物价都往上涨，村民手里哪有多少钱？”张学文说：“村干部不要先泄气！”治安员说：“我这不是泄气，我说的是实情。”张学文说：“就是实情，这话也不能说！”治安员说：“那我不说了。”低了头，吃他的旱烟。竹青说：“还有一个问题，今年以来，村里闲置的土地多，人家都不种地了，还收这样那样的税费合理不合理？村民问起来，话怎么说？”张学文说：“当然要收，为啥不种地？”竹青说：“种一亩地收不了多少粮，一斤粮卖不了多少钱，税费不减，化肥、农药、种子价又不停地涨，种地不划算了么，如果再这样下去，明年我看荒芜和闲置的土地就更多了。”治安员又说：“年年征缴都是和农民在绊砖头，能不能给上边说一说，把税费能减一减？”张学文说：“给谁说去，你去找一下国务院总理？！”治安员说：“瞧我这嘴！我咋不哑巴呢？！”他打了一下自己的嘴。君亭说：“说的倒也是实情，但那不是咱能决定了的事。中国这么大，政策都一样，别的地方能办到的事，咱清风街也应该能办到。这类话题咱就不说了。至于荒芜闲置的土地要收回来让人承包没能实现，咱在以后还要再研究，在没收回承包之前，必须按以前的规定办，当然要征缴。出外打工家里没人的，要通知他们回来缴，通知了仍不回来，咱就破门抬家具，按去年的办法来。”治安员脖子梗了梗。君亭说：“你说？”治安员说：“我说完了。”上善说：“君亭说要总结以前的经验，这是对的。以前的经验是丰富的，咱也是在征缴中学会征缴，我归纳了一下，比如说：一旦发现谁家卖了猪，卖了一篮鸡蛋，在市场上出手了蔬菜，就立即去上门收款。只要知道谁家有现金收入，不等他将现金用掉就去收，有一分收一分，有一元收一元。”上善的办法具体，大家就七嘴八舌地补充，金莲也提了一条，即：凡是种香菇的人家，从顺娃那儿直接截收，再是让邮局提供信息，凡在外打工的或做生意的，一旦给家寄钱来，立即就去上门。还有，各组指派些打探消息的人，什么时候有消息什么时候就行动，早晨的不能拖到中午，半夜的不能拖到天明。竹青说：“咱是特务呀？！”金莲说：“特务不是个坏名词。什么叫特务？就是执行特殊任务的人。在农村，征缴工作就是特殊任务。”竹青说：“我长知识啦。”不再说话。

最后，又讨论了一下可能有哪些难缠户，还有像刘新生、三踅、陈星、陈亮、丁霸槽、夏雨、生民、顺娃、白恩杰等等一些承包了果园砖场或有酒楼、饭店、染坊、铁匠铺、药店、纸扎店、杂货店，以及建筑队包工头这样人家的征缴方案，会议就结束了。大家说：“饿得走不动了，君亭你看咋办吧？”君亭说：“又谋着要吃公款呀？行么！等这次任务完成了，我请大家到万宝酒楼上吃鱿鱼海参，今日就去街上一人一碗牛羊肉泡馍，来优质的！”

从大清寺往出走的时候，有人看见了院门扇上的话。君亭说：“谁写的？‘向鱼问水’，什么意思？”金莲说：“这是说人在问鱼河在哪儿，因为鱼是生活在河里的。”西街组长说：“这是人渴了，问鱼哪儿有水？”上善说：“我明白了，这是糟贱咱们征缴工作哩！”竹青说：“咋个糟贱？”上善说：“鱼是没水活不成的，现在鱼都渴着，人还向鱼要水哩。”君亭再看看另一扇门上的“与虎谋皮”，说：“赵宏声写的？！”用手就擦了。对上善说：“你要给赵宏声敲打敲打，甭让他在这个时候没事寻事，给咱添乱！”上善说：“这狗日的倒是有文采！”

至于村干部如何吃了牛羊肉泡馍后，君亭又如何去乡政府向乡长做了汇报，这些就全不说了。只说怎么个征缴税费。征缴税费是刀下见菜的事。甭看村干部平日神气活现的，征缴起税费却都成了龟孙子。中街在三天之内，仅收了两户。上善的一张嘴能说会道，但中街的人也就针对了上善而死磨烂泡，你说东我也往东说，你说西我也往西说。上善是不得罪人的，在一户人家几乎泡了一天，似乎他忘了自己是去收税费的，而成了聊天谝闲传的。西街的进度是最快，君亭就让西街组长继续征缴，他自己到了中街，协助上善。东街起先还较顺利，因为那些外姓人家大多家里有人在外打工或包活，经济条件还可以，又都是妇女在家，竹青和金莲一个用理一个用情，人家就都缴了。但是，在三踅家遇到了拒交，三踅的态度非常好，说他去西山湾收取一批砖瓦钱了就如数缴上，可一走竟再没了踪影。再去书正家，书正说：“夏家交了没有？夏家交了我交。”竹青自己便先交了，君亭交了，夏雨交了。书正便交了三分之一，说：“能不能缓几天？”竹青和金莲就去武林家收。武林是最贫困的，他说他藏在他爹相框里的三百元被黑娥偷走了。再拿不出钱，乞求等他卖些粮食后再交。金莲说不行，让他现在就装了麦子到市场上去卖。武林掮了麦袋去市场，嫌价格太低又掮了回来，说他明日再去卖。金莲说：“你别给我耍花招啊！”武林说：“谁，谁，啊谁耍花招了，是猪，猪！”竹青就拉了金莲到她家去吃饭。

武林在家愁得无法，越想越觉得黑娥坑了他，憋足了劲，去庆玉家找黑娥。庆玉幸好没在家，武林说：“钱，钱呢，把我的，的，钱给我！”黑娥说：“我欠你什么钱了，离婚时我只拿了判给我的那一份，我连判我的三只鸡都给你了，我欠了你的骨殖？”武林说：“我藏，啊藏在我爹相，相框里的三，三百元，咋不见了？！”黑娥说：“不见了就是我拿了，你有证据？没证据我还要你给我揭贼皮的！”武林说不过她，举了拳头说：“我砸，砸，啊砸死你个卖，卖，卖×货！”拳头还没扬起来，庆玉进了门，一磨棍把武林撂倒了。武林爬起来就跑，庆玉撵出来，骂道："你狗日的再来我家，我打断你的腿！"武林跑回家，大骂庆玉和黑娥，把世上最难听的话都骂了，还不够解气，拿了锨又到了庆玉家门口。院门关住了，他从厕所铲了一锨粪涂在门上。再铲第二锨，庆玉从院门里冲出来，一脚将他踹到了尿窖子里。

尿窖子里屎尿半人深，武林跌进去差点呛喝了一口。东街人炸了锅，说啥话的都有。金莲和竹青跑了来，武林一身的屎尿坐在庆玉家门口，叫喊："黑娥，你不还我三百元，我就坐在你家门口不起来，除非来把我打死！"金莲进屋训了庆玉，又训武林，说武林的钱缓一步吧，你先回去。而让庆玉立马交税费，庆玉是教师，征缴了税费乡里才能开出工资，他没理由不交，也就交了。

竹青和金莲再次到书正家，书正却口气硬了，说："你们给武林缓了，为啥不给我缓？"竹青说："你咋能和武林比？"书正说："武林被庆玉霸占了妻，我也是被你爹致残了腿的！"竹青说："你胡扯蛋！你不交不行，我现在就守在你这儿，什么时候交了，我什么时候走！"坐在门槛上吃起纸烟。金莲见这里有竹青守着，就去找别的人家收缴。收缴到了瞎瞎家，瞎瞎抱着头往地上一蹲，说："我没钱！"金莲火了，说："你没钱，你搓麻将就有钱了？没钱那就戳粮，扛门，上房溜瓦！"瞎瞎的媳妇见金莲变了脸，就在麦柜里翻，翻出了五十元要交。瞎瞎扑过去把钱夺了，骂道："你咋这积极的？你就让她戳粮扛门溜瓦么！"金莲顺门就走，说："瞎瞎，你这颗老鼠屎就坏夏家的一锅汤吧，你嫂子是组长，你堂哥是支书，我让他们来！"

瞎瞎这边不交，村里又有四五家看着样儿不交，竹青知道瞎瞎是个不讲理的主儿，就和金莲把他反映到君亭那里。君亭跑来骂瞎瞎，瞎瞎把五十元交了，说："你再搜，能搜出多少你都拿去！"君亭让金莲揭了炕席，炕席下没有，再翻柜子里的麦和稻子，麦和稻子里没有，屋梁上挂着一个竹笼，卸下来了，里边是一堆旧棉花套子。君亭说："你站起来！"瞎瞎站起来，身上的口袋都是瘪的，还故意跨了马步，裤子烂着裆。君亭气得说："你倒把日子过成个

×啦！”

征缴了七天，只收到了全部税费款的五分之一，而且那些交过了税费的发现大多人家都没有缴，又来要求退钱。君亭又召开了会议，各组长纷纷叫苦，也同时提出税费太高，大多村民实在交不起了，要求君亭把情况给乡政府反映，如果能减免一部分就减免一部分，减免不了能希望再缓缓，春节没几天了，闹得清风街鸡飞狗咬的也不好。原本开会要给大家再次鼓劲，却开成了诉苦会，君亭也心软了，去向乡政府反映，遭到乡长一顿训骂。君亭回来又训骂各组长，三个组长却一个腔：不当组长了，行不行？！当下撂了挑子。君亭和张学文商量，张学文说："问题都出在东街，你是不是护你夏家人了就寻理由的？"君亭也生了气，说："你说我护夏家？我君亭为了清风街把夏家都得罪完了！那你去征缴吧。"

张学文带了李元田、吴三呈，又叫了派出所的两个警察，就先到了东街。第一户去的是三踅家，三踅正在家里吃饭，饭碗一放，从后窗跳出去跑了。张学文窝了一肚子火，把三踅的那只碗端起来摔了，说："跑得了和尚跑不了庙，只要你三踅不在清风街闪面！"又兵分两路，叫喊着从钉子户开始，杀鸡要给猴看。张学文、李元田和一个警察到了瞎瞎家，吴三呈和另一个警察到武林家。瞎瞎坐在家里打草鞋，听见后窗外有人喘气，抬头看见立了个警察，并没在意，张学文和李元田就从前边进了院子。瞎瞎说："收税费呀？"张学文说："你咋不跑？"瞎瞎说："我坦然得很，我交过了！"竹青正好从门前过，张学文喊："竹青竹青，你进来！"竹青说："我不是组长了，你不要叫我！"脚步不停地走了。张学文生了气，问瞎瞎："你交了？交了多少钱？"瞎瞎说："五十元！"张学文说："你交给谁了？"瞎瞎说："交给君亭了！"张学文说："君亭是怎么搞的，五十元一收就算了？再补交！"瞎瞎说："我没钱！"张学文说："我知道你是这话！"对李元田说："戳粮食！"瞎瞎说："戳粮食？"张学文说："戳粮食！"李元田是提着几个麻袋的，揭了柜盖就装了一麻袋麦子，又装第二袋麦子。麦粒洒了出来，鸡就过来啦，哪哪哪啄了吃。瞎瞎的媳妇一边撵鸡一边哭着捡麦粒，瞎瞎骂道：“你捡你娘的 × 哩，你捡？有土匪吃的还没鸡吃的？！”张学文说：“谁是土匪？”瞎瞎说：“你们是土匪！”张学文说：“你才是刁民！”吵着吵着，李元田已在扎麻袋口，瞎瞎说：“你再装么，两麻袋就够了？这柜子里不有哩，你怎么不装了？”哗啦把柜子拉倒，里边的麦子全倒出来，他又双手把麦扬着，扬得满屋子都是。

这时候，吴三呈和另一个警察扭着武林过来了，说武林就是不交，怎么办？张学文说：“不交戳粮食！”吴三呈说：“他那点粮食够个屁！”张学文说：“那就抬门溜瓦！”吴三呈说：“一抬门他倒点了扫帚要烧房，他真烧了房那要给咱栽赃呢。”张学文说：“那就把人往乡政府拉，办学习教育班！”吴三呈拉扯武林，武林抱住了院门口的树就是不走，警察扳他的手指，扳开一个指头另一个指头又合上，就拿拳头砸武林抱着树的手，武林就大声喊：“乡政府，打人了，救命，救命！”武林长声叫喊，竟然不结巴了。院门口拥来了许多人。瞎瞎见来了人，胆也大了，说：“你们这是收税费哩，还是国民党拉壮丁呀？！”张学文说：“你别嚣张，是不是看人多了？人多了咋？对待你这种刁民就得来武的。把粮食拉走！”李元田就从院墙角拉了瞎瞎的架子车，把两麻袋的麦子装了上去。瞎瞎一下子跳起来守在了院门口，说：“装了我的麦还要拉我的车？！有本事你扛了麻袋走，敢动我的车，我就死在你面前！”张学文来拨瞎瞎，瞎瞎也推张学文，但瞎瞎没有张学文个头高，只抓着了张学文的衣服，张学文再一拨，衣服便嘶地拉扯了。张学文的外套一破，露出里边的红毛衣，毛衣里穿着一件白色的假领。张学文叫道：“你动手打人，你抗税打人呀？给我铐起来，铐起来！”警察竟真的从腰里取了手铐，就把瞎瞎双手铐了，拉着往乡政府走。

瞎瞎被铐了，推搡着往巷子里去，看热闹的人就起了吼声，说：“你收你的税费，你铐人干啥，共产党的法律里有没有铐人收税费的？”就有人飞跑去告诉了竹青。竹青赶来，说：“张学文，你咋能这样？”张学文说：“你看没看见我的衣服被他撕破了？”竹青说：“可你能铐人吗？你要是手里有枪，你也开枪呀？！”张学文说："竹青，你是村干部，你现在是什么立场？"竹青说："我不是村干部了，我要那村干部的帽子乱呀！"张学文说："你不是村干部你就站远！"一把搡开了竹青。

巷子里的人越拥越多。清风街人是有凑热闹的习惯，甭说是吵嘴打架，就是两三人高声说话，也就有人拢了来要瞧个稀奇，是说是非的，也要说几句，是吵嘴打架的，但不阻拦，起哄吆喝，煽风点火。这边巷子里人一多，声音又大，农贸市场上就有人往东跑，一人一跑，十人都跑，中街西街也跑来了许多，巷道里很快就塞满了。人们见是为了税费的事，没有一个偏向张学文的，又见张学文铐了瞎瞎推搡着要去乡政府，吼声如起了漫水。张学文怕人多而武林趁机跑了，也给武林上了铐。但他们走不前去。张学文黑着脸，说："闪开，闪开，把路闪开！"人还是拥着。张学文硬往前挤，就把一个人的脚踩了，那人说："我交了税费，你踩我的啥脚？"张学文说："滚！"那人说："我是清风街人，我往哪儿滚？！"后边的人嚎地就叫，偏往里挤，里边的人就挤着了张学文。张学文叫道："谁在挤？怎么啦，要聚众闹事呀，谁要闹事，一样铐了走！"人群就闪开了，闪开了一条缝，这缝一直到了巷子口，巷子口便站着了夏天义。

我现在要说夏天义了，因为夏天义的出现，使这次税费征缴工作成了一场轰动全县的大事件。多年后，我和赵宏声还谈起这件事，我说："清风街咋就出了个夏天义啊？！"赵宏声说："你说说，是清风街成就了夏天义，还是夏天义成就了清风街？"赵宏声的话像报纸上的话，我说："你用农民的话说。"赵宏声却不愿意说了，骂我："没文化！"我是没文化，但清风街上我就只认夏天义，谁要对夏天义不好，谁就是我的敌人。那一天的早晨，我们照常在七里沟劳动，天阴着，没有乌云，却呼噜噜地打雷。冬季里往常是不打雷的，现在打了雷又不下雨，我们就觉得怪怪的。半早晨，赵宏声为了给俊奇娘配治哮喘病的药引，到七里沟来找甘草根，他说起夏天智的病，叮嘱夏天义若去县医院看望的时候，一定要把他也叫上。赵宏声一走，夏天义觉得心慌，对我说："引生，我这心咋这慌的？"我说："我和哑巴又没偷懒，你慌啥的？”夏天义瞪我，过了一会儿，又说：“是不是你四叔有事啦？”我说：“四叔做手术时都没事，做过了有什么事？”夏天义说：“那倒也是。宏声是来给俊奇他娘配药的？”我说：“俊奇他娘那是老毛病了，哪个冬天不是犯着？”夏天义不再跟我说话，往天上看了看，就叮咛我和哑巴继续刨石头，他得回去看看，中午了给我们捎些白米捞饭来。我贪嘴，还问带啥菜哩？他说还想吃啥菜，酸菜么。我说酸菜就酸菜，那得用腥油炒一遍！夏天义就回村了。夏天义心还在慌着，直脚去夏天智家，夏天智家的院门锁着，白雪和娃娃没在，没能问夏天智的病。就思谋着去不去俊奇家看看，便听见了前边巷里乱哄哄地响。夏天义知道近日村干部在征缴税费，肯定村里都不安宁，但他转到了前巷，没想到那么多人拥挤着，忙问啥事啥事么，王婶的拐杖在地上磕着，说：“他二叔，他二叔，你咋才来？乡上的人把瞎瞎和武林上了铐子往乡政府拉哩！”夏天义说：“胡说个啥的？”人群就闪了，人群闪开像麦田里风倒伏了麦，果然是张学文他们推搡着瞎瞎和武林。瞎瞎的左手和武林的右手用一个铐子铐着，瞎瞎的胳膊细，武林的胳膊粗，铐子铐得武林不停地喊疼。瞎瞎不肯走，腿撑硬着，李元田在他的腿弯处踢了一脚，瞎瞎一下子倒在地上，武林也被拖倒在了地上，面朝下磕在一个土疙瘩上，口里出了血，说：“我，我的牙，啊牙，门牙？”眼在地上瞅。夏天义站住了，张学文一行也站住了。

夏天义穿着黑棉裤黑棉袄，也一脸的黑色，说：“这是干啥，干啥？”瞎瞎就喊：“爹，爹，他们铐我！”夏天义训道：“你给我住嘴！”瞎瞎使劲地拽胳膊，想要从地上站起来，但他站不起来，张学文把他拉起来，他的胳膊还被武林拖着，哎哟哎哟地叫。夏天义说：“他们犯罪了？”张学文说：“是老主任呀，你可别管这事，瞎瞎虽然是你儿子，但他抗拒纳税。你把路让开，不要使事情闹得谁都难看。”夏天义说：“你还知道我是老主任呀！那我告诉你，我从四九年起就当村干部，我收了几十年的税费，但像你这种收法，还没见过，也没听说过！你娃年纪轻，没吃过亏，你这么胡来，引起众怒了，你还在乡上干事不干事？”人群就哄哄起来。巷子的那头传来了二婶的哭声，瞎瞎的媳妇抱着孩子也往这边跑，孩子尖叫着，来运在咬，东街所有的狗都在咬。巷口的人越拥越多，后边的又在挤前边的人，前边的人脚未动，身子往前扑，有人将巷道墙头的瓦揭下来摔了一块，发出很大的破碎声。张学文说："想干啥？想干啥？"张学文留的是小分头，他把头一仰，头发扑忽在两额，他说："老主任，你可别煽惑啊！我尊重你，你倒倚老卖老了。现在的社会不是你当主任的社会，不来硬的税收任务怎么完成？谁抗税谁就是犯法，把人带走！"推搡起了武林和瞎瞎。夏天义一看，张学文根本不买他的账，偏就站在路中间。人群就更乱了，架子车被推到了巷道边，车轮陷进流水沟槽里。张学文吼道："谁在推？谁再敢推？拉了往乡政府去！"一时吴三呈把架子车往前拉，后边又开始往后拖，张学文过去把车头掉了，从后边往前推，许多人的脚就被车轮辗了，哎哟地叫，骂开了娘，更多的人来抓车帮，车轮又卡在了一个土槽子中。土槽子是下雨天的车辙，天晴后硬得像石头。张学文鼓了劲往前一推，轮子是出了土槽子，却一时收不住力，向夏天义冲去。夏天义没有躲闪，被撞跌在地上，车帮的一角正好顶在他的右肩窝。张学文迟疑了一下，仍是很快地推了架子车出了巷子。众人忙看夏天义，夏天义的肩膀虽没出血，但锁骨断了，人疼得晕了过去。人群中就喊："出人命啦！"竹青在后边听说出了人命就急了，大声说："撵他姓张的！"众人立时像一窝被捅了的蜂，跑着去撵。张学文见人群来撵，就害怕了，丢下架子车，几个人拉着武林和瞎瞎撒脚往乡政府一路狂奔。瞎瞎就势抱住了路边一棵树，警察拉，见拉不动，就拿警棍在手上打，瞎瞎手松了，警察的帽子却掉下来。这警察是个秃子，帽子掉了以后，反身要跑过来捡，但看撵的人快要撵上，又折身往前跑。竹青是把帽子捡到了，却累得蹴在了地上，看见斜巷里跑来了三踅，就说："三踅三踅，你跑到哪儿去了，你让张学文把气往武林瞎瞎身上撒？！"三踅说："听说把二叔都打了？"还没等竹青说话，他就朗声喊："狗日的，这还得了，乡政府来人把天义叔打死啦！"竹青说："人是伤了，不敢胡说！"三踅还在喊："乡政府的人把天义叔打死啦！"扭头对竹青说："村人再不多去，他们真要打死人啦！你快喊人，喊人去呀！"竹青就进了夏天智的院子。院子里只剩下白雪和孩子，白雪听见外边乱哄哄的，还不知道怎么回事，竹青像一个疯子，说："把人铐走啦，把你二伯打昏啦！"就跑进夏天智的卧屋打开了高音喇叭，在上边喊："乡政府收税费铐人啦！戳麦抬门啦！打了人啦！要出人命啦！没见过这样收税费的！是收税费还是阎王爷来索命啦？！去夺人呀！抓凶手呀！打倒张学文！"

高音喇叭一播，东街人听到了，中街西街的人也听到了，干柴见了烈火，噼噼啪啪地烧，西街先起了锣声，再是中街有人敲打脸盆，水壶，人们都在相互传递消息，大声咒骂，都往乡政府跑。差不多的是在出门的时候都从门外摸了一把锨，也有拿棍的，空手跑的，在半路上拾起半截砖，喊："日了你娘！日了你娘！"从巷道到了街道，从街道又到乡政府门外的312国道上。

张学文一行才到乡政府大门口，东街人有的跑得快，已经撵上。张学文站了个马步，唬道："敢再来，就敢铐你！"撵来的人站住。而后边的人却扑过来，喊："法不治众，你铐谁的？你铐！你铐！"张学文就往后退。一个警察提着警棍又跑过来，人群又往后撤。一进一退，一退一进，退退进进三个来回，西街中街的人也撵了来，一块土坷垃日地扔了过去，没打中人，却在李元田的脚前开了花。张学文把武林和瞎瞎拉进乡政府的铁门里，喊："关门！关门！"撵上去的人顶着门不让关，李元田、吴三呈拳打脚踢把顶门的人往开推，铁门哐地关上了，前边顶门的人头上就被撞出了血。有人喊："把人打出血了！"伤了头的人没包扎伤口，反倒无数的手抹了血拍在铁门上。紧接着，铁锨，木棍，石头，砖块都往铁门上砸，铁门就哐啷哐啷响。数百人把乡政府围了。

这一天屹岬岭北沟有人偷偷给乡长带来了一只熊掌，熊是国家禁猎的动物，乡长让炊事员红烧了，给书记和几个干部都叮咛咱们要吃狗肉。熊掌烧出来了，乡长说："这狗肉咋样？"书记说："狗肉香。"几个干部说："狗肉就是他娘的香！"吴三呈就跑进来喊乡长。乡长赶紧把肉碗收了，隔着窗子说："喊啥的，爆火烧了尿了？！”推开窗扇，张学文从铁门外把武林和瞎瞎往里拉，外边人把武林和瞎瞎往外拉，接着铁门就关了，外边吼声连天。一看这阵势，书记脸便黄了，坐在椅子上腿发软，说：“我担心就担心出事，这下咱的先进就泡汤啦！”乡长从房间出来，张学文才要汇报，乡长踢了他一脚，就到了大门里，高声喊：“聚众闹事是犯法的，围攻乡政府更是犯法，乡亲们赶快散开，散开！”门外一哇声喊：“放人！放人！交出张学文！交出张学文！”铁门砰地又关了。石头瓦块雨一样地从院墙上打进来，乡长和张学文都往后退，退到平房的屋檐下。石头瓦块大多砸在院里的花坛上，有一块石头击中了窗子，玻璃掉了一地。书记还在屋里的椅子上坐着立不起腿，乡长冲进来就给君亭打电话。电话铃响着没人接。从窗口看去，院子的石桌上有一盘象棋，张学文头顶着铁皮簸箕去取，一个东西在空中划着弧线砸了过来，啪地在簸箕上溅开了，是一包粪便。乡长仍在拨电话，骂：“清风街的干部死到哪儿去了，村部没人？”

其实君亭和上善就在村部办公室。他们已经知道了群众在围攻乡政府，但他们没有出去，因为不知道该怎么办，火烧大了用水浇，水也成了油的，况且他们内外将不是人。电话一响，君亭要接，上善制止了，说：“肯定是乡政府打的！”君亭说：“咱不出去，事情会闹大的。”上善说：“咱出去帮谁说话呀？帮群众吧，咱是干部，帮乡政府那群众不把咱吃了？！”君亭说：“这样下去咋行？”上善说：“张学文做过分了，惹了众怒，咱有啥法儿？屄管，也让他们知道村上的事情不好办，以后少给咱耍威风！”但君亭到底坐不住，说：“群众失了理智，肯定会干些蠢事，乡政府解不了围，打砸开了，公安少不了要来，那咱坐在这里能脱了干系？”上善说：“是这样，你回避一下，到西山湾去，我去现场看看，如果出了事寻不到你头上。”君亭想了想，说也是。出了办公室又对上善说：“你也要小心点呀！”君亭是低着头出了寺院大门，径直钻进戏楼旁的短巷，短巷中没人，只有一头猪摆着大肚子走，他出了巷到了河滩，然后从河堤上绕道走了。

等君亭走了半个小时，上善连听着电话又响起了三阵，他就盯着电话机吃了一根纸烟，又喝了半杯茶才出来，慢悠悠地在街上走。到了土地神庙前，庙门口站着刘新生、陈星和西街的跛子顺成，新生说："是不是谁用红颜色染的？"顺成说："谁染的？明明是自己红了么！"上善咳嗽了一声，他竟然唱起《金碗钗》了："好一个小小娇娥，伶俐不过，聪明许多，我的情意她看破，我的来路她知着，真乃是大有才学，全不像小家人物。"三个人回过头来，上善不唱了，说："说啥的？在外边不嫌冷！"陈星说："你倒会唱旦的！"上善说："女愁哭，男愁唱么。"陈星说："你有啥愁的？"上善说："在家怕老婆唠叨，出门怕被狗咬叫。"新生说："甭绊闲牙。让上善来看看。"上善说："啥事？"陈星说："土地公土地婆的眼睛红了！"上善说："胡说哩，那是石头又不是人！"近去看看，似乎有些红，似乎又没有红。上善说："是你们眼睛红了，看啥都是红的！"新生就说："上善上善，你没到乡政府去呀？"上善说："我才不去巴结领导！汇报工作人家不叫我不到，有好事了人家不给我不闹。"新生说："出事啦你也不去？"上善说："啥事？"新生说："好得很，村人都在那儿砸大门哩，吓得乡政府的人一个都不敢出来！"上善说："爷呀，这不是捅娄子啦？！"就四人一起到了乡政府，见黑压压一大片人在那里叫骂，三踅、庆满，还有来旺七八个人正抬着一棵伐下来的树桩撞铁门。咣当，咣当，铁门摇晃不已，门楼上的几块砖先裂开，哗啦掉下来。三踅还在叫：一二！木桩又一次撞了铁门，铁门成了斜的。上善就拉长了声调喊："啥事么，啥事么？"上善的声调一拉长，像公鸡嗓子，铁门里的乡长就听到了，高声在里边说："是李上善吗？李上善同志，你快把群众疏散开！"上善偏不接乡长的话，还在说："啥事么，啥事么？"旁边人就说："上善来了，上善有力气，来一块撞！"上善说："爷，这是乡政府，我不敢。"旁边人说："都撞啦，谁都得撞！要犯法咱都犯法！"上善说："我是村干部，我怎么能水冲龙王庙？"几个人就说："村干部是乡政府的狗哩，还管咱们的死活？上善，你是不是来看谁在撞门的？！"上善说："撞门？谁在撞门？我怎么没看见？"三踅说："上善也是披了张农民皮的，他能和咱们一心？撞，撞，一——二！"木桩再一次抬起来，抬木桩的人都往后退了几步，几乎同时一鼓劲，步伐一致往前冲，木桩把铁门撞出一个窝。上善说："咋出这蛮力，有事情说事情，和铁门有啥仇的？"话刚落点，院墙上站着了赛虎，龇牙咧嘴地向外边咬。来旺说："咋说呀，谁听咱说呀，戳我粮食的时候张学文凶得像头老虎！瞧瞧，又放出狗来咬了！"几个人就用锨去打赛虎，赛虎忽地从墙头扑下来，一口咬住了一个人的腿，周围人哗地后退，当下跌倒了几个。三踅说："日他娘，狗都欺负咱了，打，打！"放下木桩，拿木棍就打。赛虎迎着木棍扑过来，身子拉长，在空中跌了一道黄影，哐，木棍便磕在狗头上。赛虎趴在地上，昏了，后腿在蹬着，还蹬着，却蹬直了腿把身子撑起，像人一样，打了一个转儿，再趴下去，又没事了，再扑过来。赛虎第二回扑过来，呼哧呼哧喷着响鼻，身上的毛全竖直，三踅往旁边一闪，第二棍抡在赛虎的腰上。赛虎的腰是豆腐腰，这回没能再爬动。后退的人立即又聚过来，全拿了石头砖块往赛虎身上砸，狗血就溅了一地。有人说："砸死了，砸死了！"但赛虎又醒过来，在地上动弹。三踅说："狗在地上是死不了，要吊起来！往起吊呀！"竟然就有了绳，是条麻绳，从人群外扔了进来。三踅把绳挽了一个套儿，套住狗脖，绳子一头才系在铁门环上，绳子的另一头就被人拽直，赛虎忽地吊在了空中。无数的声在喊："还长了个亮鞭！勒死它！勒死它！"赛虎前爪使劲抓了几下，就软软地垂下了，喉咙里发着咯儿咯儿的响声，眼珠子就往外暴。有人说："还没咽气，灌些水就咽气了！"三踅说："灌水灌水！"但没有水。被狗咬了腿的是冉家的儿子，解了裤子，要把尿往狗嘴里撒，可惜尿不高，嘭的一声，赛虎的眼球暴了出来。暴出来的眼球并没有掉在地上，肉线儿连着，挂在脸上。上善已经从人群里往外挪身，然后捂了肚子，说："厕所呢，厕所呢？"小步往312国道上去，钻进了书正修的那间公共厕所里。上善在厕所里没有大便，也没有小便，靠在墙上嘘气，直到听见一阵警笛声，才站起来趴在厕所墙上看，312国道上驶来了三辆警车。他立即又蹲下去，再没有出来。

警车是县公安局的，他们接到了乡政府的紧急电话就开来了。

警车一来，许多人就逃散开，木棍，铁锨，石头，砖头扔了一地，还有三顶帽子和十几只不成对的鞋。警察抓住了撞门和勒狗的八个人，铁门从里边拉开了。

※ ※

这就是著名的“年终风波”。这一年，十二属相里排为龙年，龙年是不安生的，我们县上发生了五大案件。先是过风楼乡实行村委会民主选举，两大家族间起了械斗，数百人打成了一锅灰。再是大油门镇派出所为了筹资盖宿舍楼，给警察分配处罚款数，一女子就以卖淫罪被抓了罚没三千元，那女子不服上告，结果经医院检查，女子的处女膜完好无损。到了夏季，壅乡小学才盖了一栋教学楼却塌了，当场死伤了六个学生。又不到半月，东川镇八里村破获特大盗窃自行车案，八里村二百零七户而一百九十八户都曾有过从省城、州城偷盗自行车的劣迹，八里村从此称作偷盗自行车专业村。这些案件在发生之后都轰动一时，但清风街“年终风波”出来后，我们是大拇指，它们就是小拇指了。清风街在当天晚上下起了雪，雪是一片一片小白花往下落，它压根儿不消，积得虚腾腾的有一拃厚。屋顶和街巷，312 国道，以及乡政府的院里院外，都是纯一色的白，你哪里能想到这里发生了惊天动地的事件！八个人，还有武林和瞎瞎，统统被关押在了乡派出所，清风街街巷中没有了一个人，人都回到了各自的家，没吵闹声，也没哭声。但是，赛虎的魂仍在乡政府大门外飘荡，因为来运在这儿抓抓，在那儿嗅嗅，然后望着已被抛扔在门前榆树枝上的那根麻绳汪汪哀叫。赵宏声来到夏天义家为夏天义捏骨，锁骨没有完全断，属于粉碎性骨折，他还是给贴了膏药，然后掖着衣服回去。雪把他变成了个老头。他看见了哀嚎的来运，叫道：“来运，来，来运！”来运却不愿意到他跟前来。赵宏声在雪地立了一会儿，捡起了一只鞋。鞋是灯心绒鞋面，鞋头破了一个洞，鞋后跟磨损得一半几乎都没有了。赵宏声猜不出这是谁的鞋，刚提着鞋要走，大铁门里有人叫住了他，说:“站住！”赵宏声就站住了。那人说:“你是谁？”赵宏声说:“你是谁？”那人说:“我是专案组的！你在这儿看什么？”赵宏声赶紧说:“我是赵宏声，清风街的医生，我可没参与闹事。吴三呈，吴干事，你得给我作证，我闹事了没闹事？”吴三呈正从铁门出来，说:“没你的事，你快走吧！”赵宏声把那只鞋扔了，一边往回走，说:“臭鞋！”甩着手。

清风街驻进来的专案组人员，连续三天三夜调查风波经过，结果撞门和勒狗的八个人各被行政拘留十五天。夏家抓走的是瞎瞎和庆满，警察曾到竹青家来抓竹青，认为是她在高音喇叭上煽动群众闹事，身为村干部，该更严处理，但竹青逃跑了。武林和瞎瞎没有直接闹事，却是风波的起因，在交足税费后分别罚款二百元，通知家人交钱领人，并继续寻找竹青。要求庆堂，一旦竹青回来，立即报告。至于征缴税费，君亭他们给乡政府写了一份检讨，君亭只好去信用社贷了三十二万元作为税费款交给了乡政府。

武林的税费及罚款是村委会代交的，瞎瞎的也是拿不出钱，白雪替他垫了。武林放回来的第二天，去找陈星，求陈星能在果园里有个活干。陈星说:“冬天里果林里有啥活干的，你是让我养活你呀么？”武林却不走，赖着说:“你不，不，啊不让我干，我就就，就要饭去呀！”陈星就让他帮陈亮干活，工资是一月一百元，可以管饭。武林趴下就给陈亮磕头。陈亮说:“你不要磕，磕头，可我告告告诉你，你得听听我的话话，我叫你干干啥你就得干啥啥，不能和我顶顶嘴你你听到了没没？”武林说:“我，啊我听，听到了。我顶，顶，顶不过你，你换，换气，比，比，比我快哩！”

夏天义已经贴了赵宏声的三张膏药，他再次去药铺换药时，宽大的棉袄显得像给麦田里的稻草人穿的，风一吹就呼啦啦晃荡。他斜着身子倚在了药铺门上，门上换了新联:“开方观人脸面；打针只对屁股”，而铺子里坐有书正。书正也是来给腿上换膏药的，旁边放着一根竹棍。书正说：“天义叔，我是个断腿，你也是个塌塌肩了，你说这是为啥？”夏天义说：“报应。”书正格儿格儿笑起来，笑成了一对鼠眼。他说：“天义叔，我不记恨了，你快坐下，现在胳膊还能抬起来吗？”夏天义没有坐，就走近了柜台前，他的屁股后是书正的头，他让赵宏声给他换肩头上的膏药。书正说：“天义叔，我还要谢你哩！”赵宏声捏了捏肩，夏天义吸了一口气。书正又说：“不是你弄断了我的腿，这一次抓人能少得了我？”夏天义回过头来，用脚就在书正的另一条腿上踢了一下，说：“那就踢断你这条腿！”书正便倒在了地上，哎哟哎哟叫唤，说：“你往腿肚子踢么，天义叔！”夏天义的脸严肃得很，书正就不敢多做声了。赵宏声却开始笑起来，说：“我说一个笑话！”不等两人反应，赵宏声就说开了，他说，这是上个月发生在中街的真事，乡长在理发店里理发的时候，和剃头的张八哥拉话。拉着拉着说到了小康生活，乡长说：“君亭给你们讲没讲过奔小康？”张八哥说：“讲了。”乡长说：“那你说说，啥叫个小康？”张八哥说：“白天有酒喝，晚上有奶摸……”坐在理发店门口的白恩杰媳妇说：“张八哥，你嘴里咋就吐不出个象牙？”张八哥说：“噢，这白家嫂子就是小康，白天有牌打，黑来有尿耍！”笑话就讲完了。讲完了夏天义没笑，书正也没笑。赵宏声说：“咋都不笑？”夏天义扭身从药铺里走了，书正一眼一眼看着夏天义走。雪后的太阳照着，门槛和台阶上落下一个高大的身影。书正说：“这算啥笑话？张八哥说得对着的。”赵宏声愣了愣，说：“没文化！有你这话，才更是笑话哩！”

夏天义踉踉跄跄地从街上走过，小炉匠和张拴狗是喝醉了，小炉匠咧着嘴站在染坊门口笑，笑声像夜猫子叫，然后就倒在雪窝里。张拴狗却手拿了一个木棍，歪着头挨家挨户敲屋檐上吊着的冰凌，哗啦，一串冰凌掉下来，哗啦，一串冰凌掉下来，一根冰凌落在他的头上，血从额上流出来，红蚯蚓一样蠕动。夏天义突然想吃一碗凉粉，但街上的几家饭店门都关着。他没有吃成凉粉，走到了东街，在夏天智的院墙外立了脚听动静。院子里有孩子的咿呀声。夏天义朝院子里问：“白雪，白雪，你爹还没回来吗？”院里的白雪说：“是二伯呀，你进来坐呀！我爹还没回来，听夏雨说就这几天要出院的。”夏天义说：“他该回来了……娃乖着吧？”白雪说：“乖着。”夏天义说：“你娘身子骨还好？”白雪说：“前天我去看了一次，我娘还行，只是在医院睡不好。”夏天义说：“噢。我就不来了。”

夏天义试着把胳膊往上抬，勉强还能抬起来，但巷道的短墙头上一棵狗尾巴草的穗儿白茸茸的，像开着的一朵花，他想去掐掐，却怎么也举不到那么高。竹青就从旁边的一个厕所里闪出来，嘴里还叼着一根纸烟，叫声：“爹！”夏天义吃了一惊，说：“你回来啦，几时回来的？”竹青说：“我早晨回来的，爹，你的伤咋样，人就瘦得这样呀？”夏天义说：“派出所来人找过你没？”竹青说：“我回来还没人知道。”夏天义说：“你这么大个人，又不是只苍蝇，怎么能没人知道？我看你还是去派出所……”天突然间暗下来，夏天义闻到了一股呛呛的气味，他以为是傍晚村里人家的炊烟，扭头看时，巷道外的那一片麦地里雾气笼罩了一层。他说：“今日雾起身早。”竹青也看着雾从麦地里四处流动，一只猫迅速跑过来，像是雾的潮水在追赶它，又像是它牵动了麦地里的雾，湿漉漉地涌了浪，立时猫不见。竹青说：“去派出所？……庆满他们还没回来哩。”夏天义说：“没回来才说明事情没结束呢。你去派出所吧，共产党的事你也知道，躲得过初一，躲得过十五？”雾把巷子也填了一半，竹青拿手去抓一疙瘩雾，抓到手里，手里却又什么都没有，她说：“爹，咱倒弄了一场啥事么？！”夏天义长出了一口气，说：“走吧，爹陪你去。”

两个人便去派出所，竹青走在前边，夏天义跟着在后，都有气无力。这时候，万宝酒楼的院子里丁霸槽在剥狗皮。因为乡政府派人来订好了一桌饭，来人就背着死了的赛虎，要求炖上一锅狗肉。丁霸槽把狗皮剥下来，吊在绳上的没了皮的赛虎竟然和人一模一样，丁霸槽就吓得刀从手上掉了下来。酒楼上开始唱起了秦腔的曲牌，曲牌声中，赛虎终于被开膛分割，一块一块炖在了锅里。秦腔的曲牌声，哼唱得并不高，清风街许多人家都没有听到，但夏天义和竹青却听到了。夏天义说：“谁唱秦腔哩？”竹青说：“谁唱秦腔哩？”雾已经是十步远就啥也看不清，一团一团像滚筒子在翻卷，再后两人就踏进了棉花堆里一样。竹青不忍心夏天义的样子，说：“爹，你不去了，我独个去。”夏天义说：“是不是看爹老了？”竹青说：“爹只是有伤，伤好了就和以前一样了。”夏天义说：“是老了！”秦腔的曲牌再一次传了过来：

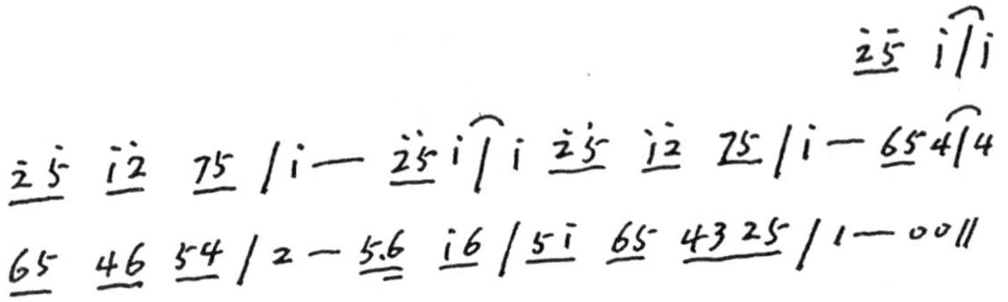

夏天义住了脚再听时，音调又变了：

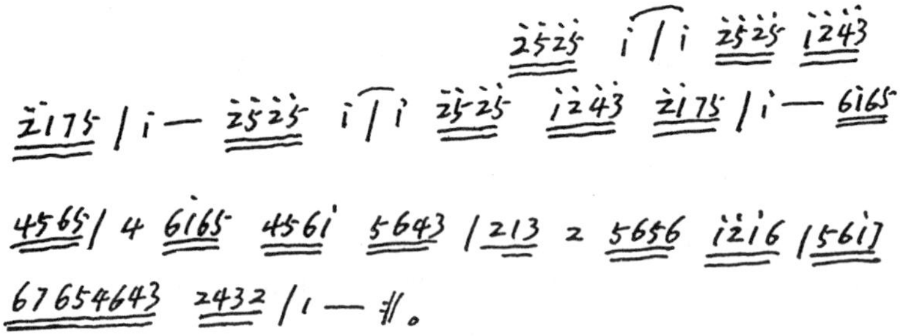

我现在可以坦白地说，这秦腔曲牌是我哼的。我破锣嗓子，哼得不好。但我是为安妥赛虎的亡魂哼哼的。“年终风波”我遗憾没有参与，不能五马长枪地给你排夸。我是和哑巴一直在七里沟，等晚上回来，还来埋怨夏天义呀，而夏天义已经受伤了躺在炕上。那些天，我怀里是揣着一把菜刀的，曾经在乡政府的大门外等待张学文。张学文，狗日的，你撞伤了夏天义，我要让你刀下见红！但我一直没等到张学文的影子。当得知乡政府在万宝酒楼上订饭局，我以为是张学文去订的，就喝了点酒，直接去了。但订饭局的不是张学文，我问张学文呢，那人说张学文已经离开清风街了。我把菜刀在石桌上砰砰地砍，说：“他狗日的走了？！”那人说：“你要砍人？专案组还没走呢，你要砍人？”我说：“我砍石桌！我就砍了！”菜刀在石桌上砍出火星，刀刃全崩了。后来，见丁霸槽在剥赛虎的皮，我说：“他们养的狗他们也忍心吃呀？”

丁霸槽说："让他们吃吧，他们吃他们自己哩。"狗皮一剥，那样子真像个人，只是龇着牙令人恐惧。我那时可怜起赛虎来了，想它这是什么命呀，就哼起了秦腔曲牌。我平常什么时候哼过秦腔曲牌？但不知怎么就哼了出来。

这一个晚上，我知道了乡政府在万宝酒楼上摆了一桌席，吃饭的有乡书记、乡长，竟然还有夏风。其实，得知夏风回来的消息最早的还是竹青。她到了派出所，当然就把她铐起来了，所长派人去叫乡长，乡长没过来，那人低声说："夏风从省城回来了，乡长要给接风哩！"竹青听到了，心里说：这边抓人哩，那边倒讨好哩。过了一会儿，所长的电话响了，所长对着听筒说了一句："乡长，这……"拿眼睛看了看竹青，背过身去，低声说了些什么，然后就打开了竹青的手铐，告诉说，鉴于她并没有动手撞门和杀狗，也已罚了两人，拘留了八人，不再追究责任，但必须写一份悔过，还要在高音喇叭上向全清风街人广播。竹青推门就走。所长说："这就走啦？"竹青说："那还有啥？"所长说："给你最宽大了，也不说一句谢话？"竹青说："谢谢我夏风兄弟！"

夏风他回来得正是时候。夏风不知道爹得了病。夏天智手术时也不让给他说，而白雪思来想去，怕夏风若不回来，村人要知道是夏天智不让告诉他，或许不会怨他，但村人不知道的就会说夏风不孝顺了，所以最后还是给夏风打了电话。夏风从省城坐车一到清风街就碰着了乡长，乡长请他吃了饭，回到家，才知道无意中帮了竹青的忙，又立即去看望夏天义。夏天义在炕上躺着，我早从万宝酒楼过来和哑巴在屋庭里帮夏天义劈柴火。我原本已说好这个晚上就睡在夏天义家，但夏风一进来，我就从灯影下溜出了门。我这一生最大的悲哀就是和夏风同时活在世上，又同时是清风街人。秦腔戏里那个周瑜，唱：既生瑜何生亮。我曾经对赵宏声说：这是啥意思，是周瑜他娘叫地，诸葛亮的娘叫河？赵宏声笑了半天，说：比个例子吧，就是既然清风街出了个夏风，为什么还要再生引生呢？！我那天夜里从夏天义家出来是矮了一截，雾气埋没了我的身子，只露着一个脑袋，如果谁在那时碰着了我，一定以为只有一个脑袋在空中飘浮。

我没有碰着人，来运却在叫我。来运是从地上爬到了万宝酒楼山墙外的厕所墙上，向山墙上扑，摔下来，又爬到了厕所墙上向山墙上扑。我不晓得来运这是干什么？往山墙上一看，山墙上挂着赛虎的那张皮。我立即把来运抱住了，低低地喊："来运，来运！"我哭，来运也哭。赛虎已经死了，还要那张皮干啥呢？我把来运架在脖子上，就像架着一个娃娃，我们去敲供销社的门。张顺把门开了，我说："买一瓶酒！"张顺疑惑地看着我。我说："我俩喝酒呀！"张顺说："拿钱呀！"我说："先赊下。"张顺说："不赊！"我说："我吸吸酒精导管。"张顺说："没进酒精。"我给张顺说好话，求他，还说，我实在想喝酒，如果你看上我这顶棉帽子，我把棉帽子押在你这儿，如果你有什么出力气的活儿，我给你干。张顺他到底心软了，拿出一瓶酒，说是不赊我，要我陪他喝。我和张顺在供销社喝酒喝到半夜，都喝高了，已记不清在说什么事时提到了夏风，我就恶狠狠地说："甭提他！"张顺说："你恨他？"我说："恨哩！"张顺说："他不恨你，你倒恨他了？"我说："他恨我咋的？"张顺说："你惦记人家白雪么！"我呜呜地哭起来。张顺说："引生引生，你狗日的醉了？"我说："我没醉，你再拿一瓶喝了也不醉。"我趴在桌上吮酒在桌面上的酒，张顺竟把酒往桌面上倒着让我吮，他说："引生引生，你就那么爱白雪呀？"我说："你在哪儿还见过比白雪好的女人？你说她脸白不白？眼睛大不大？腰细不细？她能唱戏，她说话也好听，她笑起来牙那么白。她咋那么干净，我觉得她都不放屁的！"张顺嘎嘎嘎地笑起来。我生了气，说："你笑啥的？"张顺说："白雪再好，那是人家的媳妇，你说这样的话多亏在我这儿说，要是被别人听到，肯定扇你嘴巴的！"我说："我就爱啦，我还要说：我就爱白雪！我就爱白雪！"张顺说："我有个法儿，你就不害相思啦。"我说："我不听！我不听！"张顺说："你狗日的醉了！"张顺说我醉了，我没有醉，他倒是从桌面上不见了，我往桌子下一看，他趴在那里不动了。

第二天早晨，我醒来时也是睡在桌子底下的，张顺还没有醒，来运开始睁了眼。它满脸都是我和张顺吐的脏物。我说："来运，你是吃了我们吐的东西也醉了的吗？”我和来运又抱着哭。

就在我和来运醉倒在供销社的时候，夏风并没有在清风街多待。他询问夏天义村里怎么就出了这么大的事，夏天义却回避了，只怨怪说你爹动手术你怎么没回来，夏风说：“我哪里知道呀，昨天晚上白雪才给我打了电话，她也太不像话了，啥事都瞒我！”夏天义说：“你也别怪她，你爹一住院，她带个娃，上上下下跑着，也够劳累的了，你没见她瘦成啥样了？”夏风就不再言语。夏天义说：“你还没吃饭吧，让你二婶给你做些吃喝？”二婶从炕上就往下溜。夏风赶紧挡了，说一下车碰着乡长，在万宝酒楼上吃了。夏天义说：“我明白了，我说你竹青嫂子咋那么快就回来了？夏风，夏家就出了你这一个，你在省城是忙，可得常常回来才是。”夏风掏了二百元钱放在炕边，说：“伯，我回来急，也没给你买什么东西，这点钱你就拿着去街上买个零嘴吧。”夏天义也不推辞，说：“你还要给我钱呀！也不亏我疼过你，你上次给我买的卷烟我还没舍得吃哩，你看你看。”夏风看见炕头墙上的木板架上放着一包雪茄。夏天义就把二百元交给了哑巴，说：“把一百元还给赵宏声，用这一百元明日去买些铁丝，知道不，买抬石头的粗铁丝！”

夏风从夏天义家出来，并没再回他家，直接往公路上挡过路夜车要到县城。但夏风没想到的是，去公路的三岔路口上，白雪和竹青已经在那里了。竹青正高声地和俊奇说话：“竹青，你回来啦？”“回来啦！”“回来没事吧？”“回来会有啥事？”回头看见了夏风，说：“我兄弟能行得很么！”夏风说：“我哪有嫂子能行，要是在文化大革命中，你肯定当个造反派头儿！”竹青说：“你怎么不说在解放前我就是刘胡兰？！”从怀里掏出了烟盒，抽一根递给夏风，说：“我在你家等你，白雪说你肯定从你二伯家出来就要到公路上挡车去县城呀，果真是这样，白雪是你肚里的蛔虫啦！”夏风看了一眼白雪，说：“我还以为我爹出院了在家里……我得去医院呀！”竹青说：“这个时候了，路上哪能挡了车！白雪把俊奇叫来，让俊奇骑摩托带你。”夏风就说：“俊奇哥，那得谢谢你呀！”俊奇说：“有啥谢的？以后我还可以给人吹嘘夏风坐过我的摩托哩！”白雪笑了一下，但没有声音。竹青说：“俊奇，你把车子推过来检查检查。人家两个还没多说话，咱给人家也腾出些时间么，没眼色！”两个人转身往旁边走，白雪却将孩子塞在她怀里，说：“我们有啥说的！”竹青又将孩子塞给夏风，说：“快把你娃抱抱！”夏风抱住了，孩子却哇哇地哭，手脚乱蹬打，折腾得夏风不知所措。白雪又从夏风怀里抱回了孩子，说：“你们走吧，雾大，路上一定要小心！”夏风尴尬地立在那里，然后坐上了摩托后座，摩托车驶走了。

那时候，地上的雾流动起来，谁家的鸡开始叫鸣。摩托车和摩托车上的人渐渐地淡去，白雪一颗眼泪咕噜噜滚下来。滚下来了，眼里脸上毫无痕迹，只是轻轻落在孩子的小手上。

※　　※

夏天智终于出院了，那是腊月的二十八。夏风在县委要了一辆小车，小车开来的时候，县委办公室主任代表书记来送夏天智，车后箱塞满了年货。四婶翻着看了看，是肉呀酒呀，鸡和鱼，说：“送这么多东西？！”夏天智拽了拽她的衣襟，低声说：“向人家表示感谢！”四婶就说：“谢谢你啊！”主任说：“书记今日开会来不了，他交代说，以后家里有什么事，夏风不在，都来找他就是了。”夏天智便问夏风：“你没带我那本书吧？”夏风说：“没带。”夏天智说：“明日我给领导签几本书，你送来让领导指正。”主任说：“老校长也著书立说啦？”夏天智说：“老来聊发少年狂。”头就晕起来，额上出了一层汗。夏风让他不要多说话，闭了眼睛养神，车子才启动了。车一直开到清风街的东街牌楼下，夏风要背了夏天智回家，夏天智却一定要自己走，就手撑了腰慢慢地走。一路上碰着的人都在打招呼，夏天智每次总要努力地微笑，待到夏天义斜着身子也在巷口来接他，他突然老泪纵横，说：“二哥，我恐怕这回要绊麻达呀！”

但夏天智的身体竟然恢复得很快，第二天就自个在院子里转悠，而且又播放了秦腔。高音喇叭一放秦腔，清风街的人都知道夏天智回来了，亲朋好友接二连三地来看望。凡是客来，四婶都要在厨房烧水做饭，夏天智就怀抱了孙女，开始讲他是患了胃溃疡了，胃切除了五分之三，但胃是能撑大的，医生说一年之后就可以和以前一样的饭量，而现在才这么几天，一日五餐，每次已经吃半碗了。来人就随着他的话一会儿焦虑，一会儿惊愕，然后就说大难不死，后边该有洪福呀。怀里的孩子格格地笑起来，笑得有些傻，夏天智就说："臭女子，你笑啥哩？"他自己也笑起来了。四婶端着荷包蛋开水上来了，夏天智说："肉哩吗？酒哩吗？"四婶说："夏风刚才去街上割肉了，嫌那是母猪肉，没买成。"夏天智说："那县委书记送的年货呢，不是有肉吗？"四婶哦哦应着，到了厨房，对白雪说："你爹就会作弄我！"将那些年货一大筐提到堂屋，当众打开，里边是有一个肉包，绽开纸，一条驴鞭，上面的字条没有动，写着：夏风。来人看了，叫道："哇，是县委书记送的！"夏天智说："送来了咱就吃。给大家做了吃！"四婶说："这我还不会做，得叫来书正哩。"来人说："不吃了不吃了，我们咋能吃得起这东西！"倒动手把驴鞭包了，放回到筐里。

夏天智的身体恢复得快，是因为夏风回来了。他恨着夏风和白雪闹矛盾，不让给夏风通知他住院的事，甚至夏风到了医院他也恼得不理，但自出院回到家，拿眼睛看着小两口还可以，寻思矛盾可能是化解了吧，心里便朗然了许多。吃饭的时候，他要一家人都坐到桌上来。四婶说："我坐桌子吃着不香，我就在灶火口吧。"夏天智说："瞧你娘，端不到席上的狗肉么！"骂是骂着，四婶笑着端碗坐到了桌边。夏天智说："我这一场大病要是不得过来，一家人想坐一个桌子也坐不成了，既然囫囫囵囵的，在桌子上吃饭多香！"四婶说："你们不知道哩，你爹做手术的头天晚上，都给我交代后事啦，说谁欠了他的账，他欠了谁的账，说这一院房子两个儿子一人一半，你要是再招人，住是住，但房产权不能给了人家的孩子。"夏风说："娘咋应承的？"四婶说："我说我没那么傻，肯定给我儿子的！”夏天智说：“我现在倒要说你了，你那时咋不给我保证：我绝不招人！”四婶说：“我偏不给你保证！”白雪就说：“娘想招人的计划第二天中午我爹一下手术台就破产啦！”一家人哈哈大笑。夏天智说：“是不是我旧脑袋啦？”夏风说：“就是。”夏天智说：“我是考验她哩，她就是不说！”一家人又笑。吃罢了饭，夏天智给夏风递过了一根纸烟，夏风说：“咦，爹这是第一回给我纸烟的！”夏天智说：“你是大人了么，如果我没退休，像你这么大的同事，还不都称革命同志么！”白雪说：“爹还幽默么。”夏天智说：“我在单位的时候幽默得很哩！”夏雨说：“这么说，你在家就不如在单位啦？”夏天智说：“像你这一天到黑惹大人生气的，我拿啥幽默呀？”夏雨说：“我又咋啦？”白雪说：“爹这回生病，夏雨可是出了大力啦！”夏天智说：“这回表现得好！做老人的，能看着一家人和和气气，那心里就高兴么，人一高兴哪还有什么病呀？！”就问夏风，“你过了年走吧？”夏风说：“肯定得过了年呀！”夏天智说：“这就好。这个年咱美美地过，夏雨你下午把该买的东西都买齐，肉多割些，豆腐来不及做了也买些回来，今黑来哪儿都不要去，在家帮你娘蒸馍做炸锅。”夏雨说：“啥都不买了，酒楼那儿啥都是现成的，我让他们送过来就是了。”夏天智说：“酒楼有现成的？”夏雨说：“啥蒸碗子都有，趁过年得赚一笔呀！”夏天智说：“那好，你给你二伯和大婶、三婶也送上些。夏风你到你二伯那儿去过了？”夏风说：“我一回来就去过了。”夏天智说：“多去你二伯家坐坐，我这次回来，咋看他瘦得都失形了，先是一场病后又受伤，心绪又不好，我真担心他……”夏雨说：“我那几个嫂子不如旁人路人！”夏天智说：“所以你们要多关心你二伯二婶的。夏风，爹还给你说一句话，清风街的事你也得上个心，去给乡上或者县上说说，让把庆满他们放回来，要么，他们家里人这年咋过得去呀？！”夏风说：“这我知道。”夏天智说：“不说了，吃饭吃饭。”他扒了两口饭，却又指责夏雨吃饭响声太大，头发那么长的也该理了，商店里有没有棉毛毯，得给娃娃买个棉毛毯，如果商店没有，就得去西山湾或茶坊的商店去看看。说完了，他又问："我那双皮鞋呢，得拿出来上些油，过年我要穿哩！"夏雨说："先吃饭，吃完饭我给你皮鞋上油！"拿了夏天智的碗去厨房添饭。白雪也去盛汤。夏雨说："你发现了没，爹现在啰嗦得很！"白雪只是笑。夏雨说："做了个手术人都变啦，就是对秦腔没变！"白雪还只是笑。

夏风是饭后就去了乡政府，庆满他们真的就被提前释放了。夏风的威信在清风街又高涨了许多，他再去大清堂找赵宏声聊天，一路上谁见了他都问候，刘新生更是当街把他拉住，说他要给夏风敲一曲《秦王得胜令》，但他没鼓，竟然脱了上衣在肚皮上拍鼓点，拍得肚皮像酱肉一样红。夏风赶紧让他穿好衣服，以免感冒，自己快步去了大清堂，赵宏声已经在门口笑嘻嘻地等候了。赵宏声说："你看你看，清风街人把你当大救星了！"夏风说："是个棒槌！"赵宏声说："也是个棒槌，能打乡政府那些人哩！"夏风说："现在农村咋成这个样了？今年全省农民抗税费的事件发生了多起哩。"赵宏声说："清风街不是第一起呀？"夏风说："不说这些了。年货备得怎么样了？"赵宏声说："有啥备的？娃娃伙盼过年哩，大人过一年就老一年，这一年一年咋这快的！"赵宏声就给夏风道歉，说他误诊了四叔的病，他怎么也没有想到四叔患的是胃癌。夏风说哪个医生敢保不失手呀，好的是他爹病还在中期，若再耽搁就危险了。夏风又问起清风街现在七十朝上的老人还有多少？赵宏声扳指头数了数，西街有五个，中街有七个，东街也就是夏家的几个长辈和俊奇的娘了，说近几年人死得多，患了胃癌的有八个。夏风说："这么多？"赵宏声说："我也调查这事哩，原以为是水土问题，可年轻人患这病的少，可能的原因是像四叔这等年纪的人以前生活苦焦，伤了胃，加上饮食习惯，都爱吃浆水菜……听说浆水菜吃多了容易致癌。"夏风说："要说吃喝上受亏和吃多了浆水菜，我二伯可是一辈子都在农村，他胃倒好！"赵宏声说："你见过他什么时候生过闷气？心性强的人不轻易得胃病。"夏风说："是吗？"心里咯噔了一下。赵宏声说："清风街上我最服的人就是天义叔了，他一生经了多少事情，可他精神头儿从来都是足的！我最近从乡长那儿借了一本县志看哩，上边多处都提到了天义叔，咱年纪轻只知道他几十年是村干部，村干部就村干部么，可看了县志你就能想来那有多艰难，而他却像挂起来的钟，有形有声。人呼吸重要吧，它是日日夜夜不停地一呼一吸，可你什么时候注意过呼吸？除非你身体生了病！”夏风说：“你这句话说得很对！县志还在你这儿不，让我瞧瞧？”赵宏声进了卧屋，把县志取来，夏风翻了几页，是历年的大事记，他从一段读起，果然见到了夏天义的名字。

那一段是从1958年记起的，这样写道：

1958年，县东区抽调农村劳力五万人，由副县长张震任团长、夏天义任副团长带队赴惠峪参加引水工程。该工程由县东红碛渡口引州河水入县北，但后因资金短缺，1961年停止，计划未能实现。

8月，按照中共中央主席毛泽东关于“还是办人民公社好”指示，仅十天时间，全县实现了人民公社化。

9月上旬，为迎接中央水土保持检查团，全县调集五万人在华家岭、留仙坪、桃曲，一百六十华里的公路沿线上大搞形式主义水土保持工程。修渠24条，结果垮塌18条，死人3个，并影响了秋收。

是年，全县农业高指标，高估产，高征购，上面逼，下面吹，粮食实产1.15亿斤，上报2.6亿斤。征购达4150万斤，占总产36%，人均口粮不足30斤，致群众以草根、树皮充饥。清风街出现人体浮肿现象。

1961年至1963年，市场粮价高贵，每市斤小麦由1957年的0.7元涨到5元。土豆由0.34元涨到1.20元。一个油饼卖到2元。

10月，再抽调2.5万劳力继续在华家岭、屹岬岭、鸡公山搞水土保持工程。召开县劳模大会，选出城关白占奎，留仙坪王贵，过风楼李三元，清风街夏天义。

1962年1至5月，全县狼害成灾，伤106人，死35人。伤亡大牲畜44头，猪1020只。

1963年清风街百分之九十劳力加固村前的州河河堤，并新修滩地800亩。县长给老劳模夏天义披红戴花。闹社火三天。

1964年，掀起种植核桃林运动，西固公社600亩，南由公社500亩，西山湾公社800亩。清风街、茶坊、留仙坪任务未完成。

1965年"四清运动"，村干部"下楼"，省委谭成仁书记带工作组来县检查。十分之八的大队干部受整，逮捕3人，撤职19人。留仙坪东沟大队长上吊自杀。

1966年文化大革命席卷全国……

1970年刘尚志当选为县委书记，李长川当选为县长，一批老村干部相继重新上台，如城关大队刘德兴，过风楼的王才，清风街的夏天义。

8月，县东片3万劳力修黑龙峪水库。西片修苗沟水库，先调集两个公社12000人，后又调集三个公社17000人。

1971年，大饥，米麦价涨，树皮草根人食殆尽。

11月县东地震。

1972年8月大雨倾盆，三昼夜不绝。州河多处堤溃。清风街堤决口300米，全村老幼出动护堤，又急调西山湾80人。共毁田300亩，树1000棵。3人被水冲走，终不见尸体。

10月清风街重新修地筑堤。

1973年4万劳力修虎山水库。县委罗延申任总指挥，副指挥有西山湾刘炮娃，清风街夏天义，茶坊韩天楚。

6月，虎山水库工地牛毛毡工棚失火，烧死3人。

8月，棉花有一蒂三蕊。清风街民工连事迹由省报记者采写，登于8月28日头版头条。

1974年，彗星长天，自西北喷至东南，光芒彻夜。全县修大寨田，王洪章县长蹲点清风街，伏牛坡平坟墓420座，修堰13条，水渠2条，为全县学大寨标准田。

1975年反击右倾翻案风。3月忽起风霾，天气太热。7月鼠灾，十百为群，昼则累累并行，夜聒聒使人不能寐。清风街、过风楼均发生啮咬小儿致死事件。

1976年5月星陨如雨。

夏风蛮有兴趣还要往下看，门外一阵敲锣打鼓，经过着一队结婚队伍。新郎推着自行车，车后座坐了新娘，再后是众人抬着红漆箱子、红漆柜，还有电视机、缝纫机、收音机和三床四床的缎面被子。一个拿着脸盆的女人从门口往里一望，望见了夏风，就喜欢地叫："夏风哎夏风！"夏风一时未认出这是谁，女人说："贵人多忘事，认不出我了？我是来成的媳妇！"夏风蓦地醒悟这是小学同学的媳妇，人比以前认识时胖了一圈。夏风说："你家谁结婚？"女人说："我侄儿么。"赵宏声说："打锣打鼓，不过是为他人高兴，搬柜搬箱，总之你自个破财。"女人说："那可不是，娘家陪得好！"就对夏风说，"听说你回来了，我还得求你帮忙哩！"夏风说："啥忙？"女人说："我那二女子在省城打工，先是在一个公司里，可那公司老板是个瞎㞞，老板占娃的便宜，娃就离开了，但娃的工钱不给，身份证也不给，那工钱咱吃个亏，不要了，可没了身份证就没办法再到别处去打工呀，娃在电话里给我哭哩！"夏风说："身份证要拿回来，工钱为什么不要？要！"女人说："咱农村娃老实么。我让娃去找你，你帮娃要要。你去，吓死那瞎㞞啦！"夏风说："让娃来找我。"当下写了自己在省城的住址和电话。女人说："咋谢你呀？我让来成请你喝酒！"屁股一拧一拧去撵迎亲队伍了。夏风问赵宏声："清风街在省城有多少打工的？"赵宏声说："大概几十吧。除了在饭馆做饭当服务员外，大多是卖炭呀，捡破烂呀，贩药材呀，工地上当小工呀，还有的谁知道都干了些啥，反正不回来。回来的，不是出了事故用白布裹了尸首，就是缺胳膊少腿儿。"夏风一时倒没了话，闷了半会儿，就请赵宏声到他家去吃饭，赵宏声满口满应，说他该去看看四叔的，但一定得拿个东西，就裁纸要写副春联。夏风说："要写就写'得大安稳，离一切相'。"赵宏声说："这词儿农村人看不懂。四叔大病方愈，写喜庆的词好。”就写了：“博爱从我好；宜春有此家。”又写了横额：“种德收福”。

两人在街上走过来，夏风不时地被人挡住，有西街的白家人，说他儿子在粮食局工作，以前白雪常到粮食局买粮，儿子都是偷偷地把粗粮换了细粮的，现在粮食局不行了，想调个单位，让夏风给县长谈谈，能不能调到税务局去。有的说儿子在省上园林处看大门的，已经三十岁了，能帮孩子找个媳妇，上人家女方门也行，能不回咱这鬼地方就行啦。赵宏声说：“你是名人么，在省城恐怕是人见了让签名照相的，可一回到咱这儿，都是求你办事呀！”夏风说：“他们以为我啥事都能办的，其实能办了啥事？现在办事都是交换，我是拿了名儿去蹭的，人家要认我了就认，不认就是不认么。”走到东街巷里，一个厕所墙头露着梅花的头，梅花说：“夏风，你俩吃了没？”赵宏声说：“你才吃了！你站在厕所里问人吃了没？”梅花说：“那有啥的，我没文化么。”就出来说，“兄弟，嫂子可得求你了！”夏风说：“啥事？”梅花说：“只有你能救你小侄子哩！”夏风说：“他不是顶了我哥的班了吗？”梅花说：“坏就坏在顶你哥的班了！你哥你知道，人老实，脸皮又薄，遇了那事就要退休，按政策提前退休子女可以顶班的，但谁能料到一顶班，公司实行承包制了，不给他安排工作。这已经多长时间了，他没工作，公司又不发一分钱，原先英武地恋爱哩，现在人家一看你没事干，就提出退婚呀！你人大脸大，你给州里领导说句话，抵得你哥一万句，让你侄子有碗饭吃么！”夏风说：“哎呀，市长倒是认识，可现在各单位都改革，都是人多得裁不下去……再说，上次才为中星的事求了人家，又去说就难开口了。”梅花说：“中星的事你都出面说话哩，你亲侄子你能不管？！”夏风说：“那这样吧，我写个条，你让他寻市长，事情能办得成办不成不敢保证。”当下梅花就拉夏风和赵宏声到她家，取了纸让夏风写。刚刚写好，雷庆提着一个猪头进了院，双方都招呼了，雷庆就不让夏风和赵宏声走，须要在他家吃一顿饭。梅花却说：“叫你去买肉，买了一下午，提回来就是个猪头？”雷庆说：“猪头实惠。你炒一盘盐煎肉吧。”梅花说：“日子过成啥啦！

夏风兄弟你别笑话，往年都是一扇子猪肉往家里背哩，今年就一个猪头！你再不帮你侄儿，明年怕只能买回个猪尾巴了！”在猪头项圈处割了一块去厨房。雷庆说：“不吃肉还能把你搁在年这边？！”就给夏风和赵宏声散了纸烟，自个生火烧火钳，用火钳烙猪头上的毛。夏风和赵宏声走不是，不走也不是，只好帮雷庆烙猪毛，等着吃饭。

这个夜里，清风街家家都在煮肉、做豆腐、蒸馍、熬红白萝卜，少有的香味就弥漫在空中。巷道里，有孩子在大声叫喊，提前打着灯笼，谁个就蜡烛倒了，烧着了灯笼，互相对骂，然后是呜呜地哭。谁家在放鞭炮，啪的一声，也只有一声，可能是试着一个看受潮没受潮。一只狗叼了根骨头跑进院来，又一只狗也跑进来，两只狗争抢骨头。雷庆喊：“滚！滚！”叼骨头的狗先跑出去了，没抢上骨头的却回过身扑了来。雷庆忙护了猪头，那狗却站住了，放了一个屁，然后走了。狗屁很臭。气得雷庆把火钳掷过去，没有打着狗，却把放在院门边的瓦罐打碎了。

夏风终于等候到吃了一顿饭，夜已经深了，赵宏声嫌太晚，也没再去看夏天智，让夏风把春联自带回去，说他初一了给四叔拜年。夏风进了门，院子里黑乎乎的，只有自己的小房间还亮着灯，白雪在给孩子换布垫。白雪说：“咋这才回来？”夏风说：“有事。”白雪说：“吃了没？”夏风说：“在雷庆哥家吃的。”白雪说：“把干布垫给我。”夏风从床上拿了件干布垫，递过去。孩子光溜溜地躺在床上，像一个小青蛙，身上一条皮管子。白雪把沾着屎尿的布垫卷起来，出去扔到了屋台阶上，又提回了一只尿盆，见孩子还是光溜溜地在床上手脚乱动，说：“你没见娃光着吗，也不包也不盖？”夏风用小棉被包裹孩子，怎么也包裹不好。白雪过来包了，盖上了被子。夏风说：“我睡呀。”便睡下了。白雪坐了一会儿，拉灭了灯，也睡下了。

老鼠啃了一夜的箱子，夏天智起来了三次，三次都没去撵老鼠，只是吃他的水烟袋。天亮后，夏天智照例起得早，但他已经不能在街上和河堤上转一圈，踱步到了前巷口的碾子前，额上便沁出了汗，又往回走，还是挨家挨户拍别人家的门环，然后就回到自家院里。夏风和白雪也起来了，一个在扫院子，一个在浇花坛上的月季，夏天智偷看他们的脸，脸色还都可以，他就去播放了高音喇叭。一时间，清风街都是《白玉钱》："唉呀！一树开放一树罢，蝴蝶儿不住地绽荷花，苍豆梅紧靠茉莉架，闷坐湖山整鬓鸦。"但是，吃罢早饭夏风又不沾家了，说他去买些年货去，一会儿从街上买了粉条回来，一会儿又从街上买了蒜苗和酱油，白雪却总坐在捶布石上发呆。孩子的屎屙下来，夏天智说："是不是屙下了，臭臭的？"白雪回过神来，忙给孩子解衣带，果然是屙了屎。夏天智说："白雪，你咋的？"白雪忙笑着说："没啥呀？"夏天智说："我和你娘去你三婶家说话，你去不？"白雪说："我要给娃娃洗布垫的，你们去吧。"夏天智说："让你娘洗。今日没风，把娃抱上，和夏风到街上转转去，有好看的灯笼了，给娃也买一对！"白雪说："噢。"

夏天智和四婶一走，白雪并没有抱孩子和夏风去街上，夏风在家吃了一根纸烟，又要出门，她把院门关了，要和夏风说说他们的事。白雪开始数说夏风长久不回来，回来了在家坐不住，难道是我和孩子就那样让你讨厌吗？夏风说你说这话是啥意思呀，怎么这样啰嗦！白雪说是我啰嗦吗，我怎么就啰嗦了？不啰嗦又有什么法儿，你是肯和我沟通呢还是肯和我说话？孩子再残废还是你的孩子，我想不通你心就那么硬？夏风说我又咋了，咋了？白雪说娃再哭你哄过一次没，你抱过一回没？夏风唉了一声，坐着的身子像泄了气的皮球，收缩成一疙瘩。白雪说，你回来了没问一声我现在的情况怎样了，剧团还演不演戏，工资能不能按时发？白雪说，我知道我文化低，户口又在县上，我也明白你当时追求我是因为我长得还漂亮，我不该答应了你，可我是晕头了。或许我是虚荣，我不该去攀高枝，鸡就是鸡，鸡不是住梧桐树的！白雪说，现在我生了孩子，剧团又是这么个样子，人不漂亮了，事业没有了，你就嫌了？而你就是嫌了我，心里没了我和这个孩子，你也说一声。整天这么过着，是夫妻还是旁人世人，连旁人世人都不如了！夏风想吃纸烟，从口袋掏出烟盒，烟盒里却没了烟，揉了一团扔在地上。白雪说：你说呀，你说呀！夏风偏就不说。白雪便呜呜地哭。白雪一哭，怀里的孩子也哭，哭得尿出来，屎也出来。白雪把孩子往台阶上一放，说："你尿吧，你屙吧，你咋不死呢，你死了不受罪也不害我了！"孩子在台阶上哭得更厉害，气都噎住了。白雪又把她抱起来，母女俩哭成了一疙瘩。夏风浑身在颤，终于一跳起来，说："这日子怎么过？这过不成了么！"白雪说："过不成了就离婚么！"夏风说："这话可是你说的！"白雪说："是我说的，你是等着我说哩！"夏风说："离婚就离婚，谁还不敢离婚！"白雪说："那你写离婚书！"夏风说："你要离婚的，你写！"白雪抱起了孩子进了小房间，她真的就写了。写毕了，白雪说："写好了，你来签字吧！"夏风也就进来，一张纸上写了三四行，落着三滴眼泪，他改动了一个错别字，把自己的名字签了。白雪看着夏风签字签得那么快，一股子眼泪刷地又流下来，但再没哭出声，说："夏风，你这得逞了吧？你就给别人说离婚的话是我先提出来的，离婚申请书是我写的！"抱了孩子就往娘家去，出门时又是一句："你去办吧！"

白雪抱着孩子离开了夏家回西街娘家，武林是最早看见了的。武林是早都不卖豆腐了，但我俩合伙了二十斤豆子在他家给自己做豆腐，他去泉里挑水的时候看见了白雪。他回来给我说："白，啊白，白雪，回娘家家，去了。"我说："这有啥稀罕的？"武林说："她，她哭着的。"我就跑到巷口，但巷子里没有白雪的影。武林是不会说谎的，但白雪为啥哭着回娘家？我低了头在巷头里寻白雪的泪珠子，没有寻到。我回来再做豆腐就没了心思，过滤豆浆的时候，我系的豆腐包，没有系紧，武林将一盆子豆浆倒进去，豆腐包咚地掉进锅里，溅出来的开水把我胳膊就烫伤了。武林骂我"能干个屎！"却催我去夏天智家涂烫伤膏，说夏天智家有烫伤膏的。我不去，他跑着去了，我在巷口等他，白娥却摇摇摆摆走过来。白娥说："引生，你在这儿卖啥眼哩？"我没有理她。白娥说："你见到了你的白雪吗，她哭着回娘家了，她生了娃咋变成那样了？！"我说："变成啥样了？"白娥说："脸黑瘦得看不成了么！"我气得说："你尿泡尿把你照照！"白娥还要说话，武林拿了烫伤膏来了，白娥扭头就走，偏伸手在我头上摸了一下。武林说："你，啊你跟，跟她好了？"我把武林唾了一口。

事后，武林告诉我，他去夏天智家讨要烫伤膏，夏天智和四婶也是刚回家，给他取了药膏后，四婶就问夏风："白雪和娃呢？"夏风说："回娘家去了。"语气凶凶的。夏天智便毛了，说："这个时候回娘家干啥？！撬嘴了？"夏风说："过不成了么！"夏天智一脚踹在夏风身上，把夏风踹倒在桌边，衣服被桌角剐了一道口子。夏风没想到父亲还能打他，没言语爬起来就去了小屋间，把门关了。四婶说："他是大人了，你还打他？"夏天智说："你瞧他识好歹不？"四婶来敲夏风的屋门，夏风不开，她隔着门说："小两口吵架那有啥呀？她回娘家了，你给我叫回来！女人家脸面薄，你给她个台阶，下一句软话那丢人啦？"夏风还是不开门。夏天智在他的卧屋里喊叫："他什么道理不懂，他是起了瞎心了！人家没你长得排场还是人家心肠不善，在家伺候你娘老子，给你抓着娃，过年呀你赶人家回娘家，你还有个良心没？当初你是自由恋爱的，你死乞赖脸地追人家，这才结婚了多长时间，你就不往心上去了？我拿眼睛一直盯着你哩，你对她母女不理不睬的，你就是这样做夫做父的吗？咹？！"四婶说："你能不能少说几句？"又敲门，说，"你让你爹生气呀吗？你爹还敢生气吗？"夏风把门打开了，却往外走。四婶说："你往哪儿去？"夏风说："去西街！"四婶即刻像个老母鸡扑出来，说："你就这一脸杀气去西街呀？！"夏风出了院门，四婶还在后边撵，边撵边说："我可给你说，你去了要好言好语，女人家吃不得软的，你听着了没有。"夏风就出了巷口。

夏风走到了街上，却不知道该怎么去西街。街上卖年货的和买年货的人还很多，碰见的熟人又都招呼，他便趄进了大清堂。赵宏声在翻洗猪大肠，说："夏风夏风，快来，我给你说个段子！"这些年城里流行说段子，清风街在城里打工的人多，段子就常常流传了回来。夏风说："啥段子？"赵宏声说："马大中又来了，他要在清风街过年呀！他说的，你可以写进你的书里：党出烟咱出肺，党出酒咱出胃，党出小姐咱陪睡，党出贪官咱行贿。

好不好？”夏风还未应声，街上乱哄哄起来，许多人都往西跑，而从西头过来的人却有推摩托车的，抱电视机的，还有的抬着大立柜和沙发床。夏风和赵宏声莫名其妙，门外不远处站着陈亮在问抬沙发床的：“便便宜，宜不？”那人说：“当然便宜！”陈亮说：“他家有个三三,三轮车哩，有人买买买，买了没？”那人说：“你要三轮车干啥？你没媳妇，把他媳妇买过来！”陈亮说：“瞎瞎屄！”赵宏声就把陈亮叫了过来，问出了啥事？陈亮说：“你你不知知道？是真不知知道，还是假假不知道？”赵宏声说：“我真真不知知道。陈亮，跟你说话我也成结巴了！你说，啥事？”陈亮结结巴巴说了半天，才说是李英民四年前贷了信用社五十万元的款，这几年搞建筑发了家，但就是不还贷款，信用社每个季度都去催，他压根不理，信用社就告他到了法院，法院强制执行，便把他家的家具拍卖。原以为这些家具拍卖没人肯买，没想消息一传开，买的人放了抢，气得李英民的媳妇抱着家具不放手，但家具已经属于别人的了，人家抬着家具走，她还拽住不放手，人就像个木耙子被拖着。赵宏声说：“分大户呀？！”三踅拉了一架子车木头就过来，还唱了《周仁回府》：“嫂嫂不到严府去，十个周仁难活一。嫂嫂若到严府去，周仁不是人生的！”赵宏声说：“你就不是人生的！哪儿弄的木头，是铁路上的枕木么！”三踅说：“李英民的本事大，能弄来这些旧枕木，可他做梦也没想到便宜了三分之一的价卖给了我！这枕木做棺材不错吧？”赵宏声说：“你也去趁火打劫了？”三踅说：“夏风在这儿夏风你说说，我这也是为了挽回不良贷款，让国家少受损失呀！”夏风说：“李英民可得把你恨死了！”三踅说：“我还恨他哩！都是农民么，他凭啥就在清风街第一个盖水泥两层楼，凭啥就睡沙发床？”夏风是笑了，但他脸上没有笑容，说：“这枕木做棺材是不错！”三踅拉着架子车走了，又返回来，说：“夏风，是你把我救了出来，大年初二，说定了，我不拜我老丈人，去给你拜年啊！”三踅再次走了，赵宏声说：“瞧着吧，总有一段段子好吧？”夏风说：“有啥好的！”赵宏声说：“不好？是你情绪不好吧？你给我说实话，是不是有了什么事儿让白雪抓住了？”夏风说：“我有啥把柄？”

赵宏声说："我看见白雪抱着娃娃回娘家了。我一问，她倒眼泪婆娑的。一个人抱着娃娃流泪回娘家，肯定你惹了她了！"夏风说："猴精！我给你说哩，我和白雪怕是过不成啦。"赵宏声说："你吓我哩吧？"夏风说："鞋夹脚不夹脚，脚知道。"赵宏声立马正经了，说："夏风，啥气话都可以说，离婚的话可说不得！你和白雪结了婚，清风街谁不说是天造地设的，你待客的时候，锣鼓喧天地唱大戏哩，这才有了娃娃，好光景正滋润哩！你俩要是离了婚，没人说白雪一个字，可全怪了你！"夏风说："你倒说得天摇地动的！"赵宏声说："你别以为你给村人办了不少好事，人见人敬的，可你这样一做，你就是个陈世美了！你给我说说，到底为啥么？"夏风说："看来，这婚姻还是要门当户对的好。"赵宏声说："你说你俩不门当户对？你家在东街，她家在西街；夏家现在是大户，白家过去更是大户；你吃公家饭，她也有工作。这咋不是门当户对？！"夏风说："不是你说的这意思！我恋爱的时候别人提说过几个也是干我们这一行当的人，可我不想找同行当的。只说她文化不高，不懂我的事业，不懂有不懂的好处，但结了婚才知道想法不一致，话说不到一块么。"赵宏声说："结了婚是过日子哩，还谈恋爱呀，说什么话？你给我讲，有啥话说不到一块？"夏风笑了一下，笑得苦苦的。赵宏声说："你讲么，我口严，什么是非到我这儿就到头了，白雪他娘家二嫂的事我给谁说过？"夏风说："这不就给我说了？"赵宏声也笑了，说："你不肯讲了也罢，你喝酒不？"夏风说："你把酒拿出来。"两人取了酒就喝开来，直喝到天黑，鸡上了架，狗进了窝，还在喝，夏风最后就醉倒在了大清堂里。

※　※

腊月三十日的早上，四婶在油锅里炸了油糕油馍和油豆腐，原本年饭一切都备齐了，她又蒸了两笼馍。一笼是红薯面豆渣馍，这是她给自己蒸的，她喜欢吃这种粗粮馍。馍蒸出来，夏雨和丁霸槽担了一担各类蒸碗子回来，丁霸槽还笑着说：“四婶你这是忆苦思甜呀？”可着菊娃过来借筛子，吃了一个，说好吃，前巷的兴旺他爹，七娃他奶，还有庆金和麻巧路过门口，听说了，也都进来每人吃了一个。四婶让夏雨把蒸碗子给夏家几个伯家分送的时候，她又蒸第二笼馍，却全是白兔娃馍，专给孙女初一和十五插蜡烛用的，白兔娃的眼睛得拿豆荚籽来做，她搭梯子到前檐挂着的豆荚串上剥豆籽，夏雨跑回来告诉说，夏风搭了赵家富的顺车返回省城去了。大年三十的早上夏风走了，这弄的啥事呀？！四婶眼前一阵乌黑，从梯子上就掉了下来。

夏家从四个兄弟分锅另灶的那年起，年年春节都是轮流吃饭的，尤其是三十的年饭。形成的规矩是：夏天义夏天礼夏天智先到夏天仁家，在那里吃肉喝酒了；然后到夏天义家，夏天义家的红白条子肉做得最好；吃罢了再到夏天礼家，夏天礼拿手的是葫芦鸡，这是夏天礼在乡政府学到的一门手艺，一年就显摆这一次。最后夏天智催促大家快去他家，因为他家的饭菜差不多都热过几次了。在夏天智家一直要吃到半下午，饭桌子撤了，继续熬茶喝。往往是茶还在喝着，戏台上的丁丁咣咣锣鼓声就从中街传了过来，孩子们都跑去看热闹了。夏天智是早早就知道这晚上演的是什么戏，现在的锣鼓只是吵台，等天完全黑严了，汽灯烧起来，夏天义照例还要在台上讲话，总结过去一年的工作和安排年后的春耕生产，那最少也得一个钟头。所以，夏天智就叫嚷夏风夏雨撕窗子上的旧纸，一个小木格儿一个小木格儿地撕，撕净了贴上新纸，然后写春联。他是要夏风夏雨都写，看谁写的字好，然后贴在院门上、堂屋门上、厨房门上、鸡棚猪圈厕所门上。再然后四婶哐哐哐地剁饺子馅，一家人都坐在火盆前包饺子。夏风夏雨早不耐烦了，饺子越包越大，夏天智就说：“锣鼓勾魂哩，去吧去吧！”夏风夏雨从柜里往口袋塞满了柿饼和花生便跑了。夏风夏雨一走，夏天智也坐不住了，但他要披上那件哔叽布面的羊羔皮大衣，才往戏楼去。自从夏天仁死后，兄弟四个剩下了三个，老规矩仍是不能变的，当然也还是去大嫂那边，虽不在她家吃饭，却一定得把大嫂接过来在各家吃，而且坐在上席。今年夏天礼也死了，夏天义伤未好，夏天智又才出院，夏天智早早给四婶交代：今年不顺，夏家人气不旺了，要得多备些年货，到时候全凭咱家为主啊！虽然县委书记送了年货，夏雨也准备了现成的各类蒸碗子，家里还是买了一只懒公鸡，买了人参和板栗，要做栗子鸡，买了排骨要做小笼酥肉，买了猪后腿要做红烧肘子，从莲池里采了干荷叶要做荷叶条子肉，买了猪心肺、莲藕、木耳、金针菜，要做胡辣汤，还有炸泡泡油糕的糯米粉，做甜碗子的醪糟、大枣、白果、核桃仁、葡萄干，做凉菜的南山豆腐干、酱笋、凉姜、豆芽……一切都备停当了，但夏风却走了。夏天智窝在了他的卧屋里，没有去商店取已经订好的白酒和黄桂稠酒，也懒得给自己的那些水烟丝里拌搅香油和香料。四婶从梯子上掉下来，幸好没伤骨头，只把胳膊碰得一块青色，她没有喊疼，流了一阵眼泪，坚持把兔娃馍蒸好，就叫夏天智帮她洗洗萝卜。夏天智说："你那手呢，你就不会洗？"四婶说："你窝在屋里太久了，你也出来转一转么。"夏天智说："转啥呀，我还有脸去转？我窝得再不起来才好哩！"四婶嫌晦气，呸呸地就朝空中唾，却不敢再说话，自己去洗萝卜。夏天智在炕上眼睁着看楼板顶，看着看着，也看不出个啥名堂，却从炕上下来，用刀片子干刮下巴上的胡楂儿，刮毕了，来到了厨房，说："他走了咱就不过年啦？过哩！还要美美地过哩！"跄蹴在水盆前洗萝卜。洗完了萝卜又用刀切萝卜，切完了萝卜又熬萝卜。足足干了两个小时，也不去歇，四婶就去给他取水烟袋，熬茶，他说："你现在就去西街把她娘儿俩接回来！"自己把所有的窗扇都卸下来了，撕旧纸，糊新纸。

年就这样过起来了。这个年清风街没有耍社火，也没有唱大戏，和往常的日子一样，咕咚不响的。单身汉是不愿意过年的，你到哪儿去呢，去哪儿都不合适。武林和我做豆腐的时候，他问过我：年怎么个过？他的意思想要到我家去，我没有应他的话，我宁愿孤单着也不愿和他在一起，他话说不连贯，而且身上有一股臭味。所以，我关了院门，年三十的午饭早早就炒了一盘肉，煎了一盆豆腐，焖了一锅米饭就吃起来。我端了碗，想起了我爹我娘，我说：“这口饭我替你们吃吧！”扒下了第一口。我当然就接着想起了白雪，我说：“白雪，我也替你吃吧！”扒下了第二口。第三口我是替夏天义吃的。吃过了三口，我还能替谁吃呢，谁还值得我替吃呢？我是想到了哑巴，想到了土地庙里的土地公和土地婆，想到了二婶和四婶，想到了君亭和赵宏声。还有树，我家院子里的树，大清寺里的白果树，七里沟里那棵木棍长活了的树，还有夏天智家院里的痒痒树，清风街所有的树。来运呢？应该有来运。再就是染坊里的大叫驴，万宝酒楼上的那只大花猫，夏天智院里那架牡丹蓬。还有还有，怎么就把石头给忘了呢？七里沟里那么多的石头。戏楼前的那块长满了苔，苔一年四季都换颜色，苔是石头的衣服吗？市场牌楼下的那个石头，是方方正正的大青石，白雪抱着娃娃在那儿坐过。它始终没有说过话，但石头下是长过一丛喇叭花的，花蔓一直爬到牌楼上。我想起来的要感谢的东西很多很多，一年了，它们都给过我好处，我引生没别的来报答它们，我替它们吃口年饭吧！但我哪里能吃得这么多饭呀，我就把半碗饭放在了院里，我说：“让鸟来吧，让黄蜂苍蝇都来吧，把这一碗饭叼给它们吧！”你相信不相信，我这话一落点，有六只麻雀就飞了来，各叼了一颗米走了。然后是无数的黄蜂、蛾子和苍蝇到了院子里，更有长长的一溜蚂蚁从院墙上列队下来，都是叼了一颗米就走了。我是眼看着一碗米饭只剩下了一颗米。我把最后一颗米粘在我的鼻尖，舌头伸出来一舔，吃在了我的肚里。

再说夏天智吧。四婶从西街接回来了白雪和孩子，夏天智埋怨了四婶：“怎么没把咱亲家也都请来呢？”白雪说：“我大哥一家从外地回来了，我娘走不开的。”夏天智说：“你大哥听说是工程师了？”白雪说：“已经是总工了。”夏天智说：“你大哥学问好，人品也好。那就这样吧，初二了你去西街拜年，初三让你爹你娘你大哥大嫂都到咱这边来！你现在去二伯家，就不让他做饭了，接他们来咱家吃，还有你大婶、三婶。”又对四婶说，“是不是把君亭、庆金也叫来？”四婶说：“叫倒可以，但要叫就得全叫。要去叫，白雪不要抱娃娃，要不人家还以为是寻着让给娃娃压岁钱哩。”夏天智说：“他们该给我娃压岁钱啊！”白雪各家走了一遭，还是没有抱孩子。大婶三婶都问咋没抱娃呢？各掏了五元算是给了孩子压岁钱，白雪不要，她们就生气了，说是嫌少吗，瞎老婆子不挣钱，不要嫌少。夏天义是给了二十元。君亭人不在，庆金给了二十元。庆堂、瞎瞎各是五元。白雪在庆满家门口遇见的庆满，说了请他中午过去吃饭的话，庆满说：“哎哟，我们没请四叔，四叔倒请我们！这样吧，中午我请四叔四婶还有你，过我这边吃了，我再过去。”白雪说：“你不用做了，都一块过去热闹么！”庆满就把三十元塞给了白雪。他们说话时，白雪是瞧见庆玉在不远处的新房门口扫地的，再回头走过去叫庆玉时，院门却挂了锁。白雪知道庆玉在避她，偏也高声对庆满说：“咋不见庆玉哥？”庆满说：“刚才还在的，不知又干啥事去了？”白雪就说：“你过来时把庆玉哥叫上啊！”到了雷庆家，梅花才从谁家提了半桶杀猪热水，刚让雷庆泡了脚，见白雪说了，就合掌叫道：“今年是咋啦，四叔请开咱们啦，往常他们老弟兄们来来往往，我们做小的做好了饭就等他们，等他们吃了才轮到我们，菜就全凉啦，过年总吃些凉凉饭！白雪，今年是你新媳妇头一年，家里备什么好酒了，你哥就好一口酒！”白雪说：“我爹买的，我也说不上名儿。”梅花说：“肯定是好酒，现在只有你家有好酒了！娃娃呢，怎么没抱娃娃来？人是一茬一茬的，我该是娃娃的四婶了，四婶要给娃娃压岁钱呀！”就拍着雷庆问，“你给我掏十元钱。”雷庆从怀里掏了一张五十元的，梅花说：“没零的？”雷庆说：“没。”白雪转身要走，梅花说：“你不要走，这是规矩，四婶给娃娃压岁钱了，四婶将来还要沾娃娃光哩！”就跑出去到隔壁院里将五十元兑换了五张十元，进来抽出一张给了白雪。雷庆泡着脚，说：“说是夏风又走了？”白雪说：“他今年春节给单位值班哩。”梅花说：“他人都回来了，单位还安排值班？现在单位能靠得住？他把单位倒看得那么重！”白雪没敢多待，说了声：“这杀猪水泡脚真的能治脚裂？”然后就走了。

我是吃罢了饭，才准备睡一觉的，哑巴来叫我，让去夏天义家吃年饭。我原本不想去，哑巴硬拉了我，他们吃饭的时候夏天义却一定要叫夏天智一家先来他家吃。我在事前绝不知道夏天义要请夏天智他们也来吃饭的。哑巴去泉里挑水，我正在灶火口坐着烧火，火呼呼地响，我还说：“火你笑啥的？火笑有喜，你让我见到白雪，你才算灵哩！”没想院门响，夏天智老两口和白雪就进来了！我那时真是吓慌了，站起来，立在了厨房门口，不知道该怎么个办着才好。夏天义说：“引生引生，过年哩，给你四叔磕个头！”我趴在地上就磕了头。夏天智可能也蒙住了，说了句“不用不用”，径直往堂屋里走。四婶过来挡住了白雪，她抱着孩子，说：“起来起来，你又不是小娃，磕什么头呀！”我还趴在地上，我看到了白雪的脚。四婶怀里的孩子手却扎煞着，一把抓走了我头上的绒线帽子。孩子抓走了我的帽子，我没有说，四婶也没有发觉，等她走到堂屋台阶上了看见孩子手里还拿着个帽子，回头瞧见我光着头还趴在厨房门口，就说：“这娃娃！你这娃娃！”过来把帽子还给了我。我说：“娃真亲！”四婶并没有让我逗孩子，夏天义就说：“你去端菜吧！”对夏天智他们说，“引生和哑巴跟我在七里沟几个月了，大年三十我让他们都在我这儿。”我把菜从厨房往堂屋的桌上端，菜很简单，夏天义只炒了一大盆肉，再加上些烩肚丝和油炸的豆腐，再就是糯米糕，生氽丸子。夏天智说：“报上名字！”我端上烩肚丝了，就说：“引生！”夏天智说：“报菜名字！”我端上生氽丸子，说：“生氽丸子引生！”噗的一声，白雪就笑了。她的牙很白，只笑了一下就忍住了，借捡掉在地上的筷子，把身子弯到了桌子下。夏天义训我：“你咋啦，叫你报菜名你报你的名，谁不知道你是引生？！”我完全是脑子渗了水，丢了这么大的丑！再去厨房端菜时，就打了自己个嘴巴。菜全部上齐了，夏天义喊我和哑巴也到桌上去，我就坐在桌子的北面，正好和白雪照面，我的眼睛就没地方看了。我不敢正视白雪，也不敢正视夏天智，眼光就盯着菜盘，盯着菜盘又显得那个，只好把眼光收回来看着我的手。夏天义说：“你咋不动筷子呢？”我说：“动，动。”发现夏天智杯里酒没了，便站起来给他斟酒。夏天义说：“引生，给你四叔四婶都敬一杯吧！”我给夏天智敬了一杯，让她随意，我全喝了；又给四婶敬了一杯，让他随意，我也要全喝，四婶说："引生，你有病，你不敢喝多。"我说："没事！"端起酒杯一下子喝了。四婶说："喝酒像他爹！"四婶这么一说，我稍稍不紧张了，脑子就想：下来该不该给白雪敬酒？给白雪敬酒了白雪不喝怎么办？给白雪敬酒了夏天智脸色不好看怎么办？"我豁出去了，说："白雪，我敬你一杯吧！"白雪脸刷地红了，说："我不会喝酒。"我说："过年哩，少喝点吧。"四婶也说："你少抿一点。"白雪竟然是站了起来，但她端杯子的手抖，我俩杯子对杯子碰了一下，我看见叭地有了闪光，她抿了一下，立即呛得咳嗽起来了。白雪说："二伯二婶，我先回去收拾菜去，你们少吃一些就快过来啊！"抱了孩子匆匆离席。这是我平生第一回和白雪吃饭喝酒，她走出堂屋门的时候，我心里说：你打个喷嚏吧，打个喷嚏吧！她果然打了个喷嚏。这就好了，那么，我敬她喝下的那些酒一定会长久地热火她的五脏六腑的！等到夏天智他们喝了那一小壶酒后都去了夏天智家，桌上就只留下了我和哑巴。院子的天上云一片一片起了各种颜色，是红的被面子蓝的被面子白的被面子。哑巴狼吞虎咽，我却不动筷子。哑巴哇哇地比画着让我吃；他可怜，不知道什么叫秀色可餐。

夏天智他们回到家里，一只白色的鸟在房脊上一动不动地站着，夏天智首先看到了，扬手吆喝：唏！鸟还站着，咋吆喝它都不飞。夏天智不知怎么就一定要撵走鸟，喊叫起夏雨，夏雨拿了弹弓来射，鸟却不见了。家里已经来了大婶和三婶，下一辈人只有庆金，提了一瓶酒，还带着一个铁皮焊的温酒壶。不一会儿，庆满、庆堂、瞎瞎先到，随后雷庆和梅花、竹青也到了。梅花说："四叔叫侄子们吃喝哩就不叫侄媳妇呀，怕我们吃喝得多吗？！"竹青说："不叫也要来哩！"四婶就笑道："梅花是雷庆的尾巴，叫了雷庆也就算把你叫了。竹青是组长，那还用叫吗？白雪，给你竹青嫂子敬纸烟，她烟紧哩！君亭和庆玉呢？"夏雨说："我又去叫了一次，我君亭哥没在家，可能去乡政府了吧。我庆玉哥说他吃过了，硬不来。"四婶说："庆玉脾气怪，不合群。"就招呼大家入席。夏天智亲自把一道菜一道菜往上端，上一道了问味道如何。几个老人都坐着，晚辈的立在桌边夹那么几筷，都说："好！好！"连吃带喝着一个时辰，庆满的小女儿和淑贞就在院门口叫庆满和庆金，说家里饭菜都放凉了。白雪忙去拉她们进来，她们不进来。白雪回来说了，竹青说："大嫂一定是看见我们来了，还以为是四叔四婶叫了我们而没叫她生气了。"四婶说："庆金，你叫去！"庆金说："甭管她！"四婶自己去了院门口，淑贞人却走了。梅花见淑贞到底没来，话就多了，说："白雪，你娘家是咋过年三十的，夏家可是年年都这样，男人们都各家轮着吃，媳妇娃娃在家硬等着，没有一年的三十饭能吃到热的！"白雪说："我娘家没这么讲究。"夏天智说："当年没分家时二十多口人在一个锅里吃，分了家这么走动，清风街也只有咱夏家！"梅花说："我看亲热也不在于这样过年，各家吃各家的倒好。"夏天智说："你净胡说！吃饭最能体现家风的。"竹青说："四叔好形式！"夏天智说："该讲究形式的还得讲究形式，县上年年开人民代表大会的，会上还不是每个代表发了县长的报告稿，县长还不是在会上念报告稿。按你的说法，用不着代表去了，用不着县长念报告了，把报告稿一发就完了么？这也是形式，可这形式能体现庄严感，你知道不？"竹青说："我不知道，我只知道吃！"去盛了一碗米饭，对梅花说，"你也吃一碗，四婶做的饭香哩！"但做晚辈的却全站起来，说："你们老人们慢慢吃，我们先走呀！"就都走了。

饭吃得并不热闹，而且剩下的饭菜又特别多。饭后，四婶就埋怨没吃好，剩下这么一堆这几天年里都得吃剩汤剩水了。夏天智便骂梅花和竹青不像样，净说些没盐没醋的话败兴。四婶也说："我看来，明年这三十饭就吃不到一块了，人是越来越不回全了。"夏天智在火盆上熬罐罐茶，老熬不开，低头去吹火，灰眯了眼睛，也就不再熬了，起身去放高音喇叭，说："今年村里没说要闹社火的话？"四婶说："没见君亭说么！往年新生热火操办的，咋也咕咚不响了？"高音喇叭就响起了秦腔：

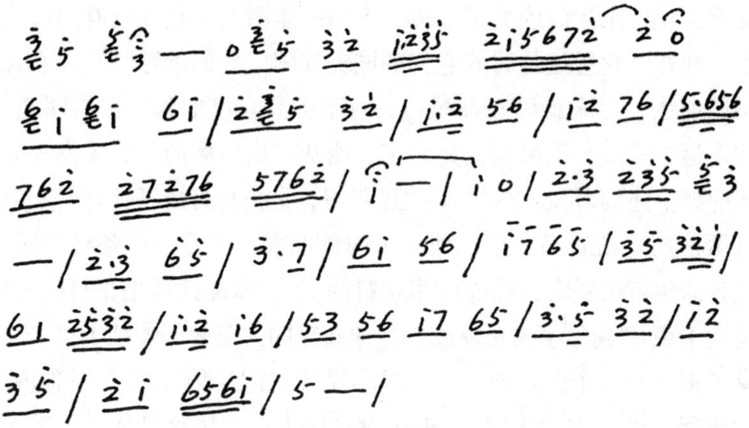

秦腔一响，天却一下子阴起来，而且有了风，树梢子都摇。夏天智看了看天，觉得疑惑，说：“这天咋变了，是要下雪呀吗？”便听见喇叭声中有了咚儿锵咚儿锵的鼓乐。夏天智就喜欢了，说：“敲社火鼓的！我说哩，过年咋能这么冷清？！你抱娃娃去看吧，如果真是要闹社火，让咱娃坐一回社火芯子。我小时候坐过芯子，扮的是‘桃园结义’中的关公，夏风小时候也坐过芯子……”说到夏风，他不愿多说了。白雪就逗着孩子，说：“你扮个啥呀？我娃扮一个‘劈山救母’的小沉香！”夏天智从柜子里往外拿秦腔脸谱马勺，听白雪这么说，手在柜里停住了，一股酸水从胃里涌到嘴里。但夏天智没有把酸水吐出来，梗了梗脖子，又咽了下去。

白雪抱了孩子走到街上，街上的风比院子里硬，地上的鸡全乱了毛，斜着身子顺着墙根跑，跑着跑着就翻个跟头。斜巷中钻出了文成、张季一伙，每人手里拿着从池塘砸开来的冰，哗啦摔在地上，又踩了一块当滑轮，出溜出溜地滑。张季滑得收不住力，直着往白雪冲过来，白雪忙闪在一旁，张季咣地就身子撞了墙，摔了个狗吃屎。那块踩滑的冰是块三角形，里边冻着一条鱼，鱼还是游动的样子，但这游动的样子却死了。农贸市场上已经没人摆摊，到处滚动着草屑和塑料纸，大堆的垃圾里，几只狗在扑上扑下，说不来是厮咬还是戏耍，而远处站着来运。白雪听夏天义说，来运昨晚哭了一夜，今早一露明就跑到乡政府门口去了。现在，它远远地看着它们的同类戏闹，它们不呼唤它，它也不愿前去，后来就卧在那里，头弯下去舔自己的腿。白雪叫道："来运，来运！"来运向她走来，腿却一瘸一瘸的，她才发现来运的腿上还淌着血。白雪说："过年哩，谁把狗打成了这样？"万宝酒楼门口站着马大中，他穿了两件毛衣，套着一个条格西服，红色的领带很耀眼，他说："书正打的。"白雪说："他书正打的？"马大中说："狗见了书正就咬，把他新穿的一条裤子咬扯了，书正拿了棍……一个向左拐，一个向右拐。"白雪叹了口气，对狗说："你回去吧，你回去吧。"来运没有回去，在风里又哭了。陈星陈亮就从鞋铺里出来哈手跺脚，然后往铺门上贴对联，马大中高声问："吃了没？"陈星说："吃了。你也吃了？"马大中说："吃了。翠翠没回来看你？"陈星扭头看了一下白雪，白雪把眼光挪开，但陈星始终没回答。马大中又说："赵宏声给你写的还是你写的？"陈星说："赵宏声写的。上联是'来的必有豹变士'，下联是'去者岂无鱼化才'。好不好？"马大中说："清风街这地方怪，农民写的对联文得你看不懂！"陈星说："上联是写你我这样的外来人，下联是写从清风街走出去的人。你只认得钱！"马大中说："写得不好！你瞧瞧万宝酒楼的对联：忆往昔，小米饭南瓜汤，老婆一个孩子一帮；看今朝，白米饭王八汤，孩子一个老婆一帮。"陈星说："赵宏声怕是专为你写的！"马大中说："就是为我写的，那好啊！"马大中哈哈地笑，一回头白雪到了跟前，腰就弯下来，说："白雪，过年好！"白雪说："过年好！"马大中从口袋里掏出钱夹来，抽出了三张一百元的钞票，说："给娃娃个压岁钱！"白雪急忙躲避，马大中把钱已塞在孩子的裹被里，说："咋不要？给娃娃个吉利么！"陈星和陈亮吐了一下舌头，已钻进鞋铺不出来了。白雪说："过年你也不回老家呀？"马大中说："哪儿都是家么！"白雪说："既然看上了清风街，咋不把你老婆娃也接出来呀？"马大中说："我独身惯了，人家也不愿意出来。往常都在县城过年，今年只说在乡下过年图个热闹，没想年三十了还冷清得啥也没有！”白雪说：“我听到锣鼓响，还以为闹社火呀！”马大中说：“刚才是刘新生和顺娃、哑巴他们在这里敲了一阵锣鼓，人没引来，又转到西街敲去了，一会儿还会来的。”真的过了一会儿，街西那头过来一小群人，开着手扶拖拉机，拖拉机上架着牛皮大鼓。

是我开的手扶拖拉机，我心里高兴，就想敲锣打鼓。吃罢饭，和哑巴去煽惑君亭闹社火，君亭从乡政府才回来，说清风街出了那么大的事，谁还有心情闹社火呀，今年就免了。我和哑巴心不死，又去找新生，新生就取了鼓，鼓正面破了，用反面敲。我万万没有想到，手扶拖拉机从西街开过来就又遇到了白雪，那手扶拖拉机就像个小牛犊子，竟斜斜地向白雪冲去。白雪还和马大中说话，手扶拖拉机冲过去时她没注意，而马大中尖叫了一声，白雪回过头来，她也惊呆了。白雪惊呆了，不知道了躲闪，我在手扶拖拉机上也惊呆了，手脚全成了硬的。但是，手扶拖拉机眼看着撞上白雪了，却拐了头，咕咚撞在了万宝酒楼前的那块“泰山石敢当”上，停下来，呼呼地喘气。新生从鼓边掉了下去，爬起来破口大骂：“引生，你是轧死人呀还是你要死呀？！”顺娃说：“过年哩别说丧话！”新生还在骂：“你狗日的今会不会开？”我说：“拖拉机要往这边去的，我没拉得住么！”众人就笑了，说：“引生是看见白雪了，眼睛就斜了，倒怪拖拉机？”我从拖拉机上下来，对白雪说：“没吓着吧？”白雪在吃饭的时候虽然不大理我，但脸一直红扑扑的，现在是脸灰白了，她弯下腰从地上捏了一撮土放在孩子的额上，担心吓着了孩子。我就说：“是拖拉机要斜的，真的，拖拉机也有灵魂么！”新生用鼓槌戳我的头，说：“滚滚滚，不让你拉了，就在这儿敲！”他自己开始敲开了。

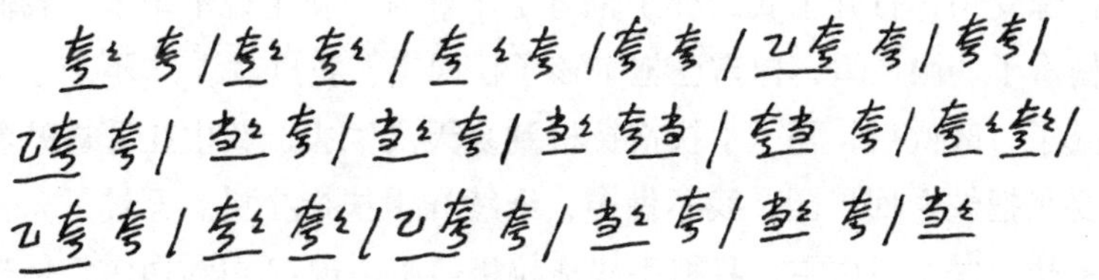

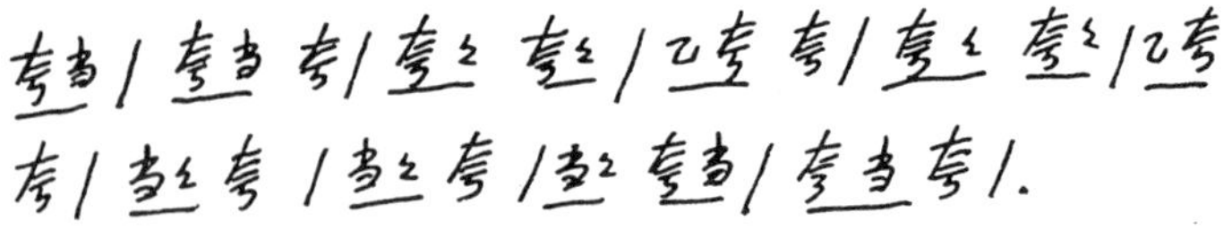

敲了一阵，巷道里才有人出来。武林袖着手是走到市场前的岔路上，瞎瞎在路边的土塄下拉屎，忽地站起来，把武林吓了一跳。瞎瞎说：“武林，今早没拾粪呀？”武林说：“过年哩拾啥啥，啥粪哩？我去看，啊看社，社火呀！”瞎瞎说：“想得美！谁给你闹社火呀？”武林才要说话，抬头往北一看，312国道上走下来了张学文，武林忙把腰猫下，转身往回走。瞎瞎说：“武林，武林！”也看见了张学文，赶忙又蹲下去，土塄挡住了他，低声骂：“张学文，你死到初一，初一不死十五死！”张学文并没有看见武林和瞎瞎，他回家避了几天风头，过年期间又来和乡长在乡政府值班，两人下了几盘棋，闲得发闷，出来要去街上商店买条纸烟。从巷道出来的人见张学文来了，全都站住了脚，后来纷纷缩进巷道，新生还在敲他的鼓，头低着，眼睛不往别处看。拖拉机上下的所有人都没有说话，也没有看张学文，当张学文走过去了，锣鼓停下来。新生说：“他狗日的咋没回去过年？”顺娃说：“瞧见了吧，他腰里别了手铐哩！”我从新生手里夺过了鼓槌，跳下了拖拉机。新生说：“你干啥？”我说：“我打他狗日的！”新生说：“好爷呀，这大过年的，你别再惹事！”我说：“我手痒哩么！”顺娃说：“你这阵说大话，撞乡政府大门时你躲得远远的！”我说：“我在七里沟！”新生说：“吵屎哩！不敲啦，没人来热闹，敲着也没劲了！”

事过了，我给你说，我要真打张学文是新生拉不住的，我之所以没再去打张学文，是因为白雪在场，我不愿意惹出事了让她担惊受怕，打开了我的样子也肯定不好看。新生说不敲了，我偷偷看了一眼白雪，白雪已抱了孩子往回走，我也就说：“不敲了不敲了，散伙！”开了手扶拖拉机到夏天义家去，新生在后边喊着要我把鼓送回果园，我不做声，继续开手扶拖拉机。开过了东街牌楼，撵上了白雪，我把手扶拖拉机停下，说：“白雪白雪，你坐上来，我拉你！”白雪没理我。我就从手扶拖拉机上下来，说：“你走，那我也走。”斜着身子把握了手扶拖拉机的车把，拖拉机哼哼地唱着往前驶，我跟着小跑。这时候风突然地大起来，而且带了哨子声。白雪紧紧地把孩子捂在怀里跑起来，我大声喊：“你坐上来，你坐上来么！”风吹起的尘土眯了我的眼，手扶拖拉机便驶歪了，前轮子陷进了路边的水渠里。风越来越大，我就看见312国道北的塬上有了一股龙卷风。龙卷风起身于哪里，没人说清，清风街人看见它的时候，它已经在312国道北的塬上了。这场龙卷风扫过了伏牛梁，使差不多的树林子倒伏，把老贫协主席的坟，我爹的坟，还有中星他爹的坟都揭了一层土，中星他爹坟上的千枝柏连根拔了。最后进了街，经过农贸市场，又经过戏楼前广场，再从戏楼旁南下到河滩，州河水面上旋起了几丈高的水柱，河在瞬间里几乎都要断流，即刻却突然地消失了。它总共吹折了村里十三棵树，扬弃了两个麦草垛和三个包谷秆垛，毁了五座房屋的檐角，死了十只鸡三只猫。染坊里的狗是被吹在了半空，掉下来断了腿。丢失了晾着的一条被子，四件衣服。我说我突然地不知道了一切，是我正喊着让白雪快跑，我的双脚就离了地，扶风往上。风是可以扶的，就像你在水里上岸手攀了岸石往上跃，呼地就起来了。风在空中你看不见，你双手乱抓，却能抓住。在我离地三丈高的时候，我还很得意，还往地上看，白雪抱着孩子已钻进了巷道，她是斜着身子跑的，头发全立起来，但她还在跑。孩子的帽子就掉了，像一片树叶子飞上了树梢，又像一只鸽子飞到了我身边，我抓了一下，没抓住。我喊：“帽子！帽子！”我开始打转了，先还是竖着转，再就是横着转，我被扭成了麻花，脑袋便轰的一下什么也不知道了。但是我又清醒了，我清醒的时候，是坐在了龙卷风的中间的。说出来你可能不信，龙卷风的中间竟然是白的，就像个大的空心竹竿，它的四壁，应该是空心外有壁，是一道道密密的条纹，用手拍拍，都硬邦邦的。我那时只要想顺着那壁爬，绝对就能爬上去，但我害怕了，爬到了五米高再溜下来，就老老实实坐在空心地上。约摸是三分钟吧，我猛地又被提了起来，然后咚地落在地上，看见龙卷风从身边旋着走了。我没有受伤，只是落下来屁股疼，就听见了夏天智家的高音喇叭还在播放秦腔。

※　※

“九九”八十一，穷汉娃子靠墙立，冻是冻不了，只害肚子饥。这是清风街从爷的爷的爷的口里就唱的谣。这个春上，村里的孩子们又唱着，我就觉得是在唱我。我把烂棉袄脱了，换上了一件薄毛衣和夹克，再不缩头缩脖的害冷，但肚子里有了个掏食虫，吃了这顿撵不及那顿，从巷子里走过，谁家蒸了米饭，谁家炝了葱花，全闻得出来。许多人家开始翻腾红薯窖、萝卜窖、土豆窖，将坏了的红薯挑出来，将长了根须的萝卜和生了芽的土豆弄净了须芽重新下窖。我家地窖里的红薯生了黑斑，我是统统取出来了，挑拣着好的在水盆里洗了要吃，将生了黑斑的红薯挖了黑斑再放进窖去。隔壁的来顺在门口的席上拿柿子拌炒熟的稻皮、大麦，准备晾干了磨炒面，他一直看着我挑拣红薯，说：“你到底不会过日子！”我说：“咋不会过日子？”他说：“你应该先吃生了黑斑的红薯呀！”我说：“那我吃到完都是吃坏的！”来顺他不理解我，他讲究会过日子呢，就是没吃过一顿稠饭。来顺又问我咋不见用柿子拌稻皮、大麦做炒面呢，我才不吃炒面，看见他吃炒面拉不下屎用棍棍掏，我都觉得难受。但来顺却在嘲笑我没媳妇没娃，他说：“我比不得你，我要养活四口人哩，你是一人吃饱全家都饱了！”我说：“麻雀！”他说：“麻雀？”来顺没听过《陈胜和吴广》，他就不晓得“麻雀难知鸿鹄之志”。

我和哑巴歇过了正月十五，许多回家过年的打工人又背了铺盖去城里了，我们也往七里沟去。路过小河石桥，河滩的乱石窝里刨出的那两块席大的地上，庆金和他媳妇在下土豆种，见夏天义过来，庆金说：“爹，爹，种土豆不能施鸡粪是不是？”夏天义说：“鸡粪生刺草虫，会把土豆咬得坑坑洼洼的。你这能种几窝土豆？要种你到七里沟种么！”庆金说：“你又到七里沟呀，你身子能行吗？”夏天义说：“有哑巴和引生么，我只是指挥指挥。”夏天义说罢前边走了，庆金看着他爹的背影，对我说：“过了个年，我爹老多了。”淑贞说：“你没看你都老成啥啦？！”庆金的脸，黑黄黑黄的，他的肝从年前就隐隐地疼，一疼就得拿拳头顶住要歇半天。但庆金在叮咛我，在七里沟一定要照顾好他爹，能干的活就干，太累了就坚决得歇下。他说：“兄弟，你是好人，你要是不贪色，你就是清风街最好的人了！”我要反驳他，他塞给了我一根纸烟，把我的嘴堵住了。

夏天义在七里沟真的抬不了石头了，也挖不动半崖上的土了，人一上到陡处腿就发颤。吃中午饭的时候，我们带的是冷馍冷红薯，以前他是擦擦手，拿起来就啃，啃毕了趴到沟底那股泉水边咯儿咯儿喝上一气。现在只吃下一个馍，就坐在那里看着我和哑巴吃了。他开始讲他年轻时如何一顿吃过六个红薯蒸馍，又如何能用肚皮就把横着的碌碡掀起来，骂我们不是个好农民，好农民就得吃得快，屙得快，也睡得快。我说：“你咋老讲你年轻的事？”我这话说得太硬，但夏天义没恼，直直地看着我，说：“我是老了？”我真是逞了能，说：“二叔，你爱钱不爱钱？”夏天义说：“屁话，谁不爱钱？我爱钱钱不爱我么。”我说：“俗话讲人老了三个特征：怕死爱钱没瞌睡。二叔是老了！人老了要服老，你就静静在这儿坐着，看我和哑巴抬石头！”夏天义说：“狗日的像你爹！”这是我跟夏天义以来，夏天义对我最大的夸奖。那一天里他是老老实实坐在一边看我们劳动的。可是到了三天后，他让瞎瞎的媳妇给他用麻袋片做了三层厚的护膝筒套在膝盖上，又跪着在石坝前垒石头，或者跪着用锄头扒拉从崖上挖下来的土。腿跪得时间久了，发木发麻，就又让我和哑巴给他捶揉，我们总捶揉不到地方，他又骂，自己四肢爬着到草棚前去吸卷烟。我笑他那个样子，说：“二叔呀，你撅了屁股瞪着眼，像一头老犟牛！”夏天义就不动了，半会儿才回过头来，说：“引生，你最近没见到俊奇？”我说：“我不欠电费，我见他干啥？哎，你咋突然问他呢？”夏天义说：“为啥不能问？拉石头去！”

又一个早上，我刚刚起来走到中街染坊门口，西街牌楼下停着了一辆车，我还在疑惑这是不是中星或者夏风回来了，便见车上下来了六七个人，急急地跑，领头的是上善。跑过了西街那一排门面房，上善在敲王婶家的门，说："羊娃，羊娃！"门开了一条缝，六七个人就冲了进去，立即王婶的儿子羊娃就被扭了胳膊架出来，羊娃在喊："娘，娘！"王婶跑了出来，羊娃被塞进车里，车吼了一声开走了。王婶倒在地上哭，上善拍了拍手上的土，手又抄在了背后，直直地走过来。我说："咋回事，咋回事，羊娃被谁抓走了？"上善说："省城里公安局来的人，羊娃把人杀啦！"我吃了一惊，说："弄错了吧，羊娃㞗高的个子，他能杀人？"上善说："人穷极了就残忍哩。他们三个打工的，年前要挣些钱回来，又没挣下钱，就半夜里到一户人家去偷盗，家里是老两口，被发觉了就灭人家的口……你猜抢了多少钱？"我说："多少钱？"上善说："二百元！二百元就要那小子的命了！你看见他被抓走了？"我说："是你领的路么。"上善说："我是村干部呀，公安人来了先寻我，我只能领路认个门呀！你要是村干部你领不领？"我说："我不是村干部。"上善说："记着，你要犯了法了，我也会领路去抓你的！"呸呸呸，我嫌他说话不吉利，朝天唾了几口。上善一走，我就往东街口跑，夏天义和哑巴已经在那里等我好久了。我说了羊娃在省城杀了人，刚才被省城公安局的人抓走了。哑巴一听就要去羊娃家，夏天义拉住了，说："要不是七里沟，去年冬天你和羊娃就一块去省城了！"我说："羊娃会不会被枪毙？"夏天义说："他杀了人他不偿命？"我的脑子里就活动开了羊娃那颗梆子头，他被五花大绑了，跪在一个坑前，一支枪顶着后脑勺，叭的一声，就窝在坑里不动了。可怜的羊娃临去省城时还勾引了我和哑巴一块去，说省城里好活得很，干什么都能挣钱，没出息的才待在农村哩。等他挣到一笔钱了，他就回来盖房子呀，给他娘镶牙呀。他娘满口的牙都掉了，吃啥都咬不动。可他怎么就去偷盗呢，偷盗被发觉了就让人家骂吧打吧，怎么能狠心就杀人呢？我说："羊娃肯定没杀人，或许是另外两人动的手，他只是一块跟着去的罢了。"夏天义说："一块去的，他动手不动手也是杀人犯！”我说：“他在清风街从没偷盗过呀？”夏天义说：“你以为省城里是天堂呀，钱就在地上拾呢？是农民就好好地在地里种庄稼，都往城里跑，这下看还跑不跑了？！”到了七里沟，一整天我都干活不踏实，脑子里还是羊娃，是羊娃那张柿饼脸，那颗梆子头，他架出门后喊他娘的声音，我估摸这是撞上羊娃的鬼了。人死了有鬼，人活着也有鬼，现在折磨我的是羊娃的鬼。夏天义骂我不好好干活，又骂我瓷脚笨手。我发呆着，说：“咹？”夏天义说：“说你的，卖啥瓷眼？”我破了嗓子地大喊，无数的羊娃头就哗地散开。但我的大喊使夏天义目瞪口呆，哑巴以为我在给夏天义发凶，怒发冲冠地要打我。夏天义把他拉住，说了一句：“他要犯病了吗？”我没有犯病，大喊之后我想哭，但我不能哭，就到沟底水泉里用冷水洗头，然后掏出手帕擦脸。我掏出的是白雪的那块小手帕，我又想起了白雪。一想起白雪，他羊娃的脑袋就彻底消失了。我现在要说的是，七里沟这地方真灵。到了天黑，我们准备收工，哑巴在那里尿哩，我也背过了身尿，一抬头，似乎看见了沟脑的梢林里有一个人，我立即感觉那人是白雪了！白雪怎么会在沟脑的梢林里，但我强烈地感觉那就是白雪！我就说：“二叔，你们先走吧，我去拉泡屎。”自个上了坡，钻到一块大石头背后去了。

夏天义和哑巴先走了，走了百米远，夏天义却坐下来要等我。白雪真的是从沟脑的毛毛路上走下来了，夏天义揉着眼睛，问哑巴那是不是白雪，哑巴点了点头，夏天义就看我的动静。我那时也是糊涂了，全然不晓得夏天义会停下来等我，当我趴在了大石头后一眼一眼盯着白雪往下走，真的，我觉得她的脚下有了一朵云，她是踩了云从天上来的。白雪走过了大石头下边的斜路上，我“噢噢”叫了两声，白雪就站住了，前后左右地看，没有看见什么，一下子小跑起来了。夏天义便站起来，说：“白雪，白雪！”白雪说：“是二伯呀！你们还没回去呀？”夏天义说：“你咋从这儿走，到哪儿去了？”白雪说：“水库西沟的陈家寨有结婚的，我们给人家热闹了，我有娃，晚上得回来，就抄了近路。”夏天义说：“噢，谁家结婚？”白雪说：“姓陆的，二茬子婚。”夏天义说："二茬子婚还请乐班呀！"让白雪和哑巴先往沟外走，他却上来到大石头后边了。我还趴在地上，裤子脱到了膝盖处。我的脸一下子烧起来了，哦哦着往起站，站起了又软下去，又站起拉好了裤子，不敢看夏天义的脸。夏天义说："屙啦？"我说："屙啦。"用脚踢了一下土，土盖住了一摊脏东西。夏天义竟然没有再说什么，转身往沟下走，我跟着他，就好像他用绳子拉着我走。

到了村，我们照例都在夏天义家吃饭，但夏天义这一顿饭让我和哑巴在院里歇了，他亲自擀面条，亲自给我们捞，哑巴一碗，我一碗。哑巴高兴地端了饭碗蹴在门槛上吃，我是坐在台阶上，吃着吃着，碗底里却是一些草节。我不知道这草节是夏天义故意放的，我说："二叔，碗里咋有草节呢？"坐在炕的二婶说："胡说哩，你又不是牲畜，你叔给你碗里放草节呀？！"我头嗡的一下，觉得当顶裂了个缝，有气吱吱地往外冒，同时无数的羊娃的柿饼脸、梆子头就绕着我转。

当天晚上我的病就犯了。这一次犯病不像以前犯病时那么急躁，心里像有一团火，总想喊，到处跑，若手里有杆枪了就去杀人。这一次是脸先浮肿，接着就遗三忘四。在路上遇见庆堂了，庆堂问我吃了没，我脸定得平平的，好像是没听见，惹得他就骂我。骂就骂吧，骂着也不疼。到丁霸槽的万宝酒楼上去看电视，眼睛睁着，人木头一样呆坐，丁霸槽把电视关了，我还坐在电视机前，眼睛睁着。夏天义包了一顿萝卜馅的饺子，要我吃，我就吃，他给我盛一碗，我吃一碗，盛两碗，吃两碗，盛过三碗了我还在吃，他疑惑地看着我，不给我盛了，我也不吃了。吃罢饭，二婶说："这萝卜馅饺子好吃！"我说："是萝卜馅？"从门槛上往起站，一颗饺子就从喉咙里又滚了出来，还是囫囵的。夏天义说："引生你病了？"我说："没病。"他说："真的是病了！"领了我去大清堂。夏天义在前边走，我在后边走，脚抬得很高。文成看见了笑我，他从后面抱了我的腰，把我拧了个方向，我就又直直往前走。夏天义走了一会儿听见没了我的脚步声，回头一看，我是往回走去了，他就骂文成，又把我拉了往前走。夏天义让赵宏声好好给我看病，赵宏声把了脉，给了我三片膏药。夏天义说："你怎么总是膏药？"赵宏声说："他这病有一味药能治，但我不能开。"夏天义说："啥药？"赵宏声没有说出口，在纸上写了，夏天义一看，脸色难看，牵着我又回蝎子尾了。赵宏声在纸上写了什么药？事后我才知道，他写了两个字：白雪。赵宏声是个好医生，他能认病却治不了病，他们都不肯给我治病。待到俊奇来夏天义家，看见了我，他说我这是丢了魂了。俊奇说这话，我是听到了，但没有吱声，继续听他和夏天义说话。夏天义说："你咋知道引生是丢魂了？"俊奇说："我娘以前给我说过她年轻时丢过魂，就是这样子。"夏天义说："你娘也丢过魂？"俊奇说："后来虎头崖澄昭师傅给她收了魂。"夏天义说："还有这事，咋收的？"俊奇说："拿一根红线缠在一颗鸡蛋上，然后把鸡蛋在灶火里烧，等鸡蛋烧成炭了吃下，再喊叫她的名，她应着，魂就回来了。"俊奇这么说着，我以为夏天义压根不肯信的，没想到夏天义却起身去取了红线和鸡蛋，真的在灶火口烧起来了。俊奇对我说："你要吃炭鸡蛋的，一吃魂就回来了！"我说："我魂常丢的。"俊奇说："咋丢的？"我说："我头上一冒气，我能看见我在我的面前站着。"俊奇说："现在你看见你在什么地方站着？"我说："现在我看不见。"俊奇说："丢了。丢得不知道在什么地方了！"如果俊奇的话是对的，我的魂丢到哪儿去了呢？是在七里沟，还是让白雪带走了，还是夏天义羞辱了我，丢在了灶火口？但我不愿意让夏天义给我收魂，我顺门就走。俊奇说："你不能走！你走就是行尸走肉！"不走就不走吧，我回坐在了厨房里。夏天义在灶火口烧鸡蛋，把鸡蛋烧成了炭，出奇的是红线却完好无缺，这使夏天义都目瞪口呆了。夏天义说："真个怪了！引生，你到院门外去，我叫你得应着，然后回来吃这鸡蛋！"我站在了院门口。院门口站着一只公鸡，领着三只母鸡，公鸡的双翅扑撒着，走过来的神气像是村干部。夏天义说："喂——引生！"我说："哎！"夏天义说："回来——喽！"我看见了白雪，我没回应。白雪是一手抱着孩子一手提了捆粉条，哼哼唧唧的，猛地和我对面，眼睛就相互看了一下。眼睛是能说话的，那一瞬间里我们的眼睛在说：

“哎！”“哎？”“哎……”“哎。”白雪是侧了身子走进了院里，把粉条要挂在堂屋门闩上，但没挂住，掉下来了。夏天义在说：“回来——喽！”我说：“让我挂。”夏天义粗声骂我：“引生，引生，你狗日的撮口了的不回应？！”白雪自己把粉条挂好了。我说：“你坐，喝水呀不？”夏天义走出了厨房，看见白雪把粉条挂在了堂屋门闩上，而我又拿了小板凳给白雪，就拿脚踢我的屁股，骂道：“你狗日的还要小命不？！滚！”把我赶出了院，也不让我吃烧鸡蛋了。

我到底没吃烧鸡蛋，但我的魂又回来了。俊奇不明白我没吃烧鸡蛋，怎么魂又回来了？夏天义知道。我被赶出院有三个小时后，悄悄又返回到夏天义家，立在院里，听见夏天义和二婶在堂屋里说话。夏天义说：“唉，世事实在说不清，咱夏风不珍贵白雪，引生却对白雪心重么。”二婶说：“你劝劝白雪，给引生笑笑或者说些话，这没啥么，不舍白雪的啥么，又能治引生的病。”夏天义说：“这话我没法说。”就是夏天义这一句话，他得罪了我。我再也不去七里沟了。我没去七里沟，而且又做了一件最糊涂的事，这就直接导致了夏天义添了病，睡倒了三天。

事情是这样的。乡政府的团干，还记得吧，就是结婚请村干部去上礼的那个团干，他后来竟然爱上了摄影。得知七里沟长出了个麦王，就来找我，说能不能把麦王给他，他照一张照片，绝对能照张可以获奖的照片哩。我说：“不能给你，你获奖呀与我们屁事？！”他说：“给你五元钱也不行？”我说：“不行。”他说：“那只照一下，照出来发表了也是给你们宣传呀！”我就领他去了土地神庙。麦穗吊得太高，他拍照不成，我们就把麦穗取了下来，放在地上照。照过了，我向他要钱，他却反悔不给。没见过这么要赖的人，我当然和他争吵，街上的一只鸡却走进来将麦穗叼走了。当我拿了钱发现麦穗没了，出来看见鸡在街上把麦穗啄成了三截，我是吓坏了，团干也吓坏了。他到底鬼，又从别处弄来一穗麦吊在了空中，说：“不给夏天义说，他哪里会知道？”

我是一辈子没哄过人的，这事我能不给夏天义说吗？但我又不敢对夏天义说。我把五元钱交给了书正媳妇的饭店，便每天给夏天义端一碗凉粉。端了第一碗去，夏天义说：“你不愿到七里沟去了，还给我买什么凉粉？！”我说：“谁说我不去七里沟了，我只是歇了几天么。”夏天义就高兴了，吃了那碗凉粉。一连三天他都吃了我端去的凉粉，还对人说：“狗日的还真孝顺！”

但是，世上没有不透风的墙，哑巴不晓得怎么就知道这件事，给夏天义说了。我端了第四碗凉粉去，夏天义是坐在院子中的条凳上，条凳边放着一根竹棍。我说：“凉粉，二叔就好一口凉粉！”夏天义提起了竹棍就把凉粉碗打翻了，再提起来打在我的腿弯，我扑通就跪下了。我说：“你打我？”他吼道：“麦穗呢？你把我的麦穗呢？！”我心里说：“完了，完了！”竹棍就落在我的背上。他打我我不动，直到把我打得趴在了地上，嘴角碰出了血，他才不打了，喉咙咯儿咯儿一阵响，倒在了地上。

夏天义是睡倒了三天，三天后才勉强下炕。我一直在伺候他，他也不理我。这期间，夏天智来看望过他，大婶三婶四婶来看望过他，他们劝说着夏天义，但没有骂我，只让我好好服侍着。夏家的所有晚辈都来看望过夏天义，始终没见白雪。

白雪在开春后就开始联络剧团里的人。演员们已组织了七个乐班分布在全县，他们如小偷一样形成了各自的地盘，谁也不侵犯谁的势力范围，谁也不能为了竞争而恶意降低出场价。和白雪关系亲近的几个演员曾邀请白雪参加，但他们的地盘在县城关镇一带，白雪嫌离家太远，就寻找在清风街、西山湾、茶坊、青杨寨串乡的乐班，希望能入伙。这个乐班当然巴不得白雪加盟，甚至答应给她最高报酬。白雪就把孩子让四婶经管，四婶先有些不愿意，一是孩子小，白雪出去跑也辛苦，二是觉得自己的儿子在省城工作，七大八大的，媳妇却走乡串村为人吹吹唱唱，怕遭耻笑。夏天智却同意，他说这有啥丢人的，别人过他的红白喜丧，吹唱吹唱自己的秦腔，你是不知道唱戏的人不唱戏了有多难受，唱着自己舒坦了，还能挣钱么。四婶说能挣几个钱？夏风又不是缺钱的！夏天智就躁了，说你儿子有钱，这年前一走给白雪寄过一分还是给咱捎过一厘？他是瞎了心了，八成在省城又有了什么人，硬这样逼着白雪离婚呀！四婶还是心在儿子身上，说我养的狗我能不知道咬人不？他们有矛盾是实情，谁家又没个拌嘴怄气的，牙还咬舌头哩！他就是在省城有个相好的，那还不是跟你的秉性一样，我儿子不好，你年轻时就老实啦？他过一段时间了，或许能回心转意，哪里要真的离婚？！夏天智就不言语了。但白雪去乐班的主意已定，四婶还是管待了孩子，夏天智也不多出去转悠，特意买了一只奶羊，一日数次挤奶又生火热奶。

常常是天一露明白雪就出门走了，直到晚上回来。夏天智总建议夏雨把摩托车给白雪，行走方便些，白雪坚决不要，说她不会骑，也不去学着骑的。每天早晨，夏天智起来得早，就仰着头看天，天要阴着，他就把伞放在门口，提醒白雪出门带上。每晚家人都睡了，院门给白雪留着，门环一响，四婶就敲她睡屋的窗子，说："白雪你回来啦？"白雪说："你还没睡呀？"四婶说："回来这么晚的！你吃了没？"白雪说："吃了。"四婶说："我在电壶里灌了热水，你把脚泡泡暖和。"白雪心里暖和了，说："娘，我在商店里给你订好了一件衣服，明日记着提醒我去取呀。"四婶说："我要衣服进城呀？你也是烧包，挣了几个钱就海花啊！退了退了，我不要的。"说完了就端起孩子尿，孩子不尿，哭起来。白雪说："让娃跟我睡吧。"四婶说："娃睡得热热的，再抱过去容易感冒。你早早睡吧，今日夏风来了信，我在你的床头柜上放着。"白雪就去泡了脚，回到自己的屋间，信果然在床头柜上，原封未动。白雪没有立即去拆，而是一眼一眼看着，待脱了裤子在被窝里暖热了，才开了信封，但信封里没有信，仅一份办好了的离婚证明书。白雪没惊慌，也没伤心，仰头看了看顶棚，一掀被子钻了进去，信封和那张纸就掉到床下。

白雪是美美地睡了一觉，她太乏了，一睡下去，像一摊泥，胳膊腿放在那儿动也不动。夜还寒冷，露水也大，窗外的痒痒树上还挂着前冬最后的一片叶子，现在落下了，在空中划了一道弧线，着地时没声无息。但居住在树根的三只蛐蛐在叫了，一条蚯蚓在叫了，一队蚂蚁正往树干上爬，边爬边叫。后来是夏天义家院子里的来运叫，鸡叫，书正家的猪叫，染坊里的叫驴也叫了。夏天智在醒着，白雪却睡得沉。但是，孩子突然啼哭了一声，白雪就醒了，四婶在那边屋里骂："小祖宗呀，端你尿你不尿，放下你了你就给我尿长江呀！"白雪说："娘，娘，我哄娃睡吧？"四婶说："你睡你的。我给她换个小褥子就是了。"四婶用嘴响着节奏，孩子的哭声软下去，最后是咯得得的噎气声，好像受了莫大的委屈。白雪再也没有睡去，咬着枕巾哭到了天亮。

也是在这晚上，顺娃喊我去打麻将，我们是在文化活动站打的，有上善，还有中街养种猪的老杨。我是赢了，牌想啥来啥，得意地说："俗话说：钱难挣，屎难吃。这屎的确难吃，钱却好挣么！"但我很快就困得要命，提出要走，老杨便骂我赢了就走呀，那不行！我只有继续打下去，眼睛半眯着，想输点了再走，可我眯着眼抓牌，仍是自扣炸弹。我说："没办法，输不了，钱分给你们，放我走吧。"钱分给了他们，一回来我就睡下了。我睡下后做了个梦，梦着在树上吃柿子。屹岬岭上的柿树一棵连着一棵，红了的蛋柿很多，我是看中了一颗，用牙咬破蛋柿尖儿，呼地一吸，软的甜的全进了口中，然后噗地送一口气，蛋柿空皮又鼓起来，恢复到原来的样子。当我吃到了第三颗，往柿皮里吹气，这一回，噗，门牙却掉了，我也就醒了。想：人常说梦里掉牙是亲人有难，但我还有什么亲人呢？没有。如果有，只能是白雪，白雪会有什么事吗？我立即惊起来。到了天亮，我原本是去小石桥那儿等夏天义和哑巴的，却到了东街巷里。夏天智家的院门关着，我从门前走过去了，走了过去，看看巷中没人，掉头又走回来，院门还关着。这么来回走了几次，巷里的人多起来，我就不敢再走了。竹青见着我，说："你在这儿干啥哩？"我说："我等你爹去七里沟呀！"竹青说："我爹和哑巴早在小石桥那儿等你了！"我灰沓沓地只好离开了东街巷道。在七里沟，我盼着天黑，天黑了还要在东街巷里转悠，我下定了决心，如果碰着白雪，管夏天义在场不在场，即便在场的还有夏天智，我都要问问白雪有没有什么事。我要学饭时的苍蝇，你赶了又来，就是要趴在碗沿上，令人讨厌但它勇敢啊！我不停地看天上的太阳，太阳走得太慢。夏天义说："你看啥哩？"我说："太阳咋没长个尾巴呢？要是有尾巴，我一把将它拽下来！"

白雪在她的屋间里一直哭到天亮。夏天智一起来，白雪就不敢哭了，也起来打扫院子，去土场上的麦草垛上抱柴火回来烧洗脸水，又煮了一锅米汤。然后是四婶起来了，她说：“娘，今日我得出去哩。”四婶说：“去哪个村？”白雪说：“青杨寨有家给他娘过三年奠的。”四婶说：“那你先吃饭，吃饱点。”白雪没有吃饭，去了四婶的卧屋看孩子，孩子还没有醒，小小的嘴噘着，一只脚露在被子外，她抱住脚塞在自己口里亲了亲，眼泪又哗哗地流下来。四婶跟了进来，催督着去吃饭，白雪忙擦了泪，给孩子盖好了脚，说：“我不吃啦，得早些去哩。”四婶送她到院外，说：“你眼泡肿得那么高？”白雪说：“怕是没睡好吧。”就急急笑了一下，走了。

夏天智绕着清风街转了一圈，回来后，知道白雪又走了，就说：“她也辛苦。”四婶说：“睡都睡不好，眼睛都是肿的。”夏天智说：“你要给她说哩，身体重要，年轻不在乎。刚才我见着二哥了，二哥的身子说不行咋就不行了？瞧他那气色，我真担心哩！现在老两口一个瞎子一个病着，这样下去咋行呀？”四婶说：“你操二哥的心，这事你又咋管，他五个儿子的让你操心？”夏天智说：“五个儿子……哼，和尚多了没水吃哩！”他不说了，拉出了奶羊挤奶，再去白雪的屋间取奶瓶，发现了床下的信封和一张什么纸，捡起来一看，就大声地叫起了四婶，而自己身子一晃跌在地上。

傍晚我从七里沟来到了东街巷道，没有见到白雪，但知道了夏天智是突然地又病了。夏天义是进了夏天智家的院子，我没有进去，只听见白雪的孩子一声比一声尖着哭，原本天上还是铁锈红的云，一时间黑气就全罩了。

※　※

夏天智睡倒了两天后，添了打嗝儿的毛病，嗝声巨大，似乎是从肚里咕噜噜泛上来的。一辈子爱吃水烟，突然觉得水烟吃了头晕，甚至闻不得烟味，一闻着就呕吐。太阳正中午的时候，他让把他搀到院中的椅子上，然后把四婶、白雪、夏雨都叫来，开始问白雪和夏风的婚事。白雪先还是隐瞒，他就说他看到夏风的那封信了，白雪便放声哭了起来。白雪一哭，鼻涕眼泪全下来，四婶和夏雨都慌了手脚。夏天智说："事情既然这样了，我有句话你们都听着：只要我还活着，他夏风不得进这个门；我就是死了，也不让他夏风回来送我入土。再是，白雪进了夏家门就是夏家的人，她不是儿媳妇了，我认她做女儿，就住在夏家。如果白雪日后要嫁人，我不拦，谁也不能拦，还要当女儿一样嫁，给她陪嫁妆。如果白雪不嫁人，这一院子房一分为二，上房东边的一半和东边厦屋归夏雨，上房西边的一半和西边的厦屋归白雪。"说完了，他问四婶，"你听到了没？"四婶说："我依你的。"夏天智又问夏雨："你听到了没？"夏雨说："听到了。"夏天智说："听到了好！"靠在椅背上一连三声嗝儿。白雪哭着给他磕头。他说："哭啥哩，甭哭！"白雪不哭了，又给他磕头。他说："要磕头，你磕三个，大红日头下我认我这女儿的。"白雪再磕了一次。夏天智就站起了，不让夏雨再搀，往卧屋走去，说："把喇叭打开，放秦腔！"夏雨说："放秦腔？"他说："《辕门斩子》，放！"

这天午饭时辰，整个清风街都被高音喇叭声震荡着，《辕门斩子》播放了一遍又一遍。差不多的人端着碗吃饭，就把碗放下了，跟着喇叭唱："焦赞传孟良禀太娘来到。儿问娘进帐来为何烦恼？娘不说儿延景自然知道。莫非是娘为的你孙儿宗保？我孙儿犯何罪绑在了法标？提起来把奴才该杀该绞！恨不得把奴才油锅去熬。儿有令命奴才巡营瞭哨，小奴才大着胆去把亲招。有焦赞和孟良禀儿知道，你的儿跨战马前去征剿。实想说把穆柯一马平扫，穆桂英下了山动起枪刀。军情事也不必对娘细表，小奴才他招亲军法难饶。因此上绑辕门示众知晓，斩宗保为饬整军纪律条。"

自后的日子里，夏天智的肚子便不舒服起来，而且觉得原先的刀口处起了一个小包，身上发痒。他每日数次要四婶帮他抓痒，自个手动不动就去摸那个小包，说：“县医院的大夫缝合伤口不行，怎么就起了个疙瘩？！”小包好像还在长，甚至有些硬了。但夏天智的精神头儿似乎比前一段好，他就独自去找赵宏声，让赵宏声瞧那个小包。赵宏声捏了捏小包，说：“疼不？”他说：“不疼。”赵宏声说：“没事没事，我给你贴张膏药。”

夏天智从赵宏声那里出来，随路去秦安家转转，没想夏天义也去了。夏天义越发黑瘦，腿却有些浮肿，指头一按一个坑儿。他们说了一阵话，夏天智就回家了，一回家就让夏雨把庆金、庆满和庆堂、瞎瞎叫来，没叫庆玉，也没叫任何一个媳妇，他说：“四叔把你们叫来，要给你们说个事的。这事我一直等着你们谁出来说，但你们没人说，也只好我来说了。你爹你们也看到了，年纪大了，去冬今春以来身体一天不如了一天，他是不去了七里沟……”庆金说：“他还去哩。”夏天智说：“我知道。他现在去是转一转，干不了活了。他确实是干不了活了！可是，你爹你娘还是自己种着俊德家那块地，回来自己做自己吃。我去了几次，做的啥饭呀，生不生熟不熟，你们是应该伺候起他们了！我给你们说了，你们商量着看咋办呀？”庆金庆满庆堂和瞎瞎都说四叔你说得对，我爹我娘是不能单独起灶了。四个儿子便在夏天智家商量，虽然仍是争争吵吵，言语不和，但最后终于达成协议：五个儿子，每家管待两位老人一星期饭，到谁家，谁家就是再忙再穷，必须做改样饭，必须按时，不能耽搁和凑合。商量毕，夏天智说：“好了！”让他们给爹娘说去。可到了后晌，夏天智拿了他的书在台阶上看，看出了一个错别字，正拿笔改哩，庆金来说，他爹见不得庆玉，执意不肯去庆玉家吃饭。夏天智说：“我估摸你爹不肯去庆玉家，那你们四家就轮流么。”庆金说：“我兄弟四个没意见，可几个媳妇难说话，嚷嚷爹娘生了五个儿子为什么他庆玉就不伺候老人？恶人倒得益了！他不伺候，也该出钱出粮呀！我去给庆玉说，庆玉却口口声声不出钱也不出粮，说他要管待老人的，剩下了他，村人怎么戳他脊梁，他才不愿意落个不孝顺的名儿。”夏天智哼道：“他说的屁话！他知道你爹不愿去才说这话，他要孝顺咋不出钱出粮？你回去给你们的媳妇们说，你爹不愿去庆玉家，就不去庆玉家，四个儿子不准看样！你就说这是我说的，谁有意见让来找我！”又骂庆金是软蛋，把庆金赶走了。

夏天智赶走了庆金，又看他的书，但如何也看不进去，再要播放一段秦腔，喇叭竟也出了故障，就坐在椅子上呼哧呼哧出气。到了晚上，伤口上的小包疼痛起来。连着疼了几天，夏天智让夏雨去赵宏声那儿买膏药，赵宏声对夏雨说：“四叔伤口上那个小包，我疑心是病又复发了。”夏雨慌了，说：“如果复发了那怎么办？”赵宏声说：“再复发，恐怕就难弄了，这号病一般是熬过一年就能熬过三年，熬过三年就能熬过五年，熬过五年了就没事了。四叔手术后复发这么快，是手术没做好？”夏雨说：“医生告诉我手术很成功呀！”赵宏声说：“那这是啥原因？或许是命吧，再好的医生是能治病治不了命的。你得有个思想准备。”便取了几瓶治癌的中成药，撕了瓶子上的药名贴纸，给了夏雨。夏雨脚像踩在棉花堆里，一路上眼泪流个不止。到了东街巷口，他走不动了，坐在碾盘上吃纸烟，巷道里空空荡荡，他想：真的是爹不行了吗？人这命咋这么脆的？如果这阵一直到我回家的路上能碰上个鸡，爹就没事，如果碰不上，那……夏雨拿眼盯着巷道，默默地说：出来个鸡吧，天爷，出来个鸡吧！他慢慢地走到了自家院门口，仍是没有一只鸡走动，已经把院门推开了，还回头看看巷道，巷道里还空空荡荡。夏雨稳定了情绪进屋，夏天智捂着肚子在炕上，夏雨把药给了夏天智，说是能止疼的。夏天智说：“这瓶子上怎么没商标什么的？”夏雨说：“这是宏声把止疼的中成药装在废瓶中的，一天三次，一次六片。”四婶说：“一次吃那么多呀！”但夏天智取了六片药一次塞在嘴里，喝水冲了一下没冲下去，再喝水冲了一下，脖子梗得老长。夏雨就不忍心看了，借故走到院子，眼泪吧嗒吧嗒往下掉。

此后的夏雨就很少在万宝酒楼，再不两天三天不回家，他每日都抽空回来陪夏天智说话，帮夏天智和颜料，又买一大堆秦腔盒带。夏天智觉得奇怪了，对四婶说：“是不是夏雨和那女子的事吹啦？”四婶说：“他给你说了？”夏天智说：“以前整日不沾家的，现在回来这么勤，不是恋爱吹了能是啥？”四婶说：“或许他生了心，懂事了！”夏天智说：“肯定是吹了！”四婶等夏雨再回来，他提了一只鳖，说要给爹熬鳖汤喝呀，四婶说：“你爹病了，你也不把你对象领回来看看你爹？”夏雨说：“你们不愿意人家，她害怕么。”四婶说：“既然你同意，我们还有啥说的？领回来！”

夏雨真的把金莲的侄女领回来了几次。这女子嘴甜，一口一个爹和娘，但夏天智每每见到她来了，点个头算是打了招呼，就坐到他的卧屋去，对四婶说：“她没过门，叫的什么爹呀娘呀的，她叫你，你还答应？”四婶说：“我看这女子还行。”夏天智说：“行啥呀？你瞧瞧那个站相……”四婶嘘了一声，忙制止。院子里，夏雨和那女子在杀鳖，夏雨用刀剁了鳖头，那女子去捡鳖头要扔给猫，鳖头却咬住了那女子的中指，疼得叽吱哇呜地喊。

过了半个月，清风街出了个笑话，是书正的二女儿害了病，赵宏声给抓了七服中药，吃了六服，病就好了。书正的媳妇一个人在家的时候，念道这药好，这剩下的一服撂了吧是花了钱买的，太可惜，就自己熬着喝了。没想到喝后肚子疼得打滚，送到赵宏声那儿又打了三天的针才好过来。这一天，夏天智和四婶去和大婶说话，书正的媳妇来借秤，又说起吃药的事，四婶说：“你啥想占便宜，别人的药都敢喝？！”书正媳妇说：“不是想占便宜，是嫌可惜。平日娃娃们吃剩的饭都是我吃的，我只说我身体也不好，谁晓得那药厉害！”大婶说：“让宏声也给我抓服药，让我吃得能死就好了。我活得够够的了！”书正媳妇说：“大婶你不敢死，你君亭当官哩，你是福老婆子呀！”大婶说：“我有个豆腐！”四个人正说着话，庆满的媳妇嘴噘脸吊地从门前走过。四婶说：“你本来脸长，再拉得那么长是挂水桶呀？！”庆满媳妇就进了院，说：“四娘四娘，你说这瞎瞎够人不够？”四婶说：“又咋啦么？”庆满媳妇说：“他爹他娘在瞎瞎家吃了五天饭，他娘眼睛看不见，撞碎一摞三个碗，瞎瞎说爹娘是弟兄四个养活的，打碎的碗却是他一人的，这碗钱应该四家分摊，我大哥和竹青就给了两份，他又来寻我，我就不给，打了你三个碗，两家给你贴赔了，再加上你的一份，已经够了，我会赔啥的？他瞎瞎就拿了我家一个碗摔了，说是这样谁都不吃亏。你瞧这瞎瞎，亏他做得出这种事来？！”堂屋里夏天智骂道：“赢人得很！你在院子里说啥哩，你到大街上去说么！”庆满媳妇吓了一跳，说：“四叔在屋里？”四婶说：“在里边。”庆满媳妇扭身就走。到了饭时，麻巧从地里回来，留夏天智和四婶吃饭，夏天智执意要走，走到了巷子口，正好碰着夏天义。夏天义颤颤巍巍地拉着瞎眼二婶，二婶却皱了鼻子说：“谁家炝了葱花？”夏天义说：“就你鼻子尖！”二婶说：“今日能给咱吃啥饭？我刚才打盹，梦见是萝卜豆腐馅儿饺子。”夏天义说：“你想了个美！”身下的路上有了黑影，抬头一看是夏天智。夏天智说：“二哥，这往哪儿去？”夏天义说：“到庆堂家吃饭呀。兄弟，你瞧瞧，我这是要饭的么！”

夏天智心里不是个滋味，回到家里，院门却关着，喊了几声，夏雨满头汗水地来开了门。四婶说：“咋，洗头了，洗头你关门干啥？”堂里走出了金莲的侄女，头发蓬乱，衣服扣子又扣斜了，一个襟长一个襟短，说“爹，娘”，顺门就走了。夏天智明白了什么，说：“你……”恨得说不出话，肚子却疼了起来。

夏天智的病就从这一天加重了，疼痛使他不思茶饭，以至于躺在炕上，没威没势，窝蜷着像是一只猫。赵宏声开始给他罂粟壳汤喝，后来罂粟壳汤也不抵事，就注射杜冷丁。杜冷丁先两天注射一次，再是一天注射一次，再是半天注射一次。夏天智也明白自己得的是什么病了。做完手术后他见人爱说他的病，也盼着清风街所有的人都能来看望他，现在他不愿意多说话了，清风街的人又一轮来看望，他只是摇一摇手，或者眼睛动一下，算是招呼，任凭来人说“好好养养，不就是个胃溃疡么，养息养息也就好了”，自己一句话也不响应。他要尿，须夏雨搀扶他去厕所。夏雨把尿壶塞进被窝，他说他尿不出来，还是要到厕所去。夏雨说：“你就在炕上尿么，换个褥子就是了。”夏天智发了火，但他骂不出声了，就拿眼睛瞪着夏雨，夏雨只好搀他去厕所。探望的人越来越多，夏天智谁也不愿意见，每每院门一响，他就闭上眼。夏雨几次提出给夏风打电话，夏天智都摇头，夏雨还要说，他就唾夏雨，唾沫唾不到夏雨，却落在自己脸上。夏雨和四婶、白雪商量，说不让夏风知道那怎么行，可暗中把夏风叫回来了，夏天智知道了肯定会加剧病情，三个人没了主意，都坐在院子里无声地哭。

在天上下起了黄泥雨的那个中午，我看望了夏天智。天上刮了两天风，尘土罩着清风街，第三天早晨落了一阵小雨，雨都是黄泥点子，我让来运领我进了夏天智家的院，我的白衫子成了灰衫子，来运是白狗成了麻点狗。我一进院子，四婶、白雪和夏雨稍稍有些吃惊，但并没有拒绝我。我说："四叔好些了吗？"四婶说："引生你也来看你四叔了？"拿了小凳让我坐。我去了卧屋，夏天智的眼睛闭着，他已经失了人形了，我看他的头顶，头顶上虽然还有光焰，但小得弱得像个油灯芯子。后来我便退出卧屋，立在院子里不知道要干些什么和说些什么。突然间，我盯着了那棵痒痒树，我说："我能治四叔的病！"夏雨说："你又疯了，你走吧，走吧。"夏雨把我往院外推，我偏不走。白雪对夏雨说："他说能治，问他怎么个治法？"我说："白雪理解我！"四婶和夏雨都不言语了。我说："四叔身上长了瘤子，这痒痒树也长了瘤子。"我这话一说，他们都看痒痒树，痒痒树上真的是有个大疙瘩。我说："这疙瘩原先就有还是最近长的？"四婶说："这也是怪事，以前树身光光的，什么时候长了这么大个疙瘩？你说，引生，这疙瘩是咋啦？"我说："如果是新长的疙瘩，就是这树和四叔通灵的。"当下取了斧头，三下五下将树上的疙瘩劈了。我又说："劈掉这疙瘩，四叔身上的肿瘤也就能消失了。"四婶、白雪和夏雨都惊愕地看着我，那一瞬间，我是多么得意，我怎么就能想到这一点呢，我都为我的伟大而感动得要哭了！

从那天起，我没有了自卑心，毫无畏惧地来夏天智家。我几乎是天天来，虽然夏天智每次在我来时都闭着眼，白雪也没有同我多说什么，但没有人反对我，也没有人骂我是疯子，反倒问我："你四叔真的能好了吗？"我说："这得相信我！"我坐在花坛沿上，我的身后所有的月季都开了。

※ ※

但是，夏天智在第八天里把气咽了。

夏天智咽气前，已经不能说话，他用手指着收音机，四婶赶忙放起了秦腔，秦腔是什么戏，我一时还没听得出来，又到了末尾，是：

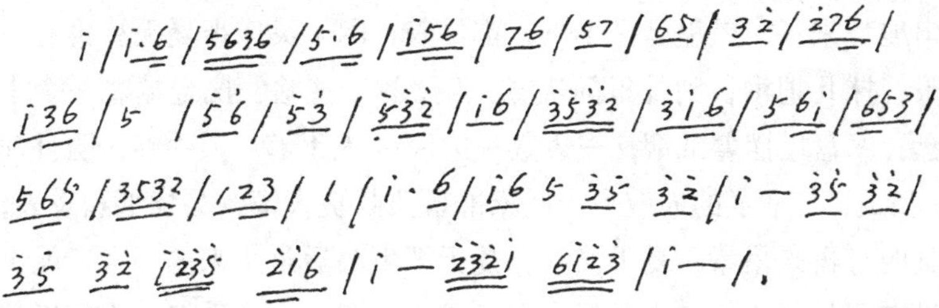

花音二倒板里唱的却是一句：天亮气清精神爽。我说："唱得好，唱得好，四叔的病怕要回头了！"白雪却在喊："爹！爹！"我回过头去，夏天智手在胸前一抓一抓的，就不动了，脸从额部一点一点往下黑，像是有黑布往下拉，黑到下巴底了，突然笑了一下，把气咽了。

中星他爹在世的时候曾经告诉我，人死了有的上天堂，有的下地狱，凡是能上天堂的死时都是笑的，那是突然看到了光明，突然地轻松，不由自主地一个微笑，灵魂就放飞了。夏天智受疼痛折磨的时间够长了，他临死能有一个笑，这让我们的心都宽展了些。但是，我保证过我能治夏天智的病，现在人却死了，我非常地尴尬，四婶和白雪呼天抢地地哭起来，夏雨没有哭，他直勾勾地看着我，我慌了，说："四叔是笑了一下。"夏雨说："笑了一下。"我又说："四叔上天堂了。"夏雨也说："上天堂了。"我说："我……"夏雨没有再说什么，眼泪刷刷刷地流了下来。

夏天智一死，哭声从一个院子传到另一个院子，从一条巷传到另一条巷，再从东街传到了中街和西街。夏家的老老少少全都哭得瘫在地上，除了哭竟然都不知道该干些什么。亏得上善又来主持，安排人设灵堂的设灵堂，清理棺材的清理棺材，再把夏家晚辈叫在一起，说："谁都要走到这一步，哭一鼻子就对了，你们都这么哭着，谁料理事呀？"他就分配活计：庆满领人在院子里垒锅灶；夏雨负责磨面碾米，买酒肉、烟茶、蔬菜、火纸、香表和蜡烛；庆堂率领众妯娌在厨房忙活；白雪去预订乐班；庆金去请赵宏声来写铭锦；瞎瞎和雷庆去老亲世故家报丧。最后，新生带了四色礼去西山湾，让阴阳先生看下葬的时辰。清风街的人一溜带串地都来了，屋里已坐不下，都站着，围了灵床把夏天智再看一眼，抹几把泪，到院里问庆金：需要我干些啥？庆金端着一个木盘，木盘里摆着纸烟，一边散一边说："人手够，人手够，明日都过来吧。"来了的人散去，回家准备蒸献奠大馍，买烧纸和香表，赶明日再来吊孝。夏天义是在夏天智倒头后最早来的，来了就再没有回他家，他一直没哭，只是灵堂设起后，亲手把一张麻纸盖在夏天智的脸上，说了一句："兄弟，你咋把你哥一个留下啦？！"两股眼泪才流下来。他的眼泪不清亮，似乎是稠的，缓慢地翻越着横着的皱纹，从下巴上又流进了脖领里，然后就坐在夏天智的炕沿上，见人也不搭理，沉闷着像个呆子。夏雨和白雪重新更换了中堂上的字画，再将一柜子的秦腔脸谱马勺全取了出来，挂满了灵堂。白雪说："上善哥，我爹生前说过，他死了要枕他的书哩，能不能用书换了他的枕头？"上善说："要得！你不提醒，我倒忘了！"将六本《秦腔脸谱集》替换了夏天智头下的枕头。原本夏天智的脖子硬着，用书换枕头的时候，脖子却软软的，换上书，脖子又邦硬。上善就说："四叔四叔，还有啥没办到你的心上？"屋子里没有风，夏天智脸上的麻纸却滑落下来，在场的人都惊了一下。院子里有人说："新生回来了！"上善说："好了，好了，新生回来了，四叔操心他的时辰哩！"就又喊："新生！新生！"新生就跑进来。上善说："时辰咋定的？"新生说："后天中午十一时入土。"上善说："四叔，四叔，后天中午十一时入土，你放心吧，有我主持，啥事都办妥的。”把麻纸又盖在夏天智的脸上。奇怪的是麻纸盖上去，又滑落了。屋里一时鸦雀无声，连上善的脸都煞白了。白雪突然哭起来，说：“我爹是嫌那麻纸的，他要盖脸谱马勺的！”把一个脸谱马勺扣在了夏天智的脸上，那脸谱马勺竟然大小尺寸刚刚把脸扣上。

灵床上发生的事夏雨没在场，他和君亭在院子里商量如何通知村小学和乡政府，以及县上有关部门。商量定了，夏雨说：“给不给我哥打电话？”君亭说：“你还没通知夏风呀？”夏雨说：“还没哩。”君亭说：“快去打电话，这事还用商量？！”夏雨这才醒悟家里的事外人都不知道，便不再说，自个去万宝酒楼给夏风挂了长途电话。可是，夏风偏偏人不在省城，说他在离省城二百里外的地方采风哩，下午就返省城，明天限天黑前肯定能赶回来。

再说夏风接罢了电话，嚎啕大哭了一场，立即寻便车赶天黑回到了省城，又连夜联系了单位小车司机，说好第二天一早准时送他。天亮车来，夏风让车开往城南兴善寺购买了两对特大香蜡，十六对小蜡，十把香，十刀烧纸。又去批发市场买了一箱纸烟，两箱白酒。已是中午十一时，两人进一家小饭馆要了两碗刀削面，正吃着，服务员进来说：“是不是你们的车停在人行道上？”司机说：“咋着？”服务员说：“警察拖车哩！”夏风拿着筷子就往出跑，见拖车把小车拖到了马路上，大喊：“为什么拖车，为什么拖车？”旁边的警察说：“人行道上是停车的地方吗？”夏风说：“我有急事，你罚款么！”但小车已经被拖走了。夏风气得大骂，立即用电话四处联系熟人，直到三个小时后，一位朋友才将自己的私车开来，两人又去交警大队，将违章车上的丧事用品取下来，直折腾到了下午三点，才离开了省城。夏风更想不到的是，天近傍晚，车行驶到全路程的少一半处，前不着村，后不挨店，突然出了故障，怎么检查都寻不出毛病，就是发动不着。夏风急得几乎疯了，站在路边挡顺车，但夜里车辆极少，偶尔过来一辆大运货车，却怎么招手呐喊也不肯停，两人只好在车里待了一夜，等待着第二天能再拦挡别的车。

夏雨第二天没有等到夏风回来，晚上还没有回来，急得嘴角起了火疱。君亭说:“最迟也该赶到明日十一点前吧，要不就见不上四叔一面了!”上善说:“是不是出了什么事赶不回来?”夏雨说:“能有什么事?他不回来许多事不好办哩!”君亭说:“事到如今，他即使明日十一点前赶回来，商量事情也来不及了!咱们做个主，如果他赶不回来，孝子盆夏雨摔，至于抬棺的，上善你定好了人没?”上善说:“该请的都请到了，该挡的也都挡了，席可能坐三十五席，三十五席的饭菜都准备停当。只是这三十五席都是老人、妇女和娃娃们，精壮小伙子没有几个，这抬棺的，启墓道的人手不够啊!”君亭说:“东街连抬棺材的都没有了?”上善说:“咱再算算。”就扳了指头，说:“书正腿是好了，但一直还跛着，不行的。武林跟陈亮去州里进货了，东来去了金矿，水生去了金矿，百华和大有去省城捡破烂，武军贩药材，英民都在外边揽了活，德水在州城打工，从脚手架上掉下来，听说还在危险期，德胜去看望了。剩下的只有俊奇、三娃、三踅、树成了。俊奇又是个没力气的，三踅靠不住，现在力气好的只有你们夏家弟兄们，可总不能让你们抬棺呀!”君亭说:“还真是的，不计算不觉得，一计算这村里没劳力了么!把他的，咱当村干部哩，就领了些老弱病残么!东街的人手不够，那就请中街西街的。”庆金说:“打我记事起，东街死了人还没有请过西街人抬棺，西街死了人也没请过中街人抬棺，现在倒叫人笑话了，死了人棺材抬不到坟上去了!”一直坐在一边的夏天义长长地叹了一口气，拿眼睛看着君亭。君亭说:“二叔你看我干啥?”夏天义说:“清风街啥时候缺过劳力，农村就靠的是劳力，现在没劳力了，还算是农村?!”君亭说:“过去农村人谁能出去?现在村干部你管得了谁?东街死了人抬不到坟里，恐怕中街西街也是这样，西山湾茶坊也是这样。”夏天义说:“好么!好么!”竹青见夏天义和君亭说话带了气儿，忙过来说:“劳力多没见清风街富过，劳力少也没见饿死过人。”夏天义说:“咋不就饿死人呢?!你瞧着吧，当农民的不务弄土地，离饿死不远啦!”君亭不理了夏天义，说:“咱商量咱的，看从中街和西街请几个人?”上善又扳指头，说了七个人，大家同意了，就让竹青连夜去请。君亭如释重负，站起来拍拍屁股上的土，说："好了！"仍没理夏天义，坐到院中的石头上吃纸烟去了。

石头边卧着来运。来运自夏天智汤水不进的时候也就不吃不喝，夏天智一死，它就卧在灵堂的桌子下。来人吊孝，夏雨得跪在桌边给人家磕头的，淑贞就嫌狗卧在那儿不好看，赶了去，它就卧在院里的石头边，两天没动，不吃喝也不叫。痒痒树下，立着白雪，白雪穿了一身白孝，眼红肿得像对烂水蜜桃。淑贞说："白雪白雪，你穿啥都好看！"白雪没答言。淑贞又说："这夏风咋还不见回来，该不会是不回来啦？"白雪说："怕还在路上哩。"君亭说："他做长子的能不回来？！"淑贞说："养儿防老，儿子养得本事大了反倒防不了老。四叔这一倒头，亲儿子没用上，倒是侄儿们顶了事了！"三婶就在厨房门口喊："淑贞，让你把泔水桶提来你咋就忘了？！咋就忘了。"君亭拍了拍来运的背，一口烟喷出来，来运呛着了，两天两夜里说了一个字：汪。

又是整整一夜，夏家的人都没有合眼，各自忙着各自的活，直到鸡叫过了三遍，做大厨的都回去睡觉，侄媳妇就坐在草铺上打盹，帮忙的人不愿回去睡的就在小方桌上玩麻将，准时七点，夏雨和庆金拿了鞭炮、烧纸和锨去坟上启寝口土，而白雪请的乐班却已经到了门前。

乐班来了十二个人，八男四女，都曾是在夏风和白雪结婚待客时来过清风街的。这些人当然我是认识的，我近去一一和他们打招呼。最后来的是王老师和邱老师，半年多不见，王老师又老了一截。我说："您老也来啦？"她说："来么。"我说："还唱《拾玉镯》吗？"她说："唱么。"我给男乐人散了纸烟，她说："咋不给我散？"我赶忙敬上一根，但她没吃，装在了她的口袋里。去年夏里这些人来，他们是剧团的演员，衣着鲜亮，与凡人不搭话，现在是乐班的乐人了，男的不西装革履，女的不涂脂抹粉，被招呼坐下了，先吃了饭，然后规规矩矩簇在院中搭起的黑布棚下调琴弦，清嗓音，低头嘁嘁啾啾说话。到了早晨八点，天阴起来，黑云像棉被一样捂着，气就不够用，人人呼吸都张着嘴。参加丧事的人家陆续赶来，邱老师就对上善说："开始吧？"上善说："辛苦！"邱老师蓦地一声长啸："哎呀来了！"旁边的锣鼓钹铙一起作响，倒把屋里院里的人吓了一跳。瞎瞎在夏天智卧屋里正从一条纸烟盒里拆烟，忙揣了一包在怀里，跑出来，便见邱老师踏着锣鼓点儿套着步子到了灵堂前整冠、振衣、上香、奠酒，单腿跪了下拜，然后立于一旁，满脸庄严，开始指挥乐人都行大礼。拉二胡的先上灵堂，他喊：更衣！拉二胡的做更衣状；他喊脱帽，拉二胡的做脱帽状；他喊拂土，拉二胡的做拂土状；他喊上香，拉二胡的上香；他喊奠酒，拉二胡的奠酒；他喊叩拜，拉二胡的单腿跪了三拜。拉二胡的退下，持钹的上灵堂，再是反复一套。持钹的退下，打板鼓的上灵堂，又是反复一套。打板鼓的退下，唱小生的上，唱小生的退下，唱净的上，唱净的退下，吹唢呐的上，吹唢呐的刚刚在灵堂前做拂土状，我看见中星进了院子。中星当了县长，我还是第一次见他，他的头发仍然是那么一绺，从左耳后通过了头顶贴在右耳后，他拿着一捆黑纱布。庆金在台阶上站着，也发现了他，立即迎上去接了黑纱布，说："你怎么知道的，就赶回来了？"中星说："我在州里开会，顺路回来的，怕是四叔阴魂招我哩！"庆金就把黑纱布挂在了灵堂边的绳子上，绳子上挂满了黑纱、白纱，落账单的赵宏声立即写了一个字条粘在那黑纱上。中星说："这会儿奠不成酒，我看看四叔一眼，向他老人家告个别。"庆金领着去了灵床前，庆金说："人已经瘦得一把皮了。"揭夏天智脸上的脸谱马勺时，马勺却怎么也揭不下来。中星说："不揭了，这样看着也好。"院子里的人都在观看乐人的奠拜，没大注意中星，待中星从堂屋出来，几个人就问候，中星摇摇手，示意不要影响了乐人，他也就立在一旁观看。吹唢呐的从灵堂退下，拉板胡的又上去做了一番动作。男乐人奠拜完毕，四个女乐人集体上灵堂，套路是另外的套路，各端了木盘，木盘上是各色炸果，挽花步，花步错综复杂，王老师就气喘吁吁，步伐明显地跟不上。邱老师给敲板鼓的丢了个眼色，鼓点停了，炸果才一样一样贡献了灵桌上。乐人们才立在一边歇气，中星就近去一一握手，王老师说："呀，团长呀？！"唱净的乐人说："哪里还是团长，应该叫县长！"王老师说："夏县长！

你来了多时了？”中星说：“多时了。”王老师说：“那你看到我们奠拜了？”中星说：“看到了。”王老师说：“你感觉咋样？”中星说：“觉得沧桑。”王老师说：“你说得真文气，是沧桑，夏县长！事情过去了，我说一句不该说的话，咱们剧团在你手里不该合起来，当时分了两个分队，但毕竟还能演出，结果一合，你又一走，再分开就分开成七八个小队，只能出来当乐人了。”唱净的乐人说：“这有啥，咱当了乐人，却也抬上去了一个县长么！”中星笑着，笑得很难看，他用手理他的那绺头发，说：“秦腔要衰败，我也没办法么，同志！”邱老师当然也看见了中星，但他并未过来，这时高声说：“各就各位！”王老师和唱净的就回坐到桌子前。邱老师立于灵堂前，双手拱起，口里高声朗诵很长很长的古文，瞎瞎听不懂，却知道是生人和死人的对话。瞎瞎就低声对我说：“他们比夏雨的礼还大！”夏雨除了张罗事外，凡是来人吊孝都是跪下给来人磕头的，见了什么人都要作拜，孝子是低人一等，而乐人是被请来的客，我也没想到他们能这般的礼节。我说：“是大。”瞎瞎说：“那他们见天都给别人做孝子贤孙？”这话声高，我不愿让乐人们听见，就扯了他一下胳膊，说：“看你的！”那邱老师声真好，越诵越快，越诵越快，几乎只有节奏，没了词语，猛地头一低，戛然而止。我忙端了一杯水要给他润喉，他拨了一下我，紧身后退，退到堂屋门口，双手霍地往上一举，院子里就起了《哭腔塌板》。

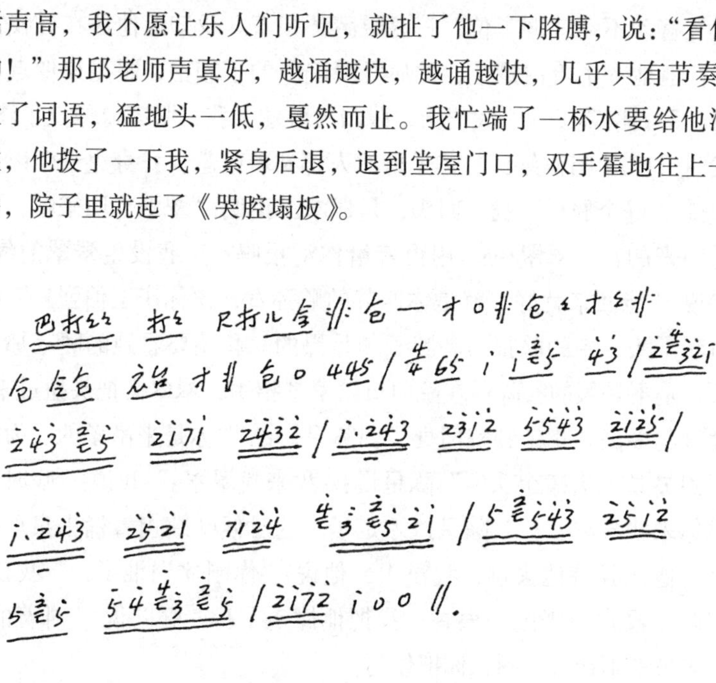

《哭腔塌板》响过，便吹打《苦音跳门坎》,《张良归山》,《柳生芽》,《永寿庵》,《祭南风》,《杀妲姬》。又吹打《富紫金山》,《夜深沉》,《王昭君》,《钉子钉》。然后男一段唱，女一段唱，分别是《游西湖》,《窦娥冤》,《祝福》,《五典坡》,《下宛城》,《雪梅吊孝》,《诸葛祭风》。邱老师是个高个子，脖子很长，他自己敲起了干鼓和别人对，脸就涨得通红，而谢了顶的头上，原本是左耳后一撮头发覆盖了头顶搭在右耳处，和中星一个样的，现在那撮头发就掉下来，直搭在左肩上。看热闹的人群里咯地笑了一下。大家回过头去，发笑的是白娥。白娥并不在乎众人怨恨，她一眼一眼看着邱老师，邱老师也看着她，唱得更加起劲。我不愿意看到这场面，就又端了一杯水要送到乐人桌上，从人窝挤过白娥身边时，狠狠踩了她一脚，她一趔趄，茶水又浇在她裤子上，她哎哟一声俯下身去，从人窝里退出去揉脚了。邱老师是顾不及整发的，自己唱罢，干鼓声中就努嘴裂目来指挥别人，别人一唱起，又低头敲干鼓，再轮到自己唱了，猛一甩头，头发扫着了桌面上的茶碗，茶碗没有掉下桌，茶水却溅了旁边人一脸。他唱得最投入，脸上的五官动不动就挪了位，一双眼睛环视着。我知道他还在寻找白娥，但他寻不着白娥了，然后盯着院中的丁霸槽，眼亮得像点了漆，丁霸槽跷了一个大拇指，眼睛又盯住了我，眼亮得像点了漆，我叫了声：“唱得好！”院子里的人都站着鼓掌。我身边一个声音却说：“好个屁！”我一回头，是翠翠。我说：“翠翠你回来啦，几时回来的？”翠翠说：“用得着给你汇报吗？”我没生翠翠的气，我说：“能回来就好，就是你四爷的顺孙女，比你庆玉伯强！”她扭转了头，她的脸很白，脖子却是黑的。我还要看她的睫毛那么长，是不是假的？陈星在院门口给翠翠招手，翠翠又把头扭过来，嘴噘起多高。我走到院门处，训陈星，说：“你是来吊孝的，为啥不到灵堂上去磕个头？”陈星说：“我来找翠翠。”我说：“啥时节里你来找翠翠？！”陈星这才走了。这时候瞎瞎担着桶去泉里挑水，他让我替他去挑，我没去，他说：“你刚才训谁了？”我说：“陈星没拿一张纸一根香，我把他撵走了！”瞎瞎说：“对着的，不来吊孝不让看热闹，你把住门！”

差不多过了一小时，淑贞去街上买了一包胡椒粉回来，对上善说，怎么搞的，陈星在东街牌楼那儿弹吉他唱歌哩，咱在这里过事，他在那里唱算什么呀，许多人倒跑去听他的了。上善说：“是不是？”就让我去看看，如果真是聚的人多，就撵散了去。我和哑巴就去了，果然陈星在那里弹着吉他唱歌，他唱的仍是那些流行歌，“谁能与我同醉，相知年年岁岁”，眼泪长流。对于陈星爱翠翠，我是佩服的，我也嫉妒过，但你陈星在这个时候唱的什么歌，我就不客气了，一顿臭骂，把他轰走了。

我重新回到了夏家的老宅院里，乐班还在吹拉弹唱，孝子顺孙们开始烧纸奠酒。但顺孙辈里却没有了翠翠。我问文成，翠翠呢？文成说看见刚才出了院门，不知道去哪儿了。我也是做得过分了，就怀疑是不是翠翠找陈星了，陈星会不会又在东街牌楼下唱歌呢？当秦安被他老婆背着来吊孝的时候，秦安没有哭，拿头使劲地在夏天智的灵床上碰，碰得额上都起了青色，上善就吩咐秦安老婆快把秦安背回去，免得伤心过度出事，但秦安死活不让老婆背回去，上善就说：“引生，你帮着背回去。”我说：“我背他，我嫌他身上一股味！”瞎瞎说：“你不背了你挑水，我背！”我不愿意受瞎瞎指挥，就把秦安背了回去，路过东街牌楼下，陈星是再没有在那儿唱歌，等送了秦安返回来，路过陈星的鞋铺，我还想说：“你能行，咋不唱了？我不让你唱你就唱不成！”却见门关着，顺脚近去从窗缝往里一望，陈星和翠翠都光着下身在那里干事哩。翠翠撅了屁股，让陈星从后边干，她上身趴在床沿上还吃着苹果。你作孽呀翠翠，你四爷还没入土哩你就干这事了！我咚地把门踢了一脚，回头就走，一边走一边说：“作孽！作孽！”而我走出一丈远了，鞋铺传来了吵架声，好像是为了钱，翠翠骂骂咧咧跑了过来，跑过了我的面前，我没有理她，她也没有理我。

这件事我不敢对人说，但我觉得晦气，为什么翠翠干那事让我撞见？我到了巷口，瞎瞎还在挑水，问：“你把秦安背回去啦？”我说：“你挑你的水！”我觉得我眼睛都是红的。

夏天智过世的头天下午，我是在我家的红薯地里拔草，拔完了一垅，靠在地塄下歇息，太阳暖暖和和，只觉得又饥又困，迷迷瞪瞪就睡着了。突然听到有脚步声，夏天智从地塄下的土路上走了来，我看见了他，躲避不及，忙把一张红薯叶子挡了眼睛，我看不见他了，心想他也看不见了我。但是，夏天智却说："引生，你帮我拔拔我家地里的草，将来红薯收下了，我给你装两背篓！"我说："我不。"夏天智说："你就懒！"我说："我是饿着，可我是坐着！"夏天智很瞧不起我的样子，便继续从路上走去。我说："四叔四叔，我是哄你的，我给你拔草！"夏天智再没理我。我说："四叔四叔，你这往哪儿去？"夏天智说："我走呀！"还指了一下，路上就有了夏天礼和中星他爹。夏天礼和中星他爹是死了的，怎么又活着？这条路往下走是进了清风街的，往上走却就去了伏牛梁。夏天智说他走呀，他是往哪里去？我忽地就醒了。醒来太阳已经在屹岬岭上落成了个半圆，红得像血水泡了的，接着就咕咚一下掉下去没了。我那时心里是针扎似的疼了一下，强烈地感觉到夏天智是要死呀！我说："不敢胡想，不敢胡想。"越是不敢胡想，越是想着夏天智要死呀，站起来就回到清风街，直脚往夏天智家去。夏天智还仍然昏睡着，白雪在院子里拿着一个土豆练习扎针。夏天智是每一个半小时就得打杜冷丁，赵宏声不可能总守在床边，白雪就在土豆上练扎针，她练了也让夏雨练。从那天下午起我就没离开夏家，我是目睹了夏天智死的。夏天智死后又是我去叫了夏天义，叫了庆金、君亭和上善的。现在，我已经在夏家忙活了两夜三天，上善虽然没给我分配专项任务，但夏家的兄弟们总是指派我干那些粗活笨活。邱老师原本是来吹乐的，他一唱起来倒陶醉在自己的得意中，全然要博得众人的喝彩，我便有些意见了。庆金也有意见，他让瞎瞎去挑水，瞎瞎还想让我同他一块去，我不去，也不想再看邱老师了，站在院门外看院门上的对联。狗剩的儿子早来的，在厨房里吃了两个馍和一碗豆腐，又拿了一个馍到巷里，将馍高高抛起，双手拍着，说："馍呀馍呀！"再把馍接住，看见了武林满头汗水地跑来，就说："武林叔，你也为馍来啦？"武林说："我出差，啊差，差啦，得是四叔殁，殁，啊殁了？！"狗剩的儿子说："殁了！厨房里有馍哩！"武林说："馍你娘，娘，啊娘的×哩，你碎仔没，没良心，喂不熟，熟的狗，你为馍来，来，来的？！"

呜呜地哭着进了院门。

武林的哭声粗，邱老师就不唱了。大家都看着武林进了堂屋，扑到灵床上哭得拉了老牛声。武林能哭成这样，谁也没想到，都说：“武林对四叔情重！”四婶便去拉武林，好多人也去拉武林，拉着拉着都哭了。灵堂上一片哭声，院子里的乐班倒歇了。上善说：“继续唱，继续唱！”一时却不知点唱哪段戏好。白雪抹着眼泪从堂屋出来，说：“我爹一辈子爱秦腔，他总是让我在家唱，我一直没唱过，现在我给我爹唱唱。”就唱开了，唱的是《藏舟》：

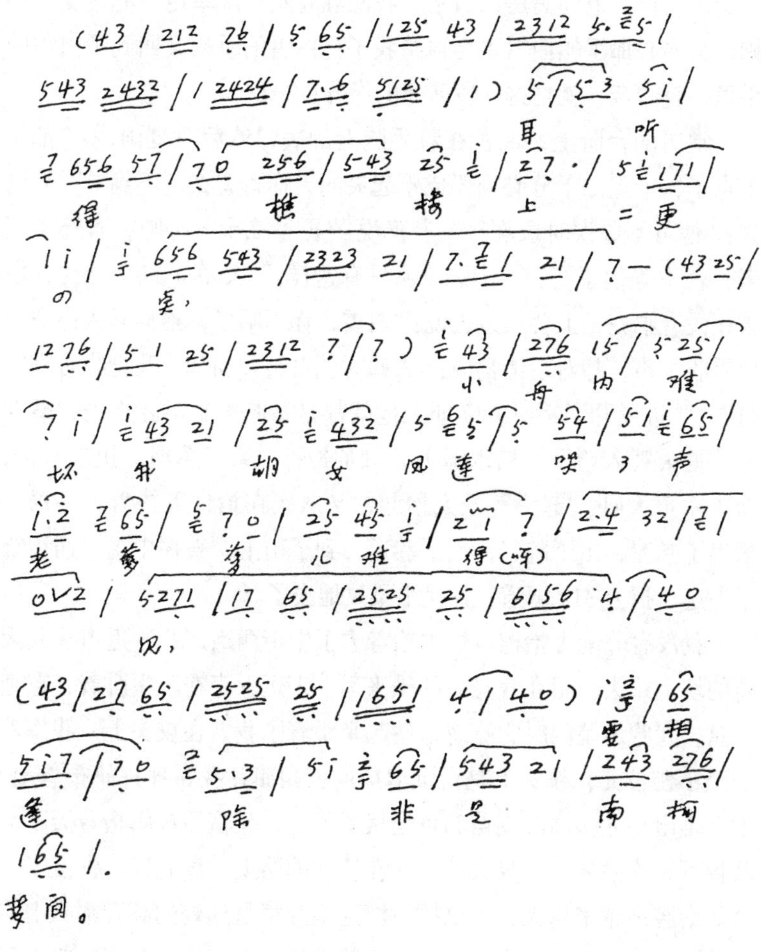

白雪唱得泪流满面，身子有些站不稳，靠在了痒痒树上，痒痒树就剧烈地摇晃。我是坐在树下的捶布石上，看见白雪哭了我也哭了，白雪的眼泪从脸上流到了口里，我的眼泪也流到了口里。眼泪流到口里是咸的。我从怀里掏了手帕，掏了手帕原本要自己擦泪，但我不知怎么竟把手帕递给了白雪。白雪是把手帕接了，并没有擦泪，唱声却分明停了一下。天上这时是掉云，一层一层掉，像是人身上往下掉皮屑。掉下来的云掉到院子上空就没有了，但天开始亮了起来。院子里一时间静极了，所有的人都在看我。竹青就立过来站在了我和白雪的中间，她用脚暗中踢我，我才惊觉了站起来退到了厨房门口。退到厨房门口了，我涨红着脸，庆幸白雪能接受了手帕，又痛心那手帕白雪不会再给我了！白雪的手帕又回到了白雪的手里，我命苦，就是这一段薄薄的缘分！

堂屋的台阶上，上善在看手腕上的表，然后对夏雨说："都快十点了，十点二十分必须要成殓起灵的，你哥怎么还不到？"夏雨说："他可不敢误时辰啊！"上善说："再等二十分钟吧，若还不回来，就不等他了。"夏雨说："那只有这样。"又等了二十分钟，白雪还没有唱完，上善就过去说："白雪，你不唱了，给你爹入殓吧。"白雪收了声，却对活诸葛说："入殓时就奏秦腔曲牌，我把高音喇叭打开。"进屋开了喇叭，立即天地间都是秦腔声。秦腔声中哭喊浮起，夏天智入殓了，棺木盖上，钉了长钉，系了草绳，扭成八抬，众人一声大吼："起！"八人抬起，又八人在抬杆下扶着，一摇三摆出了堂屋，出了院门，出了巷道，到了街上，直往中街、西街绕了一遍，折上312国道，往伏牛梁坟地去了。

我没有分配去抬棺。棺木抬着去了中街西街，我抄近道往夏天智的坟上跑去，跟在我身后的是来运。来运一直在院中卧着，奄奄一息，我跑出院门时它竟忽地站起来跟着了我。在坟头上，我挥着一个小柳枝儿，枝头上是白纸剪成的三角旗，我霍地挥旗指着地，地上生出一寸多高的麦苗和草全伏了下去，又霍地挥旗指着天，天就掉下一疙瘩云，碾盘大的，落在坟前的路上，没有碎，弥漫了一片。秦腔声越来越大，我已搞不清这秦腔声是远处的高音喇叭上响的还是云朵里响的？来运突然地后腿着地将全身立了起来，它立着简直像个人，而且伸长了脖子应着秦腔声在长嚎。来运前世是秦腔演员这可能没错，但来运和夏天智是一种什么缘分，几天不吃不喝都要死了，这阵却能这样长嚎，我弄不清白。

送葬的队伍从312国道上往伏牛梁来，他们在上一个地塄。地塄上是有一条小路的，抬棺的八抬，小路上只能通过一人，棺木就怎么也抬不上去。上善在喊：“鼓劲！鼓把劲呀！”前边的四个人牵着地塄上人的手，上到一半，后边的四个人就骂前边的：“往前拉呀，熊包啦？！”前边的喊：“后边往前拥！拥！”前边的两个人膝盖软了，跪倒在地上，大叫：“不行啦！不行啦！”上善的脸都变了，喊：“再来人！来人啊！”但已经没有精壮小伙了，上善和丁霸槽也扑过去把前边的木杠往起抬，丁霸槽个子矮，上善弯了身去扛木杠，龇牙咧嘴着。夏雨已趴在地上给抬棺人磕头，说：“求大家了，再努些劲，努些劲！”庆金就喊：“庆满，君亭，瞎瞎，你们快帮忙！”三个孝子忙近去也抬木杠。差不多二十多人挤在一块，一声吼：“一二——上！”棺木抬上了地塄，再一鼓作气到了坟上，停放在了寝口前。人人都汗湿了衣服，脖脸通红，说：“四叔这么沉呀！”上善就给大家散纸烟，拿了烧酒瓶让轮着喝，说：“不是四叔沉，是咱们的劳力都不行啦！”孝子顺孙们白花花地跪在棺前烧纸，上香，奠酒，乐班的锣鼓弦索唢呐再一次奏起来。夏雨和白雪跪在一边，夏雨低声说：“我哥到底没回来。”白雪说：“爹说过他死也不让你哥送葬的，你哥真的就不回来了。”

棺木入墓室，帮忙的人砌了墓门，铲土壅实。一堆高高大大的坟隆起来了，乐班也住了乐，但高音喇叭上仍在播放着秦腔曲牌《祭沙》：

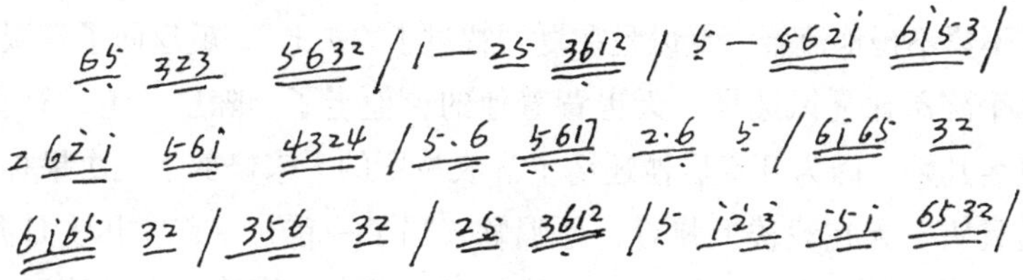

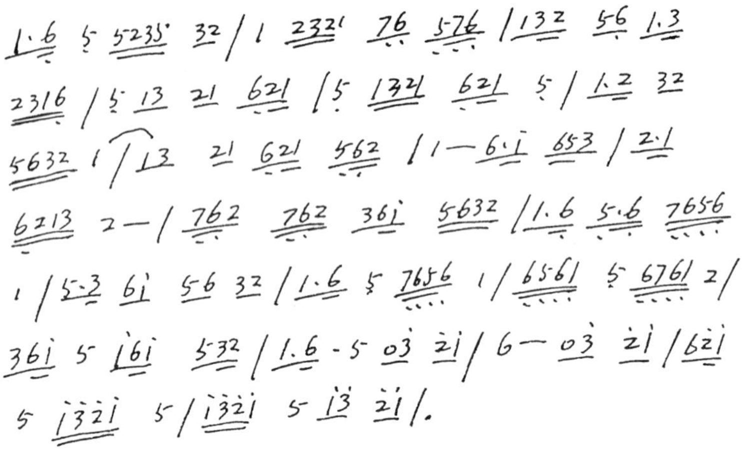

大家都站在那里听秦腔，夏雨说：“磁带这么长的？”白雪说：“怎么又重播了？”夏雨说：“家里没人呀？”还疑惑着，便看见一辆小车停在了312国道上，从车上下来了夏风，哭喊着往坟上奔来。

※　　※

清风街的故事该告一个段落了吧。还说什么呢？清风街的事，要说是大事，都是大事，牵涉到生死离别，牵涉到喜怒哀乐。可要说这算什么呀，真的不算什么。太阳有升有落，人有生的当然有死的，剩下来的也就是油盐酱醋茶，吃喝拉撒睡，日子像水一样不紧不慢地流着。夏风是在夏天智过了“头七”，就返回了省城。那个陈星比夏风还早一天也背着他的吉他走了。陈星的走，有些莫名其妙，因为开春后他还请了县农技所的人来修剪了一次果林，而且头一天在戏楼上弹着吉他唱歌，唱了一首又一首，几乎是办了一场他的专唱会，第二天一早他却走了，走了再没有在清风街露面。以后呢，是天渐渐又热了，蝉在成蛹了，猫在怀春了，青蛙在产卵了，夏天义一日复一日地还在七里沟，只是每次从七里沟回来，路过夏天智的坟前，他就唠叨得给坟前竖个石碑的。他责问过夏雨，夏雨说这事他和夏风商量过，夏风让等他回来了好好给爹竖个碑的，他已经请石匠开出了一个面碑石了。夏雨却对夏天义问起一件事来，是不是县上派人来调研重新分地的事了？夏天义睁大了眼睛，说："你听谁说的？"夏雨说："上善……你不知道呀？"夏天义说："狗日的！"夏雨说："他们不知来调研啥的，是同意重新分地，还是不同意分地？"夏天义说："一壶酒都冷喝了，才端了火盆呀！"夏雨说："……"夏天义说："总算来了，来了就好，我夏天义的信还起作用么！"夏雨说："二伯你又告了？！"夏天义没言传，抄着手回家去了，他的头向前倾着，后脖子上的臃臃肉虽然没了，却还泛着一层油。但是，县上的来人却路过了清风街先去了西山湾，而麦子眼看灌浆了，清风街下起了一场大雨。雨先是黑雨，下得大，中午像是日头落山，黑蒙蒙的。再是白雨，整整一夜，窗纸都是白的。雨大得人出不了门，拿盆子去接屋檐水做饭，怎么接只能接半盆子。白雪抱着孩子站在台阶上，从院墙头一直能看到南山峁，山峁被黑色的云雾裹着，像是坐着个黑寡妇，她就不看了。门楼的一角塌了，裸露出来的一截木头生了绿毛。院子里的水已经埋没了捶布石，墙根的水眼道被杂物堵了，夏雨在使劲地捅，捅开了，但水仍是流不出去，他出了院门，开始大声叫前院人的名字，大名小名地叫，前院里才有了应声。夏雨说："耳朵叫驴毛塞了？你家尿窖子溢了，屎尿漂了一巷道！"前院人说："水往尿窖子里灌哩，我有啥办法，我日天呀？！"夏雨说："你还躁哩？！你为啥不在尿窖边挡土堰呢？"就取了镢头去疏通巷道了。四婶在厨房门口生火盆，让白雪把孩子的湿尿布拿来烘一烘，就听到轰的一声。白雪说："娘，谁家的院墙又塌了！"四婶说："塌吧，塌吧，再下一天，咱这院墙也得塌了！"白雪没有拿了湿尿布去烘，回坐在门槛上，觉得屋里黑暗，阴气森森的，打了一个冷战。

雨又下了一天，夏家老宅院的院墙没有塌，只掉脱了席大一面墙皮，但东街塌倒了十二道院墙，武林家的厦房倒了，农贸市场的地基下陷，三踅的砖瓦场窝了一孔窑，而中街西街也是塌了十三间房三十道院墙，压死了一头母猪，五只鸡。街道上的水像河一样，泡倒了戏楼台阶，土地神庙一根柱子倾斜，溜了十行瓦，土地公和土地婆全立在泥水里。整个街上的水流进了东街外的小河，小河水满，冲走了庆金刨修的地，也冲垮了两岸的石堤，一棵柳树斜斜地趴在那里。州河有石鳖子堆，总算没决溃，但也水离堤只差了一尺，男女老幼几百人在护卫，君亭几天几夜都没有回家，锣敲得咣咣响，要严防死守。而伏牛梁更糟，有泥石流往下涌，涌没了那一片幼树林子，退耕还林示范点像是癞疮头，全是红的黄的疤和脓，没了几根毛发。清风街人都愁着，见了面就骂天：一旱旱了五年，一下却把五年的雨都下来了，这是天要灭绝咱呀！

说实情话，一下起雨，我是高兴的。平平淡淡的日子我烦，别人家生活得好我烦，别人家生活得不好我也烦，这场雨让清风街乱了套，看着人人鼻脸上皱个疙瘩，我嘴上不说，心里倒有了一点快意。这或许是我道德品质坏了，但我就是觉得快活么！我光着脚，也不戴草帽，在雨地跑来跑去，到东街报告着西街的谁谁家屋漏了，到西街报告着东街的谁谁家后檐垮了。我去看夏天义，我说："二叔，果园那边塌方啦，新生家毁了三十棵苹果树，陈亮搭的棚子倒了，你说这雨厉害不厉害，那么结实的园子地，说塌呼噜塌了一百米！"夏天义从炕上坐起身，说："你过来，你过来。"我伸过头去，夏天义啪地在我脸上扇了一下，说："看把你高兴的？！"这一扇，不疼，却把我扇蔫了，乖乖地坐着。二婶说："你打引生干啥哩？"夏天义说："不打他就疯圆了！"伸手在炕头上抠土，抠下一小块干土塞在嘴里嚼。

夏天义在一开始下雨浑身的关节就疼得不能下炕，昏昏沉沉在睡，总觉得天裂了大缝要塌下来，后来睁开眼，又看见睡屋的墙裂了一条直直的缝子，爬起来再看时，是电灯开关绳子，头就枕着那块白石枕头继续睡。睡得头疼，坐起来肚子饥，抠炕头墙上的干土疙瘩吃。蚯蚓是吃土的，夏天义也吃起土了？夏天义在吃了一疙瘩干土后竟然觉得干土疙瘩吃起来是那样香，像炒的黄豆，他就从那时喜欢起吃土了。先是夜里二婶听见他咔咔地咬咂声，还以为他睡梦里磨牙，拿脚蹬了蹬，夏天义哼了一声，二婶说："你醒着？吃啥的？！"夏天义说："好东西。"二婶说："啥好东西不给我吃？"从炕那头爬过来夺过一点塞在自己嘴里，才知道是土，就忙在夏天义的口里抠。夏天义却说他觉得吃着香，还是吃，几天就把炕头墙抠得像狼扒过一样。那些天吃饭是轮到了庆堂家，庆堂和竹青打了伞过来背他们，夏天义坐在庆堂家的门槛上，又是手自觉不自觉地在门框边墙上抠。竹青就去把赵宏声叫来，赵宏声也觉得奇怪，说吃干土是小孩家肚里有蛔虫了才喜欢吃的，还未见过大人吃土。就对夏天义说："天义叔，你咋吃土呢？"夏天义说："我也不知道，只觉得好吃。"赵宏声说："吃了土有没有不舒服的？"夏天义说："没。"赵宏声就对竹青说："没事，鸡还吃石子哩，他要吃就让他吃吧。"

到了这天晌午，雨总算停了，哑巴从河堤上回来，腿上流着血，他是在堤上打木桩，铁锤打偏了撞破了腿，一回来就死猪一样倒在炕上呼呼地睡。夏天义却要把他喊醒，怎么喊都喊不醒。二婶埋怨娃乏了你叫他干啥呀，夏天义说天放晴了，得去七里沟看看。二婶说："啥时候了你还操心七里沟？"夏天义说："啥时候？！"还是把哑巴摇醒。夏天义却在箱子里寻他的新衣服，嚷嚷他的那件竹青给新缝的蓝夹袄呢，腰带呢？二婶说："去七里沟呀还是吃宴席呀？！"夏天义说："有新夹袄为啥不穿，再不穿没日子啦！"二婶说："你是死呀？！"说过了觉得不吉利，呸呸呸地吐唾沫。夏天义穿了新夹袄，又系上腰带，拿锨就往出走，哑巴要背他，他不让，两人刚走到夏雨家院门外，白雪在院门口往脚上套草鞋，而夏雨两脚黄泥，拿着一把锨。夏天义说："夏雨你是从堤上回来的，水退了吗？"夏雨说："退了。我刚才去我爹的坟上看了看。"夏天义说："水没冲坟吧？"夏雨说："只把栽的几棵柏树冲了。"夏天义说："白雪你也去了？"白雪说："我没去，茶坊那边捎了口信，说房塌把人压死了，让去的。"夏天义说："人咋这么脆的！那咱一块走，我到七里沟看看去。"白雪说："去七里沟呀？等天晴定了，地干了再去么。”夏天义说：“地不干，你不是也出门呀？”白雪说了一句“二伯这夹袄合身”，跟着夏天义一块出了巷子。

巷外的街道上停着手扶拖拉机，拖拉机上我坐着哩。我不嫌凉，光着膀子唱秦腔：“把你的贞节名注在匾上，晓与了后世人四海宣扬。”夏天义就说：“引生，你咋知道我要去七里沟呀？”我说：“我还知道白雪也出去呀！”我让他们都坐到拖拉机上，白雪不坐。夏天义说：“坐，你看引生像个疯子吗？”白雪就坐上来，坐在了车厢后沿。

有白雪在拖拉机上，我开得很慢。大雨把沿路冲得坑坑洼洼，却使路两边的草很绿，所有的花都开了。今天花见了我特别欣喜，蜂也来追逐我。一只蜂落在我耳朵上，嗡嗡地唱，哑巴看见了就来赶蜂，但那蜂不等他的手拍过来却掉下去死了。我说：“天义叔，这蜂乐死了！”夏天义说：“鬼话，蜂咋乐死的？”我说：“蜂一看见我光着膀子，心想这下可以叮了，一乐就乐死了！”夏天义和哑巴都笑，白雪也笑了，白雪笑是拖拉机一颠蹦出一个笑的，笑得像爆包谷颗，一个一个都是花。

到了七里沟外，白雪下了拖拉机要走了，她要走过那个沟岔地，再往东拐一个弯，再走二里地就到茶坊村的。我立即也跳下拖拉机，说：“你几时回来呀？”白雪说：“天不黑就回来吧。”我说：“那我们等着你！”一眼一眼看着她走过了那段沟岔地。哑巴催我开拖拉机，啷啷地敲车厢，夏天义一直没说话，吃他的黑卷烟。

七里沟里，果然水将那道石堰冲垮了，而且还有一股水从沟里往下流，夏天义就让我和哑巴在沟上边筑了一道土堰，把水改到了崖根。我和哑巴干活，夏天义坐在草棚门口，草棚没有倒塌，他坐了一会儿，手便又在棚门口抠地上的干土，丢进嘴里嚼起来，然后直直地盯着不远处自己的那座空坟。那棵木棍栽活了的树上，鸟巢还在，再大的雨鸟巢里不盛水，鸟夫妻却总不安分，叽叽喳喳地叫。我说：“叫啥哩，叫啥哩？几天没见，想我们啦？！”鸟夫妻还是叫，在空中飞，但不离开我们，而且落下三片羽毛。我不理了鸟夫妻，我说：“哑巴，你爷看他的坟哩！”哑巴没吭声。我说：“哑巴，你爷在想啥哩？”哑巴还是没吭声。哑巴是说不了话的，我就不和他说了，但我在那一刻里却听见夏天义在说话，他的话没有声，是在心里说的。他说的是：我不久就要住到这里了吗？我要死了，清风街会有谁能抬棺呢？这场雨使今年又少了收成，更多的劳力还要出外吗？清风街人越来越少了，草就更多了吧，树就更多了吧，要有狼了吗，有狐子了吗？我埋在了这坟里，坟上会长出些什么东西呀，是一棵树还是一丛荆棘，能不能也长一片麦子，麦穗就像那一穗麦王？人死了变成树或者荆棘或者麦子，何年何月能重到七里沟淤地呀？人活一世太短了，干不了几件事，我连一条七里沟也没治住！清风街人都往外走，不至于就走完吧，如果有一日还有人来淤七里沟，淤成了，他们坐在我的坟头上又该怎么说呢？说：以前有个夏天义，他做人是失败了，这七里沟是他的耻辱。唉，或许这坟不几年就平坦了，或许淤地这坟就彻底埋在土层下边了，以后的儿儿孙孙谁还会知道夏天义呀？！现在的孩子你问他：你爷叫啥？十个有九个都不知道的。我夏天义又不是毛主席，谁知道？鬼知道！夏天义就是这么在心里说的，说到这儿了，他站了起来，叫喊道：“引生，引生！”我说：“啥事？”夏天义说：“我要叫他们知道我的！”我说：“他们是谁？”他却不言语了，木木地向被冲垮的石堰走去，地上一踩成泥，泥粘在鞋上夏天义带不动，一提脚，鞋陷在泥里拔不出来了。

远在茶坊村的那户人家丧事办得极其简单，因为到处都是泥泞，什么也不方便，乐班只吹唱了三个回合，亡人就下葬了。乐人并没有吃饭，拿了报酬后，主家又给了各人一瓶酒，白雪就提了酒急急往回赶。她走到了七里沟口，七里沟出了太阳。久雨过后的太阳从云层裂开的一条大缝里，一束一束射下来，像血水往下泼。那时候我听见了一种很奇怪的声音，我说：“天义叔，啥在响？”夏天义说：“啥在响？”鸟夫妻在他头上飞，像飞机一样向他头上俯冲，他站在那里，说：“啥在响？”骂起了鸟夫妻。而我一抬头看见了七里沟口的白雪，阳光是从她背面照过来的，白雪就如同墙上画着的菩萨一样，一圈一圈的光晕在闪。这是我头一回看到白雪的身上有佛光，我丢下锨就向白雪跑去。哑巴在愤怒地吼，我不理他，我去菩萨那儿还不行吗？我向白雪跑去，脚上的泥片在身下飞溅，我想白雪一定看见我像从水面上向她去的，或者是带着火星子向她去的。白雪也真是菩萨一样的女人了，她没有动，微笑地看着我。但是，突然间，轰隆隆的一个巨响，脚下的地就桥板一样晃，还未搞清是怎么回事，我就扑倒在地，扑倒在地身子还往前冲，冲出了三丈远。是什么在推我？我看见白雪也同时跌倒了。她身边并没有人，谁推倒了她？是空气。空气在平日看不见，抓不着的，现在却像是一个木橛，猛地将我从身后砸了一下，我几乎是一疙瘩泥，被用力地摔沓在地上，我喊了一声："白雪，咋啦？"我想我没胳膊没腿了，没鼻子没眼了，是一张泥片粘在了地上，就什么也不知道了。

这就是三月廿四日的灾难。三月廿四日这个数字我永远记着，清风街也永远记着。这一天，七里沟的东崖大面积地滑坡了，它事先没有一点迹象，或许在那场大暴雨中山体已经裂开，但我们全然不知道，它突然地一瞬间滑脱了，天摇地动地下来，把草棚埋没了，把夏天智的坟埋没了，把正骂着鸟夫妻的夏天义埋没了。土石堆了半个沟。清风街来了人，但仍然是没有了主要劳力，都是些老人小孩和妇女，我们刨土石一直刨了一夜，但那仅仅只刨了滑脱下来的土石的二十分之一还不到。上善和君亭就把夏家的人都叫到了一块，商量的结果是，人肯定是死了，要刨还得刨两三天才能刨出来，就是刨出来，若再要刨出坟墓，又要三四天，不如不刨了，权当是夏天义得到了厚葬。夏家人都哭得汪洋一般，也只好这么办。但夏天义被埋在了土石堆里，土石堆将可能就在这里形成永久的崖坡，夏天义便没个具体的坟墓，那就得必须在这里竖一块碑子。决定竖碑子，夏天义的五个儿子和媳妇就吵闹开了，依上善出的主意，碑子钱和竖碑子的费用各家分摊，而庆玉庆满和瞎瞎坚决反对，理由是原先分摊的是庆金负责安葬夏天义的，现在老人遇到了这事，省了多少花销，这碑子钱和竖碑子的费用还能再分摊吗？淑贞说，是省了些程序并不省花销呀，灵堂要设的吧，来吊孝的人要招待吧，如果不分摊，这碑子就不竖了！商议不到一块儿，上善气得就不管了，是夏雨主动提出来，把他给他爹准备的那块石碑先让给他二伯。石碑从西山湾石匠那儿拉了回来，也正好是县上调研的人进了清风街，他们第一个要找的就是夏天义，当知道夏天义已经死了，就说："他怎么在这个时候死了？！"这话很快传开来，清风街的人就不知道了调查人到底来调查什么，不敢多言语。庆金去请赵宏声给石碑上题辞，赵宏声便推托了，说："写上'夏天义之墓'？那太简单了。夏风临走的时候说了，他要给他爹墓前竖一个碑子的，概括一句话刻上去的。二叔英武了一辈子，他又是这么个死法，才应该给他的碑子上刻一段话的，可这话我概括不了，咱就先竖个白碑子，等着夏风回来了咱再刻字吧。"赵宏声的话也在理，那滑脱下来的土石崖前就竖起了一面白碑子。

从那以后，我就一直在盼着夏风回来。

2003 年 4 月 30 日晚草稿完毕

2004 年 1 月 12 日凌晨 2 点二稿完毕

2004 年 8 月 31 日晚三稿完毕

2004 年 9 月 23 日再改毕

后　记

贾平凹

在陕西东南，沿着丹江往下走，到了丹凤县和商县（现在商洛专区改制为商洛市，商县为商州区）交界的地方有个叫棣花街的村镇，那就是我的故乡。我出生在那里，并一直长到了十九岁。丹江从秦岭发源，在高山峻岭中突围去的汉江，沿途冲积形成了六七个盆地，棣花街属于较小的盆地，却最完备盆地的特点：四山环抱，水田纵横，产五谷杂粮，生长芦苇和莲藕。村镇前是笔架山，村镇中有木板门面老街，高高的台阶，大的场子，分布着塔，寺院，钟楼，魁星阁和戏楼。村镇人一直把街道叫官路，官路曾经是古长安通往东南的惟一要道，走过了多少商贾、军队和文人骚客，现还保留着骡马帮会会馆的遗址，流传着秦王鼓乐和李自成的闯王拳法。如果往江南岸的峭崖上看，能看到当年兵荒匪乱的石窟，据说如今石窟里还有干尸，一近傍晚，成群的蝙蝠飞出来，棣花街就麻碴碴地黑了。让村镇人夸夸其谈的是祖宗们接待过李白、杜甫、王维、韩愈一些人物，他们在街上住宿过，写过许多诗词。我十九岁以前，没有走出过棣花街方圆三十里，穿草鞋，留着个盖盖头，除了上学，时常背了碾成的米去南北二山去多换人家的包谷和土豆，他们问：“哪里的？”我说：“棣花街的！”他们就不敢在秤上捣鬼。那时候这里的自然风景和人文景观依然在商洛专区著名，常有穿了皮鞋的城里人从312国道上下来，在老街上参观和照相。但老虎不吃人，声名在外，棣花街人多地少，日子是极度的贫困。那个春上，河堤上的柳树和槐树刚一生芽，就全被捋光了，泉池里石头压着的是一筐一筐煮过的树叶，在水里泡着拔涩。我和弟弟帮母亲把炒过的干苕蔓在碾子上砸，罗出面儿了便迫不及待地往口里塞，晚上稀粪就顺了裤腿流。我家隔壁的厦屋里，住着一个李姓的老头，他一辈子编草鞋，一双草鞋三分钱，临死最大的愿望是能吃上一碗包谷糁糊汤，就是没吃上，队长为他盖棺，说："别变成饿死鬼。"塞在他怀里的仍是一颗熟红苕。全村镇没有一个胖子，人人脖子细长，一开会，大场子上黑乎乎一片，都是清一色的土皂衣裤。就在这一群人里谁能想到有那么多的能人呢：宽仁善制木。本旺能泥塑。东街李家兄弟精通胡琴，夜夜在门前的榆树下拉奏。中街的冬生爱唱秦腔，吃了上顿没下顿的，老婆都跟人去讨饭了，他仍在屋里唱，唱着旦角。五林叔一下雨就让我们一伙孩子给他剥玉米棒子或推石磨，然后他盘腿搭手坐在那里说《封神演义》，有人对照了书本，竟和书本上一字不差。生平在偷偷地读《易经》，他最后成了阴阳先生。百庆学绘画，拿锅黑当墨，在墙上可以画出二十四孝图。刘新春整理鼓谱。刘高富有土木设计上的本事，率领八个弟子修建了几乎全县所有的重要建筑。西街的韩姓和东街的贾姓是棣花街上的大族，韩述绩和贾毛顺的文墨最深，毛笔字写得宽博温润，包揽了全村镇门楼上的题匾。每年从腊月三十到正月十五，棣花街都是唱大戏和闹社火，演员的补贴是每人每次三斤热红苕，戏和社火去县上会演，总能拿了头名奖牌。以至于外地来镇上工作的干部，来时必有人叮咛：到棣花街了千万不敢随便说文写字。再是我离开了故乡生活在了西安，以写作出了名，故乡人并不以为然，甚至有人在棣花街上说起了我，回应的是：像他那样的，这里能拉一车！

就在这样的故乡，我生活了十九年。我在祠堂改做的教室里认得了字。我一直是病包儿，却从来没进过医院，不是喝姜汤捂汗，就是拔火罐或用瓷片割破眉心放血，久久不能治愈的病那都是"撞了鬼"，就请神作法。我学会了各种农活，学会了秦腔和写对联、铭锦。我是个农民，善良本分，又自私好强，能出大力，有了苦不对人说。我感激着故乡的水土，它使我如芦苇丛里的萤火虫，夜里自带了一盏小灯，如满山遍野的棠棣花，鲜艳的颜色是自染的。但是，我又恨故乡，故乡的贫困使我的身体始终没有长开，红苕吃坏了我的胃。我终于在偶尔的机遇中离开了故乡，那曾经在棣花街是一件惊天动地的事情，记得我背着被褥坐在去省城的汽车上，经过秦岭时停车小便，我说："我把农民皮剥了！"可后来，做起城里人了，我才发现，我的本性依旧是农民，如乌鸡一样，那是乌在了骨头里的。

我必须逢年过节就回故乡，去参加老亲世故的寿辰、婚嫁、丧葬，行门户，吃宴席。我一进村镇的街道，村镇人并不看重我是个作家，只是说：贾家老四的儿子回来了！我得赶紧上前递纸烟。我城里小屋在相当长的年月里都是故乡在省城的办事处，我备了一大摞粗瓷海碗，几副钢丝床，小屋里一来人肯定要吃捞面，腥油拌的辣子，大疙瘩蒜，喝酒就划拳，惹得同楼道的人家怒目而视。所以，棣花街上发生了任何事，比如谁得了孙子，是顺生还是横生，谁又死了，埋完人后的饭是上了一道肉还是两道肉，谁家的媳妇不会过日子，谁家兄弟分家为一个笸篮致成了仇人，我全知道。一九七九年到一九八九年的十年里，故乡的消息总是让我振奋，土地承包了，风调雨顺了，粮食够吃了，来人总是给我带新碾出的米，各种煮锅的豆子，甚至是半扇子猪肉，他们要评价公园里的花木比他们院子里的花木好看，要进戏园子，要我给他们写中堂对联，我还笑着说：棣花街人到底还高贵！那些年是乡亲们最快活的岁月，他们在重新分来的土地上精心务弄，冬天的月夜下，常常还有人在地里忙活，田堰上放着旱烟匣子和收音机，收音机里声嘶力竭地吼秦腔。我一回去，不是这一家开始盖新房，就是另一家为儿子结婚做家具，或者老年人又在晒他们做好的那些将来要穿的寿衣寿鞋了。农民一生三大事就是给孩子结婚，为老人送终，再造一座房子，这些他们都体体面面地进行着，他们很舒心，都把邓小平的像贴在墙上，给他上香和磕头。我的那些昔日一块套过牛，砍过柴，偷过红苕蔓子和豌豆的伙伴会坐满我家旧院子，我们吃纸烟，喝烧酒，唱秦腔，全晕了头，相互称"哥哥"，棣花街人把"哥哥（gē）"发音为"哥哥（guǒ）"，热闹得像一窝鸟叫。

对于农村、农民和土地，我们从小接受教育，也从生存体验中，形成了固有的概念，即我们是农业国家，土地供养了我们一切，农民善良和勤劳。但是，长期以来，农村却是最落后的地方，农民是最贫困的人群。当国家实行起改革，社会发生转型，首先从农村开始，它的伟大功绩解决了农民吃饭问题，虽然我们都知道像中国这样的变化没有前史可鉴，一切都充满了生气，一切又都混乱着，人搅着事，事搅着人，只能扑扑腾腾往前拥着走，可农村在解决了农民吃饭问题后，国家的注意力转移到了城市，农村又怎么办呢？农民不仅仅只是吃饱肚子，水里的葫芦压下去了一次就会永远沉在水底吗？就在要进入新的世纪的那一年，我的父亲去世了。父亲的去世使贾氏家族在棣花街的显赫威势开始衰败，而棣花街似乎也度过了它暂短的欣欣向荣岁月。这里没有矿藏，没有工业，有限的土地在极度地发挥了它的潜力后，粮食产量不再提高，而化肥、农药、种子以及各种各样的税费迅速上涨，农村又成了一切社会压力的泄洪池。体制对治理发生了松弛，旧的东西稀里哗啦地没了，像泼去的水，新的东西迟迟没再来，来了也抓不住，四面八方的风方向不定地吹，农民是一群鸡，羽毛翻皱，脚步趔趄，无所适从，他们无法再守住土地，他们一步一步从土地上出走，虽然他们是土命，把树和草拔起来又抖净了根须上的土栽在哪儿都是难活。我仍然是不断地回到我的故乡，但那条国道已经改造了，以更宽的路面横穿了村镇后的塬地，铁路也将修有梯田的牛头岭劈开，听说又开始在河堤内的水田里修高速公路了，盆地就那么小，交通的发达使耕地日益锐减。而老街人家在这些年里十有八九迁居到国道边，他们当然没再盖那种一明两暗的硬梁房，全是水泥预制板搭就的二层楼，冬冷夏热，水泥地面上满是黄泥片，厅间蛮大，摆设的仍是那一个木板柜和三四只土瓮。巷口的一堆妇女抱着孩子，我都不认识，只能以其相貌推测着叫起我还熟悉的他们父亲的名字，果然全部准确，而他们知道了我是谁时，一哇声地叫我“八爷！”（我在我那一辈里排行老八。）我站在老街上，老街几乎要废弃了，门面板有的还在，有的全然腐烂，从塌了一角的檐头到门框脑上亮亮的挂了蛛网，蜘蛛是长腿花纹的大蜘蛛，形象丑陋，使你立即想到那是魔鬼的变种。街面上生满了草，没有老鼠，黑蚊子一抬脚就轰轰响，那间曾经是商店的门面屋前，石砌的台阶上有蛇蜕一半在石缝里一半吊着。张家的老五，当年的劳模，长年披着褂子当村干部的，现在脑中风了，流着哈喇子走过来，他喜欢地望着我笑，给我说话，但我听不清他说些什么。堂兄在告诉我，许民娃的娘糊涂了，在炕上拉屎又把屎抹在墙上。关印还是贪吃，当了支书的他的侄儿家被人在饭里投了毒，他去吃了三大碗，当时就倒在地上死了。后沟里有人吵架，一个说：你张狂啥呀，你把老子 × 咬了？！那一个把帽子一卸，竟然扑上去就咬 ×，把 × 咬下来了。村镇出外打工的几十人，男的一半在铜川下煤窑，在潼关背金矿，一半在省城里拉煤、捡破烂，女的谁知道在外边干什么，她们从来不说，回来都花枝招展。但打工伤亡的不下十个，都是在白木棺材上缚一只白公鸡送了回来，多的赔偿一万元，少的不过两千，又全是为了这些赔偿，婆媳打闹，纠纷不绝。因抢劫坐牢的三个，因赌博被拘留过十八人，选村干部宗族械斗过一次。抗税惹事公安局来了一车人。村镇里没有了精壮劳力，原本地不够种，地又荒了许多，死了人都熬煎抬不到坟里去。我站在街巷的石磙子碾盘前，想，难道棣花街上我的亲人、熟人就这么很快地要消失吗？这条老街很快就要消失吗？土地也从此要消失吗？真的是在城市化，而农村能真正地消失吗？如果消失不了，那又该怎么办呢？

父亲去世之后，我的长辈们接二连三地都去世，和我同辈的人也都老了，日子艰辛使他们的容貌看上去比我能大十岁，也开始在死去。我把母亲接到了城里跟我过活，棣花街这几年我回去次数减少了。故乡是以父母的存在而存在的，现在的故乡对于我越来越成为一种概念。每当我路过城街的劳务市场，站满了那些粗手粗脚衣衫破烂的年轻农民，总觉得其中许多人面熟，就猜测他们是我故乡死去的父老的托生。我甚至有过这样的念头：如果将来母亲也过世了，我还回故乡吗？或许不再回去，或许回去得更勤吧。故乡呀，我感激着故乡给了我生命，把我送到了城里，每一做想故乡那腐败的老街，那老婆婆在院子里用湿草燃起熏蚊子的火，火不起焰，只冒着酸酸的呛呛的黑烟，我就强烈地冲动着要为故乡写些什么。我以前写过，那都是写整个商州，真正为棣花街写的太零碎太少。我清楚，故乡将出现另一种形状，我将越来越陌生，它以后或许像有了疤的苹果，苹果腐烂，如一泡脓水，或许它会淤地里生出了荷花，愈开愈艳，但那都再不属于我，而目前的态势与我相宜，我有责任和感情写下它。法门寺的塔在倒塌了一半的时候，我用散文记载过一半塔的模样，那是至今世上惟一写一半塔的文字，现在我为故乡写这本书，却是为了忘却的回忆。

我决心以这本书为故乡树起一块碑子。

当我雄心勃勃在2003年的春天动笔之前，我奠祭了棣花街上近十年二十年的亡人，也为棣花街上未亡的人把一杯酒洒在地上，从此我书房当庭摆放的那一个巨大的汉罐里，日日燃香，香烟袅袅，如一根线端端冲上屋顶。我的写作充满了矛盾和痛苦，我不知道该赞歌现实还是诅咒现实，是为棣花街的父老乡亲庆幸还是为他们悲哀。那些亡人，包括我的父亲，当了一辈子村干部的伯父，以及我的三位婶娘，那些未亡人，包括现在又是村干部的堂兄和在乡派出所当警察的族侄，他们总是像抢镜头一样在我眼前涌现，死鬼和活鬼一起向我诉说，诉说时又是那么争争吵吵。我就放下笔盯着汉罐长出来的烟线，烟线在我长长的嘘气中突然地散乱，我就感觉到满屋子中幽灵飘浮。

书稿整整写了一年九个月，这期间我基本上没有再干别事，缺席了多少会议被领导批评，拒绝了多少应酬让朋友们恨骂，我只是写我的。每日清晨从住所带了一包擀成的面条或包好的素饺，赶到写作的书房，门窗依然是严闭的，大开着灯光，掐断电话，中午在煤气灶煮了面条和素饺，一直到天黑方出去吃饭喝茶会友。一日一日这么过着，寂寞是难熬的，休息的方法就写毛笔字和画画。我画了唐僧玄奘的像，以他当年在城南大雁塔译经的清苦来激励自己。我画了《悲天悯猫图》，一只狗卧在那里，仰面朝天而悲嚎，一只猫蹑手蹑脚过来看狗。我画《抚琴人》，题写：“精神寂寞方抚琴”。又写了条幅：“到底毛颖是吞虏，沧浪随处可濯缨。”我把这些字画挂在四壁，更有两个大字一直在书桌前：“守侯”，让守住灵魂的侯来监视我。古人讲：文章惊恐成，这部书稿真的一直在惊恐中写作，完成了一稿，不满意，再写，还不满意，又写了三稿，仍是不满意，在三稿上又修改了一次。这是我从来都没有过的现象，我不知道是年龄大了，精力不济，还是我江郎才尽，总是结不了稿，连家人都看着我可怜了，说：结束吧，结束吧，再改你就改傻了！我是差不多要傻了，难道人是土变的，身上的泥垢越搓越搓不净，书稿也是越改越这儿不是那儿不够吗？

写作的整个过程中，有一位朋友一直在关注着，我每写完一稿，他就拿去复印。那个小小的复印店，复印了四稿，每一稿都近八百页，他得到了一笔很好的收入，他就极热情，和我的朋友就都最早读这书稿。他们都来自农村，但都不是文学圈中的人，读得非常兴趣，跑来对我说：“你要树碑子，这是个大碑子啊！”他们的话当然给了我反复修改的信心，但终于放下了最后一稿的笔，坐在烟雾腾腾的书房里，我又一次怀疑我所写出的这些文字了。我的故乡是棣花街，我的故事是清风街，棣花街是月，清风街是水中月，棣花街是花，清风街是镜里花。但水中的月镜里的花依然是那些生老病离死，吃喝拉撒睡，这种密实的流年式的叙写，农村人或在农村生活过的人能进入，城里人能进入吗？陕西人能进入，外省人能进入吗？我不是不懂得也不是没写过戏剧性的情节，也不是陌生和拒绝那一种“有意味的形式”，只因我写的是一堆鸡零狗碎的泼烦日子，它只能是这一种写法，这如同马腿的矫健是马为觅食跑出来的，鸟声的悦耳是鸟为求爱唱出来的。我惟一表现我的，是我在哪儿不经意地进入，如何地变换角色和控制节奏。在时尚于理念写作的今天，时尚于家族史诗写作的今天，我把浓茶倒在宜兴瓷碗里会不会被人看做是清水呢？穿一件土布袄去吃宴席会不会被耻笑为贫穷呢？如果慢慢去读，能理解我的迷惘和辛酸，可很多人习惯了翻着读，是否说“没意思”就撂到尘埃里去了呢？更可怕的，是那些先入为主的人，他要是一听说我又写了一本书，还不去读就要骂母猪生不下狮子，狗嘴里吐不出象牙。我早年在棣花街时，就遇着过一个因地畔纠纷与我家致了气的邻居妇女，她看我家什么都不顺眼，骂过我娘，也骂过我，连我家的鸡狗走路她都骂过。我久久地不敢把书稿交付给出版社，还是帮我复印的那个朋友给我鼓劲，他说：“真是傻呀你，一袋子粮食摆在街市上，讲究吃海鲜的人不光顾，要减肥的只吃蔬菜水果的人不光顾，总有吃米吃面的主儿吧？！”

但现在我倒担心起故乡人如何对待这本书了，既然张狂着要树一块碑子，他们肯让我树吗，认可这块碑子吗？清风街里的人人事事，棣花街上都能寻着根根蔓蔓，画鬼容易画人难，我不至于太没本事，要写老虎却写成了狗吧。再是，犯不犯忌讳呢？我是不懂政治的，但我怕政治。十几年前我写《商州初录》，有人就大加讨伐，说：“调子灰暗，把农民的垢甲搓下来给农民看，甭说为人民写作，为社会主义写作，连‘进步作家’都不如！”雨果说：人有石头，上帝有云。而如今还有没有这样的人呢？我知道，在我的故乡，有许多是做了的不一定说，说了的不一定做，但我是作家，作家是受苦与抨击的先知，作家职业的性质决定了他与现实社会可能要发生磨擦，却绝没企图和罪恶。我听说过甚至还亲眼目睹过，一个乡级干部对着县级领导，一个县级干部对着省级领导述职的时候，他们要说尽成绩，连虱子都长了双眼皮。当他们申报款项，却恓惶了还再恓惶，人在喝风屙屁，屁都没个屁味。树一块碑子，并不是在修一座祠堂，中国从来没有像今天这样渴望强大，人们从来没有像今天需要活得儒雅，我以清风街的故事为碑了，行将过去的棣花街，故乡啊，从此失去记忆。

（在写作过程中参考了《当代中国乡村治理与选举观察研究丛书》中的有关材料和数据，特在此说明并致谢。）

图书在版编目（CIP）数据

秦腔 / 贾平凹著. -- 北京 : 作家出版社，2005.3（2025.10 重印）
ISBN 978-7-5063-3217-0

Ⅰ. ①秦… Ⅱ. ①贾… Ⅲ. ①长篇小说 – 中国 – 当代
Ⅳ. ①I247.5

中国版本图书馆CIP数据核字（2005）第019371号

秦　腔

作　　者： 贾平凹
责任编辑： 懿　翎　林金荣
装帧设计： 曹全弘
封面题字： 贾平凹
出版发行： 作家出版社有限公司
社　　址： 北京农展馆南里10号　　　　**邮　　编：** 100125
电话传真： 86 – 10 – 65067186（发行中心及邮购部）
86 – 10 – 65004079（总编室）
E – mail: zuojia@zuojia. net. cn
http: // www. haozuojia.com
印　　刷： 三河市紫恒印装有限公司
成品尺寸： 152 × 230
字　　数： 538千
印　　张： 35.5
版　　次： 2005年4月第1版
印　　次： 2025年10月第26次印刷　（HT）
ISBN 978-7-5063-3217-0
定　　价： 50.00元